秀威文哲叢書

韓晗主編

論故事新編小說中的主體介入

朱崇科　著

秀威資訊・台北

序「秀威文哲叢書」

　　自秦漢以來，與世界接觸最緊密、聯繫最頻繁的中國學術非當下莫屬，這是全球化與現代性語境下的必然選擇，也是學術史界的共識。一批優秀的中國學人不斷在世界學界發出自己的聲音，促進了世界學術的發展與變革。就這些從理論話語、實證研究與歷史典籍出發的學術成果而言，一方面反映了當代中國學人對於先前中國學術思想與方法的繼承與發展，既是對「五四」以來學術傳統的精神賡續，也是對傳統中國學術的批判吸收；另一方面則反映了當代中國學人借鑒、參與世界學術建設的努力。因此，我們既要正視海外學術給當代中國學界的壓力，也必須認可其為當代中國學人所賦予的靈感。

　　這裡所說的「當代中國學人」，既包括居住於中國大陸的學者，也包括臺灣、香港的學人，更包括客居海外的華裔學者。他們的共同性在於：從未放棄對中國問題的關注，並致力於提升華人（或漢語）學術研究的層次。他們既有開闊的西學視野，亦有扎實的國學基礎。這種承前啟後的時代共性，為當代中國學術的發展提供了堅實的動力。

　　「秀威文哲叢書」反映了一批最優秀的當代中國學人在文化、哲學層面的重要思考與艱辛探索，反映了大變革時期當代中國學人的歷史責任感與文化選擇。其中既有前輩學者的皓首之作，也有學界新人的新銳之筆。作為主編，我熱情地向世界各地關心中國學術尤其是中國人文與社會科學發展的人士推薦這些著述。儘管這套書的出版只是一個初步的嘗試，但我相信，它必然會成為展示當代中國學術的一個不可或缺的視窗。

韓晗
2013年秋於中國科學院

推薦序　解構與建構「故事新編小說」：
補寫文學史的空白

王潤華

一、我的學術嗅覺與感覺告訴我，朱崇科是具有開放的思維與視野的學者

　　朱崇科這個研究題目，我最早在他申請報讀博士班的表格上看見。那是2000年，當時我負責新加坡國立大學人文學院的碩／博士生入學申請事務，由於我也研究魯迅，自然特別注意。後來系裡審查資格通過後，考慮給予優厚的研究獎學金之前，我還通過電話，跟遠在廣州的朱崇科討論這項研究計畫，作為大學規定執行的面試。立足書面材料與越洋對話，我的學術嗅覺與感覺告訴我，朱崇科不是時下很多只是追求高學位為最後目的的學生，而是一位有潛力、有野心的學者，具有開放的思維與視野，將會成為重新加入國際學術界的中國的新一代學人。因此朱崇科便榮獲新加坡國立大學研究獎學金，順利地在新加坡寫完這篇博士論文並隨後修改成專書。開始時我雖然是指導老師，但最後兩年我去了臺灣，他幾乎是獨立自主的從頭走到底，作為一個有獨立思考能力的人，這是朱崇科不幸中的大幸。

　　我說我的學術嗅覺與感覺告訴我，「朱崇科是一位有潛力、有野心的學者，具有開放的思維與視野的學者，將會成為重新加入國際學術界的中國的新一代學人」。四年後的現在，事實證實我的眼光沒錯。初到新加坡時，由於新加坡的學術文化相對單薄，他搞中國現代文學，新加坡國立大學中文系這方面的學者當時主要是我一個人，他似乎很失望。我告訴他，我們的漢學研究（Chinese Studies）的學術架構與中國不同，不以人數取勝，我們系裡古今文史哲的人才齊全、海外華人文化、從儒家、宗教、文學，到華語研究都有。因此這種另類的學術機構，可以提供我們從事知識整合、跨越學科的思考。他應該從中原中心轉向多元思考，拆掉狹窄的學科的圍牆。可學的地方可不少，這種優越的環境，是肉眼看不見的，數字呈現不出來的。

　　我特別強調，希望他研究中國現代文學的同時，把世界華文文學／文化納入他的研究領域，還有強大的英文系的英文文學，尤其後殖民文學。

這塊新知識的發掘，以後會受用無窮。尤其，在中國的學術界，又匱乏書本知識與本土實地生活／學術經驗具備的人。

　　果然，朱崇科在新加坡這幾年，他最下苦功的地方，不只是中國現代文學，他更興奮與勤勞地研究新馬華文文學。我在研究所《中國新文學專題研究》的討論課裡與同學研討郁達夫的自我放逐南洋的解讀，朱崇科很快就完成了〈丈量旁觀與融入的距離：郁達夫放逐南洋轉變探因〉，能夠馬上就拿去發表。他不像其他同學寫一篇報告交給老師就滿足了。不久前，他出版了論文集《本土性的糾葛》[1]，反應良好，相信幾年前在他離開中國到新加坡前，絕對沒有想像過類似的研究課題。

二、建構中國文學史上的新文類「故事新編小說」：補寫小說史空白的一頁

　　這本論著力圖從體裁詩學的新視角進行觀照，利用巴赫金狂歡化理論重讀魯迅的故事新編小說，同時更難得的，又討論此一小說次文類的其他代表性個案，包括：施蟄存、劉以鬯、李碧華、西西／也斯、陶然等人的作品。對接受朱崇科的這套論說的學者而言，以後文學史便會出現「故事新編小說」這一次文類。這項研究替中國小說史，填補上原來空白的一頁。

　　為了利用非常複雜的狂歡化理論重讀魯迅的《故事新編》，為了說明巴赫金的狂歡理論適用性及其分析的合理性，朱崇科花了10多萬字、三分之一的篇幅，不厭其煩的反覆論說，請看下面：

　　　　巴赫金的狂歡化理論對應了魯迅《故事新編》中意義的眾聲喧嘩的多重世界，而且令人驚訝的是，他的有關小說的精妙理論也指出了《故事新編》文體互參以及小說自身的開放性等特質。當然，巴赫金的理論畢竟有其獨特的產生語境和適用範圍，他的關於狂歡化的起源——歐洲狂歡節的特點和表達方式（比如過分誇張和強調飲食、身體等物質特徵）顯然和20世紀的中國語境有著較大的差異。

　　　　所以本書首先梳理了歷史語境中巴赫金非常繁複、駁雜精深的狂歡化理論，凸現其自身的適用範圍和內在邏輯，當然在以之分析魯迅等人的故事新編時，選擇了自己吻合的部分進行靈活運用：或者直接關聯，或者關涉其狂歡化精神。

---

[1]　朱崇科著《本土性的糾葛——邊緣放逐・「南洋」虛構・本土迷思》（臺北：唐山出版社，2004）。

　　還需要指出的是，故事新編小說文體的創新和成立同樣也需要
狂歡化理論的燭照和獨特視野的認知。甚至有些時候，我們即使能
夠認識到魯迅《故事新編》的狂歡色彩，卻未見得深入體察此類小
說的合法性和命名的正當性。

　　朱崇科的這種嚴謹的論證態度與銳意創新精神、分析的方法，在在代
表他是中國研究現代文學的學術界新一代的學人。

三、從人文的思考到非人文的解構：這是解構，不是毀壞

　　朱崇科這本論著的重要性，不但是因為在研究中提供了具有創見的結
論，如分析巴赫金非常複雜的狂歡化理論；從主體介入角度探討故事新編
小說的狂歡品格，故事新編小說的個性；找尋可以評判此次文類小說及分
析其作品的尺規。而且，更加耐人尋味的是，論著中呈現出獨到的問題意
識：研究主題的構想，具體問題的觀察與分析等，這將在中國現代文學研
究中具有啟示與歷史性的指標意義，甚至提供了一個再出發的契機。因此
有必要理解朱崇科用巴赫金狂歡化理論重讀魯迅的故事新編小說，及此一
小說次文類的其他代表性個案後面的學術思想。

　　阿布蘭（M.H.Abrams）在《英文文學研究的變化：1930-1995》「The
Transformation of English Studies:1930-1995」[2]中分析了過去五十年來英文文
學（包括美國文學）研究的變化。這篇文章雖然寫於1995，目前（2005）
已過了十年，還可以用來說明目前的情況。在二十世紀的三十年代之前，
文學研究基本上以歷史語言學（philology）的方法為主流，就如清朝末年
至民國初年的訓詁考證，通過語言、歷史、社會事件、作者生平等來詮釋
文學。從1930到60年代，那是新批評（New Criticism）的全盛時期。他們
主張直接內在的以作品本身為分析對象，以文學論文學，通過細讀（close
reading）和分析作品本身的文字與藝術結構，讓普遍、永恆不變的評審標
準來評價。由此可見，他們已把文學作品當作自然物來看待，而研究方
法，與物理科學家的方法相似。作者生平、創作本意置之不問，文學作品
已成為客觀獨立體。

　　不過，阿布蘭特別指出，在新批評鼎盛期，它被指壟斷批評界。當
然，主要是指大學部的文學課程的設計與評釋方法；在專門的高深研究

---

[2]　文見Thomas Bender and Carl Schorske(eds), *American Academic Culture in Transformation: Fifty Years, Four Disciplines* (Princeton: Princeton University Press, 1998)。

中，學者的方法還是多元的，如從生平、心理、社會、歷史各個角度來解讀文學。其實在1930年代後期，跨學科（cross disciplinary）的美國研究（American Studies）、中國研究（Chinese Studies）已發展起來，強調文學、思想、生活不同領域的知識互相整合。這種跨學科的研究，又把文學帶入一個全新的境界（我在拙著《越界跨國文學解讀》[3]中有所論述）。

在1960年代末期，解構運動爆發，從女性文學理論、國族、後殖民理論來研究文學突然非常盛行。解構主義運動最大的革命是解除過去長期以西方的思考模式（Western paradigm）來解釋文學的規範，這些西方思考模式產生的文學的解釋模式，基本上是以西方文明為典範而發展出來的，對其他文化所碰到的課題涵蓋與詮釋性不夠，不過，無論它如何去解釋文學，都是人文的思考模式（humanistic paradigm）。解構主義理論則相反，把文本從人間（human world）放置到非人類的場所（non-human site），尤其語言的遊戲性與話語（discourse）。這是一項極端的改變，因為他們把人製造的、詮釋的文學作品，以及重現的生活世界，全部通過對語言與話語的力量與結構加以分析。

後結構／解構等理論給文學研究帶來新的力能（energy），使我們相信重新探討原來以為大家早已認同的文學課題是值得的。新的視野使到舊的、熟悉的問題變得新鮮、引人深感興趣，從而可能發現新的價值。這就是朱崇科用巴赫金狂歡化理論重讀魯迅的故事新編小說，及其他此類文類的其他代表小說，使我們瞭解到以前沒有存在的意義。以解構手法進行的優秀研究，往往其顛覆的行為是有理的、有需要的，因為其目的只是挑戰、質疑、發現問題、或拆除正統的思考方法。

所以朱崇科這本論著中的研究，是解構，不是毀壞，它要把有問題的課題重新安置（resituate）或重新立案（reinscribe）。

王潤華（1941-），威斯康辛大學（麥迪森）博士，師從周策縱教授。前新加坡國立大學中文系教授兼系主任，臺灣元智大學人文學院院長，今為馬來西亞南方大學資深副校長。著述等身，研究領域涉及中國古典文學、現代文學、比較文學、區域華文文學等，同時，王還是東南亞享有盛譽的詩人及散文家。

---

[3]　王潤華著《越界跨國文學解讀》（臺北：萬卷樓，2004）。

目次 ｜CONTENTS

緒論

　　盧卡奇（或譯盧卡契Gorge Lukács 1885-1971）曾經指出小說的變化性和流動性，而小說也因相關聯的冒險性受到質疑，「同其他存在於完成形式範圍的體裁相對照，小說是作為變化過程中的東西出現的。這就是為什麼從藝術觀點看，小說是最冒險的體裁，為什麼它被許多將有疑問同成問題等同起來的人僅僅描寫成一半的藝術。」[1]

　　然而，在20世紀中國文學史上，有這樣一類小說，人們對它的文類性質的界定往往是眾口不一、眾說紛紜。它所受的漠視、歧視（有意或無意的）遠甚於上述引文中小說所受的不公質疑。比如，如果我們以它的代表作品——魯迅的《故事新編》為例加以說明，不難發現，人們對它是否是歷史小說的論證一直延續到了21世紀後的今天。當歷史小說的框定已經無法限囿它蓬蓬勃勃的生機與活力時，作為新的小說名目下次文類（sub-genre）的一種，其命名、確認與論證等似乎也顯得順理成章、自然而然，儘管有些研究者還在為了維護自我的尊嚴而進行左支右絀的堅持與自封。筆者此處將它們定義為「故事新編（體）小說」。

　　所謂故事新編（體）小說，是指以小說的形式對古代歷史文獻、神話、傳說、典籍、人物等進行的有意識的改編、重整抑或再寫。該定義的得出是建立在對大量文本進行解讀、梳理的基礎之上的。一般而言，故事新編（體）小說主要分散在如下的文類中：1.歷史小說／演義；2.古事新編；3.武俠小說；4.外事新編等（中國作家對外國典籍、歷史文獻、神話傳說、人物故事等進行的新編）。為能夠清晰地理析故事新編小說的特徵，我們不妨先瀏覽一下它的發展軌跡。

一、發展軌跡

　　故事新編的書寫在中國文學史上其實是一個漫長的歷程，嚴格說來，儘管古代的歷史書寫或者文學創作並非完全吻合我們所界定的故事新編，但許多交叉和重複的因素則屢屢可循。司馬遷非常著名的《史記》（「欲以究天人之際，通古今之變，成一家之言」）當中就不乏類似的操作：或

---

[1] 盧卡奇（Gorge Lukács）著，楊衛達編譯、丘為君校訂《小說理論》*Die Theorie Des Romans*（臺北：唐山出版社，1997），頁45。

者是將小說的書寫主題與內容灌注其中（如怪異和奇人奇事），使歷史書寫更具小說意味，或者是重新整理材料（包含口述歷史等）建構一個獨特的歷史圖景，或者是灌輸自己的志趣與個人體驗於被書寫者身上等等，不一而足，司馬遷對原本歷史（如果我們承認歷史的存在是一種客觀事實有跡可循的話）的重構與書寫很顯然帶上了重寫的痕跡，其主體介入操作顯然也有新編的意味。[2]

繼起的發展一直綿延不絕，歷史書寫中或多或少包含了重寫的成分，文學的書寫中這種改編意識和重寫態度對新編的發揚其實更加值得關注。無論是戲劇（曲）對前文本的不斷改編，還是不同文體之間的轉換都隱藏了新編的精神和越發強烈的主體介入。

比如，對《竇娥冤》的改編似乎可以說明很多問題：自從其產生之後，各個朝代的改編似乎就未曾中斷過：明代就有《金鎖記》，清代就有不同版本的《東海記》，民國初年則有皮黃劇《金鎖記》（後更名《竇娥冤》）。而中華人民共和國建立後，紀念關漢卿的活動在進行的過程中又難免包含再度改編劇本為我所用。

或許到了明清時期故事新編的書寫更加如火如荼，《三國演義》作為中國最家喻戶曉的史傳文學之一不僅重寫了1000多年前的歷史，它的虛構和演義成分往往為史家和文學家採取眾聲喧嘩和眾口不一的酷評，而且後來它還被逐步改編成各種劇種（如京劇等）進行表演。但不管怎樣，《三國演義》所表現出的新編精神已經越發接近20世紀中國文學史中故事新編體小說的主體介入精神，表現出別具特色的藝術書寫操作。[3]

考察一下20世紀中國文學史上這類小說的發展軌跡，我們不難發現這種特殊的歷史重寫文體往往與時事／現實等的息息相關。同時，故事新編小說的發展是一個錯綜複雜的過程。我們不妨依照時間順序進行略述。

晚清「故事新編」小說文體其實包含著五花八門的現代性或前現代性，當然同時其現實因應性也同樣蘊含其中，它的出現，「應該視作為中國小說文體在受到了外國小說的衝擊以後，在重新整合之中而形成的一種結果，它是為中國老百姓所喜聞樂見的具有很強生命力的一種文體。」[4]反過來，它也有很強的現實適應性。

---

[2] 更加詳細和深入的論證可參周先民著《司馬遷的史傳文學世界》（臺北：文津出版社，1995），尤其是第4和第5章。

[3] 具體可參紀德君著《明清歷史演義小說藝術論》（北京：北京師範大學出版社，2000）。

[4] 湯哲聲〈故事新編：中國現代小說的一種文體存在——兼論陸士諤《新水滸》《新三國》《新野叟曝言》〉，見《明清小說研究》2001年第1期，2001年3月，頁85-93。引文見頁89。

　　「五四」運動前後的數年，以魯迅作為現代文學史（慣常意義上的1919-1949）上故事新編書寫源頭的出現為故事新編開了個好頭，但在一般意義上所言的現代文學史的第一個十年（1917-1927）內故事新編的文本並不太豐富，除了魯迅的幾篇以外，繼之的還有郁達夫《採石磯》；郭沫若《琬雛》（後更名為《漆園吏游梁》）、《柱下史入關》；馮至《仲尼之將喪》；王獨清《子畏於匡》；廢名《石勒的殺人》等少量作品。

　　這些文本和魯迅的相比，自然有所不同。比較而言，魯迅的起點頗高，實際上，《故事新編》同樣是魯迅關懷中國個體「人」何以得「立」的深沉人文關懷的凝結，《故事新編》以它獨特的靈活、虛浮和遊刃有餘，不僅僅關涉了魯迅書寫主體的生存狀態，而且也相當沉重地寄寓了他對傳統文化的審查和追問，儘管魯迅屢屢以「含淚的笑」讓人忍俊不住又不勝唏噓。「《故事新編》的創作是魯迅對傳統文化的一次再閱讀、再創作、再想像的過程，也是魯迅試圖在傳統文化中尋找價值資源的一次努力。」[5]

　　比較而言，郭沫若等人大多還是皈依傳統寫實的粗略原則，加上對個體命運以及其生存處境的關係的關注進行功利性的自我對照／比附。儘管王富仁（1941-2017）、柳鳳九對這一段書寫的歸納（他將之分為兩類：一是以魯迅為代表的文化解剖型，一是以郭沫若為代表的道德表現型[6]）有偏頗之處，因為其實幾乎所有此一時段故事新編小說的書寫都包含了對社會、文化等的指涉，也蘊含了作者的志趣或理想，「這些作品不再是欽定正史的通俗敷陳或歷史傳說的簡單複述，而是典型化的再創造，其中滲透著作者濃烈的愛憎，也寄寓著個人的抱負、希望與理想。」[7]但大致而言，如果我們考慮其不同側重的話，其上面的劃分也有相當的合理性。

　　中國新文學的第二個十年（1927-1937）是故事新編書寫的興盛時期。魯迅在此時期出版了他的《故事新編》，郭沫若也出版了《豕蹄》，鄭振鐸也結集出版了《桂公塘》，宋雲彬的短篇小說集《玄武門之變》也問世，長篇方面還有李劼人的優秀創作。除了專集此起彼伏的出版以外，個體作家也綿延不斷加入到故事新編書寫的行列中來：郁達夫、孟超、許欽文、馮乃超、施蟄存、廖沫沙、沈祖棻、李拓之、平襟亞、張恨水、譚

5　鄭家建著《中國文學現代性的起源語境》（上海：上海三聯書店，2002），頁226。

6　王富仁 柳鳳九〈中國現代歷史小說的發展脈絡〉（代序），見王富仁 柳鳳九主編《中國現代歷史小說大系》第一卷（石家莊：河北人民出版社，1999），頁1-10。引文見頁2。

7　費成康 陳福康等編《中國現代作家歷史小說選‧前言》（上海：上海社會科學院出版社，1984），頁2。

筠、耿小的等等。更加值得關注的是，在此時段內，無論是小說書寫的藝術革新[8]，還是主題層次[9]的側重都有相當大的突破和豐富，真正實現了現代文學史上故事新編創作的「狂歡化」。

如果簡單考察一下這一時間段故事新編小說興盛的原因，我們不難發現，這種興盛其實和20世紀中國文學的起伏有著相當的呼應。從整個文學產生和發展的背景上，外來力量（政治、意識形態、戰爭等）對文學的干擾、束縛和影響都不是很大，許多作家可以安心著述；從文學自身發展的規律上，我們可以發現，在這一時期，沒有了文學革命時期新舊之間口號式的打打殺殺，卻更多了一些新文學書寫的實在和豐富的實踐操作；同時，隨著小說文體的不斷推進和成熟，故事新編的興盛也就順理成章了。

在中國新文學的第三個十年（1937-1949）內，故事新編的書寫仍然在延續。比如專集就包括孟超的《骷髏集》，歐小牧的《七夕》，穀斯範的《新桃花扇》等，其他比較突出的還有馮至、楊剛、廖沫沙、李拓之、秦牧、譚正璧等等。這一時期由於民族危機日緊、抗日救國需求高漲，相關的故事新編書寫並沒有新的突破。比較而言，有關愛國題材的小說因此也就顯得比較矚目和具有時代性。[10]

進入社會主義中國時期後的相當長一段時期內（1949到文革結束），由於現實主義長期佔據著主流文藝的寶座，頗具反諷意味的故事新編書寫在大陸反倒逐步走向式微。比較少見的則有六七十年代馬昭的《醉臥長安》、宋詞的《書劍飄零》等（當然它們都是在1980年代才獲得出版）。但由於種種原因（政治的限制、為工農兵服務文學主流的席捲、個體命途多舛等），他們的書寫往往顯得僵硬、粗糙、陳舊，似乎喪失了故事新編應有的靈性和創造力，自然也難以承擔文化傳承和批判的責任。

比較而言，這一時間段故事新編的書寫在港、臺文壇卻顯得蓬蓬勃勃。無論是和故事新編體小說有交叉的歷史小說，比如阮郎、高旅、南宮搏、高陽、董千里等人的創作就稱得上轟轟烈烈，還是流行通俗的武俠小說，如金庸、梁羽生等就風靡一時。同時不容忽略的還有嚴肅的小說書寫，如劉以鬯等，不遑多讓。真可謂琳琅滿目、色彩斑斕，別有一番洞天。

---

8   在普遍的現實主義流派中，施蟄存的現代主義風格無疑引人注目。本書下編會有專節論述。

9   比如農民起義／暴動、描寫中國與外國衝突的愛國主義題材、歷史政治人物／文化題材等等。

10 需要指出的是，有關現代文學史上故事新編小說的書目和全文，比較齊全的仍然是王富仁柳鳳九合編的八卷本《中國現代歷史小說大系》，讀者可自行參考。

當然，從整體上看，故事新編（體）小說在1940年代之後可謂逐步走向了式微。然而世事難料，在步入20世紀八、九十年代以後，故事新編在大陸卻又如雨後春筍般興起。在改革開放初期的作品則又一次反映出故事新編小說和時代的某種意義上的同步共振。它們大致上可分為兩類，一類是反映封建時代中不同英雄人物、文學家等的悲慘際遇，如《司馬遷下獄》、《華佗恨》、《辛棄疾掛冠》等；另一類則反映了在封建時代的逆境中有關舉賢、勸諫、嚴格執法的故事。如《朱洪武執法》、《海瑞巧辦胡公子》、《左光鬥與史可法》等。我們不難看出，這兩類題材故事新編的一唱一和恰恰暗涉了作者對「文革」所遭受冤屈以及不屈精神的釋放與歌頌的張力關係，其中發洩和補償的呼應耐人尋味。但在藝術手法上，它們仍然顯得比較稚嫩和陳舊。

此一時期的長篇故事新編還有趙玫的《高陽公主》和王伯陽的《苦海》，在很大程度上它們書寫了個體的本能欲望和社會道德之間的矛盾甚至衝突，而在文體的新穎與靈活上也有所進步。不過，它們還是主要局限於小說自身，而缺乏涵蓋古今的大氣和當代性。

特色比較明顯、手法也已經改觀的顯然是稍後時期（1980年代末以後）的作品。隨手拈來，比如陳國凱的《摩登阿Q》；王小波的《萬壽寺》、《紅拂夜奔》、《尋找無雙》；劉震雲的《故鄉相處流傳》；李馮的《另一種聲音》、《牛郎》、《孔子》、《我作為英雄武松的生活片斷》、《唐朝》、《梁》、《祝》、《譚嗣同》、《十六世紀的賣油郎》；潘軍的《重瞳——霸王自述》；葉兆言的《濡鱉》；何大草的《衣冠似雪》；丁天的《劍如秋蓮》；商略的《子胥出奔》、《子貢出馬》；談歌的《楊志賣刀》；朱文穎的《重瞳》；張偉的《東巡》；張想的《我作為丁興追隨建文帝的逃亡生涯》、《孟薑女突圍》；瞎子的《刺秦》；盧壽榮的《刻舟求劍》；木木《幻想三國志之王粲筆記》；李洱《遺忘》等等。

同時港、臺方面的創作也令人耳目一新，比如朱西寧的《破曉時分》；吳繼文的《世紀末少年愛讀本》；董啟章《少年神農》；伊凡《才子佳人的背面故事》等。其中尤為值得注意的是吳繼文的《世紀末少年愛讀本》，他的書寫非常複雜，其中不僅包含了此小說與前文本《品花寶鑒》有關同性之戀的同質性，也包含了相當的異質性，甚至也隱喻了當代臺灣男同志的主體位置。[11]這種書寫不僅承接了現代文學史上故事新編小

11　比較精彩的論述可參張志雄〈穿越「鏡像誤識」：閱讀《品花寶鑒》與《世紀末少年愛讀本》〉，見《中外文學》第26卷第3期，1997年8月號，頁68-101。

說書寫的隱秘傳統,甚至也打破了語言(古體文／白話文)和人為設定(文學史分期)的樊籬,從而將當代的故事新編書寫銜接到近代(晚清民初)故事新編的操作中[12],值得關注。

如果考察兩岸三地故事新編書寫的流向與背景的關係,我們不難發現,故事新編其實需要相當獨特的產生土壤。之前我們簡單考察過大陸20世紀以來的故事新編小說演變,從中我們發現意識形態的控制和形勢的緊張對故事新編的發展有著致命的鎖控。書寫者只有既有著相當的言論自由度和抽離事外的可能性,又有著熱烈的關切和對此次文類的相當認知,才有可能導致故事新編的持續發展乃至興盛。

中國大陸在中華人民共和國建國以前的故事新編有著較好的書寫傳統,但由於政治氛圍的數度緊張和收縮,而導致了重寫的衝動被打壓,一直到改革開放後才有所恢復和再度繁榮;臺灣文學自然有其獨特的發展脈絡,故事新編的書寫(及其傳統)似乎很少得到應有的重視,在國民黨來台之前如此,來台以後似乎因為政治的隔閡而更甚。反觀香港,則有著得天獨厚的優勢:在兩岸關係緊張、政治氛圍過於嚴肅的情況下,它的獨特身份反倒讓它在對中國有著溫暖的關注之餘卻也有著相當的理性和冷靜。所以,在1960年代以來的香港時空故事新編的興盛和蓬勃也就不言而喻／順理成章了。

除此以外,如今如火如荼的網路文學中的蓬蓬勃勃的故事新編(體)小說仍然值得密切關注。網路的出現讓這個世界上的文學書寫頗有了些狂歡化的可能性和意味。任何人都可以自己的方式抒發自我、展現自我。而且因為虛擬網路平臺的存在也可以讓他們近乎自由自我、百無禁忌。甚至網路小說還可以逆襲成紙版小說,並被改編成電影,比如今何在的《悟空傳》等。

當然,相關的文本還可以近乎永無止境的開列下去,[13]但是我想,上述對其歷史發展軌跡的勾勒似乎已經足以說明瞭它的不容忽視。至於故事新編(體)小說能否真正可以另立門戶,那我們還要看看它的特質。

---

12 具體有關幾類晚清故事新編小說現代性的書寫可參王德威著,宋偉傑譯《被壓抑的現代性——晚清小說新論》 *Fin-de-siecle Splendor:Repressed Modernities of Late Qing Fiction, 1849-1911*(臺北:麥田,2003)。

13 具體書目可參朱崇科《故事新編中的敘事範式——以魯迅、劉以鬯、李碧華、西西的相關文本為個案進行分析》(廣州:中山大學中文系碩士論文,2001)附錄,頁46-48以及王富仁、柳鳳九等所開列的現代小說中的文本書目的合集,此處不贅。或者可參本書末故事新編小說附錄。

二、名詞界定與區分

之前對故事新編（體）小說的概念已經作了界定，但需要指出的是，對故事新編（體）小說概念的詮釋和理解不能僅僅只是孤立的展開，如果我們能將之置於糾纏叢生的其他概念中進行厘定，勢必不僅可以區別異同，而且可以凸顯出故事新編（體）小說成立的正當性。

（一）歷史小說與故事新編小說

長期以來，故事新編小說一直被強行納入歷史小說的框定之下，但實際上，歷史小說與故事新編小說之間的關係相當複雜，單單界定為包含與被包含實際上抹煞了它們犬牙交錯的內在關聯。需要指出的是，故事新編小說和歷史小說之間是有交集的。如果作者比較強調創造者的靈活性和獨立性，對歷史進行有意識的改造，那麼這樣的寬泛意義上的歷史小說實際上也就是故事新編小說。畢竟，在虛構與史實之間的遊移是它們共同的特點。

但需要強調的是，歷史小說和故事新編小說畢竟有著很大的不同。具體說來，一方面，如果從書寫的目的性來講，一般意義上的歷史小說更多指向探求「歷史的真實」，它因此儘量要求客觀，而從創作主體上看它因此要對應思維的外向性。「創作思維的外向性、作品內容的客觀性，是史詩和史詩性小說基本的文體特徵。」[14]

與之不同，故事新編小說的指向則相當複雜多變，且它更強調文學真實。毋庸諱言，它可以尊重「歷史真實」，也可以陽奉陰違；可以初步消解，也可以澈底顛覆；可以修正，也可以更大程度上的重構等等。因此如果說「講求歷史真實性已經成為這幾年歷史小說的主要特徵」[15]可以成立的話，我們不難發現，有關故事新編的論爭中歷史小說派也難免犯下類似的錯誤──既然承認歷史小說的獨特目的與追求，自然難免指責「非我族類」的故事新編小說缺乏真實性、時序錯亂等。

另一方面，從作者的主體想像發揮程度來講，歷史小說顯然往往更加強調史實的客觀性而儘量避免主體想像，即使有，也往往集中在歷史斷裂的罅隙間的細節填充裡。而故事新編（體）小說則大不同，儘管它新編

---

[14] 王先霈 張方著《徘徊在詩與歷史之間──論小說的文體特徵》（武漢：長江文藝出版社，1987），頁45。

[15] 吳秀明〈評近年來的歷史小說創作〉，見吳秀明編《歷史小說評論選》（長沙：湖南人民出版社，1983），頁245-264。引文見頁259。

的前提必須有故事，但它卻擁有更高的自由度、靈活性、主觀性和發揮空間。所謂古為今用、故為新用。

從以上兩點可以看出，故事新編小說和歷史小說有著很大的不同，當然它們也藕斷絲連。如果為了個體研究的尊嚴和因了學科局限而將前者生硬納入後者中，我們便不難屢屢發現此舉的笨拙和狹隘，無休無止的論爭只是這種笨拙與狹隘的表徵而已。

（二）新歷史小說與故事新編（體）小說

新歷史小說與故事新編小說顯然也有著共同點。從它們彼此的書寫視角和書寫主體的靈活性來考慮，新歷史小說與故事新編小說都有著令人眼花繚亂的主體表演。有論者就指出，充足的自由度是新歷史小說的特質，「新歷史小說作家面臨著歷史流傳物，『既距往還，心亦吐納』，他們在歷史流傳物中傾注心聲，一展寓意之靈。歷史世界融鑄有現時作家心靈深處的悲哀與情懷，沉重與思索……這種充裕的自由度可以作為新歷史小說的新質之一。」[16]

但令人關注的是，它們之間也有著難以忽略的迥異。如果從書寫對象來看，新歷史小說則往往集中在清末、民國時期的歷史、人物等。陳思和認為，新歷史不同於一般意義上的歷史，它的限定範圍介於清末民初到四十年代末，也即「民國時期」。但它又不同於此一歷史時期中重大革命事件的題材（被稱為中共黨史題材）。所以，「界定當代新歷史小說的概念，大致是包括了民國時期的非黨史題材。」[17]而故事新編小說的書寫對象則林林總總，時間跨度上也可謂海闊天空，但總體而言，故事新編（體）小說的書寫對象則往往集中於遠古至清末以前，相對更古老些，也因此更豐富。

如果從文本間性（intertextuality或譯文本互參、文本互涉、互文性等。簡單而言，就是指文本之間的互相指涉）角度來看，新歷史小說往往缺乏「故」事或前文本，它們往往利用個體記憶重構「大歷史」，讓原本的歷史崇高和形而上走向平民化和具體化，小說中的主人公等也因此並不強調英雄主義，它們更多是後來製造的人物，而非生來神聖。比較而言，故事新編小說往往有著比較明顯的「故」事或前文本（pre-text），在此基

---

[16] 顏敏著《破碎與重構——論近十年的新歷史小說》（上海：復旦大學博士論文，1996年4月30日，導師潘旭瀾），頁6。

[17] 陳思和〈試論「新歷史小說」〉，見陳炳良編《文學與表演藝術——第三屆現當代文學研討會論文集》（香港：嶺南大學出版社，1994），頁271-278。引文見頁271。

礎上它們才能新編，儘管前文本在新文本的出現同樣也可以或隱或顯。

毋庸諱言，歷史小說和新歷史小說自然有著比較明顯的不同，歷史小說往往著重於書寫比較宏觀的歷史「客觀性」，題材和時空往往不限；而新歷史小說則大多集中在書寫民國時期的題材，而且切入的視角往往是民間、個體的。

主體介入也是不得不界定的概念。在本書中，所謂主體介入指的是創作主體在新編中體現出來的主體精神與主體職責。當然，我們在更加強調發揚主體精神的同時，也要提醒注意履行必要的主體職責。換言之，所謂主體介入是從新舊文本差異中體現出來的主體創造。之所以如此界定，而不將主體介入泛化，變成一個抽象的哲學能指，一方面固然是因為論述和聚焦的可操作性和合理性，而另一方面，如果考察徘徊於歷史和虛構之間的主體，我們其實很難圈定、探勘和分析他所能虛構出來的意義抑或現實。因為實際上，「現實總是與位於時間和空間中的一種獨特意識聯繫在一起，在一種塵世中的人無法體會的全體性中，只能是破碎的、有漏洞的、混雜的、逃避的、無法領會的現實呈現出來。」[18]

體現在文本書寫中，主體介入大致可分為：

（1）敘述模式／話語／人稱以及視角等藝術形式的推進、創新；[19]
（2）意義的誘惑與探尋（作者對意義的操控等）。[20]

需要指出的是，此處的主體介入中的主體和西方哲學、社會學、文學語境中的主體／主體性（subject/subjectivity）的演變和發展並無太大關聯。本書中的主體概念相當清晰，它是指前後文本差異中體現出來的創造和更新，我將之歸結為是一種作家和社會語境共同營造出來的混合物。當然，在這其中，歸根結底還是作者通過虛構所生產出來的有序的創設，可以說是帶著鐐銬的舞蹈。

西方語境下的主體性有其曲折和繁複的發展傳統。主體與客體往

---

[18] 克洛德・托馬塞著，李華譯《新小說・新電影》（天津：天津人民出版社，2003），頁137。
[19] 需要指出的是，小說其實一直是不斷質疑自我並更新的體裁。「作為當今的主要體裁，小說也是一種通過鏡面效應對寫作技巧和小說修辭一直提出質疑的體裁。」可參〔法〕瓦萊特著，陳豔譯《小說：文學分析的現代方法與技巧》（天津：天津人民出版社，2002），頁4。
[20] 王靖宇指出，「主題則關係到作者對於題材的特殊態度」，可見，在意義的探尋中同樣包含了作者的主體介入。具體可參王靖宇著《中國早期敘事文研究》（上海：上海古籍出版社，2003），頁20。

往互為對照，這在早期的希臘哲學中就已經相當清楚，而到了笛卡爾（Rene Descaretes 1596-1650）的「我思，故我在」的方式則更加推進了有關主體性的思考[21]；從笛卡爾到康得（Immanuel Kant 1724-1804）[22]、黑格爾（Georg Wilhelm Hegel 1770-1831）[23]到尼采（Freidrich Wilhelm Nietzsche 1844-1900），主體性的概念則進一步走向成熟和完善。而到了佛洛德（Sigmund Freud 1856-1939）那裡，有關精神分析理論的精神主體概念則又令人耳目一新。[24]而拉康（Jaques Lacan 1901-1980）的鏡像理論則說明瞭透過投射與理想化的方式來建構主體性的可能性。[25]

而到了當前流行的文化研究理論中，馬克思（Karl Marx 1818-1883）和阿圖塞（Louis Althusser 1918-1990）有關意識形態和主體的關係的剝離論述和借前者召喚主體的理論也發人省思。[26]而阿圖塞的學生，法國著名思想家──福柯（Michel Foucault 1926-1984）則進一步推進了他老師的理論，他認為主體與客體都是權力運作下的關係。[27]而在後期的結構主義論述中，主體和語言密切相關，而後殖民主義論述則更加強調主體與殖民體制之間有著千絲萬縷的關係，拒斥卻又不得不錯綜糾纏。[28]尤其19世紀以來，相關的論述更是令人眼花繚亂，鑒於類似論著浩瀚且精深[29]，此處不贅。

---

[21] 具體可參〔法〕笛卡兒撰，錢志純譯《我思故我在：笛卡兒的一生及其思想、方法導論》（臺北：志文出版社，1974）或Rene Descaretes, *Discourse on Method*, trans. By David Weissman (New Haven: Yale University Press, 1996)。

[22] See Immanuel Kant, trans. by Norman Kemp Smith, *Critique of Pure Reason* (New York: St. Martin's Press, 1968).

[23] See Georg Wilhelm Hegel, trans. with an Introduction and Notes by J. B. Baillie, 2nd ed., *The Phenomenology of Mind* (London: Allen & Unwin, 1949).

[24] 具體可參Sigmund Freud, Newly translated and edited by James Strachey, *New Introductory Lectures on Psychoanalysis* (New York: Norton,1965).

[25] 有關評述還可參方漢文著《後現代主義文化心理：拉康研究》（上海：上海三聯書店，2000）。

[26] 可參考Louis Althusser, *Lenin and Philosophy, and Other Essays* (New York: Monthly Review Press, 1972).

[27] 有關評論可參莫偉民著《主體的命運：福柯哲學思想研究》（上海：上海三聯書店，1996）。

[28] 有關西方主體和主體性的發展歷程的精妙總結可參譚國根著述的《主體建構政治與現代中國文學》（香港：牛津大學出版社，2000）頁13-30。簡述還可參廖炳惠編著《關鍵字200──文學與批評研究的通用辭彙編》（臺北：麥田，2003），頁250-251。有關西方馬克思主義主體性的論述，可參歐陽謙著《人的主體性和人的解放：西方馬克思主義的文化哲學初探》（濟南：山東文藝出版社，1986）。後殖民綜合論述可參趙稀方著《後殖民理論》（北京：北京大學出版社，2009）。

[29] 比如代表作就有Nick Mansfield, *Subjectivity: Theories of the Self from Freud to Haraway* (New York: NYU, 2001); Linda R. Anderson, *Autobiography* (New York: Routledge, 2001)等等。

而在中國語境中的主體性自然又別有一番風景和哲學意味，由於和本書的關係不大，此處從略。而在文學話語內，則同樣和西方話語有著息息相關又別具姿彩的糾纏。[30]但無論如何，它們和本書所說的主體介入顯然有著清晰的邊框。不過，在必要時，本書也會進行適當的概念借用。

（三）研究簡評

某種程度上講，只有對本學科研究的動態了然於胸，才能真正做出具有創新性的論文／論著。比較而言，故事新編的研究說早也早，20世紀20年代就有人點評魯迅的《不周山》（後改名《補天》）；說晚也晚，直到21世紀才有人真正提出故事新編（體）小說的概念和研究。由於在個案分析時會另外處理文獻綜述問題，加上研究者對中國學界有關《故事新編》研究史已經有非常詳細的整理和論述，[31]此處本書只是略述，旨在勾勒研究的整體風貌。而且，筆者也會考慮到研究文獻與本書的關係遠近進行詳略不同的論述，並不平均用力。

1.故事新編小說研究

某種程度上講，作為「異族」（西方非華人）研究故事新編中的並不多見的成果之一，何素楠（Ann Louis Huss）在美國哥倫比亞大學的博士論文《故事新編：當代中國虛構與古典傳統》 *Old Tales Retold: Contemporary Chinese Fiction and Classical Tradition*（2000）[32]的開闊眼光和先見之明值得肯定。

何的論文主要分為引論和四章。第一章中，何主要處理了魯迅的故事新編，她從魯迅所處的歷史語境和其與傳統文本的關係進行考量；第二章，何探討了故事新編豐富的理論背景：盧卡奇的歷史小說理論、元小說（Metafiction）以及後現代主義等。在第三章中，晚清小說作為其中的源頭之一得到了關注，同時其他許多個案都被分類展開：郭沫若、郁達夫；茅盾、鄭振鐸、巴金等人的歷史虛構；沈從文；施蟄存等；第四章，李碧

---

[30] 關於當代文學概念中的主體性，可參陶東風〈主體性〉，見洪子誠、孟繁華主編《當代文學關鍵字》（桂林：廣西師範大學出版社，2001），頁160-170。或者劉小新〈論20世紀中國文論主體性思想的形成與演變〉，見《華僑大學學報》2003年第1期，2003年3月，頁81-88。

[31] 具體可參張夢陽著《中國魯迅學通史——20世紀中國一種精神文化現象的宏觀描述、微觀透視與理性反思》（下卷）（廣州：廣東教育出版社，2002）第十五章「油滑之處」顯真諦——《故事新編》學史，頁333-406。

[32] Ann Louis Huss, *Old Tales Retold: Contemporary Chinese Fiction and Classical Tradition* (New York: Columbia University PhD dissertation, 2000).

華被作為是當代故事新編小說的代表加以分析。

不難看出，何的意圖相當清晰，她用文學批評的手法縷述了故事新編小說古今的雙重視角和張力，並力圖探尋其文體特徵。她的一以貫之的眼光的確顛覆了許多中國學者固有的文化／文學成見的框架，跳出了在歷史小說裡面打轉的圈定。當然，她的問題在於：除了她文本分析的深度和細緻程度有所欠缺（無論是對魯迅的文本，還是對其他現代作家的文本分析都很難跳出陳見的限制）以外，她似乎仍然不能找到關聯不同時代故事新編小說的內在脈絡（比如在進入20世紀後半期的個案分析中，單純以李碧華為中心就顯得相對突兀和薄弱），所以其個案分析顯得相對比較凌亂。

當然，由於何的論文更加側重闡明故事新編小說的意義和功用、質疑歷史小說的限定以及強調古為今用的文學整體性和重要性，所以她的論文出現上述問題也情有可原。但總而言之，何素楠的論文為我繼續展開相關論述鋪設了有利的基礎。

筆者早在攻讀碩士期間，便已經逐步意識到作為一種新的次文類，故事新編小說確立和研究的必要性。為此，筆者的碩士論文《故事新編中的敘事範式──以魯迅、劉以鬯、李碧華、西西的相關文本為個案進行分析》（2001，5）就擇取了其中幾個個案就他們共通的敘事範式層面展開論述。限於能力和認識，筆者的論述主要集中在敘事的層面，而且由於用的是理論範式規劃個案，這難免會影響到論述的深度。但作為較早有意識的思考，這個有益的開端為我今天的研究埋下了繼續革命的火種。

目前有關《故事新編》研究最為紮實和奠基意義的專著當屬鄭家建的《被照亮的世界──〈故事新編〉詩學研究》。[33]該書共分七章，外加一個引論。第一章主要從語言──戲擬的角度進行分析，不僅討論了戲擬的類型，而且討論了戲擬與魯迅晚年的心境的關係；第二章則討論了隱喻與《故事新編》的時間／空間形式的密切關係；第三章則討論了《故事新編》的文體特徵；第四章則探討《故事新編》與文學傳統──神話、莊子、想像力和史傳傳統等的關係；第五章則討論《故事新編》與現代技巧的問題；第六、七章主要反映了作者研究《故事新編》的文化啟示和對中國現代小說詩學的進一步思考。

不難看出，鄭家建從各個層面對魯迅的《故事新編》進行了相當細緻和深入的考察，他的立體考證（從語言、思維、現代技巧、傳統敘事等諸多層面展開）和思維模式（多元、比較、歷時性）開拓了《故事新編》的

---

[33] 鄭家建著《被照亮的世界──〈故事新編〉詩學研究》（福州：福建教育出版社，2001）。

新思路，可謂「新義迭出，應當能在《故事新編》的研究史上算做一家之言。」[34]難能可貴的是，它不僅對魯迅的《故事新編》展開了出人意料的拓展，而且它還敏銳地指出了故事新編（體）小說應當得以成立和論證的必要性，這也為本書的持續研究打下了堅實的基礎。

但鄭書也有它的局限，作為一部論文集的整合，它的章節和各個主題之間的內在關聯並不那麼堅強有力，儘管這可能會給人以多層面和立體感，但是魯迅《故事新編》文體、意義以及彼此之間的內在邏輯似乎因此缺乏應有的整合。更進一步而言，它的許多高屋建瓴的論斷由於缺乏必要和堅實的論證而顯得過於空泛和虛弱，為此提出的小說詩學的種種理論也難免令人質疑其合理性和正當性。

2.歷史小說的迷霧

故事新編小說某些無謂論爭產生的罪魁禍首之一或許應該是研究者對陳詞濫調或陳見的堅守。不幸的是，故事新編往往被硬性納入歷史小說的寬泛界定中，頗有削足適履之嫌。類似的論調不勝枚舉，[35]進入20世紀80年代以後比較有代表性的則有王富仁和他的博士柳鳳九。後者的博士論文《中國現代歷史小說研究》（北京：北京師範大學，1997）仍然堅持此論，而隨後他們二人合編的8卷本的《中國現代歷史小說大系》仍然如此，但是，吊詭的是，如果檢索其中的絕大部分文本，其實它們是不折不扣的故事新編小說。

吳秀明作為一位研究歷史小說的忠實學者，他在許多著述中，都將故事新編納入歷史小說中，比如《歷史的詩學》[36]和《真實的構造——歷史文學真實論》[37]，就堅持了此論。而在近幾年的一些論文中，他還是癡心不改，比如他在《「故事新編」模式歷史小說在當下的復活與發展》[38]中就仍然前後一致。問題在於，他的固執己見其實並不能掩蓋他越來越左支右絀的尷尬，而將歷史小說、新歷史小說與故事新編小說混為一談則暴露了他的頑固乃至偏見。

儘管如此，在此類研究中有許多論文（著）卻同樣值得關注，因為在

---

[34] 葛濤 谷紅梅〈紀念魯迅先生的圖書掃描〉，見《人民日報》（海外版），2001年9月24日第七版。

[35] 具體可參鄭家建著《被照亮的世界——〈故事新編〉詩學研究》，頁365-392魯迅故事新編研究資料索引。

[36] 吳秀明著《歷史的詩學》（杭州：浙江人民出版社，1994）。

[37] 吳秀明著《真實的構造——歷史文學真實論》（瀋陽：春風文藝出版社，1995）

[38] 吳秀明 尹凡〈「故事新編」模式歷史小說在當下的復活與發展〉，見《文藝研究》2003年第6期，2003年11月，頁29-37。

歷史小說的外衣下面，其實也掩藏著神似故事新編小說特質的精彩論述。
比如《寓言：〈故事新編〉文類研究》[39]等論文就值得借鑒。

3.個案研究

其中有關魯迅的《故事新編》研究尤為突出。專書主要有東瑞著《魯
迅〈故事新編〉淺析》[40]、陳福德《魯迅歷史小說〈故事新編〉研究》[41]、
孫昌熙《〈故事新編〉試析》[42]、李桑牧《〈故事新編〉的論辨和研
究》、[43]孟廣來 韓日新編《〈故事新編〉研究資料》、[44]林非《論〈故事
新編〉的思想藝術及歷史意義》[45]等等。

由於時代和意識形態所限，上述不少著述在對故事新編的研究做出了
貢獻的同時，也難掩其強烈的局限性──觀念陳舊，問題意識薄弱等等。
很多時候，它們仍然只是在虛與實、現實主義與浪漫主義、歷史小說等概
念內轉圈，自然它們也很難跳出沉重的時代理論水準鎖鏈的控制。同時，
擁有個案相關著述的還有施蟄存、劉以鬯、西西等。由於在個案分析時，
本書同樣會進行文獻綜述，此處不贅。

整體而言，如果要想成功地解決有關故事新編小說論爭中的許多盲點
和不見，減少不必要的糾纏和以訛傳訛，我們還必須擇取合適的理論、視
野和方法對此次文類進行深入和透徹的考察。

4.選點、問題意識與切入途徑／理論等

需要指出的是，當蓬蓬勃勃、枝繁葉茂的故事新編小說文本活潑潑的
等待我們的銳意十足又對症下藥的解讀時，作為論者，我們有義務發揮批
評的超越性功能，讓它們開放得更加茁壯，並且綠意盎然、萬紫千紅。

出於研究開展的順利和可能性考量，本書在萬紫千紅的眾芳園中[46]選
出了如下的幾個個案作為分析的重點：魯迅、施蟄存、劉以鬯、李碧華、

---

[39] 孫剛〈寓言：《故事新編》文類研究〉，見《文藝理論研究》2003年第5期，2003
年9月，頁90-97。

[40] 東瑞著《魯迅〈故事新編〉淺析》（香港：中流出版社，1979）。

[41] 陳福德《魯迅歷史小說〈故事新編〉研究》（新加坡：新加坡國立大學中文系學士
論文，1981）。

[42] 孫昌熙著《〈故事新編〉試析》（福州：福建人民出版社，1982）。

[43] 李桑牧著《〈故事新編〉的論辨和研究》（上海：上海文藝出版社，1984）。

[44] 孟廣來 韓日新編《〈故事新編〉研究資料》（濟南：山東文藝出版社，1984）。

[45] 林非著《論〈故事新編〉的思想藝術及歷史意義》（天津：天津人民出版社，
1984）。

[46] 具體可參本文附錄有關書目，需要指出的是，這個目錄可能包括了大部分的文本，
但無法完全囊括。

西西、也斯、陶然。稍微熟悉這一文類的讀者可能會看出，筆者將脈絡逐步延伸向了香港時空。這當然不是為了論證香港文學是中國文學不可分割一部分的俗套，也不是因為政治正確，而是因為故事新編這一次文類，在20世紀50年代以後的香港開放得尤為嬌豔多姿。

具體道來，選擇魯迅，因為魯迅是20世紀中國文學史上此類書寫的源頭和集大成者，他的不可回避的歷史地位和創作成就決定了這一點，在很大程度上，魯迅的許多書寫模式也成為後繼者一再使用和發揮的套路；同時，魯迅也有他不可超越的獨創性，「我們說《故事新編》是自由的，不僅指作品的主體精神，而且指其中的體制和方法；我們說《故事新編》是一種解放，不僅相對於舊文學，而且主要相對於新文學」。[47]

施蟄存，這個被人稱為是中國現代派文學代表人物的優秀作家，其故事新編書寫其實同樣孕育了迷人的獨特現代性，並且自成一家，尤其是在當時的「感時憂國」的大傳統中，他的特立獨行也因此值得深究，因為他的書寫「讓人們看到各種面紗所掩的心靈深處像地火一樣運行的人性的力量，這是對二十世紀人本主義思潮最有力的闡釋。尤其是在由人性解放、人性發展對於婚姻愛情問題的思考不再是主要思路，而左翼文藝運動具有強大吸引力的年代，施蟄存的嘗試尤為可貴」。[48]

劉以鬯之於香港文學，就好比魯迅之於中國現代文學。但與魯迅不同的是，劉以鬯不僅從施蟄存等人那裡承接了中國文學現代性的精神和手法，更為關鍵的是，他的創新意識和逐步的本土化已經使他成為不可或缺的「文學中間物」——連接了中國現代文學和香港文學。

李碧華的故事新編雅俗共賞、涵義豐富，在通俗的帽子底下浸潤著濃鬱的現代／後現代／殖民／後殖民意味，成為不同學派和民間研究者等的新寵。或許最耐人尋味的是，她巧妙利用了故事新編這種文體穿梭於古今、香港／大陸、神／人／鬼／妖之間，書寫的不僅是情節的離奇多變，也暗含了身份認同、尋找與北進想像等的迷思；也斯、西西作為香港極具創新意識和本土書寫的新銳小說家，其書寫故事新編的獨特進路也值得仔細探研；同樣，作為現實主義流派忠實的堅守者和改革者，陶然的書寫也別具代表性，或許從他身上，我們可以發現現實主義書寫故事新編的別致與限制。

需要指出的是，在大的文學趨勢的宏觀背景下，本書的選點標準則更

[47] 高遠東〈魯迅小說的典範意義〉，見陳平原主編《現代中國》第二輯（武漢：湖北教育出版社，2001），頁184-198。引文見頁195。

[48] 張芙鳴著《施蟄存論》（上海：復旦大學博士論文，2000年4月，導師吳立昌），頁87。

強調其獨創性和流派的代表性，因為好的作家往往具備繁富多變的敘事策略和意義更新。「大作家總歸是大魔法師。從這點出發，我們才能努力領悟他的天才之作的神妙魅力，研究他詩文、小說的風格、意象、體裁；也就能深入接觸到作品最有興味的部分了。」[49]惟其如此，我們才能儘量避免在成百上千的文本中打轉、暈眩、不知所措並因此一葉障目、不見泰山的弊端；同時，反過來，也只有這樣，我們才能更加清楚地表明故事新編小說的繁盛、存在的客觀性和命名的合法性。而且，這樣的譜系學的做法，既探討歷時的演變，也探討共時空間中的獨特性，無疑會更加有利於我們觀照故事新編小說的發展脈絡、內在邏輯和複雜特質。

本書選擇主體介入作為研究此次文類的切入點，也有筆者充分的理由。長期以來，二元對立的思維使得文學研究變化多端的同時，卻也難免各執一端的弊病。或者強調形式主義，或者強調歷史主義，或者高揚文體、語言創新，或者獨味語境，探尋背後的政治、身體、性別等意義。凡此種種，皆有可能割裂了文本的內在關聯。本書選擇主體介入其意在於既要避免二元對立思維，強調文本（text）與對應社會語境（social context）的呼應，又要適應故事新編小說頗具狂歡色彩的文體特質和意義追求，力求對症下藥。

然而這樣一來，對如下問題的解答則勢在必行：

1. 故事新編獨特性何在？也即，其成立的內在理由是什麼？
2. 主體介入與故事新編的關係如何？如何介入？
3. 魯迅《故事新編》地位、角色如何？如何闡釋眾說紛紜的文本？ 故事新編小說的地位、角色如何定位？
4. 故事新編的「現代性」與吊詭之處又該如何理解？

准此，本書的主要論述理論是巴赫金（M. M.Bakhtin，1895-1975）的狂歡化理論，並輔之以敘事學、新歷史主義等種種理論，採用文本細讀和比較的方法展開，希望可以洞察其中的奧秘和宏觀圖像。需要指出的是，作為對於小說詩學的研究，我們只有結合體裁展開才能具備更加靈活機動和開闊駁雜的對應視野。所以，筆者的論述重點同樣也強調故事新編次文類的研究，而非僅僅局限於個案分析。譜系學的策略和手法同樣也因此要貫穿其中。

---

[49] 納博科夫（Vladimir Vladimirovich Nabokov 1899-1977）著，申慧輝等譯《文學講稿》 *Lectures on Literature*（北京：三聯書店，1991），頁25。

　　當然，我們要強調故事新編書寫的兩面性原則，這也是主體介入的包涵，既要強調能夠體現獨特倫理立場的主體精神，它包括了書寫主體由於歷史視界的差異、歷史描述進程中的連續、斷裂以及文本自身的外向性以及由此產生的主觀衝動。如人所論，「古老的故事絕非單向地向我們灌輸道德主題和戲劇性愉悅，我們，當代的讀者和觀眾，也不免向古老的故事發問……倘若答案毫無著落，或者不能令人滿意，我們就會產生一種『操作欲望』，試圖重新闡釋、重新改變那些既成的古老故事。」[50]

　　但同時，主體介入也包含了主體職責的履行。所以大致上，我們可以將主體介入的程度分為三個層次：尊重、復活和重構。這三個層次可能緊密地出現在同一個文本中，也可能只出現其中的一或兩個層次。當然，過分尊重變成了毫無生氣的複述，重構得過了頭似乎也和故事新編小說並無太大的關聯。當然，也是在此意義上，作者的書寫實踐和文本中的主人公也可能會產生所謂的「主體間性」（intersubjective，主要是指主體間的各種關聯，如互相指涉、互動等）關係，這也成為對話、複調乃至狂歡的必備條件。「正是由於作家把人物看作主體而非客體，因此他才能賦予人物以相對獨立的主體性。反過來，人物主體性的獲得並不需要以作家主體性的喪失為代價，因為只有作家以主體的身份與人物進行交流的時候，他才能體察到人物作為一個主體所可能具有的行為或者思想。」[51]

　　在此基礎上，本書（或所期待）的創新性有三：

1. 重新整理同樣眾說紛紜的巴赫金的狂歡化理論。由於今天的現當代文學研究中對於理論的應用經常有許多偏差：或者是生吞活剝西方理論，生搬硬套，讓文本成為理論的點綴；或者只是隨意引用幾句類似名言警句的東西聊以瞞天過海、挾西論自重，實際上也不過是濫竽充數，種種醜態，不一而足。筆者在此希望可以理清巴赫金非常複雜的狂歡化理論（至少是一種能夠自圓其說的理論），並以此來分析魯迅以及其他故事新編小說，以之為本書的主要理論資源。
2. 利用狂歡化理論重讀魯迅的《故事新編》，試圖從眾說紛紜中可以探掘出一條相對接近「真實」的闡釋和說法。
3. 探尋故事新編小說書寫的基本尺規，能夠為經典故事新編小說的再現提供理論和資源支撐。

---

[50] 黃子平著《革命・歷史・小說》（香港：牛津大學出版社，1996），頁159。

[51] 蘇宏斌〈論文學的主體間性——兼談文藝學的方法論變革〉，見《廈門大學學報》（哲社版）2002年第1期，2002年1月，頁25-32。引文見頁30。

　　為此，本書的結構也是分為上、中、下三編：分別是巴赫金的狂歡化理論；魯迅的《故事新編》：走向狂歡；眾聲喧嘩：介入的狂歡節點評。

上編 狂歡化理論

第一章 巴赫金及其狂歡化理論

第一節 引言

卡特琳娜・克拉克Katerina Clark和邁克爾・霍奎斯特Michael Holquist 在他們非常著名的《米哈伊爾・巴赫金》*Mikhail Bakhtin*中意味深長地指出，「一個人的聲譽史總是一部或多或少歧義雜存的編年史。一個人的所作所為和世界對他的預期之間總是相去甚遠……但是罕有像圍繞巴赫金（1895-1975）生平和聲譽的時代錯置（anachronisms）和反諷（ironies）的矛盾這樣比比皆是（myriad）。」[1]巴赫金的風雨平生是如此崎嶇不平，圍繞他的論述是如此眾說紛紜，關於他的著述的相關研究是如此聲勢浩大、轟轟烈烈，以至於出現了「巴赫金學」，[2]而且同樣也是近乎各自為政、各取所需的眾聲喧嘩。比如，結構主義者可能從中發現了形式的元素，將其小說話語理論應用到文本的形式分析中；而後結構主義及其之後的理論家們則可能從纏繞於形式分析的文學研究領地拓展到文化研究的涵蓋，從而使他的學術思想得以與當今轟轟烈烈的文化研究（cultural studies）相契合。[3]但不難看出，面對深邃駁雜的巴赫金，學者們的對策也往往是各取所需、為我所用，但同時也往往因此各執一端，從而很難在全盤理解巴氏的基礎上形成和論證出令人信服的定理。

毋庸諱言，力圖對其多元共存、開放繁複的狂歡化理論進行簡約往往也難免陷阱處處、危機四伏。因為巴赫金的思想往往呈現出「獨特的碎片化狀態，他的全部工作都具有多元性的特徵，這一點是所有的研究者公認的。作為巴赫金思想三大主幹的對話主義、時空體和狂歡化，彼此之間都存在著不同程度的相互牴觸，即便是一個相對獨立的思想整體之間，也存

---

[1] 可參Katerina Clark (1941-), Michael Holquist (1935-), *Mikhail Bakhtin* (Cambridge, Mass. : Belknap Press of Harvard University Press, 1984)，序言。或可見中譯本卡特琳娜・克拉克（Katerina Clark）和邁克爾・霍奎斯特（Michael Holquist）著，語冰譯《米哈伊爾・巴赫金》（北京：中國人民大學出版社，2000），序言頁1。

[2] 如卡瑞・愛默生（Caryl Emerson）就以「巴赫金研究」（Bakhtin Studies）「巴赫金學」（Bakhtinistics，Bakhtinology）命名之。See Caryl Emerson, *The First Hundred Years of Mikhail Bakhtin* (Princeton, New Jersey: Princeton University Press, 1997), p.29.

[3] 有關巴赫金理論旅行的具體情況，還可參王宥〈文化研究語境中的巴赫金與理論的旅行〉，收入王宥著《文化翻譯與經典闡釋》（北京：中華書局，2006）。

在著前後不一致的地方」。[4]需要指出，這種哪怕逼不得已的化約也有它自身的問題。吊詭的是，似乎也正因為如此，有關狂歡化的理論闡述也是形形色色，令人眼界大開，某種程度上也形成了巴赫金所提倡的「狂歡」的回聲。

近年來，狂歡化理論／狂歡無論是在西方學界、中國語境中，甚至在巴赫金的母國——俄羅斯都是一個使用率頗高的時髦詞兒，巴赫金連同其狂歡化理論從長期被壓抑的默默無聞到如今一擁而上的洛陽紙貴在顯示了其數次被發現[5]的巨大價值和令人欣慰之餘，往往同時也埋下了些許對理論引用的空泛（如只是標語化、標籤化，即：藉著巴赫金的大旗狐假虎威）和趨之若鶩式的偷樑換柱苦果，這在實際上是對巴赫金思想和狂歡化理論的架空和錯置。

某種意義上講，我們無論堅持怎樣多元與立體的觀照和思考模式都不為過，因為對奉行「開放性」與「未完成性」的巴赫金來講，真正深入的對話與眾聲喧嘩應該是他所迫切期待的。我們以狂歡化的層面之一——「狂歡化詩學」（所謂「一種基於長篇小說話語修辭之上的敘事詩學」）解讀為例，我們不僅要從文藝學角度來體驗巴氏的獨特創新與深入洞察，同時我們更要看到它對更新和改換我們思維模式的重要性和衝擊力，「狂歡化詩學是一種全新的詩學。要理解它，就必須對整個傳統的藝術和意識形態觀念加以實質性的變革，摒棄那些根深蒂固的文學趣味，重新審視那些已規範化了的概念和術語，尤其得正視那些被忽視甚至被遺忘了的底層的民間詼諧創作。這種觀念的變革將是哥白尼式的，它打破了傳統文化的常規格局，將其倒置過來，使人們對文化的觀照從上層的官方視角轉向底層的民間視角。」[6]

正如一千個人眼中有一千個哈姆雷特一樣，對巴赫金狂歡理論的論述

---

[4] 魏少林〈巴赫金與巴赫金難題〉，見《江淮論壇》2000年第2期，2000年4月，頁68-74。引文見頁70。

[5] 錢中文〈巴赫金的三次被發現〉，見《中華讀書報》1998年02月18日，中外書屋版。在該文中錢中文指出「90年代，巴赫金的一些論文筆記、書信不斷在刊物上登載出來，同時鮑恰羅夫與柯日諾夫的一些回憶性的文章，披露了許多不為他人所知的事實，澄清了不少問題，對推動巴赫金的研究極有幫助。巴赫金終於從歷史的塵封中走了出來，他的哲學思想的各個方面，在前蘇聯不斷得到展示，並得到了廣泛的承認。這是巴赫金的第三次發現。」無獨有偶，北京師範大學夏忠憲博士也指出，「邁入21世紀後，新近問世的《巴赫金全集》（第2卷）和《巴赫金研究文集》是標誌著對巴赫金的『第三次發現』」（夏忠憲〈「第三次發現」的巴赫金〉，《外國文學評論》2002年第4期，2002年11月，頁159）對此可算是補充說明。

[6] 王建剛著《狂歡詩學——巴赫金文學思想研究》（上海：學林出版社，2001），導言頁1-2。

同樣也是五花八門，甚至其醍醐灌頂與撲朔迷離之處同樣令人目瞪口呆。
如人所論，「毫無疑問，狂歡節概念在近幾年已經被證明是文化理論中最
多產的批評主題之一，為數眾多的富含深刻而有益的洞見的專著和論文往
往得益於該切入視角（approach）」。[7]

　　相關舉例可近乎隨手拈來，而切入視角之繁複往往也是令人近乎目眩
神迷。常見的，如對巴赫金思想／概念的或深或淺的縷述：有延續巴赫金
思路繼續開拓前進的，比如達努（Danow，David Keevin）的《狂歡精神：
魔幻現實主義與怪誕》 *The Spirit of Carnival: Magical Realism and the Grotesque*[8]
就是基於巴赫金狂歡節符號學意義上的生髮點染以及深度開掘。也有對
巴氏狂歡化理論的某一層面特點進行深入闡述的，比如邁克爾・迦狄納
（Michael Gardiner1961-）從烏托邦角度對巴氏狂歡理論的深刻的世界觀
意義和烏托邦性質的審視[9]；茹絲・寇茨（Ruth Coates）對巴氏狂歡化書
寫中基督教母題的探究也新人耳目，「巴赫金逐漸將狂歡理解為世界上
基本上在場（presence）的一種否定的策略（a strategy of negation）」。[10]更
有甚者，跳出單純在巴赫金掌心跳舞的圈子，而進行更大範圍內的考量
和比較，比如陸道夫就將巴氏的狂歡理論與美國學者約翰・菲斯克（John
Fiske1939-）的大眾文化／通俗文化理論進行比較挖掘並找尋不同文化語
境下的內在精神關聯，[11]而托尼・安尼牟（Tony Anemone）則以狂歡化理
論探討了巴氏的小說理論與瓦吉諾夫（Konstantin Vaginov 1899-1934）的小
說在實踐操作中的契合與迥異或曰「對話視角」（Dialogic view）聯繫，[12]
而馮平卻別出心裁地考證歐洲著名哲學家伽達默爾（Hans-Georg Gadamer
1900-2002）的「遊戲」與巴氏狂歡之間的關聯。[13]

[7]　Chris Humphrey, "Bakhtin and The Study of Popular Culture: Re-thinking Carnival as a
　　 Historical and Analytical Concept", in Craig Brandist and Galin Tihanov (eds.), *Materializing
　　 Bakhtin: the Bakhtin Circle and Social Theory* (New York: St. Martin's Press, 2000), p.164.

[8]　Danow, David Keevin (1944-),*The Spirit of Carnival: Magical Realism and the* Grotesque
　　 (Lexington, Ky.: University Press of Kentucky, 1995).

[9]　Michael Gardiner (1961-), "Bakhtin's Carnival: Utopia as Critique", in Caryl Emerson (ed.) ,
　　 Critical Essays on Mikhail Bakhtin (New York: G. K. Hall & Co., 1999), pp.252-277.

[10]　Ruth Coates, *Christianity in Bakhtin: God and the Exiled Author* (Cambridge(UK):Cambridge UP,
　　 1998), pp.126-151.引文見頁151。

[11]　陸道夫〈狂歡理論與約翰・菲斯克的大眾文化研究〉，見《外國文學研究》2002年
　　 第4期，2002年12月，頁21-27轉154。

[12]　Tony Anemone, "Carnival In Theory and Practice: Vaginov and Bakhtin", in David
　　 Shepherd (1958-) ed., *The Contexts of Bakhtin: Philosophy, Authorship, Aesthetics*
　　 (Amsterdam,Netherlands:Harwood Academic Publishers, 1998), pp.57-69.

[13]　馮平〈遊戲與狂歡——伽達默爾與巴赫金的兩個概念的關聯嘗試〉，見《文藝評
　　 論》1999年第4期，1999年8月，頁27-31。

更有視野開闊者，赫然將巴赫金與其同時代的哲人、賢士進行比較。比如，大衛・派特森（David Patterson 1948- ）在他《文學與精神——論巴赫金和他的同時代人》Literature and Spirit—Essays on Bakhtin and His Contemporaries就將他和福柯（Michel Foucault 1926-1984）並置，從笑、瘋癲方面探討文學／文化；與拉康（Jacques Lacan 1901-1980）比較作者、主人公和自我的語言；探討他與海德格爾（Martin Heidegger 1889-1966）就文字（word）與存在（being）的異同等等。[14]

甚至中國語境下對巴氏理論的化用等論文也已出現，比如李娜就用狂歡化理論來研讀當代著名小說家王小波（1952-1997）的《青銅時代》，[15]唐宏峰就用巴氏的狂歡化理論來闡釋周星馳喜劇電影所具有的狂歡色彩[16]，甚至有關巴赫金的接受史專著也已出現。[17]而Terrance R. Lindvall and J. Matthew Melton就用巴氏的文本互涉（或互文性）理論來分析卡通／動畫中的狂歡。[18]種種操作，選取不同維度、採用不同策略對巴赫金的狂歡化理論進行了五彩繽紛深淺不一的解讀，但無論如何，這些努力都不同程度地推動了「巴赫金學」的興盛與發展。

如前所述，狂歡化理論的過於雜亂也是在令人欣慰之餘的另外一個無奈，似乎因為它本身含義的多元性而成為一個不證自明（devoid of clear definition）[19]的術語。對於狂歡化的處理，往往由於缺乏對原文本的詳細、透徹的解讀和領悟，在闡述其內涵時，更多只是對個別字句的變換、複述和不知就裡的斷章取義或就事論事；另一方面，由於看不到巴赫金狂歡化理論的貫穿性和多義性，往往許多論述也是一再重蹈對巴赫金狂歡精神扭曲或簡單化的覆轍。如霍奎斯特在他著名的《對話主義——巴赫金和他的世界》Dialogism—Bakhtin and His World中就不無深意（或偏激？）的指出，「儘管如此，由於巴赫金狂歡節概念的狂歡化使得一切都不言自明，

---

[14] David Patterson, *Literature and Spirit—Essays on Bakhtin and His Contemporaries* (Lexington, Ky.: University Press of Kentucky, 1988).

[15] 李娜〈狂歡化的歷史傳奇小說——王小波《青銅時代》研讀〉，見《北方工業大學學報》第12卷第2期，2000年6月，頁45-54。

[16] 唐宏峰〈後現代語境下的狂歡——論周星馳喜劇的狂歡化色彩〉，見陶東風等主編《文化研究》第4輯（北京：中央編譯出版社，2003），頁190-201。

[17] 曾軍著《接受的複調：中國巴赫金的接受史研究》（桂林：廣西師範大學出版社，2004）。

[18] Terrance R. Lindvall, J. Matthew Melton,"Towards a post-modern animated discourse: Bakhtin, intertextuality and the cartoon carnival", see Jayne Pilling (ed.), *A Reader in Animation Studies* (Sydney, Australia: John Libbey & Co., 1997), pp.203-220.

[19] Gary Saul Morson & Caryl Emerson, *Mikhail Bakhtin: Creation of a Prosaics* (Stanford: Stanford UP, 1990), p.49.

這樣一個強調就模糊／遮蔽（obscured）了對話主義其他可爭議的更加重要的層面。」[20]顯然，論者在整部論著中闡明對話主義的微言大義的同時，卻也因為過於強調自己的關注點而可能忽略了其他更大的可能性話題。

對於巴赫金許多理論之間的內在關聯往往缺乏有意的深邃洞察。比如對對話和狂歡理論的關係很多人只是孤立地看待，而缺乏更進一步的精神提煉。而有些有靈感的論述卻又主次顛倒、混淆了個中的內在理路，比如，「文學狂歡節化理論在實質上是對話哲學在體裁發展史、歷史詩學和文化詩學諸方面的具體表現」。[21]

種種個案表明，實在有必要厘清狂歡化理論的內涵與外延，儘管這種清晰界定可能仍然難以擺脫其一家之言的命運。某種意義上講，狂歡化理論自始至終貫穿了巴赫金書寫、思考等等的內在邏輯，是其哲學思考的核心。在我看來，對話（主義）只不過是巴赫金狂歡化理論發展過程的一個里程碑和基點，而非如今天諸多論者將巴氏思想／哲學核心鎖定在對話上的可能的本末倒置操作。狂歡顯然超越了哪怕不無深刻認知意義的對話式思維（本書稍後會論證此觀點），更不必說是二元對立（binary opposition）思維，它的思想與精神有形無形地存在於巴氏的各種理論中。

簡單說來，以其超語言學（Meta-linguistics，或譯元語言學）為例，他的超語言學就同時具有極強的理念超越性和鮮活的物質性，「他的超語言學就是以人們的日常交流活動為對象，著眼於語言在實際應用中不斷變化的活的意義發生規律，換句話說就是超出語言學這門服務於抽象思維的理論的那些方面……巴赫金唯一的目標就是如何打破理性主義對人的精神的禁錮，調動人們身上絕對本質的、神聖的積極性，彌合理論、藝術和生活的各行其道，把它們統一在每一個人身上」。[22]而個中的狂歡節語言同樣擁有不凡又靈活的銜接性，因其狂歡精神和極大的包容性而左右逢源，「狂歡節語言證明是聯結內在話語的低下層面（lower levels of inner speech）與更寬闊的社會空間（broader social sphere）的一種方式，或者，換言之，是一種將生物性個體（the individual-biological）重譯成社會個體（或反之）的方式，是一種將他們的關係對話化的方式。」[23]

---

[20] Michael Holquist, *Dialogism—Bakhtin and His World* (London & New York: Routledge, 1990), p.181.

[21] 麥永雄著《文學領域的思想遊牧：文學理論批評與實踐》（北京：中國社會科學出版社，2002），頁53。

[22] 梅蘭〈試析巴赫金對作者與主人公的關係的兩種評價——兼評巴赫金複調理論的局限性〉，見《外國文學研究》2001年第3期，2001年9月，頁1-7。引文見頁3。

[23] Viacheslav V. Ivanov, "Dialogue and Carnival", in David Shepherd (ed.), *Bakhtin: Carnival and Other Subjects: selected papers from the Fifth International Bakhtin Conference,University of*

　　應當指出，給狂歡化理論分層同樣是一件有些冒險乃至愚蠢的事情，因為任何分類本身已經打上了深深的主觀烙印以至危機四伏，何況又是給紛繁蕪雜的狂歡分類？前人對此分類的可能性已有所察覺並進行了初步操作，如陸道夫就認為「狂歡是人類生活中具有一定世界性和普遍性的特殊的文化現象。從上述對巴赫金所謂的狂歡節、狂歡式和狂歡化的定義的簡單梳理來看，狂歡至少應該有兩個層面的內涵，它既指涉人類社會生活的狂歡現象，又指狂歡化的文學現象。前者是人類學、民俗學和社會學的研究對象，後者則是文藝學研究的對象。」[24]

　　本書所言的狂歡化，其實包含了廣義上的狂歡化的哲學精神和狹義上的「狂歡化詩學」（意指狂歡化的文學表徵）。不難看出，筆者的分層標準中偏重了對文學的強調，主要是基於狂歡化詩學對本書的理論指導意義考量。實際上，狂歡應該是可分為狂歡化精神及其物質性層面的。需要指出的是，這樣的分層有其論述上的逼不得已的苦衷和難處，因此也難免對複雜問題的簡化操作。因為實際上，狂歡具有自身的無盡駁雜和悖論式的渾然一體性，它是「多重聲音湧動的雜語同嘯。在狂歡的境界，意識——無論是自我意識，還是他人意識，無論是亮麗意識，還是幽暗意識——都通過顛覆性的藝術形式或身體動姿向血肉根性瘋狂地回歸。」[25]

　　而克拉克和霍奎斯特更是一針見血地指出，「他的大部分著作表面上是文學理論或語言學領域內的學術研究活動，但在底層，它們卻是一些充滿個性的宣言，常常有一種政治的或哲學的大義。」[26]不難看出，巴赫金本人的思想特質本身就充滿了內在的「對話性」乃至狂歡精神。

　　基於以上分層，本書有關狂歡化理論的論述主要分為如下幾個部分：

1.巴赫金及其學術生平
2.狂歡的反響：狂歡化理論研究述評
3.狂歡化的哲學精神
4.狂歡化詩學：狂歡化文學理論
5.總結。

Manchester, July 1991 (Amsterdam : Rodopi, 1993), p.12. For more details, see pp. 3-12.

[24] 陸道夫〈狂歡理論與約翰‧菲斯克的大眾文化研究〉，頁22。

[25] 胡繼華〈詩學現代性和他人倫理——巴赫金詩學中的「他人」概念〉，見《東南學術》2002年第2期，2002年3月，頁133-142。引文見頁136。

[26] 克拉克和霍奎斯特著，語冰譯《米哈伊爾‧巴赫金》，頁9。

第二節　巴赫金及其學術生平

一、出生與求學：厚積（1895-1918）

米哈伊爾‧米哈伊洛維奇‧巴赫金（Бахтин，Михаил МихаЙлович/ Bakhtin，Mikhail Mikhailovich）1895年11月4日（俄曆，新曆為17日）出生在俄國莫斯科南部的外省小城奧廖爾（或譯奧勒爾）（Orel），其父為貴族出身的商人。[27]巴赫金共有兄弟姐妹5人：一個哥哥尼古拉（Nikoulai1894-1950）；三個妹妹分別為瑪麗亞（Maria）、葉卡德林娜（Ekaterina）和娜塔利婭（Natalya）。

幼時的巴赫金家境優越，為他提供了良好的家庭氛圍及綜合人文教育基礎，同時這也是物質、精神上都比較殷實的俄國中產階級家庭教養的代表之一。「家族的傳統和習俗從來沒有被忘記，它們自形成以來一直被小心虔誠地繼承下來，並且嚴格執行著。」[28]巴赫金和哥哥尼古拉在共同的成長過程中互相砥礪，在切磋中（開始時巴赫金得益於哥哥甚多）共同發展：語言上，在德國女家庭教師的幫助下，他們不僅掌握了德語，而且還學會了古老的語言——希臘語和拉丁語。不僅如此，他們在10歲時就開始閱讀哲學家康德等人的哲學著作。如人所論，「在他們的成長過程中，二人達到許多相同觀點的步驟不同，而且立場各異，但是不謀而合的並肩而行（un uncanny series of parallels）卻主導了他們的生活。他們是大仲馬（Dumas）筆下的科西嘉孿生兄弟（Corsican twins）的當代版（a modern-day version）。二人都是從古典研究始，後轉向語言哲學，觀點驚人類似。」[29]

值得一提的是，尼古拉是古典學家，大學中途退學參加「反革命」，作為白軍軍官隨部隊潰退。他還曾參加法國外籍軍團，轉戰阿爾及利亞。

---

[27] 此處說法採用的資料是奧勒爾彼得保羅大教堂的第83號出生證明書上的記載。具體可參〔俄〕孔金 孔金娜著，張傑 萬海松譯《巴赫金傳》（上海：東方出版中心，2000），頁30。具體論證參頁30-34。值得一提的是，頗有影響力的克拉克和霍奎斯特在他們的著述，語冰譯《米哈伊爾‧巴赫金》（北京：中國人民大學出版社，2000）中認為「他的父親米哈伊爾‧費多羅維奇是一位未獲爵位的貴族，其世系可上溯到14世紀」（頁25），而巴赫金本人則肯定他父親是「相當高級的雇員」（巴赫金著，白春仁 顧亞鈴譯《巴赫金全集》第5卷，石家莊：河北教育出版社，1998，頁401）。故簡而言之，其父為貴族出身的商人。

[28] 〔俄〕孔金 孔金娜著，張傑 萬海松譯《巴赫金傳》（上海：東方出版中心，2000），頁34。

[29] Katerina Clark, Michael Holquist, *Mikhail Bakhtin* (Cambridge, Mass.: Belknap Press of Harvard University Press, 1984), p.18.

後因傷退役，在法國名校索爾邦內大學（Sorbonne）求學，1932年後回到劍橋，獲博士學位。畢業後，尼古拉執教於南安普敦大學（Southampton University）古典研究系，1939年往伯明罕大學任職。1946年創建了語言學系（the Linguistics Department at Birmingham）[30]，1950年心臟病發作去世。

1905年巴赫金舉家前往維爾紐斯（或譯維爾諾Vilnius），巴赫金在此讀中學。1911年，父親又調到奧德薩（Odessa），巴赫金亦隨同搬遷。維爾紐斯和奧德薩都是多元文化／語言中心，這種特徵可能初步引發了巴赫金後來對「雜語」的深沉思考。

1913年巴赫金進入諾沃羅西斯克大學（後改名奧德薩大學），一年後轉往彼得堡大學St. Petersburg（later Petrograd）University（一戰期間改稱彼得格勒大學）從事古典研究。有資料表明，巴赫金在該大學歷史語文系可能是以一旁聽生的資格學習的，[31]恰在此時，巴赫金也在惶恐不安的惡劣環境中因患有嚴重的慢性骨髓炎避開了兵役義務，開始自己的研究了，1918年他大學結業。[32]需要指出的是，在彼得格勒大學良好的、綜合性的教育體制培養下，巴赫金延續了他一貫的開闊閱讀視野以及雜取百家操作，「在大學求學期間，米·巴赫金並不只是對哲學進行鑽研。他依然像過去一樣把許多精力和注意力集中到確定他後來活動方向和意義的語文學上來。古代語言和現代語言，語言學概論，俄國文學和起源於古代東方、古希臘羅馬的西方文學，俄國和西歐的文藝學——這一切都是他集中關注和詳細研究的對象。」[33]同樣，研究的基礎和諸多興趣在此時慢慢被夯實，至少是打下了厚厚的鋪墊，天才／思想家的誕生往往都不是一蹴而就的。

二、複調與對話：巴赫金小組（1918-1929）

為避開彼得格勒的物質上的饑寒、當時的恐怖政策以及身體修養上的需要，1918年巴赫金來到風景秀麗、資源豐富的小城涅維爾（Nevel）。除了在涅維爾任一貫制勞動學校和初級師範學校教師教授歷史、社會學和俄

---

[30] 此處觀點採用Katerina Clark，Michael Holquist，*Mikhail Bakhtin*，p.19.
[31] 據孔金查閱資料顯示，1916-1918年該系編入學生花名冊中並沒有巴赫金的名字，可參〔俄〕孔金孔金娜著，張傑 萬海松譯《巴赫金傳》，頁50之注釋35。不過，該說法有爭議，此處仍采此說。
[32] 依據孔金的資料，「他沒有參加當時規定的大學畢業預考，因而按學校規章制度他就沒有取得彼得格勒大學的畢業證書」，可參〔俄〕孔金孔金娜著，張傑 萬海松譯《巴赫金傳》，頁45-46。日本巴赫金研究學者北岡誠司在其著述《巴赫金——對話與狂歡》魏炫譯（石家莊：河北教育出版社，2002），頁350也持類似觀點。
[33] 〔俄〕孔金孔金娜著，張傑 萬海松譯《巴赫金傳》，頁44。

語課以外，非常重要的是，巴赫金和一幫「熱衷於深層的開拓性努力」[34]
的天才青年們孜孜不倦地追求理想，組成了「康德哲學小組」，意氣風
發、指點江山、激揚文字的他們甚至自信有一天可以建立「涅維爾哲學
派」（Nevel school of philosophy）。[35]

　　涅維爾小組成員們專業混雜、興趣駁雜：比如，瓦·尼·沃洛希諾夫
（V. N. Voloshinov1894或1895-1936）是彼得堡大學法律系高材生，列夫·
瓦裡西耶維奇·蓬皮揚斯基（L. V. Pumpiansky1891-1940）則主攻羅曼語—
日爾曼語語文學，鮑米·祖·巴金（B. M. Zubakin1894-1937）則是一個即
興詩人、雕塑家兼考古學家，而在德國獲得博士學位的馬特維·伊薩奇·
卡甘（M. I. Kagan1889-1937）更是多才多藝，在德國他主攻哲學、數學、
自然科學和經濟學，他也是這個小組的靈魂人物之一，年紀最小的瑪麗
亞·韋尼阿米諾夫納·尤金娜（M. V. Yudina1899-1970）則是頗具天賦的鋼
琴家，顯而易見各種角色、專業和興趣近乎迥異，其他人等也是犬牙參
差、不一而足。該小組不僅在內部熱烈討論哲學、美學、倫理學等問題和
時人流行理論／學說來激蕩思想，他們也深入民間、熱情洋溢地投身於文
化啟蒙運動中，「為該市居民舉辦講座，指導青年創作和普教小組，參加
這一時期廣泛盛行的辯論會。」[36]因為成員們為理想各奔東西，涅維爾小
組在1918年底就解散了。1919年在涅維爾一份不定期文學叢刊《藝術日》
上，巴赫金發表了他的「處女作」——《藝術與責任》，強調個人應該全
面承擔起責任來。

　　1920年夏，巴赫金來到在涅維爾以南約70公里的外省小城卻又是「文
化搖籃」的維貼布斯克（Vitebsk）。在此地他被聘為維貼布斯克國立師範
學院教授總體文學的老師，稍後又被音樂學院列為編內教師，教授音樂史
和音樂哲學（美學）。與在涅維爾一樣，巴赫金小組（The Bahktin Circle）
在維貼布斯克同樣得以很好的延續，除以前小組的老成員前來訪問／討
論以外，還添加了不少新人，如年輕有為的伊凡·伊凡諾維奇·索列爾
京斯堪基（I. I. Sollertinsky1902-1944）、當地無產階級大學校長巴維爾·
尼古拉耶維奇·麥德維傑夫（P. N. Medvedev1891-1938）等等。麥德維傑
夫作用重大，恰恰在他的庇護之下，巴赫金（小組）才可以相對遊刃有
餘地與各派理論與觀點、民眾、各類聽眾對話或進行啟蒙。維貼布斯克
對巴赫金個人來講有著更加非同尋常的意義：在他骨髓炎擴散、惡化以
至使他成為殘疾人時，他的終生愛侶葉蓮娜·阿列克桑德洛芙娜（Elena

---

[34]〔俄〕孔金 孔金娜著，張傑 萬海松譯《巴赫金傳》，頁56。
[35] See Katerina Clark, Michael Holquist, *Mikhail Bakhtin*, p.39.
[36]〔俄〕孔金 孔金娜著，張傑 萬海松譯《巴赫金傳》，頁59。

Aleksandrovna1900-1971）適時出現了，1921年他們結婚。日後，思想上才華橫溢、生活上卻狼狽不堪的巴赫金正是在妻子的幫助下，相濡以沫，共同走過50年風風雨雨的。

　　此一時期是巴赫金創作激情澎湃的時期[37]：他的主要作品有《論行為哲學論》、《審美作品中的主人公》、《道德主體與權利主體》以及後來讓他名聲大振的對陀思妥耶夫斯基（Dostoyevsky，Fyodor 1821-1881）研究詩學的草稿。不難看出，早期巴赫金就對人的主體性考問饒有興趣，尤其從美學、哲學和價值論的角度來探討這種主體的建築術（architectonics）[38]，而且這些問題在日後的思考中仍然持續成為巴氏持之以恆思考的話題，可謂綿延不絕。儘管如此，在學術上，巴赫金還是寂寂無聞，要緊的是，這嚴重影響了他的生計，微薄的收入甚至使他陷入衣食無著的地步。但無論如何，涅維爾和維貼布斯克為巴赫金狂歡哲學的昇華式思考打下了堅實又寬闊的基礎，「巴赫金在這兩座城市居留期間的發展構成了一個獨立的哲學階段（a single philosophical phase）。」[39]

　　1924夏，巴赫金從維貼布斯克遷居列寧格勒（Leningrad）。儘管巴氏在其個人簡歷和檔案中都提到，1924-1930年間他在俄羅斯國立藝術史研究所擔任研究員，也曾在一家出版社任編輯，但這些工作卻都是編外的、暫時的，維生的巨大壓力使得巴赫金將精力集中於學術研究活動和講課上，然而，這些原本只是形而上的勞作在面對現實時往往於事無補，「巴赫金在列寧格勒的生活就是一場生存的戰鬥（a battle to survive）」。[40]或許卓有意義又令貧困交加的巴赫金感到欣慰的是巴赫金小組的第三次建構：列寧格勒小組。除了一幫老友（如蓬皮揚斯基、索列爾京斯基、沃洛希諾夫、麥德維傑夫與尤金娜等）之外，新人也不斷湧入，而且學科跨越性似乎更強：如東亞文化研究專家尼古拉·尤西弗維奇·康臘德（Nikolai Iusifovich Konrad 1892-1970）、哲學家兼翻譯家阿·阿·弗蘭可夫斯基（A. A. Frankovsky 1888-1942）、研究西藏、古印度、孟加拉文學及印地語、蒙古語專家米哈伊爾·伊茲拉伊列維奇·圖比揚斯基（M. I. Tubyansky）、生物學家伊萬·伊萬諾維奇·卡納耶夫（I. I. Kanaev 1893-1984）、作家康斯

---

[37]　比如他在給馬·伊·卡甘的1922年1月18日的一封信中就說，「現在我完全康復了，工作量也很大，物質生活搞得還不賴，膳食不錯，還長胖了，有很多時間去賺錢。現在我在寫一部關於陀思妥耶夫斯基的書，我希望它儘快完稿；《道德主體與權利主體》一書暫且還擱在一邊。」詳可參全文，見〔俄〕孔金 孔金娜著，張傑 萬海松譯《巴赫金傳》，頁79。

[38]　Katerina Clark, Michael Holquist, *Mikhail Bakhtin*, pp.63-94.

[39]　Katerina Clark, Michael Holquist, *Mikhail Bakhtin*, p.55.

[40]　Katerina Clark, Michael Holquist, *Mikhail Bakhtin*, p.98.

坦丁・康斯坦丁諾維奇・瓦吉諾夫（K. K. Vaginov 1899-1934）等等。

巴赫金小組延續了以前的自由的討論主題，即「哲學認識論和道德審美方面」的深沉思考和熱烈討論，在此階段他們也發現了新的興奮點：宗教道德和宗教哲學問題。[41]當然，這個興趣似乎也讓巴赫金招來了流放之禍，此為後話。毋庸諱言，巴赫金的許多光輝奪目的思想火花發展成後來的熊熊烈火與這種對話的氛圍不無關係，「他的關於對話、自我與他者的交流的熠熠閃光的思想，都是通過與小組的其他成員們的對話與辯論而逐漸成熟的。」[42]

生活的困頓與貧苦並沒有阻礙巴赫金前進的步伐，在逆境中不斷掙紮的靈魂依舊高貴而睿智，甚至更強。傳記作者大多認為，在列寧格勒這5年是巴氏思想最活躍、學術生涯中最重要的時期。[43]的確，此一時期巴赫金文思泉湧、佳作如雲：《文學作品的內容、材料和形式問題》、《馬克思主義與語言哲學》（沃洛希諾夫／巴赫金）、《文藝學中的形式主義方法》（麥德維傑夫／巴赫金）、《現代活力論》（卡納耶夫／巴赫金）、《弗洛伊德主義批判綱要》（沃洛希諾夫／巴赫金）、《生活話語與藝術話語》（沃洛希諾夫／巴赫金）[44]等等在在反映了巴赫金的激情四射與開闊視野。最令世人（含研究者）矚目的莫過於1929年《陀思妥耶夫斯基創作問題》的出版，它標誌著巴赫金思想的成熟並自成一家，有論者甚至認為，由是，1929年是「巴赫金思想」的「中心年」。[45]

---

[41] 〔俄〕孔金 孔金娜著，張傑 萬海松譯《巴赫金傳》，頁111-112。

[42] 劉康《對話的喧聲——巴赫金的文化轉型理論》（北京：中國人民大學出版社，1995），頁33。

[43] 如〔俄〕孔金 孔金娜著，張傑 萬海松譯《巴赫金傳》就認為「這幾年是他學術理論生涯最為重要的時期。在一定意義上或許可以說，正是在這段時期之內，米・巴赫金成為了一個學者，並且以一個學者的身份進入了我國的學術史，而且作為一個學者保存在我們的意識和記憶裡。」（頁102）。Katerina Clark, Michael Holquist在*Mikhail Bakhtin*, Cambridge, Mass.: Belknap Press of Harvard University Press, 1984中就認為「1924-1929間的5年是巴赫金極其活躍（one of enormous activity）的時期」（p.95）。

[44] 關於巴赫金早期作品的著作權問題，可謂是該研究領域中的一個難破的謎，由於當事人不願揭開謎底，所以眾說紛紜、各執一詞。但有一個共同點在研究者中似乎取得了一致：在以他人名字為名發表的著述中，巴赫金明顯起到了很大的主導作用，或者至少比較密切的參與其中。有鑑於此，在沒有確切證據的情況下，筆者此處採用加斜杠的做法是認為他們大多更是合作的產物。茨維坦・托多羅夫（Tzvetan Todorov 1939- ）也認為，「加上斜杠主要是由於它可以產生模棱兩可的效果：是合作？替代？或者是通信關係？」見托多羅夫著，蔣子華 張萍譯《巴赫金對話理論及其他》（天津：百花文藝出版社，2001）頁188。而牧野則認為「『巴赫金』毋寧說是一個學術集體的名稱」（詳可參牧野〈國外巴赫金研究一瞥〉，見《文藝理論與批評》1999年第4期，1999年7月，頁128-132，引文見132頁）。

[45] B. C. 皮勃特語，詳可參〔俄〕孔金 孔金娜著，張傑 萬海松譯《巴赫金傳》，頁164和頁186之注釋162。

巴赫金在列寧格勒的5年裡，思想走向深化和轉向。即，從與古典哲學密切相關的主題轉向語言學，「由抽象思辨色彩濃厚、受德國古典哲學影響很深的美學、倫理學的主題，逐漸轉向社會性、歷史性和實踐性更強的語言學主題。」[46]應當指出，這種轉變和深化都是巴赫金在惡劣環境中堅持不懈和深入思考的結果，這為他將來走向「狂歡」的更高思想境界指明了方向，如人所論，巴赫金「摸索到了道路並選擇了未來活動的方向。」[47]

三、孤寂與狂歡（1929-1975）

在當時日漸難以容忍異己、「搜尋」「階級敵人」的大環境下，由於被懷疑和當時的異己組織「復活」小組[48]有瓜葛，巴赫金在1928年12月24日夜被逮捕。在經過三次審判後，1929年7月，巴赫金被判往索洛維茨基（Solovetsky）「集中營服刑」5年。當時，巴的身體每況愈下，骨髓炎舊疾復發。這個處罰相當於提前宣判巴赫金死刑。在巴赫金夫婦及友人的大力協助下，1930年2月國家政治保安總局改判巴赫金流放到庫斯塔奈（Kustanai）。40多年以後（1973）據巴赫金回憶說，這是人道主義的勝利，「根據人道原則。總的說是很講人道精神的。」[49]

1930年4月，巴赫金夫婦來到庫斯塔奈進行了實際上長達6年的流放生活。在此期間，他的主要工作是擔任消費合作社的經濟師兼會計。流放犯的生活很難對學術生命有所維護，但是巴赫金還是完成了有名的《長篇小說的話語》。

1936年10月起，巴赫金在莫爾多瓦師範學院（Mordovia Pedagogical Institute）執教，但好景不常，由於擔心蘇聯歷史上著名的「大清洗」運動愈演愈烈後會殃及自身，巴赫金1937年7月辭去了薩蘭斯克（Saransk）的教職。但在此短短的時段內，勤奮的巴赫金仍然寫了《教育小說及其在現實主義歷史中的意義》並修改了《陀思妥耶夫斯基創作問題》第2版。[50]

1937年巴赫金到莫斯科、列寧格勒求職的計畫失敗，秋天遷居莫斯科近郊的薩維洛沃城（Savelovo）。1938年2月，因骨髓炎發作，巴赫金截去

---

[46] 劉康著《對話的喧聲》，頁33。

[47] 〔俄〕孔金孔金娜著，張傑 萬海松譯《巴赫金傳》，頁175。

[48] 關於「復活」小組的具體情況，可參〔俄〕孔金孔金娜著，張傑 萬海松譯《巴赫金傳》，頁192-197。

[49] 巴赫金著，白春仁 顧亞鈴譯《巴赫金全集》第5卷，頁542。

[50] 如巴赫金自己所言，「第二版是在薩蘭斯克寫的」，見巴赫金著，白春仁 顧亞鈴譯《巴赫金全集》第5卷，頁553。

了右肢。1940年發表《長篇小說的時間形式和時空體形式》、《歷史詩學概述》、《長篇小說話語的發端》等。1941年3月24日，巴赫金在高爾基世界文學研究所演講「作為文學體裁的長篇小說」。特別值得一提的是，巴赫金在他個人簡歷中也提及，《現實主義歷史中的弗朗索瓦‧拉伯雷》是其於1940年完成提交給位於莫斯科的蘇聯科學院世界文學研究所和位於列寧格勒的科學院西歐文學研究所的學位論文。[51]從1941年至1945年，巴赫金憑藉教普通中學來維持生計，但是，他從未放棄自己的理想與追求，反倒在與逆境的堅強對話中譜寫了一部部極富超越性的巨著，當然，本來他留給後人的著述可以更加碩果累累的，如果不是他在極苦難時期將部分手稿作捲煙紙隨手抽掉的話。

1945年9月，巴赫金回到薩蘭斯克莫爾多瓦師範學院任教，講授文藝學導論、文學史、西歐文學史等。1946年11月在莫斯科蘇聯科學院高爾基世界文學研究所，巴赫金進行學位論文答辯，雖然獲得評委們的一致讚賞，但在當時民族沙文主義崛起、政治／文化氣候惡劣的年代裡，崇尚狂歡與自由的論文似乎很難獲得官方的青睞，經過二次表決後，論文被一致通過授予副博士學位。但在建議授予博士學位時，7比6的接近票數使得將該論文的決定權交到了最高評定委員會手中。直到1951年9月，才下達正式裁決，1952年6月才授予其副博士學位，這離該論文的完成已是整整12年。

1957年，師範學院升級為莫爾多瓦國立大學。次年，巴赫金被任命為俄羅斯與外國文學教研室主任。1961年8月，巴赫金正式退休。1963年在年輕人瓦吉姆‧瓦列利亞諾維奇‧柯日諾夫（V. V. Kozhinov）的熱心幫助和多方奔走、千方百計努力之下，修訂、擴充版的《陀思妥耶夫斯基詩學問題》出版，1965年《拉伯雷和他的世界》首次出版。1969年，在學生和仰慕者的齊心協力幫助下，巴赫金回到莫斯科治療每況愈下的身體。1971年，陪伴了他半個世紀的終生伴侶巴赫金娜去世。1972年，巴氏獲得莫斯科戶口。1973年，《詩學和文學史問題》由莫爾多瓦大學俄羅斯和外國文學教研室籌備出版。1975年3月6日，巴赫金揮別了他坎坷不平的80年人生路與世長辭。

在薩蘭斯克和他生命的最後時期，比較而言，巴赫金的成果不算太多，但風格和思想似乎日趨成熟，主要如下：《言語體裁問題》（1952-1953）、《文學作品中的語言》（1954）、《語言學、語文學和其他人文科學中的文本問題》（1959-1960）、《史詩與長篇小說》（1970）、《答

---

[51] 轉引自〔俄〕孔金 孔金娜著，張傑 萬海松譯《巴赫金傳》，頁257。

〈新世界〉編輯部問》（1970）、《詩歌語言與散文語言》（1973）等等。以上諸多篇目在文學理領域內的建樹可謂不容忽視，故而作品大多擲地有聲，所以托多羅夫認為，這些年的「殘存部分正是巴赫金留下的最傑出的東西。」[52]

　　從語言轉向到言語體裁，從小說理論到人文科學，再從複調／對話到狂歡，甚至再回到早期論題的重複與深化，巴赫金的思想充滿了對話性、開放性和未完成性。回到他自身的學術經歷上來，或許更可以看出孤寂與狂歡之間的巨大落差。從早期的默默無聞、發表艱難和生活上的淒寒孤苦，到晚年和死後的極大榮耀，引用和研究的論著汗牛充棟，浩瀚成「巴赫金學」，當然，連20世紀最偉大的思想家之一的桂冠稱號都毫不猶豫的呈現給他，「米哈伊爾‧巴赫金無疑是二十世紀人文科學領域裡最重要的蘇聯思想家，文學界最偉大的理論家……一個文本理論家（並不是狹義上的，也就是說比『文學』的意義更廣泛方面）」[53]，也在在表明了這一點，儘管這種認識與榮耀也稍微遲了些。筆者將在下文詳細闡述這種狂歡的反響。

---

[52] 托多羅夫Tzvetan Todorov（1939- ）著，蔣子華 張萍譯《巴赫金對話理論及其他》（天津：百花文藝出版社，2001），頁190。
[53] 托多羅夫著，蔣子華 張萍譯《巴赫金、對話理論及其他》，頁171。

第二章　後顧研究及狂歡化精神

第一節　狂歡的反響：狂歡化理論研究述評

　　自從東西方學界先後發現巴赫金起[1]，巴赫金研究迄今已成為一門顯學：關於巴氏著述的各國譯本層出不窮，相關論文及著述數量之大更是令人咂舌，據相關不完全統計，「60年代下半期至1982年，各國學者就巴赫金思想撰寫的著述約有一百二十種之多……僅5年（1988-1992年）西方就新出了四十多部有關巴赫金的論著，出了多期雜誌專刊」。[2]值得一提的是，1992年在巴赫金一生中學術工作卓有成效展開的維貼布斯克（Vitebsk），還出版了一本名為《對話・狂歡・時空體》的有關巴赫金研究（如挖掘書信、資料及發表研究論文等）的文化季刊。

　　如特裡・伊格爾頓（Terry Eagleton1943-）所言，「極少有幾個現代批評概念被證明比巴赫金的狂歡概念更加豐茂（fertile）、建議性（suggestive）和生產性的姿態各異（productively polymorphous）」。[3]狂歡理論的確成為一個充滿活力又頗具爭議性的主題，加之巴赫金本人並未對狂歡進行異常清晰的釐定和分層，所以對狂歡的使用同樣也是色彩繽紛、五花八門。

　　鑒於狂歡理論研究的指向、層面太過駁雜、繁複，本書在此也只能提綱挈領進行縷述，力圖勾勒個中主線，而不求也很難面面俱到。簡單說來，關於狂歡理論的研究層面主要如下：1.狂歡節及其起源；2.狂歡化理論（詩學）及其應用；3.對話與狂歡的關係。以下將分述之。

---

[1]　一般以為，夏仲翼在1982年《世界文學》第四期上發表巴赫金的《陀思妥耶夫斯基詩學問題》第一章譯文是中國巴赫金研究的開始（可參曉河〈巴赫金研究在中國〉，見《文藝理論與批評》1998年第6期，1998年11月，頁121，全文可參頁121-125轉143）。西方的巴赫金研究狀況發軔可參廖炳惠〈論述與對話：巴克定逝世十周年〉，見臺灣《中外文學》，第十四卷第四期，1985年9月，頁125-132。

[2]　引自夏忠憲著《巴赫金狂歡化詩學研究》（北京：北京師範大學，2000），頁3。

[3]　Terry Eagleton, "Bakhtin, Schopenhauer, Kundera", see Ken Hirschkop and David Shepherd (eds.), *Bakhtin and Cultural Theory* (Manchester; New York: Manchester University Press; New York, NY, USA: Distributed exclusively in the USA and Canada by St. Martin's Press , 1989), 178-188, p.178.

一、狂歡節及其起源

　　相比較而言，此層面的研究算是比較薄弱的一環。個中原因可以理解：作為文學狂歡化的源頭的狂歡節其實在巴赫金的篇幅和論述中分量並不太重，而且出於重點建構一種新的詩學的需要，狂歡節在一開始（巴赫金那裡）就註定了它的某種程度的「失寵」。

　　通常的做法是在論及狂歡化（尤其是拉伯雷的怪誕現實主義等等）時順便提及狂歡節或者狂歡式：比如司達姆（Robert Stam 1941-）在他的《顛覆之樂——巴赫金、文化批判和電影》*Subversive Pleasures: Bakhtin, Cultural Criticism, and Film*中就是如此操作：浮光掠影的點評了狂歡節。[4]或者只是對巴赫金的狂歡節論述進行縮寫抑或傳聲筒式的複述。[5]

　　但實際上，關於狂歡節的演變和發展應當是一個令人意趣盎然又卓有深意的課題，因為它背後的關涉超越了表面的作為歡慶的節日的狂歡節自身。西蒙・丹提斯（Simon Dentith）就認為，「簡而言之，狂歡節及其大眾節日形式的歷史創設（historical institution），是一把破解中世紀以降歐洲文化、社會及身體（personal）歷史的一個極其重要的主題（a crucial theme）的鑰匙。」[6]

　　或許如克拉克和霍奎斯特所猜度的，「由於非常自覺地意識到自己的文本作為文本的地位，巴赫金還使用了文本學（textology）作為基本策略。巴赫金懂得，在自己的文本中有許多未說的東西，因此，他詮釋《巨人傳》的關鍵方法便是探尋拉伯雷文本中未說的東西。」[7]正是由於狂歡節作為一種曾經的理想生活方式經已消失，在解讀拉伯雷時，人們往往頗多誤解，因文化／時空的遙隔而產生理解的錯訛。為此克拉克和霍奎斯特給予意義非凡的狂歡節篇幅不算太多卻非常深入精闢的論述：比如申明狂歡節的全民性「每個人都創造狂歡節，每個人都是狂歡節」和混雜特徵（「是一種現實的雜語現象」），指出狂歡節的雙重性以及其中的盛宴、

4　See Robert Stam, *Subversive Pleasures: Bakhtin, Cultural Criticism, and Film* (Baltimore: Johns Hopkins University Press, 1989) Chapter 3 "Film, Literature, and the Carnivalesque"(pp.85-121) and Chapter 4 "Of Cannibals and Carnivals"(pp.122-156)都論述到了狂歡節，但是篇幅往往少得可憐（pp.85-87, 122-123）。

5　如朱立元主編《現代西方美學史》（上海：上海文藝出版社，1993）對巴赫金的處理就體現了上述特徵，詳可參該書頁1121-1124。

6　Simon Dentith, *Bakhtinian Thought: An Introductory Reader* (London; New York: Routledge, 1995), p.66.

7　克拉克和霍奎斯特著，語冰譯《米哈伊爾・巴赫金》（北京：中國人民大學出版社，2000），頁387。

肉體的多義性等等。[8]

對狂歡節的研究往往和狂歡式結合起來進行，因為二者實際上也是密切相關的，後者是對前者的簡化和象徵歸納。如夏忠憲就將狂歡式的內在特點歸結為：1全民性；2儀式性；3等級消失；4插科打諢。而將狂歡節意蘊的內在特徵總結為：1狂歡式的世界感受；2兩重性；3快樂的相對性。[9]陸道夫則將巴赫金所認為的狂歡節（式）的外在特徵及其所體現出來的「內在精神和社會功能」歸結為：1全民性；2儀式性；3平等性；4顛覆性。[10]顯然，這種說法有它的片面之處，因為狂歡節的雙重性註定了它自身的顛覆性以外也不乏足夠的建構性，這一點容易為論者所忽略。但約翰·費斯克（John Fiske 1939- ）就敏銳的感受到其複雜的兩重性，甚至是多元的包容性，「狂歡節未必經常是破壞性的（disruptive），但是破壞的因素卻常存，它也未必經常是進步（progressive）的或解放（liberating）的，但是進步的和解放的潛力（potential）卻總是在場（present）。」[11]

而劉康在一針見血指出概念本身的複雜性以及主觀性強加以外，還身體力行地對此概念的理解指明了三個層面：「首先是社會政治層面⋯⋯第二是文化與審美層面⋯⋯狂歡節體現了大眾文化的審美趣味，寄託著大眾文化的烏托邦理想。最後是語言與形式方面。狂歡節、狂歡化提出了文化轉型期的開放性本文的概念，從梅尼普諷刺、戲擬和怪誕現實主義諸方面闡述了狂歡化的語言。我們認為，狂歡節概念的文化審美意義是其主導方面，超過了社會政治的意義。」[12]

趙勇引入了「非現實世界」的概念力圖厘清中世紀人與世界的交往方式，而狂歡節在他那裡無疑是屬於「非現實世界」（「以民間節日形式出現（主要有農神節、愚人節、狂歡節等）出現的世界」）的。同時，他在以此解讀狂歡節時，指出了構建非現實世界的四大因素：1時間因素（民間節日）；2空間因素（廣場）；3軀體因素（怪誕）；4話語因素（民間話語或廣場語言）。[13]而梅蘭則深刻又不無偏激地指出，「狂歡節的最突

---

[8] 詳可參克拉克和邁克爾·霍奎斯特著，語冰譯《米哈伊爾·巴赫金》，頁389-395。或可參Katerina Clark, Michael Holquist, *Mikhail Bakhtin* (Cambridge, Mass.: Belknap Press of Harvard University Press, 1984), pp.300-305.

[9] 具體可參夏忠憲著《巴赫金狂歡化詩學研究》，頁63-71。

[10] 陸道夫〈狂歡理論與約翰·菲斯克的大眾文化研究〉，見《外國文學研究》2002年第4期，2002年12月，頁21-27轉154。引文見頁22-23。

[11] John Fiske, *Understanding Popular Culture* (Boston: Unwin Hyman, 1989), p.101.

[12] 劉康著《對話的喧聲——巴赫金的文化轉型理論》（北京：中國人民大學出版社，1995），頁189-193。引文見頁193。

[13] 趙勇〈民間話語的開掘與放大——論巴赫金的狂歡化理論〉，見《外國文學研究》2002年第4期，2002年12月，頁2-7，詳可參全文頁1-9，引文見頁2。

出的本質特點即是人回到與他人的本質聯繫中……在狂歡節中，人在和他人的關係中能達到一種『我與你』的境界，人回歸人格化存在。這種境界的特點在於它是一種感性的、當下的、對存在的認知，這使狂歡節的烏托邦呈現出完整人解放人的意義。」[14]

　　種種操作顯然有助於我們對狂歡節（式）的更加深入、透徹的理解，儘管這種劃分也有簡化之虞和主觀性添加色彩。

　　對巴赫金狂歡節的理解固然可以顯示出八仙過海、各顯神通的敏銳程度，對狂歡節研究的推進和擴充更應當受到讚譽和嘉獎。董小英就饒有意味地指出，巴赫金本來注意到弗雷澤（J. G. Frazer 1854-1941）的《金枝》 The Golden Bough 對狂歡節的起源做過「大量材料翔實的研究。可惜他沒有順著這條線索追尋下去，而我們恰恰從《金枝》對狂歡節的研究中發現，狂歡節起源於巫術儀式，巫術儀式來源於圖騰崇拜，這就是說，人類文化，包括複調小說，包括笑文化，包括戲劇、神話、舞蹈、音樂、繪畫等等的起源更早，起源於使狂歡精神得以發生的真正源頭──圖騰以及圖騰的供壇下所飄逸的巫術精神。」[15]

　　無獨有偶，王建剛不僅勾勒了巴赫金「視野更開闊、現實性更強」狂歡生活的發展姿態[16]，而且還意味深長地指出狂歡與理性整合的複雜糾葛，「其實，對狂歡的理性整合並不完全是一種外在的力量，在很大程度上它就內在地發育於狂歡本身。」[17]在此基礎上，他還描述並分析了理性整合的三個階段（「以巫術圖騰為主導形式的初級整合階段；以宗教為主導形式的二級整合階段；以倫理政治為主導形式的三級整合階段」[18]），使該領域研究得到持續推進。

　　正是也看到了「在巴赫金那裡，狂歡的發生學研究是缺失的」，王建剛知難而進、查漏補缺，仔細考察了狂歡發生學的幾種理論與可能性，如佛洛德（Freud, Sigmund 1856-1939）精神分析與狂歡的關係、瑪律庫塞（Herbert Marcuse 1898-1979）本能論、馬斯洛（Abraham H. Maslow 1908-1970）的高峰體驗（或神祕體驗）理論對狂歡的啟示意義、派特裡奇

---

[14] 梅蘭〈狂歡化世界觀、體裁、時空體和語言〉，見《外國文學研究》，2002年第4期，2002年12月，頁10-16轉169。引文見頁11。

[15] 此方面的論證具體可參董小英著《再登巴比倫塔──巴赫金與對話理論》（北京：三聯書店，1994），頁239-248。引文出處為頁240-241。

[16] 詳細論述見王建剛著《狂歡詩學──巴赫金文學思想研究》（上海：學林出版社，2001），頁79-105。引文見該書頁79。

[17] 王建剛著《狂歡詩學──巴赫金文學思想研究》，頁9。

[18] 王建剛著《狂歡詩學──巴赫金文學思想研究》，頁11。

（Burgo Partridge）的《狂歡史》中的安全閥理論來闡論狂歡的發生學。[19]

毋庸諱言，上述的對狂歡節的不無主觀色彩的種種厘定總體上說對我們深入具體理解狂歡節不無裨益，難能可貴的是，那些對巴赫金狂歡節（式）理論往前推動的嘗試或舉措，畢竟，他們的論述在體現狂歡的精神之餘，也或多或少發展了理論論述自身。

二、狂歡化詩學及其應用

比較而言，對巴赫金狂歡化詩學的研究最為豐茂，相關研究書目（含論文）近乎浩瀚。但是，這一點在東西方及俄羅斯本土的側重點不盡相同，或者說各有千秋。但許多姿態和指向卻可能不約而同，反映了研究者獨特的個性與充滿智慧的「英雄所見略同」。

（一）趨向於精神

表面上看來，某些西方學者對狂歡化的研究更趨向於其精神指向。如人所論，「當代的西方學者和俄羅斯學者對巴赫金的狂歡化理論多偏重於理解為一種哲學，意識形態理論，文化理論，甚至認為他（疑為「它」之誤，朱按）是一種關於『文學後的文學』、『哲學後的哲學』的理論。在我們看來，這種理解或許更多『後巴赫金學』的意味⋯⋯我們傾向於從巴赫金學術研究的出發點──文學、文藝學角度去探討他的狂歡化理論，即首先把他理解為一種關於藝術地感知世界的理論，或稱之為『狂歡化詩學』。」[20]

這從某種意義上指明了西方學界研究巴赫金的某種傾向。如卡瑞‧愛默森（Caryl Emerson）就指出了作為分析工具（analytical device）的狂歡的精神為「既不贊成也不反對」（Neither for Nor against）。[21]高格提式維利（Liudmila Gogotishvili）則認為，「巴赫金認為作為不斷演變（alternating literary principles）的文學原則的狂歡節和複調（polyphony）在歷史連續體（historical continuum）中互為條件（condition each other）」。[22]但在弗裡德曼（I. N. Friedman）看來，「巴赫金的複調和狂歡同樣都是烏托邦的建構（utopian constructs）。」[23]而有論者卻指出狂歡式的解密特色和解（建）構的雙重色彩，「狂歡式仍然可以

---

[19] 王建剛著《狂歡詩學──巴赫金文學思想研究》，頁62-79。
[20] 夏忠憲著《巴赫金狂歡化詩學研究》，頁10。
[21] Caryl Emerson, *The First Hundred Years of Mikhail Bakhtin* (Princeton: Princeton UP, 1997), p.195.
[22] 引自 Caryl Emerson, *The First Hundred Years of Mikhail Bakhtin*, p.202.
[23] 引自 Caryl Emerson, *The First Hundred Years of Mikhail Bakhtin*, pp.204-205.

充當人們快樂理想的深度造型（a deep modeling），它在剎那間既是烏托邦的，又是反霸權的（counterhegemonic）。它是祛魅的（demystifying），因為它暴露了社會秩序的武斷（arbitrariness）和脆弱性（fragility）。」[24]

　　卡瑞・愛默生在他的另外一篇論文中別有深意地指出，「狂歡精神，不僅是民主的、高貴的（aristocratic）、知識的承載、自我改正和放鬆的代理（agent），它也是健康（healthy）的。」同時，他還扼要分析了笑在巴赫金那裡的多重功用，並點明瞭個中的幾個吊詭（paradox），將之置於更開闊的視野下進行觀照。[25]

　　儘管如此，西方學界也有學者看到了狂歡的歷史具體性（historical specificity），「狂歡，不是一種超歷史的現象（not a transhistorical phenomenon）巴赫金從某種特殊意義上使用了這個單詞，並且抵制（despite）了自己擴展它意義範圍的意願」。[26]

（二）專題研究

　　專門論述狂歡化的著述並不多見，以作者手頭收集研究資料，分述如下。

　　夏忠憲的博士論文《巴赫金狂歡化詩學研究》是中國學界第一部專門論述狂歡化詩學的著述，所以其開創意義非同尋常。加之作者對巴赫金的母語──俄語有著較好的應用能力[27]，在中文學界可謂得天獨厚。該書的主幹架構分四章：第一章從顛覆和建構的角度探討狂歡化詩學的特質。他認為，巴赫金的狂歡化詩學雖然涉獵廣泛，但「首先是一種文學批評理論，特別是一種體裁詩學理論，即關於小說創作和闡釋的理論。他雖然理論性很強，但他同時具有很強的實踐性，即可操作性……強調『顛覆』，但其顛覆是為了重建，而且是積極的建設。」[28]

　　第二章主要是對狂歡化的來源以及狂歡化文學的歷史演進進行考察並梳理。夏指出，「巴赫金的重大貢獻在於，他發現並揭示了狂歡化文學獨特的藝術原則：（1）新的藝術觀察形式──以狂歡化的眼光看世

---

[24] John Fiske, *Understanding Popular Culture*, p.101.
[25] Caryl Emerson, "Coming to Terms with Bakhtin's Carnival: Ancient, Modern, sub Specie Aeternitatis", see R. Bracht Branham (ed.), *Bakhtin and the Classics* (Evanston, Illinois: Northwestern University Press, 2002), pp.5-26.引文見p.7.
[26] Simon Dentith, *Bakhtinian Thought: An Introductory Reader*, pp. 70-71.
[27] 夏忠憲之前曾翻譯了《巴赫金全集》（石家莊：河北教育出版社，1998）第六卷（拉伯雷和他的世界），所以對原著的解讀想必頗有心得。而且，他在其博士論文中還引用了不少俄羅斯學者對巴赫金研究的新成果／真知灼見。
[28] 夏忠憲著《巴赫金狂歡化詩學研究》，頁21。

界……（2）鮮明的指向性……（3）從下層製造文學革命……（4）獨特
的結構——脫冕結構，讓一切高貴的因素降格。（5）獨特的手法——交
雜。」[29]顯然，夏對巴赫金的總結與剖析煞費苦心。不過，他總結的第三
點似乎有可商榷之處。[30]

　　第三章主要是對巴赫金對體裁詩學的拓展進行勾勒，分為小說性、諷
刺模擬性以及形式——體裁面具（小丑、傻瓜、騙子）。應該講，夏對巴
氏體裁詩學的關鍵字提煉觸角還是相當敏銳的，但三部分的內在邏輯似乎
有些雜亂（小說性顯然對後兩者有交叉之處），因為它們指向的是不同層
面的拓展，之間的參差交錯之處又不可避免[31]，需要／值得繼續思考。

　　第四章則側重探研小說體裁的社會歷史和文化底蘊，它其實和第三章
有著密不可分的關聯：前者側重社會語境和文化蘊含，而後者則轉向體裁
詩學的文學表現。該章主要從雜語性、民間性、儀典性三個層面展開，思
維縝密。

　　王建剛的《狂歡詩學——巴赫金文學思想研究》是中國學界又一部專
論巴氏狂歡化詩學的著述。比較而言，該書的內容和涉及面明顯豐富了
很多，如它對狂歡與對話（第一章）、狂歡發生學的討論（第二章）和末
章（第六章）對女性寫作和民間寫作的個案分析與現實關懷都在在新人耳
目。該書有關狂歡詩學的研究主體為第三至五章。整體上看來，作者對巴
赫金狂歡詩學的某些特點的體認可謂入木三分。如第三章第三節「時空體
的地形學還原：作品世界的狂歡化」對身體、地形學與文字之間的纏繞作
了鮮明生動的描述，比如，他認為「地形經過人體的比附能進一步價值
化，意識形態化，進而獲得了相應的文化與文學意義。意識形態化了的地
形學不再僅僅是一個空間範疇，它還獲得了時間的維度。時空體是地形學
的核心範疇。」[32]

　　第三章對狂歡化文學與狂歡化世界感受從三個層面展開：1藝術思維
的狂歡化：加冕脫冕；2文學體裁的狂歡化：諷刺性模擬；3作品世界的狂

---

[29] 夏忠憲著《巴赫金狂歡化詩學研究》，頁81。

[30] 下層似乎應該加注引號，因為一方面，下層所指的是上層所對應的層面，下層自己
本身不一定必須附和這種稱謂；另一方面，狂歡化詩學本身並不主張二元對立，而
是強調全民參與、平等自由。所以這種說法背後暴露了作者的兩極心態，對比於巴
赫金多元的狂歡精神，似乎不妥。

[31] 小說性固然是巴氏對體裁力量、內在質素等的高度凝煉概括，而諷刺模擬性則是指
向狂歡化體裁的一種內在特徵，如巴氏所言，狂歡化體裁「本能地蘊含著諷刺性模
擬。」（巴赫金著；白春仁、顧亞鈴譯《陀思妥耶夫斯基詩學問題》，北京：三聯書
店，1988，頁181），它本身和小說性又有著千絲萬縷的關聯，而小丑、傻瓜等指向的
則是小說中比較有特色的人物／角色的特殊含義。顯然，夏的這種分法有些錯亂。

[32] 王建剛著《狂歡詩學——巴赫金文學思想研究》，頁166。詳可參頁159-176。

歡化：時空體的地形學還原。這種劃分凸顯了作者的綿密與解讀巴氏的獨特／深入。第四章論述狂歡化文學的體裁與風格特徵則從莊諧、複調、怪誕三個概念層層遞進，陳述有力。第五章則集中論述長篇小說的修辭理論，探討了長遠時間與狂歡詩學、超語言學之於狂歡詩學的基石作用以及長篇小說的修辭等等。竊以為，該章三節之間的邏輯關聯似乎有些混亂，對個中的交叉之處處理得不夠周密：如超語言學和修辭的捆綁問題[33]則表明了第二、三節的關係／層次需要慎重考慮。

達努在《狂歡的精神——魔幻現實主義和怪誕》*The Spirit of Carnival-Magical Realism and the Grotesque*一書中對狂歡詩學的考量主要側重於文學手法的層面：比如狂歡式-怪誕（The Carnivalesque-Grotesque）、魔幻現實主義、怪誕現實主義（Grotesque Realism）、原型層面（Archetypal Aspects）等等，如其所言，他的論述的「主題是，敘述，一種人類交流和反映一個世界（真實的）和另一個（虛構的）世界的藝術形式（artistic form）的模式（mode）」。[34]

（三）實用與物質性

在分析和使用狂歡化這個概念的過程中，出於不同的目的和需求，對它的研究也體現出不同程度的實用性和物質性。

日本學者北岡誠司在他的《巴赫金——對話與狂歡》中對巴氏的狂歡理論作了清晰的提煉和分析，命之為「『哲學』頂峰的狂歡」，分別從狂歡的定義、蘇格拉底對話和梅尼普諷刺角度進行梳理。[35]由於該書屬於巴赫金傳記研究，可能其研究的創新性自然或多或少會打折扣，但該書對狂歡的處理應該算得上細緻認真、四平八穩。

克拉克和霍奎斯特在論述「拉伯雷和他的世界」時，間或點出了狂歡詩學的某些成分和特徵，但整體上看來，他們更關注的是拉伯雷的戰鬥性，「對巴赫金來說，拉伯雷參與的不僅是相對變化多端的政治史，而且還有變化相對緩慢的語言史。這兩種在《巨人傳》*Gargantua*中速度的交叉（intersection between these two velocities）表明了拉伯雷的極其重要性（ultimate importance）。他的意義在於他不是針對某一具體政治勢力的反

---

[33] 王在第4章第2節指出，「超語言學研究的主要對象是雙聲語」（頁263），在第三節則指出了小說語言的「雙聲和雜語特徵」（頁299），顯然王未能就它們之間的交疊與親密關係作充分陳述。

[34] David K. Danow, *The Spirit of Carnival-Magical Realism and the Grotesque* (Lexington, Ky.: University Press of Kentucky, 1995), p.5.

[35] 可參 [日]北岡誠司著；魏炫譯《巴赫金——對話與狂歡》（石家莊：河北教育出版社，2002），頁265-338。

對。」[36]

　　劉康在論述巴氏的狂歡節理論時，著眼點顯然又與眾不同。「巴赫金的側重點是大眾文化的審美趣味，即對肉體感官欲望的大膽追求」。[37]而在論述狂歡詩學時，他強調的仍然是它的實用性和物質性。難能可貴的是他較早用此理論分析20世紀中國文學上的某些文學現象[38]，也是中國學界巴赫金狂歡化理論應用的先驅者之一。

　　程正民在他的《巴赫金的文化詩學》中是將狂歡化理論置於所謂「文化詩學」的大框架下進行觀照的。因為自身論述和更大論述主題的需要，狂歡化理論被分割得支離破碎，整體架構也有些雜亂，但是儘管如此，他還是花了相當大的篇幅論述狂歡化（理論）。比如第六章專論狂歡式的世界感受，第八章第九章分論狂歡式的思維和藝術思維以及小說體裁和民間狂歡化文化的各自間的緊密關係都頗有眼光。但是作者將陀思妥耶夫斯基和拉伯雷當作文化詩學分析的實證個案而罔顧了它們同樣也是狂歡詩學的載體[39]，至於如何分辨和解析尚待進一步斟酌。

　　饒有意味的是，彼得·希池考克（Peter Hitchcock）對身體怪誕與狂歡化理論關係的考察。他認為，「建築術（architectonics）不是針對巴赫金所不能覺察的完整性（wholeness）的簡單的補償（compensation）或置換（displacement）工具。它不是關於『人』的完美性的理論，而是一份另樣建構人的意願的詳細注解（a detailed exegesis）」。[40]不過，他又不無悖論色彩的指出，「它不是巴赫金的身體疼痛在對他人狂歡化的身體政治（carnivalizing body politics of others）的延續對待中得以外在化的。儘管如此，我願說，腐敗的身體degenerative body（指疼痛的、腐爛的和將死的身體）被生成的軀體becoming body（指在大眾集市上具有確切生命節日的模式a life-affirming festive mode、復原的和革命的身體）趕上不是一種巧合。疼痛在巴赫金的名單上是在肢解（dismemberment）的古怪遭遇（odd occurrence）中的缺席的在場（the present absence）」。[41]

---

[36]　Katerina Clark, Michael Holquist, *Mikhail Bakhtin*, p.320.

[37]　劉康著《對話的喧聲——巴赫金的文化轉型理論》，頁213。

[38]　如對20世紀文學中的「革命」現象與《廢都》、《白鹿原》等的作為當代文化的小說化傾向等等的分析。見劉康著《對話的喧聲——巴赫金的文化轉型理論》，頁226-243。

[39]　程正民著《巴赫金的文化詩學》（北京：北京師範大學出版社，2001），頁44-136。

[40]　Peter Hitchcock, "The Grotesque of the Body", see Michael Mayerfeld Bell (1957-) and Michael Gardiner (1961-) (eds.), *Bakhtin and the Human Sciences: No Last Words* (London: Sage Publications, 1998), p.79.

[41]　Peter Hitchcock, "The Grotesque of the Body", p.92.

　　從不同層面對狂歡化詩學進行五彩繽紛的立體觀照和細緻拿捏，有利於我們對巴赫金原本蕪雜、開放的狂歡化理論展開更具體深入的瞭解，也為後來人（包括筆者）對狂歡化研究的繼續推進提供了良好的基礎，當然，在魚龍混雜的敘述中，也難免將問題混淆甚至錯亂的舉措和操作。

三、對話VS狂歡

　　之所以將狂歡化詩學中對話與狂歡的關係進行單列，原因自然形形色色。但大致說來，主要如下：

> 1.對話和狂歡對巴赫金來講都是至關重要的概念，它們對於我們洞察巴氏理論、掌握其創造的精神都是不可多得／必不可少的鑰匙。
> 2.將對話和狂歡並置（juxtapose），引人深思的是：它們到底只是各自為政的概念／術語，還是彼此之間存在著密切的內在邏輯？如果如此，邏輯關係如何？

　　毋庸諱言，如果我們沒有很好的挖掘上述原因（尤其是第二點），我們很可能對巴赫金狂歡化詩學的理解流於淺嘗輒止，或者即使很深入的明瞭了個別理念，但是，對於理論體系中個體的內在理路如果沒有有意識梳理的話，我們的理解也同樣可能是殘缺和片面的。

　　霍奎斯特在他的《對話主義──巴赫金和他的世界》*Dialogism: Bakhtin and His World* 對巴氏的思想進行簡約後以對話主義概括之，「在這本書中指涉主導巴赫金思想的關懷的互動系列（the interconnected set of concerns）的術語就是『對話主義』」。[42]作為英語世界較早研究巴赫金的專家，霍奎斯特顯示出他持續的高屋建瓴和不溫不火。他對對話層次的精妙劃分仍然值得我們仔細品味。大致說來，其思考對話的絢麗多姿層面主要包括：1存在（existence）作為對話，哲學方面的考量；2從語言學視角探討語言作為對話的本質；3小說性（novelness）作為對話，主要是從教育小說（the novel of education）和小說的教育（the education of the novel）角度展開；4歷史和詩學作為對話；5創作（authoring）作為對話：應答的建築術（architectonics of answerability）[43]。

　　不難看出，霍奎斯特堅持了他一貫的主張「對話主義」，早在他和

---

[42] Michael Holquist, *Dialogism: Bakhtin and His World* (London and New York: Routledge, 1991), p.15.

[43] 具體論述可參Michael Holquist, *Dialogism: Bakhtin and His World,* pp.14-181.

克拉克1984年出版的關於巴赫金的傳記中就凸顯出這一點，「作為思想家的巴赫金的一生的顯著特徵（distinctive feature）就是他從未停止過追尋相同問題的不同答案。實際上，他提出自我（self）和他者（other）關係問題的不同方式，或者浮現於不同現實（the reality of difference）的同一性（sameness）的呈現問題，多年以來差別迥異。」[44]不難看出，哪怕巴赫金自身的思考和實踐操作也貫徹了對話精神。

在對話主義非常強勢的震耳欲聾的聲音中間或也漂浮著微弱的狂歡的聲息。「對話主義假定文本互涉（intertextuality）和內在文本性（inter-textuality）是小說的標誌／特徵（hallmarks），所以他者性（otherness）在文類的核心發揮作用（at work）。毫不奇怪，狂歡成為巴赫金的一個執著迷戀（great obsessions），因為在他的理解中，狂歡象小說一樣，是一種展示他者性（displaying otherness）的方式：狂歡使熟悉的關係陌生了（strange）。」[45]儘管如此，在霍奎斯特那裡，對話在巴赫金思想中居於不容撼動的地位，它和狂歡化理論的獨特關聯並未被提上議事日程。

托多羅夫的《巴赫金、對話理論及其他》（蔣子華 張萍譯，天津：百花文藝出版社，2001）同樣也因焦點不同而忽略了狂歡詩學。而孔金與孔金娜在《巴赫金傳》中也認同對話是巴氏思想核心的觀點，「米・巴赫金提出並且解決了對話問題——他的整個美學和哲學文藝學觀點體系中最核心的問題。」[46]

可能由於論述的側重不同，類似邏輯的偏愛也出現在夏忠憲的著述《巴赫金狂歡化詩學研究》中，與霍奎斯特相反，夏則專論狂歡化，而對話則似乎成為一種他者，只是偶爾才成為一種顧及，「巴赫金的獨特貢獻在於，他所宣導的以對話主義為基礎的重語境、重對話、兼顧內外，綜合研究的人文科學研究方法，致力於理解和闡明各式各樣的言談、學說之間的交流、對話和相互豐富，善於博采各家學說之長而避其短，因而他能為當代各種文學批評流派所欣賞和接受。」[47]

同時，儘管夏意識到了狂歡化的重要性，但是對於狂歡和複調二者之間的內在精神關聯卻也不甚了了，「在巴赫金的遺產中，狂歡化詩學理論是一個相對獨立的理論，其重要性絲毫不遜於複調理論。」[48]

---

[44] Katerina Clark, Michael Holquist, *Mikhail Bakhtin*, p.63.
[45] Michael Holquist, *Dialogism: Bakhtin and His World*, p.89.
[46] 〔俄〕孔金 孔金娜著，張傑 萬海松譯《巴赫金傳》（上海：東方出版中心，2000），頁7。
[47] 夏忠憲著《巴赫金狂歡化詩學研究》，頁44。
[48] 夏忠憲著《巴赫金狂歡化詩學研究》，頁31。

　　巴赫金傳記作家、日本學者北岡誠司雖然敏銳的看到了巴氏思想的兩個雙峰並峙的關鍵字：對話與狂歡，但是，似乎他並沒有真正意識到二者之間的內在關聯。他甚至將蘇格拉底對話置於「狂歡」的條目下[49]，但是，他還是很可惜地讓它們各奔東西，對話與狂歡的對話與交錯因此只是擦肩而過。

　　在劉康那裡，對話與狂歡被巧妙地溶於一爐，即它們都是為他所提倡的簡約的文化轉型理論服務的，巴赫金的思想因而被他引向了轉型論和大眾文化。而在筆者看來，轉型其實更應該是狂歡的語境／背景（context／background），劉的操作從此意義上講似乎有些本末倒置的感覺。比如，巴氏就鮮明地指出，陀斯妥耶夫斯基的複調小說產生土壤恰恰在於當時類似於社會轉型時期的客觀現實，「陀思妥耶夫斯基不是在人的精神裡，而是在社會的客觀世界中，發現了並極善於理解這個多元性和矛盾性。在這個社會的世界中，多元的領域不是不同的階段，而是不同的營壘；它們之間的矛盾關係，不表現為個人走過的道路（不管是升還是沉），而表現為社會的狀態。社會現實的多元性和矛盾性，在這裡是以一個時代的客觀事實呈現出來的。」[50]

　　不過，總體說來，劉康仍然延續了前人的對話核心觀點，「總之，巴赫金文化理論的核心是文化和審美的對話主義，它基本上是針對著文化轉型時期的語言雜多現象提出的。對話主義是一種建設性、創造性的美學觀和文化觀，其基本前提是承認差異性和他性的歷史事實，以自我與他者的積極對話、交流，來實現主體的建構。」[51]

　　當然董小英對狂歡化的處理則是別有一番洞天。為了說明對話理論，她不惜壓縮和扭曲狂歡化理論從而更好地為我所用：狂歡被有意壓縮到「思維的雙聲現象」中去。她認為，「除了共時性以外，狂歡化是對話所處的時空的另一要素……在陀思妥耶夫斯基的作品中，狂歡節中的情節與場面隨處可見，狂歡化的氛圍就是對話、對話性所處空間。」她還堅持說，「不管巴赫金如何稱謂陀思妥耶夫斯基的時空特點，戲劇共時性與狂歡化的時空，是複調小說得以成長的土壤，是無可爭辯的。」[52]自然，狂歡化可以成為對話的某一種背景或要素，但董所忽略的是，對話也不過

---

[49] 可參〔日〕北岡誠司著，魏炫譯《巴赫金——對話與狂歡》第四章（頁265-338）的具體操作。

[50] 巴赫金著，白春仁 顧亞鈴譯《巴赫金全集》第五卷（石家莊：河北教育出版社，1998），頁36。

[51] 劉康著《對話的喧聲——巴赫金的文化轉型理論》，頁7。

[52] 董小英著《再登巴比倫塔——巴赫金與對話理論》，引文分見頁55、57。

只是狂歡的一種形式,在詩學中可能只是一種相對簡單的形式。某種層面上,複調小說也只是狂歡化詩學與精神的物質載體。顯然,她的這種操作有它的片面之處。

程正民對狂歡與對話的關係也有他自己的見解。他首先比較敏銳地解讀出了巴赫金關於複調小說源於狂歡文化的深刻認識。「巴赫金在《陀思妥耶夫斯基詩學問題》中,敏銳指出以往的文藝學沒有能夠揭示出作家創作的本質,其原因就在於沒有看到作家創造了複調小說這種全新的藝術形式,體現了全新的藝術思維類型,而這種全新的藝術形式和藝術思維又緣於民間狂歡化文化。」[53]甚至他也別出心裁地意識到了狂歡式的思維與對話思維之間存在著某種「接近」關係,不過,令人惋惜的是,他仍然顛倒了對話與狂歡的內在邏輯關聯,「就狂歡式思維和對話思維的關係而言,作為一種人文思維,對話思維有更高的自覺意識,同時也有更強烈的創造追求。儘管如此,我們不能否認狂歡式思維同藝術思維、對話思維的內在聯繫,也不能否認狂歡式思維對藝術思維和對話思維的深刻影響」。[54]然而,他以涵蓋量極大(可能流於空泛)的詞彙「文化詩學」寬泛地包容了一切,而狂歡的影子也只是遙遙可見。

目前對此問題認識比較有創見而且深入認識的是王建剛。他的看法體現在《狂歡詩學──巴赫金文學思想研究》一書中。首先,從文學層面上,他一針見血指出複調小說是狂歡化文學的一種。「複調可以視為對話主義的別名,複調小說是對話理論的審美轉型……所有這些最終打破了傳統小說理性而沉寂的世界,使其充滿了狂歡精神。複調小說是一種狂歡化文學。」[55]

其次,強調對話的某些狂歡品格以及二者之間的某種同構關係。「巴赫金認為,加冕脫冕式具有正反同體的特性,它同時寓有正反兩種價值,即既能表現更新交替及由此而創生意義這一積極肯定的一面,又能表現出消解任何制度與秩序、任何權勢與地位並使之具有令人發笑的相對性這一消極否定的一面。這一矛盾正是狂歡內在邏輯的體現……這一邏輯是邊緣狀態的具體化。在這一點上,狂歡與對話同構……對話的狂歡品格突出地表現在巴赫金的對話主義倫理學,語義學和詩學中。」[56]

再次,彰顯對話理論與狂歡詩學的密切關係。「對話的脫冕露出了世界的狂歡本質。就巴赫金整個思想行程來看,這一脫冕是暫時的,權宜

---

[53] 程正民著《巴赫金的文化詩學》,頁35。
[54] 程正民著《巴赫金的文化詩學》,頁185-186。
[55] 王建剛著《狂歡詩學──巴赫金文學思想研究》,頁50-51。
[56] 王建剛著《狂歡詩學──巴赫金文學思想研究》,頁46-47。

的，目的在於揭示狂歡的文化內涵，剖析狂歡的內在肌理，從而為他的對話理論的發生提供一種內證，最終為對話理論加冕。」[57]顯然，王意識到了二者的內在關聯。

但令人惋惜的是，王堅持狂歡同樣是為了對話，並認為對話是巴赫金的思想核心和主要哲學觀點。「在某種意義上講，狂歡是對話理論的塵俗化、肉身化，對話則是狂歡的理性化、聖潔化。對話理論是巴赫金對世界的存在狀態、構成方式以及創生過程的總的看法和觀點。無論從世界觀還是方法論的角度看，它都已上升到哲學的高度。」[58]

類似的論述並不缺乏，有論者也認為「文學狂歡節化理論在實質上是對話哲學在體裁發展史、歷史詩學和文化詩學諸方面的具體表現。」[59]

需要指出的是，王難能可貴的看到了巴赫金為解構官方的嚴肅性、教條主義、理性、霸權，乃至高雅的長期偏執而有些近乎矯枉過正的強調下部、物質性、平民性等狂歡的反撥特質，但這並不意味著狂歡化理論更多或只指向肉身和塵俗，它同樣也包含了巴赫金所未加強調的精神和終極關懷。

在我看來，在巴赫金的思想歷程中，狂歡應該是他最重要的精神關鍵詞。這不僅表現在他在其代表作《陀斯妥耶夫斯基詩學問題》和《拉伯雷和他的世界》的具體指涉上，同時也表現在他自己作品的互涉上：比如在晚年他對《陀思妥耶夫斯基創作問題》的修改中，狂歡化論述比重的加大[60]和前後文本的對話關係則反映了他晚年將狂歡化作為哲學的最高邏輯精神的佐證之一。如人所論，「狂歡邏輯（carnival logic）是如此有機地家喻戶曉（organically prominent），如此無處不在（omnipresent），以至於它成功地聯結（stitches）了他的宗教和世俗關懷（religious and secular concerns）。考察狂歡及其在巴赫金哲學中的位置將也會給文學研究帶來真正的利益。」[61]

還需要指出的是，退一步講，巴赫金本人對狂歡化的肉體化等層面／特徵的過度強調也有他自身的局限性：烏托邦色彩濃厚和高度理想主義。如人所論，「無論是作為體制化了的狂歡節還是作為模式化了的怪誕現實

---

[57]　王建剛著《狂歡詩學——巴赫金文學思想研究》，導言頁8。
[58]　王建剛著《狂歡詩學——巴赫金文學思想研究》，頁41。
[59]　麥永雄著《文學領域的思想遊牧：文學理論與批評實踐》（北京：中國社會科學出版社，2002），頁53。
[60]　至於具體修改情況的分析論述可參〔俄〕孔金 孔金娜著，張傑 萬海松譯《巴赫金傳》，頁315-328和[日]北岡誠司著；魏炫譯《巴赫金——對話與狂歡》，頁265-338。
[61]　Caryl Emerson, "Coming to Terms with Bakhtin's Carnival: Ancient, Modern, sub Specie Aeternitatis", p.5.

主義，其自由的能量與笑聲的作用都不宜估計得過高，因為正如我們前面指出的那樣，出現在狂歡廣場上的種種舉動只不過是發生在非現實世界中的合法暴力，是統治者有意留出的一個宣洩出口；而作為一種文學傳統的狂歡文體，又只不過是發生在想像界的一場美學革命。合法暴動已經經過了官方的認可和默許，美學革命在意識形態國家機器面前又常常顯得軟弱無力，於是，由此生成的自由只能是幻覺，笑聲又多少顯得空洞和虛妄，狂歡因此暴露出其濃鬱的烏托邦色彩……民間話語的意義和力量也就在一種過度闡釋中被人為地放大了，這在很大程度上顯得既不真實也不可信。事實上，民間既是生產智慧話語、爽朗笑聲的地方，也是盛產狡黠、油滑、世故的所在……民間話語很大程度上已然經過了官方話語的滲透、整合與重新編碼，絕對清潔的民間精神實際上並不存在，絕對純正的民間話語也純屬子虛烏有。」[62]無獨有偶，丹提斯也指出其狂歡論述中烏托邦成分的誇大，「在論拉伯雷的書中，他對宴席（feasting）、笑和親昵（familiarity）所代表的自由領域（the realm of freedom）給了一個良好又哲理性的表達，但這可能誇大狂歡節形式（carnival forms）中的烏托邦成分。」[63]

哪怕其代表性觀點之一對話主義也有其不足之處，有論者認為，「在不同的系譜或語境中，完全可能有不同性質和腔調的『對話』，很難排除『權力』和『位置』的因素。」[64]

無論如何，前人研究無論功過與否，都給本人對巴赫金狂歡化理論的研究開闢許多可能性，同時也點明瞭某些操作的方向（比如單純借用巴赫金的某些觀點斷章取義、企圖將自己的觀點強加給巴赫金另立山頭、或者是通過扭曲巴赫金來迎合自己的論述需要）其實此路不通。也恰恰是在他們辛勤勞動的基礎上，筆者的研究才能不斷推進和開拓創新。[65]

在筆者看來，巴赫金狂歡化理論的分析架構如下：

一、狂歡化的哲學精神
　　1.對現實生活的狂歡式世界感受；

---

[62] 趙勇〈民間話語的開掘與放大——論巴赫金的狂歡化理論〉，見《外國文學研究》2002年第4期，2002年12月，頁53。

[63] Simon Dentith, *Bakhtinian Thoughts: An Introductory Reader* (London & New York: Routledge, 1995), pp.76-77.

[64] 麥永雄著《文學領域的思想遊牧：文學理論與批評實踐》，頁57。

[65] 如人所論，我們同樣需要堅持對巴赫金「接受的複調」，注意在尊重巴氏本人意願的前提下展開不同主體間的互動。具體可參曾軍〈接受的複調——關於巴赫金接受史研究方法的幾點思考〉，見《雲夢學刊》，2003年第1期，2003年1月，頁64-68。

　　2.歡式的思維；

　　3.文本內外：狂歡精神的體現與方法論。

　二、狂歡詩學

　　1.對話

　（1）複調

　（2）對話性：文本互涉、話語理論等

　　2.狂歡

　（1）演變歷程：狂歡節→狂歡式→狂歡化

　（2）莊諧體（體裁）：蘇格拉底對話→梅尼普諷刺（與陀思妥
　　　耶夫斯基的複調的交叉）→怪誕現實主義

　（3）小說性／化：雜語性、眾聲喧嘩、未完成性等。

　　筆者在以下章節將會分別予以詳細闡述。

　　無獨有偶，筆者後來才發現鐘敬文先生對此持類似建議。[66]這種不謀
而合，無疑加強了筆者按預設操作的信心。

第二節　狂歡化的哲學精神

　　如人所論，「巴赫金的思想，其內容本身就拒絕對其進行概括總結，
而作為『一個整體』存入書庫。巴赫金的思想要求不斷和它對話，不斷
地對它進行『審議』」。[67]對狂歡化理論進行逼不得已的化約自然也不例
外。由於狂歡化理論的多義性[68]、繁複性和未完成性造成了今天許多研究
狂歡理論或詩學的著述在不乏真知灼見之餘，又難免加築了些許的個人臆
測和主觀性膨脹，因而使得狂歡理論顯得更加撲朔迷離。甚至有人為此發

---

[66] 他指出，「我個人認為，巴赫金的文學狂歡化思想確實具有比較普遍的學術意義。
　狂歡化的概念，的確可以被用於解釋人類一般精神生活和敘事文學中的某些特殊現
　象。但這個概念應該包含兩個層次，即狂歡現象和狂歡化的文學現象。當然，從人
　類的精神現象講，它們是一個問題的兩個側面，在本質上是互有聯繫的。但就兩者
　在社會生活中的地位和表現形式來講，它們又屬於兩個不同的方面，彼此又是有所
　區別的。因此，我們要全面地瞭解狂歡概念的內涵，就應該對兩者加以區分。」鐘
　敬文〈文學狂歡化思想與狂歡〉，見《光明日報》1999年1月28日。

[67] [日]北岡誠司著；魏炫譯《巴赫金──對話與狂歡》（石家莊：河北教育出版社，
　2002），頁339。

[68] 如克拉克和霍奎斯特就認為「狂歡和怪誕都有將確定性（certainty）置於曖昧和不
　確定性的功效（effect），這是它們強調所有分類體系（all classificatory systems）的
　抵牾（contradictions）和相對性（relativity）的結果。」（see Katerina Clark, Michael
　Holquist, *Mikhail Bakhtin*, Cambridge, Mass.: Belknap Press of Harvard University Press, 1984,
　p.304）。

出詢問，到底是「誰的巴赫金？」因為「巴赫金的思想是建立在具體的存在-事件的分析之上的，他不斷的強調語境的重要性……由於巴赫金思想的碎片化特徵，由這引發的研究也五花八門，但有一點卻是一致的，即每一個巴赫金研究者都是在自己具體的時空語境之下，將巴赫金語境化了，其中彌漫著濃厚的個人化色彩。」[69]

但恰恰因為如此，對巴赫金第一手資料[70]的解讀就顯得愈發至關重要。這種操作，並不是對主張文本開放性（openness）和指向未來的巴赫金狂歡精神的背離，而是對他這種精神的高度尊重和繼承。

總體上說來，巴赫金更應該是個哲學家，而非簡單的文藝學家。[71]如晚年的他自己所言，「你們要注意到，我可不是文藝學家，我是哲學家。」[72]不少學者都看到了這一點，如人所論，「巴赫金並不僅僅是一個文藝理論家，他一生所作的工作，更接近於哲學人類學。無論是複調理論、對話理論或是狂歡化理論，都可以視為巴赫金的同一種哲學探索」[73]，這種繁複的身份以及巴赫金的獨特視閾／立場本身也體現了本節標題所言的「狂歡化的哲學精神」。如前所述，筆者將從三個層面論述巴氏狂歡化的哲學精神：1對現實生活的狂歡式世界感受；2狂歡式的思維；3文本內外：狂歡的精神與方法論。

---

[69] 魏少林〈巴赫金與巴赫金難題〉，見《江淮論壇》2000年第2期，2000年4月，頁71-72。

[70] 限於個人語言能力，本書對巴赫金資料的使用主要還是借重錢中文等主持翻譯的7卷本巴赫金著述的《巴赫金全集》（石家莊：河北教育出版社，1998）。需要指出的是，這套「全集」並不全，個別著述的翻譯也有刪減。如萬海松就指出，中文版《巴赫金全集》「尚有許多未加收錄，其中包括草稿提綱的《作為戲劇家的托爾斯泰》。考慮到與《陀思妥耶夫斯基詩學問題》由許多重複之處，《陀思妥耶夫斯基創作問題》只有部分譯成中文（中文版，第五卷），《俄國文學史講座筆記》中只有關於4位作家（列夫‧托爾泰、費‧索洛古勃、安‧別雷、維亞切斯拉夫‧伊萬諾夫）的內容譯成了中文（中文版，第4卷）。據中文版《巴赫金全集》主編錢中文先生透露，在適當的時候將推出作為補遺的第7卷」（可參萬海松〈俄版《巴赫金文集》第2卷〉，見《外國文學評論》2002年第2期，2002年6月，頁151）。當然，中文學界對巴赫金的集體推介還是居於前列，儘管中國巴赫金研究的起步較晚。儘管如此，為彌補以上缺陷，筆者還將會參考一些英文譯本，以便從不同的語境層面更好的理解巴赫金。

[71] 巴赫金本人曾經認為自己是一位文藝學家，見〔俄〕孔金 孔金娜著，張傑 萬海松譯《巴赫金傳》（上海：東方出版中心，2000），頁3。在巴赫金著，白春仁 顧亞鈴譯《巴赫金全集》第五卷（石家莊：河北教育出版社，1998），頁412巴赫金仍然堅持「我是個哲學家，是個思想家。」

[72] 這是巴氏與柯日諾夫等三人的談話記錄。引自錢中文〈理論是可以常青的──論巴赫金的意義〉，見巴赫金著，曉河 賈澤林等譯《巴赫金全集》第一卷序言（石家莊：河北教育出版社，1998），頁5。

[73] 詳可參李斌〈國內巴赫金研究述評〉，見《文藝理論研究》1998年第4期，1998年7月，頁92-96。引文可參頁95。

一、狂歡式世界感受

　　也許是對置身於悒鬱、緊縮的現實世界的厭煩抑或是烏托邦式的想像解脫，又或者是對拉伯雷等作家瀟灑自由書寫狂歡世界的嚮往，無論如何，巴赫金對現實世界的感受論述傾向於一種非常敏銳又深刻的狂歡式世界感受。

　　恰恰是在梳理狂歡節發展的歷史脈絡時，巴氏發現了中世紀人的生存態勢似乎是兩種對立的生活方式和世界感受：即日常生活（感受）和狂歡式生活（感受）。「不妨說（當然是在一定的前提下這麼說），中世紀的人似乎過著兩種生活：一種是常規的、十分嚴肅而緊蹙眉頭的生活，服從於嚴格的等級秩序的生活，充滿了恐懼、教條、崇敬、虔誠的生活；另一種是狂歡廣場式的自由自在的生活，充滿了兩重性的笑，充滿了對一切神聖物的褻瀆和歪曲，充滿了不敬和猥褻，充滿了同一切人一切事的隨意不拘的交往。這兩種生活都得到了認可，但相互間有嚴格的時間界限。」同時，他又強調說，「如果不考慮這兩種生活和思維體系（常規的體系和狂歡的體系）的相互更替和相互排斥，就不可能正確理解中世紀人們文化意識的特色，也不可能弄清中世紀文學的許多現象」。[74]

　　首先，不難看出，巴赫金所指的狂歡式世界感受是切切實實來源於具體鮮活的現實生活，而不僅僅是一種想像姿態。相對於古板、虔敬和一本正經的日常生活體驗，狂歡式生活是一種儘管「比較短暫」但卻是一種「相對多變」[75]和打破常規的自由自在的生活，「狂歡式的生活，是脫離了常軌的生活，在某種程度上是『翻了個的生活』，是『反面的生活』。」[76]

　　需要加以強調的是，這種狂歡式的生活不是人們想像生活的一種方式，而是感同身受的置身其中，它是一種全民參與的遊戲式的狂歡生活，是一種融表演與生活的混合體，裡裡外外洋溢著狂歡精神，也鍛塑了獨特的狂歡式世界感受。巴氏屢屢指出，民間廣場的狂歡節文化的「基本狂歡節內核完全不是純藝術的戲劇演出形式，一般說也不能納入藝術領域。它處於藝術和生活本身的交界線上。實際上，這就是生活本身，但它被賦予一種特殊的遊戲方式……在狂歡節上，人們不是袖手旁觀，而是生活在其

---

[74] 巴赫金著，白春仁 顧亞鈴譯《陀思妥耶夫斯基詩學問題》（北京：三聯書店，1988），頁184。

[75] 程正民著《巴赫金的文化詩學》（北京：北京師範大學出版社，2001），頁138。

[76] 巴赫金著，白春仁 顧亞鈴譯《陀思妥耶夫斯基詩學問題》，頁176。

中，而且是所有的人都生活在其中，因為從觀念上說，它是全民的。在狂歡節進行當中，除了狂歡節的生活以外，誰也沒有另一種生活。」[77]又言，「在狂歡節上是生活本身在表演，而表演又暫時變成了生活本身。狂歡節的特殊本性，其特殊的存在性質就在於此。」[78]

其次，從對話到狂歡。巴赫金狂歡式的世界感受並非只是空泛的所指，它其實同樣包含了感受現實的多個層次和向度。

（一）二元對立式的顛覆

需要指出的是，在兩種不同的世界感受之間是存在對立與衝突的，如人所論，「巴赫金指出由於兩種生活所產生的兩種世界感受和兩種世界觀是相互排斥和相互對抗的」。[79]

巴赫金本人也明確指出，「與官方節日相對立，狂歡節彷彿是慶賀暫時擺脫占統治地位的真理和現有的制度，慶賀暫時取消一切等級關係、特權、規範和禁令。這是真正的時間節日，不斷生成、交替和更新的節日。它與一切永存、完成和終結相敵對。它面向未完成的將來。」[80]即使在切入到拉伯雷的狂歡化文學分析中時，巴氏仍然非常堅定地指出它獨特的民間立場和「非官方性」，「拉伯雷的形象固有某種特殊的、原則性的和無法遏止的『非官方性』：任何教條主義、任何專橫性、任何片面的嚴肅性都不可能與拉伯雷的形象共融，這些形象與一切完成性和穩定性、一切狹隘的嚴肅性、與世界和世界觀領域裡的一切現成性和確定性都是相敵對的。」[81]

總體上說來，巴赫金的這種世界感受與官方和主流的傳統有著強烈的對立意識，同時它也是對它們缺陷的克服或補充。「當置於比較的對話（comparative dialogue）中時，巴赫金的概念暴露了主流傳統對日常生活建制（constitution）論述的局限，而且克服了它們的某些刪節／省略（elisions），提出了另類的視角（alternative perspectives）」。[82]

---

[77] 巴赫金著，李兆林 夏忠憲等譯《巴赫金全集》第六卷（石家莊：河北教育出版社，1998），頁8。

[78] 巴赫金著，李兆林 夏忠憲等譯《巴赫金全集》第六卷，頁9。

[79] 程正民著《巴赫金的文化詩學》，頁139。

[80] 巴赫金著，李兆林 夏忠憲等譯《巴赫金全集》第六卷，頁11-12。

[81] 巴赫金著，李兆林 夏忠憲等譯《巴赫金全集》第六卷，頁2-3。

[82] Counrtney Bender, "Bakhtinian Perspectives on 'Everyday Life' sociology", see Michael Mayerfled Bell and Michael Gardiner (eds.), *Bakhtin and the Human Sciences: No Last Words* (London．Thousand Oaks．New Delhi: Sage Publications, 1998), p.181.

（二）「超視」[83]、「外位元」與對話

　　單純將巴氏的狂歡式世界感受歸結為純粹的對立明顯是一種片面的誤讀。即使在對話層面，也是一種有機交往而非絕對對立，「可以這樣說，巴赫金的對話哲學也即超語言學是他的交往哲學的進一步實現。」[84]甚至，我們可以仍然持續推進對話的繁複意義：比如思維模式、人生、審美觀照和方法論意義[85]等等都同樣存在了許許多多的可能性。

　　巴氏的可貴之處就在於他對他人和他者的高度重視，從此意義上講，他反對個體世界的自我封閉和自足性，取而代之的是一種對話的、開放的甚至永遠沒有完結的狂歡結構。如果我們在考察主體間的密切關係後，發現這種對話關係其實暗合了哲學本體論意義上的「主體間性」。有論者指出，「主體間性的根據在於生存自身。生存不是在主客二分的基礎上主體構造、征服客體，而是主體間的共在，是自我主體與對象主體間的交往、對話。」[86]

　　即使我們在面對狂歡節的巨大解構作用時，也不難發現它同時的建構性和巨大包容性。以狂歡節上的笑為例，它自然可以針對官方的嚴肅性，讓他們在大眾的嘲笑中「脫冕」，無地自容；它同時也可以善意的親昵，指向周圍的參與者，甚至它還可以用來嘲笑自我。「狂歡節上的笑，同樣是針對崇高事物的，即指向權力和真理的交替，世界上不同秩序的交替。笑涉及了交替的雙方，笑針對交替的過程，針對危機本身。在狂歡節的笑聲裡，有死亡與再生的結合，否定（譏笑）與肯定（歡呼之笑）的結合。這是深刻反映著世界觀的笑，是無所不包的笑。」[87]

　　但即使是狂歡節的笑中也包含了一種對話關係：「笑的外位性」（「laughing outsideness」）。愛默生指出，「我的『我』有它的獨特性（singularity），但是儘管如此，要承認它只是一部分；笑幫助我們完成最難的任務，視我們自己為一大群他人營構（plots）中一個非常次要的玩伴（players）。笑的形式，至關重要的一點就是，它是參與的形式

---

[83] 超視這裡是指每個個體相對於其他人而言的獨特外位性，這種對他人的不可替代的認知和洞察便是超視。

[84] 具體論述可參錢中文〈巴赫金：交往、對話的哲學〉，見《哲學研究》1998年第1期，1998年1月，頁53-62。引文見頁62。

[85] 關於這一方面的論述具體可參白春仁〈巴赫金——求索對話思維〉，見《文學評論》1998年第5期，1998年9月，頁101-108。

[86] 楊春時〈文學理論：從主體性到主體間性〉，見《廈門大學學報》（哲社版）2002年第1期，2002年1月，頁17-24。引文見頁19。

[87] 巴赫金著，白春仁 顧亞鈴譯《巴赫金全集》第五卷（石家莊：河北教育出版社，1998），頁167。

（participatory forms）。那是它們的首要且非常嚴肅的功能。」[88]

　　如果我們再考察與笑相關的諷刺摹擬的話，它的狂歡式本質和對現實世界的提煉與豐富感受尤其體現了狂歡式世界感受的本質特徵。巴氏清晰地指出了諷刺模擬與狂歡化的密不可分，「與笑相關聯，我們還要涉及一個問題：諷刺摹擬的狂歡式本質」[89]，而同時，諷刺摹擬在實際中的應用又反過來表現了它的對話乃至狂歡色彩。

　　不難看出，巴赫金對世界的狂歡式感受本身其實包含了對話和慢慢超越單純對話的質素，如果將之置於（某種屢被不應有壓抑的）強調與「他人」對話的精神、思想發展脈絡中觀照的話，對話作為他的這種狂歡式世界感受的特徵和內容之一有著不同尋常的意義。「他不容置疑地把人類生活的本質視為未完成的對話，多重聲音不協調的對話，在對話中解放『他人意識』，承擔對『他人』的責任……巴赫金在多大程度上屬於這一脈以『他人』為最高關懷、以啟示為思想命脈的思潮，還有待深入探索，但巴赫金與這一脈思潮所具有的同一精神指向，不僅令人驚訝，而且的確有深遠的啟示意義。」[90]反過來理解的話，狂歡恰恰可能只是對話的某種極端變體，「自然，狂歡式的交往與對話是不拘形跡的、任意的、一種自由的交往，一種理想的人生關係。但要看到，當狂歡化擺脫官方、教會的約束時，它實際上已改變了一般交往與對話的意義，變成了交往與對話的一種極端形式，一種變體。」[91]

　　同時，哪怕是對官方或虛擬官方（比如作為加冕、脫冕的對象）的顛覆和嘲笑等處理方式，也可以採取狂歡式的對待，「對舊世界實行狂歡式的懲治，不應該引起我們的驚奇。甚至那個時代經濟方面、社會政治方面的巨大變遷，也不能不受到相當程度的狂歡化理解與對待。」[92]這無疑同時顯示了狂歡式世界感受邏輯的逐層遞進。

（三）狂歡與未完結

　　狂歡式的世界感受發展到某種階段或高度就達到了狂歡的最高邏輯，但這並不意味著此種感受到此為止，或到了窮途末路的地步，實際上，它

---

[88] Caryl Emerson, *The First Hundred Years of Mikhail Bakhtin*, Princeton (New Jersey: Princeton University Press, 1997), p.196.

[89] 巴赫金著，白春仁 顧亞鈴譯《巴赫金全集》第五卷，頁167。

[90] 胡繼華〈詩學現代性和他人倫理──巴赫金詩學中的「他人」概念〉，見《東南學術》2002年第2期，2002年3月，頁142。

[91] 詳可參錢中文〈論巴赫金的交往美學及其人文科學方法論〉，見《文藝研究》，1998年第1期，1998年1月，頁33-47，引文出處見頁43。

[92] 巴赫金著，李兆林 夏忠憲等譯《巴赫金全集》第六卷，頁313。

仍然是未完結的、持續發展的感受，它仍然可以通過重生實現進一步的提升。「狂歡式的世界感受，也是沒有終結的，同任何的最終結局都扞格不入。因為在這裡，任何結局都只能是一個新的開端，狂歡體的形象是不斷重生的。」[93]

它既可以是精神的，比如「狂歡化提供了可能性，使人們可以建立一種大型對話的開放性結構，使人們能把人與人在社會上的相互作用，轉移到精神和理智的高級領域中去」[94]，同時它又需要藉助某種具體而感性的形式（狂歡語言）表達自我，「狂歡節上形成了整整一套表示象徵意義的具體感性形式的語言，從大型複雜的群眾性戲劇到個別的狂歡節表演。這一語言分別地，可以說是分解地（任何語言都如此）表現了統一的（但複雜的）狂歡節世界觀，這一世界觀滲透了狂歡節的所有形式。」[95]

巴赫金還意味深長地實現了狂歡式世界感受的命名（狂歡式）及其深刻的哲學內涵，「狂歡式——這是幾千年來全體民眾的一種偉大的世界感受。這種世界感知使人解除了恐懼，使世界接近了人，也使人接近了人（一切全捲入自由而親昵的交往）；它為更替演變而歡呼，為一切變得相對而愉快，並以此反對那種片面的嚴肅的循規蹈矩的官腔……狂歡式世界感受正是從這種鄭重其事的官腔中把人們解放出來。」[96]從這些論述中，我們甚至還可以總結出其狂歡式世界感受的哲學內涵：1全民性；2民間性；3主張新與變；4快樂哲學。[97]所有這些內涵自然都指向了狂歡的高度和維度。

二、狂歡式的思維

「狂歡式的思維」[98]的出現似乎並非偶然，它與狂歡式的世界感受的關係可謂密切相關。作為一種獨特的思維方式，它的產生基礎應該就是狂歡式的世界感受，因為如巴氏所言，「在狂歡式的世界感受的基礎上，還逐漸形成了各種複雜形式的文藝復興的世界觀」[99]，而狂歡式的思維也因

---

[93] 巴赫金著，白春仁 顧亞鈴譯《巴赫金全集》第五卷，頁221。

[94] 巴赫金著，白春仁 顧亞鈴譯《巴赫金全集》第五卷，頁237。

[95] 巴赫金著，白春仁 顧亞鈴譯《陀思妥耶夫斯基詩學問題》，頁175。

[96] 巴赫金著，白春仁 顧亞鈴譯《巴赫金全集》第五卷，頁212。

[97] 程正民在他著述的《巴赫金的文化詩學》曾對此總結為三點：1是對人的價值的尊重，是平等自由的精神；2更新和更替的精神；3快樂的哲學和理想的精神。具體可參該書頁141-148。

[98] 巴赫金著，白春仁 顧亞鈴譯《陀思妥耶夫斯基詩學問題》，頁180。

[99] 巴赫金著，白春仁 顧亞鈴譯《巴赫金全集》第五卷，頁171。

此逐漸得以形塑。

毋庸諱言，無論是狂歡式的世界感受還是狂歡式的思維都可以對文學藝術思維產生或深或淺潛移默化的影響，儘管對這方面的研究、評價和足夠的重視未必盡如人意。比如巴赫金就將陀思妥耶夫斯基創造複調小說的「全新的藝術思維類型」稱為「複調藝術思維」。[100]

需要指出的是，通過解讀巴赫金的原文[101]，我們可以發現巴赫金所說的狂歡式的思維的根本來源恰恰應該是狂歡節的生活。需要指出的是，狂歡節的生活作為「民眾暫時進入全民共用、自由、平等和富足的烏托邦王國的第二種生活形式」，[102]恰恰也是狂歡節語言（滲透了鮮活多變的狂歡式的思維）橫空出世的土壤，而狂歡式轉為文學的語言，就是狂歡化。不難看出，它們之間其實有著深切又親密的糾葛。

首先，巴氏提出了「意識狂歡化」的概念，這無疑是對狂歡式思維的一個鋪墊陳述，乃至是一而二、二而一的指涉互換。狂歡節「將意識從官方世界觀的控制下解放出來，使得有可能按新的方式去看世界；沒有恐懼，沒有虔誠，澈底批判地，同時也沒有虛無主義，而是積極的，因為它揭示了世界的豐富的物質開端、形成和交替，新事物的不可戰勝及其永遠的勝利，人民的不朽……這就是我們所謂的意識狂歡化，完全擺脫哥特式的嚴肅性，以便開闢出一條通向新的、自由和清醒的嚴肅性之道路。」[103]

其次，對狂歡式的世界感受進行提煉、精選和昇華的狂歡式的思維仍然也很大程度上延續了狂歡式世界感受的某些哲學內涵與內在特徵，常見或典型的層次就是對話：或是顛覆／解構，或是類似／並列。巴氏指出，「對於狂歡式的思維來說，非常典型的是成對的形象，或是相互對立（高與低，粗與細等等），或是相近相似（同貌與孿生）。同樣典型的是物品反用，如反穿衣服（裡朝外），褲子套到頭上，器具當頭飾，家庭炊具當做武器，如此等等。」[104]

在狂歡式的思維那裡，不存在事物的絕對性，這本身又是強調對話的一種形式。巴赫金認為，「狂歡節慶賀的是交替本身，交替的過程，而非參與交替的東西。狂歡節不妨說是一種功用，而不是一種實體。它不把任何東西看成是絕對的，卻主張一切都具有令人發笑的相對性。」[105]

---

[100] 巴赫金著，白春仁 顧亞鈴譯《陀思妥耶夫斯基詩學問題》，頁363。

[101] 在巴赫金著，白春仁 顧亞鈴譯《巴赫金全集》第五卷，頁170中，巴赫金提到了兩種生活和思維體系：常規的和狂歡的。它們之間恰恰存在著某種對應關係。

[102] 巴赫金著，李兆林 夏忠憲等譯《巴赫金全集》第六卷，頁11。

[103] 巴赫金著，李兆林 夏忠憲等譯《巴赫金全集》第六卷，頁318。

[104] 巴赫金著，白春仁 顧亞鈴譯《巴赫金全集》第五卷，頁165。

[105] 巴赫金著，白春仁 顧亞鈴譯《巴赫金全集》第五卷，頁164。

即使我們探入狂歡化的思維／邏輯中去觀照，也仍然可以看到狂歡式的思維所鼎力強調和擁有的相對性和補充作用：它不僅要衝擊人們固有的習慣，而且還要挾帶另一股截然不同的新鮮風氣內化（internalize）到個體思維或群體的關係中。「狂歡化——這不是附著於現成內容上的外表的靜止的公式，這是藝術視覺的一種異常靈活的形式，是幫助人發現迄今未識的新鮮事物的某種啟發式的原則。狂歡化把一切表面上穩定的、已然成型的、現成的東西，全給相對化了；同時它又以自己那種除舊佈新的精神……進入人與人關係的深層中去。」[106]

由狂歡節衍生而來的狂歡式的思維，在處理人與人之間原本等級（或階級）林立、壁壘森嚴的關係時，不僅要使它們在狂歡節的狂歡氛圍裡轟然倒塌，而且取而代之的是一種和諧而親近的狂歡精神／關係，這同時也是一種思維的置換。「決定著普通的即非狂歡生活的規矩和秩序的那些法令、禁令和限制，在狂歡節一段時間裡被取消了。首先取消的就是等級制，以及與它有關的各種形態的畏懼、恭敬、仰慕、禮貌等等，亦即由於人們不平等的社會地位等（包括年齡差異）所造成的一切現象。人們相互間的任何距離，都不再存在；起作用的倒是狂歡式的一種特殊的範疇，即人們之間隨便而又親昵的接觸。」[107]

需要強調的是，不能把對話當成巴氏狂歡式的思維的最高形式／邏輯，這也往往是前人巴赫金研究極易墮入的誤區之一。事實上，巴赫金在屢屢強調狂歡式的思維的對話特徵時（如顛覆），他往往同時也「附議」了其並生的建構特徵和內涵。

以狂歡式思維中常見的詼諧為例，它的功用顯然不僅僅是起到清除和剿滅作用，更關鍵的是，它同樣也承擔了補充和潤滑的獨特功能。「真正的詼諧是雙重性的、包羅萬象的，並不否定嚴肅性，而是對它加以淨化和補充。清除教條主義、片面性、僵化、狂熱、絕對、恐懼或恐嚇成分、說教、天真和幻想、拙劣的單面性和單義性、愚蠢的瘋狂。詼諧不讓嚴肅性僵化，不讓它與存在的未完成的完整性失去聯繫。它使這種雙重性的完整性得以恢復。詼諧在文化和文學的歷史發展中的一般功能就是這些。」[108]

最後，特別需要強調的是，狂歡式的思維中同樣包含了未完成性（unfinalizability）。也恰恰因為如此，狂歡的思維才成為可能，否則顛覆和解構如果只允許自己的觀點／思維成為唯一的正確，那不過是重新蹈入「以五十步笑百步」的尷尬和吊詭。如人所論，「在《拉伯雷和他

---

[106] 巴赫金著，白春仁 顧亞鈴譯《巴赫金全集》第五卷，頁222。
[107] 巴赫金著，白春仁 顧亞鈴譯《巴赫金全集》第五卷，頁161。
[108] 巴赫金著，李兆林 夏忠憲等譯《巴赫金全集》第六卷，頁140。

的世界》Rabelais中，巴赫金更進一步將未完成性表述為唯一的最高價值（the only supreme value）。未完成性對完成性（finalizability）的正確比率（proper ratio）是無限的，因為完成性的價值被減少到零。」[109]

還需要指出的是，狂歡式的思維不應被過分強調它的瓦解一切的功用，相反，它更多是為新生和被壓抑的可能性提供眾聲喧嘩的機遇。巴氏就曾敏銳地指出了灌注了狂歡式思維的狂歡化對狂歡精神的精妙繼承，「把所有這些異類因素融合為一個有機的完整的體裁，並使其頑強有力，這基礎便是狂歡節和狂歡式的世界感受。就是在此後歐洲文學的發展中，狂歡化也一直幫助人們摧毀不同體裁之間、各種封閉的思想體系之間、多種不同風格之間存在的一切壁壘。狂歡化消除了任何的封閉性，消除了相互間的輕蔑，把遙遠的東西拉近，使分離的東西聚合。」[110]

有論者也靈敏地感覺到晚年巴赫金對狂歡理解的轉變，「狂歡現在被描述為不是一種摒棄社會道德規範（antinomian）解構的純粹的力量，而是為新生的產生掃除教條（dogma）。」[111]

不難覺察，狂歡式的思維其實包含了巨大的包容性、無盡的可能性，崇尚相對快樂理念、平等和民主自由精神，它不能簡單被歸結為「接近於對話思維」。[112]它更應該是一種立體的多元的思維。如夏忠憲所作的精妙總結，「狂歡思維恰恰主張『翻過來看』，即連同其正面與反面一起來看，亦即不是線性地、片面地看，而是立體地、多維地看。狂歡思維具有強烈的變更意識，他強調『不確定性』和『未完成性』……狂歡思維主張『快樂的相對性』，並以此搗毀絕對理念，瓦解絕對權威。狂歡思維從不主張以一種力量壓倒和替代其對立面，成為新的權威，新的中心，他承認處於邊緣的聲音（文化、觀念、文類、文體等）有其獨特的價值。」[113]

也正是因為狂歡化思維的豐富性、多樣和立體性，當它進入到陀斯妥耶夫斯基創作的頭腦中時，就會發揮無可比擬的威力，從此意義上講，陀斯妥耶夫斯基的複調文本不過狂歡式的思維的精妙物質載體和高度精神凝練的變體。「巴赫金指出狂歡式思維是一種開放的思維，它從相對性、雙重性和未完成性的角度來看待事物，這種思維對陀思妥耶夫斯基複調藝術思維有深刻影響，使它能進入獨白思維所無法企及的『人的思考著的意

---

[109] Gary Saul Morson (1948-) & Caryl Emerson, *Mikhail Bakhtin: Creation of a Prosaics* (Stanford, Calif.: Stanford Univ. Press, 1990), p.92.

[110] 巴赫金著，白春仁 顧亞鈴譯《巴赫金全集》第五卷，頁176-177。

[111] Gary Saul Morson & Caryl Emerson, *Mikhail Bakhtin: Creation of a Prosaics*, p.95.

[112] 具體論述可參程正民著《巴赫金的文化詩學》，頁184-185。

[113] 夏忠憲著《巴赫金狂歡化詩學研究》（北京：北京師範大學出版社，2000），頁17-18。

識，和人們生活中的對話領域』」。[114]

三、文本內外：狂歡精神的體現與方法論

　　巴赫金狂歡化理論有著極其豐富的內涵和外延，不僅是我們可從巴氏近乎等身的文本中可以解讀出來，而且巴氏本人也指出了賦予狂歡化寬泛意義的必要性與可能性，「我們賦予『狂歡化』這個名詞以廣泛含義……狂歡節為我們揭示出古代民間節日因素是這個巨大豐富的世界保留得相對更好的片斷。這使我們有權在廣義上使用『狂歡化的』這個修飾語，對它的理解不光是指狹義上的和純粹意義上的狂歡節形式，而且還指中世紀與文藝復興時期具有自身基本特點——在隨後的那些世代裡，當其他多數形式已經死亡或者蛻化後，這些基本特點就鮮明體現在狂歡節上的整個豐富的、多樣化的民間節日生活。」[115]

　　不僅如此，狂歡的精神還在巴氏的文本內外無處不在，狂歡精神的哲學內涵也不時熠熠生輝，照亮並陪伴巴氏度過了坎坷、清苦的一生和長期寂寂無名的艱苦歲月。不僅如此，巴氏的狂歡精神在方法論、乃至人生哲理方面也給我們以深刻啟示，值得仔細品味，如霍奎斯特等所言，「有關巴赫金的難題在於，他的思維方式對我們的提出了要求：改變我們大多數人用以組織思想的基本範疇（basic categories）。為了理解巴赫金，我們必須修正在遭遇他之前發展的用來認識任何事物的技巧。」[116]本節主要從巴赫金的文本內外兩個層面分開闡述。[117]

（一）內部：驚鴻一瞥。

　　必須承認，力圖對巴赫金文本內的狂歡精神的內在體現進行描述也只能選擇浮光掠影式的一瞥，希望在掛一漏萬的同時，仍然可以讓大家感覺他對狂歡的情有獨鍾及狂歡精神不可遏抑的迷人魅力。

---

[114] 程正民著《巴赫金的文化詩學》，頁188。
[115] 巴赫金著，李兆林 夏忠憲等譯《巴赫金全集》第六卷，頁249-250。
[116] Katerina Clark, Michael Holquist, *Mikhail Bakhtin* (Cambridge, Mass.: Belknap Press of Harvard University Press, 1984), p.6.
[117] 這種分法自然有它的問題，巴赫金和意識形態的關係嚴格來講是貫穿於其文本內外的，他的文字和觀點沒有完全擺脫當時流行的馬克思主義意識形態影響而蒙上了相關色彩（見Katerina Clark，Michael Holquist，*Mikhail Bakhtin*，頁154中巴氏就認定資本主義災難般的來臨、異化、孤獨等等顯出了其傾向），但同時，巴氏在實際生活中又是一個修正主義東正教教徒。

　　總體上說來，巴赫金的所有著作都充滿了對話性，乃至彌漫著狂歡精神。無論是他對佛洛德主義（含精神分析理論）的辯證批判，還是與瑞士著名語言學家索緒爾（Ferdinand de Saussure, 1857-1913）在語言學論述上的英雄所見略同以及歧義；無論是他廣泛駁雜的學術興趣，還是集百家之長、為我所用的學術氣度和積累；無論是對康德（Immanuel Kant, 1724-1804）哲學的汲取還是超越等等諸多層面都散發著狂歡精神的光輝。

1.超視、對話與狂歡

　　毋庸諱言，巴赫金關於狂歡精神的內在深意體現在他種種論述中，甚至照亮了整個世界。毋庸諱言，巴氏的對話關係本身就有廣義、狹義之分。廣義的是指它對整個世界以及人生的總的哲學提煉，認為它「幾乎是無所不在的現象，浸透了整個人類的語言，浸透了人類生活的一切關係和一切表現形式，總之是浸透了一切蘊含著意義的事物」，[118]而狹義的則主要是指話語論方面。

　　首先是人生／存在的對話關係。巴赫金毫不含糊地指出，「存在就意味著進行對話的交際。對話結束之時，也是一切終結之日。」[119]也正是他人或自己所處的獨特／唯一位置凸顯了個體的「超視」功能，只有從這些不同的基點進行多元和立體觀望才有可能更好的認識自我、人生和社會。

　　同樣，巴氏也屢屢提及和申論生活的對話本質。如「人實際存在於我和他人兩種形式之中」，「生活就其本質說是對話的。生活意味著參與對話：提問、聆聽、應答、贊同等等。人是整個地以其全部生活參與到這一對話之中，包括眼睛、嘴巴、雙手、心靈、整個軀體、行為。他以整個身心投入話語之中，這個話語則進入到人類生活的對話網絡裡，參與到國際的研討中。」[120]不難看出，正是基於個體自身的「超視」和外位性的不可替代特點，才使得這種對話的意義別具一格，而且狂歡的精神體現才可進一步展開。如人所論，「超視與外位說同樣也包孕著對話理論的內核，體現了巴赫金一以貫之的多維、動態、開放的哲學美學思維特點。」[121]

　　同時，巴氏也在他的一些哲學著述中對狂歡精神的表現也有異曲同工之妙。在論及哲學的位置和精義時，他言簡意賅地指出，「哲學開始於精確的科學性結束而另一種科學性初露端倪的地方。哲學可定義為所有科學

---

[118] 巴赫金著，白春仁 顧亞鈴譯《陀思妥耶夫斯基詩學問題》，頁77。
[119] 巴赫金著，白春仁 顧亞鈴譯《陀思妥耶夫斯基詩學問題》，頁343。
[120] 巴赫金著，白春仁 顧亞鈴譯《巴赫金全集》第五卷，頁387。
[121] 麥永雄著《文學領域的思想遊牧：文學理論與批評實踐》（北京：中國社會科學出版社，2002），頁55。

的（以及一切類型認識和意識的）超語言。」[122]自然，狂歡的意味有跡可
循。在《論行為哲學》中他又提出了自我與他人在建構世界價值上的獨特
位置以及對話關係，「世界在價值上通過建構而如此一分為二，區別開我
同我眼中之一切他人，這並非是一種消極的偶然性的區分，而是積極的應
有的區分……具體的應分因素是建構的應分因素，這應分之事便是在唯一
的存在即事件中實現自己唯一的位置。而唯一的位置首先就體現著我與他
人兩者在價值上的對立。」[123]

　　其次，語言上的對話。有論者認為，「獨立於與語言關係之外的對話
主義是不可思議的（unthinkable）」[124]，狂歡精神同樣也分布在巴氏的語
言學論述中。在《馬克思主義與語言哲學》中，巴赫金對洪堡（Alexander
von Humboldt，1769-1859）所代表的「個人主義的主觀主義」的語言學以
及以索緒爾為代表的「抽象的客觀主義」語言學進行對話性的批判之餘，
還創造性地提出了超語言學，強調語言的「內在社會性」。他明確表示，
「語言只能存在於使用者之間的對話交際中。對話交際才是語言的生命真
正所在之處。語言的整個生命，不論是在哪一個運用領域裡（日常生活、
公事交往、科學、文藝等等），無不滲透著對話關係……這種對話關係
存在於話語領域之中，因為話語就其本質來說便具有對話的性質。」[125]同
樣，他在批判俄國形式主義話語理論時就反對他們對詩歌語言劃分的二
元對立思維：藝術語／實用語。如人所論，「巴赫金在批判形式主義詩語
理論時所持的總的觀點是：既不存在專門的實用語，也不存在專門的藝術
語，更不存在二者的對立，因此建立在這種虛擬的二元對立基礎上的詩語
理論是不真實的、錯誤的。」[126]

　　需要指出的是，對話自身同樣也是一種流動和不斷變化的方式，它也
可以有不同時空之下的變體，「對話作為語言活動的重要方式，並無固定
的模式。隨著時代的發展，社會結構的轉換和語境的變化，對話也出現了
許多變體。」[127]他的超語言學同樣也凝結了深沉的狂歡精神：無論是語言

---

[122] 巴赫金著，白春仁 曉河等譯《巴赫金全集》第四卷（石家莊：河北教育出版社，
　　　1998），頁380。
[123] 巴赫金著，曉河 賈澤林等譯《巴赫金全集》第一卷（石家莊：河北教育出版社，
　　　1998），頁74。
[124] Michael Holquist, *Dialogism: Bakhtin and His World* (London; New York: Routledge, 1990), p.40.
[125] 巴赫金著，白春仁 顧亞鈴譯《陀思妥耶夫斯基詩學問題》，頁252。
[126] 王建剛〈藝術語／實用語：虛擬的二元對立——巴赫金對俄國形式主義詩語理論
　　　的批判〉，見《上海師範大學學報》1997年第4期，1997年12月，頁77。詳可參第
　　　77-81頁。
[127] 可參李衍柱〈巴赫金對話理論的現代意義〉，見《文史哲》2001年第2期，2001年3
　　　月，頁51-56。引文出處見頁55。

作為物質載體和實際生活的密切關聯以及它的符號意義，還是在大的文化體系中它對理性和感性的有機彌合。如人所論，「他的超語言學就是以人們的日常交流活動為對象，著眼於語言在實際應用中不斷變化的活的意義發生規律，換句話就是超出語言學這門服務於抽象思維的理論的那些方面。幾乎可以這樣總結說，由於人類社會的文化系統已經充分利用了抽象理性的構建能力，並以此主宰了每一個人的思維，那麼巴赫金唯一的目標就是如何打破理性主義對人的精神的禁錮，調動人們身上絕對本質的、神聖的積極性，彌合理論、藝術和生活的各行其道，把它們統一在每一個人身上。」[128]

即使在論述到小說形式的相關主題時，巴赫金在個中的遊刃有餘的越界想像與建構以及對對話式或狂歡精神的貫徹往往令人大開眼界。陳清僑對此作過一番深入研究後就指出，「形式絕不僅是一個純潔的媒介，生命也未必盡被遺棄在黑暗的深淵。巴赫金抱著積極沉著、反叛而開放的美學態度與道德情操，給我們從事文學、美學、文類學、文學史研究的後來者留下令人驚喜的問題──不是答案，也不全是內容；而是問題、是形式、是讓人置身於此邦而去尋覓歷史形式發展脈絡的跨界空間。」[129]

如前所論，巴赫金對對話的處理不是單純就事論事，而是最終指向了狂歡精神，儘管在某些時候他賦予對話極其重要的意義。但不難理解，實質上，多元的、不同層面的對話也就匯成了狂歡。「在處理這些二元性時，巴赫金強調的不是人類經驗中心的對立的二分性（dichotomies），而是使這些二分性溝通（bridged）的各種策略。這種強調在巴赫金有關世界狀況的術語中得到表述，當世界向自身呈現時，『應答性』（『addressivity』），意味著我們跟世界的關係本質上是彼此交流（communicative）的。」[130]

2.時空體（chronotope）

巴赫金對這一概念的創造性闡釋及使用都極其精彩地彰顯了巴赫金的智慧和狂歡精神。時空體主要是指人類主體在特殊時空地點或決定敘述形式的時空結構中物質性地存在的審美觀（aesthetic）和視野（envisioning）。[131]

---

[128] 梅蘭〈試析巴赫金對作者與主人公的關係的兩種評價〉，見《外國文學研究》2001年第3期，2001年9月，頁1-7。引文見頁3。

[129] 陳清僑〈美感形式與小說的文類特徵──從盧卡契到巴赫金〉，見陳平原 陳國球主編《文學史》（北京：北京大學出版社，1993），頁65。

[130] Katerina Clark, Michael Holquist, *Mikhail Bakhtin*, p.83-84.

[131] Todd F. Davis (1965-) and Kenneth Womack, *Formalist Criticism and Reader-response Theory* (New York: Palgrave, 2002), p.48.

　　首先需要指出的，時空體的概念依據巴赫金的說明，是來自於數學科學，與愛因斯坦（Albert Einstein 1879-1955）的相對論不無關係。這種不同學科（人文學科與自然學科等）概念之間的交叉和互相借用本身就體現了狂歡的精神，巴氏對這樣的嘗試和努力絕非第一次，也不是結束。[132]巴赫金對時空體的界定如下，「在人類發展的某一歷史階段，人們往往是學會把握當時所能認識到的時間和空間的一些方面；為了反映和從藝術上加工已經把握了的現實的某些方面，各種體裁形成了相應的方法。文學中已經藝術地把握了的時間關係和空間關係相互間的主要聯繫，我們將稱之為時空體」。[133]

　　其次，需要指出的是，時空體之所以能夠精妙地反映狂歡精神，恰恰又是因為它對時間、空間原本是二元對立的概念／內涵的具體有機融合以及它由此發揮的不凡合力。巴氏認為，「在文學中的藝術時空體裡，空間和時間標誌融合在一個被認識了的具體的整體中。時間在這裡濃縮、凝聚，變成藝術上可見的東西；空間則趨向緊張，被捲入時間、情節、歷史的運動之中。時間的標誌要展現在空間裡，而空間則要通過時間來理解和衡量。這種不同系列的交叉和不同標誌的融合，正是藝術時空體的特徵所在。」不僅如此，時空體還決定了體裁和類別，「時空體在文學中有著重大的體裁意義。可以直截了當地說，體裁和體裁類別恰是由時空體決定的；而且在文學中，時空體裡的主導因素是時間。作為形式兼內容的範疇，時空體還決定著（在頗大程度上）文學中人的形象。這個人的形象，總是在很大程度上時空化了的。」[134]

　　時空體作為巴氏狂歡精神的體現和結晶，自然在指向特定時空文學體裁的演變史上的定型[135]有著至關重要的作用，而且不僅如此，它對不同世界觀的顯露意義也不容忽略。如人所論，「時間和空間時常纏繞，但是它們結合的某些方式對揭示具體世界觀（specific world views）的發展比其他方式更具深意。」[136]

　　無獨有偶，毛森和愛默生也指出，「我們可以看見，例如，對話的關

<hr>

[132] 1926年發表由巴赫金／卡納耶夫合作的《現代活力論》同樣是採用生物學的理論來探勘哲學美學問題，這也算是他狂歡精神的再度實踐的例證。在〔俄〕孔金 孔金娜著，張傑 萬海松譯《巴赫金傳》（上海：東方出版中心，2000），頁135中，孔金指出，「在這篇論述活力論（米·巴赫金本人實際說的是新活力論）的文章裡，作者觸及了非常重要的美學問題。」

[133] 巴赫金著，白春仁 曉河譯《巴赫金全集》第三卷（石家莊：河北教育出版社，1998），頁274。

[134] 巴赫金著，白春仁 曉河譯《巴赫金全集》第三卷，頁274-275。

[135] 具體梳理可見[日]北岡誠司著，魏炫譯《巴赫金——對話與狂歡》，頁79-126。

[136] Katerina Clark, Michael Holquist, *Mikhail Bakhtin*, p.280.

係對時空體來講是不可簡約的（not reducible）」，又言，「意義可以棲居於時空體的大門之外，但我們必須身居其中。對我們來說，要理解它們，我們就必須穿越時空體的大門才可接近。」[137]

3.意識形態中的狂歡

巴赫金文本中意識形態的複雜滲透與嬗變的確是個值得玩味的課題：這其中既包含了前蘇聯當時的社會意識形態對巴赫金有形無形的影響，同時又鐫刻著巴氏對它的挑戰、修正和調整。巴赫金的獨特之處之一就是對文學和意識形態微妙關係的對話式處理，「文學作為一個整體經由一般意識形態環境和經濟環境的聯繫，成為更大的世界整體中的一部分，離開了人類世界這一整體，文學整體的獨特性也就無法得到揭示與解釋。巴赫金將處於人類整體的文學整體作為批評研究的對象，所以他的批評被稱為整體批評。」[138]

巴赫金曾指出狂歡節形式的巨大力量，「狂歡節形式極其巨大的模式化力量。與不斷更替的官方世界觀形式的區別。主要區別是：兩重性（稱頌與謾罵、生與死的結合），現象之間的另一種界線，不具完成性（最終結局、終點），對片面的嚴肅性等的否定。加冕──脫冕是兩重性最重要的表現之一。官方的體系──這是一種實體性體系」。[139]某種意義上，巴赫金本人和意識形態的關係也恰恰體現了類似的狂歡精神。

通讀巴赫金的著作，不難發現，一方面，巴氏並沒有澈底擺脫當時的意識形態影響。這當然有可能逼不得已和潛移默化的客觀影響，但也可能是出於發表策略的考量。巴赫金無論是對影響力巨大的佛洛德主義的批判，還是當時比較盛行的形式主義的點評與察漏補缺；無論是庸俗社會學理論的激烈駁斥，還是對語言學的辯證思考都或多或少的打上了馬克思主義的色彩：或是詞彙的借用，或是方法的汲取諸如此類等等，甚至他的某些論文就是以馬克思主義打頭的，比如《馬克思主義與語言哲學》等。這當然不僅僅是出於借殼保護自我的需要，而也恰恰體現了他對它的豐富和發展。「其批判武器來自馬克思的社會存在決定意識的歷史唯物主義……巴赫金的言談理論，豐富發展了馬克思主義的語言學和文化理論。」[140]

---

[137] Gary Saul Morson & Caryl Emerson, *Mikhail Bakhtin: Creation of a Prosaics,* p.432.

[138] 趙志軍〈尋找意識形態和文學形式的結合點──巴赫金的批評方法論〉，見《廣西大學學報》（哲社版）1997年第3期，1997年6月，頁97-100。引文見頁100。

[139] 巴赫金著，白春仁 曉河等譯《巴赫金全集》第四卷，頁361。

[140] 劉康著《對話的喧聲──巴赫金的文化轉型理論》（北京：中國人民大學出版社，1995），頁13。

　　另一方面，巴赫金卻又特色鮮明地吸納百家、堅持自我，從而體現了對於意識形態關係處理的狂歡精神。同樣以其馬克思主義語言哲學為例，克拉克和霍奎斯特就指出，「在這本書中，他早期的道德關懷（moral preoccupations）被用於新的目的，它們成為重新思考語言學（rethinking linguistics）的手段。但是，政治和倫理關懷（political and ethical concerns）仍然作為推動他的語言哲學的主要力量則清晰可見。」[141]

　　對話與狂歡的精神時常出現在巴氏與意識形態理論的關係中，比如巴氏認為，「哪裡有符號，哪裡就有意識形態。符號的意義屬於整個意識形態。就在符號領域的內部，即意識形態領域的內部，存在著深刻的差異……每個意識形態創作領域都在以自己的方式來面向現實，以自己的方式來折射現實。」[142]鑒於他人已有精彩專書（Michael Gardiner著《批評的對話：巴赫金和意識形態理論》 *The Dialogics of Critique: M.M. Bakhtin and the Theory of Ideology*）出版[143]，此處不贅。

（二）文本外的狂歡人生

　　巴赫金是力主「生活中一切全是對話，也就是對話性的對立」的。[144]令他欣慰的是，儘管他的一生中難免獨白型的苦楚，「（逮捕、判決、流放）就可以說成是巴赫金自身在現實生活中體驗了獨白型原則（否定與他人的對話關係）支配的世界」，[145]但整體上看來，他的一生仍然還是實踐了他所主張的狂歡哲學。當然，我們很難在有限的篇幅內一一道來，此處試舉幾例予以論證。

1.巴赫金小組的狂歡精神

　　巴氏非常犀利地指出，「一切都是手段，對話才是目的。單一的聲音，什麼也結束不了，什麼也解決不了。兩個聲音才是生命的最低條件，生存的最低條件。」[146]實際上，他也是如此操作的。

　　毋庸諱言，巴赫金小組對來自不同專業、專長興趣不一的成員們來講，彼此的交流具有非同尋常的意義：互相砥礪、交換思想、設身處地

[141] Katerina Clark, Michael Holquist,*Mikhail Bakhtin*,p.237.
[142] 巴赫金著，李輝凡 張捷等譯《巴赫金全集》第二卷（石家莊：河北教育出版社，1998），頁350。
[143] 具體可參Gardiner, Michael (1961-), *The Dialogics of Critique: M.M. Bakhtin and the Theory of Ideology* (London; New York: Routledge , 1992).
[144] 巴赫金著，白春仁 顧亞鈴譯《陀思妥耶夫斯基詩學問題》，頁79。
[145] ［日］北岡誠司著，魏炫譯《巴赫金——對話與狂歡》，頁42。
[146] 巴赫金著，白春仁 顧亞鈴譯《陀思妥耶夫斯基詩學問題》，頁344。

換位思考等等。這本身就是狂歡精神的初步實踐和必要性的體現，如人所論，「巴赫金和他的朋友們首先推崇的就是多樣性（variety）、差異（difference）、自由詢問（free inquiry）、對話和辯論。他們堅信慣常的規範（conventional norms）以及傳統清規戒律以外的自由，堅信追求思想生活豐富與活潑的最大可能性（as rich and lively as possible）。」[147]反過來，恰恰是在這種狂歡精神的耳濡目染之下，巴赫金的興趣、研究課題和成就等等才會如此廣泛和引人注目。

2.著作權的狂歡

巴赫金早期多數論述出版的著作權問題[148]顯然也浸染著狂歡精神：尤其是在眾說紛紜、猜測紛飛的時候，作為當時唯一的倖存者，巴赫金仍然保持緘默，這使得原本可以破解的祕密似乎更添幾分神祕。這在表面上看來似乎不可思議。但在筆者看來，巴氏的做法在某種意義上仍然體現了他的思路和處事原則——狂歡。

如俄國傳記作家孔金等所言，這些有爭議的文本雖然未能成為一個定論，但至少它們的內容的產生背景也再現了狂歡精神。「至於著作權或者這些權利的某些部分，他說，這個問題他即使在當時都不感興趣，而如今就更是如此。有一個事實確實是很重要的，即剛才所提及的著作內容曾經在彌漫著『狂歡』氣氛的友好氛圍中討論過。」[149]

（三）方法論。

巴赫金狂歡化理論的哲理精神帶給人們的絕不僅僅是暫時的耳目一新，而是更加持久深沉的思考。同樣，表現在方法論上，他的狂歡化理論也帶給我們不少有益的啟示。

1.堅持開放、對話與未完結的精神

毋庸諱言，作為人文科學的學術研究同樣要發揚巴氏所提倡和實踐的狂歡精神。劉康認為，「巴赫金的對話理論是建設性的理論，語言雜多和狂歡節均蘊含著創造的勃勃生機。作為一種理論和批評的思路，其根本特徵是開放性和未完成性。創造和建設意味著主體的確立，而對自我充滿信

---

[147] Katerina Clark, Michael Holquist, *Mikhail Bakhtin*,p.116.

[148] 許多著述對此都有所涉及，如可參考Gary Saul Morson & Caryl Emerson, *Mikhail Bakhtin: Creation of a Prosaics*, pp.101-119以及Katerina Clark, Michael Holquist, *Mikhail Bakhtin*, pp.146-170.

[149] 〔俄〕孔金 孔金娜著，張傑 萬海松譯《巴赫金傳》（上海：東方出版中心，2000），頁8。

心的創造性主體，又是永遠開放和未完成的。晚年的巴赫金，一再重申著這個貫穿了他一生的基本信念。」[150]

今天看來，巴赫金無論他的學術品格還是他的大師風範都彰顯了狂歡精神。有論者指出，「我們在他的學術著作中不僅感受到一種學術魅力，也感受到一種人格魅力，不僅感受到一種深刻的科學理性精神，也感受到一種強烈的人文精神。」[151]

從學科互動和學術視野的角度來看，要堅持跨學科和多元探研的方式更好地觀照研究對象而不是閉門造車。巴氏不僅主張和鼓吹這一點，而且身體力行。有論者認為，巴氏主張，「每一學科都處於相鄰學科的外位而各有超視，這樣，學科通過對話，便能在對象身上發現新的方面、新的功能……他的著述充滿了對語言、文學、文化的大量事實分析。正是在這種分析中引出了一系列新範疇新觀點，而後在諸多領域裡綜合昇華為獨創性理論。他的具體分析像他的抽象思辯一樣閃爍著智慧之光，而他的抽象思辯又像具體分析一樣鮮活生動。」[152]比如今天的文化研究（cultural studies）就和巴氏的提倡本質上不謀而合。

對於個體的研究主體來講，只有堅持開放的心態，明瞭他人研究的「超視性」，才會巧妙的取百家之長，為我所用。反過來，即使自己的論述可以成為一家之言，也仍然要保持高瞻遠矚的長遠眼光。

2.立足邊緣，堅持系譜學分析和民間等多元乃至狂歡立場

巴赫金對陀氏的經典重讀和對拉伯雷的前無古人、後無來者式的既高屋建瓴又腳踏實地的分析之所以能脫穎而出，在我看來，主要是因為他對被壓抑的邊緣和民間的成功（或重新）挖掘。長期以來，現代認識論方法上存在著種種弊端：將複雜的事物簡約化處理，忽略普通的、流行的民間的東西而更加注意精英思想與文化等。巴赫金因此指出了這種傾向的迷誤，「視被認識的事物為死物，以死代生，將大變小，把正在形成的東西變為靜止的東西，把未完成的東西變為完成的東西，切斷未來（連同未來的自由，因之也連同未來的不可預料的潛力）。」[153]

巴赫金的處理方式是：不僅重新再現了論述對象所處的語境（context）或歷史現場，而且還將它們放在狂歡化文學的系譜學脈絡裡進行網路式的

---

[150] 劉康著《對話的喧聲──巴赫金的文化轉型理論》，頁250。
[151] 程正民著《巴赫金的文化詩學》，頁224。
[152] 詳可參白春仁〈邊緣上的話語──巴赫金話語理論辨析〉，見《外語教學與研究》第32卷第3期，2000年5月，頁162-168。引文見頁168。
[153] 巴赫金著，李兆林 夏忠憲等譯《巴赫金全集》第六卷，頁599。

定位，「而巴赫金卻把研究的視點從『定型的』結果上移到了正在進行的『生動的過程』上。」[154]自然，研究對象的獨特性在這種縱橫交錯中嶄露無疑。這種操作得出的結論往往就不是單純局限於就事論事，而是對某種規律性的貫徹的有機考察和從而實現哲理性的昇華。如夏忠憲就敏銳地指出，「巴赫金對兩位小說家的解析，突破了以往將具體作家的研究局限於作家的藝術個性和流派的窠臼，使詩學研究從體裁出發，把握隨著體裁命運的變化而來的文學語言重大的歷史變故，使之不被藝術家個人和流派風格變體的細小變故所遮掩，使之不失真正的哲理的、社會的和歷史的角度，不被淹沒在修辭的細微末節之中。」[155]

　　某種意義上講，對巴赫金的理解無論怎樣細緻都很難面面俱到，因為他自身的理論至今都還是一個尚未完結的體系（除了佚文之外，巴氏的一些論述本身就是未完成的書寫），而狂歡化理論自身也有其他理論難以比擬的多義性和繁複性，但必須強調的是，儘管如此，我們在主觀上要儘量勇敢面對這個難題，「也許我們所能作的是，一點點地接近還模糊不清的巴赫金。使巴赫金研究恢復到巴赫金自己的時空軌道上來」。[156]所以儘管實際上，此處的縷述也只是眾聲喧嘩反響中的又一支聲音，不過，希望這個聲音可以在千頭萬緒中發出一種獨特的、貼近巴赫金的聲響而不是無謂的噪音。

---

[154] 詳可參吳曉都〈巴赫金與文學研究方法論〉，見《外國文學評論》1995年第1期，1995年2月，頁37-45，引文見頁39。

[155] 夏忠憲著《巴赫金狂歡化詩學研究》，頁205。

[156] 魏少林〈巴赫金與巴赫金難題〉，見《江淮論壇》2000年第2期，2000年4月，頁73。

第三章　狂歡詩學：狂歡化文學理論

　　巴赫金在論述一些優秀（天才）作家（品）的時候曾經指出了狂歡精神在他們文本中的顯現，同時他也指出了因為時代的限制而導致的誤讀後果，「這些作家與未完成的、正在改造的、充滿正在分解的過去和尚未形成的未來的世界有關係。他們的作品固有特殊的、積極的，可以說，客觀的未完成性。這些作品飽含客觀的、尚未說出的未來，它們不得不為這一未來留有後路。由此產生它們特殊的多義性和虛幻的含混性……由此還產生它們虛幻的怪異性，即它們與一切完成的、專橫的、教條主義的時代的標準和規範的不相適應。」[1]

　　某種程度上講，巴赫金本人也應該被列入他近乎夫子自道的論述中去：不止是狂歡化理論自身的深邃與駁雜，加之連巴赫金文本自身無法避免的未完成狀態（結構上的不完整性）[2]和他主觀追求的狂歡式的論述和觀點的未完成性及其論述缺陷[3]，使得他的狂歡化理論更是顯得千姿百態、變幻不定又特立獨行。

　　有學者指出，文學恰如其分地充當了作為承載巴赫金諸多哲學理念的物質工具，儘管這種簡化可能會淹沒其多義性，「體現巴赫金『對話論』中強調的『外位性』特質最明顯與最具有代表性的場域則是文學。其原因在於文學本身集中地表現了內在世界外在化與外在世界內在化的功能。也因此，無論是在方法論及認識論的層次上，文學作品自然地成為巴赫金建構他所謂的『哲學人類學』一個絕佳的主題與工具。」[4]

---

[1] 巴赫金著，李兆林 夏忠憲等譯《巴赫金全集》第六卷（石家莊：河北教育出版社，1998），頁145。

[2] 巴赫金曾經解釋自己作品往往沒有結束的原因時說，「我常年寫作，而發表作品卻渺茫無期，所以，我沒有那種動機，賦予我的著作以外在的完成性，使之井井有條，便於閱讀，也就是說，做好那些通常只有在著作出版時才做的事。」引自錢中文〈理論是可以常青的──論巴赫金的意義〉，見巴赫金著，曉河 賈澤林等譯《巴赫金全集》第一卷序言（石家莊：河北教育出版社，1998），頁15。

[3] 巴赫金曾經指出，「一個變化著的觀點的連貫性，這正是我許多內心看法的某種未完成的原因。但是我不願把缺點變成美德；因為在我的工作中，有許多外在的未完成，這不是觀點上的未完成，而是表達上的，（言語）上的未完成。我對用來表示同一現象的不同的，眾多的用語很感興趣。繁多的觀點，不需要中間環節來拉近距離。」，該段轉引自托多洛夫（Tzvetan Todorov 1939- ）著，蔣子華 張萍譯《巴赫金、對話理論及其他》（天津：百花文藝出版社，2001），頁174-175。

[4] 于治中〈巴赫金與意識形態的物質性〉，見《中外文學》第30卷第1期，2001年6月，頁114-145。引文見頁133。

　　甚至有論者指出，「無論是『複調理論』還是『狂歡化理論』，如果我們因為它在理論上的世界觀意義或者說意識形態意義而忽略了它首先作為『形式』的意義、『技術』的意義的話，那麼，我們對巴赫金的這兩個理論的理解還不是巴赫金式的」。[5]誠如其言，其實巴赫金的狂歡化理論的精妙實踐主要也是集中在文學上，加之巴氏的狂歡化理論又被筆者人為地賦予了重大的文本分析的使命，所以作為狂歡化理論的文學凝結——狂歡詩學也就順理成章的成為本章的論述重點。

　　與狂歡精神的遞進邏輯基本吻合，從對話／複調到狂歡也是一個遞增的過程。因為依據小說文體學發展的理論，狂歡體整體上應該優於複調小說，儘管陀思妥耶夫斯基作為後者的代表作家，具有異乎尋常的突破性和創造力，其水準可能遠遠高於一般的狂歡體小說。

　　鑒於狂歡化理論的複雜性和豐富性以及巴赫金本人對此的深邃洞察「文學狂歡化的問題，是歷史詩學，主要是體裁詩學的非常重要的課題之一」，[6]筆者主要從兩大層面展開論述：「體裁詩學」（文學體裁）和小說話語[7]（言語體裁），而體裁詩學又包含了對話／複調小說、狂歡體。因為巴氏有關小說理論對本章乃至對本書具有非同尋常的重要性，故小說理論將被單列一節。另外，之所以去強調和論析巴氏對語言學的貢獻，是因為巴氏此方面的精彩又深邃的洞察往往為探討小說理論的推進大有裨益。

　　儘管如此，筆者也力圖找到巴氏狂歡化理論思想的某種統一性（而非完成性和獨白），因為「深入研究和揭示米‧巴赫金遺作裡的這種思想的統一性——是研究者們的一項大有可為的任務。」[8]故本章的主要框架為：

　　（一）體裁詩學：1對話／複調小說；2狂歡體；3小說理論。
　　（二）小說話語。

5　曾軍〈「複調」和「狂歡化」——巴赫金的「超技術（語言）」批評及其在巴赫金文論思想體系中的地位〉，見《荊州師範學院學報》2001年第3期，2001年5月，頁34-40。引文見頁36。
6　巴赫金著，白春仁 顧亞鈴譯《陀思妥耶夫斯基詩學問題》（北京：三聯書店，1988），頁157。
7　顯而易見，筆者的詳略和重點劃分更多是出於論述的必要，而非死板的遵守巴氏的「本意」。但是，基本層面的包含還是儘量遵循了其論述的大原則／框架，而且這種分類的名稱和解釋也是來自於巴氏。
8　〔俄〕孔金 孔金娜著，張傑 萬海松譯《巴赫金傳》（上海：東方出版中心，2000），頁20。

第一節　體裁詩學

巴赫金對體裁詩學有異乎尋常的清醒認識，首先他深刻地指出了體裁的重大意義，「體裁具有特別重要的意義。在體裁（文學體裁和言語體裁中），在它們若干世紀的存在過程裡，形成了觀察和思考世界特定方面所用的形式。作家如果只是個工匠，體裁對他只是一種外在的固定樣式；而大藝術家則能啟動隱藏在體裁中的潛在涵義。」[9]

其次，巴赫金還別出心裁地指出了體裁和詩學的密切關係，從而為我們論述狂歡化詩學與體裁的內在理路提供了論據，並鞏固了其合法性。巴氏認為，「可是詩學恰恰應從體裁出發。因為體裁是整個作品、整個表述的典型形式。作品只有在具有一定體裁形式時才實際存在。每個成分的結構意義只有與體裁聯繫起來才能理解。」[10]

再次，巴赫金並非是以孤立的態度和視野對待體裁，而是採用了大氣磅礴的史家眼光與姿態：強調詩學的歷史性、社會性和文化性，即「歷史詩學」與「體裁社會學」。他明確指出，「現在我們該是從體裁發展史的角度來闡述這一問題了，也就是說把問題轉到歷史詩學方面來。」[11]同時，他又認為，「體裁是集體把握現實、旨在完成這一過程的方法的總和。通過這種把握能掌握現實的新的方面。對現實的理解，在思想的社會交際過程中不斷發展著和形成著。因此體裁的真正詩學只可能是體裁的社會學。」[12]某種意義上講，這也是他和形式主義在體裁理論論述方面高下與分歧的見證所在。

不難看出，巴赫金對體裁詩學的研究和思考遠遠超越了單純意義上的敘事學或者文體學，毋寧說這同樣體現了他無處不在的狂歡的哲學精神，同時，這種精神又不是枯燥的形而上的思辨式文字編織，而是有機地與文學場域以及體式的歷史變遷融合到一起。托多羅夫就對巴氏對體裁的獨特思考進行了一針見血的總結，「一方面，在一個社會內部，體裁規則具有一種與語言規則現實相類似的現實：各種規則雖然都是無法意識，但的確是客觀存在……另一方面，體裁還具有歷史意義：它不僅是社會特徵與形

9　巴赫金著，白春仁 曉河等譯《巴赫金全集》第四卷（石家莊：河北教育出版社，1998），頁368。

10　巴赫金著，李輝凡 張捷 張傑等譯《巴赫金全集》第二卷（石家莊：河北教育出版社，1998），頁283。

11　巴赫金著，白春仁 顧亞鈴譯《陀思妥耶夫斯基詩學問題》，頁155。

12　巴赫金著，李輝凡 張捷 張傑等譯《巴赫金全集》第二卷，頁291。

式特徵的結合,而且也是集體記憶的一個片斷。」[13]

　　所以,由於以上原因,巴赫金的文學批評活動甚至被人納入到「歷史詩學批評」範疇中去,而某種意義上講,恰恰也是因了巴氏的異軍突起才引發了歷史詩學的一個高潮。如張傑所論,「歷史詩學的發展經過了一段坎坷的歷程。在蘇聯的早期,它並未得到文藝學界的承認和重視,它的研究只是散見於普洛普和巴赫金等人的著作與手稿之中。到了60年代,出現了歷史詩學發展的一個小高潮。巴赫金從歷史詩學的角度探討了拉伯雷的藝術創作,並且修訂和再版了《陀思妥耶夫斯基的詩學問題》……正是在這一時期,歷史詩學才逐漸形成一個學術流派。」[14]

一、對話與複調小說

(一)關係縷述

　　需要指出的是,在對話與複調之間,糾纏了千絲萬縷的內在關聯,而非一般意義上的對應或神似關係。

　　首先,對話作為一種具有狂歡精神的繁複概念,包含了太多層面的可能性[15],它所體現的哲學精神前文已有概述,此處不贅。但毋庸諱言,它同時也當仁不讓地成為彌漫於複調(小說)中的基本元素,仿如它的底色。

　　巴赫金就毫不含糊地指出,「複調小說整個滲透著對話性。小說結構的所有成分之間,都存在著對話關係,也就是如同對位旋律一樣相互對立著。要知道,對話關係這一現象,比起結構上反映出來的對話中人物對語之間的關係,含義要廣得多;這幾乎是無所不在的現象,浸透了整個人類的語言,浸透了人類生活的一切關係和一切表現形式,總之是浸透了一切蘊含意義的事物」。不僅如此,巴氏此處還勾畫了複調小說中的兩種對話表現:

1.「大型對話」

　　意指小說內部和外部的各部分之間的一切關係,主要涵蓋了各個層面的架構、人物與社會思想之間以及作者與主人公之間的對話關係[16]。

---

[13] 托多羅夫著,蔣子華 張萍譯《巴赫金、對話理論及其他》,頁290-291。

[14] 張傑 汪介之著《20世紀俄羅斯文學批評史》(南京:譯林出版社,2000),頁427。

[15] 孔金等就認為,「米・巴赫金一個偉大的功績在於:他把『對話』概念從一種文學體裁轉換成『哲學範疇』,並且指出了獨白主義死氣沉沉的特質,獨白主義有賴於專橫的權力制度的懲處威力。」見〔俄〕孔金 孔金娜著,張傑 萬海松譯《巴赫金傳》,頁375。

[16] 董小英認為它包括了兩層意思,一層意思是「作品中反映出的人類生活和人類基本

2.「微型對話」

主要指向了文本內部（比如人物心靈內部等），「對話還向內部滲入，滲進小說的每種語言中，把它變成雙聲語，滲進人物的每一手勢中，每一面部表情的變化中，使人物變得出語激動，若斷若續。」[17]

從此意義上說，對話是複調不可或缺的基礎甚至是內核。如人所論，「對話是複調小說的基礎，對話思想也是巴赫金哲學美學思想的基礎。在巴赫金看來，生活的本質是對話，思想的本質是對話，藝術的本質是對話，語言的本質也是對話，他通過對話的思考來探討人的本質和人的存在方式。」[18]

其次，複調從對話的意義上講，恰恰高於對話，或者換言之，它是對話的最高形式。如人所論，「複調對話在米‧巴赫金看來是對話的最高形式。這種對話是不可完成的個性關於存在的終極問題的對話。這種對話有別於心理主體的對話。他說：『任何一個偉大的作家都要參與這種對話，他以自己的作品參與，作為對話的一方；但這些參與者本人並不創造複調小說』」。[19]

簡而言之，巴赫金認為複調超越對話的獨特之處在於前者對話性的多元性和澈底性，也即複調其實更像是眾聲喧嘩的對話。「這種小說（複調小說，朱按）不是某一個人的完整意識，儘管他會把他人意識作為對象吸收到自己身上來。這種小說是幾個意識相互作用而形成的總體，其中任何一個意識都不會完全變成為他人意識的對象。幾個意識相互作用的結果，使得旁觀者沒有可能好像在一般獨白型作品中那樣，把小說中全部事件變成為客體對象（或成為情節，或成為情思，或成為認知內容）；這樣便使得旁觀者也成為參與事件的當事人。」[20]

如果我們考察上述狀況出現的原因，我想主要在於複調與狂歡的複雜纏繞。巴赫金敏銳地指出了複調其實是對狂歡體的某種再現，「在陀思妥耶夫斯基的創作中，狂歡體傳統當然也是別具一格地複現出來的：傳統在這裡獲得了新的理解，同其他的藝術因素結合起來，服務於作家特殊的

思想本身的對話本質」，也即生活中人類思想的對話關係。社會思想的對立、交鋒，在作品中以對位元元方式出現；第二層意思是指作者與主人公的對話關係。參董小英著《再登巴比倫塔——巴赫金與對話理論》（北京：三聯書店，1994），頁32-33。

[17] 巴赫金關於複調小說及其兩種對話表現引文皆可參巴赫金著，白春仁 顧亞鈴譯《巴赫金全集》第五卷（石家莊：河北教育出版社，1998），頁55-56。

[18] 程正民著《巴赫金的文化詩學》（北京：北京師範大學出版社，2001），頁48。

[19] 〔俄〕孔金孔金娜著，張傑 萬海松譯《巴赫金傳》，頁359-360。

[20] 巴赫金著，白春仁 顧亞鈴譯《巴赫金全集》第五卷，頁21-22。

藝術目的」。[21]巴赫金甚至認為，複調是對狂歡體的歐洲傳統的延續和重塑，「歐洲文學中的這一個發展脈絡，卻為複調作了*重要的*準備。整個這一傳統，從『蘇格拉底對話』和梅尼普體開始，在陀思妥耶夫斯基的創作中，以複調小說的新穎獨創的形式得到重生，獲得了新的面貌。」[22]

所以，綜上所述，如果我們非要給複調做一個定位的話，它應該是介於對話和狂歡之間的一個變種，它自身充滿了對話性，卻同時又體現了狂歡精神的書寫姿態。

（二）複調小說

巴赫金有關複調小說的概念和俄國著名文學家陀思妥耶夫斯基是密不可分的，某種程度上，我們有時甚至下意識地將二者等同起來。如劉康形象地指出，「今天，人們一提到巴赫金，首先想到的也許就是他的有關陀思妥耶夫斯基的『複調小說』的理論。很多時候，巴赫金被認為是一位研究陀思妥耶夫斯基小說的專家，或是一位『複調小說』的理論家」[23]，由上可見，複調之於巴赫金具有極其重要的意義。

不僅如此，複調[24]對於小到小說形式的探究，再到文藝學學科的拓展，乃至大到人類的藝術思維的開拓都具有非同尋常的意義。張傑認為，「巴赫金在陀思妥耶夫斯基的創作中挖掘出來的，的確是前人沒有發現或者是沒有充分意識到的藝術特徵，從而把敘事學的研究推進一步，開闢了一個新的方向；複調小說理論為小說形式研究開拓了一條新的獨特途徑，豐富了人類的藝術思維。」[25]無獨有偶，伊萬諾夫（Viacheslav V. Ivanov）也指出，巴赫金對陀氏的研究，「包含了一個視點對話式互動（dialogically interrelated points of view）的整體架構，不僅標誌著陀氏研究的新階段，而且也是一個整體的範式轉移（paradigm shift）（庫恩所講的in Kuhnian sense）」。[26]

然則，何謂複調？其實質是什麼？對此，巴赫金雖然沒有給與一個異常清晰的界定，但基本上他還是點出了其不易把握的內核。原本來源於音

---

[21] 巴赫金著，白春仁 顧亞鈴譯《陀思妥耶夫斯基詩學問題》，頁223。

[22] 巴赫金著，白春仁 顧亞鈴譯《陀思妥耶夫斯基詩學問題》，頁249。

[23] 劉康著《對話的喧聲——巴赫金的文化轉型理論》（北京：中國人民大學出版社，1995），頁129。

[24] 有關複調從音樂術語到小說觀念的演變，可參李鳳亮〈複調：音樂術語與小說觀念——從巴赫金到熱奈特再到昆德拉〉，見《外國文學研究》2003年第1期，2003年2月，頁92-97。

[25] 張傑 汪介之著《20世紀俄羅斯文學批評史》，頁434。

[26] Viacheslav V. Ivanov, "Dialogue and Carnival", see David Shepherd (ed.), *Bakhtin: Carnival and Other Subjects: selected papers from the Fifth International Bakhtin Conference, University of Manchester, July 1991* (Amsterdam: Rodopi, 1993), p.4.

樂學上的複調到了巴氏那裡就成了他對陀氏長篇小說的經典嫁接式命名，「有著眾多的各自獨立而不相融合的聲音和意識，由具有充分價值的不同聲音組成真正的複調——這確實是陀思妥耶夫斯基長篇小說的基本特點。在他的作品裡，不是眾多性格和命運構成一個統一的客觀世界，在作者統一的意識支配下層層展開；這裡恰恰是眾多的地位平等的意識連同它們各自的世界，結合在某個統一的事件之中，而互相間不發生融合。陀思妥耶夫斯基筆下的主要人物，在藝術家的創作構思之中，便的確不僅僅是作者議論所表現的客體，而且也是直抒己見的主體……主人公的意識，在這裡被當作是另一個人的意識，即他人的意識；可同時它卻並不對象化，不囿於自身，不變成作者意識的單純客體。」[27]巴氏認為複調小說繼承了歐洲的小說中的「對話體」小說。

　　而實際上，巴赫金所認為的複調其實質仍然包含了很濃厚的狂歡精神，「複調的實質恰恰在於：不同聲音在這裡仍保持各自的獨立，作為獨立的聲音結合在一個統一體中，這已是比單聲結構高出一層的統一體。如果非說個人意志不可，那麼複調結構中恰恰是幾個人的意志結合起來，從原則上便超出了某一人意志的範圍。可以這麼說，複調結構的藝術意志，在於把眾多意志結合起來，在於形成事件。」[28]

　　上述定義蘊含了豐富的意義層面，簡單說來，第一，複調包含了富含主體意識的人物、意識的平等連綴；第二，複調中的人物，不僅是作者書寫的客體，也是具有獨立意識的主體；第三，複調的各個成分保持獨立但又成功地結合到一個高於單聲結構的統一體中。

　　巴赫金對複調小說的論述層面切分得非常清晰，依據他本人的說明，主要從三個層面進行探討，「一、在複調型構思的條件下，主人公及其聲音的相對自由和獨立；二、思想在主人公身上的特殊處理；三、構築小說整體的新的連接原則」。[29]換言之，巴氏主要從如下層面展開論述：（1）主人公、作者及其獨特關係；（2）複調思想在作品中的「藝術功能」和處理方式；（3）複調作品的體裁、語言和情節佈局等。筆者以下將分述之。

1.主人公、作者及其辯證關係

　　某種意義上，主人公及作者的複雜關係恰恰形塑並反映了複調的本質特徵。這不僅僅是作品內部人物之間以及他們與作者的地位的變遷，而且

---

[27] 巴赫金著，白春仁 顧亞鈴譯《巴赫金全集》第五卷，頁4-5。

[28] 巴赫金著，白春仁 顧亞鈴譯《巴赫金全集》第五卷，頁27。

[29] 巴赫金著，白春仁 顧亞鈴譯《巴赫金全集》第五卷，頁61。

也是反映了不同主體之間的互動關係，或曰主體間性。有學者指出，「根據巴赫金的複調理論，陀思妥耶夫斯基筆下的主人公由原來的客體向主體轉化，客體意識變為主體意識，原來作家的主體意識，卻轉向客體意識。這種全新的敘述角度，顯然優於獨白式的敘述方式，作者放棄了全知全能的中心位置，人物互相作用，造成了本文結構在更高層次上的多重複合統一。」[30]剔除上述論述對主人公和作者之間關係的簡單化處理，對互為主體的闡發卻體現了複調的部分特質。

主人公在複調小說中體現出來的令人感覺煥然一新之處在於：主體意識的增強，乃至可以和作者平起平坐的地步，「主人公變得相對地自由和獨立了，因為一切能使主人公按照作者構思成為特定形象的東西，可以說是把主人公蓋棺論定的東西，一切能一勞永逸地使主人公成為完成了的現實形象的東西，——這一切現在已經不是作為完成這一形象的形式在起作用，而是作為他的自我意識的材料得到利用。」[31]

甚至是主人公的獨特存在已經迫使作者主動意識到並尊重他的主體意願，這一切使得作者必須重新選擇並確立複調式的對策。「不僅主人公本人的現實，還有他周圍的外部世界和日常生活，都被吸收到自我意識的過程之中，由作家的視野轉入主人公的視野。他們與主人公已經不屬於同一層面，不是並行不悖，不是處於主人公身外而同主人公共存於統一的作者世界中……作者只能拿出一個客觀的世界同主人公無所不包的意識相抗衡，這個客觀世界便是與之平等的眾多他人意識的世界。」[32]

巴氏一再強調複調小說中主人公的獨特性與獨立性，他認為陀思妥耶夫斯基的主人公「各有自己的規律性，自己的邏輯；這種規律和邏輯納入了作者的藝術意向的範圍之內，但不是作者所能任意破壞的……主人公的自由是作者構思的一個因素。主人公的議論是作者創造的，但這樣的創造的結果，主人公的議論就像另外一個他人說出的，就像主人公本人說出的一樣，可以澈底地展示自己的內在邏輯和獨立性。」[33]

總體上說來，作者與主人公是一種平等對話的關係，同傳統的二者關係相比，顯然，表面上看來，作者出讓（實則更具隱蔽性地行使）了自己的部分許可權。「在陀思妥耶夫斯基的複調小說裡，作者對主人公所取的新的藝術立場，是認真實現了的和澈底貫徹了的一種對話立場；這一立場確認主人公的獨立性、內在的自由、未完成性和未論定性。對作者來說，

30　朱立元主編《現代西方美學史》（上海：上海文藝出版社，1993），頁1117。
31　巴赫金著，白春仁 顧亞鈴譯《巴赫金全集》第五卷，頁67。
32　巴赫金著，白春仁 顧亞鈴譯《巴赫金全集》第五卷，頁64-65。
33　巴赫金著，白春仁 顧亞鈴譯《巴赫金全集》第五卷，頁86。

主人公不是『他』，也不是『我』，而是不折不扣的『你』，也就是他人另一個貨真價實的『我』（『自在之你』）……這種對話（整部小說構成的『大型對話』），並非發生在過去，而是在當前，也即在創作過程的現在時裡。」[34]

顯而易見，即使在複調小說中，作者也並沒有消極地坐以待斃。依據巴赫金的「超視」原則，作者對於主人公來講有他不可替代的外位性。「較之每一個主人公，作者總有一定穩固的超視超知的部分，能夠最終實現整體性（既是主人公的整體性，又是他們共同的生活事件的整體性，即作品的整體性）的那些因素，恰恰就處於超視超知的部分之中。」[35]又說，「作者極力處於主人公一切因素的外位：空間上的、時間上的、價值上的以及涵義上的外位元。處於這種外位，就能夠把散見於設定的認識世界、散見於開放的倫理行為事件（由主人公自己看是散見的事件）之中的主人公，整個地彙集起來，集中他和他的生活，並用他本人所無法看到的那些因素加以充實而形成一個整體。」[36]

但是，巴赫金同時又辯證地指出，作者的外位性和超視性並非鐵板釘釘，他同樣有可能部分失掉這個優點和特徵。巴氏羅列了作者喪失外位立場的三種典型情況：1主人公控制著作者。2作者控制著主人公，把完成性因素納入主人公內部，作者對主人公的立場部分地稱為主人公對自己的立場。3主人公本人就是自己的作者，他對自己的生活以審美方式加以思考，彷彿在扮演角色。[37]

不難看出，巴赫金對作者與主人公關係的考量是遊移在「審美和倫理」之間的，「他有時候偏向於審美，這時候他就特別強調作者的全方位外位性……而主人公的主體性以及認識和倫理上的自由則受到削弱。當他偏向於倫理的時候，主人公的主體性以及認識和倫理自由則得到突出，而作者的外位性則受到削弱」。[38]但無論如何，外位性是理解二者關係的關鍵，甚至是「唯一支撐點」。[39]

巴赫金對作者與主人公關係的處理有其弔詭之處，一方面，無論主人

---

[34] 巴赫金著，白春仁 顧亞鈴譯《巴赫金全集》第五卷，頁83。

[35] 巴赫金著，曉河 賈澤林等譯《巴赫金全集》第一卷（石家莊：河北教育出版社，1998），頁108-109。

[36] 巴赫金著，曉河 賈澤林等譯《巴赫金全集》第一卷，頁110。

[37] 具體論述可參巴赫金著，曉河 賈澤林等譯《巴赫金全集》第一卷，頁114-117。

[38] 趙志軍著《文學文本理論》（北京：中國社會科學出版社，2001），頁67。具體層面的展開論述則參該書頁65-100。

[39] 曉河〈文本‧作者‧主人公──巴赫金敘述理論研究〉，見《文藝理論與批評》1995年第2期，1995年3月，頁108-114。引文見頁114。

公怎樣獨立和自主，他始終都是作者的創造和虛構；另一方面，複調小說的要求和特徵又在某種程度上註定了廣泛而深刻的對話關係。這就給許多後來者製造了不少麻煩，也成為巴氏屢遭他人詬病之處。如托多羅夫（Tzvetan Todorov 1939- ）就指出，「巴赫金似乎混淆了兩件事：第一，他以為作者在作品中表現的思想與作品各人物的思想可以分庭抗禮；第二，他以為作者與作品人物可以平起平坐。然而這種混淆是不能允許的，因為作者既表現自己的思想，又同時表現作品其他人物的思想……陀思妥耶夫斯基並不是他作品中許多聲音的一種，而是作品唯一權威的創造者，與作品中的所有人物根本不同。因為，這些人物各人只能代表一種聲音，而陀思妥耶夫斯基是這些眾多聲音的唯一的創造者。」[40]

錢中文也質疑道，「如果主人公因自己的客觀性即自己的主觀意識具有較大的客觀價值，而可以獨立與作者之外，那麼，這將置作家的主觀積極性於何地呢？作家的作用豈不就無異於一面僵死的鏡子呢！……只是在後來過分強調『複調』理論的獨特性，他才顯得有些顧此失彼。」[41]

而實際上，巴氏在1963年出版的修訂本中對自己的論述作了必要修正以使其更顯完善，巴氏的有關二者關係的闡述因此顯得非常辯證而嚴密，需要仔細思量才可品得個中三味。主人公的獨立性恰恰是在文本內部才得以成立和很好的發揮，而這一獨立性和作者的立意也恰恰吻合，所以所謂的自相矛盾原本就是可能出於對巴氏的僵化理解，「這首先是主人公在小說結構內部，對作者保持著自由和獨立，確切地說，是對作者通常所作的形諸於外的總結性評語，保持著自由與獨立……他的這種獨立和自由，恰恰在作者的立意之中。這一構想似乎預先便許給了主人公以自由（自然是相對的自由），同時本身也是作品整體嚴整構思的一部分……主人公具有相對的自由，並不損害整部作品嚴格的規定性，正如數學公式中存在無理數或超窮數，並不會破壞數學公式的嚴格規定性一樣。」[42]

從整部小說的創作來講，作者顯然體現了高度的主體介入，但是，在處理小說人物／主人公時，他必須考慮更好的與其互相適應／調試，力求達到彼此的和諧共存。所以一方面，作者有其高度的積極性，陀氏的「複調小說作者的意識，隨時隨地都存在於這一小說中，並且具有高度的積極性」，同時另一方面，他也必須考慮到全盤需求從而更好的發揮其積極

[40] 茨維坦・托多洛夫著，王東亮 王晨陽譯《批評的批評——教育小說》（北京：三聯書店，2002年第2版），頁91-92。
[41] 錢中文著《文學理論流派與民族文化精神》（長春：吉林教育出版社，1993），頁218-219。
[42] 巴赫金著，白春仁 顧亞鈴譯《巴赫金全集》第五卷，頁14。

性，一如帶著鐐銬的舞蹈，「他是把爭論中的每一觀點都發揮到最大的高度和深度，達到最強的說服力。他總力圖揭示和展現這一觀點中可能潛藏的一切含義」。[43]

表面上看，巴氏所用的詞彙，比如「作者立場的激底改變」[44]等有其矯枉過正之處，而實際上，這其實是巴氏為更新傳統觀念和破解理性對人的異化（物化）達到複調效果的良苦用心所在，複調的主觀產生背景自然有其深遠之處，「陀思妥耶夫斯基全部創作的主要激情，無論從形式或內容方面看，都是同資本主義條件下的物化、人與人關係及人的一切價值的物化進行鬥爭……對我們來說，重要的不是他這種批判的抽象理論方面或政論方面，而是他的藝術形式所具有的解放人和使人擺脫物化的意義。」[45]

回到作者與主人公關係上來，我們毋寧說，整體上他們是一種共生關係，而只是在內、外有不同的主體性和獨立性，在尊重主人公的前提下，作者顯然仍然擁有虛構和營造敘事的足夠權力，不過，並非無上而已。所以，正是他們的互動和互相磨合才保證了複調小說獨特效果的產生，「形式是主人公和作者相互作用的結果。但主人公在這一相互作用中是消極的，他不是表現者，而是被表現者，不過他作為被表現者依然決定著形式，因為形式所必須適應的正是主人公，形式要從外部完成的也正是主人公內在的實際生活目標。」[46]

不難看出，小說家身份和角色的激底轉變在巴氏那裡的積極意義，「小說家從來就不是代表不同聲音的交流的戲劇化對話（a dramatized dialogue）的製造者（the maker），而是同這些再現的聲音的對話的參與者（a participant），提供了他們動機其他目的意義的（不同）版本」[47]。

劉康將二者的連接歸結為自覺意識，「巴赫金認為複調小說的整體設計或主導藝術形式極為自覺意識，因為只有在自覺意識中，作者、主角才能充分認識到他們各自的獨立的主體意識的價值，才能充分尊重對方的自由，並為保障各自的聲音得以自由的表達而盡心竭力。自覺意識的結晶是主體對自我的未完成性、不確定性的深刻感悟，而這種感悟多半都是在危機四伏的人生與命運的門檻獲得的。」[48]

[43] 巴赫金著，白春仁 顧亞鈴譯《巴赫金全集》第五卷，頁90-91。

[44] 巴赫金著，白春仁 顧亞鈴譯《巴赫金全集》第五卷，頁89。

[45] 巴赫金著，白春仁 顧亞鈴譯《巴赫金全集》第五卷，頁82-83。

[46] 巴赫金著，曉河 賈澤林等譯《巴赫金全集》第一卷，頁183。

[47] Don H. Bialostosky, *Wordsworth, Dialogics, and the Practice of Criticism* (Cambridge [England]; New York: Cambridge University Press, 1992), p.66.

[48] 劉康著《對話的喧聲——巴赫金的文化轉型理論》，頁135。

2.複調思想的「藝術功能」

巴氏對陀氏作品中的思想的分析並非如常人去縷述和分析各種思想的內容，而是轉而探索思想在作品中的「藝術功能」。

巴氏在此提出了思想與主人公「自我意識」的相輔相成關係，「思想幫助自我意識確立了在陀思妥耶夫斯基藝術世界中的主權地位，使自我意識比任何穩固定型的中立狀態形象都更勝一籌。然而從另一方面看，思想本身要保有自己的重要性，保有自己充實的意義，也只能是以自我意識為基礎；這裡，自我意識成了對主人公進行藝術描寫的主要成分。」[49]

需要指出的是，「自我意識」具有豐富的意義指向：除了指涉作者本人，還有主人公，甚至他者等。有論者不無深意的指出，「『自我意識』應該是自我確證，自我省思和與他者對話的對象這三個層面上的共同存在。本世紀以來的現代主義和後現代主義小說，也非常看重『自我意識』，但多半只抓住了作者自我意識的一維，而忽略了他者『自我意識』的一維」。[50]

實際上，巴氏在晚年接受採訪的時候又重申了主人公自我意識中的對話性，「在主人公的自我意識中，滲入了他人對他的認識；在主人公的自我表述中，嵌入了他人議論他的話。他人意識和他人語言引出了一些特殊的現象，這些特殊現象一方面決定了自我意識的主題發展、他的沮喪、爭辯、反抗；另一方面又決定了主人公語言中的語氣斷續、句法的破碎、種種重複和解釋，還有冗贅。」[51]

回到巴氏對陀氏對思想的藝術處理，同樣也體現了複調的精神。如巴氏認為的，陀氏所擅長的，「卻正是描繪他人的思想，但又能保持其作為思想的全部價值；同時自己也保持一定的距離，不肯定他人的思想，更不把他人思想同已經表現出來的自己的思想觀點融為一體。思想在他的作品中成為藝術描繪的對象，陀思妥耶夫斯基本人也便成了一個偉大的思想藝術家。」[52]

巴赫金認為，陀氏成為文學意義上的思想藝術家有其命定性或曰必然性，他為此探討了那些限定陀氏可能進行思想藝術描寫的條件：第一，

---

49 巴赫金著，、白春仁 顧亞鈴譯《巴赫金全集》第五卷，頁102。

50 陳平輝〈以人為根基建構小說的藝術空間──對巴赫金「複調小說」理論和中國當代小說的思考〉，見《文藝理論研究》1997年第3期，1997年5月，頁32-39。引文見頁36。

51 巴赫金著，白春仁 顧亞鈴譯《巴赫金全集》第五卷，頁279。

52 巴赫金著，白春仁 顧亞鈴譯《巴赫金全集》第五卷，頁110。

「只有未完成的蘊含無盡的『人身上的人』，才能成為思想的人；這個人的形象才能同有充分價值的思想的形象，結合到一起。」[53]

需要解釋的是，巴氏所謂「人身上的人」有它的特定含義，它實際上是一種從客體到主體轉換的對話立場，「『人身上的人』不是物，不是無聲的客體，這是另一個主體，另一個平等的『我』，他應能自由地展示自己。而從觀察、理解、發現這另一個『我』，亦即『人身上的人』的角度看，需要有一種對待他的特殊方法——對話的方法。這就是那個全新的立場，它能將客體（實質上是被物化了的人）轉化為另一個主體，另一個能自由展示自己的『我』。」[54]

第二，陀思妥耶夫斯基能塑造思想的形象，就在於他深刻地理解人類思想的對話本質。「思想只有同他人別的思想發生重要的對話關係之後，才能開始自己的生活，亦即才能形成、發展、尋找和更新自己的語言表現形式、衍生新的思想……恰是在不同聲音、不同意識互相交往的連接點上，思想才得以產生並開始生活。」[55]

陀氏之所以能成為思想藝術家，自然有他觀察、體驗和書寫世界的獨特方式和見解，即所謂「構形見解」，即指陀氏「觀察和描繪世界的原則的那種見解」。[56]

在巴氏看來，陀氏的離奇之處就在於他幾乎可以用許多個完整的、鮮活的觀點、意識、聲音等來思維，在「小型對話」中他仍然堅持主人公「以完整的觀點」進行對話乃至論證原則，而在「大型對話」中，單個的聲音和它們背後的世界密切相連，既不可分割，又互相對峙。這樣一來，「由於構形思想採取這樣一種角度的結果，在陀思妥耶夫斯基面前展現出來的，不是一個由描寫對象組成而經他的獨白思想闡發和安排起來的世界，而是一個由相互闡發的不同意識組合起來的世界，是一個由相互聯結的不同人的思想意向組合起來的世界。他在這些不同的意向之中，尋找一個最崇高最有權威的意向；他並不把這個意向看成是自己的一個真實的思想，而看作是另一個真實的人以及他的言論」。[57]

需要指出的是，巴氏對作為複調小說的論述對象的陀思妥耶夫斯基的認識並非是整齊劃一的，即使陀氏本人也有以獨白形式發表的思想。但是，重要的是「揭示思想在陀思妥耶夫斯基複調世界中的功用，而不僅僅

---

[53] 巴赫金著，白春仁 顧亞鈴譯《巴赫金全集》第五卷，頁112。
[54] 巴赫金著，白春仁 曉河等譯《巴赫金全集》第四卷，頁345。
[55] 巴赫金著，白春仁 顧亞鈴譯《巴赫金全集》第五卷，頁114。
[56] 巴赫金著，白春仁 顧亞鈴譯《巴赫金全集》第五卷，頁122。
[57] 巴赫金著，白春仁 顧亞鈴譯《巴赫金全集》第五卷，頁128。

是它獨白的本質」；而且，更加難能可貴的是陀氏對這種精神的自覺貫徹，「作為思想家的陀思妥耶夫斯基的思想，一旦進入他的複調小說，便會改變自己存在的形式，成為藝術性的思想形象。」[58]

需要指出的是，無論是複調對思想還是對人物等的處理，都體現著狂歡精神和思維模式，反過來講，複調作為一種複雜的綜合體，本身也可能提煉／發展出複調式藝術思維。巴赫金高瞻遠矚地指出，「複調小說的創立，不僅使長篇小說的發展，即屬於小說範圍的所有體裁的發展，獲得了長足的進步，而且在人類藝術思維總的發展中，也是一個巨大的進步。據我們的看法，簡直可以說有一種超出小說題材範圍以外的特殊的複調藝術思維。這種思維能夠研究獨白立場的藝術把握所無法企及的人的一些方面，首先是人的思考著的意識，和人們生活中的對話領域。」[59]

3.複調作品的體裁、語言和情節佈局等

作為一種全新的體裁類型，陀氏的複調小說在巴赫金看來有其獨特的路數和系譜。首先，陀氏的複調小說是以歐洲驚險小說的情節佈局為基礎。在巴赫金看來，這是陀氏的有意追求，「陀思妥耶夫斯基為了作者和作為作者，尋求那種刺激性的、挑逗性的、盤查式的、促成對話關係的語言和情節。」[60]

眾所周知，在一般所指的小說意義上，情節對主人公的形塑不可或缺，也只有在情節的步步推進或曲折離奇中，主人公才會更加凸顯其豐富靈魂和血肉飽滿的性格。表面上看來，驚險情節與體裁近乎風馬牛不相及，而實際上，陀氏有它獨特的應對策略。「驚險情節在陀思妥耶夫斯基那裡，是同提出深刻而尖銳的問題結合在一起的。此外，它完完全全服務於思想：它把人擺到不尋常的環境裡（這種環境能表現並引出驚險的情節），讓這個人同別人在突然的不尋常的環境中相遇而發生衝突，其目的在於考驗思想和思想的人，也就是『人身上的人』。這樣一來，便有可能把驚險情節同看來格格不入的體裁，如自白、生平錄等結合起來……陀思妥耶夫斯基按複調原則運用和理解這種體裁的結合……」[61]

為了更清楚地說明問題，巴赫金選擇了歷史詩學的方法，也即從體裁史的角度去探勘複調小說的源頭——狂歡化的文學。而莊諧體則是這種文學的第一個領域。巴氏指出，它的兩種主要發展形式就是「蘇格拉底對

---

[58] 巴赫金著，白春仁 顧亞鈴譯《巴赫金全集》第五卷，頁121。
[59] 巴赫金著，白春仁 顧亞鈴譯《巴赫金全集》第五卷，頁360-361。
[60] 巴赫金著，白春仁 顧亞鈴譯《巴赫金全集》第五卷，頁54。
[61] 巴赫金著，白春仁 顧亞鈴譯《巴赫金全集》第五卷，頁139。

話」（Socratic dialogues）和「梅尼普諷刺」（Menippean satire）。鑒於本書下一節會專節論述，此處不贅。

需要指出的是，陀氏的複調小說同狂歡化文學有千絲萬縷的瓜葛。巴氏指出，「事實上，梅尼普體的所有特點（當然帶有相應的錯綜變化），我們都能在陀思妥耶夫斯基那裡找到。這的確屬於同一個體裁世界，只是在梅尼普體中這一體裁剛剛處於自己發展的初始階段，而到了陀思妥耶夫斯基那裡已達到自己的頂峰……體裁發展得越高級越複雜，它也會越清晰越全面地記著自己的過去……梅尼普體的這些體裁特點，在陀思妥耶夫斯基作品中不僅是簡單的再現，而且翻出了新意。」[62]

陀氏的複調小說同狂歡的獨特關聯同時也反證了複調對狂歡精神的承繼和延續，有論者認為，「從梅尼普到陀思妥耶夫斯基的這一體裁世界的一個突出特點，就是將看似絕對不能相容的因素令人驚異地結合到一塊。這些相異因素之所以能結合到一起，是因為它們都根植於狂歡化世界感受。狂歡化世界感受使梅尼普諷刺，也使陀思妥耶夫斯基的創作成為典型的狂歡化文學。」[63]

儘管陀氏的複調小說是否是典型的狂歡化文學還有待進一步論證，但二者之間的密切關聯卻不容忽略，至少複調小說秉承了濃厚的狂歡精神。如果我們承認複調類型的如下涵蓋的話，即「在巴赫金那裡，複調類型的關鍵字是：對位元（隱含）、對話、互不融合（平等）、主題、多聲性和歧聲性」[64]，那麼，狂歡其實也被部分包含在複調之中。而且，陀氏複調小說的發展時空也藉助了狂歡化的時空，「巴赫金認為陀思妥耶夫斯基表現狂歡化的時空，他的時空觀，是完全同他的複調小說的特殊的藝術任務相一致的，只有狂歡化的時空，只有把作品的人物放在狂歡化的時空里加以表現，才能更好地揭示事件內在的深刻含義，更好地揭示人物複雜的性格，同時也才能更好地表現不同意識和思想之間的相互作用和對話，而這一切是常規時空描寫所無法揭示出來的。」[65]

巴氏曾經很「複調」地論述了形式與材料的辯證關係，「形式一方面確實是屬於材料的、全靠材料實現的、並依附於材料；另一方面它又從價值角度說明我們超越作為經過組織的材料的作品，超越作為實物的作

---

[62] 巴赫金著，白春仁 顧亞鈴譯《巴赫金全集》第五卷，頁159-160。

[63] 王建剛著《狂歡詩學——巴赫金文學思想研究》（上海：學林出版社，2001），頁199。

[64] 具體可參楊琳樺〈「對話」還是「對位元」——論複調類型的適用性及其發展的現代維度〉，見《浙江學刊》2002年第3期（總第134期），2002年5月，頁214-219。引文見頁215。

[65] 程正民著《巴赫金的文化詩學》，頁96。

˙˙
品。」[66]

耐人尋味的是，表面上看來，陀氏的文本世界是一個材料組織混亂，乃至雜亂無章的世界，「如果著眼於獨白型的結構小說的傳統程式，從這樣的觀點來看，陀思妥耶夫斯基的世界可能像是一片混亂的世界；而他的小說的結構方法，好像用水火不相容的不同組織原則，把駁雜不一的材料拼湊到一起。」[67]但這恰恰是他營構複調結構的能力表現，也是對狂歡精神的發揚。

難能可貴的是，陀氏卻在複調小說中部分實踐了狂歡的可能性。「陀思妥耶夫斯基卻反其道而行之，把對立面融合到了一起……解決一個對藝術家來說是最大的難題——使用性質不同、價值不同而且有著深刻差異的材料，創作出一個統一完整的藝術品。」[68]這無疑又是對狂歡精神的高度弘揚和手法的靈活借鑒。

巴氏還論述了狂歡式與狂歡化文學的發展史以及陀氏的語言問題，由於筆者會對此另文闡述，此處不迷。

對於複調的局限性，有論者指出了其所謂的「技術化隱患」——由於「回避了陀氏的宗教信念對作品內容上的統率作用，使複調理論本身埋下了技術性的隱患。因為信仰，陀氏才能從……包容和超越主人公的被理性世界統率的思想，同時構築作品的審美形式」[69]。應該講這種指責是片面的，巴赫金對宗教的關懷甚至可以講是終生的，他本人也恰恰因為宗教問題而被流放了五、六年；他的狂歡化論述甚至就是建立在基督教基礎上的[70]；哪怕是對陀氏的宗教，甚至是生活，巴氏都應當有比較深切的認識。[71]不過，由於他主要關注和側重的是其複調和與狂歡的關係層面，而未必一定要從陀氏的宗教信仰角度來闡發。

在我看來，巴氏的複調的局限多數還是他矯枉過正的過於急切給人造成的錯誤判斷，也即「在強調自己的理論觀點時，往往會走極端。由於巴

---

[66] 巴赫金著，曉河 賈澤林等譯《巴赫金全集》第一卷，頁323。

[67] 巴赫金著，白春仁 顧亞鈴譯《巴赫金全集》第五卷，頁6-7。

[68] 巴赫金著，白春仁 顧亞鈴譯《巴赫金全集》第五卷，頁16。

[69] 梅蘭〈試析巴赫金對作者與主人公的關係的兩種評價〉，見《外國文學研究》2001年第3期，2001年9月，頁5。

[70] 巴赫金著，白春仁 顧亞鈴譯《巴赫金全集》第五卷，頁177就指出，「現在就基督教土壤上的梅尼普體和狂歡化，再說幾句。」

[71] 據查，柯日諾夫在1970年時值巴赫金75周年誕辰之際應薩蘭斯克學者們的要求撰寫巴氏的學術概要，在交由巴赫金審定時，他特別注意了如下結論，「德國哲學思維的系統性、邏輯性和客觀性與俄羅斯宗教創作的深刻性的有機融合提供了一種獨特的理念。」這在在說明瞭巴氏深受宗教影響也對之非常重視。具體可參曉都〈巴赫金學說「尋根」〉，見《外國文學評論》1994年第4期，1994年11月，頁137-138。

赫金過分誇大了複調結構的獨立作用，狂歡化文學的價值，於是給人以否定其他創作體裁和詩學理論的印象。其實，無論是複調小說還是狂歡化文學都只是眾多文學體裁和詩學理論的一種，是構造小說、研究文學的一種途徑，儘管是一種非常重要的途徑，但不是唯一的。」[72]

　　同時，還需要指出的是，巴赫金並沒有一如常人執此一端，對複調的過分強調並不意味著對獨白小說的趕盡殺絕，而且他也指出了它在自己生存領域的不可替代性，因為「任何時候，一種剛出世的新體裁也不會取消和替代原來已有的體裁。任何新體裁只能補充舊體裁，只能擴大原有的體裁的範圍。因為每一種體裁都有自己主要的生存領域，在這個領域中它是無可替代的。」[73]

　　對話理論的功用明顯不只局限於言語、文體乃至文本中，反過來，巴氏文本中的對話論其實也暗示要我們在現實書寫中拋棄本質主義的偏執追求，而尋求一種眾聲喧嘩的和諧與自然之美，「對話論更可貴的是它凸顯了不同的聲音／立場，讀者在參與了正文的對話系統的同時，也可同時得到反省的機會，瞭解到自己也是被自己的視域／立場所限，而所謂『臻於完整』，只是片刻的對話式想像（dialogic imagination）」。[74]

二、狂歡體

　　托多羅夫認為，「（我們仍是在討論分析性故事），並且在一切時代找到它們的種種化身（avatars）：狂歡（the carnivalesque）肇始（foreshadowed）於古代的莊諧體（the comicoserious genres）（其中最重要的就是蘇格拉底式的對話和梅尼普式的諷刺，而且它的最高表現形式，可以在現代的陀斯妥耶夫斯基的複調小說中找到。」[75]他的精煉論述無疑發人深思，但是，除此以外，對狂歡「猶抱琵琶半遮面」式的論述和屢屢神龍見首不見尾的引述在在引起了我們對狂歡的探勘欲望和追根究底的必要性。如前所論，狂歡是一個無論內外都頗有爭議性和多義性的凝結，我們必須仔細解讀原

---

[72] 張傑 汪介之著《20世紀俄羅斯文學批評史》，頁437。

[73] 巴赫金著，白春仁 顧亞鈴譯《巴赫金全集》第五卷，頁361。

[74] 馬耀民〈作者、正文、讀者──巴赫汀的《對話論》〉，詳可見呂政惠主編《文學的後設思考：當代文學理論家》（臺北：正中書局，1991），頁50-77。注釋出處見頁74。

[75] Tzvetan Todorov; translated by Wlad Godzich, *Mikhail Bakhtin: the Dialogical Principle* (Minneapolis: University of Minnesota Press, 1984), p.79.需要指出，中文譯本中有嚴重的誤譯，即將「狂歡」譯成「荒誕文藝」，還曲解了托多羅夫對狂歡和複調關係的表述。具體可參，托多羅夫著，蔣子華 張萍譯《巴赫金、對話理論及其他》（天津：百花文藝出版社，2001），頁283。

文本，力求做到儘量忠實於原文。

不過，巴赫金在要求大家意識到狂歡的繁複性之外，似乎並無太嚴格的要求，甚至反過來歡迎狂歡式的理解。他認為，狂歡化文學體裁「可以為各種不同的流派和創作方法所採用，不可把它只當做是浪漫主義所獨有的特點。不過每一種流派和每一種創作方法，總是獨特地理解和更新狂歡化的手法。」[76]

（一）系譜探源

巴赫金對狂歡體的論述主要集中在他最著名也最廣為人知的兩部著作——《陀思妥耶夫斯基詩學問題》和《拉伯雷和他的世界》中，另外，其部分觀點和精神也零星散見於其他著述中。

克拉克和霍奎斯特在論述巴氏的《拉伯雷和他的世界》時曾指出，「如是，在專制日益增強的時代，巴赫金書寫著自由。在一個極權主義（authoritarianism）、教條主義（dogmatism）和官方英雄的時代裡，他將大眾書寫成熱情奔放的（ebullient）、多姿多彩的（variegated）和粗狂的（irreverent）。在一個當文學由強加的典範組成的時代，他寫所有規範和法則的瓦解，嘲笑維護他們的權威人士（pundits）。在一個人人被告知要往『高處』看而且否定身體及其命令（dictates）的時代，他讚揚（extolled）日常的價值並宣導『身體下部』（lower bodily stratum）基本功能的狂歡。」[77] 上述論述的精要就在於看到了巴氏書寫的狂歡的物質性和複雜性。而實際上，我們在探討狂歡化文學之前，必須縷述它的來龍去脈。

狂歡化文學的主要源頭就是狂歡節。這裡的狂歡節首先是一種實實在在的生活方式，是人類自身生存的特徵之一，而在早期的狂歡生活顯然又與後來逐步成為節日的狂歡節有所不同，它是一種生活的原生態。狂歡同樣也經歷了一個複雜的演變歷程，各種充滿了禁忌與放縱、理性與感性、規範與自由等等的複雜衝突和互相退讓等。如人所論，「總體上看，狂歡自身也經歷了一個由顯到隱，由無意識到有意識到再被逐出意識的過程，經歷了一個由本然的生活整合為節日慶典儀式的過程。這一過程實際上是理性與非理性力量消長的過程……在理性日益發達、科學日益精微的今天，曾經是如火如荼、如癡如狂、虔敬而野蠻的狂歡生活已成了一個陌生的話題，難以進入與官方文化、精英文化甚至時尚文化平等對話的語

---

[76] 巴赫金著，白春仁 顧亞鈴譯《陀思妥耶夫斯基詩學問題》（北京：三聯書店，1988），頁224。

[77] Katerina Clark, Michael Holquist, *Mikhail Bakhtin* (Cambridge, Mass.: Belknap Press of Harvard University Press, 1984), p.312.

境。」[78]換言之，原本屬於民間自然生態的生活在歷史和文明的發展歷程中就被逐步邊緣化為他者，而且被偷換甚至剔除了其民間、大眾特質成為只保留表演性和象徵性的慶典節日。

在巴赫金那裡，中世紀的狂歡節就是民間的第二種生活，「狂歡節，這是人民大眾以詼諧因素組成的第二種生活。這是人民大眾的節慶生活。節慶性，這是中世紀一切詼諧的儀式——演出形式的本質特點。」[79]

在有關狂歡的幾個概念之間存在著如下的關係：狂歡節的表演性和儀式性的物質形式的總和就成了狂歡式，而狂歡式轉化為文學語言就成了狂歡化，而巴赫金非常銳利地指出，「狂歡化有構築體裁的作用，亦即不僅決定著作品的內容，還決定著作品的體裁基礎」。[80]這也就是狂歡化文學發展的譜系學：狂歡節→狂歡式→狂歡化。巴赫金對此還進一步申論道，「狂歡式（意指一切狂歡節式的慶賀、儀禮、形式的總和）」是「儀式性的混合的遊藝形式。這個形式非常複雜多樣，雖說有共同的狂歡節的基礎，卻隨著時代、民族和慶典的不同而呈現不同的變形和色彩。狂歡節上形成了整整一套表示象徵意義的具體感性形式的語言，從大型複雜的群眾性戲劇到個別的狂歡節表演。這一語言分別地，可以說是分解地（任何語言都如此）表現了統一的（但複雜的）狂歡節世界觀，這一世界觀滲透了狂歡節的所有形式……不過它可以在一定程度上轉化為同它相近的（也具有具體感性的性質）藝術形象的語言，也就是轉為文學的語言。狂歡式轉為文學的語言，這就是我們所謂的狂歡化。」[81]

需要指出的是，狂歡化的概念包含了異常豐富的層面，無論是話語的多聲性，還是時代特徵的意義提煉。實際上，如果視之為一種理論話語資源的話，其更重要的意義在於概括社會轉型期的文化特徵——揭示了某些非官方的民間話語存在的合理性和必要性，同時反過來還為拒斥權威與專制話語提供了理論借鑒。而在隱喻意義層面上，狂歡化實際上暗含了文化多元時代，消解了不同權威／專制話語之際的平等對話。[82]

作為一種全民參與的遊藝活動，狂歡式的生活同樣有它的顛覆特色和

---

[78] 王建剛著《狂歡詩學——巴赫金文學思想研究》（上海：學林出版社，2001），導言頁6。

[79] 巴赫金著，李兆林 夏忠憲等譯《巴赫金全集》第六卷（石家莊：河北教育出版社，1998），頁10。

[80] 巴赫金著，白春仁 顧亞鈴譯《陀思妥耶夫斯基詩學問題》，頁186。

[81] 巴赫金著，白春仁 顧亞鈴譯《巴赫金全集》第五卷（石家莊：河北教育出版社，1998），頁160-161。

[82] 具體可參蔣述卓 李鳳亮〈對話：理論精神與操作原則——巴赫金對比較詩學研究的啟示〉，見《文學評論》2000年第1期，2000年1月，頁128-134，觀點引自頁131。

雙重性，巴赫金羅列了狂歡式的四個範疇：「決定著普通的即非狂歡生活的規矩和秩序的那些法令、禁令和限制，在狂歡節一段時間裡被取消了。首先取消的就是等級制，以及與它有關的各種形態的畏懼、恭敬、仰慕、禮貌等等，亦即由於人們不平等的社會地位等（包括年齡差異）所造成的一切現象。人們相互間的任何距離，都不再存在；起作用的倒是狂歡式的一種特殊的範疇，即人們之間隨便而又親昵的接觸。」

「插科打諢——這是狂歡式的世界感受中的又一個特殊範疇，它同親昵接觸者以範疇是有機地聯繫著的。」

「同親昵相聯繫的，還有狂歡式的世界感受中的第三個範疇——俯就。」

「與此相關的是狂歡式的第四個範疇——粗鄙，即狂歡式的冒瀆不敬，一整套降低格調、轉向平實的作法，與世上和人體生殖能力相關聯的不潔穢語，對神聖文字和箴言的摹仿譏諷等。」[83]

對上述範疇與概念的總結，巴赫金強調的是它們的具體而微、感性靈活的思想，而非形而上的、乾巴巴的「抽象觀念」。惟其如此，它們才能長久而鮮活地存活於人民大眾之間，也因此才可能對後來的文學體裁產生深遠而潛沉、乃至根深蒂固的影響。

巴赫金在論述狂歡式的某些其他方面時，首先考慮到的是狂歡節的演出：加冕和脫冕。「狂歡節上的主要儀式，是笑謔地給狂歡國王加冕和隨後脫冕。」而吊詭的是，被加冕又脫冕的狂歡國王往往是與他角色身份有天淵之別的奴隸或小丑（扮演），個中的顛覆性和雙重意味自然溢於言表。在本身具有兩重性的儀式背後，巴氏異常敏銳地指出了狂歡式世界感受的核心作用，「國王加冕和脫冕儀式的基礎，是狂歡式的世界感受的核心所在，這個核心是交替與變更的精神、死亡與新生的精神。狂歡節是毀壞一切和更新一切的時代才有的節日。這樣可以說已經表達出了狂歡式的基本思想。但我們還要再次強調，這個思想在這裡不是抽象的思想，而是體現在具體感性的儀式之中的生動的世界感受。」[84]

巴赫金特別強調了狂歡式形象的兩重性本質，這其實是一種富含了狂歡精神的變體：在其中，機遇與危機並存，新生和死亡共生，它們都是合二為一的形象。除了提及狂歡節上的火的兩重性之外，巴氏重點分析了狂歡節上的笑，它也有類似的兩重性特徵。它同樣針對崇高事物，即指向權力和真理以及世界上不同秩序的交替。笑涉及了交替的雙方，針對其過

---

[83] 詳可參巴赫金著，白春仁 顧亞鈴譯《巴赫金全集》第五卷，頁161-162。
[84] 巴赫金著，白春仁 顧亞鈴譯《巴赫金全集》第五卷，頁163。

程，「針對危機本身。在狂歡節的笑聲裡，有死亡與再生的結合，否定（譏笑）與肯定（歡呼之笑）的結合。這是深刻反映著世界觀的笑，是無所不包的笑。」[85]

需要指出的是，這種狂歡節的笑有其異常複雜的本性，其全民性、包容性和雙重性非常典型地凸現了狂歡精神，對狂歡化文學的形塑至關重要。巴氏指出，狂歡節笑的複雜本性如下，「第一，它是全民的（上面我們已經說過，全民性是狂歡節的本質特徵），大家都笑，『大眾的』笑；第二，它是包羅萬象的，它針對一切事物和人（包括狂歡節的參加者）……第三，即最後，這種笑是雙重性的：它既是歡樂的、興奮的，同時也是譏笑的、冷嘲熱諷的，它既否定又肯定，既埋葬又再生。這就是狂歡式的笑。」[86]

狂歡節上的笑其實牽涉面非常廣，不僅是笑自身的巨大功用，而且令人關注的還有作為廣場語言之一的笑的語言的巨大殺傷力。所以有論者甚至誇張地將巴氏狂歡理論定位在笑與自由上，「巴赫金的狂歡化思想林林總總，歸結到一點是他指出了由民間文化哺育而成的廣場之笑與自由的內在而又深刻的聯繫。因此，在他思考的辭典裡，官方、恐懼、嚴肅性等等才會不斷成為自由與笑的對舉詞彙。」[87]

巴氏因此還附帶論及了與狂歡式幾乎密不可分的諷刺模擬的狂歡本質，反過來，諷刺模擬也為狂歡式有效地發揮具體作用立下了汗馬功勞。

作為狂歡節演出的基本舞臺，狂歡廣場的地位和意義無疑別具一格。在巴赫金那裡，廣場本身有其兩重性和象徵意義。它可大可小，不太受具體空間的限制，但是，關鍵的是它必須具有全民性、包容性等狂歡的本質。狂歡節發生的「中心場地只能是廣場，因為狂歡節就其意義來說是全民性的，無所不包的，所有的人都需加入親暱的交際。廣場是全民性的象徵……在狂歡化的文學中，廣場作為情節發展的場所，具有了兩重性、兩面性，因為透過現實的廣場，可以看到一個進行隨便親暱的交際和全民性加冕脫冕的狂歡廣場。」[88]

巴氏還特別提到了「狂歡體時間」的概念，它「不是敘事史詩的時間，也不是傳記體的時間。」需要指出的是，狂歡節其實受時間的限制遠遠大於空間，因為這種時間在歷史長河的順序流淌中越來越難能可貴，甚

---

[85] 巴赫金著，白春仁 顧亞鈴譯《巴赫金全集》第五卷，頁167。
[86] 巴赫金著，李兆林 夏忠憲等譯《巴赫金全集》第六卷，頁14。
[87] 趙勇〈民間話語的開掘與放大──論巴赫金的狂歡化理論〉，見《外國文學研究》2002年第4期，2002年12月，頁1-9轉169。引文見頁7。
[88] 巴赫金著，白春仁 顧亞鈴譯《巴赫金全集》第五卷，頁169。

至這種獨特的時空運作決定了文體的特徵和發展。「狂歡體時間彷彿是從歷史時間中剔除的時間，它的進程遵循著狂歡體特殊的規律，包含著無數激底的更替和根本的變化。」[89]

總而言之，巴赫金對有關狂歡化文學的系譜概述並非是多餘的，正是因為狂歡化文學和狂歡節以及狂歡生活有不可分割的糾纏以及後者對前者的來自精神／物質等方方面面的滲透才使得狂歡體成為小說書寫的最高形式，也才能更好的解讀拉伯雷等優秀狂歡化文學家，同樣，也才能清楚地確立和詮釋狂歡化文學的本質特徵和某些書寫範式。

（二）文體的演進

巴赫金對狂歡化文學文體的論證和推導是一個令人興味盎然的過程。其錯綜交織之處往往令人眼花繚亂，幸虧文學的論證不似自然科學那樣特別講究一目了然和科學性，所以在剖析其發展路向之餘，我們還可以享受複雜的魅力。

總體上說來，狂歡體的演進過程中，狂歡節的民間特質、狂歡化世界感受和狂歡精神成為一種自始而終的貫穿，儘管其濃度可能有稀薄和濃厚之分。在巴赫金的論述中，狂歡詩學所涉獵的比較典型的體裁風格分別是莊諧體（蘇格拉底對話和梅尼普諷刺）、複調小說（以陀氏的相關小說為例）和怪誕現實主義（以拉伯雷為中心）。儘管這三者之間的遞增關係未必是一帆風順的直線走向，但是，無可否認的是，就它們強化、反映和形塑狂歡詩學的境界和層次來講，它們自然還是一個遞增過程。鑒於前文已經論述過複調小說，此處主要勾勒和梳理另外兩種表現形式。

巴赫金對「狂歡化的文學」的界定相對寬泛，似乎凡是受到狂歡節民間文藝影響的文學都可一概稱之，「如果文學直接地或通過一些仲介環節間接地受到這種或那種狂歡節民間文學（古希臘羅馬時期或中世紀的民間關係）的影響，那麼這種文學我們擬稱為狂歡化的文學」。[90]

莊諧體就是狂歡化文學的第一個例證。依據巴氏的考證，莊諧體是希臘羅馬古典文化和古希臘文化時代形成並發展著的為數眾多的體裁的總稱，它們表面上的紛繁蕪雜掩飾不了內在的密切關聯，所以這是一個文學的特殊領域。莊諧體與其他文學的截然界限區隔很難一蹴而就，但它卻與當時的史詩、悲劇、古典演說等體裁有著某些本質的區別：它對狂歡節世界感受的繼承和實踐，從而形成較強的相對性。恰恰是在這種世界感受的

---

[89] 巴赫金著，白春仁 顧亞鈴譯《巴赫金全集》第五卷，頁235。
[90] 巴赫金著，白春仁 顧亞鈴譯《巴赫金全集》第五卷，頁141。

強烈影響和改造下，莊諧體有如下三個特徵：

> 屬於莊諧體的所有體裁，其第一個特點就表現在同現實的一種
> 新的關係上：它們的對象，或者說它們理解、評價和表現現實的出
> 發點（這點尤為重要），是十分鮮明、時常又是十分尖銳的時代
> 性。」
>
> 第二個特點同第一個特點不可分地聯繫著：莊諧體的各種體
> 裁，不是依靠傳說，不是憑古老傳說讓讀者對自己肅然起敬；它們
> 有意地依靠經驗（自然是還不成熟的經驗）和自由的虛構。
>
> 第三個特點，是這類體裁都有故意為之的雜體性和多聲性。它
> 們拒絕史詩、悲劇、莊嚴的雄辯、抒情詩的那種修辭的統一（嚴格
> 說是拒絕單體性）。對它們來說，有代表性的是：敘事常用多種語
> 調，莊諧結合。它們常採用插入性的體裁，如書信、發現的手稿、
> 複述出來的對話、對崇高文體的諷刺性摹仿、對引文的諷刺性解釋
> 等等。[91]

　　莊諧體其實包含了紛雜的體裁樣式，但是，如前所述它們都是狂歡化
的文學，和狂歡的本質密不可分。作為其中兩個典型代表，蘇格拉底對
話和梅尼普諷刺自然具有不證自明的狂歡特質。巴氏認為，「『蘇格拉底
對話』的基礎是狂歡式，儘管它的文學形式極為複雜，又具有哲學的深
度。」他還指出，「梅尼普體的狂歡本質，表現得尤其突出。不論它的外
表層次，還是它的深藏的內核，都得到了狂歡化。有些梅尼普體，直接就
是描繪狂歡式的各種慶典。」[92]

　　狂歡式的思想、狂歡特質和精神與狂歡化文學的關係極富哲理性：一
方面，狂歡化文學是接受了狂歡思想和特質的潛移默化或直截了當的灌
注與影響，但另一方面，這種灌注和改造又不是機械的、僵化的以抽象概
念進行壓制，而是一種靈活機動和形象生動的演示與感化，「狂歡式的思
想，同樣是圍繞著那些最後的問題，不過它不是提出抽象哲理的解決辦法
或宗教教條的解決辦法，而是通過狂歡儀式和形象的具體感性形式，把這
些問題演示出來。」[93]

　　巴氏採用了歷史詩學的視角來觀照小說體裁，簡單說來，它有三個基

---

[91]　具體可參巴赫金著，白春仁 顧亞鈴譯《巴赫金全集》第五卷，頁142-143。

[92]　具體可參巴赫金著，白春仁 顧亞鈴譯《巴赫金全集》第五卷，頁173-174。

[93]　巴赫金著，白春仁 顧亞鈴譯《巴赫金全集》第五卷，頁176。

本來源：史詩、雄辯術和狂歡節。對應地也就形成了歐洲小說發展史上的三條線索：敘事、雄辯和狂歡體（當然這是一種簡約的處理手法）。莊諧體的源頭顯然是狂歡體。而陀氏的小說就是狂歡體這條線索上的一個變體。巴赫金對莊諧體的梳理基本上服務於他對陀氏小說複調特徵的論證，自然有它設定的圈限，但值得注意的地方在於莊諧體的這兩種典型和陀氏複調小說的系譜關係，它為我們勾勒了狂歡化的文學或狂歡體的複雜演進路向。以下分述之。

　　「蘇格拉底對話」同樣強烈地滲透了狂歡式的世界感受，巴氏對它作了重點的分析與探究，

> 一、這個體裁的基礎，是蘇格拉底關於真理及人們對真理的思考都具有對話本質的這一見解。他把用對話方法尋求真理，與鄭重的獨白獨立了起來；這種獨白形式常意味著已經掌握了現成的真理。
>
> 二、『蘇格拉底對話』的兩種基本手法，是對照法和引發法……對照法和引發法使思想形諸對話，把思想引出而變為對語，讓其參與人們之間的對答交際。
>
> 三、『蘇格拉底對話』的主人公都是些思想家……第一次塑造了思想家的主人公。」
>
> 四、在『蘇格拉底對話』裡，除了以話激話的引發法之外，為了同樣的目的偶爾還利用對話中的情節場景。
>
> 五、『蘇格拉底對話』裡的思想，是同這思想的所有者的形象（蘇格拉底和其他參與對話的重要成員）有機地結合在一起的。通過對話檢驗思想，同時又是檢驗代表這思想的人。[94]

　　仔細解讀巴氏對蘇格拉底對話的言簡意賅總結，我們不難發現，它的確是巴氏後來論證陀氏複調的基礎和理論資源之一。無論是講求思考真理的對話性，還是採用的具有對話特徵的比照法；無論是對主人公獨立豐富的思想的強調，還是各自對話著的主體意識與地位都已經顯示了複調的某些本質特徵的雛形，同時，它們從總體上也匯成了部分的複調。如人所論，這一切「不僅說明瞭陀思妥耶夫斯基小說存在於『蘇格拉底對話』體與體裁間的關係中，在體裁之間進行對話，而且還是『蘇格拉底對話』中

---

[94] 詳可參巴赫金著，白春仁 顧亞鈴譯《巴赫金全集》第五卷，頁144-147。

的對話結構法在新的藝術課題中的進一步運用。」[95]

　　相比較而言，梅尼普諷刺對陀氏的影響可能更加深遠與細微，巴氏指出，「陀思妥耶夫斯基對梅尼普體的所有體裁特點，有非常透徹精細的瞭解。他對於這種體裁，具有特別深刻的感受力和分析力。」[96]

　　植根於狂歡體的民間文學，同時又是「蘇格拉底對話」解體的產物，梅尼普諷刺的名稱取自於西元前三世紀（約250 BCE.）加達拉（Gadara in Syria）希臘哲學家梅尼普（Menippus）的名字，它自身也有一個繁瑣的發展過程。特別令人關注的是，它有極強的適應性和滲透能力，其八面玲瓏往往令它和其他許多體裁關係密切，它甚至成為了文學中「狂歡節世界感受的主要代表者和傳播者之一」。巴氏對梅尼普體的基本特點整理如下：

一、與『蘇格拉底對話』比較，梅尼普體中總的說是增加了笑的比重，雖然這一比重在這一靈活文體的不同細類中，可以有很大幅度的搖擺。」

二、梅尼普體從『蘇格拉底對話』寫史實寫回憶的限制裡，完全解放了出來（儘管有時表面上還保留著回憶的形式）。梅尼普體的特點是，有極大的自由進行情節和哲理上的虛構。」

三、梅尼普體一個極重要的特點在於，即使最大膽的最不著邊際的幻想、驚險故事，也可以得到內在的說明、解釋、論證，因為它們服從一個純粹是思想和哲理方面的目的——創造出異乎尋常的境遇，以引發並考驗哲理的思想，也就是探求真理的哲人的話語，體現在他的形象中的真理。」

四、梅尼普體一個非常重要的特點，表現為其中自由的幻想、象徵，偶爾還有神祕的宗教因素，同極端的而又粗俗（據我們的觀點看）的貧民窟自然主義，有機地結合到了一起。」

五、大膽的虛構和幻想在梅尼普體中，是同極其淵博的哲理、對世界極其敏銳的觀察結合在一起的。梅尼普體是解決『最後的問題』的一種體裁。那裡面要考驗的，是最終的哲理立場。」

六、由於梅尼普體包含廣博的哲理，出現了三點式結構：情節和對照法的對話，從人間轉到奧林匹斯山，轉到地獄裡去。」

七、梅尼普體中出現一種特殊的類型，叫實驗性幻想，它同古希臘羅馬的史詩和悲劇根本是格格不入的。」

---

[95] ［日］北岡誠司著，魏炫譯《巴赫金——對話與狂歡》（石家莊：河北教育出版社，2002），頁300-301。

[96] 巴赫金著，白春仁 顧亞鈴譯《陀思妥耶夫斯基詩學問題》，頁200。

八、梅尼普體中還第一次出現一種東西，不妨稱之為精神心理實驗，指描寫人們不尋常的、不正常的精神心理狀態，如各種類型的精神錯亂（『躁狂題材』）、個性分裂、耽於幻想、異常的夢境、近乎發狂的欲念、自殺等等。所有這些現象在梅尼普體中，不僅僅只有狹隘的題材意義，還具有形式上的意義、體裁上的意義。」

九、梅尼普體中十分典型的場面，是種種鬧劇、古怪行徑、不得體的演講說話，亦即有悖事物常理、行為準則、待人禮節、包括語言禮貌等的種種表現。」

十、梅尼普體中充滿鮮明的對照和矛盾的結合：善心的藝妓，哲人實際上的自由和他的奴隸地位，淪為奴隸的帝王，道德的墮落和淨化，奢侈和貧困，高尚的強盜等等。」

十一、梅尼普體常常包含社會烏托邦的成分，通過夢境或遠遊未知國度表現出來。」

十二、屬於梅尼普體特點的，還有廣泛採用各種插入文體，如故事、書信、演說、筵席交談；還有散文語言與詩歌語言的混合。」

十三、有了插入的體裁，梅尼普體更增強了多體式、多情調的性質。」

十四、末了講講梅尼普體的最後一個特點——現實的政論性。[97]

　　不難發現，儘管表面上看來，巴氏所總結的14條特徵雜亂無章，讓人摸不著頭緒，實際上，它的有機核心就是民間的笑謔文化與狂歡節世界感受。同蘇格拉底對話相比，梅尼普諷刺不僅僅是增加了笑的因素，還有它作為體裁的近乎囊括一切的碩大包容性，文體眾多。「梅尼普體是表現最後的問題的無所不包的體裁。它的情節發展，不只是『在這裡』，不只是『現在』，而是在全世界、在永恆中，即在人間、地獄和天國。」[98]內容上，自由自在的幻想、內在心理實驗、大膽虛構、夢幻等等的加入使得它擁有海納百川的氣概和狂歡精神。

　　不僅如此，梅尼普諷刺的諷刺顯現顯然比蘇格拉底對話寬泛得多，它甚至指向了自我，「帶有對自我的諷刺性模擬的因素」[99]，因此也得以長盛不衰。

---

[97] 詳可參巴赫金著，白春仁 顧亞鈴譯《巴赫金全集》第五卷，頁149-156。
[98] 巴赫金著，白春仁 顧亞鈴譯《巴赫金全集》第五卷，頁194。
[99] 巴赫金著，白春仁 顧亞鈴譯《巴赫金全集》第五卷，頁187。

　　需要指出的是，諷刺模擬因素的摻入使得梅尼普體的各種思想和聲音甚至超越了單純的對話，轉而有了一絲眾聲喧嘩的意味，這明顯是蘇格拉底對話所不能企及的，「諷刺性模擬因素和爭論因素引入敘述，敘述就變得更具多聲性質，更不平穩，不能囿於自身及所敘述的內容了。從另一方面看，文學性的諷刺類比加強了敘述人語言的文學假定成分。這就使敘述人語言更少獨立性和完成論定主人公的力量。」[100]

　　二者還有一個不容忽視的迥異之處，傳承於蘇格拉底對話的梅尼普體更多的指向了民間性、非官方性，這似乎與蘇氏對話的精英特徵迥然不同，「蘇格拉底對話根植於民間，但它漸漸演變為少數哲人們的文體。而梅尼普諷刺則將對話拉回到民間的日常生活中。」[101]

　　作為延續並發展了莊諧體的狂歡精神的複調小說，其發展和獨特自然已有公論。不僅在體裁的開拓與植根於狂歡式世界感受的複調思維的創設上，而且在藝術模式的闡揚上，都令人耳目一新。鑒於前文已有論述，此處不贅。

　　怪誕現實主義手法的出現成為一種不可忽略的新風格和狂歡層面。在巴赫金那裡，「怪誕現實主義」是和拉伯雷密不可分的。與之相關的是對怪誕的獨特理解，在古典美學的視野裡，世界是現成的、完成的存在，「行為、話語和手勢的地形座標已經暗淡消失了，它們落入了稠密的（不可滲透的）日常生活層面和抽象的歷史層面，不再可能透過這個層面看清世界的邊界和兩極。僅存的一些地形性因素（下和上，前身和後身）逐漸變成相對的和假定性的、不為人察覺的形式」。[102]同樣他們在理解怪誕時，也仍然不明就裡：怪誕在他們那裡就是消極和否定層面的畸形、醜陋和怪異。

　　實際上，巴赫金等人對怪誕的理解卻是積極的，他將之還原到狂歡節和民間諧謔文化的懷抱／母體中，從而可以很好地彰顯它深刻又別致的內涵。巴氏就敏銳地指出了怪誕形象的雙重性與未完成性等狂歡特質。「怪誕形象所表現的是在死亡和誕生、成長與形成階段，處於變化、尚未完成的變形狀態的現象特徵。對時間、對形成的態度是怪誕形象必然的、確定的（起決動作用的）特徵。它的另一個與此相關的必然特徵是雙重性：怪誕形象以這種或那種形式體現（或顯示）變化的兩極即舊與新、垂死與新生、變形的始與末。」[103]

---

[100] 巴赫金著，白春仁 顧亞鈴譯《巴赫金全集》第五卷，頁304。
[101] 王建剛著《狂歡詩學——巴赫金文學思想研究》，頁193。
[102] 巴赫金著，李兆林 夏忠憲等譯《巴赫金全集》第六卷，頁572。
[103] 巴赫金著，李兆林 夏忠憲等譯《巴赫金全集》第六卷，頁29。

同樣，巴氏對怪誕風格的理解也顯示了他的超越性和匠心獨具，在他看來，怪誕風格可以超越現存世界可能是虛幻的（虛假的）專制和統一特徵：唯一性、不可爭議性、不可動搖性等，而因此「怪誕風格，包括浪漫主義的怪誕風格，揭示的完全是另一個世界、另一種世界秩序、另一種生活制度的可能性。」[104]

對拉伯雷的誤讀也有類似之處，他的吊詭經歷（從被人理解到被人誤讀）恰恰暗合了怪誕（風格）被佔據主流的古典主義美學和理性主義逐步邊緣化的歷程。所以，巴赫金指出，「拉伯雷的所有形象正是由於這種特有的、可以說是激進的民間性」，所以才「獨特地洋溢著未來的氣息。也是由於這種民間性，拉伯雷的作品才有著特殊的『非文學性』」。[105]

因此我們也必須一如巴氏，還「怪誕現實主義」以自己的語境：民間詼諧文化和狂歡節。比如，巴赫金就列舉了民間詼諧文化的三種表現形式。

(1) 各種儀式-演出形式（各種狂歡節類型的節慶活動，各類詼諧的廣場表演等等）。

(2) 各種詼諧的語言作品（包括戲仿體作品）：口頭作品和書面作品，拉丁語作品和各民族語言作品。

(3) 各種形式和體裁的不拘形跡的廣場言語（罵人話、指天賭咒、發誓、民間的褒貶詩，等等）。[106]

不難看出，幾乎所有的狂歡化文學都是和這些作為母體的形式有著千絲萬縷的牽連，而拉伯雷的著作尤其如此。

然則，何謂怪誕現實主義？巴赫金其實是借此總結了以拉伯雷為代表等的作家的一種具有民間性和物質性的特殊審美觀念。「在拉伯雷（以及文藝復興時期的其他作家那裡），物質—肉體因素的形象，卻是民間詼諧文化的遺產（誠然，在文藝復興階段發生了某些變化），即這種民間詼諧文化所特有的一種特殊類型的形象概念，更廣泛些說，則是一種關於存在的特殊審美觀念的遺產。這種審美觀念與以後幾個世紀（從古典主義開始）的審美觀念截然不同。這種審美觀念，我們姑且稱之為怪誕現實主義。」[107]

---

[104] 巴赫金著，李兆林 夏忠憲等譯《巴赫金全集》第六卷，頁57。
[105] 巴赫金著，李兆林 夏忠憲等譯《巴赫金全集》第六卷，頁2。
[106] 巴赫金著，李兆林 夏忠憲等譯《巴赫金全集》第六卷，頁5。
[107] 巴赫金著，李兆林 夏忠憲等譯《巴赫金全集》第六卷，頁22-23。

　　儘管巴氏將民間詼諧文化的審美觀念定義為「怪誕現實主義」，但是我們應當清醒地認識到，這不是一個枯燥和面目可憎的抽象概念，相反，它具有無可比擬的鮮活性和民間特色。相對於其他作家來講，拉伯雷具有更強烈的物質性和狂歡節色彩，他的作品所展現的世界是真正全民狂歡的世界。甚至和巴氏所涉及的其他大作家相比，這種怪誕現實主義更加顯示出其獨特的全民性和狂歡性等。「如果拿拉伯雷同莎士比亞、賽凡提斯相比，巴赫金認為拉伯雷小說狂歡化除了具有強烈的狂歡精神，同時更具有外在的直觀性和清晰度。如果拿拉伯雷的狂歡世界同陀思妥耶夫斯基的狂歡世界相比，風格上是完全不同的，後者所描繪的是陰暗和囈語的世界，更多的是意識的狂歡，而前者描繪的是歡快酣暢的狂歡世界，是真正的平民大眾的狂歡節。」[108]

　　如前所述，拉伯雷的怪誕現實主義的產生有其深厚的民間性和非官方性，所以我們有必要關注其適時的發生背景和時代精神特徵。大致而言，恰恰是在偉大轉型期的狂歡背景下，註定了怪誕現實主義的狂歡世界及其內在特徵。巴赫金指出，「在偉大轉折的時代，在對真理重新評價和更替的時代，整個生活在一定意義上都具有了狂歡性：官方世界的邊界在縮小，它自己失去了嚴肅和信心，而廣場的邊界卻得以擴展，廣場的氣氛開始四處彌漫」。[109]

　　巴赫金一針見血地指出了拉伯雷所要面對的任務，就是盡可能以民間的豐富鮮活手段去衝擊、顛覆和清除官方的虛偽和做作的一本正經，從而以狂歡的新視角來觀照它，當然，這也是拉伯雷怪誕現實主義話語的生機、鮮活和衝擊力的顯現。「拉伯雷的基本任務就是要破壞官方所描繪的時代及其事件那種美好的圖景，用新的觀點看待它們，從民間廣場嬉笑的合唱觀點說明時代的悲劇或喜劇。拉伯雷動用了鮮明的民間形象的一切手段，要從所有的關於當代及其事件觀念中，把有利於統治階級的任何官方的謊言和具有局限性的一本正經統統清除掉。」[110]

　　惟其如此，我們不得不正視怪誕現實主義的作為錯綜複雜的狂歡體的內在包含。[111]在我看來，怪誕現實主義至少包含了兩大層面的內涵：一方

---

[108] 程正民著《巴赫金的文化詩學》（北京：北京師範大學出版社，2001），頁105。

[109] 巴赫金著，李兆林 夏忠憲等譯《巴赫金全集》第六卷，頁588-589。

[110] 巴赫金著，李兆林 夏忠憲等譯《巴赫金全集》第六卷，頁509。

[111] 如冉毅就認為「毫無疑問，怪誕現實主義確實擁有物質和肉體的力量。這種肉體要素的表現形式絕對不是以個人的和利己主義的形式出現的，它與生活的其他領域是絕對不可分離的。所以應將物質的、肉體的原理視為普遍的、全民性的原理，該原理是與一切試圖從全球性物質和肉體的源泉相分離，並力圖與將自己孤立起來的行為相對抗的。」（詳可參冉毅〈狂歡和怪誕現實主義的結合效果及文學的激勵〉，

面，激情四射的物質性；另一方面，與之相對應的同樣豐富無比的審美品格和藝術類比指涉。

我們先討論怪誕現實主義的物質性。在巴氏看來，拉伯雷有著自始至終的物質性，在他的肉體系列書寫中表現尤甚。「拉伯雷始終都是物質性的。但他擷取的，僅僅只是以肉體形式出現的物質。對他來說，人體是最完善的物質結構形式，因此，它只是打開所有物質之門的一把鑰匙。從中構成整個宇宙的那一物質，在人體身上敞開了自己真正的本質及其所有最高的可能性——物質在人體上成為一種創造性地、開創性、命定將戰勝全宇宙的、組織所有宇宙物質的力量，物質在人體身上具有了歷史性。」[112]

毋庸諱言，物質—肉體因素是和它的全民性、節慶性以及烏托邦特色密不可分的，如是，無論是宇宙、肉體（自我和大眾）、社會等等就在狂歡的場景彙集成不可分割的歡快和生動的統一體。同時，這也又觸及了它的民間根基、無所不包的開放性和普天同慶的性質。在怪誕現實主義中，「物質—肉體的因素被看作包羅萬象的和全民性的，並且正是作為這樣一種東西而同一切脫離世界物質—肉體本源的東西相對立，同一切自我隔離和自我封閉相對立，同一切抽象的理想相對立，同一切與世隔絕和無視大地和身體的重要性的自命不凡相對立……一切肉體的東西在這裡都這樣碩大無朋、誇張過甚和不可估量。這種誇張具有積極的、肯定的性質……一切物質—肉體生活的表現和一切事物，都不屬於單個的生物學個體，也不屬於個體的和利己主義的『經濟的』人，但它彷彿屬於人民大眾的、集體的、生育的身體」。[113]

物質—肉體因素有它豐富的外在表現，同時也有它不容剝離的內在特質。大致說來，筆者以為有三點：1. 肉體性；2. 連線性；3. 無限性（誇大）。

在巴赫金看來，物質—肉體遠遠超過了道德、宗教倫理和理性對它的過低和功利性估計，相反，它有著保障和延續人類、文化和歷史綿延不絕的連續性的生產效能和肉體性。「物質—肉體下部是有生產效能的部位。下部生育著，並以此保證著人類相對的、歷史的生生不息。一切腐朽的事物空泛的幻覺都在它那裡死亡，而實實在在的未來的東西又在它那裡誕

見《理論與創作》2000年第3期，2000年5月，頁62-65，引文見頁64。）同時，對怪誕現實主義的不同層面的理解還可參周繼武〈試論巴赫金的怪誕現實主義〉，見《徐州師範大學學報》（哲社版）第27卷第3期，2001年9月，頁101-103。

[112] 巴赫金著，李兆林 夏忠憲等譯《巴赫金全集》第六卷，頁425-426。

[113] 巴赫金著，李兆林 夏忠憲等譯《巴赫金全集》第六卷，頁23。

生。」[114]不難看出，巴氏對肉體性的強調其實也包含了他對被日益抽象化和精神化的身體／文化進行還原，或者世俗化／民間化。

值得一提的是，巴氏所指的物質──肉體因素並非指向單個的自我，而是指涉了全民和大眾的肉體盛宴。比如拉伯雷長篇小說中的筵席形象就體現了全民狂歡的特色，它是「民間節慶儀典上的飲食，是普天同慶。拉伯雷飲食的每一個形象都體現了豐富性和全民性的強烈傾向，它決定著這些形象的外形、它們的正面誇張、隆重而快樂的基調。」[115]

與此相關的肉體領域系列主要有7個：1解剖和生理角度的人體系列；2人的服飾系列；3食物系列；4飲酒和醉酒系列；5性（生活）系列；6死人系列；7大便系列等。表面上看來，它們是怪誕不經的另類，而實際上它們符合肉體的邏輯，是整個世界不可或缺的部分，也是對蔑視肉體偏見的反駁。而個中的飲食形象就同樣生動地說明瞭拉伯雷宴席形象的實質，「飲食是離奇怪誕肉體生命的主要表現形式之一。這個肉體的特徵，是指它的裸露性、未完成性以及它與客觀世界的相互關係。這些特徵在與食物的關係中十分明顯地和十分具體地表現了出來」。[116]

需要指出的是，物質──肉體的連線性表現在肉體本身的開放性和雙重性特點：它包含了死亡和重生、未完成和許許多多的可能性。它自身的建構特點甚至成為連接不同領域和世界的紐帶、仲介與憑藉。「建立在多產的深層和生殖性突凸部位上的人體，是從不對世界劃清界限的：它進入世界，並與世界交混和融合在一起：甚至在它自己身上（如在龐大固埃的嘴裡那樣），也隱藏著新的未知的世界。人體採取了宇宙性規模，而宇宙則肉體化了。宇宙元素轉變成為成長中的、生產中的和勝利中的人體的、愉悅的肉體元素。」[117]

同時，巴氏還強調了物質──肉體的無限活力和和密切關聯現實世界的現在時特徵。「怪誕人體是形成中的人體。它永遠都不會準備就緒、業已完結：它永遠都處在建構中、形成中，並且總是在建構著和形成著別的人體。除此以外，這一人體總是在吞食著世界，同時自己也被世界所吞食……在怪誕人體中發揮最重要作用的是其生長業已超出自身、業已超越自身界限，新的（第2個）個體開始發端的那些部分和部位，即肚子和男根……怪誕人體生命中的重要事件、人體戲劇的各幕……都是在人體和世界、或新舊人體的交界處進行的。在所有的這些人體戲劇事件中，生命的

---

[114] 巴赫金著，李兆林 夏忠憲等譯《巴赫金全集》第六卷，頁439。
[115] 巴赫金著，李兆林 夏忠憲等譯《巴赫金全集》第六卷，頁322。
[116] 巴赫金著，李兆林 夏忠憲等譯《巴赫金全集》第六卷，頁325。
[117] 巴赫金著，李兆林 夏忠憲等譯《巴赫金全集》第六卷，頁393。

開端和終結密不可分地交織在一起。」[118]

物質—肉體因素的無限性和誇張特徵是顯而易見的，對巨人們超越常人的巨大能力（量）的書寫就在在表現了這種特性。無論是對他們食量驚人的細緻入微的特寫，還是對他們戰鬥力（包含尿的衝擊力等）的調侃式刻畫都體現了拉伯雷對民眾旺盛創造力和生命力的狂歡式和怪誕式再現，肉體的複雜特性和被壓抑的肉體性因而都應該成為並駕齊驅的關注熱點。

其次，與物質—肉體因素對應的是怪誕的審美品格和藝術類比。與指向肉體下部相對應，巴氏認為，怪誕現實主義的主要特徵就是降格，「怪誕現實主義的主要特點是降格，即把一切高級的、精神性的、理想的和抽象的東西轉移到整個不可分割的物質—肉體層面、大地和身體的層面。」[119]而作為怪誕現實主義的一條基本藝術原則的降格就是要顛覆固有的藝術思維，力圖以新視角觀照現實和藝術，因此一切神聖／崇高的事物都應當從物質—肉體下部角度重新觀察和理解，或者甚至彼此互相結合、混淆。巴氏還更進一步指出，不僅僅是降格，而是將指向下部歸結為一切怪誕現實主義的形式所固有，「指向下部為民間節慶活動和怪誕現實主義的一切形式所固有。向下，反常，翻轉，顛倒，貫穿所有這些形式的運動就是這樣的……無論在直接空間意義上，還是在隱喻意義上，都是如此。」[120]

與肉體相聯繫的，還有身體地形學。由於地形在經由人體的比附和隱喻以後能進一步價值化、意識形態化，所以它也獲得了相當的文化與文學意味。

巴赫金對陰曹地府及其作用的洞見同樣引人注目。首先，它是神似於民間指向下部的雙重性的再現和模擬，也是獨特的民間時空體。「拉伯雷把一切民間形象的絕對向下的強大運動，把它們之中的時間因素和陰曹地府的雙重形象同向上的抽象等級追求對立起來。他不在上面而在下面尋找現實的土地和現實的歷史時間」。[121]

其次，陰曹地府作為對官方黑暗容納的據點和空間，體現了非民間立場、精神和操作的否定性力量。「在陰曹地府形象裡官方中世紀的基本特點達到了極限。這是恐懼和恫嚇的陰暗嚴肅性最為濃烈的集中。這裡接連不斷表現出對個人及其事業的非歷史評價。這裡占上風的是上下升降的垂直線，接連不斷被否定的是歷史時代，前進運動的水準線。總的說官方中

---

[118] 巴赫金著，李兆林 夏忠憲等譯《巴赫金全集》第六卷，頁367-368。
[119] 巴赫金著，李兆林 夏忠憲等譯《巴赫金全集》第六卷，頁24。
[120] 巴赫金著，李兆林 夏忠憲等譯《巴赫金全集》第六卷，頁430。
[121] 巴赫金著，李兆林 夏忠憲等譯《巴赫金全集》第六卷，頁469。

世紀的時間觀念體系在這裡揭示得特別分明。」[122]

第三，陰曹地府形象同樣也可以是無所不包、粗鄙熱情、自由自我狂歡精神的反映支點，其中不僅指向的是官方的黑暗與一本正經，也同樣指向了狂歡自身。「拉伯雷形象體系裡的陰曹地府是一個主要集中點，形象體系的基本幹線都在這個集中點上交叉，這些幹線是狂歡，盛宴，搏鬥和毆打，辱罵和詛咒。」[123]

巴赫金對拉伯雷的理解是多層面的，其以往被人所忽略的民間性在巴氏這裡卻屢屢得以提升。巴赫金將拉伯雷視為民間笑謔的集大成者，反過來，他同時又是解讀之前笑文化的最好鑰匙。「拉伯雷是數千年民間笑謔的繼承者和完成者。他的作品是理解全歐笑文化最有力、最深刻、最獨特表現的一把無可替代的鑰匙。」（著重號為筆者加注，朱按）。[124]

巴赫金顛覆式的思維也讓他在解讀以往的定論時往往有出人意料之處，比如他對嚴肅性的解讀就饒有趣味，「嚴肅性是講求實際的，廣義上也是自私的。嚴肅性使事物停滯、穩定，嚴肅性面向現成的事物、在頑強與自衛中完成了的事物。嚴肅性不是一種從容不迫而自信的力量（這種力量是要笑的），它是遭到威脅的力量；因此它也是威脅或乞憐他人的弱者。」[125]恰恰是因為從民間的笑的實質和特徵入手，它看到了嚴肅性的虛弱之處和大眾狂歡力量的綿裡藏針的威力。

與拉伯雷的物質性相關聯，怪誕現實主義與指向貶低化和物質化的民間詼諧形影相隨。它所有的其他形式也都具有貶低化、世俗化和肉體化的特點，這也是它區別於中世紀上層文學藝術的一切形式的基本特點。而「民間詼諧歷來都與物質肉體下部相聯繫，它構成怪誕現實主義的一切形式。詼諧就是貶低化和物質化。」當然，詼諧同時又是民間文化和狂歡精神的集中，「貶低化，在這裡就意味著世俗化，就是靠攏作為吸納因素而同時又是生育因素的大地：貶低化同時既是埋葬，又是播種，置於死地，就是為了更好更多地重新生育。」[126]

巴赫金精妙地總結了詼諧的三大特徵：1包羅萬象性；2自由；3與非官方民間真理的關係。[127]也恰是因為如此，巴氏深入地論證了詼諧的混雜角色和個中吊詭。在巴氏看來，詼諧絕對不僅僅是流於膚淺的外部隔靴

---

[122] 巴赫金著，李兆林 夏忠憲等譯《巴赫金全集》第六卷，頁459。
[123] 巴赫金著，李兆林 夏忠憲等譯《巴赫金全集》第六卷，頁448。
[124] 巴赫金著，白春仁 曉河等譯《巴赫金全集》第四卷（石家莊：河北教育出版社，1998），頁6。
[125] 巴赫金著，白春仁 曉河等譯《巴赫金全集》第四卷，頁4。
[126] 巴赫金著，李兆林 夏忠憲等譯《巴赫金全集》第六卷，頁25。
[127] 詳可參巴赫金著，李兆林 夏忠憲等譯《巴赫金全集》第六卷，頁102-105。

搔癢,但同時它也不是落入以邊緣解構中心陷阱中的邊緣角色,它既是肉體,也是鮮活的精神。「詼諧不是外部的,而是重要的內部形式,不能替代為嚴肅性,不能消除,也不能歪曲用詼諧所揭示的真理的內容本身。它不僅從外部書刊檢查制度中解放出來,而且首先從正宗的內部書刊檢查制度中,從數千年來人們所養成的對神聖的事物、對專橫的禁令、對過去、對權力的恐懼心理中解放出來。它揭示了真正意義上的物質——肉體因素。」[128]

儘管巴赫金一再指出人們不要落入以一種中心／真理取代另一種中心／真理的改朝換代式的「換湯不換藥」的實質中去,但是,他還是承認戲謔神聖文本的書寫者往往吊詭地來自神聖內部。「認為人民對嚴肅性的不信任和對作為另一種真理的詼諧的喜愛,總是帶有自覺的、批判的和明顯的對立的性質,是不對的。我們知道,創作出最肆無忌憚的戲仿神聖文本和宗教儀式的作品的人,往往是真誠地接受這種宗教儀式並為之服務的人。」[129]

在指出怪誕型詼諧的對堅持完成、有限和封閉實施集體毀滅[130]的同時,巴赫金還強調了怪誕戲仿文學的肉體性和物質性。「中世紀的戲仿文學完全不是對神聖的文本或學校的難題狀況和規則形式主義地進行文學的、純否定性的戲仿,怪誕的戲仿把所有這一切都轉到歡快的詼諧音區和肯定的物質——肉體層面,它們被肉體化和物質化,同時使與之相關的一切變得輕鬆起來。」[131]

與怪誕現實主義物質性相對應的還有同時指向多元的廣場語言(各式各樣的廣場「吆喝」、罵人話、詛咒和發誓),作為拉伯雷最重要的「風格化因素」,它們對於拉伯雷民間特質的建構居功至偉,同時它們又洋溢著語言的物質的鮮活與歡快。「它們創造了那種絕對歡快的,無所畏懼的、無拘無束和坦白直率的言語,拉伯雷用這種語言向『哥特式的黑暗』開火。這些廣場的日常生活體裁為民間節日的形式和形象準備了氣氛,拉伯雷正是通過這些形式和形象的語言解釋出他關於世界的新的、歡快的真理。」[132]

這些來自四面八方、形態和起源各異、形形色色、不拘形跡的廣場言

---

[128] 巴赫金著,李兆林 夏忠憲等譯《巴赫金全集》第六卷,頁108。

[129] 巴赫金著,李兆林 夏忠憲等譯《巴赫金全集》第六卷,頁109。

[130] 巴氏借用讓・保羅的話,認為「『毀滅性的幽默』針對的不是現實的個別反面現象,而是整個現實,整個有限世界的整體。一切有限的事物本身都會被幽默所毀滅。」見巴赫金著,李兆林 夏忠憲等譯《巴赫金全集》第六卷,頁49-50。

[131] 巴赫金著,李兆林 夏忠憲等譯《巴赫金全集》第六卷,頁97。

[132] 巴赫金著,李兆林 夏忠憲等譯《巴赫金全集》第六卷,頁224。

語彷彿成了一個儲藏所，它集中了遭到禁止和排斥的各種言語現象，但被拉伯雷巧妙地熔於一爐，和諧地奏著詼諧的音調顛覆又更新了古板、嚴肅、黑暗的舊世界。「它們同樣都滲透著狂歡節式的世界感受，改變了自己古老的言語功能，掌握了共同的詼諧音調，在統一的狂歡節這場更新世界的熊熊烈火之中，它們彷彿是飛濺的火花。」[133]

在巴赫金看來，拉伯雷語言最大的本質就是褒貶融合。不難發現，這種狂歡的特質同樣又契合了肉體的上下對立不同的指向，最後卻和諧自然的熔於一體。「拉伯雷作品中的褒貶融合不只表現在作者語言裡，更為經常的是出現在人物語言中。褒貶既針對整體，也針對每種現象，不管這現象看來多麼無足輕重（須知沒有一種現象是能脫離整體而說清楚的）。褒貶融合是拉伯雷語言最重要的本質。」[134]

巴赫金曾以拉伯雷對名詞的使用來說明其語言風格的狂歡性所反映出來的未完成性和雙重性意義。「拉伯雷風格中最本質的特點之一就在於，一方面，一切專用名詞，另一方面，一切物品和現象的普通名詞，都力求達到褒貶綽號和諢名的極限……人物與物品之間的界限在褒揚和責罵的個性化的潮流中開始模糊：它們都成了既是反映舊世界的死亡，同時又是反映新世界誕生的狂歡劇的參加者。」[135]

巴赫金認為，語言上的褒貶融合其實對應著物質性層面的特點。他指出褒貶融合「反映著修辭學層面上世界的雙重性，雙重肉體性和未完成性（永恆的未就緒狀態），我們無一例外地從拉伯雷形象體系的所有特點中看到它們的表現形式。」[136]

小結：巴赫金對狂歡體的探索，至此並非隨著本節的暫時告一段落而宣告終結，相反那是一個永不完結的、指向未來的體裁，而巴赫金有關小說理論的專門論述也表明了這一點，那將是本書下一節論述的重點，此處不贅。我們可以看到，與狂歡式的笑不可分割的狂歡體只要存在著戲仿和諷刺，它們就會指向過時（過去）的文體，因為「歷史上，諷刺與諷擬這兩個概念是不可分的：一切重要的諷擬，都總具有諷刺性；而一切重要的諷刺，又總與諷擬和諧戲過時的體裁、風格和語言結合在一起。」[137]同樣，它們還因了與時俱進的緣故始終連接了開放性的未來。

巴赫金關於狂歡體的論述有他過分強調被壓抑者因而矯枉過正的一

---

[133] 巴赫金著，李兆林 夏忠憲等譯《巴赫金全集》第六卷，頁21。
[134] 巴赫金著，李兆林 夏忠憲等譯《巴赫金全集》第六卷，頁484。
[135] 巴赫金著，李兆林 夏忠憲等譯《巴赫金全集》第六卷，頁538。
[136] 巴赫金著，李兆林 夏忠憲等譯《巴赫金全集》第六卷，頁505。
[137] 巴赫金著，白春仁 曉河等譯《巴赫金全集》第四卷，頁21。

面，問題的關鍵在於，對於被理性、科學引導（同時也是吊詭的壓制）過於長久以至欣賞、書寫和思考現實與世界的思維都逐步單一化、趨於嚴肅時，巴赫金對民間的、狂歡精神的強調不僅是對我們固有思維的顛覆，同時也是對再生一種更自由思維和文體的補充，從此意義理解，在詩學意義上，「巴赫金的理論與方法儘管存在著某些不足和偏差，只要我們注意到這些問題，那麼從整體上看，巴赫金的理論與方法無疑是詩學理論與方法的一個重要成就，它們拓展了詩學批評的視野，促進了文學研究方法的多樣化，豐富了20世紀俄羅斯文學批評理論。」[138]

三、小說理論

盧卡奇在他有名的《小說理論》的結尾曾卓有遠見地做出判斷並且問道，「是杜思妥耶夫斯基用語言第一次將這個遠離任何反對現實存在物的鬥爭的新世界鉤畫成一個被看得見的現實……他屬於新世界。只有對他作品進行形式上的分析，才能說明他是否已經是那個世界的荷馬或但丁，或者他是否僅僅提供了一些小歌，後來的藝術家有一天會把這些小歌同其他先行者一起編織成一個巨大的統一體：他僅僅是開始，還是已經完成？」[139]

在他身後的哲學家——巴赫金不僅洞悉了他的遠見，非常經典地將陀思妥耶夫斯基的小說創制歸結為複調理論，而且還在繼承他的基礎上，非常成功地發展出了其獨特和深邃的小說理論。但是，毋庸諱言，很多時候盧卡奇的影子隱隱可見。比如盧卡奇曾經坦陳了小說的生成性和未完成性，「而小說的『半藝術』所規定的藝術法則從本質上講正是那種不可界說，無法概括的東西：它們是八面玲瓏的法則。八面玲瓏與趣味本身是完全屬於純生活領域的從屬範疇的，和基本的倫理世界無關，在這裡卻獲得了巨大的構成上的意義：只有通過它們，主觀性才能在小說總體的開頭與結尾平衡地顯現，才能將自己假定為合乎史詩規範的客觀性，因而也就能克服這一小說形式的固有危險。」[140]很顯然，巴赫金後來的許多整體概念都源自盧卡奇。當然，不同的是，巴氏將其中的許多觀點進行了系統性和深入具體兼而有之的精妙處理。[141]

---

[138] 張傑 汪介之著《20世紀俄羅斯文學批評史》（南京：譯林出版社，2000），頁437。
[139] 盧卡奇著，楊衡達編譯、丘為君校訂《小說理論》（臺北：唐山出版社，1997），頁121。
[140] 盧卡奇著，楊衡達編譯、丘為君校訂《小說理論》，頁46。
[141] 具體可參拙文〈論盧卡奇和巴赫金「小說理論」的敘述關涉〉，《求索》2006年第

　　巴赫金曾經非常坦誠地指出，形成過程中的思想有某種一致性，但也恰恰因此同時具有某種複雜的未完成性，不只是理論自身，也有書寫者個體的局限性。「我的許多想法在一定程度上有著內在的未完成性，但我不想把缺點變成美德；作品中存在著許多外在的未完成性，不是思想本身的未完成性，而是思想表達和敘述的未完成性。有的時候難於把這兩個未完成性區別開來。」[142]巴氏的說法似乎有感而發，至少當我們將焦點鎖定在他的小說理論時，這種描述頗有「如魚飲水，冷暖自知」的況味。

　　實際上，巴赫金是經常回到他的小說論述中來的，同時小說領域也是他鋪陳對話和狂歡理論的突破口，「巴氏對話語和對話的思考，觸角一直深入到人的社會存在、人的生活與倫理，其突破口是文學尤其是小說領域，可以說，施於話語和對話的美學透視貫穿了他整個的小說研究」。[143]除了世人皆知的《陀思妥耶夫斯基詩學問題》和《拉伯雷和他的世界》以外，其實他還有不少的論文[144]專論小說。故法國學者讓—伊夫・塔迪埃（Jean-Yves Tadié， 1936- ）就指出，「巴赫金不斷地回到小說上來，在他看來，小說與其他體裁不同，是一種混合體裁，大概是先於它而存在的所有其他體裁的綜合。」[145]

　　需要指出的是，本節並非是想面面俱到地梳理巴赫金小說理論方面的建樹，毋寧說更是針對他談及的與狂歡化文學密切相關的那一部分。在之前的論述中，筆者曾經介紹和論述了巴赫金採用歷史詩學的方法對體裁詩學的獨特和深入考量，而巴氏的歷史詩學同樣也是生動靈活、風格獨具。「巴赫金的歷史詩學以德國學者為榜樣，統攬若干世紀和數種文學，總是把形式當作內容，把內容亦當作形式。它不太關注界限，不太關注理論含量，不奢望提出多少新的概念，沒有形式主義的枯燥，而保留了作品原有的充實和生命力。」[146]

　　9期，2006年9月30日，頁195-197。

[142] 巴赫金著，白春仁 曉河等譯《巴赫金全集》第四卷（石家莊：河北教育出版社，1998），頁423-424。

[143] 詳可參白春仁〈邊緣上的話語──巴赫金話語理論辨析〉，見《外語教學與研究》第32卷第3期，2000年5月，頁162-168。引文見頁165。

[144] 巴氏此方面的論文主要有《長篇小說的話語》、《教育小說及其在現實主義歷史中的意義》、《小說的時間形式和時空體形式》、《長篇小說話語的發端》、《史詩與小說》、《長篇小說理論問題》、《關於長篇小說的修辭問題》等等，主要分佈在錢中文主編的《巴赫金全集》中文譯本第3、4卷（石家莊：河北教育出版社，1998）中。其他少許的論述則比較分散。

[145] 讓-伊夫・塔迪埃（Jean-Yves Tadié, 1936- ）著，史忠義譯《20世紀的文學批評》 La Critique littéraire au XXème siècle（天津：百花文藝出版社，1998），頁277。

[146] 讓-伊夫・塔迪埃著，史忠義譯《20世紀的文學批評》，頁280。

　　鑒於之前的論述側重，本節主要是討論狂歡化文學中小說理論的整體上的「統一性」而不再顧及它的發展歷史和某些典型代表，如莊諧體、複調、怪誕現實主義等。如人所論，巴赫金「美學主要關心的仍是作品本文中實際的藝術性運作方式，小說形式是他的美學或詩學的主要對象，他的一般詩學亦以小說美學為主。在他的討論中，作為研究對象的小說，其本身的結構遂成為優先研究的目標。」[147]

　　在巴赫金看來，長篇小說的出現，主要扎根於兩條線路的挺進：笑與多語現象。「在小說話語的史前期，可以看到有許多的和常常十分不同的因素在起作用。據我們看來，最重要的是兩個因素：一個是笑，另一個是多語現象。笑能把古老的描繪語言的形式組織起來，這些形式最初正是用來嘲笑他人語言和他人直接話語的。多語現象和與此相關的不同語言的相互映照，把這些形式提高到了一個新的藝術思想水準；正是在這個新水準上，才有可能出現長篇小說的體裁。」[148]換言之，其實就是狂歡節的民間笑文化和巴赫金所言的「超語言學」。在巴氏看來，「這裡的超語言學，研究的是活的語言中超出語言學範圍的那些方面（說它超出了語言學範圍，是完全恰當的），而這種研究尚未形成特定的獨立學科。」[149]

　　小說的出現其實就是狂歡精神的物質實踐，無論從體裁的開放與包容性上，還是從語言的眾聲喧嘩層面；無論是結構的繁複性上，還是主人公言語與思想的傲然獨立都在在顯出狂歡精神在個中凸顯的淋漓盡致。巴赫金甚至斷言，小說虛構就是書寫狂歡，「寫小說就意味著寫廣場的親昵氛圍。」[150]

　　小說作為相對長時期被邊緣化和壓抑的文體，其源頭和母體就充滿了下里巴人的濃鬱氣息，其強烈的民間性就是對官方性的對抗和消解。「小說卻同永遠新鮮的非官方語言和非官方思想（節日的形式、親昵的話語、褻瀆行為）聯繫在一起。」[151]

　　巴赫金的超語言學對小說的重要性同樣不言而喻，作為巴氏近乎畢生關注的言語的豐富性、日常性、具體性與生動性的超語言學，無疑對作為敘述文體的小說至關重要。此處無須贅論超語言學的具體所指，但我們知道，超語言學的獨特追求恰恰就是對狂歡體式與內容的有效傳遞。如人所

---

[147] 李幼蒸著《文化符號學》（臺北：唐山出版社，1997），頁58。

[148] 巴赫金著，白春仁 曉河譯《巴赫金全集》第三卷（石家莊：河北教育出版社，1998），頁472。

[149] 巴赫金著，白春仁 顧亞鈴譯《巴赫金全集》第五卷（石家莊：河北教育出版社，1998），頁239-240。

[150] 巴赫金著，白春仁 曉河等譯《巴赫金全集》第四卷，頁422。

[151] 巴赫金著，白春仁 曉河譯《巴赫金全集》第三卷，頁523。

論，「他謀求的超語言學，旨在強調日常生活的語言多樣化、立場的多維性，以拒斥彼時文學作品中語言的格式化、公式化和獨白化。」[152]不難看出，這和小說的獨特性異曲同工。

值得一提的是，巴赫金對「小說性」（novelness）的強調。他犀利地指出，小說與其他的文體不同，正統體裁或好或壞的適應了現成的東西，而小說與那些占統治地位的文學體裁很難融洽相處。它處處衝擊舊有的體裁模式，奪取它們的文學統治權。這種理想的小說的顛覆性力量便被稱為小說性。「在各種體裁裡，巴赫金挑選出小說作為他自己的主人公（personal hero）。小說不只是另一種文學體裁，而是一個特殊種類的力量，他稱之為『小說性』……由於任何文化的根本特徵（fundamental features）都銘刻（inscribed）在其文本中，不僅僅是其文學文本（literary texts），還有法律和宗教文本，『小說性』可以瓦解（undermine）任何社會的官方或高等文化（high culture）。」[153]

毋庸諱言，這種小說性其實同時指向了體裁的革新和思想的狂歡。巴赫金認為，小說（長篇小說）的基本特徵主要有：「（1）長篇小說修辭上的三維性質，這同小說中實現的多語意識相關聯；（2）小說中文學形象的時間座標發生了根本的變化；（3）小說中進行文學形象的塑造，獲得了新的領域，亦即最大限度與並未完結的現時（現代生活）進行交往聯繫的領域。」[154]

換言之，小說的特性主要有：1現實性；2雜語性和多聲性；3未完成性。不難看出，小說性[155]其實和狂歡精神是一脈象承的，從它作為小說本質和特色的確立開始，它的物質性和精神特徵都指向了狂歡。具體說來，

---

[152] 邱運華〈錯會的契合：巴赫金的超語言學與20世紀西方文論的語言學轉向〉，見童慶炳主編《文學理論學刊》（北京：北京師範大學出版社，2000），頁299-312。引文見頁310。

[153] Katerina Clark, Michael Holquist, *Mikhail Bakhtin* (Cambridge, Mass.: Belknap Press of Harvard University Press, 1984), pp.276-277.

[154] 巴赫金著，白春仁曉河譯《巴赫金全集》第三卷，頁513。

[155] 在丹提斯看來，小說性也是一個複雜概念，「『小說性』很多時候看起來是所有小說的一種特徵，在其他時候又看起來是一部分小說區別於另一部分的標誌。」可參Simon Dentith, *Bakhtinian Thought: an Introductory Reader* (London; New York: Routledge, 1995), p.58.換言之，小說性可以作為所有小說的特質，但同時又可以滑為某一部分小說的高級形式表徵。而Michael Holquist卻從對話角度思考這一定義，認為「小說性是勾畫（charting）導致日益增長的非-認同（non-identity）問題結果的變化的一種方式。小說性程度的或多或少成為（serve as）或多或少他者自覺（awareness of otherness）的索引。小說史在文學史上有它的位置，而小說性的歷史卻坐落於人類意識史（history of human consciousness）中。」see Michael Holquist, *Dialogism: Bakhtin and his World* (London; New York: Routledge, 1990), p.72.

（一）小說的現實性

　　小說同其他體裁的不同之處就在於它與時俱進的實踐操作，也即它的現實性。巴赫金認為，「小說體裁從一開始，就不是以絕對過去時的遙遠形象為基礎，而是建立在直接與這個未完結現時相聯結的領域之中。小說依據的基礎，是個人的體驗和自由的創作虛構……小說一開始便是用不同於其他現成體裁的另一種材料製成的；小說具有另外一種性質；同小說一起而且也在小說之中，在一定程度上可說是誕生了整個文學的未來。」[156]

　　恰恰是因為小說作為一種正在生成和發展著的體裁，它的現在進行時態也決定了它與現實世界的千絲萬縷剪不斷理還亂的糾葛，所以它們之間存在著互相印證的辯證關係，「長篇小說還處於形成時期。但已具備對現實的新看法和理解，與此同時，也有了新的體裁概念。體裁說明現實；現實使體裁變得更清晰。」[157]

　　無論是史詩對「絕對的過去」的書寫，還是古典時期其他正統文學樣式對遙遠的過去記憶式的投射，它們的書寫內容都是一種完成的、封閉的圈定。而現實自身卻是永恆的，它流動不息，永無終結，作為一種當時比較低級的體裁，小說（或其前身民間笑謔作品等）卻撿拾起正統文類不願書寫的轉瞬即逝和難以把握的現實。另一面，其他許多體裁也很難把握日新月異、流動不息的社會現實，這自然使得小說在擁有其他難以企及的現實關懷和當下性的同時，也成為了時代轉型期的重要選擇。如人所論，「小說是一個社會對時間和空間本質的根深蒂固假設（assumptions）的敏感顯示器（a sensitive indicator），這正是由於，跟其他文學、非文學的文類相對立，小說意識到了自身建構偏見（architectonic prejudices）的相對性」。同時這也是巴赫金鍾情小說的關鍵原因所在，「但是在文學文本中，小說這種傾向變化（openness to change）和尋求多樣性的體裁，會比其他形式更準確更全面地（comprehensively）表現統轄知覺的（governing perception）座標的（coordinates）種種轉變。所有這些使得小說成為巴赫金中意的方式，使他有關語言、社會理論和直覺史的見解戲劇化（dramatizing）。對巴氏來講，小說是一部人生巨著（a great book of life）。」[158]

---

[156] 巴赫金著，白春仁 曉河譯《巴赫金全集》第三卷，頁544。

[157] 巴赫金著，李輝凡 張捷 張傑等譯《巴赫金全集》第二卷（石家莊：河北教育出版社，1998），頁293。

[158] Katerina Clark，Michael Holquist，*Mikhail Bakhtin*，p.294.盧卡奇也指出，「鑑於對先驗的相互關係的最小打擾都必定使得生活意義的內在性消失得無影無蹤，一種從生活中脫離出來，不見容於生活的本質可以以這樣一種方法使自己有得以存在的榮幸，以致這種榮幸甚至在更為激烈的劇變之後即使會黯然失色，但絕不會全然消失。這

（二）雜語性和多聲性（heteroglossia）

需要指出的是，在我看來，小說的雜語性和多聲性至少包含了內在兩個層面的整體特徵，文類方面的巨大包容性以及語言方面的眾聲喧嘩，儘管這些層面往往是不可分割的統一體。[159]

文體方面：首先表現出的雜語性特徵就是小說對非文學體裁的有機吸納，「非文學的表述及其邊界（對白、書信、日記、內心言語等等），移用到文學作品中（如進入長篇小說）。在這裡，它們的總體涵義要發生變化。他人聲音反射到它們身上，作者本人的聲音也進入其中。」[160]

其次，造成小說雜語性的重要手段還表現在「鑲嵌體裁」上。他類體裁進入小說並非一如石沉大海，它們還保持了自己結構和語言的相對獨立性。它們的滲入功效顯著：不僅有效的瓦解了小說語言統一的可能性，而且還進一步加強了小說的雜語性，巴氏指出，鑲嵌體裁是「小說引進和組織雜語的一個最基本最重要的形式」，又言，「長篇小說允許插進來各種不同的體裁，無論是文學體裁（插入的故事、抒情劇、長詩、短戲等），還是非文學體裁（日常生活體裁、演說、科學體裁、宗教體裁等等）……鑲嵌在小說中的體裁，一般仍保持自己結構的穩定和自己的獨立性，保持自己語言和修辭的特色。不僅如此，還有一些特殊的體裁，它們在長篇小說中起著極其重要的架構作用，有時直接左右著整個小說的結構，從而形成一些特殊的小說類型。這便是自白、日誌、遊記、傳記、書信及其他一些體裁。」[161]

恰恰是諸多風格甚至可能是迥異的文體對立又辯證的和諧／不和諧共處塑造了小說文體層面的雜語性。

這裡需要提出的有關巴赫金的另一個關鍵字是互文性（或文本互涉intertextuality）。巴赫金其實並沒有如此使用過這個名詞，他使用的是對

就是悲劇之所以儘管有所改變，卻仍然以其未被觸及的本質特性倖存於我們時代的原因，而史詩卻不得不消失，讓位於一種全新的形式：小說。」具體可參盧卡奇著，楊衡達編譯、丘為君校訂《小說理論》（臺北：唐山出版社，1997），頁14。

[159] 比如巴赫金如下的對雜語性的描述中就彙聚了語言和體裁甚至思想層面。「各種語言不再只是純粹爭辯性的諷刺類比對象，或自成目的的諷刺類比的對象。它們一方面不完全喪失諷刺模擬的意味，另一方面又開始實現藝術描繪的功能、公正合理地描繪的功能。小說學會運用所有的語言、所有的姿態、所有的體裁；小說強迫所有老朽過時的世界、所有在社會性和思想性上格格不入和相距遙遠的世界，都用各自的語言，以各自的風格來講述自己。」可參巴赫金著，白春仁 曉河譯《巴赫金全集》第三卷，頁200。

[160] 巴赫金著，白春仁 曉河等譯《巴赫金全集》第四卷，頁318。

[161] 巴赫金著，白春仁 曉河譯《巴赫金全集》第三卷，頁106。

話主義。保加利亞裔法籍學者朱莉亞‧克利斯蒂娃（Julia Krestiva）在介紹巴赫金的文章中首先使用了這個詞。用於指涉不同或並列文本（或陳述）之間的特殊語義關係的互文性有其自身繁複的使用歷程，鑒於他人已有專著[162]討論，不贅。

托多羅夫還仔細探討了互文性的缺失的情況。「互文性與言語有關，與語言沒有關係，因此，它屬於交際語言學而非語言學範疇。然而，話語之間的關係並不都是互文性的。必須從對話理論中除去那些邏輯性的關係（如否定、推斷等等），它們本身不包含互文性（但可以發生關係）；同樣，也應該除去那些純粹的形式關係或狹義的語言方面的關係，如頭語重複和對仗等形式。」[163]

巴赫金對互文性的強調不僅在於他對無所不在的對話主義的洞察，還包括他認為，只有在小說這種體裁中，互文性才可以充分得以表現。因為如果在非文學性的散文中（如通俗、修辭和科學散文中），對話主義往往不過是孤立或特殊的行為。而「主要在小說中，對話主義從內部支配著一種語式，在此基礎上，話語使它的客體概念化，甚至它的表達，同時改變了話語的語義和句法結構……任何一種小說，從變化的程度上看，是言語具體和不可分開的意識、風格、『語言』形象的對話學體系。小說中的言語不僅僅是表達，它同時也是表達的客體。小說話語一直是自我批評的。因此，小說從根本上區別於其他所有直接體裁，如史詩、抒情詩、正劇。」[164]

而托多羅夫就對巴赫金小說話語論述中對互文性的傳承作了很高評價，「巴赫金在『小說話語』一文中的解釋不愧是對上述各種問題（指對話主義、互文對話區分等，朱按）最細緻、最系統的闡述：因為這是他對『交際語言學』（指對話的語言學）思考的結果。」[165]

饒有意味的是，在小說體裁對其他體裁進行「收編」（有機借鑒和包容，同時在擴大自己虛構的限制chimerical confines的情況下卻又拒絕界定[166]）的關係中，並非是前者對後者的一廂情願。反過來，小說也可以對其他體裁進行「小說化」，也即讓它們變得更加自由、對話化和具有更強的現實關聯。「小說化」使得「其他體裁變得自由了一些，可塑性強了一些；它

---

[162] 具體可參[法]薩莫瓦約著，邵煒譯《互文性研究》（天津：天津人民出版社，2003）。

[163] 托多羅夫著，蔣子華 張萍譯《巴赫金、對話理論及其他》（天津：百花文藝出版社，2001），頁259。

[164] 轉引自托多羅夫著，蔣子華 張萍譯《巴赫金、對話理論及其他》，頁265-267。

[165] 托多羅夫著，蔣子華 張萍譯《巴赫金、對話理論及其他》，頁277。

[166] David K. Danow, *The Thought of Mikhail Bakhtin: from Word to Culture* (London: Macmillan, 1991), p.43.

們的語言藉助非標準語的雜語事實，藉助標準語中的『小說』成分而得到更新；它們要出現對話化；其次它們中間廣泛滲進了笑謔、諷刺、幽默，滲進了自我諷擬的成分。最後（這也是最主要的），小說賦予了這些體裁以問題性，使它們有了一種特殊的意義上的未完結性，並同沒有定形的、正在形成的現代生活（未完結的現在）產生密切的聯繫。」[167]

語言修辭方面，雜語性和多聲性更是成為小說得以成立的不可或缺的基本特徵，甚至是頭等重要，「語言的內在雜語性對小說具有頭等重要的意義。」[168]無獨有偶，丹提斯甚至認為，「小說是以最好地開發語言多聲性傾向（heteroglossic tendencies）的形式出現的」。[169]

毋庸諱言，小說的產生和發展有它獨特的語境，如前所述，它的和複雜轉換的現實世界的緊密關聯使得它自身對語言描述以及種類都有自己較高的要求，它恰是在這種環境中產生，同時也註定了它這種雜語和多聲特色。在這一積極、豐富的多語環境裡，語言和現實世界之間，形成了一種全新的關係，而這種關係為在封閉的單語時代所形成的一切現成體裁似乎開掘了尷尬之門，甚至是逐步滅亡的墳墓。「與其他正統體裁不同，小說恰是形成和成長在外在和內在多語現象急遽積極化的條件下，這是最合它意的環境。所以小說才能夠在文學發展和更新的過程中從語言和修辭方面居於主導地位。」[170]

在巴赫金看來，小說的修辭有它自身的規律可循，他為此為我們分析了小說修辭的基本類型，「長篇小說作為一個整體，是一個多語體、雜語類和多聲部的現象。研究者在其中常常遇到幾種性質不同的修辭統一體，後者有時分屬於不同的語言層次，各自服從不同的修辭規律」，他認為，通常一部長篇小說可以分解為如下幾種佈局修辭類型，

　　（1）作者直接的文學敘述（包括所有各種各樣的類別）；
　　（2）對各種日常口語敘述的摹擬（故事體）；
　　（3）對各種半規範（筆語）性日常敘述（書信、日記等）的摹擬；
　　（4）各種規範的但非藝術性的作者話語（道德的和哲理的話語、
　　　　　科學論述、演講申說、民俗描寫、簡要通知等等）；
　　（5）主人公帶有修辭個性的話語。[171]

---

[167] 巴赫金著，白春仁 曉河譯《巴赫金全集》第三卷，頁509。
[168] 巴赫金著，白春仁 曉河譯《巴赫金全集》第三卷，頁488。
[169] Simon Dentith, *Bakhtinian Thought: an Introductory Reader*, p.54.
[170] 巴赫金著，白春仁 曉河譯《巴赫金全集》第三卷，頁515。
[171] 巴赫金著，白春仁 曉河譯《巴赫金全集》第三卷，頁39-40。

　　需要指出的是，小說的雜語性和多聲性也有它自己獨特的層次，從對話化到語言的狂歡。語言狂歡自然有它的獨特性，「充滿了幽默感、具有滑稽性、寓言性、象徵性、顛覆性和怪誕性，是一種異質的異己的被平時忽視了的人性語言的複歸，具有獨特的形式和風格。」[172]

　　對話化則是比較基礎的層面，某種程度上，沒有對話也就沒有狂歡，「准此，眾聲喧嘩的實質意義，不是在於正文中不同的言語型（diversity of speech types）的存在與否，而是取決於不同言語間的內在對話，我們甚至可以說，『眾聲』能夠『喧嘩』，是因為充滿了內在對話的『雙聲言語』」。[173]透過語言的不同層次，小說的主題同樣在此過程中實現對話，這同時也是小說修辭的基本特點，「不同話語和不同語言之間存在這類特殊的聯繫和關係，主題通過不同語言和話語得以展開，主題可分解為社會雜語的涓涓細流，主題的對話化」。[174]

　　比如以諷擬體為例，它實際上是一種「特意混合體」，因為要對某些「正常的」語言與風格進行渲染、諷擬和滑稽化等等，它必然的就要考慮對舊語言／風格中的一些因素進行偏袒或者捨棄，也可能進行增添，注入新的活力，諸如此類種種操作，自然帶上了對話色彩。「諷擬體裡匯合交錯著兩種語言、兩個風格、兩種語言視角、兩種語言思維，實質上便是兩個話語主體。當然，這兩者之一（即被諷擬的語言）是親自在場，另一個語言則屬無形的存在，只是創作和理解時的積極的背景。諷擬體——就是特意混合體，不過一般說是語言內部的混合體，依靠的是標準語分化為不同的體裁語和流派語。」[175]

　　而小說語言的雜語性和多聲性實際上也是可以分為幾個層面，比如它的語言來源、語言自身的特徵和小說作者所採用的人為的雜語化的模式等等。

　　首先，小說話語的來源就具有狂歡特徵。

　　長篇小說話語的來源。
　　一、諷擬的話語：
　　　　（1）對舉性的諷擬話語，這是兩重性形象解體的過程；民間口頭文學中的爭論；長篇小說對話中的首要現象——不

---

[172] 張首映著《西方二十世紀文論史》（北京：北京大學出版社，1999），頁350。
[173] 馬耀民〈作者、正文、讀者——巴赫汀的《對話論》〉，詳可見呂正惠主編《文學的後設思考：當代文學理論家》（臺北：正中書局，1991），50-77。注釋出處見頁68。
[174] 巴赫金著，白春仁・曉河譯《巴赫金全集》第三卷，頁41。
[175] 巴赫金著，白春仁・曉河譯《巴赫金全集》第三卷，頁496-497。

　　同時間相互的爭論；
　　（2）純粹的諷擬話語及其類型。
　二、綽號。名字與綽號；綽號與隱喻。錯亂讕語。
　三、混合結構與多語現象。[176]

　　正是由於小說語言來源的多聲性，使得小說家在描寫對象時在借用對象的雜多性時，也可以將自己置身其中，形成別具特色的多聲或狂歡。「能揭示對象的首先正是社會性雜語中的多種多樣的姓名人物、論說見解、褒貶評價。這時對小說家來說，在對象身上揭示出來的，不是對象自身處女般的完好深邃，而是社會意識在對象身上碾壓而成的多條大道和蹊徑。與對象自身中的內在矛盾一起，在小說家面前還展現出圍繞這一對象的社會雜語。那是在任何對象周圍都會發生的巴比倫式的語言混亂；對象自身的辯證法同對象周圍的社會性對話交織到了一起。對小說家來說，對象是雜語多種聲音的匯合地，也包括了他自己聲音在內。」[177]

　　同樣，反過來，作為小說文類的製造者，小說家也必須善於擇取百家之長、有容乃大，「小說家的方式就是汲取這些現成的各種聲音，將它們交匯在一起，使文學語言『相互指涉』，以一種新的關係彼此呈現不同的意識形態和世界。」[178]

　　其次，在巴赫金和許多學者看來，小說的雜語性特徵表現在話語內部的複雜鬥爭中。巴赫金認為，「正是普通規範語的雜語性而不是它的統一性，成為風格的基礎。當然，這個雜語性在這裡並不會超出語言學上的統一標準語（抽象的語言標誌的統一）的範圍，在這裡不會真正導致語言混雜，而是要保證人們能在一個統一的語言範圍內達到抽象的語言上的理解，對具體而積極地（參與對話地）理解引入小說並經過藝術組織的生動雜語的事實來說，僅是一個抽象的因素。」[179]

　　在霍奎斯特看來，雜語性或多聲性其實就是話語離心力和向心力鬥爭的集中地。「多聲性（或譯眾聲喧嘩heteroglossia）概念靠得盡可能近以使集中地（locus）情景化（contextualizing），這樣影響話語的巨大的離心力和向心力力量（centripetal and centrifugal forces）可以有意義地在那裡聚合。」[180]

---

[176] 巴赫金著，白春仁 曉河等譯《巴赫金全集》第四卷，頁106。
[177] 巴赫金著，白春仁 曉河譯《巴赫金全集》第三卷，頁57。
[178] 朱立元主編《現代西方美學史》（上海：上海文藝出版社，1993），頁1120。
[179] 巴赫金著，白春仁 曉河譯《巴赫金全集》第三卷，頁91。
[180] Michael Holquist, *Dialogism : Bakhtin and his World*, p.70.

在達努看來，多聲性表現為兩個層面：第一仍然是如前人所談的向心力和離心力的緊張關係的中心；其次，他往前推進的是，他認為來自不同身份、職業、時代和文類等的共同作用形構了這一點。多聲性首先是被設計用來傳達一種源自離心力和向心力力量長期鬥爭中的創造性的緊張（tension），它們經由一種在可以想像的主流文學語言（conceivably dominant literary language）和竭力從日常口頭話語（everyday oral discourse）移往文學領域的非文學語言（extraliterary languages）之間的對抗，在小說的整體語境（generalized context）中得到證明。

其次，多聲性意味著社會—意識形態（socio-ideological）語言小說的在場（presence）：那些屬於一定職業、文類，或者特殊時代的語言，轉向小說時提供了日常話語中使用的言語的層次的多樣性（multiplicity）。[181]

巴赫金曾以散文體小說為例來說明雜語性言語對小說塑造的巨大作用和後效特徵，「散文體小說作者的語言意識，在相當程度上是分散型的，具有相對的性質。這一語言意識自由地在不同語言間徘徊搜尋自己的材料，能輕而易舉地使任何材料脫離任何語言（在力所能及的範圍內），再使材料與它『自己』的語言和世界連接起來……正是從語言和材料的這種互相敵視中，產生出這類小說的獨特『風格』」。[182]

第三，小說的雜語性還表現在作者的有意為之上。比如不同小說對雜語的引入和修辭使用上就別具特色：幾乎所有小說無一例外，也即最常用的形式就是採用主人公語言的獨特性策略，因為它們甚至可以成為作者的第二語言，表達多姿多彩的思想／語言模式；幽默小說採用的是不同形式和程度的「諷刺性模擬」等等。

這裡值得一提的是，是從敘事手法的更新方面著手：借用假定作者。「小說引入和組織雜語，還有與這一幽默形式及其不同的一些形式；它們的決定因素，是安排一個個性化的具體的假託作者（書面語中），或是一個敘述人（口頭語中）。運用假定的作者，對幽默小說（斯特恩、吉佩利、讓·保羅）來說也是典型的手法……目的在於增加文學形式和體裁的相對性、客觀性和模擬的諷刺性。」[183]

另外，在許多狂歡體小說和怪誕小說中，騙子、小丑和傻子的作用有著不可比擬的反撥和顛覆作用。它們不僅踐踏和戲弄官方世界的規範、約束和嚴肅性，消解謊言、欺騙，而且裝瘋賣傻戲弄自我在在發人深省；不僅如此，它們的出現還可能揭示了民族和地域的某種文化意識和自我認

---

[181] David K. Danow, *The Thought of Mikhail Bakhtin: from Word to Culture*, pp.51-52.
[182] 巴赫金著，白春仁 曉河譯《巴赫金全集》第三卷，頁166-167。
[183] 巴赫金著，白春仁 曉河譯《巴赫金全集》第三卷，頁96。

識，甚至意味著對文學和民間文化斷裂彌補的契機。

當回到小說的語言的雜語性層面時，這三者同樣也起到了關鍵的組織作用，「騙子類比諷刺高昂語言以進行開心的哄騙；小丑狠命歪曲這些高昂語言，使之面目全非；最後是傻子對高昂語言的天真不解——這三個對話性範疇在小說萌芽期組織起了小說的雜語，到了現代獲得了特別鮮明的外在表現，體現在騙子、小丑、傻子這幾個象徵性的形象之中。」[184]

綜上所述，巴赫金的多聲性不僅在語言和小說文體結構的創新性上令我們有眼界大開之感，同時對我們生活態度的改換和記錄也不無裨益，「巴赫金的多聲性概念幫助我們理解，例如，文學作品通過貫穿各種各樣競爭言談（competing utterances）和言語行為（speech acts）作用於微觀語言層面（microlinguistic levels）的方式……多聲性指涉了彌漫於日常生活節奏（rhythms of daily life）中的向心力（或官方的）和離心力（非官方的），這些力量記錄（register）了我們對標誌我們日常世界（workaday worlds）事件的反應。」[185]

（三）未完成性

巴赫金對小說的未完成性特徵的描述可謂一語道破先機。巴赫金率屢屢強調，「小說不僅僅是諸多體裁中的一個體裁。這是在早已形成和部分地已經死亡的諸多體裁中間唯一一個處於形成階段的體裁。這是世界歷史新時代所誕生和哺育的唯一一種體裁，因此它與這個新時代有著深刻的血緣關係。」[186]

在我看來，依據巴赫金的本意，小說的未完成性可以理解為如下幾個層面：

1.指向未來性

巴氏認為，「小說體裁的誕生和形成，完全展現在歷史的進程之中。長篇小說的體裁主幹，至今還遠沒有穩定下來，我們尚難預測它的全部可塑潛力。」[187]不難看出，正是因為小說始終與時代同步共振，而時間是不會停止的，它永遠奔向不知終點的未來，所以與之密切相關的小說就指向了未來。霍奎斯特也認為，小說性是在與其他形式作鬥爭中的一個

[184] 巴赫金著，白春仁 曉河譯《巴赫金全集》第三卷，頁196。
[185] Todd F. Davis (1965-) and Kenneth Womack, *Formalist Criticism and Reader-response Theory* (New York: Palgrave, 2002), pp.47-48.
[186] 巴赫金著，白春仁 曉河譯《巴赫金全集》第三卷，頁506。
[187] 巴赫金著，白春仁 曉河譯《巴赫金全集》第三卷，頁505。

窺探／發現未來的觀察孔,「文學,當它限定(enacts)小說性時(當然
不僅僅是以小說的形式),它就變成了一個由此可以預見未來的觀察孔
(loophole),不然,未來就會被其他話語形式所遮蔽(obscured)。」[188]

2.不確定性

　　小說的發展和形成始終是在進行時態中,當然這並不意味著小說的虛
無性,作為一種特色鮮明的文體,其確立已是不爭的事實。這裡的不確定
性是指小說邊界的模糊、巨大的包容性和開放性。它不滿足於也反對自身
的固步自封,恰恰相反,它就是站在不斷自我批判的基礎上逐步確立和發
展自我的。顯然,此處我們不難讀出巴赫金對盧卡奇的微妙繼承。如陳清
僑所言,「巴赫金認為小說跟許多其他文類不同之處,還在於它無法由一
些特定的形式去界定。經過這樣的詮釋,小說的性質重新被賦予一種逍遙
自在的『新穎性』,這使文類成為特別適合表現探索、更新和反叛精神的
美感形式了。」[189]

　　小結:從整個小說發展歷史和兩條發展路線來看,雜語小說的發展與
興盛明顯要比單語小說晚,儘管文化上作為源頭的狂歡可能反過來比後來
越走越窄的文化的內在精神特徵的相對單一要早。雜語小說的發展脈絡中
自然是包括了那些「小說性」程度較高的小說,也即高度狂歡化的小說。
這是一條儘管枝杈茂密,卻又主幹分明的路徑,它的最終目的(如果有的
話),就是奔向文體、思想和語言的狂歡。如人所論,「雜語小說的基本
特點是:多語性、多風格,雜語進入小說之內,形成一種內在的對話結
構」[190],甚至是自由自在、不斷更替與重生的狂歡。

　　小說理論作為巴赫金對狂歡化文學論述[191]的總結有其獨特的意義,這
往往是同類的總結和論述所不可比擬的。[192]我們在理解時要注意如下事

---

[188] Michael Holquist, *Dialogism: Bakhtin and his World*, p.82.

[189] 陳清僑〈美感形式與小說的文類特性──從盧卡契到巴赫金〉,見陳平原 陳國球主
編《文學史》第一輯(北京:北京大學出版社,1993),頁41-68。引文見頁61。

[190] 夏忠憲著《巴赫金狂歡化詩學研究》(北京:北京師範大學出版社,2000),頁135。

[191] Dominick Lacapra就認為「巴赫金的具體焦點當然是文學中的狂歡化──一種包含
了(encompasses)一定數目文類卻又在特定幾個中得以宣佈pronounced的文類傳
統,那就是有名的小說。」[From "Bakhtin, Marxism, and the Carnivalesque"], see Caryl
Emerson (ed.), *Critical Essays on Mikhail Bakhtin* (New York: G.K. Hall, 1999), p.240.

[192] 比如在馬振方著述的《小說藝術論》(北京:北京大學出版社,2000二刷)中,馬
將小說的定義的規定性總結為敘事性、虛構性、散文性和文字語言的自足性(具體
可參頁8-11)。這種分法不僅互相重疊,比如敘事性和虛構性就不乏重疊之處,而
文字語言的自足性說法也越來越受到質疑,它不僅忽略了小說語言的開放性,而且
也沒有注意到新興的圖畫小說的有益探索。

項：一方面，它是來自於鮮活的文本和文類分析後的產物，我們不可以脫離它得以長存的語境；另一方面，巴赫金即使在針對某一文本和文類進行文本細讀時，它文字背後的深意又需要我們仔細體味，不可敷衍了事、一葉障目。正確的態度是，在血肉豐滿的前提下認真研讀和體味其昇華了的富足精神。同時，巴赫金建立在強有力論證基礎上的有關小說性的論述對我們重新解讀類似文本也有重要的現實意義。

第二節　小說話語及巴赫金的適用性

一、小說話語

如前所述，本節的小說話語其實不是對所有小說話語的理性分析，而毋寧是對巴赫金言語體裁論述的剖析，是對某種「有序雜語」的探研，因為小說「話語還是語言藝術（如長篇小說）創作的基本手段和內容，創作者總是從社會性雜語中採擷各種言語體裁的話語，將它們組織成統一的有序雜語，使之成為藝術現實的存在形態」。[193]

首先，在巴赫金看來，話語是一種作為交際手段的符號，這是話語的基本功能。「話語是一種par excellence（獨特的）意識形態的現象。話語的整個現實完全消融於它的符號功能之中。話語裡沒有任何東西與這一功能無關，沒有任何東西不是由它產生出來的。話語──是最純粹和最巧妙的社會交際medium（手段）。」[194]不難看出，話語自身就充滿了巴氏所一貫提倡的對話性。不僅如此，巴氏還指出了話語的所有特點以及功能，「我們所清楚的話語的所有特點──就是它的純符號性、意識形態的普遍適應性、生活交際的參與性、成為內部話語的功能性，以及最終作為任何一種意識形態行為的伴隨現象的必然現存性，──所有這一切使得話語成為意識形態科學的基本研究客體。」[195]

我們所提及的小說話語主要是指小說式的「雜語」，它是巴赫金語言哲學的基礎，蛻變於巴氏所大力提倡的對話主義。這裡我們不妨先考察一下巴氏所主張的「超語言學」。巴赫金認為，無論是超語言學還是語言學，研究的對象都是語言，不過角度和方法各異，但可以互為補充。但

---

[193] 具體可參淩建侯〈話語的對話性──巴赫金研究概說〉，見《外語教學與研究》第32卷第3期，2000年5月，頁176-181，引文見頁178。

[194] 巴赫金著，李輝凡　張捷　張傑等譯《巴赫金全集》第二卷（石家莊：河北教育出版社，1998），頁354。

[195] 巴赫金著，李輝凡　張捷　張傑等譯《巴赫金全集》第二卷，頁357。

是，儘管如此，二者還是有迥異之處。巴氏指出，「對話關係（其中包括說話人對自己語言所採取的對話態度），是超語言學研究的對象」[196]，但這一點恰恰是純語言學標準所無法揭示的，對話的角度往往是純語言學所束手無策的盲區。

當然，超語言學並非只是局限於對話，雜語作為對話的最高形式理應也置身其中，畢竟，超語言學就是在語言的真實生命中研究語言。巴赫金在論述陀思妥耶夫斯基時也暗示了這一點，儘管在巴氏看來，陀氏更多是對話精神書寫的集大成者。「到處都是公開對話的對語與主人公們內在對話的對語的交錯、呼應或交鋒。到處都是一定數量的觀點、思想和語言，合起來由幾個不相融合的聲音說出，而在每個聲音裡聽起來都有不同。作者意圖所要表現的對象…恰恰是一個主題如何通過許多不同的聲音來展示；這可以稱作主題的根本性的、不可或缺的多聲部性和不協調性。」[197]論述中已隱隱透出雜語性的呼之欲出。

雜語性的指向層面顯然不只是語言，如前文所述，它同時至少還指向了文體、思想等。但在此處的論述中，由於筆者的重點是考察小說話語，自然是以語言為論述中心。毋庸諱言，單純是語言層面，也是指向各異、姿態萬千。活潑的生活雜語固然對官方的專制話語具有不可遏抑的消解和嘲諷作用，而小說雜語同樣也是對單一語言和統一口徑的語言的刻板的瓦解和替代。巴赫金認為，「小說裡塑造語言形象的所有方法，可以歸結為三個基本範疇：（1）語言的混合，（2）語言對話化的相互關係，（3）純粹的對話。這三個範疇三種方法，只能從理論上區別開來；它們在統一的藝術形象中不可分割地交織在一起。」[198]綜上所述，總體上說來，小說話語的層面可以劃分為兩層：對話和雜語（或曰語言的狂歡）。

（一）對話

在巴赫金的論述中，對話成為一個宛如萬花筒折射出來的五彩繽紛的世界，不管是話語自身的內在對話性，還是小說中他人話語五花八門的表現形式；不管是語言形象的「混合」，還是「變體」抑或風格模擬，其中林林總總的對話關係都在在令人矚目。

在巴赫金看來，對話關係不可簡單地歸結為邏輯關係或語義關係，只有在特定情況下，後者才有可能產生對話關係，「對話關係又不可歸結為

---

[196] 巴赫金著，白春仁 顧亞鈴譯《巴赫金全集》第五卷，頁241。

[197] 巴赫金著，白春仁 顧亞鈴譯《巴赫金全集》第五卷，頁359。

[198] 巴赫金著，白春仁 曉河譯《巴赫金全集》第三卷（石家莊：河北教育出版社，1998），頁146。

邏輯關係，不可歸結為指物述事的語義關係；後兩者自身並不包含對話的因素。邏輯關係和語義關係只有訴諸言語，變成話語，變成體現在語言中的不同主體的不同立場，相互之間才有可能產生對話關係。」[199]這樣就掃除了對話關係理解方面的可能混淆。

　　錢中文在論述陀思妥耶夫斯基的對話性時指出，「這種對話有別於一般小說和和戲劇中的對話，它具有一定的哲理意義，它是反映了人與人之間的平等精神的對話……這裡的對話，就是那些有自由和獨立感的個性，把對方視作與自己一樣獨立的個性，各自讓對方充分表達自己的意見，用各種音調各自不同地唱著同一個題目，形成多聲部狀態的對話，所以這種對話也是一種創作的精神和作者主觀精神狀態的表現。」[200]這無疑指出了各種對話層面的可能性和豐富性。筆者將分述巴赫金小說話語對話的別樣姿彩。

1.話語的內在對話性

　　與純粹語言學家們不同，在巴赫金看來，話語具有某種與生俱來的對話性，「話語總是作為一方的現實的對語而產生於對話之中，形成在對象身上同他人話語產生對話性相互作用之中。話語對自己對象的稱述，帶有對話的性質。」[201]

　　話語的內在對話性，並未到此打住，而是還有更多的姿態：比如揣測對方的答話進行對話對此也有影響。與此相對應的是，巴赫金還提出了一種個體有意為之的主觀對話操作，指講話者對聽話者首先預設的一種對話狀態，即新的內在對話性，「話語的這種新的內在對話性（指標對預期的聽者的他人話語所採取的對話策略，朱按），有別於在對象身上同他人話語相遇所產生的對話性。這裡不是對象，而是聽者的主觀視野，成為兩者相逢的舞臺。因此，這種對話性帶著較多的主觀心理性，而且時常具有偶然性；有時是硬扯在一起，有時是頗可爭議的。」[202]

　　需要指出的是，這種內在對話性有其獨到的功用，它往往促發和加強了話語的對話性，而且還凸現了話語的現實性。「對話化不但加強和重視他人話語（積極應答的現代聽者）的因素，而且使話語接近現實，保證話語較準確地和創造性地關注所講的事物。」[203]

---

[199] 巴赫金著，白春仁 顧亞鈴譯《巴赫金全集》第五卷，頁242。

[200] 錢中文著《文學理論流派與民族文化精神》（長春：吉林教育出版社，1993），頁231-232。

[201] 巴赫金著，白春仁 曉河譯《巴赫金全集》第三卷，頁59。

[202] 巴赫金著，白春仁 曉河譯《巴赫金全集》第三卷，頁62。

[203] 巴赫金著，白春仁 曉河等譯《巴赫金全集》第四卷（石家莊：河北教育出版社，1998），頁206-207。

　　當我們將視線轉向小說內部時，小說中的人，或者確切一點，說話人則至關重要，因為小說自身需要他們以各自獨特的立場介入小說，巴氏指出，「小說體中構成其修辭特色的『能說明問題』的基本對象，就是說話人和他的話語。」他還為此提出了自己的三點論證，「（1）說話人及其話語在小說中，也是語言的以及藝術的表現對象……（2）小說中的說話人，是具有重要社會性的人，是歷史的具體而確定的人；他的話語也是社會性的語言（即使在萌芽狀態），不是『個人獨特』的語言……（3）小說中的說話人，或多或少總是個思想家；他的話語總是思想的載體。」[204]毋庸諱言，小說中的人及其話語對小說修辭及其架構的重要性，這也是形成對話或者複調特質的必備。

　　在進入到他人話語的特徵時，巴赫金提出了個中存在的獨特弔詭，即其權威性和內在的說服力可能對立又和諧的共存於一體。不過，這種情況終屬少見，所以巴氏強調的是與他人話語的專制性相對立的具有內在說服力的話語。「具有內在說服力的話語，它的意義結構是開放而沒有完成的；在每一種能促其對話化的新語境中，它總能展示出新的表意潛力。」恰恰因為它的開放性和促對話性，具有內在說服力的話語對於雜語小說具有非同尋常的意義，但同時，由於它自身還保留著深刻的歷史語境特徵，理解它時也要注意不可釜底抽薪。「具有內在說服力的話語，是現代的話語，是在同沒有結束的現代打交道的區域裡誕生的話語，或者是加以現代化了的話語……每一個話語都包含有關於聽者的某一特定的見解，包含有聽者的統覺背景，考慮聽者的不同程度的回答，並保持著一定的距離。所有這些對於理解話語的歷史命運，都是至為重要的。忽視這些因素和細微意味，便會導致話語的物質化（使它失去天生的對話性）。」[205]

　　小說雜語的對話特徵，即使在面對某一人物（或主人公）時，也同樣有效，在此人的語氣和格調中可以出現合二為一的混合語式，它是指這樣的話語：按照語法／句法標誌和結構標誌，它表面上屬於同一個說話人，而實際上其中混合著兩種話語、講話習慣、風格、語言、表意和評價的視角。所以不同聲音、不同語言的分野，就發生在一個句子之內，常常在一個簡單句的範圍內；甚至同一個詞時常同時分屬糾纏在一個混合語式中的兩種語言、視角。混合語式自然可以是顯而易見的，也可以是隱蔽的。

　　當然這種語式也可以有其複雜的一面，比如隱蔽式的陽奉陰違，它可以在表面上延續了某一解釋／習慣／評價／表意等等，實際上，則可能

---

[204] 巴赫金著，白春仁 曉河譯《巴赫金全集》第三卷，頁119。
[205] 巴赫金著，白春仁 曉河譯《巴赫金全集》第三卷，頁133。

是隱蔽的冷嘲熱諷。「偽客觀的解釋，以隱蔽的他人話語形式出現，作為混合語式的一種類型，一般說是小說風格所具有的典型現象。從屬連詞和連接用語（因為、由於、鑒於、雖然等），一切邏輯性的插入語（這樣，由此等），失去了作者的直接意向，帶上了他人語言的味道，變成為折射性的詞語，或者甚至成為純粹客體性的詞語。」[206]

　　綜上所述，內在對話性，可以不同程度的適用於近乎一切話語領域，但是，對於小說來講，它則具有不同於非藝術語言場景裡的涇渭分明的明顯特徵；相反，它主要是由內向外對小說產生了細密深遠的影響，它的滲透使得小說更具活力。「在長篇小說中，內在對話性成為小說風格一個極其重要的因素，在這裡得到藝術上特殊的加工」，比較而言，其具體表現也顯得更加沉潛，和其他雜語一起，它們將小說世界改造得絢爛多姿，「不過，內在對話性要想成為如此重要的創造作品形式的力量，還必須得有社會雜語來充實和表現個人間的各種分歧和矛盾。在社會雜語中，對話的回聲不是喧響在話語的意義頂峰上（雄辯術中才如此），而是滲入話語的深層，使語言本身對話化，使語言觀照（話語的內部形式）對話化；這裡，不同聲音的對話，直接來源於不同『語言』的社會性對話；這裡，他人表述開始變成社會上的他種語言；這裡，話語在他人表述中的定位，變為在全民語範圍內對社會上其他語言的定位。」[207]

2.包含他人話語的語言（雙聲語）

　　從整體上看來，引進小說雜語本身就意味著某種程度的對話性，而語言之間也因此同樣是一種雙聲關係。「引進小說（不論是用什麼形式引進）的雜語，是用他人語言講出的他人話語，服務於折射地表現作者意向。這種講話的語言，是一種特別的雙聲語。它立刻為兩個說話人服務，同時表現出兩種不同的意向，一是說話的主人公的直接意向，二是折射出來的作者意向。在這類話語中有兩個聲音、兩個意思、兩個情態。」[208]

　　巴赫金髮現在藝術語言中存在一些其本質難以為語言學所掌控的現象，巴氏將之歸於超語言學範圍內。「這裡指的是：仿格體（模仿風格體）、諷擬體（諷刺性模擬體）、故事體、對話體（指表現在組織結構上的一來一往的對語）。所有這些現象，儘管相互存在重大的差異，卻有著一個共同的特點：這裡的語言具有雙重的指向——既針對言語的內容而發（這一點同一般的語言是一致的），又針對另一個語言（即他人的話語而

---

[206] 巴赫金著，白春仁 曉河譯《巴赫金全集》第三卷，頁87-88。
[207] 巴赫金著，白春仁 曉河譯《巴赫金全集》第三卷，頁64。
[208] 巴赫金著，白春仁 曉河譯《巴赫金全集》第三卷，頁110。

發）。」[209]不難看出，這些現象之所以超越了普通語言學的研究疆界，主要在於它們內部強烈的對話性。

需要指出的是，考量言語的不同類型對理解小說的語言風格以及人物之間的內在關係不無裨益。巴氏認為，一般存在三類言語類型：1直接描述事物的語言；2被描述的語言；3包容他人話語的語言（雙聲語）。「我們知道有直接指述事物的言語，或者稱謂，或者告示，或者表現，或者描繪，目的在使人們直接瞭解事物（屬第一類）。與此同時，我們又觀察到一種被描述的言語，作為描繪客體的言語（屬第二類）。最典型最常見的作為客體加以描繪的言語，就是主人公的直接引語。」[210]

比較複雜的是第三類語言，它與小說的語言有非常密切的關聯，因此也是本節研究的重點。「如果在作者語言中感覺得出有一種個性或典型性存在，代表著某個確定的人，確定的社會地位，確定的藝術筆調，那麼我們所面對的就已經是修辭上的模擬體：或者是模仿某種文學格調，或者是模仿故事體的寫法。這便屬於第三類了」。[211]

對於上述分類，並非是截然對立的，具體的某一語言當然可以依據不同的語境分屬不同的類別。某種程度上講，單一語言也可能化為不同指向的對話語言，消極與積極的類別之間也同樣可以相互轉化。

由於第一類語言和第二類語言都是單聲語，所以我們的焦點將集中在第三類上。

第一細類。單一指向的雙聲語：指作者為自身立意借用他人言語，但同時保留它的獨特意向。

（1）仿格體

顧名思義，它就是對某一風格的模仿。「這一體式所使用的一切修辭手段的總和，在此前確曾表現過直接指物述事的文意，表現過最終的文旨。只有第一類語言，才成為風格上模仿的對象。仿格體使別人指物述事的意旨（即表現事物的藝術意圖）服務於自己的目的，亦即服務於自己新的意圖。」[212]仿格體不同於一般模仿的地方就在於後者是採取假戲真做的態度將他人語言竊為己有，而仿格體則讓它成為一種「虛擬性的語言」，服務於新的目的。但是，有時候，在一般模擬和仿格體之間也存在極其微妙、甚至可以互相轉化的情況。

[209] 巴赫金著，白春仁 顧亞鈴譯《巴赫金全集》第五卷，頁245。
[210] 巴赫金著，白春仁 顧亞鈴譯《巴赫金全集》第五卷，頁246-247。
[211] 巴赫金著，白春仁 顧亞鈴譯《巴赫金全集》第五卷，頁247。
[212] 巴赫金著，白春仁 顧亞鈴譯《巴赫金全集》第五卷，頁251。

（2）敘述人的講述體

「敘事人的講述體，就是說作品結構中沒有作者的語言，由敘事人代替作者。敘事人的講述，可能採用文學語言的形式（如別爾金，如陀思妥耶夫斯基筆下的記事型的敘事人），或者採用口頭語言的形式，即嚴格意義上的故事體」。[213]敘述人對作者的替代並不意味著作者的退出，他的態度同樣貫穿到敘述人語言中，有或多或少的虛擬性。不難看出，作者是從敘事人語言的內部加以掌握，從而達到自己的目的。

在巴赫金看來，任何講述體都鐵定包含了故事體的因素，即必須運用口頭語言的格調。否則，講述體就極可能是仿格體了。「講述體，甚至於純粹的故事體，全都有可能完全失去虛擬性，直接化為作者的語言，徑直表現作者的意圖。」[214]

（3）故事體

巴赫金是從文學史的角度來研究故事體問題，認為它是在利用他人的語言之後，用口頭話語敘述。當沒有適合的形式能表現作者的思想時，借用他人語言來反映是故事體出現的情境。「採用故事體的形式，在多數情況下恰恰為的是出現他人的聲音；這是代表特定社會階層的聲音，它帶來一系列的觀點和評價，而這些觀點和評價正是作者所需要的東西。」[215]

（4）Icherzählung（第一人稱敘述）

作為近似於敘事人講述體的一種形式，第一人稱敘述也有引入他人話語的類似作用，「有時它的用意在於引進他人語言，有時又同屠格涅夫的小說一樣，會接近以至最後融合於直接敘事的作者語言之中，也就是說變成了第一類的單聲語。」[216]

應當指出的是，第一細類的作為單一指向的雙聲語，在它們所引用的他人話語時，如果缺乏較強的客體性或者客體性變弱時，它們會趨向於第一種語言類型的直接陳述語言，也即不同話語的聲音已經被完全淹沒和融合。

第二細類：不同指向的雙聲語。

諷擬體。它有自己的鮮明傾向，即同他所借用的他人語言意向完全相

---

[213] 巴赫金著，白春仁 顧亞鈴譯《巴赫金全集》第五卷，頁252。
[214] 巴赫金著，白春仁 顧亞鈴譯《巴赫金全集》第五卷，頁253。
[215] 巴赫金著，白春仁 顧亞鈴譯《巴赫金全集》第五卷，頁254。
[216] 巴赫金著，白春仁 顧亞鈴譯《巴赫金全集》第五卷，頁256。

反，所以它也「借他人語言說話；與仿格體不同的是，作者要賦予這個他人語言一種意向，並且同那人原來的意向完全相反⋯⋯語言成了兩種聲音爭鬥的舞臺⋯⋯在諷擬體裡，不同的聲音不僅各自獨立，相互間保持著距離；它們更是互相敵視，互相對立的。」[217]

諷擬體的語言可以變化多端：或是模仿他人的語言風格，或是模仿其觀察、思考和說話等的方式格調；或者可以採取不同的模仿深度（如模仿表面語言形式或相當深刻的組織原則），或者其本身也可以有不同用法，但是「不論諷擬體的語言可分出多少細類，作者意向和他人意向間的關係，卻是不會改變的：兩者的意向是分道揚鑣的；這一點不同於仿格體、講述體及其他相似的體式，那裡兩者的意向是一致的。」[218]

當然，還有諷刺體。「與諷擬體屬於同類的，有諷刺體以及一切含義雙關的他人語言，因為在這類情況下，他人語言是被用來表現同它相反的意向。」[219]

不難看出，第二細類的語言的特徵是其較強的內在對話關係。

第三細類：積極型（折射出來的他人語言）。與前兩個細類不同的是，他人語言被作者排除在其語言之外，但是，作者卻充分考慮到了他人話語的存在，並針對其有感而發。這類語言常見於暗辯體和對語中。

（1）暗辯體

「在暗辯體中，作者的語言用來表現自己要說的對象物，這一點同其他類型的語言是一樣的。但在表述關於對象物的每一論點的同時，這種語言除了自己指物述事的意義之外，還要旁敲側擊他人就此題目的論說，他人對這一對象的論點。這個語言指向自己的對象，但在對象之中同他人的語言發生了衝突。」[220]不難發現，在隱蔽的辯論（暗辯體）中，語言的含義被雙重化：一是指述事物；二則針對他人言語。這一點對小說和文學都意義重大。內在的辯論因素使得書寫必須敏銳地意識到種種他者的存在，這自然無論在風格上，還是在語言上都形成了積極和強烈的對話關係。

（2）對話體

「與暗辯體相似的是對語，指一切重要而又深入的對話中任何一方的對語。每一個這樣的對語，既表達對象，同時又緊張地應對他人語言，或

[217] 巴赫金著，白春仁 顧亞鈴譯《巴赫金全集》第五卷，頁256-257。
[218] 巴赫金著，白春仁 顧亞鈴譯《巴赫金全集》第五卷，頁257。
[219] 巴赫金著，白春仁 顧亞鈴譯《巴赫金全集》第五卷，頁258。
[220] 巴赫金著，白春仁 顧亞鈴譯《巴赫金全集》第五卷，頁259。

是回答或是預測到他人的語言。回答和預測的因素，深深地滲透到緊張的對話語言中。」[221]

對語的關鍵之處就在於它要考慮到應對的因素，這樣就會引起其語言結構的深層變化，不僅使對話語言獲得一種內在的張力，而且還要從新的角度來完成自我表述，這種特徵是不可能從獨白話語中瞥見的。

綜上所論，第三細類作為積極型有它自身的特質，也就是因了他人話語，作者語言才主動思通求變，做出相應的對策和調整。這是和仿格體、講述體和諷擬體等操作是不同的，在它們那裡，作者將一切牢牢握在手中，所以它們屬於「消極型」。

（3）塑造語言形象的基本範疇

小說塑造語言形象的方法自然多種多樣，如前所論，巴赫金分出了三種基本範疇和方法。但是，每一種方法並非傲然獨立，不關其他的，實際上它們往往不可分割，甚至渾然纏繞在一起。

1.混合

何謂混合？「這是兩種社會語言在一個表述範圍內的結合，是為時代或社會差別（或兼而有之）所分割的兩種不同的語言意識，在這一表述舞臺上的會合。」[222]

需要指出的是，兩種語言在一定範圍內的結合並非是偶然的，它是作者有意甚至苦心經營的產物。從語言歷史演變的歷程來看，語言的藝術形象從本質上講是語言的混合體。

「語言的形象作為有意為之的混合體，首先就是人們自覺意識到的混合（不同於歷史上自然形成的和混沌模糊的語言混合）。」[223]實際上，這也是塑造語言形象的前提和必備條件。

「其次，在有意為之的自覺的語言混合體中，交織著的不是兩個不知誰人的語言意識（兩個相關的語言），而是兩個個性化了的語言意識（不僅是相關的語言，且是相關的表述）和兩個人的語言意向：一是作為描繪者的作者個人的意識和意向，一是作為所描繪人物的個性化的語言意識和意向。」[224]混合體中加入的是兩個具有獨立意識和聲音的語言。

「再次，在小說中有意為之的混合體裡，互相混雜的不僅是、主要不是兩種語言和風格的語言形式、標誌，卻首先是存在於這些形式之中的對

[221] 巴赫金著，白春仁 顧亞鈴譯《巴赫金全集》第五卷，頁261。

[222] 巴赫金著，白春仁 曉河譯《巴赫金全集》第三卷，頁146。

[223] 巴赫金著，白春仁 曉河譯《巴赫金全集》第三卷，頁147。

[224] 巴赫金著，白春仁 曉河譯《巴赫金全集》第三卷，頁147。

世界的不同觀點。所以說，有意為之的藝術混合，是意義上的混合，但又不是抽象的意義混合、邏輯混合（如雄辯術那樣），而是具體的社會性的意義混合。」[225]混合體的指向最重要的是思想的對話和混合。

「最後，有意為之的雙聲的、內在的對話體的混合體，具有十分特別的句法結構：在它那一個表述的範疇內結合著兩個潛在的表述，彷彿是一個對話體中的兩句對話。」[226]

需要指出的是，與生活語言不知不覺的混合不同，小說中混合的手法是一種人為的刻意追求（多數都是為藝術的目的），它是一種由不同語言組成的生龍活虎的藝術體系。

2.風格模擬

與狹義的混合不同的是，風格類比不是兩種語言在一定表述領域內的直接混合，實際上，它只是在另一個語言的映襯和內在對話化中得以實現的語言關係。也是此類關係中「最典型、最清晰的形式」。風格類比塑造的是一個自由的他人語言形象，它不僅表現被模仿者的意向，而且又展現了模仿者的主觀意願投射。「任何真正的風格模擬如前所說，都是對他人語言風格的藝術描繪，是他人語言的藝術形象。其中一定存在兩個個性化的語言意識：一是描繪者的意識（即風格類比者的語言意識），二是被描繪的意識、被人模仿了風格的意識。模擬的風格與本來的風格不同之處，正在於模擬風格中存在著一個現代類比者及其聽眾的語言意識」。[227]

3.變體

最臨近風格模擬的另一種類型就是變體。「變體把他人語言的材料，自由地納入到現代題材中，把被摹擬的世界同現代意識的世界結合起來，把被效仿的語言作為考驗擺到它不可能出現的新環境中去。」[228]

變體與風格模擬的不同之處就在於，模擬者不僅表現了被類比的語言，而且它還帶進了自己的主體和他人語言的材料。當然，這種變體又常常與混合可以互相轉化。

無論是風格模擬，還是變體都對小說的語言形象塑造功不可沒，如巴氏所言，「徑直的風格模擬也好，變體也好，在小說發展史的意義都是十分巨大的，僅次於諷刺性摹擬。」[229]

---

[225] 巴赫金著，白春仁 曉河譯《巴赫金全集》第三卷，頁148。
[226] 巴赫金著，白春仁 曉河譯《巴赫金全集》第三卷，頁148。
[227] 巴赫金著，白春仁 曉河譯《巴赫金全集》第三卷，頁150。
[228] 巴赫金著，白春仁 曉河譯《巴赫金全集》第三卷，頁151。
[229] 巴赫金著，白春仁 曉河譯《巴赫金全集》第三卷，頁151。

4. 諷刺性的風格摹擬

所謂「諷刺性的風格摹擬」就是，「描繪者話語的意向同被描繪話語的意向，互不一致而相互對立；描繪者的話語為了描繪現實的物質世界，不是藉助作為一種積極視角的被描繪語言，而是通過改變和揭露被描繪語言的方法。」[230]

不難發現，諷刺性摹擬的發生必須具備一個必要條件，即被摹擬的客體對象話語必須擁有自己獨特的內在邏輯，並且可以繪製摹擬者所力圖實踐（或模擬或諷刺等）的別致世界。

（二）雜語

霍奎斯特曾經一針見血地指出，「拉伯雷之所以對巴赫金重要，並非因為他革新了語言本身，而是因為他背離了當時愚蠢的（stultified）和虛假的（artificial）官方語言，大量使用（makes extensive use）狂歡節上可見的更有活力的（more vital）、多姿多彩的和變化多端的（changeable）多種語言。」[231]可見，在霍奎斯特看來，雜語之於巴赫金具有如何重要的地位。

限於論述的目標和設計，本節所要論述的雜語也主要蜻蜓點水式的予以說明，從而勾畫出小說語言形象塑造的基本脈絡。在巴赫金看來，雜語性和多聲性就是小說的獨特性之一，不管是它的形式（結構、修辭等），還是內容（小說的意義、主題、與意識形態的關係等等）在其中構成一個嚴謹的藝術體系，並且無一例外地如此這般。

所以巴氏認為，與長篇小說體裁特點相適應的修辭學，只可能是社會學性質的修辭學，這在實際上表現出對形式主義或者單純新批評手法的某種英明反撥。「長篇小說的內在的社會對話性，要求揭示出詞語的具體的社會語境。正是這個社會語境，決定著詞語的整個修辭結構，它的『形式』和它的『內容』，並且不是從外部決定，而是從內部決定。因為社會性對話發生在詞語自身內部，在它的一切要素中，不論是『內容』的要素，還是最屬『形式』的要素。」[232]

更加耐人尋味的是，他認為這種雜語性恰恰就是對對話性的深化和提升，顯而易見，在巴氏心中，雜語才是語言形象塑造、小說文體學，乃至是人生社會的更高級特徵，所以長篇小說的發展，就在於對話性的繼續深化、擴大和精細化。

---

[230] 巴赫金著，白春仁 曉河譯《巴赫金全集》第三卷，頁151-152。

[231] Katerina Clark, Michael Holquist, *Mikhail Bakhtin* (Cambridge, Mass.: Belknap Press of Harvard University Press, 1984), p.317.

[232] 巴赫金著，白春仁 曉河譯《巴赫金全集》第三卷，頁81。

　　從小說語言形象的塑造來看，的確是，在每一種話語的背後往往都集結了某種獨特的內在邏輯和自我意識，這自然有它獨特的意義。「在真正的小說中，每一個話語背後都覺得出存在著一種社會性語言，連同它的內在邏輯和內在必然性，這語言的形象在這裡不僅展示出該語言的現實，還揭示出該語言的潛力，它的所謂理想的極致，它的全部完整的涵義，它的實質和它的局限性。」[233]

　　同樣，如果從小說引進雜語的形式看來，它們的種種操作目的仍然是指向小說語言和架構的雜語性。簡單說來，比如它們「幽默地駕馭各種語言，由『非作者』（敘述人、假託作者、作品的人物）講述故事，主人公各有自己的語言和領區，最後還有取一些體裁嵌入小說或作小說首尾的框架——這便是小說引進和組織雜語的基本形式。」[234]

　　與此相關的是，構成和操作雜語的說話人至關重要，這同時也是小說體的一個特點。雜語或者直接進入小說之中，在裡面被物質化為說話人的形象，或者只是作為一種對話的背景，但也間接／直接決定著小說語言的某種特殊韻味。所以便產生了小說體的一個不容忽視的特點，「小說中的人，是說話舉足輕重的人。小說正是需要能帶來自己獨特的論說話語、自己的語言的說話人。」[235]

　　小說話語的雜語性同樣還表現在狂歡化文學中，毋庸諱言，狂歡節式的語言則成為代表性語言，比如「獨特的『逆向』（à l'envers）、『相反』、『顛倒』的邏輯，上下不斷易位（如『車輪』）、面部和臀部不斷易位的邏輯，各種形式的戲仿和滑稽改編、降格、褻瀆、打諢式的加冕和脫冕，對狂歡節語言來說，是很有代表性的。」[236]

　　而狂歡節式的戲仿則不僅僅是語言和形式的戲仿，也不僅僅局限於單純的顛覆和解構，而且很重要的是，在意義和內容上它恰恰也包含了建構和重生。「但必須強調指出，狂歡節式的戲仿遠非近代那種純否定性的和形式的戲仿：狂歡節式的戲仿在否定的同時還有再生和更新。」[237]

　　從打破單一話語的限圍，到對話主義的張揚，再到雜語性的指向無限，小說話語同樣也契合了狂歡精神的發展歷程和內在邏輯。如果說對話是小說話語一道不可回避的基石乃至內在實質的話，那麼小說話語的對話

[233] 巴赫金著，白春仁 曉河譯《巴赫金全集》第三卷，頁143。

[234] 巴赫金著，白春仁 曉河譯《巴赫金全集》第三卷，頁109。

[235] 巴赫金著，白春仁 曉河譯《巴赫金全集》第三卷，頁118-119。

[236] 巴赫金著，李兆林 夏忠憲等譯《巴赫金全集》第六卷（石家莊：河北教育出版社，1998），頁13。

[237] 巴赫金著，李兆林 夏忠憲等譯《巴赫金全集》第六卷，頁13。

性也是最強的，當然，對話也只是個不會完結的開始，如人所論，「小說話語的對話性則最強烈，尤其表現在語言內部的對話：主題、形式、段落甚至詞語間的顯在意義和隱在意義不停地發生互動，產生極其豐富的語義場，並和現實生活中異質的意識形態產生無數的對話，引出無數的問題。所以小說是無數矛盾觀點的集合體，小說意義的產生是一個能動過程，而不是靜態的中性表達。」[238]

回到小說話語的雜語性上來，也恰恰是它使得小說文本成為永遠開放的文本，各種各樣的對話和喧嘩組成了虛構世界的另類狂歡。每一種語言都以自己的方式表現／折射著世界和自我，因此，我們理解雜語性和小說話語時，也同樣要關注廣袤的社會語境，惟其如此，才可以更好的理解狂歡的文本和精神指向。如人所論，「小說的語言在於不同語言的組合，小說的風格在於不同風格的組合。在巴赫金看來，小說的雜語性歸根到底是緣於社會性的雜語現象」。[239]

二、理論的局限及其適用性

毋庸諱言，巴赫金的狂歡化理論在避開書寫者個人的主觀性偏差之餘，仍然有它的局限性。如常人經常加以詬病的狂歡化的單極思考，尤其是過分強調。「對中世紀世界觀（world view）的一些扭曲，是因了巴赫金所處的情境。儘管這並非他清醒或有意為之，但是這種推今及古的移位／錯位（transposition）在歷史研究中卻常常出現。巴赫金的在大眾文化中的狂歡理論自然也是一面之詞（one-sided），是歷史地非正確的（historically incorrect），但是我卻要帶著如下的觀察完成我的貢獻（contribution）：在文化史研究中，一些豐碩睿智、頗富啟發性的著述往往有執其一端的歷史家們創造。這是文化史的尷尬之一，狂歡也不例外。」[240]當然，我們也不能因此就拋棄狂歡化理論，甚至為此上升到去殖民化的高度。[241]

---

[238] 朱剛著《二十世紀西方文藝文化批判理論》（臺北：揚智文化事業股份有限公司，2002），頁112。

[239] 程正民著《巴赫金的文化詩學》（北京：北京師範大學出版社，2001），頁208。

[240] Aaron Gurevich, "Bakhtin and his Theory of Carnival", see Jan Bremmer and Herman Roodenburg (eds.) *A Cultural History of Humour: from Antiquity to the Present Day* (Cambridge, Mass.: Polity Press, 1997), p.58.

[241] 閻真在他的論文〈想像催生的神話——巴赫金狂歡理論質疑〉（見《文學評論》2004年第3期，2004年5月，頁56-62）中則指出了巴氏對狂歡節生活的誇大和人為提升，但在我看來，這並不能妨礙巴赫金理論的開拓意義和對我們視野以及創造力的更新與拓寬。

同時，當巴赫金在《拉伯雷和他的世界》中的使命指向世界分析時，如人所論，由於他「太著意這任務，以致把民間文化與官方文化簡單地對立起來，把兩者看成是各自同質卻互相對立的類別，賦予民間文化自由、開放、流動、充滿動感的本質，永恆地反抗與顛覆嚴肅、封閉、教條、單一的官方文化。此外，巴赫汀過分強調民間文化在拉伯雷作品中的主導性，不單忽略了它在拉伯雷作品中地位的轉變，以致把拉伯雷的作品看成是反建制的單音作品，亦忽略了其中的多元性與矛盾之處；或者說，他有意在多種聲音中突出其中的反抗聲音，而故意忽略其他，看不見不同的聲音平等地對話、質疑、辯論。」[242]所論雖不無偏頗之處（比如巴赫金對民間文化的繁複處理和不吝張揚，恰恰是對其多元性的強調而非單一化），但是對巴赫金某些局限性的指責的確是命中了其矯枉過正的弱點和某種程度的迫不得已。

儘管如此，巴赫金的巨大創造力和在諸多學科方面的建樹往往為後來者提供了豐富的理論資源，極具啟發性。錢中文曾用非常樸實無華的語言描述閱讀巴赫金的感覺，「閱讀巴赫金，你會得到啟迪，感到充實，會使自己的思想活躍起來。你會感到，在學術上，主義也好，創造也好，可不是隨意大呼幾聲，標新立異一下，就自成大師了。閱讀巴赫金，你會深深感到，知識真是一種力量，一種偉力。」[243]

不言而喻，卓有成效地利用巴赫金的狂歡化理論豐富20世紀以來的中國文學研究（乃至中國文學研究）是一件利好之事，問題在於：如何利用？也即其適用性如何？

前人對此已經有所嘗試，比如夏忠憲以之對《紅樓夢》的分析，[244]劉康用它對20世紀八、九十年代部分中國小說的分析[245]李娜對王小波《青銅時代》的細膩分析[246]以及劉雨用巴赫金對話理論討論中國小說的對話性[247]等等。特別值得一提的是，鐘怡雯在她的碩士論文中用巴氏的狂歡化理論來

---

[242] 詳可參陳燕遐〈莫言的《酒國》與巴赫汀的小說理論〉，見《二十一世紀》第49期，1998年10月，頁94-104。引文見頁100-101。

[243] 詳可參錢中文〈論巴赫金的交往美學及其人文科學方法論〉，見《文藝研究》1998年第1期，1998年1月，頁33-47，引文見頁46。

[244] 夏忠憲〈《紅樓夢》與狂歡化、民間詼諧文化〉，見《紅樓夢學刊》1999年第3期，1999年8月，頁196-210。

[245] 詳可參劉康著《對話的喧聲：巴赫金的文化轉型理論》（北京：中國人民大學出版社，1995）有關章節。

[246] 李娜〈狂歡化的歷史傳奇小說——王小波《青銅時代》研讀〉，見《北方工業大學學報》第12卷第2期，2000年6月，頁45-54。

[247] 劉雨〈巴赫金對話理論與中國現代小說的對話性〉，見《東北師大學報》（哲社版）2001年第5期，2001年10月，頁107-116。

解讀莫言[248]，雖然不乏誤讀，但仍可謂適得其所。同時，用巴氏狂歡理論和對話分析20世紀90年代的中國文學批評的浮泛與熱鬧等特徵的論文[249]也已出現，當然它指向的則是對巴氏精神的功利性詮釋與借用，「應該說，理論狂歡同主義批評的式微是相關聯的，它既是後者的某種表現，也是其結果，兩者並存……狂歡給予了每個批評家充分表現自己的機會，使得他們可以盡情揮灑自己的才華（當然也包括宣洩自己的頑劣）。由於這一機會尚沒有時限，似乎人人都能享用，今天看來就並不珍貴，由於人人都可享用而眾生平等，狂歡批評就建立不起自己的權威，當然，狂歡從來就不指望權威。」[250]

　　以上種種對狂歡化理論的借用，或蜻蜓點水，或四兩撥千斤，或誤打誤撞，或生動傳神，不一而足。但不容忽略的是，他們對此理論的借鑒與使用給後來者提供了許多的寶貴經驗，或曰合法性和可操作性。

　　無論如何，對巴赫金紛繁蕪雜的狂歡化理論的借用都必須更加小心。在我看來，必須注意如下原則：

1. **對理論進行場景化（contextualization）。**作為轉型期的產物之一，類似的情境為理論的適應性提供了困難的環境。狂歡化理論的產生時空往往是文化轉型期，所以「文化轉型時期往往具有狂歡化的特點。這時期，語言雜多（heteroglossia），眾聲喧嘩，多中心性，對話性，卑賤化（degradation）向『口吐鉛字』，千人一腔，一元化，獨白性，精英化發起了嚴重的挑戰。以狂歡化理論去審視今日的中國文學和文化現象，無疑會給我們許多新的啟示。」[251]

2. **注意提煉狂歡化精神而非死板地緊扣原文原意。**巴赫金對狂歡化理論的論述和強調是始自具體作家作品分析的，但我們不能局限於具體分析，而要學會提煉個中深邃的精神，否則生搬硬套只是對這種理論的誤讀。

3. **不僅如此，我們還要盡可能在忠實使用該理論時發現和修正其不適用性，甚至發展出更加貼切的理論。**比如巴赫金對肉體—下部因素的強調未必完全適合20世紀中國文學的相關書寫，當然更不必說是

---

[248] 詳可參鐘怡雯著《莫言小說：「歷史」的重構》（臺北：文史哲出版社，1997）。在該書中鐘怡雯主要在第4章「狂歡化」的話語策略和第5章「嘉年華」的生命形式對莫言進行剖析，具體可參頁59-118。

[249] 蔣原倫〈短暫的狂歡與對話文體〉，見《天津社會科學》2000年第3期，2000年5月，頁82-87。

[250] 蔣原倫〈短暫的狂歡與對話文體〉，頁87。

[251] 寧一中〈論狂歡化〉，見《理論與創作》1999年第2期，1999年3月，頁65-67。引文見頁67。

本書所要研究的故事新編體小說。所以我們在利用巴赫金理論進行文本分析時，要靈活變通、開拓進取。

三、分析架構

當然，問題的關鍵在於，如何展開？如何活用？而且必須明瞭的是，本書各個部分之間又呈現了怎樣的關聯？它們和巴赫金的狂歡化理論又表現出怎樣的親疏關係？

簡單而言，本書的主體結構主要共分三部分，即上編、狂歡化理論及其適用性；中編、魯迅的《故事新編》：走向狂歡；下編、眾聲喧嘩：介入的狂歡節譜系。本書力圖用狂歡化理論分析故事新編體小說中的主體介入顯然有著對症下藥的考量。

如果我們考慮到理論應用和文本分析的整體結合層面，筆者在中編對故事新編體小說的集大成者——魯迅的《故事新編》的處理顯然是對巴赫金理論非常集中但又靈活的運用。

整體上，在我看來，長期以來對魯迅《故事新編》的混亂乃至誤讀與批評理論的匱乏和貧弱不無關係。無論是對其小說書寫多重世界狂歡性的不無爭議卻又耗時費力的混沌操作，還是對其油滑等的眾說紛紜的錯亂都顯現出相關理論不足的局促。筆者採用比較豐富和開放的狂歡化理論對於解決這些問題則不無裨益。

對於《故事新編》地位和文體的論爭清晰地反映出該文本的複雜性，同時卻也反映出許多論者的局限。在該編中，筆者首先利用了巴赫金的小說性（novelness）理論看到了魯迅三部小說演變的大致脈絡，從而指出魯迅在中國小說敘事模式轉變中的作用和意義，更為關鍵的是，《故事新編》其實更應該是魯迅的小說性逐步走向狂歡的有意嘗試和里程碑，儘管這個嘗試有它不太成功的地方。本書活用巴赫金的狂歡化理論，也因此可以很好地觀照《故事新編》整體上的獨特意義。

不僅如此，利用巴赫金的理論，我們還可以看到魯迅《故事新編》的更多豐富、亂中有序又令人心醉的獨特圖像。比如如果我們討論其眾說紛紜的文體論爭，我們可以發現《故事新編》中文體雜陳的狂歡精神，利用巴赫金的小說理論我們恰恰可以正視和積極的解讀魯迅在其中的敘事更新和創造。同時語言方面也呈現出相當的狂歡色彩，我們同樣可以借鑒巴氏的小說話語理論進行獨特觀照，效果非凡。

同樣，在意義的主體介入方面，魯迅也同樣彰顯出其複雜、多層的立體預設，狂歡意義同樣不容忽略。當我們僅僅用古今雜陳來看待魯迅的

《故事新編》時，其實我們簡化了其可能蘊含的複雜的三重乃至多重世界。無論是重現或復活古典的文本世界，嬉笑怒罵現實的世界，還是指向更遙遠、深邃的哲學思考等等都體現了這種狂歡精神，當然，魯迅有他更加複雜的一面，在我看來，他對經典的重寫其實也是建構烏托邦並解構的過程，裡面富含了他的良苦用心。

當然，回到魯迅的爭議輩出的「油滑」的解讀上來，本書同樣考察了在意識形態和社會現實的作用下，魯迅「油滑」指向和層面的狂歡性。這就是本書中編所主要解決的問題，大致結構如下：

中編　魯迅的《故事新編》：走向狂歡
　第四章　主體介入與敘事嬗變
　　第一節　主體介入與眾說紛紜的發軔
　　第二節　魯迅與中國小說敘事模式的演變
　第五章　重讀《故事新編》：文體雜陳與喧嘩意義
　　第一節　文體雜陳：故事新編體小說
　　第二節　意義指向：眾聲喧嘩
　　第三節　現實語境以及主體介入的限度

來到下編，和中編的處理方式則有不同，下編文本分析中對巴赫金狂歡理論的使用顯然更加關注的是其狂歡化的哲學精神。

首先，筆者強調的是狂歡化理論整體上的狂歡精神。在故事新編體小說的書寫過程中，正是由於形形色色的藝術更新和意義復活、推進等才體現出主體介入的複雜性和獨創性，正是由於不同流派的作家鍥而不捨的努力和創造才同時也構成了狂歡的世界，這種風格和圖像和狂歡化理論（尤其是和其哲學精神）息息相關。

同時，從故事新編小說發展的歷時性角度考慮，下編的分析架構其實體現了狂歡化理論的狂歡精神和未完成性，正是選擇了不同藝術風格流派的代表性作家，我們才可以看出魯迅作為源頭的獨特性，同時更能夠體味到故事新編推進的繁盛、持續性和狂歡色彩，同時我們也可以發現其與時俱進並指向未來的態勢。

其次，在進入到具體個案分析時，筆者也注意使用狂歡化理論來分析有關作者對某些層面主題書寫等書寫的狂歡特質。比如，施蟄存對欲念書寫就體現了操作的狂歡化，他對欲念（包含了性、欲望等）的精神分析式的獨特處理方式不僅僅是對魯迅欲念書寫的敬禮，同時他也很好地在相對單一主題的限囿中凸現了狂歡的呈現姿態——無論是重構石秀、鳩摩羅什

還是黃心大師等都在在展現了欲念的蓬勃流動和種種內心的衝突；李碧華對小說情節近乎迷戀和令人眼花繚亂式的「意亂情迷」等都在很大程度上體現了狂歡的精神，儘管她書寫的主題看起來相對單調。

同樣，在先鋒性十足的西西那裡，複調等本身就構成了某些小說的基本結構，甚至我們可以說《陳塘關總兵府家事》是巴赫金複調理論在中國語境中的最好實踐之一──由不同的角色（人也罷，獸也罷，級別和身份也罷）縷述一件原本關涉了國家、倫理等諸多神話建構的平凡又不平凡家事，不同角色之間和角色自身內部都充斥了令人眼花繚亂的對話和狂歡意識；而劉以鬯能夠將故事新編的詩化技巧耍弄得如此純熟和多姿多彩，文體結構也罷、語言也罷莫不滲透著狂歡的精神和姿彩；而陶然的現實主義改良與限制也或多或少地呈現出某種狂歡色彩：無論是古今雜陳、轉化托生，還是關注香港的姿態以及現實主義手法的尷尬等。所以本書下編的結構如下：

下編　眾聲喧嘩：介入的狂歡節譜系

第六章　施蟄存：欲念書寫

第一節　主題與意義：欲念的狂歡

第二節　如何介入：聚焦、細描與內在消解的策略

第七章　劉以鬯：詩化的狂歡

第八章　李碧華：「意亂情迷」

第九章　也斯和西西：「神話」香港

第十章　陶然：現實主義的承繼與限制

當然，我們也要考慮到在不同個案和文本之間它們的內在關聯。這就必須梳理中編和下編的複雜關係。如果從論著的整體架構來考量，在中編和下編之間其實也存在著或隱或顯的內在關聯，我們或者可以用譜系學的視角進行考察：

在魯迅和施蟄存之間其實有著很多的相似：比如他們對現代性的追求與反抗，在抒寫主題上，他們對佛洛德的理論都情有獨鍾，但施蟄存無疑是將它在中國語境內發揮至登峰造極地步的現代派作家。

劉以鬯有他獨特的銜接作用，一如他所主編的《香港文學》曾經在世

界華文文學的創作和研究中發揮橋樑作用，劉本人也是中國大陸的現代派在香港時空的成功移植和衣缽傳人，不僅如此，劉小說書寫又有其獨特的香港認同，儘管很多時候這種情愫顯得樸素淡雅，但劉在其中對香港文學的引領作用功不可沒。

　　饒有意味的是，作為通俗文學中相當具有現代意識的李碧華其「感時憂國」的沉重和關切其實和魯迅一脈象承，當然值得關注的還有他們彼此的嬉笑怒罵態度，在表面的戲弄底下暗含了對人生的悲涼體驗。同時，李對香港的關注和認知則遠遠超越了劉以鬯的冷靜，顯示出獨特又濃鬱的偏愛。

　　西西和也斯的文本似乎並不太多，尤其是後者，但其創新性則可圈可點。同樣充滿了對香港的關切，西西的童話色彩、後現代因素和百科全書式的新編的確值得研究者仔細研讀。而自己坦言與魯迅的《故事新編》有著獨特關聯的也斯其神話香港的方式其實也暗含了自我的成長經驗。

　　而陶然，作為改良的現實主義者，他的故事新編小說在表現出較強的批判性的同時，其實也有著難以避免的限制：平面化、模式化等，當然，作為香港的「南來作家」，他對香港的認知和態度和本港人又有著細微的差異。而這些都巧妙地包含在下編這幾個有著錯綜複雜關聯的個案中。

　　或許我們可以看出幾個個案之間的複雜關聯。如下圖所示：

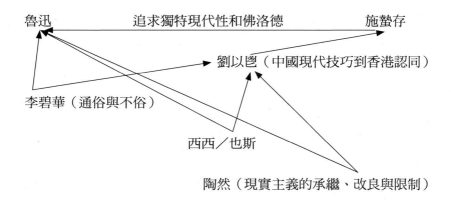

　　我們不難看出，無論是在主體介入和狂歡化理論之間，還是在狂歡化理論與個案分析之間，還是在個案與個案之間都存在著複雜的內在聯繫，這使得本書的分析架構因此顯得比較嚴密。

　　同時，還需要指出的是，巴赫金的狂歡化理論也是深植於文本分析的零散論述，既有它的具體限制和產生語境，同時也有其超越性。我們自然不能死扣其理論的限定性，或者為保持理論的純粹性而生搬硬套；但若絲

毫不顧及原有理論的限定性，同時也不解釋對它的發展與改編，這樣自然也是對理論的歪曲和誤讀。本書自然希望不僅僅能夠提供巴赫金理論的深刻與複雜原意，也希望能夠實現對它的靈活運用。所以這同時也是和本書不同部分（如中、下編）不同的客觀需求相吻合的。我們必須採用不同的策略來因應變化著的事實。

同樣需要強調的是，巴赫金狂歡化理論只是本書的主要分析理論，但絕非唯一。比如在分析時，筆者甚至也借鑒了和巴赫金有著密切關係的盧卡奇的小說理論。同樣，如果回到全文的不同個案與層面的論述的話，本書的理論相對也應用得比較複雜和多樣，比如敘事學、新批評等等，顯然這已經超出了巴赫金狂歡化理論的文字方塊限。當然，我們也可以認為這種做法本身就是狂歡精神的體現──熔鑄不同理論使之更好地為論證服務。當然，具體的操作還必須回到論著的詳細展開中。

中編 魯迅的《故事新編》：走向狂歡

　　20世紀中國文學研究界的前輩／拓荒者之一王瑤（1914-1989）先生在論及魯迅的《故事新編》時曾開宗明義地道出，「在魯迅作品中，《故事新編》是唯一的一部存在它是屬於什麼性質作品的爭論的集子。」[1]的確，如果我們將魯迅創作於1922年的《不周山》作為其第三部短篇小說集《故事新編》的起點的話，那麼，依據筆者手頭資料顯示，早在1924年，楊邨人就指出了其與眾不同和可能的爭議之處。「我們讀到這篇──《不周山》，覺得和以上十四篇不但意境和風格相差異，就是情調和詞句都大大不相同了。倘不是集刊在一起，我們容許要懷疑這不是我們的作者的作品，因為不同之點相差太遠了……《不周山》也算是許多傑作的傑作了。」[2]

　　耐人尋味的是，直至21世紀的今天，有關《故事新編》的歧見隨著社會上與時俱進的魯迅熱（污蔑也罷，吹捧也罷，商業利用也罷）的此起彼伏一直未曾停歇，而在「魯學」研究界，有關《故事新編》的種種顯然也並非不言自明的定論。問題的關鍵在於，作為後繼的故事新編體小說的源頭和經典範本，魯迅在其中的主體介入體現了怎樣的特色？它與喋喋不休、眾說紛紜的焦點──《故事新編》又有著怎樣的曖昧關聯？更進一步，我們如何精妙解讀《故事新編》，如果我們的目的不是單單為後來的研究者提供一些資料疊加或纏繞的話？

---

[1]　王瑤〈《故事新編》散論〉，見氏著《魯迅作品論集》（北京：人民文學出版社，1984），頁177。

[2]　楊邨人〈讀魯迅的《吶喊》〉，見《時事新報‧學燈》（上海），1924年6月13日。

第四章　主體介入與敘事的嬗變

　　本書將《故事新編》置於一個複雜卻靈動的網路平臺上進行辯證。自然，它首先是20世紀中國小說史上此類小說的源頭，它的初創為後繼者提供了範式，當然也可能暗含了似是而非的陷阱。[1]更為重要的是，反過來，魯迅的《故事新編》的地位、意義和文體歸屬只有被鎖定在後續的網路情境中才可能有更清晰的圖像鑒照。其次，如果將魯迅的《故事新編》和其他兩部小說甚至更多文本進行綜合比較、反思和並置、漸進式解讀的話，我們會能夠更加清醒地體認到個中文類的創造性和發展性。第三，我們同時還要考慮《故事新編》的產生語境與文本的互動關係，這樣，我們就能夠實現對《故事新編》意義詮釋的多元化和狂歡化操作，從而有效地避免單純文字解讀法中存在的可能的纖弱、膚淺以及為政治意識形態和社會情境尋找注腳的社會歷史解讀法的庸俗。

第一節　主體介入與眾說紛紜的發軔

　　有論者在論述《故事新編》的意義時，曾經非常別致的指出，「《故事新編》的意義，主要在於：第一，魯迅密切結合現實的、戰鬥的創作態度；第二，在這些『歷史小說』中反映了魯迅思想上的新的面貌，在藝術上有新的特色；第三，它是一個轉機：魯迅再次進入創作小說的階段，這是他醞釀、準備寫作長篇巨制的嘗試。」[2]在本文的語境中，這段引言其實暗含了如下微妙的意味：《故事新編》的成功得益於作者的主體介入，並且它還是一部具有轉折意義的標誌性作品。可惜的是，論者並未向我們詳陳個中三味，我們因此與可能五彩斑斕的文本解讀擦肩而過，頗有一種未能盡興的遺憾。

---

[1]　許多故事新編小說或其他文類的創作者實際上可能在全球化和後現代社會的語境中曲解了魯迅的某些操作，加之自己並無魯迅的資質和文體駕馭能力，所以最後讓主體介入變成氾濫的情感流露和肆意妄為，而所謂的故事新編只是插科打諢、迎合討好潮流的噱頭，與文體的推進式創新無關。

[2]　彭定安著《走向魯迅世界》（瀋陽：遼寧教育出版社，1992），頁802。

一、作為源頭與集大成的《故事新編》

不妨首先來簡單看一下《故事新編》的背景。《故事新編》是魯迅的第三部短篇小說集，在1936年由文化生活出版社出版。該集子共收小說八篇，但書寫時間跨度卻長達13年（1922-1935年）。依據創作時間先後為《補天》（原名《不周山》）（1922，11），《鑄劍》（1926，10，定稿於1927年4月）《奔月》（1926，12），《非攻》（1934，8），《《理水》（1935，11），《采薇》、《出關》、《起死》（皆寫於1935年12月）。

魯迅的《故事新編》往往被視為故事新編（體）小說的源頭，在我看來，魯迅的這種優勢地位和經典意義絕不僅僅是因為它在創新意義上的時間性，而且更因為它是集大成者和充盈著不可忽略的先鋒性。

如果從橫向方面看，魯迅明顯比他的同時代人跨得更遠和更具實驗性。我們不妨以郭沫若為例加以簡單說明。作為中國新文學開拓者之一的郭同樣較早就寫了故事新編小說（當時一律稱為「歷史小說」），1923年夏就寫了《豌雛》（後更名為《漆園吏游梁》）和《函穀關》（後改名《柱下史入關》），而後又創作了《馬克斯進文廟》。擱筆10年後，他又創作了《孔夫子吃飯》、《孟夫子出妻》、《秦始皇將死》、《楚霸王自殺》、《齊勇士比武》、《司馬遷發憤》、《賈長沙痛苦》等7篇。同樣在1936年比魯迅稍後幾個月，這10篇故事新編小說以《豕蹄》之名結集出版。

毋庸諱言，二者都在各自的書寫中表現出強烈的現實取向和主觀性，儘管他們在此角度也各有千秋。[3]如果我們從二者對選擇傳統文化的自由度來看，顯然魯迅也和郭沫若表現出不同的態度。郭的小說，「其中所寫人物在歷史上都實實在在確有其人，所敘事情除了某些細節描寫摻進了作者想像，進行了一些藝術加外，也基本上都有其事」，而魯迅「既是激底的、清醒的現實主義者，實際上也是個熱烈的理想主義者」。[4]同時，比較而言，魯迅所選擇的諸多神話傳說題材比郭所使用的相對言之鑿鑿的材料具有更大的文化重寫空間，也具有更大的發揮涵量。換言之，郭沫若

---

[3]　某種意義上，魯迅比郭沫若表現出對現實糾纏的超脫性和靈活性。在魯迅那裡，時間的先後、今與古因為無一例外的糾葛了許多一貫而終的劣根性等，所以今古的交錯也顯得自然而然；而郭沫若則對此有他的堅持，他古為今用（厚今薄古？）的立場似乎更加堅定。其他參考資料包括林非著《中國現代小說史上的魯迅》（西安：陝西人民教育出版社，1996）頁230-248，288-307；廖鋒〈《故事新編》和《豕蹄》比較論〉，見《廣西廣播電視大學學報》2002年第3期，2002年9月，頁25-28轉34。

[4]　王駿驥著《魯迅郭沫若與中國文化》（天津：百花文藝出版社，1995），頁292-293。

的歷史小說的書寫恰恰墮入了過分拘泥史實的陷阱而讓新編變得畏縮不前、凝滯呆板。[5]

　　我們可以根據郭的如下言論也可窺得二者對待故事新編小說的主體介入的態度的差異。「今語為古所無的斷斷乎不能用，用了只是成了文明戲或滑稽戲而已。例如在戰國時打仗，你說他們使用飛機、坦克、毒瓦斯，古代中國人口中說出了『古得貌寧，好都幽都』（Good morning，How do you do），那實在是滑稽透頂的事。」[6]顯而易見，魯迅的《故事新編》包含了更加靈活多變的主體性，而郭有他的相對拘謹原則和保守立場。同樣，如果我們拿書寫《採石磯》的郁達夫和魯迅比較，似乎也存在類似的問題。如人所論，哪怕是批評／影射胡適化了的人物，也難免如此。「郁達夫筆下的戴東原，由黃仲則和洪亮吉的對話表現出來，言談充滿感情又嚴肅認真……這兩位名家筆下的胡適化了的歷史人物，大相徑庭，恰好說明兩人對歷史小說有不同的理解」。[7]

　　同樣，如果我們從縱的方面，也即20世紀中國文學史上故事新編小說自身的發展歷史來看，魯迅仍然是不折不扣的源頭和巨匠。我們不妨以魯迅和施蟄存的關聯為例加以說明。如果從小說書寫的「荒誕」概念／主題進行考量的話，魯迅的《故事新編》恰恰是在「隨意點染」的操作中跨越了許多原本風馬牛不相及的事件和可能性限定，從而在出人意料中再陳現實、歷史中不合理的邏輯、特徵與荒誕意味。比如《起死》中能夠通鬼神有異術的莊子固然可以荒誕的讓500年前的骷髏起死回生，更加荒誕的是，他無法讓這個活死人接受他的哲學邏輯，從而產生了不可彌補的現實／過去，精神／物質，生命力／意志力等的巨大落差。

　　有論者指出，「魯迅的這種創作風格在後來作家的創作中得到了繼承和發揚，施蟄存在30年代也創作出了頗有荒誕氛圍的小說，《將軍的頭》中的將軍提著自己被砍掉的頭騎馬回來尋找自己的意中人的荒誕情節總會令人想起魯迅的《鑄劍》」。[8]不僅如此，如果從精神分析角度來探尋這種關聯的話，施蟄存《石秀》中主人公石秀從敢做敢當、光明磊落的英雄

---

[5]　有論者指出，「所謂過於拘泥史實或以今人的思想隨意架空古人，這些問題在《奔蹄》的創作中都有一些表現……使得作品有直奔主題、韻味不足的缺憾。」可參戴清著《歷史與敘事：二十世紀中國文學與文化批評》之〈歷史時代敘事——《故事新編》與《奔蹄》之比較〉（北京：學苑出版社，2002），頁39。

[6]　郭沫若〈我怎樣寫《棠棣之花》〉，見《郭沫若劇作全集》（第1卷）（北京：中國戲劇出版社，1982），頁327。

[7]　鄭志文著《魯迅郁達夫比較探索》（桂林：廣西師範大學出版社，1993），頁78。

[8]　呂周聚〈魯迅與中國現代主義文學〉，見江蘇省魯迅研究會編《世紀之交論魯迅》（南京：江蘇教育出版社，1999），頁164。詳可參頁145-168。

好漢固態形象到鮮活卻變態的窺探和虐待狂心理的轉變在在顯出了精神分析的巨大魅力，這顯然又是對魯迅（《補天》等）的承繼、深化與發展。[9]當然，其他後繼者對魯迅仍然有或近或遠的精神維繫／直接纏繞。鑒於本書在下編還會進行詳細的系譜學分析，此處不贅。

二、無盡爭議中的焦點探尋

如前所述，《故事新編》自從問世那一天起就伴隨了不斷的爭議和質疑，不管是在整體成就考量方面的拔刀相見，還是具體而微的細節層次的潛流暗湧；不管是意識形態操控下對它的人為拔高／誣衊，還是打著純文學的旗號躲進象牙塔抑或痛斥魯迅的插科打諢；不管是受了魯迅文字指示的「誤導」／暗示，還是魯學及研究者本身研究慣性的驅使，《故事新編》實在是凝結了太多的論爭和凝視，儘管從總體上看來，有關它的研究成果遠比不上《吶喊》、《彷徨》那樣實質的成就斐然以及表面的聲勢浩大。[10]

整體上看來，《故事新編》在不同年代引起的如此張力十足的評價實在令人咋舌。在該書出版不久的1937年，茅盾在為宋雲彬所寫的小說集《玄武門之變》作序時，就對魯迅的《故事新編》作出「開拓者」和表率之類的高度評價。「用歷史事實為題材的文學作品，自『五四』以來，已有了新的發展。魯迅先生是這一方面的偉大的開拓者和成功者。他的《故事新編》，在形式上展示了多種多樣的變化，給我們樹立了可貴的楷式；但尤其重要的，其內容的深刻，——在《故事新編》中，魯迅先生以他特有的敏銳的觀察，戰鬥的激情，和創作的藝術，非但『沒有將古人寫得更死』，而且將古代和現代錯綜交融，成為一而二，二而一。」[11]

令人大跌眼鏡、錯愕不已的是，魯迅的《故事新編》到了意識形態色

9　魯迅《補天》中性的發動顯然過於朦朧和保守，而到了施蟄存那裡，這種傾向甚至被提升至此類小說（如《石秀》等）主要的基調。呂周聚認為，與魯迅不同的是，施蟄存「多以性為焦點將現代心理分析與怪誕結合起來，既有現代心理科學的根據，又有歷史傳說的神韻」。可參呂周聚〈魯迅與中國現代主義文學〉，見江蘇省魯迅研究會編《世紀之交論魯迅》，頁164。

10　只要是稍微涉獵魯學研究的人就知道，早期的海內外魯迅研究名家對《故事新編》的研究實在是漠視得可以，儘管表面上有關它的論爭持續不斷，但真正有說服力的創見並不太多。如果我們以近20年來的魯迅研究名家為例，就不難發現，無論是早期的王富仁、錢理群、李歐梵、孫玉石，還是後起的王曉明、汪暉等人，他們的論述對象也並不巧合地與《故事新編》無緣。

11　茅盾〈《玄武門之變》序〉，見《茅盾全集》第21卷（北京：人民文學出版社，1991），頁283。

彩／傾向相對濃烈[12]的夏志清（1921-2013）那裡，竟成為魯迅走向書寫沒落的象徵：這部可能意味著魯迅敘事風格轉向的代表作，受到了夏猛烈的攻擊。當然，我們也要看到這其實是夏難以跳出時代烙印的無奈與可悲之處。「魯迅害怕探索自己的心靈，怕流露出（disclosing）自己對中國的悲觀和陰鬱的看法（pessimistic and somber view），同他宣稱（professed）的共產信仰是相左（deviance）的，他只能壓制自己深藏的感情，服務於政治諷刺（political satire）。《故事新編》的浮淺（levity）與混沌（chaos），顯示出一個傑出的（雖然路子狹小的）小說家可悲的沒落（the sad degeneration）」。[13]

　　同樣，如果我們將視野投向日本學界時，卻也不難發現，作為魯迅研究的先驅學者——竹內好教授對《故事新編》也顯出難以定奪的尷尬。[14]如人所論，「竹內好的《魯迅》（1944）對魯迅文學所作的評論，於有確信處，酣暢淋漓，充滿激情，而唯對《故事新編》則遊移不定，缺乏自信。或言『我以為恐怕是不足取的不成其為問題的多餘』，或存疑念，在論述《故事新編》的過程中，保留又保留，幾乎沒有定論之處。竹內好很少有這麼徘徊不前的時候，不過也倒正好說明瞭《故事新編》的不好理解。」[15]

　　結合前面對魯迅《故事新編》的研究述評進行進一步的梳理，我們不難發現，簡而言之，有關論爭主要集中在如下層面：

（一）甚囂塵上的文體性質之爭

　　在社會主義中國建立以前，由於《故事新編》的文體和意義指向怪異／逸出常規，對於它隸屬於歷史小說的大歸類的操作當然也不乏爭議。但論爭並沒有隨著時間的流逝而淡去，迄今為止，這一問題仍未澈底解決。

---

[12] 坦率一點，就是他對紅色中國的執政者——中國共產黨不分青紅皂白的反對，這種傾向也累及了所有親共或近共的文學作家。在他的口碑不錯的《中國現代小說史》中，對所有中共評論家讚賞的作家進行刻意貶壓的傾向尤其明顯，甚至很多時候遮蔽了它原本可能的持續銳利與深邃。同樣，在夏與劉再復關於丁玲評價等問題的某些口角之爭中，同樣可以看出夏這種至死不改的偏執。詳情可參劉再復〈張愛玲的小說與夏志清的《中國現代小說史》〉，見劉紹銘、梁秉鈞、許子東編《再讀張愛玲》（香港：牛津大學出版社，2002），頁30-54。

[13] Hsia, Chih-tsing (1921-), with an introduction by David Der-wei Wang, *A History of Modern Chinese Fiction* (Bloomington: Indiana University Press, 1999, Third Edition), p.46. 或可參夏志清著，劉紹銘等編譯《中國現代小說史》（香港：友聯，1985年第三版），頁40。此處引文由筆者翻譯，略有不同。

[14] 儘管竹內好敏銳指出，《故事新編》和《吶喊》、《彷徨》在「小說の成立」（小說構成）上是對立的，而不是在題材和表現手法上；但他也屢屢坦陳，《故事新編》對他最難理解，或者他實在無法理解。具體可參竹內好著《魯迅》（東京：未來社刊，1961年1刷，1980年17刷），頁97、126。

[15] 詳可參李冬木譯，[日]片山智行〈《故事新編》論〉，見《魯迅研究月刊》2000年第8期，2000年8月，頁25-36轉46。引文見頁25。

梳理之前的流派紛爭和觀點堅持，主要可簡述如下：

1.歷史小說論

　　在熙熙攘攘的論爭中，整體而言，哪怕直至今天，其呼聲也仍然佔據了上風。從茅盾的「歷史小品」稱呼，到吳穎所認定的《故事新編》「是中國現代文學史上最先出現的一部傑出的歷史小說集」，[16]再到袁良駿（1936-2016）[17]、李煜昆[18]、陸耀東（1930-2010）等都多持此見。[19]

　　王瑤在遊移中仍然承認它是歷史小說的「創造性探索」，不過他主張要從魯迅創造的實踐效果中進行理解，「就《故事新編》的寫法來說，它既然是魯迅的一種獨特的創造，我們就應該從實踐效果上看它是否成功，以及考察作者這種創造性探索的歷史淵源和現實根據，並對它作出一定的評價。」[20]這種處理固然顯出了王瑤的左右為難，也顯出了《故事新編》劃入歷史小說的尷尬之處。林非也是歷史小說性質的堅定擁護者。[21]

　　即使當我們將鏡頭聚焦在21世紀，歷史小說的結論和論證仍不絕於耳。薑振昌（1952-）就近乎武斷地認為，「以這樣的標準（指從一般所言的歷史中擷取題材，以歷史上著名事件為骨幹，再配以歷史背景，朱按）來衡量，《故事新編》當屬歷史小說是確鑿無疑的，過去在圍繞它開展的『性質』之爭中所產生的否定它是歷史小說的結論，是缺乏科學根據的。然而它那新穎別致的『敘述模式』以及所表達出的像迷宮一樣的精神意向，確實又是一般歷史小說概念和傳統的藝術經驗與邏輯所難以體認、破譯的。」[22]在我看來，對歷史小說的細分仍然只是暫時的彌補權宜，不能解決根本問題。

---

[16]　引自袁良駿著《當代魯迅研究史》（西安：陝西人民出版社，1992），頁190。

[17]　袁良駿認為它是「歷史小說集」。見氏著《魯迅研究史》（上卷）（西安：陝西人民出版社，1986），頁334。

[18]　李煜昆認為，「魯迅在《故事新編·序言》中是明明白白把它看成『歷史小說』的。否則，那段論述就違背了邏輯常識，這是無須懷疑的⋯⋯如果硬要咬文嚼字，至少應該說它有一部分是歷史小說。」見其編著《魯迅小說研究述評》（峨眉山：西南交通大學出版社，1989），頁176。

[19]　陸認為「魯迅先生的這些小說，無一不是在『博考文獻』的基礎上，創作出來的。它雖然穿插了小量的現代題材，但不足以改變它的歷史小說的基本面貌」，見陸耀東唐達暉著《魯迅小說獨創性初探》（長沙：湖南人民出版社，1984），頁132-133。

[20]　王瑤〈《故事新編》散論〉，見氏著《中國現代文學史論集》（北京：北京大學出版社，1998），頁69。全文可參頁65-117。

[21]　他直稱魯迅從《補天》「開始了歷史小說的寫作」，見林非著《中國現代小說史上的魯迅》（西安：陝西人民出版社，1996），頁108。

[22]　薑振昌〈《故事新編》與中國新歷史小說〉，《中國社會科學》2001年第3期，2001年5月，引文見頁164-165。全文可參頁164-175。

2.寓言體諷刺小說集

　　作為對抗佔據主流的歷史小說之論斷的代表說法之一，寓言體界定自
然有它的意義。提出這個論點的可能是最有影響力的人物應當是馮雪峰
（1903-1976），他指出《故事新編》是「寓言式的短篇小說，這都是小
品」。[23]無獨有偶，李桑牧（1928-2009）在梳理了種種近乎各自為政的觀
點以後提出了自己的見解，「可以看出，作者在《故事新編》的《序言》
的結尾處既誠摯地對歷史小說作了自我批評，又巧妙地點破了新型諷刺作
品的創作目的；既顯示了他對歷史創作的現實主義原則的維護，又表明了
他是如何重視進行藝術革新的創造性勞動。」[24]

　　任廣田（1950- ）同樣堅持並擁護馮雪峰的觀點：寓言體小說的性
質認定「也許更加符合事實，更能概括這部風格獨特的小說集的體式特
徵……這樣理解只是更加突出了《故事新編》在藝術體式上的獨創性意
義，突出了它非凡深厚的藝術意蘊，也突出了魯迅勾聯神話與現實，古代
與現代，並從中挖掘它們之間深刻的內在聯繫的大師風貌。」[25]

3.「故事的新編，新編的故事」

　　該觀點的代表人物是唐弢（1913-1992），他認為只有將《故事新編》
劃入歷史小說但又不是世俗和傳統的歷史小說中去，才可能避開形而上的
概念纏繞。首先是歷史小說概念自身的局限性；其次，他指出了獨特性的
原因在於現代性生活細節以及社會批評的有機摻入；再次，唐還毫不客氣
的指出，無論是否認它作為歷史小說的性質，還是貶低某些現代生活細節
的意義都只是在原地打轉。[26]

4.「故事新編」

　　1949年以前的研究，對《故事新編》文體的性質認知歸屬往往是將之
納入歷史小說的大框架以內的，即使有些不同的理解和闡釋，也往往猶豫
不決，而且「歷史小說」首先是個既定法則。比如石懷池（1923-1945）雖
然同意宋雲彬的看法，將魯迅的《故事新編》稱為「故事新編」，有別於

---

[23]　引自李煜昆編著《魯迅小說研究述評》，頁168。

[24]　李桑牧著《〈故事新編〉的論辯和研究》（上海：上海文藝出版社，1984），頁22。

[25]　任廣田著《論魯迅藝術創造系統》（西安：陝西人民教育出版社，1996），頁108。

[26]　唐弢〈故事的新編，新編的故事——談《故事新編》〉，見孟廣來 韓日新編《《故
　　事新編》研究資料》（濟南：山東文藝出版社，1984），頁256-265。或可參唐弢著
　　《燕雛集》（北京：作家出版社，1962）。

郭沫若的「歷史小品」，卻同屬歷史小說創作。[27]但不管怎樣，「故事新編」稱呼的萌芽和堅持之功還是不容抹殺的。

「文化大革命」以後，某些「撥亂反正」的優點也回到了文藝批評中來，有關《故事新編》文體的本體認知也逐步清晰化（儘管同時也爭論不斷）。比如，李希凡（1927-）就斬釘截鐵地指出，《故事新編》就是「故」事「新」編。[28]

日本學者片山智行就指出，「《故事新編》中的作品雖被稱為歷史小說，不過從嚴格的意義上講，如標題所示，是『故』事『新』編，非『歷史小說』一語所能道盡。」[29]而且有論者在對此文體進行還原式理解的同時，還突發奇想，力圖探尋個中的「神話主義」立意，「魯迅在20年代開啟這個創作動機，而在30年代才完成的其『歷史的現實敘事』，並且明確宣布這是『神話、傳說和事實的演義』，這是否透露了一個可能存在的『現代主義文學中神話的復活』的創作意識與創作立意？」[30]

在我看來，目前對《故事新編》認識最為獨到和深刻的是鄭家建著述的《被照亮的世界——〈故事新編〉詩學研究》，它「從詩學的角度對《故事新編》進行了深入研究，新意迭出，應當能在《故事新編》的研究史上算做一家之言。」[31]在鄭看來，他不僅著眼於明晰魯迅《故事新編》的文體辨別，而且還野心勃勃地將此類小說獨立於歷史小說之外，「把《故事新編》作為一種獨立於歷史小說的新的詩學類型」，當然，鄭還給出了兩個論據：一是對《故事新編》自身的藝術形式及意義的全新解讀，深覺「它在藝術創造和想像方面的感召力在20世紀中國小說史上更充滿著挑戰性。」二是從《故事新編》與歷史敘述的關係來看，它的文學史意義就更突出。[32]

需要指出，對於《故事新編》體裁的認證還有其他說法，比如「怪誕小說」、「諷刺小說」、「新歷史小說」[33]或者「反歷史主義」等等，但

27 石懷池〈《故事新編》——魯迅怎樣寫《故事新編》的？（節選）〉，見孟廣來 韓日新編《〈故事新編〉研究資料》，頁144-151。

28 李希凡〈熔古鑄今的「故」事「新」編——釋《故事新編》〉，孟廣來 韓日新編《〈故事新編〉研究資料》，頁320-343。或可參李希凡著《一個偉大尋求者的心聲》（上海：上海文藝出版社，1982）。

29 李冬木譯，片山智行〈《故事新編》論〉，《魯迅研究月刊》2000年第8期，頁25。

30 彭定安著《魯迅學導論》，頁177-178。

31 本報記者李萍 通訊員萬濤〈魯迅著作出版步入高潮〉，見《中華讀書報·書裡書外》2001年9月26日。

32 詳可參鄭家建著《被照亮的世界——〈故事新編〉詩學研究》（福州：福建教育出版社，2001），頁363-364。

33 如劉玉凱就認為，「魯迅的《故事新編》是繼承中外敘事文學手法、特別是講唱文

由於它們的後續影響力已經逐步式微，加之又有他人總結，[34]此處不贅。

（二）關於「油滑」

魯迅本人對「油滑」的態度撲朔迷離（在序言中先說自己對油滑很不滿，然而卻又吊詭地堅持了13年），所以似乎引得相關研究也紛繁蕪雜，包含了太多的傾向性。大致說來，對「油滑」的態度大致可分三種：（1）心折派；（2）臧否交加派；（3）批斥派。

對油滑心折派的觀點主要是以之為「獨特藝術構思」、「創造性的表現」，是魯迅的一大創造。其代表人物是周凡英，他認為，「所謂『油滑之處』，完全不是遊離於作品基本內容之外，或任意攙雜進去的，而是與人物的形象塑造，與主要人物的形象及其環境關係的描寫，緊密聯繫著的。」[35]這就視「油滑」為一種書寫的必需和表達手段。

更常見的處理是褒貶交加，或認為「油滑」有其獨特功用，但同時又傷害了小說的藝術價值和批評的殺傷力[36]。早期持此種論點的主要有常風、茅盾、馮雪峰、唐弢和王瑤等人，我們不妨擇取一、二論之。王瑤對「油滑」的處理無疑引人深思，他恰恰是從民間文化中的「二醜」藝術來進行聯想式詮釋與解讀，即指「它具有類似戲劇中丑角那樣的插科打諢的性質，也即具有喜劇性。」[37]

林非（1931-）在批評了對「油滑」認識的極端缺陷以外，堅持了各打五十大板的策略，「《故事新編》更多的是時代的產物，其中自然是閃耀出魯迅思想與藝術的光芒，卻也顯出了對於時代的過於迅速的反應，它並不是在歷史題材方面樹立典範的作品，至於除了『油滑』以外，這裡的不少作品也自有它現實主義與浪漫主義的藝術成就。」同時，他還再度堅定了他將之定義為歷史小說的認定，「加進現代生活細節的『油滑之處』不能妨礙它作為歷史小說而存在，卻只能使它成為一種具有獨創性的比較特殊的歷史小說。」[38]

學手法獨創的新歷史小說」，見劉玉凱著《魯迅錢鐘書平行論》（河北保定：河北大學出版社，1998），頁58。

[34] 上述幾種說法的具體解釋可參袁良駿著《當代魯迅研究史》，頁477。

[35] 引自袁良駿著《當代魯迅研究史》，頁477。

[36] 詳可參朱崇科〈歷史重寫中的主體介入——以魯迅、劉以鬯、陶然的「故事新編」為個案進行比較〉，《海南師院學報》（人文社會科學版），2000年第3期，2000年8月，頁93-99。

[37] 具體可參王瑤〈《故事新編》散論〉，見氏著《中國現代文學史論集》，頁65-117，引文見頁70。

[38] 林非著《論〈故事新編〉的思想藝術及歷史意義》（天津：天津人民出版社，1984），頁18、20。

　　鄭家建儘管對「油滑」的缺點也有不滿，但是，他卻提供了一種更清醒地認識「油滑」的認知方式，「要理解、分析『油滑』問題，就必須從本質上重建對作品的世界觀深度和藝術意識的把握方式：即必須把『油滑』理解成是一種觀察人生世相的特殊眼光，是一種對社會、歷史、文化獨特的認識方式；必須把『油滑』同作家主體內在心靈的深度、複雜性和無限豐富性聯繫在一起；必須把『油滑』同藝術想像力的異常自由聯繫在一起；更重要的是，必須看到『油滑』同中國民間詼諧文化的內在關係。」[39]

　　對《故事新編》的「油滑」大加鞭撻、乃至近乎趕盡殺絕式的批判處理方式也散亂地存在。這也是有些論者否定《故事新編》的藉口。

（三）現實還是浪漫？──《故事新編》的創作方法。

　　主要觀點都是集結在現實主義與浪漫主義的糾纏上。

1.現實主義派

　　李桑牧就認為由於《故事新編》中的多數篇章都並非取材於神話傳說，所以在缺乏豐富的想像力進行歷史敘事的情況下，它「全靠深刻的透視力去勾勒顯微鏡下的諷刺圖卷和歷史圖卷。這樣我們也就完全能夠說這些作品，特別是『藉以諷刺現實』的作品，只是飽和著現實主義的力量，而並不具備浪漫主義的風格。」[40]

　　當然，由此拓展開去的還有，所謂革命現實主義。比如唐弢就認為，「《故事新編》曾以政治和藝術的完美的統一，風格的新穎和形式的特別，引起過廣泛的注意和爭論。和許多偉大作家一樣，魯迅一生不倦地在創作上進行探索，根據時代的革命要求和個人的戰鬥特點，多方面地從事藝術的創造，在不同時期、不同部門裡作出榜樣和樹立標準。」[41]而他在後續的一篇名為《〈故事新編〉的革命現實主義》[42]的論文中更加明確了這一點，當然時代的意識形態影響清晰可見。

2.浪漫主義派

　　此派主要觀點是，《故事新編》從總體看來是以浪漫主義為主色調的，創作方法也傾向於浪漫主義。比如馮光廉（1934-）指出，「從題材

---

[39] 鄭家建著《被照亮的世界──〈故事新編〉詩學研究》，頁180-181。
[40] 李桑牧著《〈故事新編〉的論辨和研究》，頁231。
[41] 唐弢主編《中國現代文學史》（北京：人民文學出版社，1979年初版，1996年11刷），頁134。
[42] 見《中國現代文學研究叢刊》，1979年第1期，1979年10月，北京出版社出版，頁3-12。

的選取、情節的構成、形象的塑造以及藝術手法的運用來看，《故事新編》中的大部分作品，是以浪漫主義為主導的，在這些作品中，浪漫主義不是僅僅作為『氣息和色彩』附麗著，而是作為一種基本傾向，形成了作品創作的主體」。[43]

許欽文（1897-1984）則認為魯迅採用了新浪漫主義轉向革命現實主義[44]的方法，似乎算是一種調和，惜乎許本人對此主要是基於《理水》的論述，整體上並不深入，加之後繼無人，所以影響不大。

三、魯迅特色的主體介入

仔細思考一下這轟轟烈烈、紛紛擾擾的論爭背後的主要動因，我們可能會發現，無論是紛繁的文體之爭也罷，還是有關所謂「油滑」的道德以及文學的正負面考量，還是對具體哪一種書寫手法追根究底的不得而知，背後都可能掩藏了如下的問題：是否魯迅自己傾注於小說中的創作倫理（或曰主體性的介入）導致了這一切的發生？是否我們對魯迅的理解在人為複雜化的同時卻也存在著簡單化的傾向，甚至出現了詮釋的失語？

在我看來，《故事新編》的五花八門的論爭卻在在顯示了個中魯迅主體介入的豐富多變和五彩斑斕。同時，也恰恰是因為我們二元對立的思維模式的引導使得我們不能跳出非此即彼的怪圈，自然也不能真正意識到《故事新編》的超越性、複雜性和重重先機。

需要指出的是，魯迅在《故事新編》中那頗有狂歡姿態的主體性在令我們眼前一亮／抓耳撓腮的同時，也反過來要求我們以成熟、自信的對應姿態進行對症下藥式的回應和剖析。

毋庸諱言，前人的不懈勞作和哪怕是好惡參半的論爭在帶給了我們不少有益的資料積累和觀點縷述以外，還提供了思考和深化該研究的其他可能性，這同樣也為本書的另類切入視角提供了契機和奠定了持續演進的基礎。需要指出的是，除去少數研究者（如王瑤、林非、鄭家建等）獨具匠心的將上述研究對象與層面進行整體觀照之外，多數人首當其衝缺乏對問題意識的整合概念。比如，在文體性質與「油滑」之間存在了怎樣的內在聯繫？

---

[43] 馮光廉〈《故事新編》創作方法研究商兌〉，見《山東師範大學學報》（社科版）1983年第5期，1983年9月，頁47-55。引文見頁53。

[44] 欽文〈魯迅《理水》中的禹太太〉，見《魯迅研究文叢》第3輯（長沙：湖南人民出版社，1981年12月），頁246-254。

其次，在我看來，由於沒能從歷時性角度考察故事新編體小說的發展脈絡，跳出單純就事論事的限囿，而單單糾纏於魯迅《故事新編》自身，這樣既不能看到魯迅在此類小說發展中的獨特功用和地位，也不可能真正解決魯迅《故事新編》文體性質的有益抑或無謂紛爭。從此角度上看，袁良駿之前對此問題自以為是的宣稱是多麼蒼白無力，所謂「不可否認，《故事新編》的體裁性質問題已經妥善解決了」[45]的宣言不過是他自己的一廂情願。

第三，我們還必須看到，詮釋與解讀《故事新編》理論資源的相對捉襟見肘、左支右絀大大限制了對它的深刻省思和精妙處理。借用巴赫金批評之前的評論界對陀思妥耶夫斯基的滯後與束手無策時曾經犀利地指出的話語，「在試圖從理論上分析清楚這個多聲部的新世界時，評論界沒有找到別的途徑，只好按照一般的小說模式把這個新世界也給獨白化了，亦即用習以為常的舊藝術意圖的觀點，來理解由本質上新型的藝術動機所產生的作品。」[46]在我看來，對《故事新編》的許多無謂的誤讀和支離破碎式的肢解，明顯很大程度上流露出類似的弊病。

更進一步思考，《故事新編》到底是「中國現代小說之父」魯迅走向沒落的旗幡，還是意味了新敘事契機的彰顯？它到底是魯迅隨意點染用以攻擊對手的工具和憑藉，還是真正確立了故事新編體小說的書寫範式（paradigm in Kuhnian sense）？主體介入和故事新編的關係如何？魯迅如何實現他的介入？站在21世紀的開端，我們能否超越前人，對《故事新編》作出雖不必刻意標新立異，但又令人耳目一新的解讀？換言之，魯迅《故事新編》的角色如何定位？怎樣解讀？

誠然，要一下子解決如此繁多且複雜的問題的確不易，為此，本書在中編的目的就是要真正利用巴赫金的狂歡化理論和小說理論來實現一種新的有益嘗試。如前所述，本書的論證會將魯迅置於一個互動有機的平臺上展開，所以本編的架構主要如下：首先是討論魯迅與中國小說敘事模式的轉變及他在其中的位次、作用；其次，從文體雜陳語喧嘩意義等層面重讀魯迅的《故事新編》；再次，筆者還要考慮處理現實語境在其中的影響及魯迅在故事新編小說中的介入限度。至於魯迅與縱向的後繼者之間的譜系學關係，筆者會在本書的下編中展開。

---

[45] 袁良駿著《當代魯迅研究史》，頁190。

[46] 巴赫金著，白春仁 顧亞鈴譯《巴赫金全集》第五卷（石家莊：河北教育出版社，1998），頁7。

第二節　魯迅與中國小說敘事模式的演變

　　眾所周知，魯迅研究已經成為一門聲名顯赫、研究資料近乎汗牛充棟的「魯學」[47]，這無疑從一個側面印證了魯迅的無盡魅力甚至魔力。[48]有論者甚至指出，「要說20世紀的文體家，當推魯迅首選。」[49]

　　然而，被公認為中國現代小說奠基人的魯迅，其小說集也不過三卷：《吶喊》、《彷徨》和《故事新編》等凡共33篇（最多再加上早期的文言小說《懷舊》）。如前所論，耐人尋味的是，魯迅如何實現了從傳統小說到現代小說以及他小說自身內部的兩次「創造性轉化」（creative transformation）？[50]尤其是，他又如何通過小說敘事模式的嬗變來呈現他對「現代性」的獨特認知與迎拒姿態？

　　盧卡奇認為，「小說特有的不和諧，即存在的內在性要參與經驗生活而遭到的拒絕，產生了一個形式問題，這種問題的形式性比起其他種類的藝術來，十分不明顯，而且因為它看上去像是一個內容問題，就要比那些明顯的純形式的問題更需要同時以倫理學和美學的觀點來處理。」[51]所以，如果考慮到論述的深度和篇幅所限等條件，我們不妨從敘事方式的層面進行深入探研。

　　一方面，敘事方式的更新和遞進，在某種程度上說是小說演變的靈魂。如人所言，「對新小說來說，最艱難、最關鍵的變革不是主體意識，也不是情節類型或者小說題材，而是敘事方式。」[52]需要指出的是，「敘

---

[47] 有關界定和分析詳細可參張夢陽著《中國魯迅學通史》第一卷《宏觀反思卷——20世紀一種精神文化現象的宏觀描述與理性反思》（廣州：廣東教育出版社，2001）和彭定安著《魯迅學導論》（北京：中國社會科學出版社，2001），頁1-12等相關論述。

[48] 魯迅研究遠非一般的文學（化）研究，也非單純在書齋裡炒冷飯，「而是一種同民族命運、社會發展、文化變革、大眾覺醒、國民性改造等等『民族命運母題』緊緊相關聯的，具有重大民族意義、歷史-時代含義和文化價值的研究」。可參彭定安著《魯迅學導論》，頁1。

[49] 嚴家炎〈魯迅作品的經典意義——《魯迅作品集》序〉，見《北京大學學報》(哲學社會科學版)1996年第1期，1996年1月，頁111-113。引文見頁113。

[50] 創造性轉化在林毓生那裡指「使用多元的的思想模式將一些（而非全部）中國傳統中的符號、思想、價值與行為模式加以重組與／改造」，「它是一個開放性的過程——對中國傳統與西方，兩面均予開放的過程」。參林毓生著《熱烈與冷靜》（上海：上海文藝出版社，1998），頁26。我借用了他此概念精神上的含義。

[51] 盧卡奇著，楊衡達編譯、丘為君校訂《小說理論》（臺北：唐山出版社，1997），頁44。

[52] 陳平原著《二十世紀中國小說史‧第一卷（1897-1916年）》（北京：北京大學出版社，1989），頁15。

事模式」是一個眾說紛紜、流動不羈的概念，但在本文中，它是指從敘述人營構、敘事的策略等總和所提煉出的不同範式。如人所論，「敘事方式是一組手段和語言方法，它們創造一個故事仲介者的形象，即敘事作品中所謂的敘述者」。[53]

另一方面，魯迅的個案卻非常獨特：其小說敘事和思想成為互為表裡、密不可分的有機體。「他總是用小說來『思』，並引起接受者的『思』。他將思想化為了小說、化為了情節、化為了各種人物，化為了他的『敘事』。」[54]這讓我們其實可以通過魯迅的敘事模式的轉變來探勘他的創新的整體成就和價值，可謂窺一斑而知全身。同時，有關魯迅如何實現從周樹人到魯迅的思想和文化角色的轉變也已有論者述及[55]，故而不再饒舌。

美國著名漢學家韓南（Patrick Hanan 1927-2014）教授認為魯迅的小說技巧是他人不可比擬的，這也順利促發了其小說的不可躋武的思想深度。「比起別的作家來，魯迅的每一篇小說都是技巧的探險（venture），一種力求達到內容和形式完美結合的新嘗試……同時，正是他對技巧的迷戀，和我們可以感受到的情感和判斷的質素，使他為數不多的小說成為中國現代文學史上最具表現力的藝術。」[56]惟其如此，我們關注魯迅的敘事模式的轉變就顯得更加意義非凡和自然而然。

在我看來，魯迅小說的敘事模式基本上經歷了可謂兩次大的嬗變。一次是，如果將魯迅從整體上置入「文學革命」的滾滾大潮中進行外部動態觀照的話，他挾晚清小說界革命之威引領風騷，推動了中國小說敘事從傳統漸次步入現代的轉變，這主要是以《吶喊》、《彷徨》為代表；另一次則發生在其小說內部，魯迅以其《故事新編》部分實現了他更新小說敘事、創設小說類型的企圖，儘管這背後可能掩蓋了我們不得而知的更大的敘事創新與文體學野心。[57]

---

[53] 米列娜（Milena Dolezelova-Velingerova）編，伍曉明譯《從傳統到現代：19至20世紀轉折時期的中國小說》（北京：北京大學出版社，1991），頁54。

[54] 彭定安著《魯迅學導論》，頁77。

[55] 張永泉著《在歷史的轉捩點上——從周樹人到魯迅》（北京：文化藝術出版社，2001）就對此進行了闡發，遺憾的是，在筆者看來，他的論述似乎缺乏洞見，而更多只是對魯迅思想文化的重新整合。

[56] Patrick Hanan, "The Technique of Lu Hsun's Fiction", see *Harvard Journal of Asiatic Studies*, Vol. 34. (1974), pp. 53-96.引文見頁53。

[57] 儘管我們暫時未能提供確鑿的具體證據來證明魯迅的這種野心，但實際上，他所開創的這種文體已經在近一百年的華文文學史書寫上蔚然成風，並非所有文本都和魯迅之間有直接關係，但有關的開拓卻往往站在了他作為巨人的肩膀上或與之遙遙神交。

　　比較而言，有關第一次轉變的研究往往聲勢浩大、成果迭出。一般而言，幾乎所有專論魯迅小說的著述都或多或少的論及了《吶喊》《彷徨》的敘述創新及其轉折意義；而第二次轉變的研究則相對比較薄弱。儘管自從它誕生那一天起就爭議不斷，但真正能將它置於魯迅小說內部發展規律的平臺上剖析，並指出其轉捩與創新意義的研究極其罕見。[58]

　　王富仁認為，「《吶喊》、《彷徨》的藝術創新，不是魯迅打磨舊器械打磨出來的，而是新的觀念意識催生出來的。」[59]如果我們企圖梳理集體的「新的觀念意識」的蔚然成風抑或勃然興起，考察五彩斑斕的中國現代小說敘事模式的母體抑或溫床，則清末民初小說（包括翻譯小說和創作）作為一個承上啟下、蘊含了諸多創新和可能性的強力仲介無疑不容忽視，儘管現代小說以白話文作為書寫媒介的表象往往使我們可能畫地為牢，看輕了晚清民初的巨大活力和駁雜的創造力。

一、宏觀態勢勾勒

　　薩依德Edward W. Said（1935-2003）指出，「在所有主要的文學形式中，小說是最近出現的，其形成最有資料可考，也是最西方式的文學體裁，其社會權威的規範性模式是最高度結構式的」。[60]同樣，在中國現代小說敘事模式的轉型中，具有多元話語特徵的晚清民初小說中其實包含了許多可以附麗抑或探究的新知，儘管它們很多時候披著貌似陳舊的外衣。

　　一方面，晚清小說其實已經部分成功實現了中國小說模式從古典特徵[61]走向近代化[62]的轉換。陳平原（1954- ）在他著名的《中國小說敘事模式的轉變》（上海：上海人民出版社，1988）中令人非常信服的論證了這一模式的承轉，他從敘事時間、敘事視角和敘事結構等三大層面通過繁瑣精細的抽樣分析雄辯地論證了前後的承接與突破（該表格是筆者對陳平原論述的大致歸納，詳細可參該書內容）。

---

[58] 當然，也有學者為此不遺餘力地寫作，比如鄭家建有關魯迅《故事新編》的研究就做得有聲有色。

[59] 王富仁著《中國反封建思想革命的一面鏡子——〈吶喊〉〈彷徨〉綜論》（北京：北京師範大學出版社，1986），頁272。

[60] 薩依德著，蔡源林譯《文化與帝國主義》Culture and imperialism（臺北：立緒，2001），頁145。

[61] 中國古代小說敘事學的研究可參考：楊義著《中國敘事學》（北京：人民出版社，1997）；浦安迪講演《中國敘事學》（北京：北京大學出版社，1996）和王平著《中國古代小說敘事研究》（石家莊：河北人民出版社，2001）等。

[62] 關於中國小說近代化的論述，可參米列娜（Milena Dolezelova-Velingerova）編，伍曉明譯《從傳統到現代：19至20世紀轉折時期的中國小說》一書，尤其是頁1-72。

小說 模式	敘事時間	敘事角度	敘事結構
中國古代小說	連貫敘述（基本上）	全知視角（基本上）	以情節為中心
中國現代小說	連貫敘述、倒裝敘述、交錯敘述等	全知敘事、限制敘事（第一、三人稱）、純客觀敘事等	以情節為中心、以性格為中心、以背景為中心

　　同時，陳還探究了個中要因，即「中國小說敘事模式的轉變是在西方小說的啟迪與中國小說的移位兩者的合力作用下完成的，而中國小說的移位必然引起傳統文學內部『民間文學』與『文人文學』的對話。」[63]當然，這個時期的作者大多有類似的傾向，無論是通過直接接觸西方文學還是間接所得進行洗禮和更新。

　　如果從小說體式類型的推進來探研，清末民初小說儘管不可避免的帶上了些許傳統印跡，但嶄新體式卻又令人眼前一亮。我們不妨以比較活躍的短篇小說為例進行分析。如人所論，「既有經過一定變通的傳奇體、筆記體和話本體小說，更有許多在傳統小說中不曾見過的新體式。這些新體式大致有如下幾類：（一）新聞體……（二）雜文體……（三）小品體……（四）對話體……（五）散文體。」[64]

　　更進一步，晚清小說亦蘊含了不應有的卻「被壓抑的現代性」，甚至更複雜生態。王德威在《被壓抑的現代性：晚清小說新論》（臺北：麥田，2003）中犀利的彰顯出敏銳的問題意識：沒有晚清，何來「五四」？他主要從四類小說（狎邪、俠義公案、醜怪譴責、科幻奇談）中深入挖掘被壓抑的不同現代性表現與姿態，並力圖再現其眾聲喧嘩、多元共存的原生態。發人深思的是，他的視野卻又遠遠超越了單純文類研究，他認為，它們「指向四種相互交錯的話語：欲望，正義，價值，真理（知識）。我認為這四種話語的重新定義與辯難，適足以呈現二十世紀文學及文化建構的主要關懷。」[65]

　　另一方面，清末民初小說又為中國現代小說「內在理路」發展的水到渠成抑或其嶄露頭角鋪設了前提。[66]換言之，如果我們將中國現代小說的

63　陳平原著《陳平原小說史論集》（上）（石家莊：河北人民出版社，1997），頁551。
64　見馮光廉主編《中國近百年文學體式流變史》（北京：人民文學出版社，1999），頁64-66。
65　王德威著，宋偉傑譯《被壓抑的現代性：晚清小說新論》，頁9。或可參英文版本 David Der-wei Wang, *Fin-de-siècle Splendor: Repressed Modernities of Late Qing Fiction, 1849-1911* (Stanford, Calif.: Stanford University Press, 1997).
66　普實克教授（Průšek Jaroslav 1906-1980）就從敘述人角色的轉變考察了晚清民初小說的

發軔置於更大的社會語境（social context）內，之前的清末民初小說當可視為雛形或源頭。無論從語言的遞進，還是手法的創新，還有意識的更換都已初現端倪。需要指出的是，中國現代小說敘事模式的轉換的意義絕非僅僅局限於創作者單純的文本試驗，我們毋寧說它同樣也是「感時憂國」傳統與中國現代性推展的產物，同時反過來又是它們不可或缺的載體。

　　從「小說界革命」到翻譯小說，再到「五四」運動，現代小說的催生與它們息息相關，也可謂應運而生。文體演變／革新同時也意味著現代性的瀰漫和對政治、文化等體制變革的呼喚與實踐。無論是當時個性自由／解放觀念對小說審美新思維的確立的影響，還是「我手寫我口」的白話語言作為書寫話語的逐步轉換與成熟；無論是汲取古代小說（文人的抑或通俗的）積澱的滋養，還是得益於新人耳目的外國小說的紹介，現代中國小說就是在清末民初的小說基礎上，在社會語境變遷的影響與合流中逐步得以轟轟烈烈的展開。如陳平原所言，「被文學史家視為開闢文學新紀元的五四闖將，實際上其中好多人曾在小說界革命的浪潮中衝殺過，是新小說家的戰友。」[67]魯迅雖然在彼時並非出盡風頭的引領者，但在其濃烈氛圍中卻也好好地紮了個猛子：無論是章太炎（1869-1936）的言傳身教，還是他在日本的異域的現代性衝擊都可能促使他的轉變。[68]

　　如果仔細加以考察，魯迅和近代文學之間有種種具體而微的互動關係。身處其中的魯迅受其影響，但也參與其中，爾後再實現質的飛躍和突破。近代文學自身創作對魯迅的巨大影響自不待說，連近代的翻譯文學理論、思想等等也給魯迅很大的衝擊，甚至魯迅也力圖以域外小說的翻譯企圖喚醒沉睡的人們並注入新鮮空氣，儘管結局的確比較慘澹。牛仰山在進行了上述一系列的考察後，得出了如下結論，「魯迅從起步觀察社會人生，到決定由科學救國變為文藝救國，到形成改造社會和改造國民精神的觀念，到參與文學活動、創作和翻譯作品，都和接受清末民初的文學啟發、感染有關係。」[69]

的內在理路，同時他還指出，成熟和完美的新結構的突然出現，並非像是在不同時段演化的不同層次（strata），而是像在同一時段書寫在質的意義上的不同，這些表明，一個全新結構如果沒有外來的刺激（external impulse），不可能只是在一個文化維度裡的內在發展。See Průšek Jaroslav, *The Lyric and the Epic: studies of Modern Chinese Literature* (Bloomington: Indiana University Press, 1980), pp.110-120.引文見頁120。

[67] 陳平原著《二十世紀中國小說史・第一卷（1897-1916年）》，頁21。

[68] 張新穎對此問題曾經做過闡述（雖然有些籠統），可參氏著《20世紀上半期中國文學的現代意識》（北京：三聯書店，2001）第三章「主體的確立、主體位置的降落和主體內部的分裂──魯迅現代思想意識的心靈線索」，頁69-93。

[69] 牛仰山著《近代文學與魯迅》（桂林：灕江出版社，1991），頁188。具體論證可參閱該書。

　　同時，我們還要關注的是，魯迅和其他國家的文學之間的密切關聯。如魯迅和俄羅斯文學以及歐洲、日本等國家或區域的文學就存在著的千絲萬縷的關係。王富仁對他和俄羅斯文學的借鑒與吸納已有開創性的論述，[70]但進一步的深入討論也要展開，同時還要注意個中的複雜之處。比如在當時中國現代性的曲折演進中，過分強調理性啟蒙主義時，在同時期的西方它卻已相對敗落，而非理性主義逐步崛起。如汪暉（1959-）所言，「魯迅的精神發展過程深受施蒂納、叔本華、尼采、基爾凱廓爾、安特萊夫、阿爾志跋綏夫、廚川白村等人的影響，這些引導二十世紀現代潮流的思想家和藝術家的非理性主義思想體系恰恰是和理性啟蒙主義理想的破滅相聯繫的」。[71]

　　但無論如何，魯迅就是在這個複雜的中西方文化場域中催產了他獨特的文學創作，[72]在他早期的文言文論述（如《文化偏至論》、《摩羅詩力說》等）中，其思想已經初步成型。但讓他發出振聾發聵之音、一舉成名的作品還是他具有震撼意義的小說《狂人日記》。儘管它身上還難免古今中外文學創作的傳統印記，但是，他文字的功力、手法的新穎以及思想的敏銳都已經令世人為之一振，就當時來說，可謂超凡脫俗。

二、《吶喊》、《彷徨》的敘事更新

　　早在1923年，茅盾先生就靈敏地指出，「在中國新文壇上，魯迅君常常是創造『新形式』的先鋒；《吶喊》裡的十多篇小說幾乎一篇有一篇新形式」。[73]就連對帶有左翼色彩的作家（品）不無牴觸的夏志清也認為，「短篇小說一開始卻是非常成功的。給這一類型文學奠下基礎的是魯迅。他在一九一八年發表的《狂人日記》，純熟地運用了西方小說的技巧，與中國傳統的說故事方法完全兩樣，因此可以稱為現代中國短篇小說的始祖。」[74]

　　中國現代文學史家王瑤先生也強調了魯迅的現代文學史上的奠基人地位，「魯迅用自己的創作實踐擴大了新文學的陣地，同時由於這些小說內

[70] 具體可參王富仁著《魯迅前期小說與俄羅斯文學》（西安：陝西人民出版社，1983）。

[71] 汪暉〈魯迅研究的歷史批判〉，見陳炳良編《魯迅研究平議》（香港：三聯書店香港分店，1993），頁86-126。引文見頁119。

[72] 有關魯迅藝術產生的更加豐富的層面，還可參照劉家鳴著《魯迅小說的藝術》（西安：陝西人民出版社，1990），頁1-35。

[73] 茅盾〈讀《吶喊》〉，見《茅盾全集·中國文論一集》第18卷（北京：人民文學出版社，1989），頁398。

[74] 夏志清著，劉紹銘等譯《中國現代小說史》（香港：香港中文大學出版社，2001），頁22。

容的深刻，表現的新穎……為新文學奠定了基礎。」[75]

有人甚至認為魯迅是20世紀中國文學史上洋溢著最強先鋒性的小說家。他是「小說界最早、最大的先鋒。從形式到主題，魯迅都廣泛借鑒西方現代主義小說技法，使中國的小說面貌煥然一新，從而開始了一個新的小說時代……魯迅自始至終都將自己定位於一個思想的先驅者和啟蒙者的位置之上」。[76]

不難看出，魯迅作為現代中國小說鼻祖的位置是得到公認的，同樣，他在小說敘事模式的轉換中也擔當了類似角色。問題的關鍵在於：它是如何實現的？

在巴赫金那裡，「小說性」和轉型期是緊密相連[77]的，而現代中國小說的誕生本身就暗含了小說性的內在特徵：雜語性、相容並蓄等。清末民初轉型期的新小說自然也不例外，它吸納了其他許多文體，形成了別具特色的敘事風格。「新小說卻是從其他文學形式獲得不少靈感。笑話、軼聞、答問、遊記、書信、日記、敘事詩、見聞錄等傳統詩文形式的滲入小說，都曾對新小說敘事模式的形成起了很大作用。」[78]反過來，恰恰是因為此特質，小說也被推上了歷史潮流的浪頭，為人矚目和器重，甚至是功利性的借用。王一川指出，「中國人的新型現代性體驗是與新的生活語彙如全球化世界概念、來自西方的科技話語和現代器物名稱等交融在一起的……小說由於能以散文體方式敘事、抒情和議論，還可以把詩體等其他文類相容於自身之中，因此得以成為容納現代生活新語彙的合適形式。因此，小說在表現新型現代性體驗方面交上了好運，成為現代文學的主導或中心性文類。」[79]

魯迅的《吶喊》《彷徨》同樣也體現出其豐富的現代性，甚至是先鋒性。從整體上看來，他除了延續舊有的體式-情節小說以外，還開拓出「以寫實性生活片斷為結構主體的片斷小說」、「以刻畫人物性格、勾勒人物命運線索為結構主體的心理小說」和「以特定的氛圍渲染和情感、意蘊表達為結構主體的意緒小說」[80]等等。

[75] 王瑤著《魯迅作品論集》（北京：人民文學出版社，1984），頁94。
[76] 劉旭〈魯迅與20世紀先鋒小說〉，見江蘇省魯迅研究會編《世紀之交論魯迅》（南京：江蘇教育出版社，1999），頁181。詳可參頁180-192。
[77] 具體可參劉康著《對話的喧聲：巴赫金的文化轉型理論》（北京：中國人民大學出版社，1995）。
[78] 陳平原著《二十世紀中國小說史·第一卷（1897-1916年）》，頁18-19。
[79] 王一川著《中國現代性體驗的發生：清末民初文化轉型與文學》（北京：北京師範大學出版社，2001），頁393。
[80] 馮光廉主編《中國近百年文學體式流變史》，頁91。

關於魯迅和他的前輩作家的論述無疑以前蘇聯漢學家謝曼諾夫（Semanov, V.I., 1933-）最為系統和出色。他在他有名的《魯迅和他的前驅》[81]一書中新意迭出地論述了魯迅對前人的借鑒和超越。他主要從體裁、作品裡的主要人物及作者對他們的態度、塑造人物性格的原則、人物內心活動、主人公的起名、細節、環境描寫、敘事的方式等多方面探討了魯迅和前輩作家的密切關聯與變更，論證有力，別出心裁。

「小說性」顛覆和解構的一面在魯迅的《吶喊》《彷徨》中有非常醒目的表現，比如《狂人日記》。無論是反思國民性、痛陳封建禮義說教的罪惡都或具摧枯拉朽之氣勢，或意義深遠綿長，在在令人省察。劉禾指出，「狂人日記卻著重於中國歷史的象徵性病理診斷——暗含著西方規範的參照——它大大超出了任何個體心靈的字面解釋」[82]，這無疑從內容上指出了其富含現代性的一面。王潤華也在他的〈西洋文學對中國第一篇短篇白話小說的影響〉中縷述了果戈理《瘋人日記》、迦爾遜《紅花》和尼采《察拉斯忒拉的序言》等對《狂人日記》的敘事、內容、意義等的宏觀的細微影響。[83]

但需要明瞭的是，現代性在某種意義上也可理解為反思和批判自我的態度和趨勢，這當然也是後現代性得以發展的理由和空間之一。從此角度講，魯迅小說的現代性中也包含了另外一種獨特的聲音與反抗姿態，我們或許可以稱之為「魯迅式的現代性」。[84]顯然，它包含了諸多複雜的指向和源泉：他對中國古代典籍的熟諳和中國古代小說的敘事模式的獨到品位及引領式論述[85]自然使他超越了許多時人對西方現代性的毫無保留擁抱的幼稚，反而多了幾分少見的本土式的冷靜與成熟。李歐梵（1939-）在他著名的《鐵屋中的吶喊》一書中探尋魯迅的現代性的手法就是通過尋根傳統卻避開西方所謂原汁原味的現代性來展開。[86]

---

[81] V. I. Semanov; translated and edited by Charles J. Alber, *Lu Hsun and His Predecessors* (White Plains, N.Y. : M. E. Sharpe, 1980) .或可參照中譯本[蘇] 謝曼諾夫著，李明濱譯《魯迅和他的前驅》（長沙：湖南文藝出版社，1987）。

[82] 劉禾著，宋偉傑等譯《跨語際實踐——文學，民族文化與被譯介的現代性（中國，1900-1937）》（北京：三聯書店，2002），頁183。

[83] 詳可參王潤華著《魯迅小說新論》（上海：學林出版社，1993），頁61-76。

[84] 呂周聚就指出「這種融寫實與象徵、歷史與現實為一體的更完善、更高級的現實主義實際上就是魯迅所創立的中國式的現代主義文學，《狂人日記》是這種中國式現代主義文學的典範，後來的《野草》、《故事新編》都表現出這種鮮明的特色。」呂周聚〈魯迅與中國現代主義文學〉，見江蘇省魯迅研究會編《世紀之交論魯迅》（南京：江蘇教育出版社，1999），頁149。詳可參頁145-168。

[85] 詳可參陳平原有關魯迅的小說類型研究，見氏著《陳平原小說史論集·下》（石家莊：河北人民出版社，1997），頁1375-1393。

[86] 李歐梵著，尹慧瑉譯《鐵屋中的吶喊：魯迅研究》（長沙市：嶽麓書社，1999），

　　魯迅的通過譯介和閱讀外國小說以及留學日本的體驗又使他具有開闊的國際視野和堅持「拿來主義」的博大胸懷。同時，「也正是文學傳統中的核心層次的那些要素，才決定著新文學在發憤精神、史傳意識、抒情風貌、意境美感、白話文體等諸多方面同中國古代文學發生著深刻的歷史聯繫，呈現了文學歷史連續性的許多有聲有色、誘人追尋的生動具體的形態。」[87]

　　如果通讀魯迅這兩部小說，我們可以發現，魯迅的小說主題的現代性表達似乎背離了現代性的原初語境，而更多呈現出對鄉土中國的深沉又細密的關懷與纏繞，如《阿Q正傳》、《故鄉》、《祝福》、《孔乙己》等莫不如此。「毫無疑問，魯迅的作品被看成是中國現代性意義最典型的表達……也許更重要的在於，魯迅表達了一種鄉土中國的記憶，這些記憶從中國現代性變革的歷史空檔浮現出來，它們表示了與現代性方向完全不同的存在。魯迅在這裡寄寓的不只是批判性，而是一種遠為複雜的關於鄉土中國的命運——那些始終在歷史進步和歷史變革之外的人群的命運。」[88]如果非要給這種逸出與背離以現代性的名義的話，那它應該是「魯迅式的現代性」。關鍵的是，我們在考慮魯迅這個複雜個案的現代性時，應該儘量「把現代性（它在不斷變化並將我們帶向沒有確定方向的地方）與永恆性（它使我們與所有的時代保持聯繫）放在一起來考慮。」[89]這樣既可以考察魯迅自身的發展和超越性，同時又可以考慮到他與傳統或古代性的複雜糾葛。

　　即使是考察其小說結構體系，也可發現類似的繁複。如人所論，魯迅小說結構的設計有四大特點，1以中西合璧方式、自成一格；2以演繹歸納法，構成多樣化體系；3以間距性方式，擴展想像空間；4以逆轉方法，凸顯其主題。[90]

　　具體而言，我們不妨以《狂人日記》的結構為例加以說明。《狂人日記》的結構表面上看是開放的複式結構（楔子＋正文），而事實上，從情節發展來看，則為封閉的同心圓結構。我們不能將該文簡單視為傳統與現代手法的對立，相反，它們是一種辯證對抗又融合的關係。即使在正文十三節內部，也同樣是張力十足：在既有的「滿紙荒唐言」中，其實也包含

頁56。
[87]　方錫德著《中國現代小說與文學傳統》（北京：北京大學出版社，1992），頁51。
[88]　陳曉明〈導言：現代性與文學研究的新視野〉，見陳曉明主編《現代性與中國當代文學轉型》（昆明：雲南人民出版社，2003），頁13。詳可參頁1-26。
[89]　伊夫・瓦岱（Yve Vadé）講演，田慶生譯《文學與現代性》Littérature et Modernité（北京：北京大學出版社，2001），頁113。
[90]　蔡輝振著《魯迅小說研究》（高雄：複文圖書出版社，2001），頁129-131。

了「一把辛酸淚」，同時也孕育了為變態社會所壓制的權力／話語中的正常、清醒乃至振聾發聵的前瞻與睿智。這種繁複結構則比較形象地體現了小說性的精神：既吸納了古代小說[91]（尤其是章回小說）的部分模式，又注入了被改良過的簡約的「意識流」手法，[92]而它們二者卻又難解難分。正文中升至高潮的「救救孩子！」的強烈呼喊，到頭來也不過是「然已早愈，赴某地候補矣」的閘門轟然關閉前的垂死掙紮抑或曇花一現而已。然而吊詭的是，這種環形結構卻同樣激起了讀者的更大的「打破鐵屋子」的決心和熱情。

所以，總體看來，如汪暉所言，「魯迅小說的卓然不群之處，恰恰在於：它把現代藝術的兩種對立的趨向融為一體，並體現為『無我化』或『客觀化』的創作原則與『一切與我有關』的創作原則的獨特結合，從而使我們在這個藝術世界所真實呈現的社會歷史的廣闊畫面中，感覺到了一個痛苦的、掙紮的、活生生的靈魂的深情傾訴，又在這個藝術世界所表達的深切的個人性的情感的海洋中，聽出了中國社會生活的蛻變的呻吟。」[93]

簡單而言，中國古代小說的敘述人自然也有它的種種模式，但是，即使是到了比較靈活與複雜的「『個性化』敘述者」這一層面，仍然也有它自身的局限。王平以《紅樓夢》為例，細緻地分析了小說中敘述人的多元化（如作者1，說書人，石頭1，空空道人，作者2，石頭2等）特徵和「二度敘事」（即敘述者將自己的敘述職能轉讓給小說中的人物）[94]等的確讓人驚歎於中國古代小說（尤其是《紅樓夢》）敘述人技巧的精妙。但是，我們還是遺憾的發現，全知視角還是占了上風，而且真正富有獨立性格、主體精神和對話風格的敘述人尚未成熟。

魯迅比較成功地突破了這種限圍，在他享有盛譽的《阿Q正傳》中，魯迅創造了一個超然而又嘲諷阿Q的獨立的敘述人。他對阿Q事略的客觀縷析使得阿Q精神可以上升為一種所謂現代國民性神話，在在發人深省，甚至為此設身處地謀求精進；同時，魯迅的這種中國特色又使得這種神話

---

[91] 有關中國古代小說的發展的敘述可參林辰著《中國小說的發展源流》（瀋陽：遼寧教育出版社，2000第3刷）和王定璋著《白話小說——從群體流傳到作家創造的社會圖卷》（桂林：廣西師範大學出版社，1999）。

[92] 不難看出，《狂人日記》無論是從書寫對象角度，還是超越與突破以前的渲染傳奇色彩、製造緊張情節手法，還是對斷片式生活的描繪都與前人有較大的不同。具體還可參林非著《中國現代小說史上的魯迅》（西安：陝西人民教育出版社，1996），頁1-21。

[93] 汪暉著《反抗絕望：魯迅及其文學世界》（石家莊：河北教育出版社，2000），頁399。

[94] 王平著《中國古代小說敘事研究》，頁49-66。

在享有普遍性時又建立自己的話語模式。如劉禾所言，「魯迅的小說不僅創造了阿Q，也創造了一個有能力分析批評阿Q的中國敘事人。由於他在敘述中注入這樣的的主體意識，作品深刻地超越了斯密斯的支那人氣質理論，在中國現代文學中大幅改寫了傳教士話語。」[95]

當然，魯迅的敘事手法還有中國讀者喜聞樂見的「白描」等。限於篇幅，加之他人已有相關精妙論述，[96]本節對於其他個案文本的論證就暫時存而不論了。

同樣，即使我們將魯迅置於他的同時代人中間，我們仍然可以發現他的卓然獨立、與時俱進。無論是面對紛至遝來的新思潮、新流派，還是思考中國本土各個階層（尤其是農民和小知識份子）的苦楚與劣根性；無論是面對形形色色的創作手法和派系的崛起，還是五花八門的披著時髦外衣的嘲笑與指責；無論是思考創作的態度還是策略，魯迅都明顯顯出沉靜深邃的特點。魯迅的成熟思想與革命氣質帶來了「魯迅小說的思想和藝術的全面創新。而這種偉大的獨創性，正是一般五四小說作家所望塵莫及的。」[97]

通過「小說性」理論考察魯迅在中國小說敘事模式轉變中的表現，我們可以發現，魯迅在他的前兩部小說中主要表現出小說性的顛覆、反叛力量和它的現實性。同時，由於魯迅個人超卓的中西的文化／文學造詣使他能夠實現了體裁的有機鑲嵌和敘事更新。通過論證，我們可以清楚看到魯迅在敘事模式更新中的勇往直前與大刀闊斧，成熟與自信，也可以看到他的實踐與小說性的巨大吻合與個性化，這一切都奠定了在文學界，尤其是小說界的領頭羊地位。至於他小說自身內部的嬗變則要等到《故事新編》的出現才標誌著它的確立。

三、走向狂歡：敘事的再度嬗變

相信魯迅先生無論在有生之年還是哪怕九泉有知，也難以想像《故事新編》在他身後所得的無盡榮光與誣衊，或者準確一點說，如此五花八門、綿延不絕的爭論。當然，自不消說，個中也不乏嚴肅的誤讀與肆意謾

---

[95] 劉禾著，宋偉傑等譯《跨語際實踐——文學，民族文化與被譯介的現代性（中國，1900-1937）》，頁103。

[96] 李歐梵著，尹慧瑉譯《鐵屋中的吶喊：魯迅研究》，頁63-79。

[97] 剔除田本相論文中意識形態的遺留，他對魯迅與同時代作家的比較論文較好地說明瞭魯迅的獨創性和開創性。見田本相〈《吶喊》、《彷徨》和五四時期小說創作之比較研究〉，魯迅誕生一百周年紀念委員會學術活動組編《紀念魯迅誕生一百周年學術討論會論文選》（長沙：湖南人民出版社，1983）頁442-460。引文見頁442。

罵。耐人尋味的是，為何議論者對《故事新編》的評價偏差到令人大跌眼鏡、目瞪口呆？

在1960、70年代海峽兩岸嚴峻對峙的情勢下，對魯迅批判一向不遺餘力的蘇雪林（1897-1999）由於涉及人身攻擊則顯得比較刻薄和惡毒：「他的《故事新篇》（當為「編」之誤，朱按）只能算是一種插科打諢的小丑口吻，談不上文學價值……我嘗說魯迅是連個起碼的『人』的資格都夠不著的腳色。」[98]

而魯迅博物館則集體認為，「這些新編的故事，顯然又是魯迅小說文本的創新……《故事新編》以其思想成就和藝術創新，同魯迅的《吶喊》、《彷徨》一樣已經成為中國現代小說的經典之作，成為重寫民族神話、傳說和歷史的典範之作。」[99]無獨有偶，對《故事新編》研究頗有心得的鄭家建卻認為，它是魯迅小說敘事現代性的遞進與深化，「應當說，魯迅是中國現代小說史上自覺地發展小說敘述藝術的第一人，他能極具才華地把他的獨創性的想法表現出來，能極巧妙地把他的思想或經驗轉化為創造性想像……《故事新編》的敘事藝術是魯迅小說的現代性技巧的進一步豐富和深化，是他繼《吶喊》、《彷徨》之後，獨創才能的又一次體現。」[100]

如果要透過重重迷霧釐清原委，也即清晰探察魯迅小說敘事模式的嬗變，我們必須找到破解魅惑的鑰匙。我們首先不妨回到歷史現場：《故事新編》的寫作在很大程度上是魯迅轉向雜文與各項社會事務之後的鏑鉄積累之作，頗有在夾縫中誕生的艱難與尷尬。1927年以後，魯迅將更多精力轉向了雜文寫作，而且和「左翼」的關聯非常緊密。如果從單純的美學視角看，似乎體現了魯迅作為藝術家生涯的完結，同時，若從思想角度看，則這個事件可能只是政治壓倒藝術的一個個案而已。往往大家因此看輕了《故事新編》的價值。而實際上，即使魯迅本人對這部小說也是前所未有的重視，他在許多文章或書信中屢屢提及。如稱它為「神話，傳說及史實的演義」（《南腔北調集‧〈自選集〉自序》），或以〈不周山〉為例說明「採取一端，加以改造，或生髮開去」書寫過程中被打岔的不快（《南腔北調集‧我怎麼做起小說來》），甚至為回應某些人陰險的惡意揣摸而寫了〈《出關》的「關」〉（收入《且介亭雜文末編》）。除此以外，魯迅在給友人的諸多信函中對之也念念不忘。如致王冶秋就有2封提及（1935，12，4和1936，1，18），致黎烈文一封（1936，2，1），增田涉（1936，2，3），

[98] 蘇雪林著《我論魯迅》（臺北：愛眉文藝出版社，1971），頁145-146。
[99] 魯迅博物館編著《魯迅文獻圖傳》（鄭州：大象出版社，1998），頁209。
[100] 鄭家建著《中國文學現代性的起源語境》（上海：上海三聯書店，2002），頁220。

楊霽雲（1936，2，29），而他對單篇小說的推介也是不遺餘力。為此，我倒更加相信《故事新編》是魯迅有意為之的小說敘事模式的一大轉型標誌。

如前所述，人們慣用比較熱門的「現代性」概念去分析中國現代小說，但不得不指出的是，西方的「現代性」在面對魯迅時，也不得不進行調整，否則就極易暴露它和使用者的盲點。李歐梵就非常銳利地指出，「在人們從『現代性』這一比較的眼光研究的時候，往往不僅掩蓋了魯迅與西方文學關係的更深層的內涵，而且掩蓋了中國現代文學的真實性質所包含的更深刻的意蘊。」[101]我們在五彩繽紛解讀魯迅和為魯學添加更多累積的時候，卻又極可能低估了他的複雜性。

在我看來，《故事新編》是魯迅小說性走向成熟與豐富過程中的一個重要驛站或里程碑。它的過於鮮明、貌似突兀的邊變以及紛繁蕪雜的層面指向雲裡霧裡往往令人疑竇叢生。但就是這種多元共存、百家爭鳴又並蓄的敘事模式卻恰恰是另一種小說次類型（sub-genre）——20世紀中國文學史上「故事新編體小說」的鼻祖。[102]它的產生本身就包含了些許後現代色彩或因素，遠遠超出了前人對它的圈限。如楊義（1946-）所言，「人們不能不承認，無論歷史（或神話）小說，抑是寫實小說，從來未有如此寫法。魯迅正是以其思想家和文學家的靈性，使神話、歷史和現實的時空錯亂並加以雜文化，從而創造出新的小說體制。」[103]

如果我們採用後現代歷史學中的歷史概念，[104]或者說認同一切歷史不過是任何書寫或敘述，那麼在此意義上，生活在「後歷史世界」（「posthistoire」world）中，自我指涉意味濃鬱的故事新編操作自然應該是「歷史」小說。不過，如果回到一般意義上的歷史中來，則在博士論文專門研究故事新編小說的何素楠（Ann Louise Huss）眼裡，顯然歷史小說和故事新編之間界限分明：歷史小說宣稱的是再現（represent）過去的歷史（the historical past），而故事新編則揭露這種偽裝（debunks such pretension），通過「博考文獻」（「ecstasies of reference」），探勘文學只能對我們過去模式化（stereotype）的重述（re-present）。[105]

---

[101] 李歐梵著《現代性的追求》（北京：三聯書店，2000），頁234。

[102] 對此問題有比較深入研究的當屬鄭家建，他稱之為「《故事新編》式小說」。在他的《被照亮的世界——《故事新編》詩學研究》（福州：福建教育出版社，2001）中初步加以論證。

[103] 楊義著《中國敘事學》，頁118。

[104] 具體論述可參Jenkins, Keith (1943-), On "what is history?": from Carr and Elton to Rorty and White (London; New York: Routledge, 1995)相關論述。

[105] Huss, Ann Louise, Old Tales Retold: Contemporary Chinese Fiction and the Classical Tradition (Ann Arbor, Mich. : University Microfilms International, 2000), p.90.

故事新編體小說得以成立的理由還必須從歷時性角度或視野進行考察。很多時候，這類書寫已經不是散兵游勇式的小打小鬧，而是成為不約而同的主體追求／介入。與魯迅同時期的故事新編操作可謂群星璀璨：郭沫若、郁達夫、巴金、茅盾等等強烈的個性張揚已經漸漸突破了所謂「歷史小說」的界定牢籠。不僅如此，延續和開拓了魯迅書寫向度的現代主線似乎日益清晰：隨手拈來，從施蟄存（1905-2003）、劉以鬯（1918-）、也斯（1948-2013）、西西（1938-）等書寫之間就存在著某種內在關聯，[106]而李碧華（1959-）亦俗亦雅、通俗中閃耀著不俗現代性的繁複書寫亦令人眼花繚亂，[107]而域外（或相對於中國的海外）書寫也不乏其作。[108]

在世界各地類似文體的蓬蓬勃勃的文本操作為這一次文類量的積累提供了保證，同時，文體的持續創新與敘事策略的豐富使得這種文體在自身內在的文體特徵上日益鮮明。比如對於李碧華處理的左右為難就可以反映出這一點。《青蛇》作為是對民間經典傳說《白蛇傳》的重寫，作者的主體介入顯而易見。作為對傳說的另外一種虛構，歷史小說的界定顯然難以限囿其勃發的能動性。在佛克馬（Douwe Wessel Fokkema 1931-）看來，「重寫則預設了一個強有力的主體的存在。重寫表達了寫作主體的職責。在我看來，重寫是這樣一個語詞，它比文本間性更精確地表達出當下的寫作情境。」[109]

諸多銳意創新的作家在繼承魯迅的《故事新編》書寫的基礎上，開拓了其他的可能性，從此意義上講，作為源頭的魯迅的文本應當被稱為「故事新編」而非其他五花八門的命名編織。如人所論，魯迅的《故事新編》作為20世紀中國文學史上故事新編體小說的源頭，有其獨特光芒和豐富姿彩。「《故事新編》的創作打破中國史傳文學傳統的『經、史、虛、實』規範的束縛，完成了對現代作家禁錮已久的歷史想像方式的偉大解放，它的深刻的創新力是20世紀中國小說史上的一個典範。」[110]

至於魯迅的《故事新編》是如何走向狂歡的？本書下一章將進行專論。

---

[106] 具體可參朱崇科《故事新編中的敘事範式》（廣州：中山大學碩士論文，2001）。

[107] 具體可參朱崇科〈戲弄：模式與指向──論李碧華故事新編的敘事策略〉，見《當代》第179期，2002年7月，頁124-139。或者可參拙作〈解讀另類與吊詭──李碧華《青蛇》的N種讀法〉，異端與開拓：中國語文教育國際研討會論文，2002年12月6-7日，香港大學。

[108] 具體可參朱崇科〈消解與重建──論《大話西遊》中的主體介入〉，《華文文學》2003年第1期，2003年1月，頁50-54。馬來西亞華文文學中同樣存在著故事新編體小說的書寫，而且頗受民眾歡迎（《星洲日報》曾經數次連載《大話西遊》）。

[109] D‧佛克馬（范智紅譯）〈中國與歐洲傳統中的重寫方式〉，見《文學評論》1999年第6期，1999年11月，頁144-149，引文見頁148。

[110] 鄭家建著《中國文學現代性的起源語境》（上海：上海三聯書店，2002），頁217。

第五章　重讀《故事新編》：
文體雜陳與喧嘩意義

　　有論者指出，在「五四」那一代作家中，「沒有哪一個作家像魯迅那樣經歷過在小說敘事模式上如此巨大的變化，也沒有哪一個作家像魯迅那樣成功而又嫻熟地運用幾乎所有最為重要的基本的敘事模式，包括傳統的敘事模式與現代的敘事模式。」[1]如果將此結論延伸，我們發現魯迅的《故事新編》同樣也是這一論斷的絕佳範本。

　　同絕大多數前人對魯迅《故事新編》的規劃與定位不同，在我看來，《故事新編》是魯迅在小說書寫各個層面走向「狂歡」的標誌，儘管這種嘗試有它的問題或曰不成熟之處。但毋庸諱言與不可否認的是，以它作為20世紀中國文學中書寫源頭的故事新編體小說，今天已經可謂成就斐然。筆者對《故事新編》的別有新意的重讀主要從以下兩大方面展開：一、文體（體裁）雜陳：故事新編體小說（包含了對話語操作的分析，即：從複調到雜語）；二、意義指向：眾聲喧嘩。

第一節　文體雜陳：故事新編體小說

　　荷蘭著名西方馬克思主義理論家佛克馬曾經就中國與歐洲傳統中的重寫（rewriting）傳統作了精妙的論述，在他看來，重寫並非什麼時髦的新時尚，「它與一種技巧有關，這就是複述與變更。它複述早期的某個傳統典型或者主題（或故事），那都是以前的作家們處理過的題材，只不過是其中也暗含著某些變化的因素──比如刪削，添加，變更──這是使得新文本之為獨立的創作，並區別於『前文本』（pretext）或潛文本（hypotext）的保證。重寫一般比潛文體的複製要複雜一點，任何重寫都必須在主題上具有創造性。這是區分重寫與文本間性（intertextuality）的標準。」[2]

　　作為這一漫長傳統中生機勃勃的「故事新編」小說書寫顯然有它的獨特之處，也即它往往是對經典文本（典籍、神話傳說、歷史人物等）的重寫。「在20世紀的中西文學中，傳統典型的重要變遷顯著增加。在中國，

---

[1]　譚君強著《敘述的力量：魯迅小說敘事力量研究》（昆明：雲南大學出版社，2000），序言頁5。

[2]　D・佛克馬（范智紅譯）〈中國與歐洲傳統中的重寫方式〉，見《文學評論》1999年第6期，1999年11月，頁144。全文可參144-149。

魯迅對奉為經典的儒家和道家文本進行了諷刺性的重寫。它以虛構的歷史事件來取代官方的記載，他引述傳統文本卻改變其原意或語境。」[3]

一、文體——故事新編體小說

如果我們稍微梳理一下魯迅小說的發展脈絡，我們會感受到在潛藏的暗流下蘊含著文體演進的狂歡。張承志就很感性的指出，「從《故事新編》中可以判斷他的變形力」。[4]

（一）基調的演變

王德威曾經敏銳地指出，「在一個政治紊亂、理法不存的年代裡，魯迅以輕佻的口吻，戲弄的筆觸，改寫、重述一則又一則古老神話或哲學故事。與他沉重陰鷙的小說集《吶喊》、《彷徨》相比，《故事新編》尤顯虛浮不實」。[5]其所論一針見血指出了《故事新編》在魯迅自身小說敘事模式轉換中的獨特與別致。

通讀《吶喊》《彷徨》，我們還可以發現，其中回蕩著濃鬱又深沉的悲劇格調和色彩，「魯迅的《吶喊》、《彷徨》旋轉著一股悲氣。悲慘的故事裡有悲哀的人物，悲哀的人物傳達出一種人生的悲情與哀意，但已突破了純粹的情感狀態，而蘊含有對人生、社會、歷史、文化的思索、自省與探求。其間的悲情上升為一種悲理。」[6]

比較而言，如果細讀《故事新編》，我們可以深味其頗似悲喜劇的整體風格。錢理群就指出，「面臨死亡的威脅，處於內外交困、身心交瘁之中，《故事新編》的總體風格卻顯示出從未有過的從容，充裕，幽默與瀟脫。儘管骨子裡仍藏著魯迅固有的悲涼，卻出之以詼諧的『遊戲筆墨』。這表明魯迅在思想與藝術上都達到了超越的境界。這是一種真正意義上的成熟。」[7]同樣，我們如果考察《故事新編》各篇的結尾，我們就會發現個中也暗藏了玄機。

《補天》中為人類鞠躬盡瘁而死的女媧死後並未得到應有的評價和尊重，反而成為某些幫派利益爭奪的工具；《奔月》中飛升的只有嫦娥，羿

---

[3]　D・佛克馬（范智紅譯）〈中國與歐洲傳統中的重寫方式〉，頁145。
[4]　張承志〈致先生書〉，見張承志著《張承志文學作品選集・散文卷》（海口：海南出版社，1997），頁111-118。引文見頁113。
[5]　王德威著《小說中國——晚清到當代的中文小說》（臺北：麥田，1993），頁355-356。
[6]　具體參考鐘俊昆〈悲：《吶喊》《彷徨》的基調〉，見《許昌師專學報》2002年第1期，2002年1月，頁58-61。引文見頁61。
[7]　錢理群著《走進當代的魯迅》（北京：北京大學出版社，1999），頁136。

兢業業的羿被拋棄；《非攻》中得勝歸來的墨子要面對的是天氣和人為的雙重作弄；《理水》中的大禹正在逐步被官僚機制所同化；《鑄劍》中只有牽連黑色人一起捨棄肉身才能讓殘暴世界一團模糊；《采薇》中伯夷、叔齊的較真氣節敵不過現實狗血劇的演進；《起死》中莊子的對肉身的起死回生法術，仍然無法作用於真實的哪怕只是一介農夫的精神；《出關》中的老子更像是個被虛假吹捧的過氣者而飽受剝削。這一切饒有趣味的結局都在在說明魯迅的「玩世不恭」式的對悲劇氣質的鍾愛。所以，「《故事新編》如此的結局現象實為黑格爾稱作的『歷史的諷刺』：歷史文化都曾不可避免地從崇高向滑稽、從悲劇向喜劇轉化。不過，這樣的結局或許比魯迅原初的創作意圖具有更強烈的歷史與美學的意味。」[8]

　　但如果我們考察這一基調和手法的源頭，我們發現在創作《不周山》時，魯迅已經表現出反常的戲弄和反諷筆觸。起初或許只是推拒成仿吾（1897-1984）的「抬舉」，後來逐步演變成一種模式，「由此我們可以發現從《吶喊》到《故事新編》的文脈關聯，也可以發現魯迅對這種模式的鍾愛與自負，他竟然在生命結束前把它擴充成了一個系列！因此我們也可以瞭解在《故事新編》中出現的『心不在焉』式的寫法其實早在《吶喊》中就已存在了」。[9]

　　美國著名作家斯諾（Edgar Snow 1905-1972）曾經指出魯迅作品中「笑」的獨創性，「最難能可貴的是，幾乎他所有的作品都突出地表現了他那『笑』的天才，他那悲愴與歡樂參半的質樸幽默。那是中國獨特的素質，任何外國作家都從未完全領悟過。」[10]儘管其所論不無片面之處，但對魯迅「笑」的特色的體認則一針見血。毋庸諱言，在魯迅那裡，《故事新編》笑的姿態萬千，簡單說來，最有特色的主要有反諷（或譯反語）與「油滑」等。在二者之間似乎存在某種聯繫，但「油滑」顯然可以製造更加豐富的張力，甚至可以上升為一種美學圖樣。「『油滑』則是《故事新編》的美學，是魯迅的創造力對一切既有『小說作法』的顛覆和質疑，是歷史的意志提前在一個天才作家身上的第二次出現」，[11]但同時也因它的過於靈活而可能流於膚淺。

---

[8]　聶運偉〈試論《故事新編》中的結局現象〉，見《湖北大學學報》1998年第2期，1998年3月，頁58-60。引文見頁60。

[9]　王傑著《魯迅詩學現代性研究》（武漢：華中師範大學博士論文，1999年5月），頁58。

[10]　詳可參愛德格‧斯諾〈魯迅（節選）〉，見何夢覺編《魯迅檔案：人與神》（北京：中國工人出版社，2001），頁223-228。引文見頁226。

[11]　高遠東〈魯迅小說的典範意義〉，見陳平原主編《現代中國》第二輯（武漢：湖北教育出版社，2001），頁184-198。引文見頁196。

如果我們認同斯諾的說法的話，魯迅的「笑」在不同階段亦有差別。在我看來，在《吶喊》、《彷徨》時期，他的「笑」是抑鬱的、嚴肅的，充滿了對人生的深沉思考；而到了《故事新編》，他的「笑」是含淚的，悲極而喜的笑，或許只有這樣才可以化解現實的巨大無奈，儘管表面上看，他的筆觸顯得歡快和開朗。當然，可能這也暗含了它在環境描寫的抒情手法感染（如《補天》中女媧觀天時的景色描寫等），更重要的是，它在小說節奏和策略上的「抒情性」。[12]

回到小說中的內部發展主線，我們仍然可以發現其文體發展與演進中的逐步豐富，乃至狂歡性。有論者指出，諷刺體裁在魯迅那裡也經歷了一個類似的進程，在《補天》中僅僅以插曲的面貌呈現。「如果說一九二六年的《奔月》顯示出作者已經探索到了新的諷刺體裁的基本規律，那麼，到了一九三五年，魯迅就以《理水》這篇作品宣告了他在諷刺體裁的革新創造上所獲得的巨大的成功。」[13]

（二）文體的雜陳與越界

盧卡奇指出，「小說通過賦予形式，試圖揭露和構築被隱藏的生活總體。」[14]魯迅的《故事新編》無疑也是這一精神照耀下的產物。在考察《吶喊》、《彷徨》的敘述體式時，諸多學者都對魯迅多姿多彩的創新提出了深刻而有益的創見，尤其是對他突破古典小說的敘事模式所作的努力與實踐不吝褒揚。[15]

也有論者在將魯迅小說進行體式細分以後逐一考察它的實質性突破，他指出，如果細分的話，魯迅的小說體式又大致可分為如下幾類：情節小說、片斷小說、性格小說、心理小說、意緒小說等。他還從魯迅情節組合頗具現代意味的豐富性、靈活性，片斷小說的實錄性、時空封閉性，性格

---

[12] 如人所論，「《故事新編》以有節致的抒情來調節著歷史小說的行文步驟。使讀者的回顧歷史，反思現實的沉重之餘有著輕鬆、舒緩的片刻。」詳可參尹慧慧〈《故事新編》：中國現代歷史小說的豐碑〉，見《北方論叢》2001年第3期，2001年5月，頁100-104。引文見頁103。

[13] 李桑牧著《《故事新編》的論辯和研究》（上海：上海文藝出版社，1984），頁68。

[14] 盧卡奇著，楊衛達編譯、丘為君校訂《小說理論》（臺北：唐山出版社，1997），頁33。

[15] 比如陳平原著《中國小說敘事模式的轉變》（上海：上海人民出版社，1988）、汪暉著《反抗絕望：魯迅的精神結構與吶喊彷徨研究》（上海：上海人民出版社，1991）、李歐梵著，尹慧瑉譯《鐵屋中的吶喊》（長沙：嶽麓書社，1999）、胡尹強著《破毀鐵屋子的希望──〈吶喊〉〈彷徨〉新論》（北京：人民文學出版社，2001）等等著述都從不同視角論述了魯迅的文體創新、思想演變以及其在現代小說史上的獨特地位。

小說的側重人物為結構中心，心理小說的主觀心理體驗和客觀心理剖示模式以及意緒小說的散文特徵等諸多層面進行考察與梳理。[16]

　　儘管魯迅在前兩部小說集中每一篇都有各自的新意，但實際上，對《吶喊》和《彷徨》的文體把握在魯迅研究史上可謂大致不差，有關論爭也大同小異，往往可以求同存異。但是，一旦大家將目光轉向《故事新編》時，卻難免直視難以定奪的尷尬／虛弱，以及互不買帳的爭鳴。在當代著名魯迅研究者王曉明那裡，《故事新編》居然「不是嚴格意義上的小說作品，而更像是寓言和雜文的混合物。」[17]在我看來，他對《故事新編》文體雜陳的漠視恰恰是出於對此認識的膚淺。這同時也是由於魯迅小說書寫的「小說性」增強的緣故：從簡單邁向複雜、獨白到對話再到混雜和眾聲喧嘩。在此過程中，《故事新編》的文體雜陳和越界則格外引人注目。

　　巴赫金認為，鑲嵌體裁是「小說引進和組織雜語的一個最基本最重要的形式」，又言，「長篇小說允許插進來各種不同的體裁，無論是文學體裁（插入的故事、抒情劇、長詩、短戲等），還是非文學體裁（日常生活體裁、演說、科學體裁、宗教體裁等等）……鑲嵌在小說中的體裁，一般仍保持自己結構的穩定和自己的獨立性，保持自己語言和修辭的特色。」[18]然而恰恰是這種變異的鑲嵌使得小說內部充滿了喧嘩的聲音，文體上也富含了雜語性，這恰恰是小說走向狂歡的表現。「把所有這些異類因素融合為一個有機的完整的體裁，並使其頑強有力，這基礎便是狂歡節和狂歡式的世界感受。就是在此後歐洲文學的發展中，狂歡化也一直幫助人們摧毀不同體裁之間、各種封閉的思想體系之間、多種不同風格之間存在的一切壁壘。狂歡化消除了任何的封閉性，消除了相互間的輕蔑，把遙遠的東西拉近，使分離的東西聚合。」[19]

　　無獨有偶，《故事新編》有著良好的文體越界意識。在鄭家建看來，文體越界的關鍵內涵是「一方面，它在文本內部創造了思想與文化上的對話與交鋒，它表現的是一種主體思想的『內在的不確定性』；另一方面，這種『文體越界』，使得作家的創作，具有了『後現代主義』的藝術思維

---

[16] 具體可參馮光廉主編《中國近百年文學體式流變史》（上）（北京：人民文學出版社，1999），頁90-99。

[17] 王曉明〈雙駕馬車的傾覆──論魯迅的小說創作〉，見《王曉明自選集》（桂林：廣西師範大學出版社，1997），頁1注釋1。

[18] 巴赫金著，白春仁 曉河譯《巴赫金全集》第三卷（石家莊：河北教育出版社，1998），頁106。

[19] 巴赫金著，白春仁 顧亞鈴譯《巴赫金全集》第五卷，頁176-177。

方式。」[20]顯然，鄭的界定有含混和偏頗之處，它其實混淆了文本和文體的區別，將文本互涉誤植為「文體越界」。

而從小說性理論看來，「文體越界」主要是指小說對其他文體的吸納和同化。《故事新編》的文體越界主要表現在兩方面：1對其他文體的借鑒與吸納；2對諸多主義或流派的兼併式使用和超越。

對其他體裁的借用，最明顯的莫過於《起死》對戲劇體裁的借用：不僅僅是對白設計，而且連場景的旁述與人物的動作、表情也吸納了戲劇的程式。順帶一提的是，該文的風格同樣也是亦莊亦諧，古今並存。陳平原曾經非常敏銳地指出，「形式的突破基於思想的突破。對歷史、對現實的深刻思索，要求一種更新穎、更富表現力的藝術形式來表現⋯⋯戲劇性小說追求集中凝練⋯⋯實際上體現了一種共同的傾向：不同藝術體裁的互相滲透、互相補充。」[21]某種程度上，這種嘗試不過是魯迅內在文體意識更新的反映。因為1934年魯迅在翻譯西班牙劇作家巴羅哈（Pio Baroja Y Nessi）的《少年別》時便指出，這「是用戲劇似的形式來寫的新樣式的小說，作者常常應用的⋯⋯因為這一種形式的小說，中國還不多見，所以就譯了出來，算是獻給讀者的一種參考品。」[22]

需要指出的是，《故事新編》在整體上看來有明顯的雜文化傾向，儘管其直接諷刺功效比不上雜文，但嬉笑怒罵的含蓄深遠早已滲透其中，遠非雜文可比。比如「油滑」、「語言的狂歡」等莫不與雜文體相關，需要指出的是，《故事新編》的「油滑」的插入使得小說本身兼具了雜文的嬉笑怒罵風格。[23]

《故事新編》中雜陳了多種主義，除了現實主義（或「超現實主義」）顯而易見以外，浪漫主義（如《補天》中對女媧補天的場景書寫），荒誕主義（如《起死》和《出關》）以及後現代主義的拼貼、解構色彩也歷歷可見（如《奔月》中羿的務實的「英雄氣短」和對原神話的顛覆等）。

---

[20] 鄭家建著《被照亮的世界》（福州：福建教育出版社，2001），頁128-129。

[21] 陳平原〈魯迅的《故事新編》與布萊希特的「史詩戲劇」〉，見陳平原著《陳平原自選集》（桂林：廣西師範大學出版社，1997），頁26。詳可參頁23-42。

[22] 魯迅〈《少年別》譯者附記〉，最初發表於一九三五年二月《譯文》月刊第一卷第六期，署張祿如譯。一九三八年《山民牧唱》編入《魯迅全集》時，本篇未收。後收入《魯迅全集》第10卷（北京：人民文學出版社，1981）。

[23] 需要澄清的是，儘管雜文風格在其中顯現，但它還是小說，而非伊凡所說的，除了《鑄劍》外，其餘都是「以『故事』的形式寫出來的雜文」，見伊凡〈魯迅先生的《故事新編》〉，《文藝報》1953年第4期，引自劉玉凱著《魯迅錢鐘書平行論》，頁38。

（三）敘事：視角、人稱與時間的豐富

捷克著名漢學家普實克教授（Jaroslav Průšek 1906-1980）非常中肯地評價魯迅說，「魯迅的作品提供了一種極為傑出的範例：本土文學的傳統原則（the traditional principles of native literature）如何被現代美學標準（modern aesthetic criteria）豐富（enriched），並產生了一種新的混合體（original synthesis）。這種進路也體現在魯迅的以新的、現代的手法處理歷史材料的《故事新編》中。作者以冷嘲熱諷的幽默（cynical humor）剝離了歷史人物的傳統榮光，撕掉了浪漫主義歷史觀（the romantic view of history）給予他們的光圈（nimbus），使他們腳踏實地於今天的世界。通過把事實移植到時間錯置（an anachronistic setting）中，他將它們扯離設定的歷史語境，從而以新的視角檢驗它們。這樣的歷史－反諷故事（the resulting historical-satirical stories）使魯迅躋身於現代世界文學這種新文類（new genre）的大師行列中。」[24]

需要指出的是，之所以援引如此長篇的言論意在說明，魯迅在中國小說史上是一個成功的現代小說敘事模式的製造者，但需要強調的是，同時他也有反抗現代性的一面。在他早期的《文化偏至論》中就對西方的強調物質主義的現代性有所保留，在敘事模式和風格的提煉上，魯迅同樣也有其特色。如人所論，「無論是對於過去還是未來，魯迅式的寫作都意味著一種與民族的歷史、道德、文化和問題發生廣泛而深刻的糾結的方式……但魯迅的實踐其實反倒擁有作為經典規範的反規範特性」。[25]

如果從敘述視角方面觀察，我們也不難發現，前期的小說中，魯迅大多採用第一人稱視角，而在《故事新編》中，則手法更加別致，在改變了敘事視角中也體現了小說書寫的某個層面上的狂歡精神。不僅如此，「作家藉著對歷史文體的精深理解，在全知全能的傳統敘述者背後加入隱藏的敘述者，在保證擬歷史文本的客觀性的同時注入現代的傾向性和獨特的思考。通過對歷史文本的改造與強化，凸現了一顆現代心靈悲切憂憤的沉思。」[26]

浦安迪（Andrew H. Plaks 1945- ）指出，「敘述人（narrator）的問題是一個核心問題，而『敘述人的口吻』問題，則是核心中的核心。」[27]我們

---

[24] Jaroslav Průšek (general editor), *Dictionary of Oriental Literatures* (London: Allen and Unwin, 1974), pp.106-107.

[25] 詳可參高遠東〈經典的意義——魯迅及其小說兼及弗‧詹姆遜對魯迅的理解〉，見《魯迅研究月刊》1994年第4期，1994年4月，頁19-27。引文見頁27。

[26] 具體可參汪躍華〈試論《故事新編》人物的喜劇性〉，見《蘭州大學學報》（社科版）1996年第1期，1996年1月，頁119-124。引文見頁123。

[27] 浦安迪講演《中國敘事學》（北京：北京大學出版社，1996），頁16。

此處可以以敘事人稱來考察《故事新編》小說性的增強。據粗略統計，《吶喊》、《彷徨》中約有半數的小說採用了第三人稱敘事手法，而到了《故事新編》，這種比率達到了100%。如人所論，「在第三人稱的小說敘述中，敘述者不能不更多地把敘述的任務轉交給小說中的人物、特別是主要人物，但這種轉交是在敘述者對人物感到信賴時發生的，它曲折地表現著作者對他們的信任。在這時，產生的是小說中人物的主體性。小說人物在自己的生活範圍中有以自己的方式對待生活、對待自己的權利。」[28]

這種第三人稱的獨特用法，使敘事人和主要人物的地位上升、主體性增強，同時這也意味著其對話性和小說性的遞增。

同樣，如果我們以時間為例來考察也不難發現這種質的飛躍。在魯迅的早期小說中，敘述時間往往比較清晰可辨，有時儘管有時間先後的差異或者敘述時間與實際時間的誤差，但總體看來，對於敘事的流動和情節等的推進等功能詮釋比較易於拿捏，以其時間稍微有些複雜的《狂人日記》為例，「封套」[29]手法的運用不僅僅限於重複，也適用於敘述時間。儘管狂人前後的轉變有一個時間的落差，但先後次序顯而易見。然而，到了《故事新編》，時間錯亂已經成為一種特色，古今雜糅似乎更是尋常。無論是敘述時間與所敘時間之間的斷裂，還是所引章句的片斷性與歧義化，還是魯迅自身生命時段的逼迫，魯迅的《故事新編》中的時間策略是一場觸目驚心的複雜又精心表演。如黃子平（1949-）所言，「在《故事新編》中，小說家『玩弄時間』的精彩表演開解了更多的可能性：古今雜陳，混淆歷史與小說與雜文的分界，將滑稽與深刻無以倫比地結合起來，用對古人『不誠敬』的方式使之活潑……以及一切都打上引號加以推敲和嘲諷的策略。」[30]

（四）細節的建構

周蕾（Rey Chow）在精妙闡述張愛玲獨特的細節運用對現代性的另類建構時指出，要「認真處理張的作品對『歷史的』所產生的張力。這種張力抗拒那不朽的感情結構的誘惑，為我們提供另一種處理歷史的方法。它利用形式上的細節，迫我們重新思考『現代性就是革命』這個假設。」[31]

---

[28] 王富仁著《中國文化的守夜人——魯迅》（北京：人民文學出版社，2002），頁162。

[29] 威廉·萊爾，尹慧瑉譯〈故事的建築師語言的巧匠〉，見樂黛雲編《國外魯迅研究論集（1960-1981）》（北京：北京大學出版社，1981），頁334-365。引文見頁334。

[30] 具體可參黃子平著《革命·歷史·小說》「第七章《故事新編》：時間與敘述」（香港：牛津大學出版社，1996），頁107-130。引文見頁130。

[31] 周蕾（Rey Chow）著《婦女與現代性——東西方之間閱讀記》*Women and Chinese Modernity: The Politics of Reading between West and East*（臺北：麥田，1995），頁228。

　　周蕾以「女性」作為中國現代性較力的主要場所從而做出令人震撼的判斷自然有她特別的考量立場，但對於魯迅來說，似乎遠非她所從一面進行的批評那麼簡單。因為，魯迅對於現代性的處理態度似乎是徘徊於現代和後現代之間的。現代性細節的摻入使得魯迅敘事的手法卓爾不群，它不僅是對現代性的接納，同時也是一種反抗。當然，其中也彌漫著魯迅對傳統的現代性轉化的複雜立場：既深深浸淫其中，又有一種難以擺脫鬼氣、以及如何真正實現古為今用的操作的焦慮感。

　　《起死》中好事的莊子的深奧哲理一旦到了被他拯救的漢子眼裡似乎不可理喻，儘管莊子可能也這麼思考那個漢子。當莊子以「無是非」的詭辯回應漢子對物質的索要時，「衣服是可有可無的，也許是有衣服對，也許是沒有衣服對。鳥有羽，獸有毛，然而王瓜茄子赤條條」，他得到的是漢子的怒斥，「不還我的東西，我先揍死你！」最後，莊子不得不藉助警笛引來巡士解決問題。在這個貌似簡單的故事中，其實包含了種種張力：如古典哲理面對現實時空的錯置之下的蒼白無力，對作為現代制度之中國家機器代表的巡警的批判。

　　同樣，《理水》中文化山上的學者吃飽喝足以後挖空心思地力圖否認禹的存在，於是，他們利用種種現代學科如遺傳學、歷史學等角度千方百計加以抹煞。儘管這種背離現實的主觀臆測其實可能是偽現代性的實踐者，但無論如何，他們又打著現代的幌子。魯迅的深刻之處就在於，不僅揭露他們的迂腐，同時也批判他們假借現代旗號的幫凶式操作以及大染缸般的強大腐蝕力。由上可見，魯迅對細節的處理也是彌漫著狂歡精神。也恰恰是經由細節的刻畫，我們也不難發現，「他的『整體性的反傳統』和思想道德上對某種傳統價值的承擔之間的確是存在著真正的緊張。魯迅拒絕任何教條空論；他的意識感受著時代的脈搏；他本人便是那個史無前例的二十世紀中國意識危機的象徵。」[32]

　　不難看出，魯迅的《故事新編》的敘事有其逐步邁向狂歡的走勢，但是對魯迅小說敘事的解讀不可片面為之，因為在魯迅那裡，敘事同時又是厚重思想的鋪陳。如人所論，《故事新編》的新貢獻就在於「打破傳統經典範式古今界限森然有序的藝術觀念，創造了古今雜陳、幻實相映、並有意誇大了『反差』的新形態，讓歷史和現實都展現在同一個理想的時間、同一個理想的平面上。」[33]

---

[32] 林毓生〈魯迅的複雜意識〉尹慧瑉譯，見樂黛雲編，《國外魯迅研究論集（1960-1981）》，頁40-79。引文見頁78。

[33] 具體可參吳秀明〈論《故事新編》在歷史文學類型學上的拓新意義〉，見《魯迅研究月刊》，1994年第3期，1994年3月，頁9-13。引文見頁10。

二、語言的狂歡：從複調到雜語

整體上看來，魯迅與複調的關係大致源於他對陀思妥耶夫斯基的接受。嚴家炎（1933-）認為，「他大致上從三個方面接受了陀思妥耶夫斯基：一是寫靈魂的深，二是注重挖掘出靈魂內在的複雜性，三是在作品中較多地用全面對話的方式而不是單純的獨白體的方式加以呈現。這三個方面互相緊密聯繫，構成了複調小說的基礎。」[34]《故事新編》顯然也在此範圍內。

《故事新編》語言的狂歡對於許多研究者來說也是貌似怪異、難以界定的特徵。從複調到狂歡的演變其實是一個不易覺察的過程。我們今天的人為劃分大多出於研究的需要。隨手翻翻《故事新編》就不難發現它很像是一場語言的盛宴，「我們在《故事新編》中總能感受到一種『他者』語言或隱或現的存在。」[35]

如果我們依據巴赫金的相關理論，魯迅《故事新編》中主要有如下種類語言實現了複調乃至狂歡。

（一）小說人物語言

1.仿古反諷

即借用仿古體的語言來諷刺人的食古不化或愚昧等，如借用舊文本中的前語言就是一種方式。比如小東西在陳述共工與顓頊之戰的過程時便用了極其晦澀的語言。如「人心不古，康回實有豕心，覬天位……」

2.象聲反諷

《補天》中的「Nga!nga!」作為象聲詞也有其獨到意義。雖然其意義含糊，但總算單純悅耳，屬於本能的發音。比較於後來的小東西的食古不化，語言也有其獨到功用。當然，我們也可以從其他視角考察語言的狂歡，比如戲擬。[36]

3.述今反諷

如《奔月》中老太太與羿的對話。

---

[34] 嚴家炎著《論魯迅的複調小說》（上海：上海教育出版社，2002），頁147。
[35] 鄭家建著《被照亮的世界》，頁27。
[36] 詳可參鄭家建著《被照亮的世界》，頁29-45。

4.講述體

如《采薇》中阿金對伯夷、叔齊的死的描述。

5.外文或方言的使用

如《理水》中就有「古貌林」、「好杜有圖」、「古魯幾哩」、「O.k!」等。需要提及的是，這些語言的出現絕非只是調侃，它同時也預示了身份和階級地位，或者我們可以稱之為是一種權力話語。

（二）歌謠

《鑄劍》中黑色人的擬古歌謠非常值得關注，它同樣也不只是一種象徵。它的實際意義也推動了復仇的進程，可視為是吹響了誘惑與仇恨的號角。

1936年3月28日，魯迅在給增田涉的關於《鑄劍》翻譯的書信中指出，「在《鑄劍》裡，我以為沒有什麼難懂的地方。但要注意的，是那裡面的歌，意思都不明顯，因為是奇怪的人和頭顱唱出來的歌，我們這種普通人是難以理解的。第三首歌，確是偉麗雄壯，但『堂哉皇哉兮嚄嚄唏』中的『嚄嚄唏』，是用在猥褻小調的聲音。」[37]

需要提醒的是，儘管《鑄劍》被魯迅和許多研究者視為比較嚴肅、甚至最好的一篇故事新編小說，但我還是要指出的是，《鑄劍》中仍然洋溢著狂歡的精神和氛圍。即使在這部魯迅「油滑」分量最輕的小說中，我們還是不難讀出個中的許多張力。比如風格上，前半部分（復仇前）顯得神祕、陰冷，而後部分則顯得荒誕、滑稽，浸淫著一種狂歡精神。如人所論，「《鑄劍》的藝術表現中，復仇故事的進行並非一味的莊嚴沉重的，反而時時穿插進去不同性質的笑聲。這笑聲，活躍了故事的氛圍；這笑聲，嘲弄和譏諷了統治者的腐敗無能，同時也有對於平民的庸俗和奴性的揶揄與批評。」[38]

在這些不太容易理解的歌謠中，也同樣包含了類似的笑聲，乃至狂歡的特性。第一首歌謠的出現是在眉間尺自殺後，黑色人包好死者的頭，暗中向城中走去的尖聲利唱。

哈哈愛兮愛乎愛乎！愛青劍兮一個仇人自屠。

---

[37] 《魯迅書信集》（北京：人民文學出版社，1976），頁1246-1247。原文為日文，此處參考了編者的中譯文。
[38] 劉家鳴著《魯迅小說的藝術》，頁245-246。

> 夥頤連翩兮多少一夫。一夫愛青劍兮嗚呼不孤。
> 頭換頭兮兩個仇人自屠。一夫則無兮愛乎嗚呼！
> 愛乎嗚呼兮嗚呼阿呼，阿呼嗚呼兮嗚呼嗚呼！

　　在我看來，這首歌謠首先總結了復仇事件的初步發展：眉間尺的自殺。同時它又預示了王宮裡的死亡的將至，無論是王，還是黑色人自己。「一夫」在此處既可作為殘暴楚王的指代（「一夫愛青劍兮嗚呼不孤」、「一夫則無兮愛乎嗚呼」），也可以指向一個獨立的人（「夥頤連翩兮多少一夫」和「一夫愛青劍兮嗚呼不孤」）。值得注意的是，這裡的「青劍」也可理解為兩面性：獸性、暴力、利己性和人性、愛、利他性的合體。饒有意味的是，日本學者工藤貴正認為「仇人」「可以理解為『伴侶』之意，但還含有更抽象的意思，即『影子』、『分身』（由自身即原本的身體而分出的另一身體）和『同伴』的意思。」[39]整首歌謠凸現了一種蕭穆的情境。

　　第二首歌謠出現在黑色人為焦躁的王表演時的吸引王的一種「雜耍」中。

> 哈哈愛兮愛乎愛乎！愛兮血兮兮誰乎獨無。
> 民萌冥行兮一夫壺盧。彼用百頭顱，千頭顱兮用萬顱！
> 我用一頭顱兮而無萬夫。愛一頭顱兮血乎嗚呼！
> 血乎嗚呼兮嗚呼阿呼，阿呼嗚呼兮嗚呼嗚呼！

　　這首歌仍然巧妙的暗示／預示了王的大限將至。正是因為他為了一己的嗜好而利用了千千萬萬的人的生命、快樂等，所以黑色人唱出了以一個頭換取王的頭的歌謠。需要指出的是，這裡「血」和「愛」作為兩個基本主題也有它們獨特的意念。「血」可以是人生命的必需，但同時也可能變成獸性的青睞──嗜血。而「愛」可以是正面的關愛等，但同時它也包含了復仇式的愛。愛原本是王、黑色人、眉間尺等共同堅持或共同的情感，但由於王的獨霸和殘暴而讓這種愛的復仇的層面在黑色人那裡佔據上風，同時，這又是他對眉間尺們的關愛。由於這首歌是黑色人獻給王的表演，所以整個格調有所舒緩，甚至「人們還可以隱約看見他玩得高興的笑容。」

---

[39] 工藤貴正，張萬平譯〈論《鑄劍》「哈哈愛兮歌」的象徵性〉，見《上海魯迅研究》10（上海：百家出版社，1999），頁186-202。引文見頁191。

第三首歌是眉間尺在鼎立的頭的誘惑之音（如「眼珠向著左右瞥視，十分秀媚」），也是復仇之歌。

> 王澤流兮浩洋洋；克服怨敵，怨敵克服兮，赫兮強！
> 宇宙有窮止兮萬壽無疆。幸我來也兮青其光！
> 青其光兮永不相忘。異處異處兮堂哉皇！
> 堂哉皇哉兮嗳嗳唷，嗟來歸來，嗟來歸來兮青其光！

不難看出，這首歌的前半部分在貌似堂皇莊嚴的讚頌王的恩澤的背後隱含著挪揄與嘲諷（宇宙有止境而王卻可以萬壽無疆）。我們從中讀出了眉間尺的逐步成熟，儘管這是他自殺後才演化的。他精神和意志中充滿了強烈的自信和樂觀。同時，他也超越了個人的狹隘私怨。

比較耐人尋味的是，此首歌中「嗳嗳唷」的誘惑與享受。「青光」作為眉間尺人性的凝結，呼喚自身的同伴或志同道合者的到來，而且以一種性愛的享受感覺作為隱喻。這為黑色人的自殺埋下了伏筆，同時，這種召喚也是對王（和其他旁觀者）的生命力的一種攝取，使王堂皇的光芒暗淡，並與之同歸於盡。這首歌中充滿了反語、嘲弄和狂歡式的色彩。魯迅讓眉間尺超越了他通俗的理應「仇人相見、分外眼紅」的套路一方面預示了他的成熟與自信，同時也使他的歌謠書寫走向了狂歡。

最後一節的歌謠是眉間尺對前面黑色人除魔前奏象徵性的繼承，重申了他利他性的復仇永不會完結的立場和原則。

（三）「大型對話」

魯迅小說的語言其實擁有不同的狂歡層面，比如在作品內部人物等語言之間存在對話性，語言自身也存在著對話性，當然，除此以外，還可能存在著某種結構與現實世界等之間的「大型對話」（巴赫金語）。無獨有偶，有論者指出，「魯迅的小說語言，既有在作品內部的『對話性』——同作品藝術世界所締建的虛構——現實世界及其中人物的對話；又有同接受世界，即當時的現實世界的對話。這種對話性，是從魯迅的創作宗旨和藝術審美理想的深沉源象中，引流而出」。[40]

比如《奔月》中的某些語言往往就是狂歡的混合體。比如羿和那位老太關於誰射殺野豬和蛇的談話其實就富含了三個層面語言的指涉。表面上，第一層就是《奔月》這篇小說中羿與老太的對話。

---

[40]　彭定安著《魯迅學導論》，頁169。

羿：「有些人是一聽就知道的。堯爺的時候，我曾經射死過幾
　　　匹野豬，幾條蛇……。」
老太太：「哈哈，騙子！那是逢蒙老爺和別人合夥射死的。也許有
　　　你在內罷；但你倒說是你自己了，好不識羞！」又說，
　　　「說誑。近來常有人說，我一月就聽到四五回。」

　　其次，它同時還指涉了歷史前文本和典籍中有關羿與逢蒙之間的糾
結。這在《淮南子》、《孟子》、《列子》等都有所載錄。比如在《孟
子·離婁章句下》中就記載，「逢蒙學射於羿，盡羿之道，思天下惟羿愈
己，於是殺羿。」[41]

　　第三層，其實它又隱喻了魯迅和高長虹之間的某些恩怨。[42]在小說
中，魯迅巧妙地將高長虹曾經攻擊他的話語織進情節中，並以自己胸懷的
光明磊落來襯托對方的陰險（「你真是白來了一百多回」）。

　　值得注意的是，如果我們要考察小說內部敘事的語言和聲音時，也會
發現另外一番洞天：比如巴赫金所強調的「複調」在此也有初步表現。如
《采薇》中伯夷、叔齊的死就體現了一種複調：或說是老死，或是病死，
或是被強盜殺死，或是忍受不了阿金姐的奚落絕食而死，更有的說是因貪
心（喝了鹿奶不夠，又想吃鹿肉）而被拋棄後活活被餓死，不一而足。但
聰明的讀者或許會讀出，作者對他們死因的認定：為殉愚笨的道無處藏
身、無物可吃而不得不死。

　　《故事新編》狂歡語言的造就源自魯迅巧妙的以民間話語對官方話語
或者嚴肅的廟堂話語的解構、包圍與替換，但他又保留了某些話語的本原
的物質形態，所以我們今天讀來，其語言仍然極富狂歡意味。在小說中，
「記載歷史偉人的豐功偉績的廟堂話語被平凡甚至於齷齪的民間話語替
代，從而獲得了一種諷刺效果，在『正統』文人看來，這不啻對歷史的
神聖性的褻瀆。魯迅的本意決不是在消解神聖性和摧垮一切偶像，這和
他的反封建的基本定位是密不可分的。」[43]當然，反封建的定位實在有些
窄化。

　　綜上所論，魯迅在文體更新方面的發展趨勢是凸現了他小說虛構過程
中的「小說性」的增強，當批評者力圖以單一思維或理論來解讀魯迅時，

---

[41] 楊伯峻譯注《孟子譯注·上冊》（北京：中華書局，1981），頁194。
[42] 具體可參董大中著《魯迅與高長虹：現代文學史上的一樁公案》（石家莊：河北人
　　民出版社，1999）。
[43] 劉旭〈魯迅與20世紀先鋒小說〉，見江蘇省魯迅研究會編《世紀之交論魯迅》（南
　　京：江蘇教育出版社，1999），頁180-192。引文見頁189。

難免難以覺察魯迅小說發展路向轉變的深意所在。之前的夏志清單純以他新批評理論（New Criticism theory）的片面來觀察與社會現實緊密相關的《故事新編》時，自然只會看到魯迅的表面的浮淺，得出走向沒落的結論。而實際上，魯迅恰恰是選擇走向了狂歡。因此魯迅的《故事新編》的文體創新性與意義的狂歡特色理應得到更多的注意，因為它不僅是魯迅自身小說發展歷程中逐步走向狂歡的里程碑，同時也樹立了此類別致文體的某些書寫範式。

第二節　意義指向：眾聲喧嘩

如前所論，魯迅的作品，尤其是小說已經成為現代中國文學的經典。「魯迅及其小說在現代中國文學中是區別性的存在。較之傳統中國文學，其從思想到藝術形式的革命性標誌著一個『和世界各國取得共同的思想語言的』『真正現代意義上的文學』的開端和成熟；較之現代其他作家作品，其思想家和文學家的雙重品格意味著一種『百科全書』式的文化結構，包括『為人生』而且『改良著人生』的寫作動力（或稱文化生產的動力）、啟蒙主義的思想和價值取向、藝術精神的多元性和先鋒性在內的超卓和特異構成了其作為某種經典的規範的魅力。」[44]當然，需要指出的是，《故事新編》所承載的一致性讚譽由於爭議輩出和缺乏對應的解讀方式等原因遠低於他的前兩部小說。著名作家林斤瀾面對此現象時就坦率地指出，「《吶喊》與《彷徨》中有的篇章有口皆碑，有的一直是『範文』，有的進入日常生活，紮了根。只是《故事新編》彷彿叫人遺忘了，在研究專著中也不大提起。」[45]

魯迅的《故事新編》中意義的指向層面，在我看來，遠遠超出人們對它的簡約化的解讀，惟其如此，似乎爭議也就此起彼伏，未曾停歇。實際上，各種意義彼此應和、互相衝撞，然而又令人難以置信的融合在一起，形成了現代中國小說史上別具特色的故事新編小說的重要表徵：意義的狂歡。為論述的清晰起見，筆者將從如下三個層面展開：1破滅的烏托邦：創世神話的構建與消解；2現實指向：對話的世界；3超越表徵：文化哲學的內在凝聚。

---

[44] 高遠東〈經典的意義——魯迅及其小說兼及弗・詹姆遜對魯迅的理解〉，見《魯迅研究月刊》1994年第4期，1994年4月，頁1-28。引文見頁27。

[45] 林斤瀾〈溫故知新——讀《故事新編》〉，見一土編《21世紀：魯迅和我們》（北京：人民文學出版社，2001），頁477。詳可參頁477-484。

一、破滅的烏托邦：創世神話的構建與消解

魯迅對中國傳統文化以及「國民性」神話的批判在魯學中已經得到了高度體認。如劉再複（1941-）等就認為，「近現代中國進步的知識份子對傳統的文化反省和文化批判包括三個層面：一是對傳統政治結構的反省和批判；二是對傳統文化理論體系和觀念體系的批判；三是對傳統文化在社會心理中的歷史積澱和它所造成的精神創傷，即民族性弱點的反省和批判。魯迅在這三個層面上都做出了傑出的貢獻，尤其是在第三個層面，他的貢獻更是前無古人的。」[46]值得注意的是，研究者往往對魯迅雜文有關中國傳統文化的批判有著深入的認識或洞察。其實他的小說，尤其是《故事新編》從某種程度上包含了更繁複和深邃的內涵，這一點往往為人們所忽視。

在我看來，某種意義上，《故事新編》似乎更像是魯迅對傳統文化觀照與檢視的狂歡，或者說這是魯迅對認定可能破滅的烏托邦的實踐和檢驗：他似乎很用心地建構了一個創世神話的經典文化世界，實際上，在他一一檢視後，發現這只是個幻滅的烏托邦，儘管其中包含了許多人、甚至也包括魯迅自己的嚮往或幻想。

表面上看，似乎很難想像，在這樣一部奇特的小說的中包含了中國幾乎所有的主要文化思想流派：儒家、道家、墨家等等，當然，背後寄託了他的很多寓意。整體上看來，「魯迅似乎都試圖表達這樣一種類似的意旨：在國家為政權腐敗、物欲橫流、內戰頻仍和日寇入侵所危害的時代，形而上的思想是沒有立足之地的。魯迅從字面的意義上接過道家和儒家的主張，由此導引出一些荒謬可笑的結論。在這裡，魯迅的手段就是重寫，把古老的素材轉變成對於當代情勢的社會批評。」[47]

王富仁曾經別有意味的指出，「魯迅並不絕對地否定中國古代的任何一種文化，但同時又失望於中國古代文化所有的文化。」[48]《故事新編》本身的確很好地體現了這一點。遺憾的是，他並沒有指出和闡發在這現象背後的可能動機或操作。其實，讓眾多中國傳統文化集體亮相並非什麼特立獨行之舉，關鍵是：在包容量極大的《故事新編》中，作者所顯現的狂

[46] 劉再複 林崗著《傳統與中國人》（香港：三聯書店香港分店，1988），頁297。或參另外一個版本《傳統與中國人》（合肥：安徽文藝出版社，1999），頁376。

[47] D・佛克馬（范智紅譯）〈中國與歐洲傳統中的重寫方式〉，見《文學評論》1999年第6期，1999年11月，頁145。全文可參144-149。

[48] 王富仁著《中國文化的守夜人──魯迅》（北京：人民文學出版社，2002），頁140。

歡式處理方式以及他力圖構建並消解傳統文化烏托邦救贖中國的可能性。我們不妨先分析魯迅建構此烏托邦的「虛與委蛇」與真心希望。

（一）複雜的烏托邦建構

如人所論，《故事新編》是魯迅藉以批判歷史上自古已然的虛妄和國民劣根性的一種媒介。「魯迅在《故事新編》中力圖相當普遍地來觀照中國的現實。『故事』在這種情況下發揮了有效的觸媒作用，他歌頌了自古就有的改造世界的『實行』者，同時也對人的只是搬弄『名』的『虛妄』進行了批判。其中，他以歷史上一直貫穿著的『實』（『行』）和『虛妄』（『名』、『馬馬虎虎』）這一對立的本源形態，再次提出了成為中國革命前提的『國民性』改造問題。」[49]

不難看出，《故事新編》中洋溢著魯迅之前少見的輕鬆愉快和喜劇色彩，但如果我們因此認為魯迅在《故事新編》中建構的文化的烏托邦是一種兒戲或是滑頭的胡鬧，我們也未免扭曲了魯迅在個中蘊藏的衷心與苦心。

魯迅曾經有一段非常有名的中國脊樑論，「我們從古以來，就有埋頭苦幹的人，有拼命硬幹的人，有為民請命的人，有捨身求法的人，……雖是等於為帝王將相作家譜的所謂『正史』，也往往掩不住他們的光耀，這就是中國的脊樑。」[50]

回到《故事新編》中來，顯然許多文本的形象都寄託了魯迅的希冀。當然，最典型的莫過於《理水》中的禹。魯迅在小說中塑造了許多負面的形象：誇誇其談、販賣西方文化資源皮毛嘩眾取寵的某些洋涇浜「買辦」，食古不化、做事鑽牛角尖的本土考據學者，魚肉人民、腦滿腸肥的大員，封閉自私、附庸風雅的「紳士」和「文學家」。他們固然是艱苦樸素、銳意改革、為民請命和奔波的禹的反面映襯，就連魯迅經常「哀其不幸、怒其不爭」的下層農民的愚昧不化、唯唯諾諾也成為塑造英明能幹的禹的鮮明背景。如人所論，「小說的諷刺是世界脆弱性的自我糾正：不適當的關係可以變成一系列想像出來的，然而很有條理的誤解與相反的目的，在它們的範圍內，一切都被看作多方面的，事物作為既孤立又有聯繫，既富有價值又全然沒有價值的東西出現，既作為抽象的片斷又作為具體的，獨立存在的生活出現，既作為繁盛的東西又作為衰敗的東西，既作

---

[49] 片山智行（李冬木譯）〈《故事新編》論〉，見《魯迅研究月刊》2000年第8期，2000年8月，頁25-36轉頁46。引文見頁36。

[50] 魯迅〈中國人失掉自信力了嗎〉，見王得後、錢理群編《魯迅作品全編·雜文卷下》（杭州：浙江文藝出版社，1998），頁470。

為痛苦的施加者又作為痛苦本身出現。」[51]魯迅在《故事新編》中其實寄予了許多悖論式的情感和理性的衝突。

《補天》中女媧為收拾共工和顓頊大戰殘局熱心補天、造福天下蒼生直至溘然長逝的精神——鞠躬盡瘁，死而後已，也正是魯迅先生所鼎力褒揚的。《非攻》中墨子的艱苦樸素和愛好和平的思想和並將之付諸實踐以免荼毒生靈的舉措同樣值得欽佩。

《鑄劍》中的黑色人儘管陰冷，但他超越狹隘倫理復仇的寬闊心胸以及為民除害、捨身取義的精神自然也應當被列入魯迅所言的中國的脊樑的標誌。王瑤曾經指出，他「把復仇的性質昇華到了人民對統治者和壓迫者的反抗；他忍受著過重的創傷，承擔著過多的苦痛，他懂得生活的嚴峻和鬥爭的殘酷……要為一切遭受苦難的人民報仇。」[52]同樣，還有《奔月》中羿的射日、射封豕長蛇等也是有為天下蒼生謀福利的一面。

同時，耐人反思的是，哪怕是魯迅所大力批判的《采薇》中的伯夷、叔齊，儘管他們有其愚昧的一面，但魯迅在調侃中還是給予了他們內在的同情——對某種氣節的堅守精神。同樣，即使是最後難改失敗命運的老、莊在小說中也還是擁有一技之長的專業人士。

當然，毋庸諱言，《故事新編》中同樣也密布了悲喜劇的調子。文化烏托邦的形成同樣也是魯迅批判和消解的靶子，在此意義上，魯迅的《故事新編》更加顯示出其戲擬和解構的對話和狂歡色彩。

（二）無奈的解構

魯迅設立貌似可以救贖中國的文化烏托邦自然有他的深刻意義和真誠寄託，但是在我看來，魯迅更重要的目的似乎在於解構這個烏托邦從而告訴某些人在危急時刻掉頭轉向傳統求救的虛妄，他的態度似乎是：更好的直面現實而非逃避。無一例外的是，《故事新編》中的所有小說都呈現出一種含淚的笑的狀態。顯然，這種解構可以稱為「無奈的解構」。

《補天》可視為中國文化發源的神話：中華文化的創世紀記載。似乎一開始魯迅著實也想苦心認真經營力的發動和人性的自然，但惜乎中國文化的開端在魯迅筆下，就註定是個悲劇，正是由於某些人的虛偽和陰險，破壞了作為「上帝」的創造者——魯迅的情緒，於是他筆鋒一轉進入了「油滑」後，鮮活、豐盈的生命力被古板虛偽、蠅營狗苟、追名逐利所替

---

[51] 盧卡奇著，楊衡達編譯、丘為君校訂《小說理論》（臺北：唐山出版社，1997），頁48。

[52] 王瑤〈《故事新編》散論〉，見王瑤著《魯迅作品論集》（北京：人民文學出版社，1984），頁177-237。引文見頁212。

代。這是否隱喻了文化發展中的某些劣根性？！「魯迅顯然是要充分地肯定女媧所代表的民族、人類創造力與創世精神（他因此在小說開頭以少有的濃豔的筆觸創造了一個詭奇的藝術境界及宏大的結構），但他卻更重視和強調與創世精神必然相伴的種種精神苦悶：這是一個將神話中被神化了的民族創世精神還原為現實生活中本來面目的過程。」[53]

　　《理水》可視為創世紀神話中人們面對災難的反應，同時也是魯迅預設的可能結局。以疏導法治水的禹在魯迅筆下更多是頗受尊重的「民族的脊樑」與「埋頭苦幹的人」的象徵。但是，令人深思的是，禹的質樸能幹仍然不能抵擋社會大染缸的魔力。禹最後漸漸地被腐蝕，「幸而禹爺自從回京以後，態度也改變了一點了：吃喝不考究，但做起祭祀和法事來，是闊綽的；衣服很隨便，但上朝和拜客時候的穿著，是要漂亮的」。這些母題類似於人類抵抗自然災害或外侮的篇什，影射了理想主義的中國的脊樑在傳統文化打壓和荒誕現實浸染中的屢屢挫敗，或者在被收編後逐步變質的可悲結局。

　　儒家的形象在《故事新編》中主要分兩種層面出現：迂腐不堪的伯夷、叔齊和狡猾多變、陰險功利的孔子。《采薇》中伯夷、叔齊的死儘管在小說中眾口不一，實際上，他們都是本末倒置、死守封建氣節、抱殘守缺原則之下的犧牲品，儘管他們很多時候也是傻得可愛：手無縛雞之力的身軀要承擔的偏偏是超越時空的「氣節」的沉重負累。比較而言，孔子的形象則是與數千年來人們普通的印象迥異，魯迅對其著墨不多，但通過《出關》中他與老子的兩次玄虛對話的不同效果，就知道他已修得所謂「正果」：表面的謙恭掩飾不住內心的陰暗的倨傲，可謂精明又咄咄逼人。最後逼得老子不得不出關、走流沙。

　　魯迅對道教似乎素無好感，他非常有名的那句判斷就是，「中國根柢全在道教」。[54]《出關》中魯迅對老子的走流沙儘管不乏批判的剖析，但是，基本上魯迅還算比較寬容的進行調侃，在同情式的批評他的消極避世、不合時務時，卻同時以相當頑皮的筆觸，不留情面的批評了時人的世故與無知。《起死》中魯迅對莊子的批評就顯得相當嚴厲、辛辣。莊子那許多繞來繞去的精妙哲理碰到了普通的漢子以後似乎毫無作用，他的絕頂聰明面對的可惜不是同樣級別的哲學家。所以他的頻頻說教只會引來更多的不理解和反感，甚至最後差點體味「秀才遇到兵」的無奈與尷尬。

　　墨家思想的某些理念算是為魯迅所激賞的：無論是《非攻》中墨子的

---

[53] 錢理群著《走進當代的魯迅》（北京：北京大學出版社，1999），頁128。

[54] 魯迅〈1918年8月20日致許壽裳信〉，見《魯迅全集》第11卷（北京：人民文學出版社，1981），頁353。

艱苦樸素、兼愛，還是《理水》中禹（墨家文化中獨尊禹，而儒家則尊堯舜禹等）的三過家門而不入的無私奉獻的決絕精神都為魯迅所擊賞，儘管在魯迅和墨家的思想之間存在較大差異。[55]而墨子本應享受的英雄待遇到了最後卻是內外夾攻式的一系列打擊，這也暗示了墨家傳統思想在面對變態現實時的無奈與不濟。

《鑄劍》中復仇母題的鋪陳同樣也是為了禮讚魯迅所獨鐘的生命／文化理想，與絕望抗爭、講求策略的大無畏的戰鬥精神。當然，同時，故事的一團迷糊的結局也意味著魯迅關於拯救／啟蒙理想的悲劇感：善與惡、黑暗與光明皆同歸於盡。如殘雪所言，「去掉了軀體只剩下頭顱的眉間尺果然發生了轉變，障礙消失了，輕靈的頭顱變得敢愛敢恨，既不冷酷，也不傷感。因為在最高審判台前，人人都是平等的、同一的，咬齧同時也是交合，人體驗到刻骨的痛、暈眩的快感，卻不再有作惡前的畏懼與作惡後的難過，世俗的愁與愛就這樣以這種極端的方式得到了轉化」。[56]在《奔月》中則是對這種啟蒙思想和英雄主義無奈「沒落」的悲涼弔唱。

總體上看來，魯迅在內在的無盡悲涼中仍然力圖在批判之餘尋覓傳統文化中的可轉化／借用的靈魂，但實際上，魯迅自己也可能已經體味到這不過是絕望的反抗。「魯迅在現代題材的小說中猛烈批判傳統文化侵蝕國人魂靈的同時，又力圖撥開傳統文化的假像，並以嶄新的文藝形式來重新挖掘、塑造、復原古代世界中值得讚譽的民族魂靈。」[57]

二、現實指向：對話的世界

通讀《故事新編》，我們不難感受到其中強烈的現實指向，而且很大程度上，正是這些現實性與遠古時代典籍情境的共存、並置和互滲導致了許多爭議的浮現。當然，我們過分強調《故事新編》的現實性可能是片面的，畢竟，幾乎魯迅所有的小說書寫都可視為指向現實，揭開黑暗與潰敗的表面，用以「引起療救的注意」。但需要強調的是，《故事新編》的現實性無論其複雜層面，還是表現力都超越了前作，令人矚目。如嚴家炎所言，「《故事新編》所收的小說，大體上都寄託著作者不同境遇中的不同

---

[55] 王富仁指出，魯迅並沒有完全肯定墨翟思想學說，包括他的鬼神信仰和經濟平均主義思想，同時魯迅對人的內在思想境界的強調和墨家對現實社會問題的直接關注，也並未被魯迅所接納。詳可參王富仁著《中國文化的守夜人——魯迅》，頁128-140。

[56] 殘雪〈藝術復仇〉，見一土編《21世紀：魯迅和我們》（北京：人民文學出版社，2001），頁492。詳可參頁485-492。

[57] 聶運偉〈試論《故事新編》中的結局現象〉，見《湖北大學學報》（哲社版），1998年第2期，1998年3月，頁58-60。引文見頁58。

心態和不同意趣。」[58]

　　整體上看來，我們不難覺察雜糅中的古今互滲。仔細考察一下，我們可以發現，魯迅恰恰以《故事新編》營構了一個擬真的轉型世界。李歐梵認為，「《故事新編》這本書證明得最多的還是魯迅在虛構化中的藝術行為：一方面，證明瞭魯迅觀點的天賦氣質，另方面，也證明瞭他對豐富的中國文化傳統中古典書籍巧妙的閱讀方式」。[59]無論是人與人之間（不同階級、愛情、職業等）等的不能交流和各自的不自知的劣根性，還是個人（無論是元典中的「聖人」還是凡人）面對荒誕現實世界所凸現的人性的脆弱；無論是對終極關懷與理念的錘鍊，還是雞毛蒜皮日常生活對人的牽絆等等都活生生地拼湊了轉型期現實的眾生相與大千世界的種種當下形態。

　　然而，在這種眾聲喧嘩中，我們還是讀出了魯迅對現實的熱切關懷和悲涼唏噓，在二元對立抑或多元共存的混雜中，我們還是可以品味他對現實性的有意緊密維繫：無論是孔子、老子、莊子、墨子，還是洪荒時代治水、補天時期的英雄與賤民，在魯迅的筆下他們在在凸顯了現實的人性與習慣規範，儘管同時他們也保留了某種遠古的特質。所以，如人所論，《故事新編》「以熔古鑄今，古為今用的借古諷今手法，將歷史故事附以新生命。」[60]同時，這種襯托又融合的手法更加彰顯了現實性的穿透力。

　　如果認真考察《故事新編》的現實性，我們可以探勘其繁複的現實維度，它至少包含了如下三重指向。

（一）再現的歷史、神話、傳說的「現實」

　　魯迅首先啟動了那塵封、抑或雖然流傳卻近乎重複勞作的口頭／書寫文本，再現了它們的現實情境。無論是《補天》中的戰鬥、生產語境，還是《理水》中官員、百姓、知識份子、大禹等之間的張力與對話關係，還是《采薇》中伯夷、叔齊步步走向死亡的過程等等都是魯迅將他們復活，並立體的現實化的產物。

　　在這類「現實」的書寫中，魯迅很多時候是應了自己在序言中所言的「對於歷史小說，則以為博考文獻，言必有據者，縱使有人譏為『教授小說』，其實是很難組織之作」。「如魚飲水，冷暖自知」可謂道出了魯迅作為書寫者的遊戲之下的沉潛。大致說來，魯迅《故事新編》的出處甚為

---

[58] 嚴家炎著《論魯迅的複調小說》（上海：上海教育出版社，2002），頁128。

[59] 李歐梵（Leo Ou-fan Lee）著，尹慧瑉譯《鐵屋中的吶喊》*Voices From the Iron House*（長沙：嶽麓書社，1999），頁40。

[60] 蔡輝振著《魯迅小說研究》（高雄：複文圖書出版社，2001），頁137。

浩繁，而且這些小說的情節大致遵循了某種典籍或傳說中的脈絡。劉雪葦
（1912-1998）認為，我們不能「太老實」的認為魯迅的《故事新編》都是
所謂「失事求似」，「實際上，《故事新編》裡所描寫的事物，從故事的
內容甚至細節，大都有古籍底根據的，而且雜采傍搜，被綜合的材料很不
少」。他還一一考證了許多小說的數種出處。[61]

　　許多讀者被魯迅廣泛的現實穿插吸引而遮蓋了他的嚴密考據功夫和豐
富的想像力，而實際上，魯迅在很多細節的構思上都表現出對當時「現
實」的極大尊重。《奔月》中有關羿與老太太的爭吵的某些細節可能大多
數人都會被所謂魯迅用來影射高長虹的逢蒙與羿之爭所忽視。而實際上，
比較現實的老太太最關心的是羿如何賠她被射死的老母雞。於是，「老婆
子看見白麵的炊餅，倒有些願意了，但是定要十五個。磋商的結果，好容
易才定為十個，約好至遲明天正午送到，就用那射雞的劍作抵押。」以10
個白麵炊餅作為事件中交易的「貨幣」（物物交換）既照顧了情節，同時
又比較符合當時社會的物價度量和實情（並沒有規定10個面餅的大小和品
質，可見當時人的不拘小節或互相信任），魯迅的細心由此可見一斑。

　　同樣在《理水》中也有類似的細節還原和設計。在文化山上，那個考據
禹不存在的學者往往被認定為顧頡剛，這種影射式的解讀往往又遮蔽了魯迅
對當時表演「票房」的操作構想。那學者費盡許多精力在五棵大松樹上用很
小的蝌蚪文寫上類似的結論後，「但是凡有要看的人，得拿出十片嫩榆葉，
如果住在木排上，就改給一貝殼鮮水苔。」個中儘管不乏調侃意味，但畢
竟魯迅對當時「門票」的構思也不乏新意和順應了歷史的「現實」性。

　　需要指出的是，魯迅對這些經典人物的刻畫往往是有選擇性的，擇其
一兩點而為之，同時，他筆下的人物往往也是似古似今、非古非今、是古
是今，這種辯證的人物書寫境界值得仔細體味。

（二）書寫者所處的客觀社會的投射

　　《故事新編》中同樣存在了魯迅對他當時所生活的社會的折射，有些
甚至是客觀性的再現。

　　來到文本中，我們可以在閱讀時不難發現，魯迅似乎對當時國民黨
政府打著種種旗號的募捐相當不滿——這似乎與敲詐勒索等同。他曾在
《理水》中提及大員們的腐敗和勒索。「『卑職可是已經擬好了募捐的
計畫，』又一位大員說。『準備開一個奇異食品展覽會，另請女隗小姐來
做時裝表演。只賣票，並且聲明會裡不再募捐，那麼，來看的可以多一

---

[61] 劉雪葦著《魯迅散論》（長沙：湖南人民出版社，1984），頁74-105。引文見頁76。

點。』」而在《非攻》中他藉著墨子的一連串喜劇式的不幸遭遇對此又是順手一擊，「走近都城，又遇到募捐救國隊，募去了破包袱」。

值得一提的是，魯迅還借《出關》中老子所遭受的世態炎涼、人間冷暖而批評時人利用稿費制度對年輕人和其他作者的剝削：任意克扣、中飽私囊。關尹喜預測老子走不到流沙，還會回轉關口。帳房先生就建議讓他繼續著書，並且說道，「『不過餑餑真也太費。那時候，我們只要說宗旨已經改為提拔新作家，兩串稿子，給他五個餑餑也足夠了。』」在冠冕堂皇的提拔底下其實掩藏了利慾薰心。但魯迅這種順筆對1930年代上海某些出版社的諷刺並沒有刻意為之，他在做得巧妙、自然、不露形跡的基礎上凸現令人驚歎的想像力和藝術表現力。

總體說來，無論是《理水》中的腐敗、奢華習氣，還是《起死》中莊子所遭遇的「衣服、包裹和傘子」事件不得不驚動巡士的鬧劇等對現實遭遇的刻畫，還是細節上對更多客觀生活的勾勒，如《奔月》中的「烏鴉炸醬麵」等等都體現了作者對客觀現實社會的關注與寄託，《故事新編》其實提供了一個他諷刺時政、情系現實的藝術平臺和互動的書寫空間。

（三）「油滑」與主體隱喻

在辯證看待「油滑」的同時，我們還是不得不承認《故事新編》現實性中包含了魯迅的「有我之境」書寫。當然，將這種作者的過度主體介入一棍子打死統稱為「影射」似乎忽略了它的另一面的戰鬥力和代表性，所以我稱之為「主體隱喻」。毋庸諱言，除了魯迅的自稱的「古衣冠小丈夫」指向了成仿吾以外，《理水》中關於「禹是蟲蟲」的考證也有對顧頡剛（1893-1980）的戲弄，而《奔月》中對逢蒙的冷嘲熱諷又體現了他對高長虹（1898-1954）的順手一擊。值得注意的是，這只是一枚硬幣的一個方面，不可以以偏概全，誤認為魯迅是氣量狹隘的小人從而附帶影響了對其小說的清醒認識。鑒於本書在後面章節會對此進行專論，此處不贅。

還要指出的是，《故事新編》中本然的包含了多個對話的世界：比如神話世界和世俗世界，歷史和現實，個體與庸眾等等。很多時候，魯迅在處理歷史、神話等素材時，往往採用了對話的策略：它不只是為了復活古人，同時更大的用意在於針砭時弊，古今對話。如人所論，「魯迅把神話世界和世俗世界聯繫起來，把歷史和現實聯繫起來，並從這種聯繫中提練出具有廣泛的象徵寓意的藝術圖式，這個圖式和神話世界，和世俗世界，和歷史，和現實都有著非常深刻的結構意義上的對應關係。」[62]

---

[62]　任廣田著《論魯迅藝術創造系統》（西安：陝西人民教育出版社，1996），頁110。

　　比如《采薇》中伯夷、叔齊的死就是一個代表。他們的死本來並未像魯迅設想的這樣豐富：形形色色的探因預測了死的各種可能性。但筆者以為，實際上魯迅卻是以各種說法層層設障，對伯夷叔齊的真正死因進行人為的遮蔽，從而借種種議論來剖析「文盲們」的淺層理解達到再度審視其絕食而死的意義；另一面，採取另一種版本的死因，（指伯夷叔齊絕食後引來老天的憐憫以鹿奶救之，但由於老三貪心不足妄圖吃奶時殺之吃肉未遂，結果只有被餓死）又嘲諷了伯夷叔齊的貪婪與偽善。魯迅採取層層設障的方式逐個展覽其死因，其實這個過程也是一個層層展開各個剖析的過程，不僅對其死因的追尋形成眾說紛紜的效果，而且在對各種死因探研的背後同樣也完成了魯迅多元的敘事心機：展覽死因、重審死亡的意義、批判「文盲們」和伯夷叔齊的愚頑以及俗世中人心的險惡。

三、超越表徵：文化哲學的內在凝聚

　　魯迅在《故事新編》中意義的承載與釋放也明顯地帶有狂歡色彩，最常見的無疑是所謂古今雜陳、現實與「歷史」的交錯等，如人所論，它「並不拘泥於古人古事，而是從歷史的鏡子裡照見現實，甚至直接插入現實的場面：讓現代人穿上古人的服裝來扮演現實的悲喜劇。」[63]但是，毋庸諱言，其指向自然遠遠不止於此：在我看來，它更是一種意義超越的狂歡。或者我們可以認為，《故事新編》中其實流動著魯迅長久以來的終極精神指向和人文關懷。

　　簡單說來，《故事新編》中至少包含了如下幾層意義的指涉和超越性內涵：

1. 對個體生命力的弘揚與讚美，主要體現為他的「立人」思想。
2. 對集體的某些卑劣國民性的歸納、批判、同情與辯駁，主要指向為魯迅對自古流傳下來的某些國民性的反省和批判。這同時也體現了魯迅的辯證的發展的眼光和求實視野。如人所論，「魯迅重新理解歷史往事，把古代與當代置於直接衝突之中，藉以表明：沒有一種形態，沒有一種學說，如那些崇尚煩瑣議論的學者們所斷言的那樣，是一勞永逸、永久不變的。」[64]
3. 人生終極哲學的批判和思考，主要是指魯迅對人生存哲學的驗證和關懷，儘管他本人並沒有提供另外的平等的哲學對策。

---

[63] 彭定安著《走向魯迅世界》（瀋陽：遼寧教育出版社，1992），頁797。

[64] 波茲德涅耶娃（阮積燦譯）〈魯迅的諷刺故事〉，見樂黛雲編《國外魯迅研究論集（1960-1981）》（北京：北京大學出版社，1981），頁439-449。引文見頁443-444。

　　但具體而言，魯迅的這些超越性的意義探尋都可歸根結底為對個體生命的深沉省思。[65]所以本節此處也主要集中在這一點。如人所論，「藉助於高度的理性批判意識，魯迅驀然回首，上溯到中國傳統文化的源頭，去重新審查中國傳統精神的幾位開山大師，讓他們的人生理想、人生道路在現代文明的返照下曝光。而所謂現代文明的新的人生觀，其實也就是魯迅早年一再重申的『立人』的理想。」[66]

　　在《故事新編》語境裡，我們可以將魯迅的這種書寫稱之為對個體生命體驗的悲劇性和個體活力原生態書寫。而同時，這樣的書寫也顯出他人所難以企及的高度。「從啟蒙的理性層面對文化傳統進行批判，從生命的非理性層面對人的生存的體驗，使《故事新編》具有一種空前的歷史深度和文化深度……魯迅的《故事新編》不僅僅停留在對表層的外在文化觀念理論的批判上，而是充分地融入建立在生命體驗基礎上的對人的價值和生命的確認。」[67]

　　這裡的個體生命不僅包含了魯迅自身，其實還包含了任何泛指的人類個體形態。在《故事新編》書寫中當然包含了魯迅對自我個體生命體驗的複雜鐫刻：在他與古聖先賢之間有種隱秘的內在精神關聯，比如文化的傳承、拯救與啟蒙責任的承擔等等；當然，也有他自己對自我的否定和肯定式等矛盾不堪的微妙抒寫。同時，這其中也可能包含了魯迅個人對自我人生哲學的反思和勾勒。[68]如人所論，「整部《故事新編》所揭示出來的個體生存的困惑都源於魯迅對人自我矛盾性的悲劇性體驗，從中引發出的林林總總的虛無、渺茫、憂患，其本質意義是個體的人超越群體之後，直面宇宙洪荒所產生的種種感喟歎息。」[69]

　　魯迅的《補天》從此意義上講，儘管和佛洛德學說不無關係，但更深一層的含義顯然指向了對個體生命鮮活、豐富人性的張揚。「魯迅作為個性解放運動不遺餘力的推進者，當然會把時代的要求傾注於筆端。表現在《故事新編》中，女媧等神話英雄形象煥發著迥然不同於傳統的個性色彩」。[70]

---

[65] 由個體的關聯和群眾性的文化習慣等可逐漸演變出對集體文化特質的建構，而對終極哲學的思考，無論是個體還是集體，都可由個體慢慢匯出，所以筆者仍然認為「立人」是根本的超越意義關懷。

[66] 李怡〈魯迅人生體驗中的《故事新編》〉，見《中國現代文學研究叢刊》1999年第3期，1999年7月，頁235-252。引文見頁246。

[67] 劉延紅〈歷史的穿透力與感受力——論《故事新編》的文化批判和生命體驗〉，見《魯迅研究月刊》2002年第4期，2002年4月，頁63-68。引文見頁68。

[68] 具體論述還可參考李怡〈魯迅人生體驗中的《故事新編》〉，頁235-252。

[69] 晏紅著《魯迅》（成都：四川人民出版社，2000），頁344。

[70] 張玉龍〈中西創世神話比較中的《故事新編》〉，見《瀋陽師範學院學報》（社科版）1999年第5期，1999年9月，頁24-27。引文見頁26。

　　同時，對於那些創制典籍的先輩們，魯迅同樣也是以平常心對待之，賦予他們個體的考察視角，破除了他們的符號化、抽象化和神聖化，使其返還人間和搖身一變為普通個體，所以他們常常遭遇現實中的哭笑不得的尷尬和體味形而上之外的尋常個體的面對人生的荒誕與無力感。同時，耐人尋味的是，這又是魯迅本身個人體驗的悲劇感的某種投射。「魯迅決沒有將他們的思想性格現代化，也沒有使他們脫離特定的歷史環境。而只是剝去了他們的『神氣』和『聖氣』，將他們還願成了普通的『人』⋯⋯這是魯迅的偉大處，也是《故事新編》的主要一『新』。」[71]

　　同時，在其他小說中，魯迅還隱隱透出個體與庸眾／世俗之間的無可彌合的裂縫。無論是《理水》中捨身奉獻的禹的變質，還是《非攻》能幹務實的墨子大功告成後所面臨的出人意料的現實嘲諷，無論是《奔月》中羿兢兢業業後仍難免英雄末路、妻叛友離的悲劇遭遇，都在在顯示了在魯迅心中揮之不去的深層悲劇意識、無力感以及對個體啟蒙／拯救庸眾企圖的謔笑。

　　特別值得一提的是，《鑄劍》中的黑色人表面上冷漠枯乾，專一剛硬，似乎專為復仇而生。但實際上，他與眉間尺相比顯出來的「成熟和老練」以及和當時愚昧旁觀者相形之下的「智勇、覺悟和無私」[72]都令人震撼。當然此處更令我關心的是，黑色人身上也凝結了其他更加獨特、複雜的個性活力，復仇卻也又是魯迅的「立人」的內容之一。日本學者丸尾常喜（1937-2008）認為，「魯迅的『個人主義』」，是從復仇、殺人、自殺等自我破壞、攻擊性的衝動到退嬰（疑為退隱之誤，朱按）、隱遁等消極的自我保存，能以各種形式表現的多層面的思想。」[73]同時他還饒有意味地指出，黑色人和眉間尺的故事，其實是魯迅同歸於盡的思想所喚來的、與「同行者」（許廣平）的思想演進的結晶。[74]

　　饒有意味的是，在林賢治那裡，《采薇》、《理水》、《出關》「從一個聚光點看，這幾個小說都涉及到『統一』和『秩序』問題。」[75]《理水》的結局，禹在被同化的同時卻也被榜樣化，要求大家必須學習；《采

[71] 李煜昆著《魯迅小說研究述評》（四川峨眉山：西南交通大學出版社，1989），頁175。

[72] 杜一白著《魯迅的寫作藝術》（瀋陽：遼寧大學出版社，1985），頁174。

[73] 丸尾常喜著，秦弓譯《「人」與「鬼」的糾葛：魯迅小說論析》（北京：人民文學出版社，1995），頁303-304。

[74] 具體可參丸尾常喜著，秦弓譯《「人」與「鬼」的糾葛：魯迅小說論析》，頁305-308。

[75] 林賢治著《魯迅的最後10年》（北京：中國社會科學出版社，2003），頁195。具體可參頁195-197。

薇》中的「薇」屬於周王的國家概念也同樣深入人心；而《出關》中關卡人員「充公」的核心也指向了公。顯然，這一切自然與國家秩序等有關，但在我看來，我們可以更進一步，魯迅對這些東西的批判性思考恰恰凸現了他對個體人性和活力的珍視和警醒，他同時也反抗藉著國家旗號剝奪個體權利的另類專制與壓迫行為。

小結：魯迅的《故事新編》是一個光怪迷離的多重世界：從重建傳統經典文化的烏托邦到其無奈的解構，從現實的社會的表面或隱性潛入，再到人生哲理與終極關懷的探尋等等莫不證明瞭這是一個狂歡的世界。哪怕是和他早期的《吶喊》《彷徨》的主題內容書寫相比，我們也不難發現這種變化。如陳平原所言，「從具體的社會鬥爭的描繪轉到整體人生的詩意概括和哲理思索，是《故事新編》的一個明顯的特色。」[76]

當然，更加深入的問題還有，現實和魯迅《故事新編》的主體介入到底有什麼關係？主體介入的限度又如何？或者說，我們如何評判魯迅的吊詭的「油滑」？本書將在下面的一節展開論述和解答。

第三節　現實語境以及主體介入的限度

著名學者薩伊德（Edward・Said 1935-2003或譯賽義德）在他有名的《文化與帝國主義》一書中指出，「我也相信作者深深地置身於他們社會的歷史之中，在不同程度上被其歷史和他們的社會經驗所形塑，但這些作者也同時形塑了後者。」[77]

如前所論，令人感覺特出的《故事新編》到底形塑於怎樣的情境中是一個耐人尋味的課題。有論者指出，「魯迅先生的《故事新編》，那是不同於一般的歷史小說，遵守歷史的事實；主要是作為傳達自己思想感情的工具的。在這裡，我們又可以看出魯迅先生想像的豐富。」[78]反過來說，主體介入及其現實背景在《故事新編》中的表現如何？它的限度該如何拿捏？所以本節的目的就在於梳理和印證魯迅重寫經典的現實語境，並力圖探究主體介入（以「油滑」為中心）在其中的作用。

論者在在指出《故事新編》的鮮明時代性和魯迅的個性心理印記。

---

[76] 陳平原〈魯迅的《故事新編》與布萊希特的「史詩戲劇」〉，見陳平原著《陳平原自選集》（桂林：廣西師範大學出版社，1997），頁29。詳可參頁23-42。

[77] 薩依德著，蔡源林譯《文化與帝國主義》Culture and imperialism（臺北：立緒，2001），頁18。

[78] 巴人〈魯迅的創作方法〉，見李長之，艾蕪等著；孫鬱，張夢陽編《吃人與禮教：論魯迅（一）》（石家莊：河北教育出版社，2000），頁101-117。引文見頁109-110。

「《故事新編》新類型的出現頗富意味。這是魯迅的天才創造，嵌上他個人獨特印記，但何嘗不是二十世紀急遽嬗變文學思潮的必然產物，帶有鮮明的時代特徵。」[79]我們不妨先來勾勒和回顧一下《故事新編》產生的背後情境。

一、現實情境

和其他的文類（如新歷史小說、歷史小說等）不同，《故事新編》處理現實的方式有其獨特性，「《故事新編》的創作就不是對歷史文獻中的歷史予以重視，也不是如新歷史小說將歷史澈底虛無化、碎片化，而是將現實的體驗與現代的事實和歷史記載的一鱗半爪交織在一起，形成對歷史的消解和重構。」[80]因而其產生的現實情境格外值得注意。

當然，考察《故事新編》的現實情境並不意味著重申這本小說不過是魯迅現實生活的自況而已。本節的目的在於，儘量勾勒或重現魯迅當時的生活及文化心理境況，借此更好的闡釋主體介入的限度及其一些頗具爭議性的課題（如油滑）。

拋開機械和拙劣的求證──力求書寫和現實的吻合策略，我們還是不難發現，魯迅的《故事新編》隱喻了他點點滴滴、複雜多變的內在心靈探尋和豐富個性歷程。「可以說，整部《故事新編》就是關於『人』的自下而上境遇的考察與反思。面對他人改造的懷疑到返回自我的價值追問，先覺者生存於世的位置問題必然會在魯迅心中凸現。雖然魯迅所從事的啟蒙救亡的事業就其本性而言是一項集體性的事業，但是在魯迅的心靈深處卻始終擺脫不掉那種對於孤獨個體的心理體驗」。[81]

魯迅《故事新編》裡的八篇小說，《補天》作於1922年的北京；《鑄劍》和《奔月》作於1926年的廈門，根據《魯迅日記》，1927年4月完成《鑄劍》（原名《眉間尺》），「《故事新編》──書中《鑄劍》和《奔月》兩篇，一寫於十月，一寫於十二月，都是在集美樓上寫的。其中《鑄劍》一篇原名《眉間尺》，首先登在廈門大學學生所創辦的《波艇》月刊上。」[82]

---

[79] 吳秀明〈論《故事新編》在歷史文學類型學上的拓新意義〉，見《魯迅研究月刊》1994年第3期，1994年3月，頁9-13。引文見頁12。

[80] 劉延紅〈歷史的穿透力與感受力──論《故事新編》的文化批判和生命體驗〉，見《魯迅研究月刊》2002年第4期，2002年4月，頁63-68。引文見頁64。

[81] 晏紅著《魯迅》（成都：四川人民出版社，2000），頁340-341。

[82] 陳夢韶著《魯迅在福建》（香港：人人書局，1965），頁22。顯然這個注釋有誤。

　　剩下的5篇都在上海完成，1934年寫《非攻》，1935年末一口氣完成了四篇：《理水》、《采薇》、《出關》、《起死》。

　　需要說明的是，《故事新編》無論敘事策略、手法，還是意義鋪陳層面的狂歡化趨向都是和魯迅個人的複雜體驗密切相關的，而其主體介入也因了他個體的生存體驗和對整個社會、人生的深切思考而逐步增強，我們從《故事新編》小說的書寫先後順序和內容的現實性密度上也可以看出這一點。我們不妨依據時間順序首先勾勒一下人生和思想的經歷地圖。

（一）北京與《補天》（原名為《不周山》）

　　自從1918年《狂人日記》一炮打響後，魯迅的小說影響力聲譽鵲起，尤其是加上《阿Q正傳》等推波助瀾，魯迅在1920年代的文壇和學界地位顯赫。自1920年始，魯迅被北京大學、北京高等師範學校[83]等多所學校聘為講師和教授，而他對中國小說史的研究，也頗受稱讚。在彼時的文壇上，魯迅的影響力更是如日中天，他不僅是文學研究會的指導者，甚至年輕的寫作人都尊其為前輩和導師。當然，由於樹大招風，魯迅也引起了許多人的嫉妒和無聊攻擊。而為了維持北京八道灣十一號大家庭的和睦幸福，魯迅不得不殫精竭慮養家糊口並忍辱負重。[84]

　　魯迅曾經坦言自己書寫小說的素材和目的，「我的取材，多採自病態社會的不幸的人們中，意思是在揭出病苦，引起療救的注意。」（《南腔北調集》）某種程度上講，《不周天》也是魯迅實現這一目標的雙駕馬車中的一駕。在1922年北京的冬天，據魯迅在《故事新編·序言》中所言，「那時的意見，是想從古代和現代都採取題材，來做短篇小說，《不周山》便是取了『女媧煉石補天』的神話，動手試做的第一篇。首先，是很認真的」。

　　我們不難讀出，魯迅在一開始創作《故事新編》的時候，是在一本正經地為弱勢群體和苦難者呼籲、為先驅吶喊，同時也批判「國民性」，而希望引起救贖的注意。

　　《不周天》作於1922年11月。之前的8月汪靜之的新詩集《蕙的風》出版，該年10月胡夢華在《時事新報·學燈》上發表了《讀了〈蕙的風〉以後》攻擊汪的某些愛情詩「墮落輕薄」，「有不道德的嫌疑」。11月3日，胡又在《覺悟》上發表文章，表白道，「悲哀的青年，我對於他們

---

[83] 具體可參魯迅博物館魯迅研究室編《魯迅年譜》（增訂版）第2卷（北京：人民文學出版社，2000），頁25-34。

[84] 詳情還可參王曉明著《無法直面的人生：魯迅傳》（上海：上海文藝出版社，1993），頁61-73。

只有不可思議的眼淚！」和「我對於悲哀的青年底不可思議的淚已盈眶了」。

作為五四文學／思想革命的闖將，魯迅當然極其厭惡肆意詆毀神聖愛情作品的衛道士，他於1922年11月17日為文《反對「含淚」的批評家》進行嘲諷。魯迅在駁斥胡的荒誕以後，總結道，「批評文藝，萬不能以眼淚的多少來定是非。文藝界可以收到創作家的眼淚，而沾了批評家的眼淚卻是汙點。胡君的眼淚的確灑得非其地，非其時，未免萬分可惜了。」

表現在小說創作中，作為從古代挖掘題材作短篇發揮應有作用的《不周天》因此在書寫時就改變了方向，也同樣反映了作者對滿口仁義道德、實則男盜女娼的人物虛偽本質的猛烈攻擊，但同時，魯迅從此從認真滑入了「油滑」，轉而以異樣的方式書寫小說、嬉笑怒罵。所以女媧兩腿中間的小東西同樣的裝腔作勢、偽善虛假。但「小說中滑稽可笑的場面，實際上都是現實生活中平常的『正經事』，從正經事中看滑稽，是魯迅諷刺藝術的獨特創造。」[85]

當然，後話還有，在將《不周山》收入《吶喊》出版後，創造社的成仿吾認為小說中的大多數都或「庸俗」、「結構極壞」、「拙劣」等，而只認為《不周山》為佳作，「《不周山》又是全集中極可注意的一篇作品。作者由這一篇可謂表示了他不甘拘守著寫實的門戶。他要進入純文藝的宮庭。這種有意識的轉變，是我為作者最欣喜的一件事，這篇雖然也還有不能令人滿足的地方，總是全集中第一篇傑作。」[86]為自甘「庸俗」起見，回應成仿吾，魯迅在《吶喊》再版時，乾脆抽掉了《不周山》，而將它收入了《故事新編》，並改名為《補天》。

（二）廈門

1926年9月，對北京滿懷失望的魯迅揮師南下，在林語堂的邀請之下，來到了廈門大學。毋庸諱言，魯迅在廈門碰到了他諸多年輕的仰慕者：一幫熱心文藝和改革的青年，而實際上，魯迅也是不遺餘力的幫助他們，辦刊物、改文章、做演講，不亦樂乎。當然，廈門在魯迅的印象中似乎並不值得留戀，自然，身在廣州的許廣平可能是一個「這山望著那山高」的愛的誘惑，但實際上，魯迅對廈門本身似乎並無好感。他在《故事新編·序言》中曾經寫道，「直到一九二六年的秋天，一個人住在廈門的石屋裡，對著大海，翻著古書，四近無生人氣，心裡空空洞洞。」

---

[85] 張學軍著《魯迅的諷刺藝術》（濟南：山東大學出版社，1994），頁244。

[86] 成仿吾〈吶喊的評論〉，見《創造季刊·第二評論》第二卷第二號，1924年6月，頁1-7。引文見頁6。

的確，魯迅到廈門不久，「就發現：廈門骨子裡也和北京一樣，『沉沉如死』」。[87]世俗的、勢力的眼光，本地人（哪怕是某些校工）的排外和欺生情緒，對國學的補償式的崇拜（當時的校長林文慶[88]是受西學教育的孔教徒），林立的幫派[89]等無不困擾著想邊休整邊做一番事業的魯迅。也難怪魯迅在呆了一些時日後，非常感慨地對許廣平說，「我以北京為汙濁，乃至廈門，現在想來，可謂妄想，大溝不乾淨，小溝就乾淨麼？此勝於彼者，惟不欠薪水而已。」[90]

同時，魯迅和高長虹的衝突也是在廈門才逐漸引發和擺上檯面，這來自自己同一戰壕或以自己的鮮血飼養的青年的反戈一擊，也深深影響了魯迅《故事新編》的心緒及其創作。「我這才明白長虹原來在害『單相思病』，以及川流不息的到我這裡來的原因，他並不是為《莽原》，卻在等月亮。但對我竟毫不表示一些敵對的態度，只待我到了廈門，才從背後罵得我一個莫名其妙，真是卑怯得可以……那時就做了一篇小說，和他開了一些小玩笑，寄到未名社去了。」[91]鑒於這個話題是本節即將論述的油滑的重點個案，此處不贅。

在魯迅的心路發展中，絕望和陰鬱始終成為一個無法遮蔽的延續，魯迅所佩戴的啟蒙主義大將的標誌並不能抹煞這一點，反倒讓他在同時代的人中更顯獨特。他的那段有名的「鐵屋子」的對話表明了這一點。儘管他願意不以自己的虛妄和絕望抹煞他人（尤其是年輕人們）的希望和未來而不懈吶喊，實際上，這種心緒仍然揮之不去。如王曉明所說，「對啟蒙的信心，他其實比其他人小，對中國的前途，也看得比其他人糟。即便是發出最激烈的吶喊，他也清醒地估計到，這吶喊多半不會引來什麼回應；就在最熱烈地肯定將來的同時，他也克制不住地要懷疑，這世界上恐怕是只有黑暗和虛無，才能長久地存在。是命運造就了他的這種獨特之處，而

---

[87]　林志浩著《魯迅傳》（北京：十月文藝出版社，1991），頁283。

[88]　需要指出的是，林文慶這個人在中國現代文學史上似乎有被誤讀的傾向。如果將之置於海外華人與中西方文化的互動關係中進行觀照，則勢必可以得出和目前不大相同的新穎和相對客觀結論。關於林、魯衝突的比較獨特的論述可參李元瑾著《林文慶的思想：中西文化的匯流與矛盾》（新加坡：新加坡亞洲研究學會，1991）和《東西文化的撞擊與新華知識份子的三種回應：邱菽園，林文慶，宋旺相的比較研究》（新加坡：新加坡國立大學中文系和八方文化企業，2001）以及王賡武著，天津編譯中心譯《中國與海外華人》（臺北：臺灣商務印書館，1994），頁174-193有關論述。

[89]　如人所論，「顧頡剛等人，他們常在背後排斥魯迅先生，罵魯迅先生是『名士派』，給他『刺激』，給他『為難』。」陳夢韶著《魯迅在福建》，頁39。

[90]　魯迅書信261023致許廣平，見魯迅 景宋著《兩地書全編》（杭州：浙江文藝出版社，1998），頁191。

[91]　魯迅書信270111致許廣平，見《兩地書全編》，頁330。

『五四』以後的歷史證明瞭，這也正是他的過人之處。」[92]

1927年1月，僅僅在廈門停留了四個月的魯迅結束了他儘管不無豐富卻令人沮喪、寂寞的旅行，轉而移居廣州中山大學。

（三）上海

魯迅在廣州的經歷也同樣的令人頹喪：不僅僅是廣州從革命的策源地到大後方角色轉換所給魯迅的「灰色」感，更關鍵的是，1927年國民黨在廣州發動「四・一五」反共大搜捕和大屠殺時，作為教務長的魯迅要求校方設法營救被捕的中山大學學生未果，失望、悲憤、悲哀交集，轉而堅決辭職，在6月份獲准請辭。但魯迅為迎擊流言和打破思想禁錮一直待在廣州，直至9月底才乘船前往上海。[93]

到了上海以後，創造社和太陽社的文人攻擊魯迅，稱之為「小布爾喬亞文學家」，魯迅便因此又捲入了「革命文學論爭」中，同時魯迅也因此讀了些所謂科學的文藝論，並結合自己的人生體驗，逐漸實現了其思想的轉化——從「進化論」到部分「階級論」。[94]

1930年，「左聯」成立，魯迅被稱作「盟主」。許多人對背後原因表示不解。或有人言其為中共利用，或言其領袖欲膨脹。但據魯迅自己所言，做人梯的可能比較可信。「梯子之論，是極確的，對於此一節，我也曾熟慮，倘使後起諸公，真能由此爬得較高，則我之被踏，又何足惜。中國之可作梯子者，其實除我之外，也無幾了。所以我十年以來，幫未名社，幫狂飆社，幫朝花社，而無不或失敗，或受欺，但原有英俊出於中國之心，終於未死，所以此次又應青年之請，除自由同盟外，又加入左翼作家聯盟」。[95]

當然，魯迅作為具有獨立人格和清醒意識的知識份子自然有他的思考和省察，他對結盟的某些人其實並不完全信任，[96]這從他和個中許多極左思潮和人物的衝突也見一斑。所以說，「他一面甘於被進步青年所利用，

---

[92] 王曉明著《無法直面的人生：魯迅傳》，頁59。

[93] 具體可參朱崇科著《廣州魯迅》（北京：中國社會科學出版社，2014）。

[94] 在他人生的主要轉捩點上，魯迅大多保持了獨立的精神品格和思考能力，所以儘管他後期可能比較傾向於「階級論」，但實際上，他還是有所保留。所以此處稱部分。

[95] 魯迅書信300327致章廷謙，見《魯迅書信集》上冊，頁249-250。

[96] 有關魯迅和「左聯」關係的詳細論述，可參周行之著《魯迅與「左聯」》（臺北：文史哲，1991）、夏濟安著《黑暗的閘門》（香港：香港中文大學出版社，2016）。同時還可參李新宇著《魯迅的選擇》（鄭州：河南人民出版社，2003），頁170-173。李指出魯迅和左聯的根本分歧主要在於前者對個體人的高度體認和強調，所以魯迅一方面支援大眾解放事業，另一面卻罕見地牢記一個現代知識份子應該承擔的責任（含啟蒙使命）等，而不願個體為集體、國家、革命等所吞噬。

一面又對結盟的青年表示不信任。這才是事實的本相。」[97]但不管怎樣，左聯標誌著魯迅思想的轉變，也影響了他的人生思考模式和創作。

沒完沒了的筆戰、論爭，國民黨政府的白色恐怖（比如對文字的監控和審查就愈發凌厲）的彌漫和無孔不入，諸多友人的祕密消失、乃至遇害都極大的傷害並打擊著晚年的魯迅。或者是來自同人的陰險污衊，或者是來自對手的明刀利劍也極大的佔據了魯迅的精神空間，並折磨著他的神經。如人所論，「暴力和恐怖剝奪了他的安全感，虛偽的宣傳是他感到噁心。在同行的大量的叛賣，順從，鑽營，苟且中間，他的憤激而又不無憂傷的聲音，已然遭到政府，同類，以致自己的遮蓋。在他晚年的書信裡，流布著黑暗，禁錮，死亡的陰影」。[98]

甚至到了1935年致日本友人增田涉（1903-1977）的信中，他提及這種深層苦悶，「近來不知是由於壓迫加劇，生活困難，還是年歲增長，體力衰退之故，總覺得比過去煩忙而無趣。四五年前的悠閒生活，回憶起來，有如夢境」。[99]

由於日寇的侵入，民族、國家與統一戰線問題被逐步納入了議事日程，甚至也成為共產黨和國民黨政治較力的場域與砝碼。魯迅在「兩個口號」的論爭中強調了自己的獨立立場和原則（個體人權的重要性和以集體國家的旗號進行集體專制的危險性），並嘲諷了周揚等人獨斷的立場。[100]

或許是積勞成疾，或許是太多的內在背負與關懷以及外在的干擾與打壓，55歲的魯迅終於在1936年10月的上海[101]辭世。

二、主體介入的限度：以油滑為中心

需要指出的是，「油滑」是魯迅《故事新編》研究中特別棘手的一環。一般說來，有關該書的論爭莫不涉及油滑，因而它也成為了一道別致的風景線。毋庸諱言，想要在反語、戲擬等與「油滑」之間劃出一條清晰的界線絕非易事。「油滑」顯然是複雜的，狹義上的「油滑」似乎包含了對個體間的恩怨紛爭的遊戲／戲弄處理以及不合常理的搞怪現象；而廣義

---

[97] 林賢治著《魯迅的最後10年》（北京：中國社會科學出版社，2003），頁50-51。

[98] 林賢治著《魯迅的最後10年》，頁132。

[99] 魯迅書信350610致增田涉，見《魯迅書信集》下冊，頁1225。

[100] 有關知識份子的獨立自由精神和政治的複雜關係以及魯迅晚年與周揚等人的衝突的論述可參王曉明著《王曉明自選集》（桂林：廣西師範大學出版社，1997），頁86-112。

[101] 有關魯迅在上海的足跡可參周國偉、彭曉著《尋訪魯迅在上海的足跡》（上海：上海教育出版社，1987）。

上則指時空錯亂等現象中的現實、文化等的巨大落差。

在我看來，「油滑」其實凝結著《故事新編》得以安身立命的原則和種種嘗試／可能性，當然，作者的主體介入也恰在其中進行繁複轉換。「這一切都不符合許多根深蒂固的文學趣味、標準和規範，它所具有的特殊的藝術魅力對我們業已凝固化的許多比較狹窄的、正統化的審美方式形成挑戰，也因此成為魯迅研究中一直爭論不休、比較活躍的領域。」[102]

單單將「油滑」理解為作者的插科打諢或嬉皮笑臉無疑是狹隘的，魯迅對此其實還是有著相當的珍視和關愛的，他在1933年致黎烈文書信時曾經提及，「夜間作了這樣的兩篇，雖較為滑頭，而無聊也因而殊甚……此後也想保持此種油腔滑調，但能否如願，卻未詳也。」[103]三年後，《故事新編》出版了，魯迅在提及「油滑」時仍難掩塞翁失馬的得意。「《故事新編》真是『塞責』的東西，除《鑄劍》外，都不免油滑，然而有些文人學士，卻又不免頭痛，此真所謂『有一利必有一弊』，而又『有一弊必有一利』也。」[104]我們不難看出，魯迅在一方面口口聲聲不滿於自己的「油滑」，另一面卻又13年如一日延續了「油滑」的操作模式，可見其中必定大有蹊蹺。

「油滑」一般做「圓滑、世故、不誠懇」解，[105]但在《故事新編》中絕對不能如此死板理解，否則也不會90多年來一直喋喋爭論不休了。在我看來，「油滑」表現為一種書寫態度和目的的背離。魯迅原本想一本正經的利用古代題材，好好的作短篇小說，誰成想現實的牽絆使他背離了原來的初衷，所以自覺「油滑」。李歐梵也指出了這一點，魯迅著力於「把這些非官方的材料服從於一個『虛構化』的創作過程。他這種努力只有部分的成功，因為在創作過程中，有時被當時的人或事『打岔』，改變了原來的藝術意圖。」[106]

簡單說來，從敘事的層面看，我認為，「油滑」其實是小說內部結構的一種獨特「鑲嵌」。由於「油滑」的部分在小說中基本保持了比較明顯的特色，或插科打諢、或可笑滑稽、或突兀特立，但總體而言，其幾乎格格不入性比較明顯。比如，無論是《理水》中的「古貌林」等現代語彙的

---

[102] 鄭家建著《被照亮的世界——〈故事新編〉詩學研究》（福州：福建教育出版社，2001），頁180。

[103] 魯迅書信330607致黎烈文，見《魯迅書信集》上冊，頁378。

[104] 魯迅書信360201致黎烈文，見《魯迅書信集》下冊，頁941。

[105] 可參中國社會科學院語言研究所詞典編輯室編《現代漢語詞典》（2002增補本）（北京：商務印書館，2002），頁1523。

[106] 李歐梵（Leo Ou-fan Lee）著，尹慧瑉譯《鐵屋中的吶喊》*Voices From the Iron House*（長沙：嶽麓書社，1999），頁35。

荒誕插入，還是女媧兩腿之間的假道學的小東西的食古不化與虛偽好色，無論是諷刺高長虹倒打一耙的「白來了一百多回」、「年紀輕輕，倒學會了詛咒」等影射，還是諷刺學者們的荒唐假設「『禹』是一條蟲」，「『鯀』是一條魚」等等都顯出了「油滑」的獨特品格。「由於這些細節的現代特點異常鮮明，如『OK』、『莎士比亞』之類，反而涇渭分明，誰也不把它和主要人物活動的歷史環境混同起來」。[107]在我看來，這實際上是作為小說「鑲嵌體裁」的變體──內在的鑲嵌。

　　楊義曾經借用古代文論來解讀魯迅的「油滑」，並從宏觀層面給出比較中肯的結論，「通俗文學用這種獨特的時代錯亂的手法，造成一種雅俗共賞、變幻離奇的境界，魯迅是早經注意到了。但是在古人『弄筆增趣』的地方，魯迅加入了深刻的歷史諷刺，他把古人拉到現代氛圍裡，讓讀者以現代的眼光透視古人；又把某些現代的笑角放到古代的環境裡，讓讀者進行古今的比較，從而得到一種歷史的理性的昇華。」[108]問題在於，楊並沒有真正展開「油滑」的具體層面和操作模式。

　　王瑤曾經指出，「油滑」與中國古代戲曲中的二醜藝術有密切關聯。[109]但二醜藝術似乎並不能完全涵蓋《故事新編》的「油滑」表現，比如說獨白的場景、文字的描述等。陳平原繼承了王瑤的構思，力圖從布萊希特的戲劇理論[110]裡找到某種可以解釋《故事新編》的「油滑」等美學現象。問題在於，陳似乎將精力執著於比較層面而未能具體闡明間離效果在魯迅那裡的適用性和表現力。

　　劉玉凱（1946-）頗具匠心的總結出《故事新編》「油滑」四種寫法：1「演義法」；2「借屍還魂法」（借古現今）；3「以今例古法」；4「間離敘事法」。[111]他的論述值得借鑒。

　　此處筆者主要從「油滑」的內容層面進行論述，故從如下層面展開，1人物；2場景；3典型事件。

（一）人物

　　「油滑」書寫中的人物添加主要是指超出「歷史」（無論是書面記載還是口頭流傳的神話、傳說等各類歷史）之外的人物虛構。這類人物往往

---

[107] 王瑤〈《故事新編》散論〉，見氏著《中國現代文學史論集》（北京：人民文學出版社，1984），頁67。

[108] 楊義著《魯迅小說綜論》（西安：陝西人民出版社，1984），頁81。

[109] 具體可參王瑤著《魯迅作品論集》（北京：人民文學出版社，1984），頁189-201。

[110] 陳平原〈魯迅的《故事新編》與布萊希特的「史詩戲劇」〉，見陳平原著《陳平原自選集》（桂林：廣西師範大學出版社，1997），頁23-42。

[111] 劉玉凱著《魯迅錢鐘書平行論》（保定：河北大學出版社，1998），頁46-55。

凝聚了魯迅對國民性的笑謔式關注和探勘，當然，也恰恰因此魯迅的書寫往往不乏爭議。

《補天》中在女媧兩腿間的小東西便是一例。吊詭的是，魯迅故意讓這個以正人君子面目捍衛道德的衛道士恰恰是居於裸體的女媧的腳下，這樣就考驗了他的是否「非禮勿視」，而實際上，小東西不過仍然是欲望熾烈的偽君子。「那頂著長方板的卻偏站在女媧的兩腳之間向上看，見伊一順眼，便倉皇的將那小片遞上來了。」表明他其實在一面指責女媧傷風敗俗，一面又偷看其裸體。更可笑的是，在女媧拒絕理他之後，他竟然嗚咽起來，「長方板地下的小眼睛裡喊著兩粒比芥子還小的眼淚」。顯然，魯迅在此有嘲笑胡夢華的影子，問題在於，魯迅對「油滑」人物的主體介入卻遠超出了這一點。小東西不過是女媧所造人等發展的異化和退化，它本身包含了魯迅人生體驗自身強烈的悲劇感和個體的無力。也因為如此，它也映襯出「力圖改造世界的『實行』者和與之對立的自以為是的人的『虛妄』」。[112]

同樣值得一提的還有《采薇》中的小窮奇。作為華山剪徑大王的他表面上看，似乎和一般的強盜不同——他在知道伯夷、叔齊的身份後立刻就肅然起敬。但是，這並沒有掩蓋他貪婪和虛偽的一面：他在滿口的客氣詞彙之下仍然讓手下履行了搜索和打劫的實質，在一無所獲後，他露出了自己的面目，「現在您只要滾您的蛋就是了！」如人所言，「小窮奇在滿口的仁義道德下，幹著強盜的行徑，他越是滔滔不絕地口吐漂亮詞語，就越能顯示出強盜的虛偽，和可恥的流氓無賴相……同時，對想超然於現實，卻受到小窮奇的揶揄奚落，難於超脫的這兩位隱士，也是一種辛辣的嘲諷。」[113]

類似的人物還有，阿金姐以及性靈派等。《理水》中性靈派的賣弄（「是之謂失其性靈」）其實改變不了他們見風使舵、不學無術的本質。魯迅曾經非常形象的描摹了他們的醜態和本質。「以革新或留學獲得名位，生計已漸充裕者，很容易流入這一路。蓋先前原著鬼迷，但因環境所迫，不得不新，一旦得志，即不免老病復發，漸玩古董，始見老莊，則驚其奧博，見《文選》，則驚其典瞻，見佛經，則服其廣大，見宋人語錄，又服其平易超脫，驚服之下，率爾宣揚，這其實還是當初沽名的老手段。」[114]

---

[112] 片山智行（李冬木譯）〈《故事新編》論〉，見《魯迅研究月刊》2000年第8期，2000年8月，頁25-36轉46。引文見頁35。
[113] 張學軍著《魯迅的諷刺藝術》，頁286。
[114] 魯迅書信340506致楊霽雲，見《魯迅書信集》上冊（北京：人民文學出版社，1976），頁537。

　　我們不難看出，此類人物在表面上看來似乎毫無意義，刪去後似乎也無關大局。問題在於，它們的真正用途在於起到映襯和加強作用，它們不僅延續了故事的情節，還讓這些情節變本加厲，走向了某種意義上的極致和狂歡。「他們對自己的行為和心理都處於完全的無意識狀態，毫無操行節守可言。他們沒有完整的性格形態，只有歷史負面的價值。魯迅賦予他們『現代性的詞語和行為細節』，一是要確立起這類人物在作品中的修辭性功能，作為對現實的一套隱喻所指，他們充分暴露著自我的低級趣味、無聊、冷漠，通過自身的滑稽性和反動性，造成隱喻世界的價值崩潰；第二，確立起這類人物在作品中的結構功能，完成歷史文本與現實對話的需要。」[115]

（二）場景

　　所謂「油滑」場景主要是指故事情節發展悖理的情景描繪，這可能包含了時序的錯亂、預設人物性格的乖張等等。

　　《理水》中文化上的諸多人物（學者、大員以及民眾）的令人啼笑皆非的對話自然給人以深刻印象，讓人在戲謔中感受到其實質。但其中有一個場景卻也值得注意，禹夫人對為治水立下下赫赫功勞、想見卻不能見的禹的態度，在她被衛兵阻攔未能見禹時，她破口大罵，「這殺千刀的！奔什麼喪！走過自家的門口，看也不進來看一下，就奔你的喪！做官做官，做官有什麼好處，仔細象你的老子，做到充軍，還掉在池子裡變大忘八！這沒良心的殺千刀！……」

　　巴赫金曾經指出狂歡節上辱罵髒話的獨特性，「這些罵人髒話具有雙重性：既有貶低和扼殺之意，又有再生和更新之意。正是這些具有雙重性的髒話決定了狂歡節廣場交往中罵人話這一言語體裁的性質。」[116]

　　儘管禹夫人對禹的極端式問候未必就一定具有類似的雙重性，但其中也頗有深意存焉。她的存在一方面宣揚了民間性的正大光明與潑辣的存在，從這種意義上講，它具有某種狂歡節意味。「狂歡節以其所有的形象、場景、猥褻、肯定性詛咒，表演了人民的這種不朽與不可毀滅性。在狂歡化世界裡，對人民不朽的感受是跟對現存權力和占統治地位的真理的相對性之感受結合在一起的。」[117]同時，她的貶低式的存在卻反過來加強了禹的高風亮節、大公無私品格，讓樸素能幹、貌不驚人的禹得以重生。

---

[115] 汪躍華〈試論《故事新編》人物的喜劇性〉，見《蘭州大學學報》》（社科版）1996年第1期，1996年1月，頁119-124。引文見頁120。

[116] 巴赫金著，李兆林 夏忠憲等譯《巴赫金全集》第六卷（石家莊：河北教育出版社，1998），頁20。

[117] 巴赫金著，李兆林 夏忠憲等譯《巴赫金全集》第六卷，頁296。

另一方面，表面潑辣、粗俗的禹夫人恰恰同時反襯了那幫魚肉人民、貪圖享受的大員們的無恥與墮落。當我們在念叨禹「三過家門而不入」的偉大時，我們似乎忽略了作為普通女人的禹夫人的正常渴望與需求。魯迅如此「油滑」場景的出現恰恰給我們提供了一個激情四溢的民間版本，其中可能暗含了魯迅作為實幹家和改革者的艱辛和對現實為政者的憤懣[118]；同時，禹夫人的這個場景也被用來解構裝腔作勢和一本正經所搭建的官僚們的等級世界，同時也吊詭地暗示了禹的在官場上的未來（儘管沒有身敗名裂，卻只好漸漸被同化、乃至墮落）。

同樣可見魯迅偶爾為之、順手拈來的熟練和高超的還有如下場景：《補天》中女媧氏死後沾名釣譽、油滑虛妄的禁軍們對她的屍體的陰險借用；《奔月》中羿與女乙和女辛對話的場景；《鑄劍》中眉間尺和紅鼻子的老鼠相遇的場景；墨子在歸途上所受晦氣遭遇的場景等。魯迅讓幻化的現實跨入小說發展的內在理路中，造成了尷尬、雜亂卻又秩序井然的「油滑」效果，而「魯迅就是用『油滑』的筆調……其意圖並非為了混淆古今，形成違背歷史主義的偏頗，而是用這種古今雜陳的手法，亦即用融古鑄今的獨特藝術形式，令讀者在笑聲中理解作者寫歷史小說不光為了復活古人，更重要的是作品對社會現實產生更好的針砭作用。」[119]

（三）典型事件

在《故事新編》中最典型的「油滑」事件莫過於高長虹和魯迅的衝突。通讀這篇小說，我們不難發現魯高的對抗隱隱可見：從他誤殺老太太的雞產生衝突的口角之爭（流言肆虐），到逢蒙的陰險毒辣的反打一耙，再到嫦娥奔月後他的憤而射日（「使人彷彿想見他當年射日的雄姿」），直至結尾和使女的對話（「有人說老爺還是一個戰士」，「有時看去簡直好像藝術家」）。

如此多的蛛絲馬跡，也難免有人從現實進行印證和影射，指出這篇小說是魯迅的自況。自然，我們不得不承認，《奔月》中有魯迅就事論事的成分：他的天真[120]和熱心在遭倒世故的欺騙和打擊時自然會有反彈——或

---

[118] 魯迅曾經在一篇雜文中痛斥當時中國水利局的腐敗和墮落。「兩三年前，是有過非常的水災的，這大水和日本的不同，幾個月或半年都不退。但我又知道，中國有著叫做『水利局』的機關，每年從人民收著稅錢，在辦事。但反而出了這樣的大水了……連被水災所害的難民成群的跑到安全之處來，說是有害治安，就用機關槍去掃射的話也都聽到過……而其實，一塊來錢，是連給水利局的老也賣一天的煙捲也不夠的。」見魯迅〈我要騙人〉，見《魯迅雜文全集‧且介亭雜文末編》，頁960。

[119] 鄭志文著《魯迅郁達夫比較探索》（桂林：廣西師範大學出版社，1993），頁76。

[120] 有關魯迅的天真、世故等複雜性格的糾纏，可參張魯高著《先驅者的痛苦——魯迅

者憤激，或者油滑。顯然，此處魯迅更多利用了後面的方式。自然，魯迅中很多移植自雜文的話語鑲嵌讓人難免想起類似的事件衝突，而實際上這件事情被擺上檯面也是和該小說的寫作時間吻合（1926年的廈門）。

問題在於，我們如果單憑此解讀《奔月》，顯然太過狹隘。即使我們在關注高、魯之爭時，很多時候我們也被事件本身所蒙蔽。而實際上，魯迅在《奔月》中的辛辣筆觸其實更指向惡毒的流言。「魯迅寫《奔月》，與其說針對高長虹，毋寧說針對『流言』本身，更為恰當。」[121]

我們也可以考察實踐的後續發展，魯迅在後來的《中國新文學大系・小說二集序》中不遺餘力、甚至過分地讚揚了高長虹在為《狂飆》的發展所作的狂熱努力。我們不難看出其中的巨大變化：從「你真是白來了一百多回」到「奔走最力者為高長虹」。[122]

有論者指出，「魯迅有名言，對論敵『一個都不寬恕』。對高長虹，卻不能這麼說。高長虹是唯一一位被魯迅『寬恕』了的論敵，也是唯一一位被魯迅在《小說二集》中論及的非小說家。」[123]

而綜觀這件現代文學史上有名的衝突事件，的確意義非凡。持平而論，各有千秋。「高魯的反目，高長虹失去的是世俗的榮耀，得到的是獨立完整的人格，同時一點也不減損魯迅人格的光輝，毋寧說是從另一個側面顯示了魯迅的真情。」[124]

如果我們仔細體察《奔月》中反映出來的作者的人生況味，自然比較容易地看到魯迅對他人的批判和嘲諷，但是讀者往往忽略的是，這篇小說同樣是魯迅對本人的自嘲。在面對許多人的勸說，要他反擊高長虹時，魯迅感歎道，「我好像也已經成了偶象了，記得先前有幾個學生拿了《狂飆》來，力勸我回罵長虹，說道：你不是你自己的了，許多青年等著聽你的話！我曾為之吃驚，心裡想，我成了大家的公物，那是不得了的，我不願意。還不如倒下去，舒服得多。」[125]

魯迅在《奔月》中的確主動倒了下去，他在批評他人有關他的流言時，也感覺到了啟蒙者的不可遏抑的孤獨和挫敗感。所以我們可以說，

精神論析》（合肥：安徽教育出版社，2003），頁21-31。
[121] 董大中著《魯迅與高長虹：現代文學史上的一椿公案》（石家莊：河北人民出版社，1999），頁267。
[122] 魯迅〈且介亭雜文二集・《中國新文學大系》小說二集序〉，見《魯迅全集》第6卷（北京：人民文學出版社，1973），頁258。
[123] 董大中著《魯迅與高長虹：現代文學史上的一椿公案》，頁279。
[124] 韓石山〈高長虹與魯迅的反目〉，見氏著《文壇劍戟錄》（北京：中央編譯出版社，1996），頁13-17。引文見頁27。
[125] 魯迅1927年1月5日致許廣平信，見魯迅景宋著《兩地書全編》，頁313-314。

《奔月》也是一篇以「被棄的悲憤」為基調的小說，魯迅以自嘲來壓抑或否定失敗感。但「所謂自嘲的殘酷性就表現在這裡：魯迅僅僅能夠意識到他的失敗並為之自嘲，或者說，魯迅的自嘲的明顯動因是他的失敗感，魯迅卻難以從自嘲中獲得一種明確而且自覺的反抗失敗的力量或武器；自嘲僅僅是魯迅對於自身的失敗的一種認識。」[126]

如果我們更進一步思考，魯迅批評的就不是高長虹，而是更多來自不同戰壕（內與外）的冷箭和明槍的夾攻，甚至是數千年來文人相輕或其他諸如此類的根深蒂固的劣根性。所以在創作小說時，魯迅的「油滑」姿態和操作也就難免。雜文是愈發犀利了，而在小說裡卻發出冷冷的笑。「敵人不足懼，最令人寒心而且灰心的，是友軍中的從背後來的暗箭；受傷之後，同一營壘中的快意的笑臉……然而好像終究也有影響，不但顯於文章上，連自己也覺得近來還是『冷』的時候多了。」[127]

表面上看，「油滑」所表現的只是以現代事件、人物、話語、思想等去對古代的典籍或情境進行陌生化操作（defamiliarization），但實際上，很多時候魯迅指向的都是所謂「自古有之」的千年痼疾。他對這種長久的沉屙的累積顯然是不滿的，「彷彿時間的流逝，獨與我們中國無關……幸而誰也不敢十分決定說：國民性是決不會改變的。在這『不可知』中，雖可有破例——即其情形為從來所未有——的滅亡的恐怖，也可以有破例的複生的希望，這或者可作改革者的一點慰藉罷。」[128]

而《故事新編》的「油滑」卻是他挖根子、刨祖墳的文本生產，在1935年他曾提及，「近幾時我想看看古書，再來做點什麼書，把那些壞種的祖墳刨一下。」[129]對諸子的笑謔式批評就體現了他的這種意圖。同時，他也歌頌那些為國家和人民不懈努力的「脊樑」，「那切切實實，足踏在地上，為著現在中國人的生存而流血奮鬥者，我得引為同志，是自以為光榮的。」[130]這在他的《故事新編》中都以不同層面的人物、場景和情節展現。

「油滑」從此意義上講，是魯迅藝術創新和意義深化書寫的集中與凝結，有他的積極意義，甚至我們也可以視之為一種獨特的重寫美學。「魯迅反覆說過《故事新編》的『油滑』，其實所謂『油滑』之處，即多指這

---

[126] 吳俊著《魯迅個性心理研究》（上海：華東師範大學出版社，1992），頁85。

[127] 魯迅書信350423致蕭軍、蕭紅，見《魯迅書信集》下冊，頁802-803。

[128] 魯迅〈忽然想到（四）〉，見《魯迅雜文全集・華蓋集》，頁151。

[129] 魯迅書信350104致蕭軍、蕭紅，見《魯迅書信集》下冊（北京：人民文學出版社，1976），頁715。

[130] 魯迅〈答托洛斯基派的信〉，見《魯迅雜文全集・且介亭雜文末編附集》，頁996。

些地方……這些『油滑』之處卻不僅沒有損害反而大幅度地加強了整個《故事新編》的藝術意蘊。」[131]

當然，「油滑」也有它的負面意義，往往一旦個中的限度把握不好，就可能演化成令人頭痛的插科打諢和俗氣的個人影射工具。[132]某種程度上，恰恰是由於魯迅的駕馭、編織文字的能力、對古今的貫通和架構的資質使他盡可能避免了「油滑」的危害性。如人所論，魯迅的「油滑」包含了他的「現實意識、幽默性情、遊戲筆墨。所有這些方面都不是可以從模仿之中得到的。」[133]

我們可以發現，魯迅在《故事新編》中的主體介入有它自己的限度，在其中魯迅表現出他獨到的操控能力：他可以巧妙的出入古今，同化過去、放眼未來。後來的模仿者往往把握不了其中的深邃而成了所謂的邯鄲學步，畫虎不成反類貓。本書在下編中會對系譜學中的某些作品作詳細討論。

在我看來，魯迅的「油滑」有其甚至可以說難以駕馭的複雜性。如前所言，論者往往很難區分「油滑」和反語、戲擬等名詞，其實，在魯迅那裡，這些本身就是交織在一起的，難捨難分。韓南教授對於反諷有獨到、深邃的認識，「反語和超然態度，對於象魯迅這樣充滿了道德的義憤、教誨的熱情和個人良知的作家來說，是心理上和藝術上都必然會採取的東西……強烈的感情，尤其是深切的憤怒，有時是會使藝術家過於興奮的，而反語和通過面具說話則是處理這種感情的最好方法，在同時代的所有作家之中，很好地把握了這種方法的，幾乎只有魯迅一人。」[134]其實這段話在挪用到評價「油滑」的積極意義上也可謂大致不差。

對「油滑」的評價往往被褒貶不一、眾說紛紜，問題在於，只有當我們將「油滑」納入魯迅《故事新編》狂歡化的整體書寫策略中時，才可以更清楚地辨明它的功用。簡單說來，「油滑」不過是一種變異了的狂歡式的笑，是一種發自民間的獨特詼諧體式。它儘管有其虛浮、淺泛的一面，但同時作為植根於深厚民間文化的產物，它有很強的殺傷力、親和力和包容性。究其實質而言，「油滑」仍然是一種別致的諷刺，「諷刺，這種一個能走多遠就已經走了多遠的主體的自我克服，是在一個沒有上帝的世界

---

[131] 任廣田著《論魯迅藝術創造系統》（西安：陝西人民教育出版社，1996），頁129。

[132] 竹內實曾經指出《故事新編》中，魯迅的批判既有「公憤」，也有「私憤」。具體可參竹內實著《魯迅周邊》（東京：田畑書店，1981），頁259-270。

[133] 劉玉凱著《魯迅錢鍾書平行論》，頁58。

[134] 關於反諷的詳細論述可參韓南〈魯迅小說的技巧〉，見樂黛雲編，《國外魯迅研究論集(1960-1981)》（北京：北京大學出版社，1981），頁293-333。引文見頁332-333。

裡可以達到的最高自由。這便是為什麼它不僅是真正的創造總體的客觀性的可以可能的先驗條件，而且使那個總體——小說——成為我們時代最具有代表性的藝術形式：因為小說的結構範疇基本上同今天的世界模樣相一致。」[135]

小結：毋庸諱言，力圖在史實與虛構之間找尋一條清晰的主體介入的原則主線頗有些虛妄，畢竟，文學創作不是精密的數理運算，毫釐之變與鬚髮之微盡在掌握。但同時我們同樣關心的是，主體介入在虛構與史實之間又有多大的閃跳騰挪空間？這在某種程度上決定了後繼者的出路和努力方向。

盧卡奇曾經精闢地指出了小說作者主體介入在書寫和架構小說中的決定作用。「小說的寫作是將異質和分離的成分吊詭式地融合成一個有機的整體，然後這個整體又被一而再，再而三地取消，在抽象成分之間起結合作用的關係，抽象地看，是單純的、形式上的，因此，最終起統一作用的原則必須是創作主體的倫理原則，是內容所揭示的一種倫理觀。」[136]

《故事新編》的書寫當然同樣也要遵守這種倫理原則，而且它還顯出了更加複雜的一面。因為故事新編體小說本然地就包含了多重文本和意義世界，作者必須遊刃有餘地穿梭於其中，穿針引線，並且能夠繼承、開拓與創新。

研究者中已經有人指出魯迅先生創作《故事新編》的基本原則和模範意義。「魯迅先生的《故事新編》，對於我們現在來重新處理古代的神話或傳說，是有它光輝與模範的價值的。因為，在這裡體現了這樣三個原則：第一，從古人的記載出發去寫古人；第二，用現代的批判的眼光去寫古人；第三，結合著革命鬥爭的要求去寫古人，務使自己的作品保有應有的鬥爭性。」[137]

剔除他論述中的某些意識形態穿插，他的論述倒是大致不差。只是由於未能展開，具體操作過程似乎給人神龍見首不見尾之感。為此筆者打算此處進行較詳細闡明。

1.熟知歷史上的前文本。

故事新編，顧名思義，必須先有故事。毋庸諱言，我們在強調書寫的主體倫理原則和主體介入的時候，要遵循歷史的原本面目，或者熟知前文

---

[135] 盧卡奇著，楊衡達編譯、丘為君校訂《小說理論》（臺北：唐山出版社，1997），頁65。

[136] 盧卡奇著，楊衡達編譯、丘為君校訂《小說理論》，頁57。

[137] 劉雪葦著《魯迅散論》（長沙：湖南人民出版社，1984），頁121。

本的主要內容和某些深入人心的細節，尤其是，當我們重寫的是經典文本時，我們更要努力尊重當時的「歷史」。

比如如果是大家耳熟能詳的神話傳說，我們自然也要尊重它的歷史性。因為「古代神話不只是對於今人具有歷史資料的意義，而且古代人們在創作神話時，也有一種『歷史』的態度，也就是說，在古代的人們看來，神話所要講述的正是他們生活的實際過程。」[138]

如前所述，魯迅對中國古代典籍和文化的造詣非同小可，故事新編的爭議性一方面主要是由於他對歷史史實和記載的尊重，許多人甚至因此堅持《故事新編》是歷史小說；他苦心孤詣撰寫的、如今赫赫有名的《中國小說史略》也從另外一個側面證明瞭這一點。更關鍵的是，這種造詣為故事新編的書寫奠定了紮實的基礎，李歐梵就發現了這種關聯，「魯迅關於小說的想像力和文學史廣闊的文化背景這兩方面的興趣，在其他作品中也有所表現。把小說看作正統學習範圍以外的想像性寫作這種概念，在《故事新編》中已付諸實踐。他對文學的社會文化環境的興趣，也在許多文章，特別是關於魏晉時代反舊習的文人的那些短文中表現出來。通過用新的眼光看待傳統遺產，他在這兩個領域都開闢了新路。」[139]

同時，我們因此要避免的陷阱是，許多書寫故事新編體小說的人往往誇大了主體介入的主觀性而成為名副其實的「重寫」。許多舊人物甚至演變成一個毫無歷史意味和概念的機械符號，如果將之換成其他字眼，似乎毫無影響。如此這般，故事新編的書寫就已經成為了重新創作，實質上與故事新編無關。需要提醒的是，書寫者必須同時注意前文本留給自己多大的重寫空間，也即其中的人物角色性格、心理或者事件的原因探究等都最好曖昧不清，或者存在著不同的版本可能性，否則，重寫者束手束腳，很難順利靈活注入豐富的主體介入。

2.主體介入的注入。

如前所言，寫故事新編小說不容易，但是如果完全遵循歷史的「真實」，那樣的書寫不過是將古代歷史進行白話翻譯，並沒有體現出新編的作用。蕭軍在1940年代論述魯迅先生的《采薇》時就指出，故事新編小說的書寫在尊重古人的同時，卻也要突破歷史「真實」限度，「它不應該隨便玷污古人的清白，以及毫不研究歷史現實，以己之心度古人之心！」但同時，「一切歷史的『真實』也就有了限度，因此要求歷史小說（其實是

---

[138] 王先霈 張方著《徘徊在詩與歷史之間──論小說的文體特性》（武漢：長江文藝出版社，1987），頁33。

[139] 李歐梵著，尹慧珉譯《鐵屋中的吶喊》（長沙：嶽麓書社，1999），頁34。

故事新編小說，朱按）完全『真實』也就不易辦到了。」[140]

問題在於，主體介入的注入並非隨心所欲的添枝加葉和肆無忌憚的大刀闊斧，它必須同樣遵循一定的原則：超越前人。當然，狗尾續貂的擔心等漸漸構成了新編主體的焦慮，尤其是在重寫／新編經典文本時，這種壓力會更加凸現。

有論者曾經指出改寫的某些態度和原則，值得借鑒。「可以肯定的是，改寫不是反其道而行之的走極端，不是簡單的反叛和否定，而必須是創造性的建構和超越；它的態度不能是嬉皮士式的任性和胡鬧，而是領航員的認真和負責……改寫者必須在對人的尊重和理解方面，必須在對社會的批判力度和反思深度方面，必須在對道德規範和精神秩序的重建方面，顯示出比前文本更高的境界、更大的活力和更新的拓展。」[141]

如前所論，我們看到魯迅書寫《故事新編》時，其主體介入的層次實踐新意迭出又渾然一體，尤其值得注意。這裡面其實往往包含了三重世界。往往為許多論者所批判的「油滑」式影射其實只是魯迅《故事新編》的最浮淺世界，但如果以此將《故事新編》解讀為魯迅自況的產物，這無疑是片面的。

《故事新編》中的第二重世界往往指向了社會上某一類的醜惡、荒誕、無聊、可笑等，往往在打著諷刺某一旗號的名目底下排列著類似的卑污靈魂。魯迅往往憑藉此法勾畫了荒誕又狂歡的現實世界。魯迅對此策略有清醒的認識，而且無怨無悔。「雜取種種人，合成一個，從和作者相關的得人們裡去找，是不能發見切合的了。但因為『雜取種種人』，一部分相像的人也就更其多數，更能招致廣大的惶怒。我是一向取後一法的，當初以為可以不觸犯某一個人，後來才知道觸犯了一個以上，真是『悔之無及』，既然『無及』，也就不悔了。況且這方法也和中國人的習慣相合」。[142]比如《理水》中文化山上的冷嘲熱諷影射的決不只是顧頡剛一人，而是當時社會「知識份子」（此處是學者之意）各色人等群魔亂舞的「盛況」。

《故事新編》的第三重世界可視為魯迅對古今社會人性、人生、國民性等本質特徵的省思與批判，這是魯迅哲學世界的歸納和呈現。「大概由

---

[140] 蕭軍〈《采薇》篇一解——魯迅先生歷史小說之一〉，見宋慶齡基金會 西北大學主辦《魯迅研究年刊（1991-1992）》（北京：中國和平出版社，1992），頁368-376。引文見頁374-375。

[141] 李建軍〈改寫的難度〉，見《小說評論》2003年第4期，2003年7月，頁4-10。引文見頁5。

[142] 魯迅〈《出關》的「關」〉，見王士菁編《魯迅論創作》（上海：上海文藝出版社，1983），頁38-39。

於寓意的濃泡漫浸，魯迅作品中的人物更帶有抽象的理性化的特點。他們
與其說是實在的形象本體，不如說『寓言』的符號載體更為確切。」[143]有
論者曾經抱怨魯迅《故事新編》的雜文化傾向，其實從此意義上講，魯迅
的第三重境界恰恰應該是雜文指向的延伸和開拓。從小說的精神指向來
講，《故事新編》的用意、作用和魯迅的雜文可謂有異曲同工之妙，當
然，它們的表現方式可能差之甚遠。

　　難能可貴的是，意義深遠的三重世界並非涇渭分明、互相抵牾，在魯
迅那裡，它們是搭建小說大廈架構的親密無間的「三合板」。這裡的主體
介入顯然又體現為作者的敘事和駕馭能力。

3.重寫空間的探尋和策略的推進

　　需要指出的是，如果新編者不想受困於經典前文本的壓力和重寫的焦
慮，他必須注意重寫空間的探尋和敘事策略的推進問題。

　　書寫者自然不能完全受制於前文本的歷史性，他首先注意的必須是尋
找重寫的可能空間，這當然取決於書寫者自身的觀念和視野。如果我們反
觀魯迅的《故事新編》就不難發現，魯迅的「形態創新並不是簡單的藝術
技巧和藝術表達，它首先還是一個思想觀念和思維視野開拓的問題」。[144]

　　重寫必須在尊重歷史的基礎上儘量超越前文本，時代的特徵固然是一
個輔助，但同時書寫主體的各種造詣（思想觀念、閱讀視野、知識涵蓋、
洞悉社會等）也非常重要。我們往往驚羨於各種大師和先驅們的理論涵養
和質的突破，但其實，這一切同樣也可能是一個優秀的書寫者通過體悟所
能達到的。五彩繽紛的流派與主義，形形色色的形而上的思想與觀念往往
是個體對世界和人生闡釋的高度總結。「現代主義是闡釋世界的一種模
式，後現代主義或現實主義或象徵主義亦是如此……也許最為有趣的事情
是，這些闡釋世界的變化的模式是由那些以此表現某種相對於其先驅的更
具獨立性的人們發明設計的。」[145]在歸結到具體操作時，如果重寫的是人
物，我們自然最好能夠洞察不同時代人性的變遷，在此基礎上才有可能進
行更深一層和超越性的新編。

　　當然，不容忽視的還有敘述策略的更新。眾所周知，故事新編首先是
小說，如果力圖讓新編成為新經典，就必須面對同樣的敘事更新問題。從
敘事和現實的關係角度考量，敘事往往被解釋為隱喻了人類對現實世界的

---

[143] 吳秀明著《歷史的詩學》（杭州：浙江人民出版社，1994），頁314-315。
[144] 吳秀明著《歷史的詩學》，頁126。
[145] D‧佛克馬、E‧蟻布思著，俞國強譯《文學研究與文化參與》（北京：北京大學
　　出版社，1996），頁96-97。

折射與操控欲望。「用稍微大而化之的說法，敘述把人格的理想加以世俗化，把靜態的人格落實為動態的人物，而人物又不一定等於實際的你我。從心理分析的觀點，動態的人物在敘述的表意鏈上，一而再，再而三的將人生的種種一一呈現，營造幻想的世界，並借此象徵手法來控制外在世界。」[146]

毋庸諱言，如果回到敘事本體上來，敘事同樣也有它的傳統和主體性。古往今來，正是小說家的敘事更新暗合了時代的本質特徵的變遷，回應也喚起了受眾的更高水準的閱讀期待。邁納曾經提出了「敘事界限（narrative bounds）」[147]的概念用以研究韻文敘事，而實際上，我們也可以將之推而廣之，成為所有敘事更新開拓的底線，當然，這其中同樣包含了應有的尊重。

魯迅的《故事新編》作為20世紀中國現代小說史上的此類文體小說的開創者，創設了許多精妙的敘事模式，以致許多原則都成為了難以逾越的經典範式。如果後繼者只是在魯迅的模式中邯鄲學步，自然很難超越，或者哪怕是部分的超越。魯迅自然也有他的時代性和超越性，後繼者必須善待自身時代的特質，同時提升自我的思想深度、道德倫理以及銳意創新意識，才有可能進行令人耳目一新的新編，也才有可能加強和延續這一文體的合法性，當然，新經典的出現更加因此有可能宣告它的強大與尊嚴。至於後繼者怎樣繼承並發展故事新編小說，本書會在下編中進行詳細論述。

---

[146] 周英雄著《比較文學與小說詮釋》（北京：北京大學出版社，1990），頁199。
[147] 厄爾·邁納（Miner, Earl Roy）著，王宇根等譯《比較詩學：文學理論的跨文化研究箚記》，（北京：中央編譯出版社，1998），頁236。

下編 眾聲喧嘩：介入的狂歡節譜系

美國著名學者安敏成（Marston Anderson 1952-1992）在論及魯迅的現實主義小說（以《吶喊》和《彷徨》為中心）時曾經非常銳利地指出了魯迅小說作為中國現代小說經典的繁複雙重性，「在幻滅與希望之間，魯迅展示又阻礙了他創造的小說實效。他冷酷的反省最終擾亂了西方的小說模式，觀察者確定的客觀性與讀者淨化反應的圓滿被雙雙打破……當其他作家接過魯迅開創的新的小說模式時，他們一同接納的還有深刻的道德懷疑和形式的不確定性。」[1]某種意義上說，這種特徵還可以推而廣之至其獨特的《故事新編》上。

魯迅的《故事新編》既開創了書寫的豐富範式，卻也為後來的書寫者提供了可能更加狹窄的發展空間。比較而言，魯迅同時代或臨近的作家往往難以擺脫他的強勢的光環的遮蔽，而實際上，真正能夠突破魯迅故事新編體小說書寫范式的作家同樣也是少之又少。比如郭沫若，雖然很早時期也是聲譽甚隆，但實際上，郭沫若的故事新編書寫（包含戲劇和小說）往往有其很強的意識形態或時代色彩，個人的主體介入個性卻並不那麼鮮明，往往他的新編因此有些顯得比較生硬和膚淺。有論者指出，郭沫若的某些詩劇，如《棠棣之花》等，「都顯然暴露了他頭腦中的傳統觀念。他與傳統的聯繫不是無法切斷的那種聯繫，而是認識不清和價值選擇上的不自覺，是現代知識準備不足和價值選擇的模糊不清。所以，他雖然歌頌創造精神，表現反抗精神，但作品中所表現的抒情主體意識卻沒有掙脫傳統的鎖鏈。他的反叛只是表層的。」[2]因此，本書的個案選擇往往更加側重具有文類意識的突破和文體意識的創新的文本，而對較多重疊或者了無新意的文本論述則從簡。

時代的車輪滾滾向前，有關故事新編書寫的環境也是不斷變遷。從文學（尤其是小說）書寫自身的整體思潮和內在線索來看，1930-1940年代的小說文體意識比五四時期有了較大的發展和推進，這無疑推進了小說創新的現代化和多樣化進程。「小說文體意識的增長，促使作家們在其創作實踐中更加重視不同小說體式的品類特徵和藝術個性，加深了他們對一些特定體式具有特定聯繫的小說藝術方法和技巧的體會與理解，這也從一個側面推動了現代小說體式向藝術的精緻化和定型化的方向發展。」[3]在此背景下，故事新編的書寫也沐浴其澤，有了較大的突破。當然，如果我們要討論其中的集大成者，我想我們得從施蟄存談起。

---

[1] 安敏成著，薑濤譯《現實主義的限制：革命時代的中國小說》*The Limits of Realism: Chinese Fiction in the Revolutionary Period*（南京：江蘇人民出版社，2001），頁96。

[2] 李新宇著《魯迅的選擇》（鄭州：河南人民出版社，2003），頁243。

[3] 馮光廉等主編《中國近百年文學體式流變史》（北京：人民文學出版社，1999），頁139。

第六章　施蟄存：欲念書寫

　　施蟄存（1905-2003）現代作家、文學翻譯家。曾用筆名青萍、安華、李萬鶴等。原籍浙江杭州。8歲時隨家遷居江蘇松江（現屬上海市）。1921年考進杭州之江大學，次年入上海大學，開始文學活動和創作。1926年轉入震旦大學法文特別班，與同學戴望舒、劉吶鷗等創辦《瓔珞》旬刊。1928年後任上海第一線書店和水沫書店編輯，參加《無軌列車》、《新文藝》雜誌的編輯工作。1932年起主編大型文學月刊《現代》[1]。1934年，與阿英合編《中國文學珍本叢書》。1952年院系調整後一直在華東師範大學中文系任教授。施蟄存的小說不是太多，主要有如下幾個短篇集子：《江幹集》（上海：文明書局，1923）；《追》（上海：水沫書店，1929）；《娟子姑娘》（上海：亞細亞書局，1928）；《上元燈》（上海：水沫書店，1929；修訂版，上海：新中國書局，1932）；《李師師》（良友圖書印刷公司，1932）；《將軍底頭》（新中國書局，1932）；《梅雨之夕》（新中國書局，1933）；《善女人行品》（良友，1933）；《小珍集》（良友，1936）等。[2]

　　施蟄存在20世紀中國文學史上的地位、角色及其相關複雜定位似乎是一件耐人尋味的事情。長期以來，對「感時憂國」傳統的過分功利性強調，使得施蟄存成為大陸中國文學史敘述上被壓抑的他者，即使偶爾提及，往往也會因他與文壇巨匠魯迅的有關《莊子》等的論戰，而被加以「洋場惡少」[3]的面具進行長期不實又片面的批判。改革開放前的文學史論述基本上算是上述論斷的生動又忠實的例證。哪怕到了20世紀80年代中

---

[1]　有關對〈現代〉雜誌的評介可參張永勝著《雞尾酒時代的記錄者——〈現代〉雜誌》（上海：上海人民出版社，2003）。

[2]　比較具體的有關施蟄存創作路線演變或者說文學道路發展的論文可參黃忠來〈圍困與突圍：解讀施蟄存〉，見《魯迅研究月刊》2002年第4期，2002年4月，頁57-62。

[3]　魯迅與施蟄存的論爭是現代文學史上的一樁公案，顯然，從後續的實踐來看，衝動而自尊的施蟄存為此付出了不該有的代價。在此過程中，魯迅顯然也有他自以為是的一面，但施蟄存也有不能理解魯迅苦心的一面。如李新宇就指出，「魯迅並非有意批判施蟄存，而是有感於一種文化復舊……施蟄存不是自覺的復古主義者，但他不理解魯迅的思想，不知道自己何錯之有，更感覺不到所涉及的問題在魯迅那裡是何等嚴重……因為他不是五四過來人，不瞭解新文化運動的文化努力，作為年輕人，他早已在新的社會氛圍中回到了傳統天然合理的老路上。」見李新宇著《魯迅的選擇》（鄭州：河南人民出版社，2003），頁206。而有關施蟄存本人的認識，可參張泰〈中間立場不老文心〉，見《南方都市報》2003-11-21中施在接受弟子等人採訪時的感言，「這場爭論毫無意義，左聯的許多爭論都無意義，是吵架。」

後期，這種情況仍然部分存在。如溫儒敏（1946-）就仍然沒有意識到施氏的非凡現代性特質，而將之納入現實主義的框架內。「三十年代的心理分析派作為一個流派出現，並沒有對現實主義構成威脅⋯⋯畢竟不同於西方非理性、反現實主義的現代派。它與現實主義的聯繫是比較親近的⋯⋯這一派所以未能站住腳根，取得碩果，從根本上說，是因為內容空虛而單純追求形式的新奇，既與現實生活脫節，又不適應民族審美心理與欣賞習慣，成了『小圈子』裡的東西。中國的國情和當時的時代氣氛，都沒有提供適宜現代主義生長的條件。」[4]甚至到了1990年代的一些論著中，也未能真正意識到施的價值。如吳中傑和吳立昌主編的《1900-1949：中國現代主義尋蹤》[5]專書就主要是從總體上專論「新感覺派」，立論平穩，無甚新意，對施蟄存的具體論述一如蜻蜓點水，淺嘗輒止。

真正敢於為施氏翻案並讓人對其刮目相看的還是李歐梵。李屢屢提及施的獨特性：他視之為「廿世紀中國現代文學的開創者」或者是20世紀30年代文學實驗與創新的領袖人物。「在革命的大前夕，歷史的洪流和巨浪似乎早已淹沒了少數在文學技巧的創新上默默實踐和耕耘的人，施先生可以說是這一群少數人中的領袖。」[6]當然，需要指出的是，李的近乎矯枉過正似的評判顯然有所指，至少也是對之前陳詞濫調的實際反撥。當然，吊詭的是，如果我們今天平心靜氣的看待施的文學創作的實績，李也有其因個人喜好[7]而偏愛和人為拔高施的做法。

當然，有關施蟄存現代小說的定位也是眾說紛紜。影響甚巨的當屬頗具代表性的嚴家炎教授的命名──「新感覺派」。[8]但實際上，施氏本人是反對這種稱呼的，而且用「感覺」似乎也顯得過於輕飄了些。「我反對新感覺這個名詞，是認為日本人的翻譯不準確：所謂『感覺』，我以為應該是『意識』才對，這種新意識是與社會環境、民族傳統息息相關的；社會環境變化快，而民族傳統不容易變。」[9]同時，施氏對所謂的「新」感

---

4 溫儒敏著《新文學現實主義的流變》（北京：北京大學出版社，1988），頁150-151。

5 吳中傑 吳立昌主編《1900-1949：中國現代主義尋蹤》（上海：學林出版社，1995）第7章（頁381-416）。

6 李歐梵〈廿世紀文學的見證者施蟄存〉，見蘇州大學海外漢學中心網站，2017年12月6日點擊，http://www.zwwhgx.com/content.asp?id=2523。

7 如果能夠考察李歐梵對現代性的終生迷戀，我們不難理解施氏個案對他研究的重要性：無論是之於「頹廢」，還是上海摩登、都市文化研究等研究課題，他都是不可或缺的。

8 關於新感覺派的具體發展以及心理分析小說的流變的論述可參嚴家炎著《中國現代小說流派史》（北京：人民文學出版社，1995），頁125-174。

9 施蟄存〈中國現代主義的曙光──答臺灣作家鄭明娳、林耀德問〉，見施蟄存著《沙上的腳跡》（瀋陽：遼寧教育出版社，1995），頁166。

覺派到底新在哪裡也不置可否。「我那些東西只能算是『出土文物』了。
有人說很『新』，我說，『新』在哪裡？那不過是三十年代的東西呀！
無論是從新文學運動的角度還是從當時世界文學發展的狀況來看，都是如
此。要說今天還能使人感覺『新』，那實在是因為我們關門關得太長久
了！」[10]

　　甚至有些人也將他自我認同的心理分析小說誤植為心理小說，個中差
異和時空語境自然相距甚遠，後來施對此作了詳細解釋和糾正。「他們不
知道心理和心理分析的不同。心理小說是老早就有的，十七、十八世紀就
有的。Psychoanalysis（心理分析）是二十世紀二十年代的東西。我的小說
應該是心理分析小說。因為裡頭講的不是一般的心理，是一個人心理的複
雜性，它有上意識、下意識，有潛在意識。」[11]

　　至於對他小說所用文學創作流派、主義或手法的界定，似乎更加眾說
紛紜。或稱之為現代派，或稱之為現實主義，或做中庸而論，「現代的現
實主義」，認為「它可以說是傳統現實主義的深化和發展。他並沒有拋棄
傳統的現實主義的創作方法，而是在其現代現實主義創作精神的指導下，
站在『拿來主義』的立場上，融納吸收了部分現代主義手法」。[12]更有甚
者，有論者左右支絀、不無荒誕意味地論道，「心理分析小說派的藝術方
法，既不完全屬於現實主義，也不全部是非現實主義的。」[13]

　　儘管連施氏本人也頗具誤導性地宣稱，應該「把心理分析、意識流、
蒙太奇等各種新興的創作方法，納入現實主義的軌道」。[14]但總體看來，
施蟄存的大多數小說仍然算是有自身特色（古典理性色彩）的現代主義小
說。也即，他汲取了西方現代派小說的豐富涵養，卻又注入了自己的主體
性，使之成為20世紀中國文學史上一道別致的風景。如人所論，「值得肯
定的是，施蟄存的心理分析小說的真正價值在於它的對審美規範、小說美
學觀念、敘述方式、心理分析、結構藝術、人物形象的『解典型化』、語
言的非線性化以及審美形態等的理性追求，從而為20世紀中國小說的現代
主義建構作出了兆示後人的貢獻。」[15]

---

[10] 施蟄存〈中外文化交融的「斷」與「續」──答《人民日報》記者強尼問〉，見施
蟄存著《沙上的腳跡》，頁158。
[11] 施蟄存〈為中國文壇擦亮「現代」的火花〉，見施蟄存著《沙上的腳跡》，頁177。
[12] 李俊牡〈施蟄存小說論〉，見《龍岩師專學報》2002年第2期，2002年4月，頁41-
44。引文見頁44。
[13] 施建偉著《中國現代文學流派論》（西安：陝西人民出版社，1986），頁13。
[14] 施蟄存〈關於「現代派」一席談〉，見《文匯報》1983年10月18日第3版。
[15] 張邦衛〈從唯美到功利的嬗變──作為文化現象的施蟄存小說創作轉型批判〉，見
《長沙電力學院學報》1999年第3期，1999年8月，頁81-86。引文見頁82。

也有論者很中肯的指出了施氏小說的時代革新意義和具有超越性的一面,「事實上,新感覺派小說開拓的空間恰為寫實主義所無力滲透之處……中國小說到晚清時代在內容上開始走進當代社會,已具有相當大的革新意義;新感覺派小說的內容帶進都市生活的每一個細節中,同時深入人類異化的心靈世界,在主題場域上無疑別闢新境。」[16]回到本書研究的重心上來,施氏的故事新編體小說同樣也凸現了其別致的現代風采。他的該題材的小說主要集中在其小說集《將軍底頭》中,外加幾個散篇。代表作有《鳩摩羅什》、《將軍底頭》、《石秀》、《阿襤公主》、《李師師》、《黃心大師》等。

整體上看來,施蟄存接過了魯迅在現代文學史上創出的新文體——故事新編體小說,非常集中地注入了當時滾滾時代潮流所忽略的文學的現代性質素。同樣,如果我們對比新舊文本我們可以讀出其獨特的主體介入。「施蟄存的故事畢竟是現代的,它異於古本唐傳奇之處,也在於這些故事背後的現代心理知識,經過佛洛德學說的薰陶,色欲變成了這個古文明內心最大的『不滿』,它的蠢蠢欲動之勢,是任何道行高超的英雄豪傑抵擋不了的。」[17]當然,問題的關鍵在於:施蟄存怎樣營構他的故事新編?如何介入?為論述方便計,筆者打算主要分兩個層面展開論述:1介入的主題與意義;2介入的程度、層次與效果。

第一節　主題與意義:欲念的狂歡

與魯迅相比,施蟄存的故事新編體小說的主題相對比較集中,如果簡而言之,我們可以稱之為欲念書寫。李今(1956-)曾經非常敏銳地感知到了施氏此類小說主題的共同之處——日常性和世俗性,「作者以日常生活的意識把一切有違其邏輯,或超越其形態的『神聖』、『神奇』的歷史敘述和傳說改寫為常人的和日常生活的形態,這種一致性可以說是他的人性觀的投影,反映了他對人的世俗性具有穩定性的看法。」[18]

需要指出的是,李今的論述因為其自身論題的限定也因而簡化了施的小說書寫主題。而實際上,在我看來,施氏小說頗有種帶著鐐銬跳舞的自得,儘管它的書寫主題範圍比起前人顯得相對單調,但它對欲念的五彩繽

---

[16] 此結論是鄭明娳、林耀德的觀點,收在施蟄存〈中國現代主義的曙光——答臺灣作家鄭明娳、林耀德問〉,見施蟄存著《沙上的腳跡》,頁163。

[17] 李歐梵著《現代性的追求》(北京:三聯書店,2000),頁116。

[18] 李今〈日常生活意識和都市市民的哲學〉,見《文學評論》1999年第6期,1999年10月,頁82-94。引文見頁84。

紛的闡發已經超出了平淡的「日常」的涵蓋範圍和程度，因此我們更應該稱之為欲念書寫，甚至是欲念的狂歡，而非僅僅是世俗或日常。其實，我們通過簡單的線性比較就可以發現這一點。比如同樣和佛洛德理論的有關書寫者魯迅、郭沫若等其故事新編書寫，其欲念的介入和鋪張就遠比施氏遜色。簡單而言，施蟄存在如下幾個層面展示了欲念的狂歡：

一、欲念的繁複功用

如果我們細讀施氏的小說文本[19]，我們不難感知欲念在其中的複雜姿彩和功用，儘管施蟄存本人謙虛地說，「不過是應用了一些Freudism的心理小說而已」。[20]甚至有論者一針見血指出，「真正把性與現代派手法結合起來又獲得較大成功的是《現代》雜誌的施蟄存。」[21]在施氏故事新編小說那裡，人的欲念可以成為一種不可或缺的人性標誌，也可以吊詭地成為一種魅惑，甚至是迷思。它同樣可以凸現個體人的主體性，卻又同時可以成為控制個體的幻夢。施蟄存對欲念的強調其實反映了他對人性的高度體認和深入探勘。他「從自己的心理感受出發，將古人現代化、自我化，借古人古事寫自我，表現現代都市人的心態。」[22]

（一）《鳩摩羅什》：三重人格欲念的狂舞

《鳩摩羅什》截取了有關羅什人生旅途中奔赴和客居長安的一段，在基本上遵循了舊文本[23]敘事框架的前提下，施蟄存有關欲念的注入著實更加令人矚目，甚至有關此段歷史的書寫者也注意到了這一點，並評價道，「現代作家施蟄存則在小說中寫他身上佛性與人性的衝突，以及他潛意識中的人性萌動，這就是見仁見智了。」[24]

---

[19] 需要指出的是，本章所用的文本是王富仁 柳鳳九主編《中國現代歷史小說大系》第4卷（石家莊：河北人民出版社，1999）有關施蟄存的那一部分，引用時本章只注頁碼。

[20] 應當指出的是，此處的語境是施氏反對將他界定為新感覺派的應答和糾正。見陳子善、徐如麟編《施蟄存七十年文選・我的創作生活之歷程》（上海：上海文藝出版社，1996），頁57。

[21] 馬以鑫著《中國現代文學接受史》（上海：華東師範大學出版社，1998），頁235。

[22] 方長安〈論三十年代現代派小說〉，見《文學評論》1998年第2期，1998年3月，頁138-149。引文見頁144-145。

[23] 有關鳩摩羅什生平的介紹，主要可參[梁]釋僧佑撰，蘇晉仁 齊練子點校《出三藏記集・卷十四》（北京：中華書局，1995），頁530-535；[梁]釋慧皎撰，湯用彤校注、湯一玄整理《高僧傳》（北京：中華書局，1992），頁45-60；李山、過常寶主編《歷代高僧傳》（濟南：山東人民出版社，1994），頁56-66。

[24] 李山、過常寶主編《歷代高僧傳》，頁65。

　　欲念在小說中的姿態之一首先就是成為羅什回憶中參悟禪法的美麗誘惑：美女表妹的月夜相伴使得他難免「有些心中不自持了」（頁5）；在待到表妹成為他的妻室後，作為欲念的愛戀又成為揮之不去的「大危險」（頁8），甚至連蓮花與臭泥不相干的經典譬喻也成為一種難以告人的虛妄；繼而，在奔赴長安的途中，作為欲念的凝結體，他的美妻甚至變成了一種災難和損害，如果她跟去了秦國，就會「阻梗」「事業」、「損害」「令聞」（頁11）。

　　妻子的比較及時（趕在鳩摩羅什抵達長安以前）的去世並未順便牽走鳩摩心中的欲念，在抵達長安後的種種經歷表明，欲念已經幻化為一種危害修行的糾纏——無論是妖嬈、淫褻的孟嬌娘，還是不斷浮起的美妻的容顏記憶，還是後來的有關宮女的幻覺都無法掩蓋如下的事實——欲念在泛起：或作為人性的生理必需，或作為世俗的愛戀情愫，或作為修行成佛藉口中的高尚超脫之路（經歷過一切欲念才能練成不壞金剛），這已經造成了鳩摩羅什人格的三重分裂。「鳩摩羅什從這三重人格底紛亂中，認出自己非但已經不是一個僧人，竟是一個最最卑下的凡人了。現在是為了衣食之故，假裝著是個大德僧人，在弘治王底陰覆之下愚弄那些無知的善男子，善女人，和東土的比丘僧，比丘尼。」（頁30）

　　尤其值得一提的是，小說中的「舌頭」意象非常成功地承擔了這諸種繽紛的欲念。第一個場景是，在美妻臨死前的索吻請求下，「他跪著，兩手抵著草地，俯下頭去和她接最後的吻。她含住他的舌頭，她兩眼閉攏來了。」（頁15）遺憾的是，他的舌頭成為一切圓滿之中唯一的缺憾，只是因了和欲念（美妻）的接吻。第二個有關舌頭的場景發生在他在長安講經的時候，調皮的小飛蟲不僅在他臉上繞圈，還停在其嘴唇上。「為了要維持他的莊嚴之故，他不得不稍微伸出了舌頭去驅逐那個小蟲。」問題在於，那個討厭的飛蟲的行跡可謂意味深長，「它飛了開去，向講壇下飛，一徑停住在那個蕩女的光澤的黑髮上。」（頁21）這一場景的出現無疑變相銜接了羅什的欲望之旅：飛蟲代他實現了親吻妓女的衝動。

　　第三個場景是他講經時自身的幻覺，「他的妻底幻象又浮了上來，在他眼前行動著，對他笑著，頭上的玉蟬在風中顫動，她漸漸地從壇下走近來，走上了講壇，坐在他懷裡，做著放浪的姿態。並且還摟抱了他，將他的舌頭吮在嘴裡，如同臨終的時候一樣。」（頁28）需要指出的是，這個幻覺其實是美妻和蕩女的合體，這反映了羅什心中欲念的升騰和累積。第四個場景則是在他吞針以正視聽的情況下出現的，恰恰是瞥到了旁邊的孟嬌娘，妻的幻想也浮現，「於是覺得一陣欲念升了上來，那支針便刺著在舌頭上再也吞不下去。」儘管最後旁觀者都紛紛讚歎羅什法力高深，但他

心裡卻產生著慚愧，而且「舌頭依然痛楚著」（頁32）。在此處，舌頭成為呼喚他人性的啟蒙者，同時也是尷尬的苦痛承載者。

吊詭的是，施蟄存此類舌頭的書寫並非隨意，而是可視為他顛覆之前有關驗證羅什譯經是否精准傳說的苦心經營。小說結尾時說，火葬的時候，羅什的屍體和凡人一樣枯爛了，「只留著那個舌頭沒有焦朽，替代了舍利子留給他的信仰者。」（頁33）問題在於，在施蟄存那裡，羅什舌頭的保留恰恰是因為它承擔和接觸了活生生的欲望、人情和人間愛戀，吊詭的是，這恰恰是修行的羅什一直刻意祛除的，反過來，倒是它為羅什保留了神聖性和莊嚴的合法性。[25]

（二）《石秀》：被扭曲的凡俗欲念

欲念在這篇小說中的表現姿態則別有風貌，我稱之為被扭曲的凡俗欲念，顯然其因有自。而實際上，在這篇新編過的小說中，欲念的彰顯和爆發有著循序漸進的推進。儘管在李歐梵看來，它是一部驚天之作，因為「在此之前，中國從來沒有一位現代作家敢在一部作品中融入觀淫癖、虐待狂和屍體解剖。」[26]而實際上，筆者認為，小說中這個結論的匯出，卻絕對不是平地驚雷、無中生有和嘩眾取寵的故意炒作。反過來，這種誇張的結局恰恰也是因為凡俗的欲念被過度壓抑和扭曲所致，從根本上講，仍然是凡俗欲念的雖然誇大卻是合理的變形。

潘巧雲的蕩婦形象在《水滸》中並沒有得到充分的挖掘，似乎在眉來眼去中她和裴如海就勾搭成奸，而作者也就迫不及待地稱她為「淫婦」。[27]但在《石秀》中，她在成為男性客體的同時，也有自己的主體性，儘管仍然相對微薄。

首先需要指出的是，潘巧雲成為「淫婦」的首要條件是由於石秀的男性注視下的人為臆想：由她的美豔到聲音的嬌甜，再到有關美腳的進一步意淫（從腳到人），「是的，這樣素潔的，輪廓很渾圓的，肥而不胖的向後伸著的美腳⋯⋯那個美麗的潘巧雲的」（頁74）。應當說，石秀和潘之間的暗秘欲望是一種互相的吸引。當然，曾經做過勾欄女的潘也有她淫蕩的種種素質和基礎，在施的筆下，她的美豔的淫藝也令人遐想，「而在這

---

[25] 史書美也認為舌頭恰恰是「永遠的欲念的象徵」。Shu-mei Shih, *The Lure of the Modern: Writing Modernism in Semicolonial China, 1917-1937* (Berkeley, Los Angels, and London: University of California Press, 2001), p.363.

[26] 李歐梵〈探索「現代」──施蟄存及《現代》雜誌的文學實踐〉，沈瑋 朱妍紅 譯 潘文國校，見《文藝理論研究》1998年第5期，1998年7月，頁41-52。引文見頁49。

[27] 具體可參施耐庵著，蔣祖鋼校勘《古本水滸傳》（二）（石家莊：河北人民出版社，1985）第44、45回，頁97-119。

一瞬間的美質的呈裸之時，為所有的美質之焦點者，是石秀所永遠沒有忘記了的她的將舌尖頻頻點著上唇的這種精緻的表情」（頁83）。我們需要指出的是，潘自然也有她的人性需求。忙於公務的楊雄不能及時盡到丈夫的責任是她紅杏出牆的要因之一；而第二點原因也讓她和和尚的勾搭有其合理的一面：裴如海原本是她青梅竹馬的表哥。

更為關鍵的是，在小說中，潘與和尚的姦情的發生，石秀在其中起到了很大作用。在他們的互相交往中，原本可以的兩情相悅因為石秀的臨陣退縮（朋友妻，不可欺）而失敗了，「石秀終於對潘巧雲輕蔑地看了一眼……在窗外，他羞慚地分明聽得了潘巧雲的神祕的，如銀鈴一般的朗笑。」（頁89）而後果似乎比較明顯，「潘巧雲已有好幾天不到作坊裡來了」（頁86）。後來石秀由於愛欲、種種思想的鬥爭等的折磨而去勾欄嫖娼尋求解脫。回來後一月多，他更覺得潘的態度「愈加冷酷了，每遭見面，總沒有好臉色。」（頁96）不難讀出，潘的姦情和她對石秀的熱切的性期待落空從而需要彌補／替代有關。從此意義上講，她的此一方面的欲求有其凡俗和合情的一面。

至於石秀的英雄角色的塑造，同樣也包含了類似的邏輯。施蟄存認為，英雄的形象也可以是五光十色的，「有些英雄是經過理智的思考，而表現出他的英雄行為，有些英雄行為是偶然的。還有些英雄，做了英雄的行為，肚子裡是不高興的，因為違反了他自己真正的思想……所以簡單的把人的行為看成是簡單的心理活動的這種人，沒有法子理解心理分析的。」[28]

施蟄存揭露的是作為梁山好漢石秀的英雄類型的「真實」面目，兄弟情深但厭女，也是一個比較凡俗的、生活化的英雄。他挖掘出那些被忽略的主體生存的內在思想，賦予他們鮮活的生命力和豐滿的血肉。這當然也包含了他們的真實的醜陋性格：嗜血、虐女狂或者性壓抑等。「《石秀》作者在人物的性心理描寫中，帶著自覺的歷史意識，將人物內心與社會有機結合起來，努力開掘人物性格中的文化積澱，刻畫了人物永久傳統因襲的沉重負荷與心理差異，從而真實地反映了歷史的本來面目。」[29]

石秀，這個一度被簡單化了的英雄，在施蟄存那裡恢復了「本來」的面目。他不再是只會打打殺殺、喝酒吃肉的莽夫，他也有自己的欲望和愛恨情仇。對潘巧雲的複雜感知凸現了他的真實人性。需要指出的是，一些論者往往覺得石秀的性格發生了邊變：虐待狂、變態狂等，令人不可接

---

[28] 施蟄存〈為中國文壇擦亮「現代」的火花〉，見施蟄存著《沙上的腳跡》，頁182。

[29] 陶格〈一個變態人格的心理流程——談施蟄存的心理分析小說《石秀》〉，見《貴州民族學院學報》2002年第1期，2002年2月，頁49-53。引文見頁52。

受。而實際上，石秀的性格是一種循序漸進的延伸，它的變異有其內在的邏輯。整體上而言，「小說側重於寫原始本能，寫一種潛隱的性心理，把它與江湖道義交織在一起，提供了新的石秀。這兩個石秀的差異，實際上是集中地、典型地顯示了兩種文化（古老的傳奇文化和都市時髦文化）趣味的差異。」[30]

　　具體說來，石秀在小說中是一個猶疑不定的角色。他的做人原則讓他保持英雄的本色，但是，他的潛意識卻暴露了他的紅塵性格——對潘巧雲的欲望和自私的一面。即使他對裴如海的嫉恨很大程度上也是因為他對潘巧雲未曾選擇自己而產生的，「對於楊雄的憐憫和歉意，對於自己的思想的虛偽的呵責，下意識的嫉妒，熾熱著的愛欲，紛紛地蹂躪著石秀的無主見的心」（頁92）。我們不妨來看看石秀性格演變的內在理路。

　　石秀對肉體的迷戀癖我們可以從他的初見潘巧雲的戀足癖窺得端倪，同時我們不要忘記，他還是個合格的屠夫，想必對於殺戮並不陌生。繼而我們考察石秀對鮮血也有他的迷戀。他在初見潘與其丫環的時候，就有類似的幻象，「石秀好像在一剎那間覺得所有的美豔都就是恐怖雪亮的鋼刀，寒光射眼，是美豔的，殺一個人，血花四濺，是美豔的，但同時也就得被稱為恐怖」（頁78），石秀顯然一直在腦海中回蕩著虐待和殺人的變態思想。在他去勾欄嫖妓的時候，誤傷了為他削梨的妓女，小刀割破了她的一個指頭。在石秀看來，這是多麼獨特而迷人的場景啊。「在那白皙、細膩、而又光滑的皮膚上，這樣嬌豔而美麗地流出了一縷朱紅的血……詫異著這樣的女人的血之奇麗，又目擊著她，皺著眉頭的痛苦相，石秀覺得對於女性的愛欲，尤其在胸中高潮著了。這是從來沒有看過的豔跡啊！在任何男子身上，怕決不會有這樣美麗的血，及其所構成的使人憐愛和滿足的表象罷。」（頁95）我們不難從中讀出石秀的變態：看到女人的血就可以達到高潮。而在他準備宰殺裴如海時，也是充滿了欲念。他看到了和尚「強壯的肌肉」，心中感歎，「這是不久之前，和那美麗的潘巧雲在一處的肉體啊，彷彿這是自己的肉體一般，石秀卻不忍將屈膝邊插著的刀來殺下去了」（頁103）我們同樣可以感知石秀對裸露身體的癖好以及對潘的不盡的欲望。而在他終於殺了一個和尚和一個頭陀以後，「石秀昏昏沉沉地聞著從寒風中吹入鼻子的血腥氣，看著手中緊握著的青光射眼的尖刀，有了『天下一切事情，殺人是最愉快的』這樣的感覺」（頁104）。如果回顧一下石秀自身的思路，我們似乎並不覺得這個結論過於突兀，因為這是迷糊的石秀嗜血的本能反應。

---

[30]　楊義著《中國現代文學流派》（北京：人民出版社，1998），頁223。

　　殺人後在客店避風的時候，石秀曾經回憶起娼女手指流血的場面，並且發生了聯想，如果這把刀捅進潘巧雲，甚至潘之侍女迎兒的身體裡，該多麼令人激動啊。在遲退了潘的死亡痛苦以後，他想到，「想像著這樣的場景，又豈不是很出奇地美麗的嗎？況且，如果實行起這事來，同時還可以再殺一個迎兒，那一定也是照樣地驚人的奇蹟。」（頁105）讀到此處，我們不難察覺，剩下的情節幾乎就是石秀變態臆想的逐步實現。從此方面看，施蟄存似乎還是很保守，他一再為這個觸目驚心場景的出現進行操練和鋪墊。在石秀找楊雄談及此事後，石秀仍然出現了類似的幻想，「潘巧雲和迎兒的赤露著的軀體，在荒涼的翠屏山上，橫倒在叢草中。黑的頭髮，白的肌肉，鮮紅的血，這樣強烈的色彩的對照，看見了之後，精神上和肉體上，將感受到怎樣的輕快啊！」（頁108）而在審判潘的姦情的過程中，當石秀揭穿潘的淫亂時，她有些慌恐。「石秀看著她這樣的恐怖的美艷相，不覺得殺心大動，趁著這樣紅嫩的面皮，把尖刀直刺進去，不是很舒服的嗎？」（頁109）不難看出，石秀的殺心大起，其實延續了他之前的幻想，是嗜血的理想的實現。甚至在他聽了楊雄的吩咐為潘剝衣時，也是有著逐步接近成功的欣喜，「石秀屢次故意地碰著了潘巧雲的肌膚，看她的悲苦而洩露著怨毒的神情的眼色，又覺得異常地舒暢了。」（頁111）

　　迎兒的血淋淋的死給石秀帶來了略有波折的感受，「石秀稍微震懾了一下，隨後就覺得反而異常的安逸、和平。所有的紛亂、煩惱、暴躁，似乎都隨著迎兒脖子裡的血流完了」（頁111-112）。儘管石秀為迎兒的死有了些許的震撼，但是他更感覺到了自己欲望找到了發洩的出口。而在潘巧雲被刺殺的過程中，那段眾人皆知的有關解剖時的屠殺的精細描寫更是令他感到高潮滾滾而來的愉快，「真是個奇觀啊，分析下來，每一個肢體都是極美麗的。如果這些肢體合併攏來，能夠再成為一個活著的女人，我是會得不顧著楊雄而抱持著她的呢。」（頁112）

　　總結石秀「嬗變」的歷程，我們不難發現，這其實更是一個有血有肉的英雄陰暗面在合適語境中的有計畫的爆發。如果我們考量背後的更深層含義的話，石秀的虐待狂等特徵顯然也充斥著性別意義上的權力話語維護意味，「施虐與受虐源於權力的失衡。在性別政治中兩性之間的關係構成權力的縮微，並被當作一切政治關係的基礎和原始模式。在父權體制中性別差異的客觀事實成為把女性置於從屬地位的基礎，這樣，同時也維護了男性自身性別的利益與權威。」[31]

---

[31]　林濱〈李拓之歷史小說的現代形態〉，見《福建師範大學學報》（哲社版）2002年第1期，2002年1月，頁74-79。引文見頁76。

　　另外，值得注意的是，這個過程更應該是凡俗的石秀欲念被扭曲後的集中發洩和報復，因為他是英雄的緣故，這個事故似乎也就因此顯得更加觸目驚心。

　　同樣，如果我們考察其他篇目中的欲念書寫時，我們也不難發現其中的多姿多彩。《將軍底頭》中的欲念書寫我們可以視之為**人性的支撐**。花將軍恰恰是因為士兵欲念的發作所造成的過失而過分嚴厲的處置了他──賜死。當然，這本身就包含了自私的因素：他也同樣喜歡上那個被士兵騷擾的漢族女子，甚至對她產生了意淫式的佔有欲望（頁59-60），最後竟然去求愛和調戲。後來在與吐蕃的軍隊交戰時，將軍看到姑娘的哥哥陣亡時，又不應該的想到了照顧姑娘的責任，臨陣逃脫，卻無意間被敵人偷襲砍頭。但他並沒有倒下馬背，恰恰是由於欲念的支撐，他不僅殺死了仇敵，而且跑到姑娘面前，結果在姑娘的調侃中，「將軍突然感到一陣空虛了」，他倒了下去。當然，這裡的砍頭本身包含了性的意味：他被閹割的同時還有他的性欲實現的可能性。

　　在《阿襤公主》中欲念成為一種**悲壯的禍害**。大理總管段功背負了亡國之仇，卻因了欲念而將戀愛置於其上。「一想到戀愛，他完全是個平凡的俗人了。」（頁118）耐人尋味的是，恰恰是因了欲念，他也為善闡城的驢兒丞相所害；反過來，這種欲念卻又激勵了他的愛人──阿襤公主。這不僅使得她超越了種族的狹隘，而且還有意為王夫復仇。然而，最後的結局是她企圖毒死驢兒的計謀被後者識破反倒被逼飲下毒酒身亡──欲念成為令人遺憾的、具有悲壯意味的殺手。

　　《李師師》中反映了欲念的複雜和人為對它的僭越與侵蝕──**欲念的混雜**。一代名妓李師師對鉅賈趙乙的銅臭熏人作風和市儈習氣是頗為不屑的，她其實更加喜歡「溫柔旖旎」的詞人兼開封府監稅官周邦彥，他體貼溫和，令人如沐春風。這種欲念的升騰反映了李師師作為高級妓女的主體思維以及真切感受。但當他知道所謂趙乙就是當今皇帝的時候，她不禁、也不得不浮想聯翩，恍然覺得自己的身份大增，幸福感也泛起，甚至在她再次遇見周邦彥時，竟然在醉眼朦朧時產生了真實的「錯覺」，「皇帝是最尊貴，最富有，並且最多情的人！」（頁155）當皇帝真的簇擁而入時，她很清醒地明白，「他有權力，使她連憎厭都不敢的」（頁156）。這在在說明瞭連原本比較真實的感覺──欲念，其實也蘊含了許多權力、地位等的混雜附麗與摻入。

　　而在《黃心大師》中欲念因緣際會的（不得不？）化作**拯救的催化劑**。經歷坎坷奇特的黃心大師俗性馬，閨名璐兒。出生時有異相，年輕時聰穎貌美。後來嫁作季姓茶商人為婦，因「遇人不淑，流而為伎」。後來

在她有機會和她的商人老公破鏡重圓時，她卻仍然選擇了做歌姬。之後因為自己戀愛上的「苦悶與幻滅」，落髮為尼，竟然很快成為小庵裡名聲／道德在外的女主持。後來她發願要鑄造48000斤的精銅大鐘。儘管有人善心捐助，但是在鑄造時卻一連八次都未成功。第九次時，黃心大師親自檢審並等待那捐助的女善士來上香。後來，代替生病的太太前來的男主人卻是昔日的季茶商。黃心在認出季以後，心中羞惱難免，欲念升起。為保證大鐘的鑄成，同時更重要的是，為了了斷令人尷尬的因緣，她縱身跳入了沸滾的銅液中，大鐘亦煉成。在此篇小說中，施讓人的欲念化作了眾人皆知的拯救神話，而實際上它卻反映了少為人知的人性的脆弱和曖昧。

如果我們初步總結施蟄存主體介入的欲念層面，我們不難看出各種的狂歡色彩和豐富姿態。簡約而言，他的操作歸根結底是對人性，尤其是心靈深處和直覺、下意識、潛意識等的深入挖掘。他的書寫在其個人歷史上是一個創舉，從文學史角度來講，他也頗有可圈可點之處。如人所論，其「作品深刻的立意在於從一個特殊的角度弘揚人性，光大五四以來新文學中綿互不斷的人本主義精神。」[32]

二、衝突的狂歡

從表面上看，施蟄存故事新編小說似乎主要是圍繞了欲念而展開的狂歡。但在此紛紛擾擾欲念姿態的背後，卻隱含著諸多複雜的衝突，我稱之為「衝突的狂歡」。大致而言，這種衝突可從內外兩個層面進行闡發。

（一）外在衝突

首先是**外在身份**的衝突。這個身份的本身包含了多重內容，比如種族、宗教信仰、職務等。表面上看來，這些外在的身份似乎只是可以剝落的外衣，而實際上，恰恰是這些外在的身份尷尬或衝突引起了人內在心靈的衝突或變形。有論者指出，「花驚定、鳩摩羅什因著民族、道義、宗教信仰等種種文化因素的制約和抑壓而失卻了自我，其自然生命形式便在這樣的制約和抑壓中變了形狀。」[33]

考察施氏的故事新編小說，我們不難發現各種紛繁蕪雜的外在身份衝突。《鳩摩羅什》中羅什心中的錯亂與矛盾恰恰是很大程度上源於他身份的尷尬，一方面，他是人人敬仰的繼承佛法的大師，另一方面，他又是自

[32] 譚楚良著《中國現代派文學史論》（上海：學林出版社，1996），頁84。
[33] 金華〈從施蟄存的小說看現代派文學對自然生命形式的呼喚〉，見《遼寧大學學報》1995年第6期，1995年11月，頁110-112。引文見頁112。

己所愛戀的美妻的丈夫。同時他的連續的異域經驗（從沙勒國到龜茲再到涼州和長安等）也迫使他不斷調整自我和身份。《將軍底頭》中花驚定將軍面對的也是身份的複雜糾葛。作為吐蕃男子和漢族女子的混血後代，他所崇尚的「祖國底光榮」恰恰是「吐蕃國底一切風俗、宗教、和習慣」，而他「終於做了大唐的武官」（頁35-36）。更加吊詭的是，他必須統率著一幫驍勇卻「貪婪」、「無義」的漢族士兵攻打自己祖國的鄉人，並且，他還以自己的尷尬身份不可遏抑地愛上了一個漢族的少女。《阿襤公主》中的段平章和阿襤公主的愛戀中的身份衝突簡直就是花將軍和漢族少女的對調翻版，作為漢族的將軍喜歡的卻是敵對國家的異類女兒。《石秀》中的身份衝突看似簡單，實際上，這也恰恰顯出了新舊文本互涉中石秀的角色糾纏：他是頂天立地的英雄，他也是熱血沸騰的男人，同時又是楊雄的義弟。《李師師》中作為職業妓女的她和作為對愛情生活同樣充滿憧憬的少婦之間同樣存在著明顯的對抗，反映到她接客的對象上，也就是鉅賈趙乙和詞人周邦彥的對比。《黃心大師》中同樣存在著身份的複雜轉換：從天資聰穎的美少女到商人婦到歌姬再到尼姑庵主持，世俗和宗教的融合與對立也給黃心大師的故事增添了實質性的內容。

（二）內在衝突

　　如前所述，外內的身份衝突可以引起**內在心理的撞擊**。某種程度上說，之前所論述的欲念的狂歡本是也是內心衝突的主要方式之一。當然，內心的衝突顯然不止於此，它同時還應包括了人物心靈自身的對話，乃至眾聲喧嘩。施蟄存的故事新編小說的確也擅長於這一點。如人所論，「感應著都市神經的施蟄存，以其心理分析的純熟技巧，開掘著人物隱秘的內心世界，諦聽著人物內心的不同聲音，記錄著人物與自我的對話。」[34]

　　《鳩摩羅什》中的主人公其內心的衝突算是特別複雜的一個代表，甚至有論者對此指責，這成了它的缺點。「然而鳩摩羅什也並不是沒有缺點的作品，它的缺點是在寫心理錯綜方面的由複雜而至於混亂。具體說，從靈的愛戀達到肉體的享樂那過程寫得不鮮明，而有幾處甚至有使人難以解索的地方。」[35]然而，如果我們能夠逆向思維的話，這恰恰充分反映了羅什內心衝突的激烈程度，甚至連操控它的作者都因此難以駕馭。儘管如此，如前所述，羅什還是可以被簡約描述為具有三重人格的個體，他的心靈內在地混雜著如下的複雜個性——「在靈肉激烈衝突中的鳩摩羅什就顯

---

[34] 王學振〈施蟄存小說的對話性與複調〉，見《荊州師範學院學報》2002年第4期，2002年7月，頁44-46。引文見頁45。

[35] （無名氏）〈書評〉，見《現代》1932年第1卷第5期，1932年9月號，頁732。

示著這樣豐富複雜的性格內涵,隨時間空間的變化,他有時是虔誠的苦修高僧,有時則為懂得並執著於愛的凡人,甚至一時還會被純粹追求肉欲的獸性所迷惑。」[36]

《石秀》中的英雄——石秀內心也是一個萬花筒:他木訥又敏感,多情好色卻又困於古典理性,思維活躍而行動猶疑,講義氣卻又嫉妒自私……《將軍底頭》中的花將軍也有類似的矛盾性格,他的身份的複雜性的根源實質上在於他文化認同(吐蕃文化)、政治認同(效忠大唐)以及個體生理意識(迷戀漢族美女)等的難以疊合乃至分裂。《阿襤公主》中的段功身上固然凝結了種族的衝突、欲念的驅動,但同時我們還要看到他的心中其實包含了吞併善闡城、滅掉蒙古人(包括他的岳父)從而建立豐功偉業的野心。當然,這個夢想也隨著他的輕敵而同他一起被埋葬了。《李師師》中內心衝突的獨特之處就在於,政治的等級觀念對個體主體感覺的物化和異化,而這個過程似乎是難以抗拒的。世俗的皇帝完全可以影響和減弱心中「皇帝」的含金量,甚至它們有時可以吊詭的糅合在一起。《黃心大師》中也包含了充足的衝突內涵和主線:神/人,世俗/超脫,看破/癡迷等。黃心大鐘的造成與其說是黃心降魔的後果與結晶,不如說是對自己心魔的無奈埋葬。所以施蟄存也認為,「黃心大師在傳說者的嘴裡是神性的,在我筆下是人性的。在傳說者嘴裡是明白一切因緣的,在我的筆下是感到了戀愛的幻滅的苦悶者。整個故事是這兩條線索之糾纏。」[37]

小結:施蟄存故事新編小說的書寫主題有其相對集中,甚至狹隘的一面(本書在本章第二節會進行分析),他主要是以欲念為中心進行操作,但是我們應該看到,這同時也是它獨特的一面:與前人和同時代人相比,他不僅在欲念書寫廣度上很難有媲美者,而且在深度上也難尋對手。更為關鍵的是,他對人性的深沉關注以及積極弘揚,從此意義上講,施蟄存是魯迅故事新編的卓越繼承者。但與魯迅不同的是,他往往淡化了社會背景,「無意於表達什麼社會理想,而是在刻畫靈與肉的衝突、塑造人的兩重人格乃至多重人格上更勝一籌。他分別從歷史與現實的角度挖掘題材,重新解讀與描寫為人們聽慣了的故事,目的則在於變傳統文學中的單一人性為複雜人性,並按他的觀念還古人一個世俗的本真面目。」[38]當然,這

---

[36] 饒嶢吳立昌著《施蟄存穆時英劉納鷗小說欣賞》(南寧:廣西教育出版社,1992),頁84。

[37] 見陳子善、徐如麟編《施蟄存七十年文選·關於〈黃心大師〉》(上海:上海文藝出版社,1996),頁357。

[38] 劉豔〈心理分析小說的現代流變——對郁達夫、施蟄存、張愛玲的歷史性考察〉,見《東嶽論叢》2000年第4期,2000年7月,頁119-122。引文見頁120。

自然也為他的書寫埋下了過於狹窄的苦果，此為後話。

尤其值得一提的是，施蟄存在敘事和形式的追求方面有其獨特的理念和成熟的實踐，這是甚至今天的小說家與研究者都應該努力探尋和研究的。華萊士・馬丁（Wallace Martin）說，「我們每個人也有一部個人的歷史，我們自己生活的敘事，這些故事使我們能夠解釋我們是什麼，以及我們被引向何方。」[39]是的，我們已經閱讀了施對個體人性的闡發以及對神性的部分消解成果，我們下一步應該追問的是，他是如何從形式上實現這一步的？得失如何？

第二節　如何介入：聚焦、細描與內在消解的策略

毋庸諱言，施蟄存本人是非常講求小說敘事的策略和技巧的，他認為，「一個小說家若不能用適當的技巧來表現他的題材，這就是屈辱了他的題材。一個好的題材——我的意思是指一個好的故事，或一段充實的生活經驗，或一個表現準確意識的事件，倘若徒然像記帳式的寫錄了下來，未必就會成為一篇好的小說。」[40]當然，如果我們考察他的故事新編小說，他的獨特的主體介入——其苦心經營和銳意創新也顯得非常耀眼。簡單說來，施的手法主要是聚焦內心、向外翻轉，並將之細描、乃至繁瑣化、擴大化。當然，這一切的操作都指向了他從內向外部分顛覆或消解的目的。

一、內聚焦

將施蟄存對內在心理的強調與刻畫稱為內聚焦顯然有我的根據。他在與臺灣作家鄭明娳、林耀德座談時就曾經提及他對這一手法的創造和詮釋。

> 施：我創造過一個名詞叫inside reality（內在現實），是人的內部，社會的內部，不是outside是inside。
> 林：內在投射出去後，外在的客觀世界就被改造出一種心靈空間，是意識的投射面，產生一種嶄新的現實，所以您小說中那些表面超乎現實的部分事實上已不再是超現實主義的主觀時空，超現實主義僅僅框限在主觀的個人潛意識層次裡。您的小說不是

---

[39] 華萊士・馬丁著《當代敘事學・前言》（北京：北京大學出版社，1990），頁2。
[40] 陳子善、徐如麟編《施蟄存七十年文選・一人一書（下）》（上海：上海文藝出版社，1996），頁374。

主觀的變形而是客觀現實中的變形了，已經不同於超現實派的
作品。[41]

應當指出的是，內聚焦手法是施蟄存「故」事「新」編的創舉之一。
表面上看，他承接了「故」事的原有大情節／框架，實際上，他更換的卻
是這些人物的內心世界。而這同時卻是之前「故」事們的敘事中由於過分
關注小說的傳奇性／故事性所長期忽略的。

《鳩摩羅什》中告訴我們的恰恰是前文本（有意？）忽略的內容：羅
什如何面對並處理佛法與愛戀、人間真情和女色的誘惑？他是怎樣回應受
眾，尤其是他的內心？他又是怎樣處理自身多重人格分裂的苦痛？作者在
很大程度上是通過羅什的自我對話、幻想和其眼光與視角來敘事的，所以
儘管情節上沿襲了舊情節，但事情演變的內在邏輯和實質內容卻有了大的
變更和替換。如人所論，「《鳩摩羅什》是其中有代表性的一篇，它不注
重情節，現實時空也十分有限，然而人物心理時空則延緩、擴展得久遠廣
闊。由於把大段大段人物心理情緒、情感變化、意識和潛意識活動都置於
一定的現實時空進程中表現，即把心理分析和傳統敘事方式結合起來，所
以閱讀小說時沒有西方現代派心理分析小說的滯重感，相反，由心理分析
帶來的大容量使小說意蘊深厚，頗耐咀嚼。」[42]

《石秀》則同樣顯出了類似的技巧，施蟄存在1992年3月7日給一研究
者的信中曾經坦陳，「因為《水滸》中寫的是石秀的『表』，我寫的是其
『裡』」。[43]惟其如此，我們可以非常細緻地感受在《水滸傳》中只會打
打殺殺、類型化的無甚特色的108梁山好漢之一的石秀是怎樣凸顯出他的
立體和鮮活。他對水泊梁山的獨到分析，他對潘巧雲的綿密的欲望凝視
（Gaze）、細膩遐思、縝密揣摩和對潘移情別戀的理解與嫉恨，對裴如海
的妒嫉，對勾欄女流血的內心感歎與癡迷，對楊雄的兄弟之情，對殺人和
嗜血的內在反思與迷戀等等，恰恰是這一切內聚焦逐步推動了情節的合理
遞進，也真正置換了石秀的內在性格特質。

《將軍底頭》中的花將軍同樣也是同樣手法的結晶，而且內在心理的
點染之處比比皆是：無論是將軍對自身尷尬身份認同的省思，還是對於

---

[41] 施蟄存〈中國現代主義的曙光——答臺灣作家鄭明娳、林耀德問〉，見施蟄存著
《沙上的腳跡》（瀋陽：遼寧教育出版社，1995），頁172。

[42] 唐正華〈施蟄存佛教小說創作心理透視〉，見《學術界》1994年第5期，1994年9
月，頁64-67轉頁59。引文見頁67。

[43] 楊迎平〈新時期施蟄存研究述評〉，見《中國文學研究》2000年第1期，2000年1
月，頁89-92。引文見頁90。

漢族士兵的調教與憎厭；無論對於漢族美少女的熱切欲望，還是對於戰爭與否的迷離之感，這一切在在構成了內聚焦的實踐操作。它不僅綴連了情節，讓讀者瞭解了其發展的內在理路，而且還豐富了人物的性格內涵。「施蟄存的歷史小說創作中把神化的英雄還原為人的方式，顯示了施蟄存對歷史的獨特感知方式和把握方式。為了把神化的英雄還原為人，他並沒有脫離歷史典籍記載，而是採用了內視角方式，潛入古代英雄的心靈深處，從典籍記載的情節細節後面，探索古代英雄作為人的存在的真實的豐富性和複雜性。他發現這些英雄的靈魂激蕩著被歷史典籍忽視或掩蓋了的性欲衝動，這種性欲衝動和理性發生激烈的衝突，構成這些英雄獨特的二重性格。」[44]

同樣《阿襤公主》中無論是段功、驢兒丞相，還是阿襤公主都承載著類似的特徵與手法。尤其是阿襤公主的死，從原文本的殉情而死，到如今文本中以孔雀膽毒害仇人不成反遭其害的演變本身也包含了公主零星的思想鬥爭痕跡。而《李師師》對不同類型皇帝（世俗王還是心中的白馬「皇帝」）的心態展示本身就灌輸了施蟄存的內聚焦精神，而《黃心大師》更是在鑄鐘的情節中暗含了她內心的衝突與世俗化了的禪機。

不難看出，施蟄存故事新編小說的內聚焦操作有其集中和廣泛的特點，誇張一點說，它甚至成為情節發展的里程碑意義的點，個人主體思維的演進恰恰是通過對它們的串聯而凸現出情節的推進。這個向內轉的傾向改換的不僅僅是書寫內容，更重要的是，它實際上也是敘事范式的更新，攜帶了較濃烈的先鋒性。如人所論，「施蟄存的改寫……借歷史人物的皮毛來說自己的話，展示一種新的文學觀念，改變中國傳統小說一成不變的敘事結構和情節模式，把文學表現領域擴展到人物心靈的無限廣闊世界。」[45]

還需要指出的是，施氏的內聚焦手法主要表現為：他通過揭示人物的豐富內心世界來闡釋情節發展和路徑的其他可能性，並將現代人性注入到歷史人物頭腦中，凸現作者趣味和某些時代意義。同時，他的內聚焦也表現在他很多時候讓人物跳出來自己講話，形成一種雙重對話關係，甚至因此實現了陀思妥耶夫斯基式的「複調」情景。顯然，他的內聚焦因此也就並非局限於作者全知全能的敘事視角。

由於受到佛洛德精神分析的影響很深，施氏的內聚焦主要還是團結在

---

[44] 李俊牡〈神化的英雄與人的還原——施蟄存歷史小說論〉，見《浙江師大學報》2000年第3期，2000年5月，頁13-17。引文見頁14。

[45] 唐正華〈論施蟄存歷史題材短篇小說的創新〉，見《文史哲》1994年第2期，1994年3月，頁89-92。引文見頁91。

欲望中心的周圍，相對顯得簡單。如人所論，「他筆下的自由聯想最終又以潛意識中的欲望本能為出發點和歸宿。」[46]

二、細描與擴大

如果單單是凸現內聚焦技巧，施蟄存的故事新編或許根本無法給人以如此強烈的震撼和衝擊力。究其原因，施氏其實還採用了細描以及擴大的書寫策略。如前所述，施氏小說的結局往往給人以新奇之感，但實際上，這個結局在作者那裡有其發展的自身邏輯。所以在細描和擴大之間是一種遞進關係，細描其實乃是擴大的基礎。

不同時代的論者都看出了這一特點，早在《將軍底頭》發表不久，巴金（1904-2005）就很敏銳地稱讚它「謹慎，細緻，華美」[47]，而現代中國文學研究大家王瑤教授也不無欣賞地說，「他描寫心理十分曲折，筆鋒很細膩，故事結構也頗纖巧。」[48]

如果我們記得《鳩摩羅什》中施氏有關「舌頭」意象的連貫式書寫，我們不難體察作者的細膩與結構能力的天賦。此處我們不妨以《石秀》為例來考察施的細描的威力。比較單純的是純粹心理或場景細描。比如石秀和潘的初次見面時，作者就對欲望化了的潘巧雲進行了細描（頁72-73）。更加傳神的是石秀本人在楊雄家第一晚的複雜思緒：從把玩十兩紋銀開始後悔沒能上梁山發財，到突然轉換思維對強盜之名的唾棄，再到對潘巨細無遺的回顧與意淫等，施的對石秀複雜意識的細描令人慨歎。我們可以從一個小細節中看出他本人思維的切換。開始時是，「伸手向橫在腳邊的錢袋裡一摸，兀不是冷冰冰的一錠雪白花銀嗎？藉著隔了一重青花布帳的微弱的燈光，石秀把玩著這個寒光逼眼，寶氣射人的銀錠，不覺得心中一動，我石秀手頭竟有三五年沒拿到這樣沉重的整塊銀子了。」（頁71）結果是，「罷了。別希罕這個勞什子了……這樣想著的石秀，隨手禿的一聲，將那個銀錠拋到床角邊去了。」（頁72）不難看出，施本人在勾勒石秀豐富思緒時的細緻、靈巧與大氣。

值得關注的是，施的細描的成功之處往往是主客體合流的、類似天人合一的刻畫與操作。石秀在觀看楊雄殺妻的時候所透露出的快感和滿足感

[46] 黃德志〈悖離・整合・歸依——論施蟄存小說創作方法的衍變〉，見《江漢論壇》2000年第1期，2000年1月，頁69-73。引文見頁70。

[47] 巴金〈作者的自剖〉，見《現代》第1卷第6期，1932年10月號，頁863-867。引文見頁865。

[48] 王瑤著《中國新文學史稿》（上冊）（上海：上海文藝出版社，1982），頁298。

往往被論者和讀者視為窺淫癖、虐待和變態狂的標誌。而實際上，這顯然要歸功於施氏的別致的細描手法——場景書寫、人物心理與閱讀期待等的有機融合。楊雄對潘巧雲的屠宰固然驚心動魄，而石秀的臨場反應才是讀者批評他的證據。面對潘的受死場景，石秀固然對被解剖的潘有變態的主體期待，「唔，真不愧是個美人，但不知道從你肌膚的裂縫裡，冒射出鮮血來，究竟奇麗到如何程度呢。」但我們還要看到，他其實同時對劊子手楊雄也有不滿，「只是看到楊雄破著潘巧雲的肚子，倒反而覺得有些厭惡起來。蠢人，到底是劊子手出身，會做出這種事來。隨後看楊雄把潘巧雲的四肢，和兩個乳房都割了下來，看著這些泛著最後的桃紅色的肢體，石秀重又覺得一陣滿足的愉快了。」（頁112）不難看出，這頗有爭議的書寫其實暗含了多重境界：事件本身，石秀的觀感，施蟄存的態度和吸引讀者可能的介入。施的細描的確有其獨具匠心和值得欽佩之處。

和細描密切相關的就是**擴大**——對某一焦點的擴大（zoom in）和密集觀照。這主要體現在施蟄存對欲念的深層挖掘上。有論者指出，「魯迅寫了整整一本《故事新編》；郭沫若和田漢寫了一系列的歷史劇。但他們誰都沒有像施蟄存那樣用佛洛德的理論去深入挖掘人物的變態心理。因為施蟄存希圖在一個更宏大的場面裡寫他的歷史小說，他對弗洛伊德理論的運用就帶著更大膽的意圖。」[49]

需要指出的是，施蟄存放大手法可以從兩個層面進行考察：一個是範圍，一個是密度。一方面，他的所有故事新編小說都分布著不同種類和姿態的欲念，這在前文中已有論述。李歐梵也指出施蟄存故事新編的精魂概念，並直陳其先鋒意義。「他特別提出兩個英文字：erotic和grotesque，如果前者仍可譯為情欲或色欲，後者顯然是指對現實作出藝術上的支解而呈現的荒謬變形效果，所以我認為應屬先鋒派（avant garde）的技巧。然而，如果把這兩種特色加在一起，有時候可以造成一種完全超現實的境界，這是三十年代文學中罕有的。」[50]

不難看出，無論是《將軍底頭》中將軍身體得以不倒的支撐源泉——欲望書寫，還是《鳩摩羅什》中羅什心中的欲念雜陳；無論是《阿襤公主》中段功的愛欲與野心，還是《李師師》中師師對溫柔體貼、儒雅有趣的周邦彥的中意；無論是《石秀》中石秀的英雄氣短，以及由此對潘巧雲的欲望投射，還是黃心大師對世俗愛戀的難以割捨等等都大面積地，甚至

[49] 李歐梵著，毛尖譯《上海摩登——一種新都市文化在中國》（北京：北京大學出版社，2001），頁170。

[50] 李歐梵〈漫談中國現代文學中的「頹廢」〉，見王曉明主編《二十世紀中國文學史論》第1卷（上海：東方出版中心，1997），頁59-89。引文見頁69。

普遍地分布了欲望的氣息。

尤其需要指出的是，這種大範圍的欲念的介入也改變了前文本單一的主題或意義。如果我們以《黃心大師》為例進行分析，就可以發現這篇貌似古典的小說其實富含了曖昧與晦澀。施蟄存說自己「用近乎宋人詞話的文體寫了一篇《黃心大師》……關於這篇小說裡的文體，在我是一種嘗試，實在也可說是一種摹仿」[51]，這無疑是他比較謙虛的說法，儘管其中也有幾分真實。關鍵在於，施氏的處理手法使得這個原本是為黃心大師貼金的神化（話？）描述變得撲朔迷離，從而即使答案變得更加合情合理、多姿多彩，也使意義變成一種可能是無解的誘惑。黃子平就指出了這一點的重要性。「在《黃心大師》中，『敘述』與『被敘述』中有『人性』與『神性』的曖昧糾纏，捨身鑄鐘的文本深處有許多模稜兩可的意義，與小說的『純中國式』文體構成一似舊還新的風格傑作。」[52]

另一方面，施氏擴大的手法體現為聚焦之後的放大處理。有論者指出，「施蟄存又擅長以歷史人物改寫小說，被認為是『歷史小說』，事實不然。蓋施氏的小說除了借用『歷史』人物的名字，或者形跡大綱外，其他完全與歷史不符，也意不在歷史本身……施蟄存最擅長心理描寫，把人類心靈深處的某一點挖出來加以放大特寫。」[53]儘管個中論點不無可商榷之處，比如施氏的故事新編小說並非「完全與歷史不符」，其實有些篇目基本上還是遵循了歷史的大情節和框架，並未實現徹底的消解（本文稍後會論及，此處不贅）。這段論述卻清晰的點出了施氏介入故事的擴大手法。

比較令人訝異的是：某些小說的結局令人吃驚。《石秀》裡面對鮮血和殺戮的描寫不僅細緻，而且分量十足，作者的嗜血和迷戀虐待程度也不容忽略，讀者一如郁達夫（1896-1945），對施氏的此類細膩又擴大了的操作也是欣賞有加，「曾讀過我的那篇《歷史小說論》的人，或者會記得我之所以想以史實來寫小說的原因，歷史小說的優點，就在可以自己的思想，移植到古代人的腦裡去。施君的四篇東西，都是很巧妙地運用著這一個特點的。尤其是《將軍底頭》的神話似的結束和《石秀》的變態地感到性欲滿足的兩處地方，使我感到了意外的喜悅。」[54]

[51] 施蟄存〈一個永久的歉疚——對震華法師的懺悔〉，見劉屏編，施蟄存著《東方赤子‧施蟄存卷》（北京：華文出版社，1998），頁313-316。引文見頁313。

[52] 黃子平〈「狠心」的施蟄存〉，《深圳商報》2003年10月18日。

[53] 施蟄存〈中國現代主義的曙光——答臺灣作家鄭明娳、林耀德問〉，見施蟄存著《沙上的腳跡》，頁163-164。

[54] 郁達夫〈在熱波里喘息〉，見《現代》1932年第1卷第5期，1932年9月，頁642-643。引文見頁643。

　　除此以外，我們也可以感受到作者的潛意識之中的報復、憤怒等心理，或許正因為如此，才塑造出如此張力十足的事件和個性人物。有論者甚至認為，這是作者憎惡都市的表現，「小說自始至終置潘巧雲於道德的對立面，而作者自己一直附身於石秀，從中我們可以隱約感到作家心中咬牙切齒的快感！對她們的報復即對都市的報復，對現代價值觀的否定！」[55]當然，作者本人或許並未如該論者判斷的那樣有虐女狂，但從性別視角來看，作者倒是部分暗合了該理論要批判的立場和角色。

　　如果從文本分析角度來看，《石秀》無疑是擴大手法應用最好的個案。儘管石秀的變態、嗜血和虐待、窺淫癖的發展其來有自，但是經過施氏的細描和擴大處理，才在20世紀中國文學史上，尤其是現代文學史上，石秀才成為這樣一個令人如此過目不忘、觸目驚心的文學靈魂。李歐梵乾脆認為，這篇小說有力地奠定了施蟄存成為大作家的堅固位置。「從這篇小說開始，施蟄存憑著他強大的天賦和非凡的美學感悟力，邁向了成為一個大作家的路途。」[56]

三、介入的層次及其缺點

　　有論者曾經以以「保守的先鋒性」來涵蓋20世紀三十年代小說現代派的整體內在特徵，強調說，「先鋒性使30年代現代派小說在那一時代的中國文壇上異常突出，富於革命性，不被容於時代文學主潮；保守性則使30年代現代派小說與西方現代主義區別開來，體現為一種民族特性。」[57]

　　施蟄存的故事新編小說大致上可以劃入其中，因為儘管總體上施蟄存的此類小說對前文本都進行了或多或少的意義顛覆，但是，實際上，施蟄存的現代性裡本身隱藏了起著約束和牽引作用的古典理性及其道德原則，無論從手法上，還是意義上都有類似的軌跡。比如《石秀》中，石秀內心裡的蠢蠢欲動和他與潘巧雲的秋波暗遞最終沒有發展成男歡女愛的姦情，他還是艱難地堅持了「朋友妻，不可欺」的倫理原則。當然，這也引起了我們的進一步思考：施氏介入的程度和層次到底如何？

　　整體而言，施氏故事新編小說中的主體介入主要集中在「復活」層面。也即，他小說的主要操作還是為了在部分替換／否定前文本觀念的基礎上，對事物其他可能性的建設性探尋。顯然，他的目的並非另起爐灶，

---

[55] 黃獻文著《論新感覺派》（武漢：武漢出版社，2000），頁92-93。

[56] 李歐梵著，毛尖譯《上海摩登——一種新都市文化在中國》，頁177。

[57] 方長安〈論三十年代現代派小說〉，見《文學評論》1998年第2期，1998年3月，頁138-149。引文見頁148。

實現徹頭徹尾的重塑。

具體到文本上來，比較而言，《將軍底頭》《李師師》《阿襤公主》《鳩摩羅什》算是基本上遵循了小說前文本的情節結構，儘管它們中作者介入的程度不斷遞增：《將軍底頭》算是主要依據一首詩進行的生髮點染之作，本身有比較強的彈跳空間，但也因此難以判斷他的主體介入的程度，倒像是更加符合佛洛德心理分析原理的個案；《李師師》算是基本上填充了歷史傳說中的情節空隙，更富生活氣息；《阿襤公主》被部分置換了公主赴死的原因和過程，但也還屬「復活」之作；《鳩摩羅什》的心理分析向外翻轉的成分和比重已經開始增強，羅什性格的多重分裂也說明瞭這一點。但不管怎樣，施氏還是基本上保留了前文本的情節架構。

《石秀》中儘管情節的發展和推進上還是大致不差，但作者串聯情節的手法卻主要依靠內聚焦中的幻想和聯想等，作者主體介入的努力則更加突出。而最後將石秀一步步推導成窺淫癖、變態狂的形象操作則反映了施蟄存漸進式質變的苦心。如前所述，《石秀》中除了前文本《水滸傳》在引導大家外，還有鮮活的石秀在講話和思考，除此以外，我們要注意到，作者施蟄存其實近乎寸步不離地附身石秀，並且激起也引導著受眾的偷窺欲望和閱讀變態過程中的刺激感。

需要指出的是，作者主體介入的程度並不一定和小說意義被顛覆的程度成正比。實際上，貌似最接近歷史小說／考證的《黃心大師》才是作者主體介入程度最強的一篇，但同時它又是回歸傳統、最貌似章回小說或古代小說的一篇，甚至它在無意中也迷惑了當時虔誠編纂比丘尼傳記、志承前輩高僧偉業的震華法師。後來施蟄存還真誠地寫了一篇《一個永久的懺悔》為自己的虛構給法師造成的無望期待表示歉意。而實際上，這是一篇似模似樣的模擬虛構。施氏承認說，「至於這篇小說裡的故事，百分之百是虛構的。我在篇中曾經提起過在一個藏書家那裡看到了無名氏著的《比丘尼傳》十二卷的明初抄本殘帙，以及明人小說《洪都雅致》二冊，並且也曾引用了此二書中幾段關於黃心尼記載，其實全出於偽造」。[58]

我們不妨來仔細看看施氏介入的強度和欺騙性。施蟄存首先虛構了一個他暢遊這個少為人知的尼姑庵的經歷，造成一個以故事（散文的形式）套故事的結構。原初遇到黃心大鐘時的疑惑在離去後仍然保留了，他煞有介事地亮出了自己的種種考證底牌，從某本書，到某某藏書，顯出自己的「嚴謹」，給人以相當的可信度。最為可笑的是，他還表演了自己書寫態度的坦誠，「為了方便起見，我從各種史料中鉤稽出她的事實，排比先

---

[58] 施蟄存〈一個永久的歉疚——對震華法師的懺悔〉，頁313。

後，再揣摩其情狀，略略加一點自己的渲染，在這裡敘述了她的故事，想必讀者也樂於垂聽的吧。」（頁162，重點號為筆者加注）可謂用心良苦。

不僅如此，施氏還不時在小說中加了類似「筆者按」的說明，更讓讀者覺得他的考證歷經選擇、非常可信。比如「關於她的丈夫，記載不一，小說上有的說是『遇人不淑，流而為伎。』」（頁166）；「關於她丈夫犯罪的事情，記載也各各不同。」（頁167）施氏不時羅列了有人說和還有人說等等似是而非的說法，然後在進行「合理」分析後亮出自己的觀點，這當然比較容易「蠱惑人心」。

更可笑的是，他所一直強調的有關結局的「事實真相」中同樣包含了弔詭。他一本正經地說，至於之前的東西，「我們都不能有詳細的事實可記，只得在這裡存一個名目，做『姑妄聽之』觀而已。但是關於她捨身鑄鐘的最後的靈應，我們卻幸而得到了的事實真相。」（頁176）實際上，如前所述，《黃心大師》所反映的意義主題更應該是欲念被動化為拯救神話的神性（？）／人性曖昧。如此「伎倆」不過是施蟄存為消解人為神化的障眼法而已。

比較而言，我們可以看出，在故事新編的書寫上，施蟄存並未一如李歐梵所強調的那樣前衛。至多，一些西方文學現代性的概念部分滲入了其中而已，比如「頹廢」、「虐待」、窺淫等等。儘管如此，施蟄存在處理這類題材和主題時，還是留下了許多可以探尋個體性格發展的蛛絲馬跡而不致讓這種書寫顯得過於突兀。

當然，施蟄存的故事新編書寫也有其缺點。一方面，他過分強調了佛洛德所講的精神分析在人的主體意識發展中的作用，也因此簡單化了小說，所以很多時候我們可以覺察他所塑造的人物固然豐富了前文本的單一或者模式化，但是，他實際上也落入了另外一個極端中：類型化。要麼這種主義潛伏了喧賓奪主的弊端，文本成為了理論應用的工具。「施蟄存寫《石秀》這樣的小說，情況恰好相反：他恰恰在很大程度上脫離了石秀這個急公好義的起義英雄的特定情境，用弗洛伊德學說去修正歷史生活的邏輯，使作品成為弗洛伊德理論的一種插圖。」[59]

要麼，也因此造成了藝術創新的過於單一，畢竟單一主題的狂歡化操作本身就存在著太多的限制。如人所言，施氏力圖「以現代性心理學說為指導來解釋歷史故事。這種『故事新編』，顯示了作者藝術創新的才華，並為中國現代文學提供了新的視角和表現手法。但同時，這畢竟是一種過於狹窄的閉門造車之作，隨著《石秀》藝術地位的確定，這種『二重人

---

[59] 嚴家炎著《中國現代小說流派史》（北京：人民文學出版社，1995），頁162。

格』的描寫也到了盡頭。」[60]

　　同時，還需要指出的是，施氏故事新編的書寫有其因為主題單一而造成的併發症：人物性格的簡單化和更深廣的社會意義的可能性的缺失。當然，我們單純從道德角度指責施蟄存的故事新編小說是片面的。有人就認為，「因為只求表現個人要求表現的東西，所以即使是露骨的肉慾，或者是其他醜陋的、病態的和荒誕古怪的東西，也出現在小說裡了。這樣一來……大大地限制了作品題材和主題的深化，削弱了作品積極的社會效果，有時甚至產生不好的影響。」[61]

　　因為邊緣和被壓抑的主題的開拓原本也是文學創作的自由和分內之事，我們顯然不能採取類似的道德標準批判文學。但同時讓人擔憂的是，對某一主題的矯枉過正式的偏好可能本身也會妨礙其意義的深入挖掘。王瑤先生就坦率指出，施氏的缺點在於「著重於性心理的曲折的分析，卻失掉了人物的完整性格和作品的社會意義。」[62]

　　與魯迅相比，施氏仍然缺乏前者那種厚實、沉重和繁複的人文關懷，哪怕同樣是書寫人性，側重點、進路顯然也各有千秋。魯迅以他的駁雜、深邃和高瞻遠矚令人忍俊不住、慨歎不已，也陷入無盡的反思；而施氏以他的鮮活、集中與深鑽細研令人震撼不已、記憶猶新。比較而言，施蟄存顯得有些窄縮和輕快了，他並沒有實現魯迅式的「更深一層的用心，——借古事的軀殼來激發現代人之所應憎與應愛，乃將古代和現代錯綜交融」。[63]

　　施蟄存當然有他的偏重、問題以及獨特意義。如人所言，「問題的癥結在於施蟄存對人物形象的泛化、淡化以及解典型化，而把筆墨重點放在如何表現自己的『觀念』或『理念』以及如何較好地形象地介紹弗洛伊德的精神分析學說和裡比多原理。也就是說，施蟄存的文學話語體系已轉化為宣揚『愛慾觀』的傳聲筒和載體形式，文學會談語境也只是向眾人昭示『愛慾觀』的文化語境，這樣的話語實踐確實有其耳目一新的藝術美價值。單就這點來說，在20世紀中國文學的星空中，施蟄存的心理分析小說有開先河的意義。」[64]

---

[60] 邵伯周著《中國現代文學思潮研究》（上海：學林出版社，1993），頁415。

[61] 余鳳高著《「心理分析」與中國現代小說》（北京：中國社會科學出版社，1987），頁221。

[62] 王瑤著《中國新文學史稿》（上冊），頁298。

[63] 茅盾〈《玄武門之變》序〉，見《茅盾全集》第21卷（北京：人民文學出版社，1991），頁283。

[64] 張邦衛〈施蟄存小說人物形象的「解典型化」研究〉，見《長沙電力學院學報》1998年第2期，1998年5月，頁107-111。引文見頁110。

　　施蟄存的同時代人在對他的故事新編書寫的獨特性進行點評以外，也曾對他書寫進路提出了卓有成效的建議。「施蟄存先生除了《將軍底頭》一集之外便沒有其他的古事小說了。其實，這一條新蹊徑既由他開闢，自然應得在同一方面多多找得一點收穫。不過同樣是兩重人格的描寫的作品是不能再多作了；譬如，寫到阿襤公主，因為要避免雷同，便已顯得枯窘。作者是最好要能在同一條的大路上開闢出許多支路來。」[65]

　　當然，今天看來，已經安息的施先生無法以創作回應他們的批評與期待了，但是值得慶幸的是，在隨後的歷史河流中，這一條小說書寫的脈絡並沒有被攔腰斬斷，書寫的策略卻也不斷被深化和豐富。當我們將眼光轉而投向此類書寫蓬蓬勃勃的香港時空時，劉以鬯無疑是最好的繼承者和開拓者。一方面，他是大陸1930-1940年代現代主義文學優秀的傳人和發展者，另一方面，他也是香港現代派文學本土化的先驅和發揚者。

---

[65]　（無名氏）〈書評〉，見《現代》1932年第1卷第5期，1932年9月號，頁732。

第七章　劉以鬯：詩化的狂歡

　　劉以鬯之於20世紀香港文學史乃至中國文學史，都有其不可替代的意義。當李歐梵在追根溯源從各個層面探討上海的現代性[1]時，他對施蟄存等人的高度評價[2]中似乎也暗含了他如下的慨歎：20世紀40年代以後相當長一段時期內中國大陸的現代文學隨著江山的更替而驟然變色、現代主義似乎隨之星光暗淡。

　　在我看來，或許他似乎應該象筆者一樣將目光投向同一時間段或稍後的香港文學時空。長期以來，香港文學往往是被忽視的他者，即使和同是區域文學的臺灣相比，後者顯然凝聚了五彩的光環。但是，如果要討論20世紀50-60年代的現代主義小說，香港的水準並不亞於臺灣。劉以鬯不僅是李所關注的現代主義文學的嫡系傳人——他和心理分析派[3]等現代文學思潮有著千絲萬縷的關係：他不僅欣賞和模仿「新感覺派」的手法，而且他對香港都市的深刻體驗和精妙揭示，「可以說是以香港的方式延續了上海的現代主義文學」[4]；同時他又是書寫香港性（Hong Kongness）、確立香港文學在20世紀中國文學史地位的集大成者——他本人及香港文學都因此實現了質的飛躍。[5]在展開論述之前，我們有必要先瞭解並確立我們的「靶子」。

　　劉以鬯，原名劉同繹，1918年生於上海，祖籍浙江鎮海。1941年畢業於上海聖約翰大學。著名報人與編輯，1948年離滬赴港做編輯、主筆

---

[1] 具體可參拙文〈想像與重構：上海的現代性——評李歐梵《上海摩登》〉，《當代》（臺北，月刊）第179期，2002年第12月號，頁124-139。

[2] 李歐梵從文學角度重構了上海的現代性，其中心理分析派和張愛玲等人被傾注了非常濃厚的期待與筆墨。主要可參氏著，毛尖譯《上海摩登——一種新都市文化在中國1930-1945》Shanghai Modern（北京：北京大學出版社，2001），頁165-318。

[3] 王友貴在他的論文中指出，劉氏在「新感覺派」的文學氛圍下成長，浸淫很深。比如一些意識流手法、意象、詞彙、反差法等都有千絲萬縷的聯繫。可參王〈劉以鬯與「新感覺派」〉，見《華文文學》1999年第1期，1999年1月，頁33-36。當然，在我看來，劉和心理分析派之間還有著更大的神似，對現代性貫注的熱衷和銳意創新精神。

[4] 劉以鬯1940年代創作的中篇《露薏莎》本身就是使用了「接近感覺派的手法」。趙稀方的觀點和我心有戚戚，具體可參其著述的《小說香港》（北京：三聯書店，2003），頁198。

[5] 劉以鬯的小說，尤其是自娛小說，其中體現出不同層次的香港性：無論是對香港性的物質性的迷戀式書寫，還是從敘事策略、文體越界、意義的眾聲喧嘩與維度上都與香港性息息相關，同時在此過程中還體現了香港性吊詭、多元共存、狂歡節精神的深層結構等。具體可參朱崇科〈劉以鬯自娛小說中的香港性呈現〉，「華文文學與中國文化」國際學術研討會論文，2002年6月6-7日，香港大學。

等。1952年赴新加坡做編輯，1957年返回香港。[6]1985年至2002年上半年任《香港文學》雜誌社社長兼總編輯。20世紀50年代，為謀生計，曾經批量生產過「行貨」（流行小說）。著述甚豐，筆力勁健，嘗試過各種文體：小說、詩歌、散文、文學批評、翻譯等。[7]主要作品（翻譯暫時不在此列）有《天堂與地獄》（1951）、《雪晴》（1952）、《酒徒》（1963）、《寺內》（1977）、《端木蕻良論》（1977）、《看樹看林》（1982）、《一九九七》（1984）、《春雨》（1985）、《短綆集》（1985）、《劉以鬯卷》（1991）、《島與半島》（1993）、《黑色裡的白色 白色裡的黑色》（1994）、《劉以鬯實驗小說》（1994）、《見蝦集》（1997）、《對倒》（2000）、《不是詩的詩》（2001）、《過去的日子》（2001）、《劉以鬯小說自選集》（2001）、《暢談香港文學》（2002）等。[8]

　　和劉以鬯整體上創作的碩果累累相比，他故事新編體小說的數量和個中比重似乎顯得比較單薄。梳理一下，依據書寫時間順序主要有如下的9篇：《西苑故事》（1945）[9]、《借箭》（1960）[10]、《寺內》（1964）[11]、《除夕》（1969）[12]、《蛇》（1978，8）[13]、《蜘蛛精》（1978，12）[14]、《追魚》（1992，3）[15]、《他的夢和他的夢》（1992，5）[16]、《盤古與黑》（1993）[17]等。其中，除了《寺內》為中篇小說外，其餘皆為短篇、

---

[6]　有關新馬期間的文學書寫和論述可參拙文〈劉以鬯的南洋敘事〉，《福建論壇》（人文社科版）2014年第10期，頁122-130。

[7]　具體還可參其〈自傳〉，見梅子 易明善編《劉以鬯研究專集》（成都：四川大學出版社，1987），頁1-2。

[8]　有關劉以鬯的具體生平和創作年表可參易明善著《劉以鬯傳》（香港：明報出版社，1997）一書。尤其是1995年以前，詳細的作品目錄可參該書頁207-226。

[9]　《西苑故事》原刊於重慶《掃蕩報·掃蕩副刊》1945年10月24和25日。

[10]　《借箭》寫於1960年10月，後收於《不是詩的詩》（香港：獲益出版事業有限公司，2001）頁49-50。這篇小說表面上看起來像一首詩，但實際上它又是一篇故事新編的微型小說。劉以鬯本人也同意這一點。詳可參易明善著《劉以鬯傳》，頁118注釋⑦。

[11]　《寺內》作於1964年1月，原刊於香港《星島晚報》1964年1月25-3月2日。後收入劉氏的許多選集中。

[12]　《除夕》作於1969年12月18日，原刊於香港《明報月刊》第5卷第2期，1970年2月。

[13]　《蛇》寫於1978年8月11日，原刊於香港《海洋文藝》月刊第5卷第9期，1978年9月10日。

[14]　《蜘蛛精》寫於1978年12月29日，原刊於《海洋文藝》月刊第6卷第2期，1979年2月10日。

[15]　《追魚》1992年3月1日寫，原刊臺灣《聯合報·副刊》1992年8月22日。

[16]　《他的夢和他的夢》作於1992年5月31日，原刊香港《大公報·文學》1992年7月1日。

[17]　《盤古與黑》寫於1993年7月2日，原刊於《香港文學》月刊第104期，1993年8月。

甚至是超短篇的微型小說[18]（如《借箭》、《追魚》、《他的夢和他的夢》）。

　　或許是由於劉以鬯的銳意創新、筆耕不輟以及其巨大影響力和德高望重等種種原因，有關他的研究同樣也是碩果累累。比較有影響力的專論就有至少三部：梅子和易明善主編的《劉以鬯研究專集》（1987）、易明善著述的《劉以鬯傳》（1997，8）和周偉民、唐玲玲合著的《論東方詩化意識流小說：香港作家劉以鬯研究》（1997，9）。回到劉氏故事新編研究上來，上述三書對此都有涉及。《劉以鬯研究專集》中多為各種論文或是訪談等的合集，對故事新編的探討屢有亮點出現，但限於篇幅和時間等因素，該書中並無嚴格意義上的專門研究。《劉以鬯傳》中有一小節（頁111-118）專論劉的故事新編。資料豐富、翔實（目前為止，他收集相關文本是最齊全的），加上他曾就近同劉氏本人交流過，觀點也比較持重，但一些觀點有待進一步的拓展。《論東方詩化意識流小說》也有專節論述，和前出的研究成果相比，觀點雖然穩重，但似乎較少新鮮感。

　　值得一提的還有李今在編纂《劉以鬯實驗小說》（1994）時，在「編後記」中對劉氏的故事新編進行了非常精妙的文本細讀，但她認為的「劉以鬯的故事新編是以現代人的眼光重新打量歷史上的事件和人物，突出表現在以弗洛依德的觀點重新解釋和消解愛情的神話，顯示出現代人對人的本質和性的思考和觀念」[19]似有值得商榷之處：由於她所讀文本可能不全，所以導致她的觀點顯得有些片面，因為劉氏的故事新編所涉及的主題要遠比這豐富（下文會述及）。筆者也有拙文[20]從劉氏故事新編的敘事範式角度層面（隱喻敘事、性別敘事、剪貼與複調敘事等）進行分析。

　　徐黎的專論劉以鬯的故事新編的論文《古典題材的現代詮釋、表現與改造──論香港作家劉以鬯的「故事新編」》[21]算是比較少見的專論單篇論文，該文論點四平八穩，但並無多少新意。而且，有些比較有意思的觀點往往也淹沒在過度的文本引評中，一閃而過。其他散論會在論文論述時依次涉及。總之，以上研究都或多或少的推動了劉氏故事新編的研究。但我們思考、關注的關鍵問題在於：劉氏在其故事新編中凸現了怎樣的主體

---

[18] 這裡所言的微型小說主要是從它的篇幅上考量。而實際上，微型小說概念被賦予了非常豐富的內涵，劉海濤指出，「以小見大，以微顯著，這就是微型小說從形體到本質的審美特徵。」可參氏著《歷史與理論：20世紀的微型小說創作》（北京：中國社會科學出版社，2002），頁76。

[19] 李今編《劉以鬯實驗小說》（北京：中國人民大學出版社，1994），頁342。

[20] 朱崇科〈神遊與駐足──論劉以鬯故事新編的敘事策略〉，《香港文學》第201期，2001年9月，頁46-53。

[21] 見《河南大學學報》（社科版）2002年第3期，2002年5月，頁48-50。

介入？他在故事新編體小說史上因此又佔有怎樣的地位，扮演怎樣的角色？由於前人研究比較豐富，筆者在此並不追求面面俱到，而是更加顧及論述的創造力。

一、定位：新編精神的承繼與弘揚

　　某種程度上講，作為香港文壇常青樹的劉以鬯恰恰是銳意創新、勇於探索的代名詞。尤其是在閱讀他的「實驗」小說[22]時，這種感覺特別令人震撼的強烈，因為讀者似乎很難將小說的前衛性與其大齡的古稀身份掛鉤。有論者指出，劉以鬯彷彿華文小說與世界潮流交匯的仲介點。「綜觀劉以鬯的文學創作，他的貢獻在於率先使華文小說與世界新銳的現代主義接軌，也在於將中國現當代文學的時代精神與主題較完美地融貫在一起，將文藝工作者的藝術開拓精神和歷史使命意識完美地融貫在一起。」[23]

　　素有20世紀中國文學史上「第一部意識流小說」之稱的《酒徒》顯然可說是這一精神最廣為人知的恰當注腳，而實際上，在我看來，劉的故事新編更應當是作者逐步開拓和創新的當之無愧的「晴雨錶」。「我覺得用新的表現手法去寫家傳戶曉的故事，在舊瓶中加些新酒，至少可以給讀者一個完全不同的感覺。或許在若干年後，人們談及小說的發展時，會發覺到二十世紀七十年代的時候曾經有人用新手法來寫大家熟悉的故事，這不是很特別嗎？」[24]

　　當然，如果我們將劉氏放在故事新編體小說書寫的脈絡上，我們發現他的這種創新精神其實是和魯迅[25]等集大成者息息相通的。手法上，他們都秉持了適度創新──民族特點外加現代技巧糅合──的尺規。而在意義的挖掘上，他們都立足於複雜人性的展開式處理，力圖書寫更多姿多彩的人生。從這個意義說來，劉氏和魯迅在新編的精神上是一脈象承的。「劉以鬯的故事新編，是在繼承魯迅優良傳統的基礎上，採用現代小說的新手法，來描寫古代的故事和人物。他著重對熟悉的民間故事和傳說進行新的

---

[22] 這裡的「實驗」小說主要是指他為探索小說邊界的可能性、娛樂並超越自我的小說。故事新編小說便是其中成績斐然的一類。

[23] 王敏〈從現當代文學的總體格局看劉以鬯「實驗小說」的意義〉，見《理論學刊》1998年第6期，1998年11月，頁124-128。引文見頁128。需要指出的是，該文集中反映了大陸研究界急功近利（為升職粗製濫造）、空洞無物的研究弊端，全文除了引文（某些觀點還是借用他人的）以外，其他多為陳詞濫調之語。

[24] 芸〈劉以鬯的一席話〉，見梅子易明善編《劉以鬯研究專集》，第29頁。

[25] 關於魯迅和劉以鬯故事新編的整體比較研究還可參拙文〈歷史重寫中的主體介入──以魯迅、劉以鬯和陶然的個案進行比較〉，見《海南師院學報》2000年第3期，2000年9月，頁93-99。尤其是頁94-97。

再創造，並從中開掘出新的內涵和新的境界，是小說藝術現代化與民族化的嘗試。」[26]

當然，劉和魯也有著很大的不同。魯迅小說形式的現代性歸根結底還是指向了其「立人」的核心思想及其糾纏，而劉氏的形式創新儘管和意義的更新不無密切關係，但顯然前者有著更加招搖的表現和遞進。所以從此意義上講，魯迅的故事新編富含更加突出和厚重的哲理性，而劉氏的文本則更多了些詩性色彩。「魯迅的『故事新編』多哲人的犀利，劉以鬯的『故事新編』多藝術家的敏悟。他以現代心理學的眼光重讀古籍，在真幻朦朧中窺探著稗海名角的內心隱秘，以內在真實去詮釋古事而給人以悟性的啟示。」[27]

當然，從藝術手法角度來考察，劉以鬯和心理分析派似乎有著更加密切的關聯。作為浸淫在現代主義瀰漫的上海的氛圍中，劉氏對心理分析派主辦的雜誌、相關作品、風格想必並不陌生，甚至可以說得上如數家珍。儘管劉氏在接受採訪時，並沒有提及他和心理分析派的糾葛，但劉和心理分析派的確有著千絲萬縷的關係。在業務上，他們也有往來。劉在二戰後曾在上海創辦懷正文化社，就曾出版過他們的作品。[28]

當然，劉和心理分析派顯然有著更深切的契合。比如，他們在處理現代主義手法和傳統的關係時就表現出驚人的一致性：並非是和傳統決裂，而是在吸納基礎上的超越和嵌入。總體上說來，他們「是以現代人的眼光，用現代文學技巧，寫傳統文學體裁的有意義的嘗試，是對小說創作的民族化和現代化的結合、傳統文學和現代意識的融匯這一重要課題的有益的探索。」[29]

不難看出，施蟄存的心理分析手法和劉的意識流手法其實都包含著謹慎和細緻的營構。他們並沒有放任意識，讓它們四面八方隨意流淌、懶散無序、難以控制。而實際上，我們在許多讀者所標榜的他們的哪怕令人觸目驚心、目瞪口呆的小說結局上，也可以找尋出作者的苦心經營痕跡。如前所論，施蟄存在《石秀》中就有意暴露了自己重塑石秀的軌跡。同樣，《寺內》（包括稍早的《酒徒》）都表現了劉控制意識流和個體思緒、欲望的分寸感和有意識的架構——手法嚴謹、佈局精巧。有論者就指出了他

---

[26] 周偉民 唐玲玲著《論東方詩化意識流小說：香港作家劉以鬯研究》（北京：中國社會科學出版社，1997），頁120。

[27] 楊義著《中國現代文學流派》（北京：人民出版社，1998）其中有一章專論「劉以鬯小說藝術綜論」，頁567-584。引文見頁572。

[28] 劉曾經出版過施蟄存的《待旦錄》、戴望舒譯的波德賴爾的《惡之花掇英》等。具體可參易明善著《劉以鬯傳》，頁44-45。

[29] 易明善著《劉以鬯傳》，頁113。

們的神似之處，「西方意識流小說是以一種全新的姿態對傳統文化表示反叛，而劉以鬯的意識流小說則是在努力超越傳統的同時又帶有本民族文化的特點，這和三十年代的新感覺派是一致的。」[30]

作品主題上，《寺內》中蓬蓬勃勃的欲望流動和施氏的故事新編中頻頻的欲望穿梭在廣度上可謂如出一轍。「作者超越了傳統小說的道德敘事，走向了現代人『自我』本位的敘事。古老的故事在作者現代生命觀念和文化意識的燭照下在靈動飛揚的詩化的敘事中大顯光輝，實現了現代性的復活，給人新異、詭奇和動人的美感。」[31]同時，充分講求文字的姿彩與張力，很多時候精雕細琢、富麗妖嬈的風格成為二者的又一大共性。

但劉以鬯畢竟不同於心理分析派。哪怕是同樣書寫欲望的複雜性，他們仍然走著各自特色鮮明的異路歧途。如前所論，施蟄存書寫狂歡欲念的手法可簡化為「內聚焦」與細描、擴大等等，他或是利用情節的步步推進、「離奇」發展，或是有意忽略經典文本中根深蒂固的理念，轉而誇大自己的強調，種種手法，突出了施氏的嘩眾性和行文敘事上的散文風格；劉氏則表現出不同的策略，他的故事新編很多時候彰顯出五彩繽紛的詩化風格。「施蟄存在《將軍的頭》、《石秀》等『故事新編』中也採用了弗洛伊德意味的深層心理描寫手法。但我們在施氏作品中感受到的是以刀光血影的奇特情節強化的現代心理學的散文化，而在劉以鬯的《寺內》一類『故事新編』中，感受到的則是以百物靈動的奇思濃化的現代心理學的詩化。」[32]

這裡的詩化不僅僅是我們顧名思義得出的想當然理解，在劉以鬯身上，詩化顯出其五光十色、八面玲瓏的魅力，在此意義上，我將他的故事新編中主體介入的最大特色界定為「詩化的狂歡」。

需要指出的是，劉氏是有意識高扛銳意創新大旗的小說家。他坦言「我故意用不合常規的表現手法，另闢路徑，使作品能夠多少有些獨創性……為了尋求新路線，我願意做更多的嘗試。」[33]無論是從文學反映現實的古板框限跳到書寫「內在真實」，還是屢屢突破常規與陳詞濫調等，劉都在不折不扣地實踐著自己的追求，銳意創新、「娛樂自己」──或者消解故事性，或者剔除人物，或者打破文體間的人為界限和思想禁錮，諸

---

[30]　孫宜學〈劉以鬯：中國意識流小說的先驅〉，見《當代作家評論》2000年第5期，2000年9月，頁44-53。引文見頁52。

[31]　張曉平〈從倫理本位到自我本位的敘事轉換──讀劉以鬯的小說《寺內》〉，見《世界華文文學論壇》2002年第4期，2002年12月，頁55-57。引文見頁57。

[32]　楊義著《中國現代文學流派》，頁584。

[33]　劉以鬯著《劉以鬯小說自選集・自序》（天津：百花文藝出版社，2001），頁1。

如此類，不一而足。

而實際上，劉氏的常青也恰恰與此有關，他恰恰是與時俱進的開拓者，甚至引領潮流者。但同時，劉對小說書寫可能性的持續開拓和實踐也逼使我們論者進行論述策略的調整。於我而言，使用狂歡化理論對他的故事新編進行分析、統攝也有其獨特的意義，因為「一旦我們調整了批評策略及理論角度之時，新的、不同的問題也必將隨之而起，迫使我們再度重新反省一個新的美學立場」。[34]

二、詩化的狂歡

之所以將劉以鬯的故事新編的獨創性稱之為「詩化的狂歡」自然有我的充分理由。這裡的「詩化」包含了非常豐碩的含義。如果從宏觀的角度來講，「詩化」首先指向的是文體越界的考量，也即，劉氏的故事新編小說書寫打上了詩歌特徵的烙印；其次，「詩化」在劉以鬯那裡還有不同的含義，詩歌的精神質地甚至已經成為小說的靈魂，內化到小說的敘事策略中。即如其所言，「我將新酒倒在舊瓶裡，運用現代感情與新的表現方法，對《西廂記》進行了一次違反常規的、探索性的嘗試。我試圖用詩句去寫小說，讓一個古老的故事在詩的語境中形成現代風貌。我無意用詩的形式寫小說；而是用小說的形式寫詩。」[35]

當然我們如果從微觀角度看，「詩化」當然擁有更加豐富的姿彩：比如從小說結構上的延宕與淡化情節、消解故事性到整體架構上的詩性彰顯，從內在真實的意象化、隱喻化，到心理空白的填充和電影式密度測量，再到詩性場景的頻頻閃現，劉氏的「詩化」顯然別出心裁、值得仔細體味。但總括而言，如人所論，劉氏的「詩化」有其狂歡色彩，但也大致有跡可循。「劉以鬯的『詩化』小說，大致有兩個特點，其一是把無論是深邃的還是普通的思想、意念重新包裝，或採用不規則組合，或改變視角，或意象新奇，或修辭奇異，使其既披上詩的朦朧輕紗，又包孕厚重的哲理，有時還帶幾分頑皮與戲謔。其二是吳爾芙所推重的，用詩的透視來寫作，達到一種詩的意境，而非指以格律來作小說」。[36]

---

[34] 陳麗芬〈非小說・指涉・文學〉，見陳平原 陳國球主編《文學史》第3輯（北京：北京大學出版社，1996），頁203-213。引文見頁211。

[35] 劉以鬯〈客自香港來：我的小說實驗〉，見楊澤主編《從四〇年代到九〇年代：兩岸三邊華文小說研討會論文集》（臺北：時報文化，1994），頁105-110。引文見頁107。

[36] 王友貴〈劉以鬯：一種現代主義的解讀〉，見《世界華文文學論壇》2000年第3期，2000年9月，頁20-25。引文見頁22。

　　為更好地探尋劉以鬯主體介入的獨特性和精微之處，此處的論述則進行比較細緻的微觀考察。本節主要從如下三個層面進行考察：（1）遊戲情節；（2）張揚詩性；（3）再現詩境。

（一）遊戲情節

　　哪怕稍稍梳理一下劉氏故事新編小說情節書寫的策略，我們不難發現，他玩弄情節的技巧越來越高明，對情節的消解情結也越來越強烈。《西苑的故事》主要還在於「復活」當時隋煬帝荒淫無恥生活場景，同時也狀寫了他面臨滅亡的沉淪心態，這在情節上從主體介入的層次來講算是**大致遵循**舊文本。《寺內》中我們不難發現，劉氏在保留《西廂記》張生和鶯鶯大致情節演變的同時，已經開始了操縱情節的演練。首先，許多在舊文本中秩序井然的情節（比如張生約請白馬將軍退敵的場景只是由幾句話替代）被詩句的張力吞併，往往以詩意十足的一語帶過成為它**簡化**固有情節的模式之一，因此如果頭腦中沒有葆有原文本情節的讀者往往會覺得莫名其妙或者不過癮。當然，在處理一些男女之間的情愫流動時，劉以鬯卻偏偏拉長了情節推展的節奏，淋漓盡致地進行發揮。比如鶯鶯和張生的送別場面以及前者對後者的思念與等待就被賦予了厚重的筆墨和細緻的勾畫，情節因此得以被**延宕**。

　　如果說《除夕》仍然體現了劉氏「在改造舊文本的過程中追索故事發生的背景和路線，打破了時空界限，真正勾勒出他自己視野中的歷史重現」[37]並將曹雪芹書寫《紅樓夢》的歷史**再現**的話，那麼《借箭》其實就是在**詩化**「**歷史**」——將原有的《三國演義》中鬥智鬥勇的繁複情節約化為一首詩：「諸葛亮的鎮定如濕衫緊貼魯肅的震顫／魯肅在死亡邊緣敲不開心門／大江平靜／但杯中的酒液久已掀起波瀾」。

　　在《蛇》中原本驚險離奇的蛇妖白素珍飲雄黃酒現原形、盜仙草拯救被嚇暈的許仙等膾炙人口的情節不過**收縮**為許仙的夢，甚至從而反襯了後者的多疑和偏見。所以，《蛇》的「改編不僅更換了對題材的視角，而且是一次新的開掘，是主題的深化。」[38]比較而言，《蜘蛛精》和《盤古與黑》體現出劉對情節的**截取並血肉化**；《追魚》中則採用了**重複與提綱挈領**的策略。[39]《他和他的夢》則採用了情節的淡化手法，頗有**散文詩**的

[37] 朱崇科〈歷史重寫中的主體介入——以魯迅、劉以鬯和陶然的個案進行比較〉，頁96。

[38] 孫觀懋〈創新，小說生命所在——讀劉以鬯作品箚記〉，見《世界華文文學論壇》1995年第1期，1995年3月，頁46-48。引文見頁47。

[39] 具體還可參朱崇科〈神遊與駐足——論劉以鬯故事新編的敘事策略〉，頁49。

姿彩。

（二）張揚詩性

劉以鬯故事新編的詩化手法不僅僅在於他對小說情節隨著時間推進所進行的變本加厲的遊戲與改造，同時，他部分消解了情節，取而代之的卻是張力十足的詩性張揚：隱喻、象徵、意象等手法的頻頻使用、詩性結構的採納等。這不僅彌補了情節缺席的遺憾，而且以詩性勾連了人為的斷裂。

劉屢屢提及說，「通常詩體小說用詩的形式寫小說；我寫《寺內》時採用相反的形式。」[40]的確，詩性張揚在《寺內》中有異常豐富的層次顯現。

如果從文字的角度考量，《寺內》其實就是由詩語疊綴而成的小說，其意象的豐富與疊合、編織往往令人在美麗妖嬈的文字迷宮中流連忘返、歎為觀止。比如小說中張君瑞面對鶯鶯的香味後晚上在夢中難免浮想聯翩，劉以鬯在描述其感情的深層變化與遞進時，顯出了其詩性文字的深厚功力，「風景侵略眼睛，情感疾奔。美麗的東西必具侵略性。」劉不僅簡明扼要地點出了情節的推進，還對此進行了介入式的點評和探因。

不僅如此，在《寺內》中還有讀多令人值得注意的意象。而它們的跳躍、流動、牽引等則扯動了原文本中難見的活性。比如「小飛蟲」、「魚」、「鸚鵡」、「麻雀」等等都是主人公們內心真實變幻的目擊者和外在反映。同時，夢幻手法的使用既表現了劉隱喻、象徵的豐富性和威力，同時也為我們開啟了另外一個可能映射內在真實的櫥窗。[41]當然，劉還用戲劇的伴奏——音樂以及種種文學手法，如排比、重複等加強了小說表現詩歌結構的氣勢與關聯密度。

值得注意的是，劉對小說整體架構的創新：以小說寫詩。往往我們似乎只看到了其詩體小說的詩性滲透，但同時我們如果調換思維，便可以體味到，其實，劉氏對情節弱化的同時也有他獨特的用心，借重這個若有若無的小說情節連綴五彩繽紛、光怪陸離的詩性語言、意象和其點評。「細心的讀者不難發現，《寺內》的情節比舊文本《西廂記》簡約很多，而恰恰是情節的濃縮增強了小說話語中詩性的張力，讀來感覺更像一首恣肆又別致的詩。」[42]

---

[40] 劉以鬯著《劉以鬯小說自選集・自序》，頁3。
[41] 具體還可參朱崇科〈神遊與駐足——論劉以鬯故事新編的敘事策略〉，頁48-49。
[42] 朱崇科〈劉以鬯自娛小說中的香港性呈現〉，「華文文學與中國文化」國際學術研討會論文，2002年6月6-7日，香港大學。

　　從這兩方面看來，《寺內》的繁複詩性手法有其令人耳目一新的獨特功效，從此意義上講，這也凸現出劉作為小說大家的深厚與巧妙內功。如人所論，「在《寺內》中，有許多詩意純淨、想像奇特、修辭怪異的文字，也有層層疊疊的新奇意象，使這篇陳舊的故事煥發新綠，成為根深穎俊，句句出新的新編……《寺內》在技巧和題旨上均有脫胎換骨的大手筆，堪稱大家之作。」[43]

　　同樣，劉的其他作品中也有類似的手法。《借箭》則更加傳神的表現出劉詩體小說的獨特性，它其實更像是一首情節迷離、詩性十足的敘事詩，這又體現了劉以小說寫詩的技巧。「作為一篇故事新編類型的詩體小說，它採用了極其凝煉、精當的現代詩的筆法，運用比喻、暗寓、象徵、對比、擬人等各種手法……並顯示了小說濃鬱的詩意特色。」[44]而《蛇》、《蜘蛛精》則主要體現了其意象、象徵手法的功力，如他自己所言，「當我寫故事新編時，我喜歡運用富於象徵或暗喻的文字。我最近寫成的《蛇》與《蜘蛛精》都是這樣。」[45]《他的夢和他的夢》則反映了夢幻的則用。

（三）再現詩情（境）

　　劉以鬯的詩化手法還表現在他對詩情／詩境的再現上──他往往截取了情節或心理發展的一段並將之進行細描和鋪陳，從而彰顯出個中的詩情／詩境。

　　有論者指出，《寺內》中，「作家所運用的藝術手段是多樣的：詩、戲劇和小說結合在一起，象徵的手法，意識流的技巧，以及心理分析的方法等，摻和運用。」[46]同樣，在其中，詩情的再現對這部小說的成功來講，也可謂功不可沒。這尤其表現在鶯鶯送別張生的場景上。首先是劉再現了鶯鶯的不厭其煩的6次遞進式叮嚀：「過橋一定要下馬」，「坐竹筏過渡時，千萬不要爭先」，「天冷寧可多加一件衣服」，「錢財不可露眼」，「山野多黑店，投宿要小心」，「登了金榜之後，速差琴童送信來」。其次，耐人尋味的是，在每一次叮嚀之後，劉幾乎都加注了時間的流逝和心情的漸次浮浮沉沉，如下圖所示：

[43] 王友貴〈劉以鬯與「新感覺派」〉，頁35。

[44] 易明善著《劉以鬯傳》，頁112。

[45] 〈劉以鬯答客問〉，原載《香港文學》雙月刊創刊號，1979年5月。可參梅子 易明善編《劉以鬯研究專集》，頁24。

[46] 許翼心〈論劉以鬯在小說藝術上的探求與創新〉，見梅子 易明善編《劉以鬯研究專集》，頁155-171。引文見頁169-170。

次數	叮嚀內容	時間演變及場景	心情遞進
1	過橋一定要下馬	中午。陽光似洪水，大地變成金色的海洋…陽光是明鏡	祕密與羞慚與悲哀都無法逃遁
2	坐竹筏過渡時，千萬不要爭先	陽光是閻王的手指，點穿人間所有的虛偽。	大風忽生擁抱之欲，長堤上的柳樹都有震顫的手臂。抬頭時，淚眼模糊。
3	天冷寧可多加一件衣服	陽光有暴君的心情	憂鬱曬不幹
4	錢財不可露眼		哀愁是一支飢餓的野獸…他嘀了眼淚
5	山野多黑店，投宿要小心	那拴在樹旁的馬匹急於表現，刺耳的嘶聲，似在催促張生快走	這不是裂痕，只是情緒受了傷。
6	登了金榜之後，速差琴童送信來	夕陽已偏西	蹄聲嘚嘚，淚眼模糊。

　　從上圖可以看出，劉其實對詩情的再現傾注了很大的心血。叮嚀的事務也由輕變重（從行走、到個體溫暖，到錢財和住宿，再到最關心的夫君的前程），而送別的心情也逐步沉重。當然，鶯鶯的思緒也並沒有因此中斷而是因此繼續延伸，對張生的綿延思念，乃至思念成災、成夢，最後夢醒後因為多嘴的鸚鵡學舌了思念的真實而差點遭到女主人的「滅口」。而恰恰是如此這般，劉也實現了送君的詩情重現。而老夫人發現鶯鶯偷情後的那段描寫，也同樣吻合了詩的韻律。

　　同樣值得注意的還有，《蜘蛛精》、《盤古與黑》、《蛇》等。《蜘蛛精》顯然是作者截取部分情節而刻意營造的詩境：妖精的步步進逼（言語和行動）以及唐僧的步步敗退。作者利用黑體字的密度和內容反映了唐僧內心的真實流程，這種手法很像是心電圖中的波狀呈現，劉用「內省的外露」[47]手法呈現了唐僧心中的詩境。

　　我們可以說「《蜘蛛精》是一篇很有電影感的小說」，[48]而《盤古與黑》在此意義上則更甚，當然也因此更加體現了濃鬱的詩境。流傳甚廣的盤古開天神話在劉氏那裡變成一個具有悲劇意味的與無盡的「黑」搏鬥的歷程。劉甚至用了不同字體、色澤（黑體）、方向、次序等的蕪雜來揭示了黑在開天前的巨大壓抑和霸權。而這種「平面直視」[49]的手法則很好的

---

[47] 朱崇科〈空間形式與香港虛構——試論劉以鬯實驗小說的敘事創新〉，見《人文雜誌》（西安）2002年第2期，2002年3月，頁93-98。引文見頁97。

[48] 王良和〈評析劉以鬯的《蜘蛛精》——兼論短篇小說的價值〉，見梅子 易明善編《劉以鬯研究專集》，頁312-317。引文見頁315。

[49] 朱崇科〈空間形式與香港虛構——試論劉以鬯實驗小說的敘事創新〉，頁95-96。

鋪張了詩境。

　　總而言之，劉氏以詩化手法彰顯了他在主體介入原文本時的敘事方面的獨特姿態，也奠定了他故事新編小說書寫史上的別致地位。當然，如果我們考察他的這種操作和意義操控之間的關係，我們可以發現，他意義方面的營構也因此顯出了不同的特徵。

三、平面的意義

　　如前所述，單純將劉以鬯故事新編小說的意義和主題限定在佛洛德學說的詮釋和應用的範圍內是片面的，因為劉關注的主題和興趣遠不止於此，如果單純以《寺內》的某些層面來進行總體歸納，判斷說劉的小說變成了弗有關理論的注腳，那無疑有以偏概全之嫌。問題在於，劉故事新編主題的建構的確有其特色，那就是豐富主題關注中的平面性。表面上看來，劉的書寫主題也可稱得上多姿多彩，但是，從開掘的深度來看，他仍然不能跳脫種種限制——對形式的迷戀、篇幅容量等——而不得不讓他的意義挖掘顯得熱烈有餘，冷靜／透徹不足。

（一）意義形構的多彩

　　劉以鬯對人的「內在真實」的狂歡式揭示固然是對他所主張[50]的某種新理念的獨特強調和深化，但這不應該遮蔽我們對他其他層面哲學抑或人生等意義的建構和描繪。

　　《寺內》對性的別致灌注（詩化敘述）在鋪展和宣揚了人性的正當需求後，似乎在表面上也可能延宕了他對性（包含性心理、性夢、性幻想等）的刻意渲染幅度。而實際上，劉對這方面的勾畫達到了可謂無孔不入的程度，或許正是由於他以詩情畫意代替了露骨的性描寫，並省去了實戰場面才讓他的狂歡式書寫顯得頗有分寸。儘管如此，哪怕是對性的單一主題的書寫，劉也是顯出了其別樣的姿彩。「我們可以看到其中蓬蓬勃勃的性撒播和各種各樣的超越男女性別的欲望書寫。《寺內》中，近乎所有的男性都將鶯鶯化作欲望的對象（object of desire），幾乎所有的女性對張生

---

[50] 劉以鬯在許多地方都主張內在真實，《酒徒》無疑也是類似理念的結晶。劉在小說內外都主張此見，並提出了對應策略——橫斷面手法。「只有用橫斷面的方法去探求個人心靈的飄忽、心理的幻變並捕捉思想的意象，才能真切地、完全地、確實地表現這個社會環境以及時代精神。」可參劉〈《酒徒》初版序〉，梅子、易明善編《劉以鬯研究專集》，頁63。

都萌動過春心，但是其中的姿態卻是迥異的。」[51]比如同樣是對鶯鶯的性渴望，和尚們聞香而變得心靈迷亂，張生則是文雅含蓄，而孫飛虎則是粗魯直接。而耐人尋味的是，鶯鶯本人也有她的主見：她是「憐己狂」，她迷戀自己的胴體和自我，與張生的愛戀其實更像是自慰（自我實現？）：肉體和精神的自慰。

劉在書寫性的同時，其實也不僅僅是書寫性，他還在探究人性。《蜘蛛精》中考驗的與其說是唐僧，不如說是脆弱的人性。在宗教、使命與原始本能的較力中，在最能考驗人本性的緊要關頭，往往是人自身的物質性背叛了精神和信仰的支撐，人的生理本能褻瀆了外在的後天的文化與精神灌注。這既可視為人的合理本性，又可視為人性自身的過於脆弱。

同樣《蛇》也是對人性的弘揚，它不僅解構了神話自身，也解構了神話中所蘊含的愛情寄託與神性寓意。它「以『故事新編』的方式，重塑《白蛇傳》這個古老傳說，剔除其中神話成份，利用精簡古樸的文字，寫出多疑的許仙誤把賢妻作蛇精，風格清新，就恰如一個久遠美麗的傳說，迥異一向的劉以鬯。」[52]

劉關注的不僅僅是人的內在真實（如他在《西苑故事》中對隋煬帝沒落心態的刻畫），同時他也關懷人所生存的社會的變異。「他關心的是現代人的精神真實，關注的是物質文明高度發展的現代社會對人性的挑戰和考驗以及人在這些挑戰和考驗下人性弱點的流露，描寫的是隨著競爭的日益加強而急遽膨脹起來的欲望給人心造成的壓力，以及人們為了擺脫這些壓力而不斷掙紮的精神過程。」[53]

《除夕》中其實暗含了劉對急功近利的社會對文學創作的戕害，儘管小說表面上寫的是曹雪芹的孤獨、憂鬱、無奈和沮喪等；《借箭》中還借稻草人和現代人的比較來嘲諷現代人的退化，無論是身體還是精神（「稻草人個個年輕／稻草人不需要壹CC膽汁／稻草人借不到粗糙的感情」）；《他的夢和他的夢》在表面上糾結於《紅樓夢》作者身份的複雜性，而實際上也反映了人與人的難以交流和替代；《追魚》中在第三日（下）的大廈傾頹中同樣也暗含了現代物質文明所帶來的生態破壞，而第六日結局中唯有大老鼠可以存活並告知人類的結局則反映了人的可能自我

---

[51] 朱崇科〈劉以鬯自娛小說中的香港性呈現〉，「華文文學與中國文化」國際學術研討會論文，2002年6月6-7日，香港大學。後收入拙著《華語比較文學：問題意識及批評實踐》（上海：上海三聯書店，2012）。

[52] 蔡振興〈兩隻手寫作的小說家〉，原載《香港文學》雙月刊創刊號，1979年5月。亦可見梅子 易明善編《劉以鬯研究專集》，頁141-147。引文見頁145。

[53] 孫宜學〈劉以鬯：中國意識流小說的先驅〉，頁46。

毀滅，它因此也從側面為現代社會的荒誕和變態敲響了警鐘。當然，我們或許也可解讀為這是劉對類似《聖經》中《創世紀》的神聖感的破壞與褻瀆，同時也顯出了其幽默與機智。[54]《盤古與黑》中其實也寄託乃至傾注了劉對黑暗、腐敗和一切陰暗面的壓制的感受、厭惡和痛恨。

當然，值得注意的是，劉以鬯的故事新編小說同樣也可以蘊含了深刻的香港性。作為長期生活在香港並熱愛香港的作家，劉的批判筆觸其實始終縈繞著香港或以之為想像對象或描摹藍本。「他的許多『故事新編』小說《蜘蛛精》、《寺內》、《追魚》等似乎也可脫離香港語境，進行純文字的注視，當然你如果將他置入劉氏的整體創作系統中會更好地彰顯其香港性」。[55]

（二）平面特徵

我們如果探勘劉故事新編意義的特徵，我們可以讀出其重寫中的寫實化和民間立場——如他對現實人性的考問和關注（如《寺內》），對神性的祛除和解魅化處理（如《蛇》、《蜘蛛精》等）。我們也可以說，這恰恰反映出劉本人作為一個優秀作家在主題當代化角度層面所進行的自覺追求。

毋庸諱言，劉以鬯故事新編意義書寫指向的多維性並不能掩蓋它的平面特徵。我們必須看到，劉以鬯在成功質疑、置換原文本中的固有意義的同時，他其實提供了仍然算是相對比較單調的意義建構。加上他很多時候重寫文本的篇幅限制，他實際上對原文本產生很強的依賴作用，同時他追求意義的新穎和突破在占去相當大容量後，也使他的重寫的意義的層次和深度有所欠缺。總體而言，「就這些傳統故事和傳說所展開的現代闡釋也只是現代人應有的感興，沒有真正顯現出現代主義理性的深刻銳意；它們所傳達的仍是一種平民化的現代觀念，一種與現實生活密切聯繫的淺俗哲理，對現代市民階層都有現實的啟迪效用」。[56]

哪怕是在他可以有更大閃跳騰挪空間的中篇小說——《寺內》中，他的這種平面特徵也暴露無遺。儘管他在書寫性的流動中表現出其狂歡色調，但遺憾的是，它的主題仍然局限於單調的性的驅動。劉以鬯顯然不滿於舊文本中對性的有意（無意？）遮蔽和對合理人性的抹煞，但是，他似

---

[54] 李今編《劉以鬯實驗小說》（北京：中國人民大學出版社，1994），頁342。

[55] 朱崇科〈劉以鬯自娛小說中的香港性呈現〉，「華文文學與中國文化」國際學術研討會論文，2002年6月6-7日，香港大學。

[56] 朱壽桐〈香港現代主義文學簡論〉，見《學術月刊》1996年第10期，1996年10月，頁102-107。引文見頁105。

乎也是矯枉過正的宣揚了性的波濤洶湧和氾濫，彷彿性在人的處事原則和鮮活的現實生活中成為主導。同理，《蜘蛛精》在藝術手法上進行銳意開拓的同時，其主體深度仍然顯得比較平面和質樸。一句話，唐僧不能抵擋住自我本能和外在情色的誘惑。

而有些時候，劉故事新編主題存在的含混性也反映出其書寫的平面性。比如《追魚》的意義解讀在貌似豐富的同時，其實也並未真正顯現出應有的深度。黃繼持就非常中肯而敏銳地指出了這一點，「香港人式的感情思想，即使在『故事新編』中，更常自筆底流露。劉以鬯在小說的字句中間，時能讓人知道他充分意識到他所處的時空；但同時卻也使人覺得他未曾充分展現他的意識的深度。」[57]

當然，過分指責劉意義建構的平面特徵對於劉來講是不公平的，因為這很容易給人以為他只是形式主義者的感覺。而實際上，筆者必須指出的是，劉的很大的成功的要點還在於他的藝術創新和意義的比較精妙的融合，在此意義上，形式其實就是內容和意義，所謂「形式的內容」（The Content of the Form）[58]。劉氏在此方面的實踐和創新算是相當成功的一個。

儘管劉的書寫並非盡善盡美，甚至亦有可商榷之處，但他畢竟是一個勇敢又多謀的開路先鋒。他的許多努力可以開人眼界，也可以警醒後人。這已經非常難能可貴。我們或許可以挪用某論者評價《寺內》的話語來簡評劉的創新的總體意義，「劉以鬯在《寺內》花費太多工夫，反而使《寺內》有很多生硬。這也許是一種考驗，演繹古典如滲雜有過多的現代，那很易會變成一種不易接受的混合物。當然，那是特別的苛求，因為究竟很少人敢去迎接挑戰。劉以鬯的嘗試，究竟可以看出他有多方面的觸探。」[59]

[57] 黃繼持〈「劉以鬯論」引嵩〉，見黃繼持 盧瑋鑾 鄭樹森著《追跡香港文學》（香港：牛津大學出版社，1997）頁153-160。引文見頁159。
[58] 具體可參Hayden White, *The Content of the Form: Narrative Discourse and Historical Representation* (Maryland: The Johns Hopkins University Press, 1987).
[59] 李維陵〈劉以鬯的《寺內》〉，見梅子 易明善編《劉以鬯研究專集》，頁229-232。引文見頁231。

第八章　李碧華：「意亂情迷」

　　毋庸諱言，在香港文學史的書寫中，有關李碧華的處理實在令人棘手。且不說她遊刃有餘於各種文體之間——電影，小說，散文，劇本——百變姿態令人目不暇給，單是看她穿梭於今古之間試探男女人性與雅俗之間的限度，其複雜性和遊離性就在在令人，尤其是喜歡人為界定和劃分的研究者尷尬又欽佩。

　　比如在香港文學史的書寫中算得上比較經典的，大陸學者劉登翰主編的《香港文學史》[1]對李碧華的處理同樣卻也顯出了吊詭的左右為難：在「通俗小說」的大範圍下，首先將之列入「詭異言情小說」的範疇，然而另一面卻又不得不自相矛盾地說，「嚴格地說，李碧華的小說並不是純言情小說，它們有比愛情更豐富的內涵，在歷史的、社會的、美學的、哲學的面上所給人的思考，是一般的言情小說所不能比擬的」。[2]

　　如果探究這種現象的背後複雜原因，「李碧華現象」[3]的出現和20世紀後半葉的香港時空的巨大包容性以及強調輕快和物質性的客觀社會語境可能不無關係。但比較而言，作為「文學個體戶」的李碧華的主體追求則尤為重要。她有自己獨特的追求，生活上，她本人崇尚自由自我：比如，拒絕新聞界的拍照從而保留個人作為普通人可以輕鬆自如在大庭廣眾之下享受日常的幸福。如其所言，「不太辛苦，勿要應酬，毋須鑽營，只以作品示眾便了，不管人家褒貶，逍遙法外。」[4]

　　而在文學書寫上，她往往也是更加考慮讀者立場的至關重要，「我是認為，作品如果能叫好又叫座，那自然最好，那是最高的境界。如果只能挑選一樣，那我寧可選擇叫座，我總覺得，大部分人喜歡的東西一定有其可取的地方。」[5]這倒在某種程度上暗合了後現代主義中所提倡的個體閱讀的多元性和眾聲喧嘩，不同的是，她仍然相信集體的權威和價值。

---

[1]　詳可參朱崇科〈積澱與重塑——從劉登翰主編的《香港文學史》說開去〉，見《香港文學》，2000年第3期，2000年3月號，頁26-31。

[2]　劉登翰主編《香港文學史》（香港：香港作家出版社，1997），頁398。

[3]　李碧華現象至少包含了兩個層面，第一個層面是指她本身的流行，幾乎每一本作品都動輒數版，甚至十數版，而且她也成功地打入了大陸市場，成為當紅作家；第二個層面是指有關她的研究也生氣勃勃：她的文本成為文化研究和身份認同等理論借重的幸運兒。當然，此處第一個層面更加重要。

[4]　李碧華著《個體戶》（香港：天地圖書，1991年第五版），頁1。

[5]　張曦娜訪問〈個體戶李碧華〉，新加坡《聯合早報·早報週刊》1992年11月22日，第5版。

　　值得一提的是，李碧華本人對流行、雅俗、純文學等具有相當主觀意味的概念相當拒斥，「我個人是認為，作品只有好、壞之分，沒有所謂流行與不流行之分，不應該只是歸納為流行作品與純文學。」[6]當然，這實際上也間接導致了她故事新編書寫在此類意義上的獨特的混沌與圓融。

　　從寬泛的意義上講，幾乎李碧華的所有小說都是新編，無論是對20世紀30年代的眷戀（《胭脂扣》、《霸王別姬》等）還是對於1949年社會主義新中國建國後一段時間內（如重寫文革《天安門之舊魂新魄》等）都體現了李自覺的介入意識和強烈的主體性。但是，從嚴格意義上（故事新編的文本間性力度，強調新舊文本之間的張力關係）來講，能夠劃入本文論述框架內的其實並不多。前述幾部小說要麼由於缺乏必要的經典前文本進行參照（所以不符合故事新編的雙重操作原則），要麼只是蜻蜓點水、藕斷絲連，未曾實現文本互涉的緊密關聯，所以並非本章論述的重點。本章的論述對象因此主要有《青蛇》[7]、《潘金蓮之前世今生》[8]、《滿洲國妖豔——川島芳子》[9]、《糾纏》[10]、《誘僧》（兩部）[11]等。

　　李碧華能夠進入學術殿堂並堂而皇之地成為香港文化研究（cultural studies）的重心之一顯然是其因有自。隨著各領風騷、瞬息萬變的時髦理論的遞進應運而生是她的幸運，但她自身小說書寫包涵的多義性乃至蕪雜的確也給各類研究者提供了豐富的攫取資源。許子東（1954-）就指出，「相信文化研究工作者，不難在李碧華的詭異佈局和色欲遊戲中，找到有關香港有關城市有關性別政治有關殖民或後殖民或再被殖民或又去殖民等等新的閱讀角度。」[12]

　　李碧華小說文本的豐富的可闡釋性也對應著其相關研究的多產，尤其近年來更是密集。比較早的論述是李小良的論文《穩定與不定——李碧華三部小說中的文化認同與性別意識》。[13]他主要是從文化認同和性別意識兩個層面進行分析，洞見與創見不少，可圈可點。在1997年香港回歸那日

6　張曦娜訪問〈個體戶李碧華〉，新加坡《聯合早報‧早報週刊》1992年11月22日，第4版。

7　李碧華著《青蛇》（香港：天地圖書，1998年第16版）。

8　李碧華著《潘金蓮之前世今生》（香港：天地圖書，1989年3月第3版）。

9　李碧華著《滿洲國妖豔——川島芳子》（香港：天地圖書，1990年7月第3版）

10　李碧華著《糾纏》（香港：天地圖書，1987）。

11　李碧華著《誘僧》（短篇小說集）（香港：天地，1991年6月第3版）有幾篇符合條件的文本和同名的長篇小說《誘僧》（香港：天地圖書，1993）。

12　許子東〈「此地是他鄉」的故事〉，見《讀書》2002年第12期，2002年12月，頁51-58。引文見頁56。

13　李小良〈穩定與不定——李碧華三部小說中的文化認同與性別意識〉，見《現代中文文學評論》（香港）第4期，1995年12月，頁101-111。

出版的那本來自本土的合音──《否想香港：歷史・文化・未來》[14]中有
關李碧華故事新編的專章論述似乎特別耐人尋味。由李小良執筆的該章在
繼承了其前文的基礎上展開了進一步申論，當然感情因素似乎也因此有所
增添，它主要著眼的是從李的小說中讀出「文本政治和權力交涉」，所以
《潘金蓮之前世今生》成為身體神話和悲劇還在延續的故事；《青蛇》揭
露了荒唐的真相；而《霸王別姬》的渡江則隱喻著中國史詩式故事從大陸
到香港的失落。這一切在在象徵和寄託了論者「否思」文化中國、建構多
元多重視點的可貴努力。

　　目前最為集中、影響力也比較大的論述莫過於陳國球編的《文學香港
與李碧華》。[15]該書不僅集中討論了李碧華《胭脂扣》中的香港意識、時
態等，還剖析了其小說中的情欲與政治、個體意識，流行的悖論等等，諸
多論述都發人省思。

　　艾曉明（1953-）則比較精闢地論述了李碧華故事新編（以《青
蛇》、《潘金蓮之前世今生》、《霸王別姬》為例）的不同類型的改變策
略和制約性，如窮形盡相、移花接木和拼貼隱喻等。[16]朱崇科的〈多重戲
弄──論李碧華「故事新編」的敘事策略〉[17]則是在艾的基礎上的進一步
推進之作，它主要從戲弄的內容與程度以及敘述策略──翻轉與迂迴等層
面展開分析。另外，朱的〈破解吊詭與另類：看長袖如何善舞？──李碧
華《青蛇》的N種讀法〉[18]主要就李碧華的代表作《青蛇》進行詮釋，力
圖以多元視角和本土情境遊刃有餘地破解另類和吊詭──論文的展開也主
要分成三個層面：1意義（Meanings）；2文本（Text）；3香港情境（Hong
Kong context）。陳曉輝〈正典的命運──試論李碧華小說改寫傳統的方
式〉[19]以《青蛇》和《霸王別姬》為例指出李碧華的改寫其實更多源於香
港的自身的文化品格，比如貼近實際、有點反諷和黑暗的人的精神等。

　　值得注意的是，李碧華已經進入了海內外某些碩、博士論文的關注

14　王宏志 李小良 陳清僑著《否想香港：歷史・文化・未來》（臺北：麥田，1997）
　　第五章〈邊緣寫入中心──李碧華的「故事新編」〉，頁209-240。
15　陳國球編《文學香港與李碧華》（臺北：麥田，2000）。
16　艾曉明〈戲弄古今：談李碧華的《青蛇》、《潘金蓮之前世今生》和《霸王別
　　姬》〉，見黃維樑編《活潑紛繁的香港文學》（香港：香港中文大學出版社，
　　2000），頁572-583。
17　朱崇科〈多重戲弄──論李碧華「故事新編」的敘事策略〉，見《當代》（臺北）
　　第179期，2002年7月，頁124-139。
18　該文為筆者赴「異端與開拓：中國語文教學國際學術研討會（香港大學，2002年12
　　月5-6日）提呈的論文。後來發表於《人文雜誌》（吉隆坡）2004年6月號。
19　陳曉輝〈正典的命運──試論李碧華小說改寫傳統的方式〉，見《江西社會科學》
　　2002年第2期，2002年3月，頁35-38。

對象。美國哥倫比亞大學何素楠（Ann Louise Huss）的博士論文《故事新編：當代中國虛構和古典傳統》*Old Tales Retold: Contemporary Chinese Fiction and The Classical tradition (Lu Xun)*[20]，她所關注的是李對原文本教化功能的置換、對長期以來「藝術權威」的集中取笑式回應以及她在消解經典原義後的、後現代式的以大眾文化切入的未來式懷舊情結。當然，她也注意到文本與當代政治的複雜糾葛。香港嶺南大學林賀超的碩士論文在很大篇幅上[21]也論及了李碧華。不過。他主要述及的是李7部小說中不同類別的愛情：如愛情中的愛情（《胭脂扣》）、情愛故事新編（《青蛇》、《潘金蓮之前世今生》）和歷史中的愛情（《霸王別姬》、《秦俑》、《誘僧》、《川島芳子》）。筆者的碩士論文也部分涉獵了李碧華。[22]

　　總而言之，上述論述都從不同層面和方向對本章的思考和寫作產生了啟發和指引作用，但同時，回到本章關注的重點上來，我們或許更加強調如下的問題意識：李碧華的故事新編體現了怎樣與眾不同的敘事策略？其繁複的意義指向又凝結著怎樣的主體介入？

　　縱覽前人的相關研究，我們不難發現李碧華故事新編的敘事策略及其效果未能被充分加以闡發，尤其是二者之間的渾然不可分的關係往往被區隔處理：或者主攻其敘事策略，或者討論其意義輻射的蕪雜。在我看來，如果我們簡約處理李碧華的故事新編的話，「意亂情迷」似乎該是最好的概括。意亂主要指涉了其意義書寫的多層次性，情迷主要指向了其敘事策略的主要特徵──迷戀情節以及以情欲營構情節等。為論述方便計，本章仍然分開進行闡論，但如前所強調的是，意亂與情迷是密切相關、互為指涉的。這不容忽視的一點恰恰反映出李碧華新編──獨特敘事的能力和魅力。

一、情迷

　　如前所述，這裡的「情迷」其實表現為兩大層面：李對情節和情欲的雙重迷戀。而在它們二者之間，情欲往往同時又是結構曲折情節的添加劑

[20] 主要的論述集中在Ann Louise Huss, *Old Tales Retold: Contemporary Chinese Fiction and The Classical tradition (Lu Xun)*, PhD dissertation (New York: Columbia University, 2000), pp.167-237.
[21] 林賀超《香港小說中的情欲與政治》（香港：嶺南大學碩士論文，2002）第三章，正文頁32-54。
[22] 具體可參朱崇科《故事新編中的敘事範式──以魯迅、劉以鬯、李碧華、西西的相關文本為個案進行分析》（廣州：中山大學中文系碩士論文，2001）。不過，論文的有關內容基本上被已經發表的拙文〈多重戲弄──論李碧華「故事新編」的敘事策略〉所涵蓋。

和主要內容之一，而反過來，情節又為情欲的豐富性鋪設了流淌和展發的脈絡。所以，二者間的互動關係在在引人注意。

把玩情節。需要指出的是，過分強調小說的故事性和情節性這種舉措已經不是現行小說書寫依賴的重點，相反，這往往是通俗小說所強調的要點。因此，在故事新編的書寫中，李碧華的操作在此意義上仍然屬於變異的通俗文學範疇。

當然，通俗文化和高雅文化之間的界限原本就難以涇渭分明，而且往往關係曖昧，有時也會互相依存、包含和轉換：如有些通俗文化在某種情況下可以化為高雅乃至經典文化，經典文化也可以普遍下里巴人成為通俗和潮流。而「通俗文化不只包括對文化或其他工業產品的運用，而且也可以包括對高級藝術成品，即所謂經典作品的運用。對通俗文化來說，這兩種材料之間的區別並不那麼重要。」[23]由此可見，通俗文化的特性本身也包含了可以重寫經典（抑或正典）的可能性。

誠然，李碧華的故事新編有其追求通俗和流行的一面，但同時我們也要注意到她個中努力和嘗試的複雜性。如開頭所述，李的小說書寫其實有著超越流俗和研究界人為劃分的主觀努力，雅俗之辨、經典／流行、嚴肅／通俗、精英／大眾等概念面對她時都有著令人難以名狀的無奈。論者往往也能發現她在實踐上的對應性，「李碧華的小說越來越多地在言情框架中注入歷史小說的因素，使得通俗言情女性文學與嚴肅女性文學互相滲透，互相補充的趨勢越來越明顯。」[24]

當然，這並不妨礙李碧華對情節的迷戀和把玩。自然，她把玩情節的方式有很多種，撮要言之，簡述如下：

（一）消解、置換與雙（多）重檢驗

拋開不同區域解讀原典的差異性不談，如果要新編／重寫家喻戶曉的經典文本，書寫者必然要熟知原有的文化解讀背景。並且，作為既是現實（或其變形）文學又是幻想文學的故事新編小說，它可能還要解構並置換原有的內涵。李碧華巧妙地運用了雅俗共賞的方式以其穿梭並連綴古今的情節、豔麗多姿的文字以及豐富的想像力充分展現了其作為通俗小說家相當不俗的一面。

不僅如此，她還別出心裁地重新設置了絢爛多姿的另類生活空間，從

[23] 徐貫〈影視觀眾理論和通俗文化批評〉，《今天》（香港）1996年第1期，1996年春季號總第32期，頁103-120。引文見頁112-113。

[24] 任一鳴〈香港女性文學概觀——中國女性文學現代行進的分支之一〉，見《新疆師範大學學報》1995年第4期，1995年10月，頁18-23。引文見頁23。

而檢驗古代人物性格及社會的悲劇意味，也同時省察了今世的變態與可悲。「在她的小說中，許多生存在傳統文化語境的人物受到的不是世俗與道德的雙重保護，而是雙重的壓榨。世俗侵吞道德建設的尊嚴，道德則毀壞世俗創造的快適，令人物難以適從，唯有頹廢和逃避。」[25]

如果我們以《潘金蓮之前世今生》為例加以分析，我們不難發現：李在潘金蓮《金瓶梅》的遭遇之外另外重構了其近乎絲絲入扣對應的「香港版」作為故事的延續。在因果報應的重新劃分[26]中，今生的四大男女主角也因此獲得不同的報應和獎賞。其情節前後演變如下圖所示：

時代	主角命運			
前世	**潘金蓮**：曾遭張大戶強姦、轉送與武大郎、後因和西門慶私通毒殺親夫而遭武松*殺死*	**武大郎**：遭西門慶與潘金蓮*毒殺*	**武松**：殺了姦夫淫婦為兄長報仇，後被發送充軍	**西門慶**：淫欲如熾，後被武松*殺死*
今生	**單玉蓮**：曾被舞蹈學院院長章志濱強姦遭陷害後在武汉大幫助下來港；曾和SIMON私通，後來想中止宿命，力圖阻止武龍的報仇而未克，最後和身體強健的武汉大*過著幸福的生活*	**武汉大**：作為老婆餅店的老闆受困於不舉。在吃了SIMON給的春藥後休克，後因禍得福醒後*身體強健*	**武龍**：對單玉蓮有愛意，但不敢越界，後在妒嫉中報復SIMON的時候而被單開車*誤撞致死*	**SIMON**：同樣生活在美色中，錦衣玉食。被武龍報復後*下半身癱瘓*

問題的關鍵在於，今生不過是李延續情節並重新檢驗人性、宿命和幸福與否的延伸空間，當然，這裡面也寄託了她本人的破碎理想——在香港，雖然難逃宿命，但總算有個相對完美的結局。當然，從流行小說的賣座角度看，這個皆大歡喜的結局合乎香港讀者的閱讀期待；於小說自身而言，卻削弱了反諷的深度，違背了人物性格的發展。[27]

（二）添油加醋與「自覺的誇張」[28]

我們還可以通過互涉文本前後所體現的變遷對比來考察李碧華經營情節的良苦用心。《潘金蓮之前世今生》中李有意引入文革等事件來讓情節

---

[25] 陳曉輝〈正典的命運——試論李碧華小說改寫傳統的方式〉，見《江西社會科學》2002年第2期，2002年3月，頁35-38。引文見頁36。

[26] 具體分析可參李碧華著《潘金蓮之前世今生》，頁228。

[27] 朱崇科〈多重戲弄——論李碧華「故事新編」的敘事策略〉，頁136。

[28] 這個詞借自於王德威對老舍《駱駝祥子》中黑色幽默、對荒謬的顛覆性的過分程度的精妙總結。此處的含義主要是指其有意識的誇張色彩。可參王德威著《小說中國——晚清到當代的中文小說》（臺北：麥田，1993），頁59-69。

變得更加撲朔迷離，也趁機在這個可以讓人比較能夠發揮的想像空間內添油加醋。《青蛇》的結尾也有類似的處理手法：混亂和血腥的文革在那裡成為真正解放妖怪的「及時雨」或救星。這種種對情節的強調當然一方面迎合了許多海外華人（甚至一些閱讀小說或觀看同名電影的大陸人）「宣洩恐懼心理，淨化被迫害感」[29]的需要，同時也讓迷戀情節的李碧華有充分發揮的天空，自我娛樂也娛樂他人。同樣，如青、白二蛇為許仙爭風吃醋在舊文本中原屬細枝末節，後因避免誨淫誨盜更被有意刪去。但她卻將之進行放大，從而在某種意義上將小說的追求真愛的中心拆解。

我們不妨看看更多例證。如果我們再比較一下李的《滿洲國妖豔──川島芳子》和之前她為撰寫該書所參考的書目中的第一本書──日本作者上阪冬子的《男裝女諜川島芳子傳》[30]就會有更加真切的體認。李表面的煞有介事其實掩蓋不了她迷戀和把玩情節的癡心。川島芳子在許多傳記中仍然算是疑竇重重，上阪為了驗證某些觀點費盡心機（包括做口述歷史調查、遍翻資料等等），但對實在沒有把握的仍然會存疑。但李的書寫卻稱得上大刀闊斧，她恰恰利用了模糊、含混的情節進行改造，將可能變成言之鑿鑿，將曖昧變成個性鮮明。

川島芳子與養父川島浪速之間關係到底如何實在是一個問題。17歲妙齡少女的芳子將一頭秀髮剪成男式是否蘊含了遭受養父性侵犯之後的難言之隱，轉而企圖告別幻想的過去重新做人？上阪在書中用到了「如果」的字眼，而且用旁證否認了「亂倫」式強姦的可能性，最後她只好說，「時到如今，已經沒有辦法再去弄清她剪髮的真相了。」[31]李碧華不僅「弄清」了芳子剪髮的「真相」──養父的姦汙導致她力圖以此忘記過去，而且這還因此讓芳子成為一個很有主見的人。類似的細節改造和有意誇張仍然很多：比如與山家亨決絕分手，與蒙古王子甘珠爾紮布結成政治婚姻等，其中就隱喻了芳子和李碧華兩人的顛覆性和主動性。

縱覽以後的事情發展，我們發現，在李的筆下，種種情節表明──芳子成為一個很有心計與策略的八面玲瓏的女人：她妖豔、狠毒、長袖善舞，既有女人的溫柔與手腕，又有男人的果斷和英姿。當然，李的重心卻在於反映人生的命定性和悲劇意味，芳子的個人魅力無法拯救她一步步走向被拋棄和滅絕的命運，說到底，她的精明能幹仍然不能改變她作為棋子

---

[29] 李亞萍〈一道殘酷的風景──解讀李碧華小說中的「文革」描述〉，見《當代文壇》2001年第1期，2001年1月，頁48-50。引文見頁50。

[30] ［日］上阪冬子著，翬長金譯《男裝女諜川島芳子傳》（北京：解放軍出版社，1987）。

[31] 上阪冬子著《男裝女諜川島芳子傳》，頁82。

和板上俎肉的悲慘結局。李碧華恰恰是利用舊文本中的漏洞來展現她把玩情節的機巧。

（三）多重戲弄

李碧華還巧妙機智地展現了其繁複的戲弄手法。首先，她在內容上彰顯出戲弄的豐富性和狂歡色彩，比如戲弄古今、對意識形態（Ideology）與對民族精神創傷人為遮蔽進行辛辣戲弄，而且對文本虛構也進行荒唐戲弄，甚至「以當下人性替換了經典故事中男女的愛情特性，自然讓後者的一本正經、轟轟烈烈與激情四溢在現世的取捨中紛紛落馬，甚至在今天看來顯得荒唐可笑令人嗤之以鼻，然而在這種貌似瀟灑的戲弄中卻反證了現實世界的荒誕不經與對變態、異化了的當下人性的悲涼感歎」。[32]

關鍵的是，在情節上，李也體現出其多重戲弄的威力和才智。《青蛇》甚至因此成為一個錯綜複雜的「勾引的故事」，成為一個情欲的五彩繽紛、沒有表面的刀光劍影卻有內在的勾心鬥角的虛擬戰爭遊戲。它的複雜情節處處表徵著戲弄的殺傷力：男人、女人、愛情、宗教等等不過是用來消遣的對象，情節的曲折離奇、花樣翻新才更加激動人心。所以陳燕遐也一針見血地指出，「《青蛇》之引人入勝，也不在於它戳破了愛情的真相，而在於李碧華的故弄玄虛，把一個簡單的民間傳說，點染得異色紛陳，欲念橫生：表面上處處指出男女間的互相欺騙，實則在故做譏誚的洞悉世情中，難掩對情欲的執迷與憧憬」。[33]

而長篇小說《誘僧》中同樣也凸現了李對虛構與歷史的質疑和重寫，在她看來，大唐以及太宗李世民的光輝歷史其實本身也包含了血腥、狡詐、欺騙、虛偽等等，概莫能外。吊詭的是，她在文末卻提及「整個唐朝，正史、野史、軼聞、民間傳說、筆記小說……，皆無『石彥生』，或『霍達』之名字。」轉眼又解構了自己所苦心建構的「歷史真實」和文本。

（四）文字的精簡與嘩眾

許子東在考察20世紀90年代的香港小說時曾經設置了一個留給後人思考的饒有興趣的疑問，他發現李碧華等的「文字越來越趨於精簡、短促、躍跳，時時省卻主語，在語言層面（敘事時間）上留下很多空白。與一些『純文學』作家如西西、也斯等人的文句越來越長越來越晦澀婉轉沉重難

---

[32] 具體可參朱崇科〈多重戲弄——論李碧華「故事新編」的敘事策略〉，頁125-131。
[33] 陳燕遐〈流行的悖論——文化評論中的李碧華現象〉，見陳國球主編《文學香港與李碧華》，頁141-160。引文見頁147-148。

以言說的實驗文體恰成對照，耐人尋味。」[34]同時，另有論者在總結李碧華的創作缺陷時也提出了類似的問題，「作者在取材立意上不無雷同：多表現淒美的愛情，探求人性的根本。藝術上有些不夠精到，有些描寫似乎是隨心所欲所致，文筆省略過多，作品多用短句連綴而成，這也許是因為作者的後期創作多為應電影電視的要求而作，抑或是作者不堪受傳統的文學模式所束縛之故。」[35]

在我看來，個中耐人尋味之處就在於，李的文字本身也是對應情節需求的有意操作。我們知道，從通俗文學流行的限定性角度考慮，通俗抑或流行文本自身必須符合如下特點，「為了實現應用領享，首先文本的功能必須是顯然可見的，並非晦暗不明，其自在規定性及其價值是敞開洞明的。」[36]

眾所周知，李碧華作品中非常受歡迎的還有她那犀利、尖刻[37]、俏皮的短論。我們發現，她的這種文體有其符合都市大眾需求的物質性。首先是文字的精悍，節約來去匆匆的閱讀人的寶貴時間；其次，語不驚人死不休，吸引眼球；第三，插入偏激抑或尖刻的淺層（貼近大眾與日常）／深層（可以進一步闡發）人生哲理，發人思考，長人見識。讀李的散文，你會感到她對人性、世情的洞微燭隱，也會意識到她的出人意表令我們對自我和人性的複雜多變（尤其是陰暗）感到陌生。李將她的這種手法引入了小說中，而且大有將其小說散文化（敘事散文）的傾向，但是，對情節的保留和強調卻並未因此減少，所以便出現了上述疑問。

《青蛇》中類似的警句比比皆是，比如「誰敢說，一見鍾情，與色相無關？」（頁43）點明瞭人的物質性；而「任何一個人，只要他不是窩囊廢，也一定會得選擇。名是虛幻，利才實在。說金錢萬惡的人，只因他沒有。」（頁73）則點出了某類人的虛浮的莊嚴，同時點明瞭金錢在今世社會的重要性。哪怕是點評許仙，也有其嘩眾取寵之神采，「真氣餒，升平第一遭出來勾引男人，竟遇著個不通情的書呆子。他簡直便是叫杭州蒙羞的一碗不及格的桂花堂藕粉——糖太少、水太少，粘粘稠稠，結成一團，

[34] 許子東〈二十世紀九十年代香港小說與「香港意識」〉，見《清華大學學報》（哲社版）2001年第6期，2001年12月，頁36-41。引文見頁40。

[35] 孫曉燕〈李碧華小說創作印象〉，見《世界華文文學論壇》2000年第3期，2000年9月，頁76-78。引文見頁78。

[36] 張國安〈文本與受眾：效用與應用〉，《通俗文學評論》1998年第1期，1998年2月，頁74-79。引文見頁78。

[37] 她在接受採訪的時候曾經說比較喜歡的就是魯迅、張愛玲等人的看待人生的尖刻的文字。具體可參張曦娜訪問〈個體戶李碧華〉，新加坡《聯合早報·早報週刊》1992年11月22日，第4-5版。

半點也不晶瑩通透。」（頁47）同樣，總覽全書，我們可以發現，小說中多的是近乎對話體的文字，簡練、俏皮，有時又意味深長。

但同時，這種容量的限囿極可能降格了文本的敘事力量和洞察深度。但李碧華沒有忘記純文學佐料的添加，從而避免了作為類似普通通俗小說寫手的持續淪落。「李碧華用純文學觀念作為載體言說生命個體，傳奇故事情節的演繹和折射現代人的精神追尋與脈動成為她創作的自覺。純文學情結便成為作者的揮之不去的創作底色。」[38]

總而言之，李碧華迷戀情節和把玩情節有其可謂高超的策略，這在她的故事新編書寫上明顯體現出與前輩作家和同輩書寫者的差異性，當然，這也成為她可以立足此類小說史的要因。

如前所論，李碧華的情迷還表現為糾結情欲。但是，需要再次強調的是，李的對情節的書寫和對情欲題材的愛好是一個近乎水乳交融的話題，單純強調或分析其中的一方都可能忽視了她的獨特追求與糅合能力。

二、意亂

李碧華的故事新編讓讀者意亂情迷的法寶之一就是自我的「意亂」。比較而言，李碧華的書寫主題相對比較簡單明瞭。然而，令人驚詫的是她對簡單主題的複雜呈現能力和她強烈的主體介入意識。簡單說來，李故事新編小說的主題不外乎情欲、政治抑或命定悲劇等。當然，其中的糾纏遠比我們想像的繁富，調料也非常富足，所以呈現出來的香港大餐也別具風味。以下將首先討論她主題的表現層面，其次再仔細檢索其背後的調料添加秘方。

（一）糾結情欲

論者屢屢指出，李碧華對情欲的書寫別具特色，「李碧華善於描寫男女感情。情欲交織的人性糾葛，她寫來特別細膩深刻。她也擅長塑造壞角色，作品中總有縷縷血腥味……『帶著血腥味的愛情』，使得李碧華的小說充滿了戲劇張力，搬上銀幕，總能牽動觀眾的情緒。」[39]

如果通覽李碧華故事新編文本前後的變化，我們可以感知，李碧華對情的執著非同一般：往往是無中生有，從有到多。當然，此中情的層次可

---

[38] 孫曉燕〈小說與電影：從間離到暗合——簡論李碧華的小說創作與電影藝術之關係〉，見《華文文學》2003年第2期，2003年3月，頁4-7。引文見頁5。

[39] 羅如蘭〈血腥愛情的塑造者——專訪香港神秘女作家李碧華〉，見李碧華著《霸王別姬》（北京：人民文學出版社，1993），頁263-267。引文見頁264。

以豐富多彩：愛情、情欲、人情、友情等。放眼望去，從《白蛇傳》（白素貞的勇盜仙草、為愛身陷囹圄）到《梁祝》（思勞成疾、殉情相隨），甚至是《霸王別姬》（虞姬的決絕追隨、以身赴死）、《胭脂扣》（如花的追求）等，我們可以發現，所謂堅貞不渝、可以赴湯蹈火的忠誠與真愛早已作古或已經被永遠埋葬在歷史裡。純真愛情往往成為古典或者原文本中遙遠的想像與期待。當然，李碧華本人並不見得認為這些就一定是難以割捨的缺失，「被視為失去的，永不是那些鄉土、『純真』或甚至是『原始』的事物……她把所謂缺失，看作是在過往與今日的文本互涉關係之間，一種無法說明但卻又有跡可循的事物。」[40]相較而言，李關注的更多是在種種關係中錯綜複雜的情欲。

　　如果以《青蛇》為例，引人注目的恐怕不僅僅是敘述視點的轉換：青蛇從舊文本中的綠葉一躍而為女主角，如李本人所言，「我覺得青蛇和白蛇是同時看上許仙的，應該讓她有個權利和機會去表達。」[41]問題在於，更換的還有原本作為經典和感人肺腑、催人淚下的歷盡艱辛仍無怨無悔的人／妖之戀的頌揚。在《青蛇》中，情欲成為不二的核心。無論是同性曖昧戀情的閃閃爍爍，還是異性之間的欲望投射與釋放都在在令人關注。甚至所謂敵我對立和同壕戰友也不能限制情欲的力量：在這裡，作為剛猛男人的法海也被小青不避嫌的加以情欲期待，從而成為勾引的目標；而原本應當一致對外的戰友——小青和白蛇之間因了對許仙的爭奪也難免齟齬。原本的信任和忠貞在此悲慘的缺席，大家都是欲望的動物，似乎沒有人應該為此受到道德倫理的指責，因為此處的情欲同時也是大家角力、爾虞我詐、彼此欺騙利用的戰場，赤裸裸的私欲無處不在。

　　需要指出的是，情欲書寫的背後往往隱藏了人性的實質。同樣可以彰顯出情欲的殺傷力的還有《梁山伯自白書》與其姊妹篇《祝英台自白書》。原本作為純潔和堅貞愛情象徵的「化蝶」在梁山伯那裡不過是為掩飾自己對「愛情」絕望的遮羞布。儘管在梁山伯的自白中，他自己和祝英台同處一室時難免也有偷窺欲望和情欲的翻騰，但是他還是守住了欲火防止它氾濫。就在他和祝英台十八裡相送定了終身後，他反倒擔心自己以後的採花（同更多女人交往）的自由因而推遲了去看囊中之物——英台。

　　然而令人震驚的是，英台不僅背信棄義（原本作為定情信物的玉蝴蝶不過是太多複製物的一隻——「她施施然地走過去，拉開酸枝抽屜。原來一抽屜都是玉蝴蝶」）拋棄了他，而且還和有錢有勢的馬文才結合了。更

---

[40] 周蕾著《寫在家國以外》（香港：牛津大學出版社，1995），頁57。

[41] 張曦娜訪問〈個體戶李碧華〉，新加坡《聯合早報・早報週刊》1992年11月22日，第5版。

加令人大跌眼鏡的是，英台其實不過是個人盡可夫的蕩婦──她臣服於自己的情欲，早在求學期間就和師生們縱情聲色（「梁兄，我遊戲玩過，書也讀過，又見識了那麼多男子，只覺得有點倦意，乘此機會也擇木而棲息」）。

而祝英台的反擊似乎更加熱鬧非凡，令人大開眼界：祝英台則認為梁山伯不過是愚蠢和神智不清。歷數她不嫁他的理由竟然是他的不忠、不守時和有疾病──擇愛的標準已現實化，而到了最後她斷然否認彼此之間的原本傳為佳話的深沉愛戀，而真愛其實不過是個謊言。「你既然公開為愛你的臭面子而死，不是為我殉情，我也只好否認，我根本沒有去南山祭你，遑論有哭墳、投墳，及化為蝴蝶的事！」但種種事件表明，情欲在其中的流動標誌著當下人性的墮落、急功近利和利慾薰心。

毋庸諱言，她的其他故事新編小說也或多或少涉及類似的母題。《潘金蓮之前世今生》在前世今生中都湧動著近乎不變的情欲：潘金蓮／單玉蓮的淫蕩、張大戶／章院長的強勢淫欲──霸王硬上弓、西門慶／SIMON的荒淫無恥等等，到處彌漫著情欲的氣息。甚至「所謂文革苦難與荒誕香港，最終也不過成為潘金蓮單玉蓮談情說性的材料而已。」[42]《滿洲國妖豔──川島芳子》中情欲成為交換的砝碼和工具，芳子也恰恰是借重女人的資本來滿足男人、滿足自我，同時又吊詭地間接成為情欲的奴隸。《誘僧》中也存在追求佛性的人在面對美色後所產生的性幻想描寫。

（二）政治

在關注情欲書寫的同時，我們也不應該忽略與之密切相關的政治。如人所言，「李碧華經常改寫一些經典文本，又或者在神話傳說的基礎上演化衍生出截然不同的故事。其中一個共通點便是將『政治』與『情欲』的元素注入這些新的文本，故而舊有的文本在新元素的充實底下，經常以反叛舊文本的姿態出現。」[43]當然，這裡的政治解讀可謂同樣複雜多變。在我看來，這既包括了男女之間詭異多端的性政治，同時又包含了對時事及政治事務的關心。

1.性政治

需要指出的是，本節所言的性政治（Sexual politics）並非凱特（Kate Millett）所言的嚴格意義上「性的政治」的框定。在凱特那裡，它主要是

---

[42] 林賀超《香港小說中的情欲與政治》，正文頁45。
[43] 陳岸峰〈李碧華小說中的情欲與政治〉，見陳國球編《文學香港與李碧華》，頁209-224。引文見頁211。

指兩性關係中，男性用以維護父權制嘗試對女性的所擁有的權力進行維持與延伸的過程。[44]

　　而在本節中，主要取其更加寬泛和靈活的意味，也即，它主要指涉了性別政治中男女的複雜糾纏，而非單純的權力擠壓。之所以如此，這當然是因為李碧華本人在新編中所彰顯出來的有關性別政治的獨特視角有關。

　　當然，在李的意識中，男女性別政治歧視體現為一種彼此的對抗、爭鬥、利用和糾纏等等，當然其中也有更加細緻的區分。首先，《川島芳子》非常貼切的反映出凱特所言的性政治意味。李碧華啟動了芳子的主體性，讓她更有遠見和獨立性，但是，她在本質意義上仍然不過是被男人玩弄於股掌之上的玩物，儘管她曾努力通過將自己男性化以及利用自己女性優勢以求得認可和數次大小不一的成功。《潘金蓮之前世今生》中也有類似的意蘊：無論是潘金蓮也罷，主體性增強的單玉蓮也罷，她們其實始終未能擺脫男權社會中男人對她們的肉體及精神強暴，尋找真愛似乎只是一件難以圓滿的進行時態。

　　其次，《梁山伯自白書》和《祝英台自白書》所唱的「雙簧戲」反映出來的恰恰是男女之間的衝突，梁祝之間的交惡背後所反映出來的是真實的自私和功利性的情欲。

　　第三，最特殊的或許是《青蛇》中的性別政治，李碧華通過這個複雜的情欲故事似乎在揭示如下的道理，「性不僅有一部歷史，而是有多部歷史，每部歷史都需要從其獨特性和作為複雜模式的一部分來理解。」[45]當然，這裡的性的概念應當加以擴大化，即它也包含了情欲等概念。在我看來，李碧華不僅僅書寫的是男女之間的勾心鬥角和糾纏拒斥，而且她還勾畫了同性之間的交疊與推拒。所以她的性別政治在書寫了某類版本的同時，卻也深究了其中難解難分、愛恨交加的爭鬥：人和自己的情欲在勾結，卻同時又和欲望的對象互相勾引又貌合神離，甚至勢不兩立。這裡的性別政治似乎打上了福柯所言的性的烙印：權力憑藉話語滲透到「最微妙和最個體化的行為中去」，它「既是對性的拒斥、阻礙和否定，又是對性的煽動和深化，簡言之，它們具有『多種形式的權力技術』」。[46]

---

[44] 更加詳細的界定和論證可參Kate Millett, *Sexual Politics* (London: Rupert Hart-Davis, 1971), pp.23-58.有關於凱特性政治概念的評述可參托裡‧莫以（Toril Moi）著，陳潔詩譯《性別／文本政治：女性主義文學理論》（臺北：駱駝出版社，1995），頁22-28。或者張岩冰著《女權主義文論》（濟南：山東教育出版社，1998），頁58-62。

[45] 傑佛瑞‧威克斯（Jeffrey Weeks）著，宋文偉 侯萍譯《20世紀的性理論和性觀念》*Making Sexual History*（南京：江蘇人民出版社，2002），頁164。

[46] 蜜雪兒‧福柯（Michel Foucault 1926-1984）著，佘碧平譯《性經驗史》（增訂版）*Histoire de la sexualite*（上海：上海人民出版社，2002），頁10。

還需指出，傳統的朦朧愛戀，如前所述，似乎只存活在久遠的歷史或記憶中，《山鬼》[47]中山鬼多情而妖嬈，她在癡癡等待只謀面一次的採藥男子。等到他來的時候，卻是和他新婚的妻子歸甯。於是她默默選擇了成人之美，「原車回去。」（頁223）但是，這種簡單素樸卻能打動人心的愛情只是停留在李碧華近乎招魂式的經典再現中。隨即在《蜘蛛精江湖再見》[48]中就冷嘲熱諷了人的欲望（包含情欲）的濃鬱與無恥。可以想像，以蜘蛛精的陰毒和狡詐竟然輸給人類，可見後者有多麼無恥和下流！最後她們在抱頭痛哭後，只好「絕跡江湖。姊妹相依。」而之前，她們之間也是為了爭吃唐僧肉而鬥嘴而爭風吃醋、反目成仇。

2.時事／政治

當然，值得一提的是，在李碧華的故事新編中同樣也活躍著「政治的情欲化和情欲的政治化」糾葛，比如《青蛇》、《潘金蓮之前世今生》等就有典型的表現。如人所論，「李碧華為革命的神話注入情欲的暗潮……另一方面，李碧華也著意探討在高壓的政治氛圍底下，人物之間的情欲關係如何被利用做為扭曲、暴露人性的醜陋元素。」[49]

李碧華對時政的關注首先體現為中國迷戀。《青蛇》、《潘金蓮之前世今生》等小說中李碧華的北進想像對象主要集中在「文革」上。和大陸「傷痕文學」對「文革」的痛定思痛後小心翼翼的返觀和省思不同，「文革」的出場、發展與結束在李的故事新編中顯得前所未有的轟轟烈烈抑或虛張聲勢。《青蛇》中「文革」被解讀為一場妖魔鬼怪發動的拯救妖魔鬼怪的血腥遊戲。《潘金蓮之前世今生》中，文革成為作為孤兒的單玉蓮噩夢在今生的延續。恰恰是打著文革的神聖旗號，章院長幹著人面獸心的勾當：強暴了年輕的孤女單玉蓮。

當然，我們可以指責說，它們的書寫中很多時候顯出了作者在拙劣的情節劇背後其實累積了感官刺激的膚淺。但同時，我們還要看到，這也是作者深愛中國的內心的外在投射。「值得注意的是，雖然對中國傳統可以肆意把玩，心態仍然是關切的，善感的。」[50]

當然，中國迷戀中也包含了對歷史關鍵人物的深切關懷。《毛大帝》[51]中其實塑造了極富張力的毛澤東的民間形象。一方面，他是叱吒風

---

[47] 李碧華著《誘僧》（香港：天地圖書，1991年6月第3版），頁211-223。
[48] 李碧華著《誘僧》（香港：天地圖書，1991年6月第3版），頁167-178。
[49] 陳岸峰〈李碧華小說中的情欲與政治〉，頁216。
[50] 陳曉輝〈正典的命運──試論李碧華小說改寫傳統的方式〉，頁38。
[51] 李碧華著《誘僧》（香港：天地圖書，1991年6月第3版），頁133-146。

雲、指點江山、萬人敬仰的毛大帝，哪怕在他死後十餘年無論是中國現實社會還是伊拉克的薩達姆都從不同層面對他進行學習、敬仰，另一方面，李卻用調侃的語氣指出毛作為凡人的形而下問題——便秘，這個課題令他近乎一生頭痛。

　　其次是日本形象。李所呈現的日本形象主要表現在《滿洲國妖艷——川島芳子》和短篇《徐福與烏丸株式會社》[52]中。嚴格來講，日本形象並未被李賦予獨立的表現，它往往是和中國（人）形象糾結在一起的。《川島芳子》中日本形象表現為兩個層面：日本的整體形象和幾個日本人所構建的日本形象。日本整體形象主要表現為：在經歷過維新後充滿活力，也野心勃勃；同時，民族主義和帝國主義意識形態快速崛起並蓬勃發展。在小說中，李對此並未賦乙太多筆墨。比較而言，李的態度在描寫日本人時顯得比較鮮明。總體看來，李對日本形象的整體塑造更多是負面的。比如一心想成就事業的川島浪速在面對養女時，也同樣是荒淫地加以強姦；而日本駐上海公使館北支派派遣軍司令宇野駿吉不僅心狠手辣，而且荒淫無恥、狡詐多端，他對芳子只有赤裸裸的利用；而芳子早期的情人山家亨在真誠的同時卻又顯得優柔寡斷。

　　《徐福與烏丸株式會社》裡面夾雜了李碧華對日本和中國形象的複雜情感。首先，她指出所謂福太郎不過是西元前229年為逃命而勸奉始皇帝出海尋求長生不老藥的領頭人徐福，而日本新文化不過是所帶來的秦朝文化的變體，儘管「日本人不認帳」（頁204）。李碧華顯然認為日本文化不過是中華文化的衍生和變異。當然，在小說中李還點明瞭日本對性事研究最在行從而暗襯了他們的荒淫。吊詭的是，在小說結尾李還調侃了中國大陸的老高幹，她讓福太郎叮囑自己公司——「歡樂屋」的員工，要善待來自中國出差到此地的高幹，因為他們往往是年輕時勞碌不堪，過後想享受生活時卻變得不舉。

　　當然，李碧華同樣關心她的香港。由於下文會再述，此處從略。

（三）命定的悲劇

　　如果我們通讀李碧華的小說，掩卷沉思，我們不難發現，幾乎所有她的小說中往往包含了命定與悲哀。當然，這一點，連她自己也不否認，「我也享受悲哀。而且當然是悲劇比喜劇深入，也比喜劇容易引起共鳴……每個人對快樂的感受都不一樣，但對悲哀的體會就很一樣。」[53]

---

[52] 李碧華著《誘僧》（香港：天地圖書，1991年6月第3版），頁195-209。

[53] 張曦娜訪問〈個體戶李碧華〉，新加坡《聯合早報・早報週刊》1992年11月22日，第5版。

　　李碧華的故事新編同樣也真實地呼應了作者的意念，種種結局雖然指向各異，論述的事件可能風馬牛不相及，但是骨子裡的悲涼和命定元素似乎不可或缺，它既成為一種可以引起更多共鳴的調味品，也成為形塑人格淪落和個體的渺小的悲劇感的手段。

　　比如《潘金蓮之前世今生》中，李碧華對今生的人物的命運重新分配，其基本原則就是因果報應論。當單玉蓮活在中國大陸時空的時候，她是很難把握自己的命運的，所以才會被章院長強姦。但當她置身於香港時，李碧華人為的讓她避免了慘死的輪迴厄運，並且和武汝大過著幸福的生活。儘管如此，這還是體現了命定的決定力量。

　　《青蛇》中蛇的操守原本是有限的，如果說一開始她們的被推下水源於呂洞賓的惡作劇，但是等她們到人間遊歷了一圈後，嘗盡了人間冷暖及苦難，甚至白蛇因此而被鎮壓到雷峰塔下，當「文革」陰差陽錯的解救了她後，我們或許以為她應該會收手，從此過著蛇的幸福生活。因為當白素貞即將被法海鎮壓之前，曾對小青悒鬱懺悔道，「半生誤我是癡情」（頁226）。而實際上，她們已經被同化成了自私、單純追求個體享受的「人」並且樂此不疲。李碧華借此反映了人以及人性的墮落和後者巨大的不可抗拒的影響力和誘惑力。

　　《誘僧》也是如此。石彥生個人的坎坷遭遇在在反映了命定的不可避讓和個體的微不足道。石原本是太子建成的虎將。後在李世民得力助手霍達的勸說下答應以和平方式讓野心勃勃、揮斥方遒的李世民繼承皇位。然而血腥的玄武門之變卻令他感到了被欺騙和利用，良心發現後他決定退出。然而，作為一個神武但危險的人物，他的不合作自然招致殺身之禍。登基後的李世民可以大赦天下、偽裝自己的仁慈，卻不能放過熟知內幕偏又不能通力合作的他。無論是利用宮中一等大內女高手，還是大將軍霍達，都在在指向奪取知情者的命。儘管李最後沒有表明他的具體下落，但亡命似乎是唯一的也是最可接受的選擇。當然，之前他在和霍達決鬥時也付出了「一目已眇」的代價。

　　需要指出的是，李碧華在此小說書寫中所居的獨特視角和位置。著史者往往去粗取精、「粗枝大葉」，而李卻立足於個體人的立場加以考察。所謂英雄的輝煌和風光歷史往往是靠威逼利誘、爾虞我詐、收編＋大棒、為我所用加以篡改的手法進行，個體往往是被忽略、利用和壓制、犧牲的他者。儘管石彥生不過是李的虛構，但他的出現卻反襯了「宏大歷史」（Grand History）書寫中的虛假與偽善，更為關鍵的是，它也因此指涉並反襯了命定的無比強大：石彥生的命運起伏，恰恰也是對秩序、愛欲提出了懷疑，名利、權力、生死、愛恨，逐次如肥皂泡在石內心破滅。

（四）香港視角

　　之所以將香港視角單列當然有我的理由，李碧華書寫的故事新編無論從情節還是從內容上都可謂光怪陸離、五彩繽紛，但從意義和形式的深層體驗來講，這背後其實湧動著香港的語境、時空和立場。表面上看，李碧華專論香港的小說實在是近乎闕如，但實際上，李碧華的每一部故事新編小說背後都鐫刻著香港。

　　王德威認為，「李碧華是香港的暢銷作家，所作《胭脂扣》、《潘金蓮之前世今生》、《霸王別姬》、《青蛇》等因受戲劇界的青睞，更為聲名大噪。李的文字單薄，原無足觀。但她的想像穿梭於古今生死之間，探勘情欲輪迴，冤孽消長，每每有扣人心弦之處。而她故事今判的筆法，也間接托出香江風月的現貌。尤其在九七『大限』的陰影下，李的小說將死亡前的一晌貪歡，死亡後的托生轉世，兀自有一股淒涼鬼氣，縈繞字裡行間。她的狹邪風格，究竟是十分『香港』的」。[54]此論可謂一針見血。

　　首先，李碧華的故事新編書寫和香港時空密切相關。重寫經典，自然首先就擁有了廣泛受眾的可能性。不僅如此，李碧華改寫後的目標讀者（target readers）顯然也首先指向了香港人。同時，情欲幻想、政治指涉、甚至身份找尋中的心理焦慮及種種反應等等也可化為她的商業操作賣點和媚俗話題，這反映了她與文化產業的相互利用與限制：無論是文風，還是敘述的主體介入的話題／元素。

　　其次，其中往往包孕著香港身份的寓言。香港的曖昧性其實放在殖民者英國與「母國」中國大陸的複雜糾葛中會更加彰顯。後殖民語境下，殖民者的印記仍在許多層面隱隱可尋，殖民創傷與主體記憶的模糊仍令香港心痛與焦慮，但另一方面，作為被殖民者的香港和中國大陸的關係又絕非邊緣──中心的二元對立架構可以涵蓋。

　　細讀文本，我們不難發現，無論是身份找尋和文化隱喻，還是情節離奇與其中的獨立戲謔姿態無不和香港情境息息相關，「大多數香港人都有一種末世的感覺。其中一個原因是我們有1997的陰影，另一個原因是，香港一直在變化中，一個人如果長期生活在變化之中，久而久之會覺得，計畫是沒有用的，你無法戰勝暝暝（此處疑為筆誤，當為冥冥，朱按）之中的安排。」[55]

---

[54] 王德威著《小說中國──晚清到當代的中文小說》，頁221-222。
[55] 張曦娜訪問〈個體戶李碧華〉，新加坡《聯合早報‧早報週刊》1992年11月22日，第5版。

《青蛇》中存在著人／蛇妖地位和身份的高下區別，而對情欲的追求和對愛情的拋棄也或多或少反映出香港過分功利和勢利的時空下真情尋覓的艱難以及人性的墮落；《誘僧》中石彥生作為「棋子」地位的飄忽與脆弱，他的利用和被遺棄在恍惚之中讓人感覺到香港類似角色的令人黯然神傷。或許表面上與香港無關的《滿洲國妖豔──川島芳子》的書寫更加耐人尋味。芳子，一個從小就被賦予了重大政治和歷史使命的女子，她的百般掙紮之下仍然掩飾不住的身世飄零以及在利用價值縮水後被捕所顯出的裡外不是人的吊詭，諸種慘澹遭遇都或多或少隱喻了李碧華描畫香港的飄零身世的努力以及焦慮。如藤井省三（1952-）所言，「也許李碧華把香港的情況投影到苦於三重個人意識的川島芳子身上，故此小說沒有根據中國的國家理念把女主角定罪為『漢奸』，而把她描寫為『一個被命運和戰爭捉弄的女人』。」[56]

筆者在一篇論文中曾經論道，「長期以來，人們對象關通俗文化（學）的不屑造成了許多遺憾和錯漏，當然過度反撲抑或矯枉過正亦不可取。不過，對李碧華的研究卻仍需更深的開掘和香港性視角的更切實切入」。[57]

香港性視角的切入在體現到李碧華的主體介入中時還表現為她對香港的熱愛，有些時候甚至不惜扭曲小說發展的內在理路。《潘金蓮之前世今生》中在大陸吃盡苦頭的單玉蓮恰恰是由香港商人武汝大所搭救，香港作為命運拯救者的角色赫然顯現。更加不可思議的是，到了香港後的單玉蓮居然最後可以過著公主和王子般的童話生活，直至天長地久，這不能不說是李碧華個人的一廂情願，而且也因此削弱了命定悲劇的感染力。

同時我們還可看出，李碧華對「文革」書寫的偏愛其實也可以顯出香港主體性的某種反彈和她以邊緣姿態對大陸文化及政治中心的某種程度的解構，「香港主體性的日漸生成（當中包括多元的衍異），更令過渡中的香港越發關懷香港的身份求索、香港的故事誰來說，香港的『歷史』誰來寫等問題……『中心-邊緣』的地緣政治很大程度上支配了香港的文化想像和抗衡政治論述」。[58]

顯然，在李碧華那裡，香港被賦予了豐富的內涵和激揚的期待。香港不僅僅要消解他人所構築的大敘事，同時也要發出自己的心聲。香港應

---

[56] 藤井省三作 劉桂芳譯〈李碧華小說中的個人意識問題〉，見陳國球編《文學香港與李碧華》，頁99-118。引文見頁115。

[57] 朱崇科〈戲弄：模式與指向──論李碧華「故事新編」的敘事策略〉，頁137。

[58] 李小良〈香港／中國──權力關係的想像〉，見《聯合文學》第13卷第9期，總第153期，1997年7月號，頁40-42。引文見頁40。

該是自己文化身份、認同政治以及自我歷史的書寫者，同時更加令人驚訝的是，有些時候，香港也同樣成為閱讀和理解大陸母體的「逆寫」（write back）者，甚至香港本身也可能成為「文革」破壞與破除的寶貴傳統文化的接納者、承傳者和改寫者，李碧華的小說及其實踐操作都表明了這一點。當然，我們要警醒的是，不能把香港視為所謂「北進想像」的資本和替代者從而陷入邊緣取代中心的吊詭中去，我們應該把這些論述和寓意「放回具體的社會脈絡（contextualize），由此而解構論述中的混雜性主體所（有意或無意）介入的文化政治」。[59]

　　結語：李碧華的故事新編書寫顯然有其不容忽略的獨特性，她從通俗／流行小說的套路與陳規中勇於突圍，把玩情節、遊戲意義，顯出了她不凡的藝術功力。尤其是，她能夠從容穿梭古今中外、探察社會與人性、注入香港情結、不拘一格，不僅部分突破了人為以及文體分類的限囿，一掃通俗文學淺薄虛弱的弊端，而且也開拓了故事新編文體書寫的空間，的確值得稱讚。但是，李碧華也有她自身的缺憾，她迷戀和把玩情節，創造了小說姣好的可看性的同時，卻也往往因為過於追求情節的離奇而讓小說變得造作、粗糙和離奇不堪，甚至也因此影響了她意義的持續開掘。儘管她的文本往往充斥了意義的狂歡色彩，可以讓論者找到合適的話題。但整體上看來，它仍然缺乏深沉的積澱，轟轟烈烈的表演性遠勝於深刻意蘊給人的內在震撼。如人所論，「綜觀李碧華的小說，她對女性的心態和弱者被壓抑的聲音，有不同凡響的表達；她遊戲經典，熔鑄古今的小說，其荒誕諷刺風格超越了一般通俗小說的藝術水準；但當她過於依賴情節、奇聞軼事，不講究語言、敘述定型化時，作品也就乏善可陳。」[60]雖然未必乏善可陳，但卻對作品造成自我矮化。

---

[59] 葉蔭聰〈邊緣與混雜的幽靈──談文化評論中的「香港身份」〉，見陳清僑編《文化想像與意識形態：當代香港文化政治論評》（香港：牛津大學出版社，1997），頁31-52。引文見頁51。

[60] 艾曉明〈戲弄古今：談李碧華的《青蛇》、《潘金蓮之前世今生》和《霸王別姬》〉，582。

第九章　也斯和西西：「神話」香港

　　香港文學能夠在文學／文化環境比較惡劣的香港時空下得以立足甚至可稱得上相對罕見的繁榮不能不說是個令人意外的奇跡。如果探究其原因，一方面固然可以說它得益於香港作家的鍥而不捨地努力、融會以及灌注創新精神，另一方面則在於百花齊放、各派紛呈中優秀個體作家的前赴後繼、綿延不斷。當然，這也包含了他們對香港性[1]書寫的不同側重、姿態和深度。在故事新編的書寫上也是如此。

　　在我看來，曾經獲得前輩作家劉以鬯提攜和獎掖過的中年作家西西和也斯無疑是個中最優秀的兩位繼承者和開拓者：他們不僅接過了前輩們淡泊功利、銳意創新的大旗，而且還盡力舞出自己的風格，不蹈前人覆轍。有論者就看出了他們書寫現代性或者後現代性的差別，「劉以鬯向以小說形式實驗見稱於時，在這方向上西西其實是有所繼承的，然而劉以鬯大體上服膺西方現代主義，西西則更鍾情於拉美大師。」[2]

　　儘管這種歸納不無可商榷之處，西西和也斯在故事新編書寫中確有其自己的特色，簡單而言，我將之定義為「神話」香港。當然，這裡的「神話」在作為名詞的同時已經被動用。而「神話」自然也不應理解為「神化」，後者似乎承載了過譽和過度美化的內涵。

　　「神話」香港在本章中至少包含了兩重含義：

　　第一，從題材的角度來看，西西、也斯的故事新編主要取材於神話。當然，西西的小部分文本是化自於古代歷史。但整體上看，改寫乃至重寫神話成為他們勾畫香港的主要手段。從主體介入的角度進行更加深入地思考，這其中其實包含了可能比較微妙的香港性——香港視維。「如果說題材是影響香港文學特殊性的外在和顯性的因素，那麼文化觀念、視角和精神則是決定香港文學特殊性的內在和潛質的因素。」[3]

　　第二，更加關鍵的是，西西和也斯對香港的批判精神中所呈現的不同態度——以神話的方式從現實變形的角度進行溫情脈脈的剖析，這顯然和現實主義流派（尤其是並未將自己本土化的南來作家）的不留情面與陳詞

---

[1]　這裡的香港性主要是指文學中所體現出來的香港特質、特色等，同時也包含了作者們對香港的種種認同。

[2]　陳燕遐著《反叛與對話：論西西的小說》（香港：華南研究出版社，2000），頁9。

[3]　劉登翰〈香港文學的文化身份——關於香港文學的「本土性」及其相關話題〉，見《福建論壇》（文史哲版）2000年第3期，2000年6月，頁20-27。引文見頁25。

濫調式的扣帽子攻擊（諸如「荒淫無恥」、紙醉金迷、罪惡的資本主義社會等刻板描述）大不相同，當然也迥異於其他敘述者痛快淋漓、汪洋恣肆的語言及意識上的暴力風格。如人所論，「也斯的神話其實與西西的童話一樣，顯示出本土作家對於香港的溫和態度，它與南來作家對於香港的批判中表現出的語言的暴力，形成鮮明的對照。」[4]

　　當然，稱西西和也斯故事新編的特點為「神話」香港自然也有權宜之意，因為這實際上可能掩蓋了他們極富個性的本來面目，而實際上也如此。為此，在「神話」香港的大帽子下，筆者會分述他們的獨特性：比如西西的特點又可總結為「邊緣童話——諫言（建言）香港」，而也斯則可簡化為「魔幻香港——現實之一種」。

　　有關對西西、也斯合論的論文（著）並不多，袁勇麟的〈二十世紀香港小說與外國文學關係淺析——以劉以鬯、也斯、西西為例〉[5]就是比較少見的一篇。不過，它主要是探討了三位香港作家對西方現代文學思潮／流派的承繼與發展，對於其故事新編只是隻言片語，閃光點並不多。關於他們的相關研究，筆者會在分述中進行展開，同時也會去蕪存菁，擇其善者融合在文中。

一、西西：邊緣童話——諫言（建言）香港

　　西西，本名張彥，1938年生於上海，廣東中山人。1949年定居香港。香港葛量洪教育學院畢業。曾任小學教師、《中國學生週報》編輯．《大拇指》週刊編委．素葉出版社編輯。現專事文學創作與研究。主要著作有長篇小說《我城》、《哨鹿》，短篇小說集《春望》、《像我這樣一個女子》、《手卷》、《美麗大廈》等。

　　西西的故事新編小說產量也不少，主要有《肥土鎮灰闌記》、《致西緒弗斯》、《圖特碑記》、《〈浪子燕青〉補遺》[6]和《故事裡的故事》[7]一書中的若干篇：《陳塘關總兵府家事》、《浪子燕青》、《芭蕉扇》、《陪李金吾花下飲》等。其中，《長城營造》原本也屬寬泛意義上的故事新編，不過該事件由於只是簡化為小說中提及的符號，並未真正達

4　趙稀方著《小說香港》（北京：三聯書店，2003），頁152。
5　袁勇麟〈二十世紀香港小說與外國文學關係淺析——以劉以鬯、也斯、西西為例〉，見汕頭大學台港及海外華文文學研究中心、亞洲華文作家文藝基金會編《期望超越——第十一屆世界華文文學國際研討會暨第二屆海內外潮人作家作品國際研討會論文集》（廣州：花城出版社，2000），頁261-270。
6　詳可參《香港文學》第220期，2003年4月號，頁8-12。
7　西西著《故事裡的故事》（臺北：洪範書店，1998）。

到故事新編的敘事張力，所以不取。《看《洛神賦圖卷》》更多是抒發了作者讀圖的個體感受，並未實現真正的新編，所以同樣不取。

　　儘管西西在大陸香港文學研究界所受的關注遠遠落後於她的內在品質，但第一本《香港文學史》的書寫者業師王劍叢教授卻對她評價甚高，「在香港，西西是一位最有藝術個性的作家。她深受歐美和拉丁美洲文學的影響，又受個人氣質和藝術修養所滲透，作品自成風格。」[8]儘管王的意指有含混之處，但還是大致不差地點明瞭西西的鍥而不捨和卓有成效的敘事創新。而有關西西的代表性研究都或多或少的進行了旁及及論證，1997香港回歸以後這種趨勢更加明顯。有關專著如陳潔儀的《閱讀「肥土鎮」──論西西的小說敘事》[9]以及陳燕遐的《反叛與對話：論西西的小說》[10]莫不論及此點，甚至以此作為不容回避的中心和重點。艾曉明的〈香港作家西西的童話小說〉[11]則主要探討了西西小說的童話特色及其具體操作模式。

　　西西的故事新編書寫在很大程度上也體現了其銳意創新和變化多端的敘述策略，這也讓她的主體介入層次和模式顯得五彩繽紛。《聯合文學》編輯在〈西西回顧展〉中曾經評述道，「至於小說〈尋找胡利亞〉……應可看出這是一則『致意式』（homage）作品；但沿承致敬之餘，也有不盡同意之處，尤為趣味盎然。」[12]西西的故事新編也同樣顯出了不同姿態的盎然趣志。或許由於是作為香港人的切身體會，她對邊緣身份和個體的挖掘與體察有著近乎癡迷的深刻，她為此所採用的狂歡色彩十足的敘事實驗也令人目眩神迷。當然，表面上看來，她的小說非常樸實、乾淨。同時，西西還把她童話小說的整體色調滲透到故事新編的書寫中，這就使得她在重寫經典和神話時，有著與眾不同的品質，我稱之為「邊緣童話──諫言（建言）香港」。為論述的明晰性，我主要從如下兩個層面展開論述：（1）敘述人／敘述視角及其童話色彩；（2）狂歡、複調與後設。

（一）敘述人／敘述視角

　　有論者曾經非常中肯地點出西西對小說敘事更新的獨創性和獨特地位，當然這實際上也是對於論者而言，西西躋身最有挑戰力的作家中的原

8　王劍叢著《香港文學史》（南昌：百花洲文藝出版社，1995），頁157。

9　陳潔儀著《閱讀「肥土鎮」──論西西的小說敘事》（香港：牛津大學出版社，1998）。

10　陳燕遐著《反叛與對話：論西西的小說》（香港：華南研究出版社，2000）。

11　艾曉明〈香港作家西西的童話小說〉，見《文學評論》1997年第3期，1997年5月，頁36-40轉95。

12　編輯室〈西西回顧展〉，見《聯合文學》（臺北）第99期，1993年1月，頁117。

因。「她對小說形式鍥而不捨的各種嘗試與創新追求，直探小說這一文類的極限，挑戰閱讀的常規，為小說創作與閱讀不斷提供各種可能，我認為這是她在眾多香港作家之中最突出、成就也最顯著的一點。」[13]

哪怕我們從相對比較狹窄的敘述人／敘述視角進行觀照，我們也可以體味西西表現在此方面上的不凡功力。甚至我們可以說，幾乎每一篇故事新編體小說的敘述視角都有新形式，都閃耀著不俗的實驗性。當然，需要指出的是，這一切都是西西有意探尋的功效。從更深一層意義上講，西西著眼的甚至不僅僅是敘事的更新，而是反省自我的可能形式與途徑。「當史學家開始向歷史的斷裂、失憶處考據，讓我們重新審視自己；小說作者，是否也可以從故事裡再書寫，故事裡再生故事，嘗試在重重對照裡反省我們自己？」[14]

某種程度上，如果我們說李碧華的《青蛇》通過敘事視角的轉換隱喻了香港身份的起伏的話，那麼西西則是非常成功地探尋了各種可能性，從而更加體現出香港的多元化和曖昧特色。[15]

很多時候，我們可以讀出西西的新文本對原文本的敘事視角層面的有意翻轉。《致西緒福斯》中可以站出來說話的不是周而復始推動石頭的男主角，取而代之的是無辜的被滾來滾去的巨石，它極富童心，雖然同樣不滿於自己無辜被「連坐」的際遇，卻又同情被懲罰的西緒福斯，甚至很大程度上顯示出甘苦與共與互相瞭解的人性的一面。《浪子燕青》及《〈浪子燕青〉補遺》中恰恰是燕青自己在點評諸多描述他的事蹟的版本的基礎上加以總結、批評，同時給出自己的梁山好漢版本。《芭蕉扇》中的敘述者恰恰是個貌不驚人的小動物：翠雲山芭蕉洞鐵扇公主的侍從——貓。如此這般奇怪的視角其實給了西西更多的發揮空間。貓不僅可以窺得動物界（包括妖界）發生的事情的真偽，同時作為對照，她還可以比較動物與人類以及所謂神仙等的區別，通過隱喻和反諷刺探人性的本質和卑微等。

比較有代表性的當屬《肥土鎮灰闌記》，作為對家喻戶曉的經典故事的重寫，西西在敘事視角上同樣讓人大吃一驚。當作為焦點的包公吵吵鬧鬧地用盡心機想將案子判個水落石出的時候，作為當事人之一的5歲的壽郎卻屢屢反問，「這樣的事，堂上的大官怎麼知道呢？如果問我，就清楚了。不問我，卻去問那些給銀子買轉了的街坊鄰裡？」（《手卷》，頁88）「我並不是啞巴，又不是不會說話的嬰孩，為什麼不讓我說話、問我問題？」（頁102）「可是說了又有什麼用，沒有人相信我的話。別說相

---

[13] 陳燕遐著《反叛與對話：論西西的小說》引言，頁2。

[14] 西西著《故事裡的故事‧序》（臺北：洪範書店，1998），頁iii-iv。

[15] 具體可參周蕾著《寫在家國以外》（香港：牛津大學出版社，1995），頁91-117。

信了，他們根本不理。」（頁110）

壽郎作為新敘述人的出現有其複雜身份和角色凝聚，黃子平就指出它至少有三重身份：1故事裡的馬壽郎；2舞臺邊上正在扮演「馬壽郎」的馬壽郎；3由作者的「質詢」武裝起來的5歲見多識廣的小孩。[16]需要指出的是，這三重角色是巧妙地融合在一起的，同時為了造成相當的「陌生化」效果，壽郎其實還扮演了類似作者的敘述人角色的第四重身份。

壽郎的出現和質疑宛如一道亮光，照出瞭解決事情的很好可能性和現實選擇的掩藏在英明神武之下的荒誕。毋庸諱言，任何類似質詢都具有可貴的「去蔽」功能，人們荒謬的生存狀態和事件的真相也因此被照亮和揭露。西西在敘事視角方面的匠心獨具顯然揭示了陳見和遮蔽背後更深層次的可能性和更多選擇。「西西似乎傾向於認為，灰闌中弱小者的敘述具有較大的可信性。她捕捉、傾聽這些微弱的聲音，用來作為那些由『高音喇叭』發佈的言辭必不可缺的『詮注』。」[17]

更加令人驚訝的是，西西在《陳塘關總兵府家事》中所採用的敘事視角策略。作者首先讓有關仙界、凡間，國家、家庭，個體、社會等的哪吒的複雜事件收縮為陳塘關李靖的家事。其次，更加耐人尋味的是，她讓不同角色人等從不同的角度敘述此事，[18]在可能互相抵牾之處連接也凸顯事件背後的真實。

需要強調的是，西西的大多數故事新編都體現出相當的童話色彩或者說童話性。這裡的童話性在西西的故事新編那裡主要表現為「用孩子的眼睛看世界」[19]或者「童話寫實」[20]或是相當的民間幻想色彩。[21]無論是石頭也罷、動物也罷、孩子也罷，還是具有隱喻意味的主人公跳出來講話，顯然都打上了相當的童話色彩。如人所論，「西西讓五歲的壽郎重述故事，與在〈致西緒福斯〉中讓石頭說話有異曲同工之妙。」[22]當然，個中涵義顯然不獨指向童話色彩，其實它也包括了西西重寫邊緣和香港並為之定位和申訴的野心。當然，西西書寫邊緣的目的並非是消解中心，而是呈現出社會真實。「邊緣性是一種個人規律和一種社會指示，正如它是香港

---

[16] 黃子平著《革命‧歷史‧小說》（香港：牛津大學出版社，1996），頁163。該書第十章（頁159-169）對此有更詳盡的專論。

[17] 黃子平著《革命‧歷史‧小說》，頁168。

[18] 具體可參朱崇科《故事新編中的敘事範式——以魯迅、劉以鬯、李碧華、西西的相關文本為個案進行分析》（廣州：中山大學中文系碩士論文，2001，5），頁25-26。

[19] 何福仁〈《我城》的一種讀法〉，見西西著《我城》（臺北：允晨，1989），頁234。

[20] 西西／何福仁著《時間的話題——對話集》（香港：素葉出版社，1995），頁160。

[21] 艾曉明〈香港作家西西的童話小說〉，頁37。

[22] 陳燕遐著《反叛與對話：論西西的小說》，頁27。

的生活現實一樣。」[23]

（二）狂歡、複調與後設

如果我們考察西西重寫中對意義的探尋也是別有一番天地。作為同樣是一個非常有主見和個性的讀者，西西的淵博（包含她對當代小說大家們的熟稔、體會以及對象關小說理論的探研）顯然為她敘事的開拓創新提供了許多精神資源。如前所述，很多時候，重寫經典包含了她對原典的有意識的質詢。如王德威所言，在閱讀時，西西是一個「快樂的誤讀者」，對於故事新編，其實她也灌輸了同樣的精神，不過，誤不誤讀，有不有意都有待讀者重新界定了。「然而對西西而言，誤讀毋須只帶來焦慮，反可能是另一種快樂的開端。所謂將錯就錯，意義的分歧衍生，其實不正是文藝創作無中生有的基石？一反這些年文學理論者同類對問題的糾結辯證，西西身體力行，以閱讀／誤讀他人作品增益自己的天地，並用自己的想像詮釋／曲解他人作品。」[24]

在我看來，我從西西的新編中讀出了複調、狂歡與後設（Meta-fiction）。需要指出的是，這種複調、對話與狂歡等策略可以體現為多個層次，首先在新舊文本之間有著一種互涉的對話關係，「在結構上，一個文本閱讀另一個文本，通過消解創生的過程同時閱讀並建構自己。」[25]比如敘事視角的更換本身就是對原文本結構和層次的瓦解與對話。當然，這也包含了對原文本生成與概念積累的社會語境（social context）的消解與置換。其次，在新編文本中所使用的複調與狂歡特色。第三，在文本重寫中體現出來的類似精神：比如其敘事策略的不斷更新和極少重複所形成的五色姿彩本身也凝結著狂歡精神。當然，這裡本文主要論述的是第二個層面。

能夠彰顯複調和狂歡特色的比較典型的文本主要是《肥土鎮灰闌記》和《陳塘關總兵府家事》。當然，這又是兩種不同的複調呈現。《肥土鎮灰闌記》的複調主要展現在內部。在以壽郎作為主要敘述人的主線貫穿中，我們還可以看到其他人物出場時的部分主體性，儘管這往往離不開壽郎對他們的介紹和點評。儘管如此，筆者認為，在壽郎作為戲劇的點評者和介入者與其他角色之間仍然存在著微妙的對話關係。比如小說中大娘的出場其實是先有壽郎的點評作為鋪墊的，「我家大娘，終於輪到她上場

---

[23] 周蕾著《寫在家國以外》，頁146。

[24] 王德威著《眾聲喧嘩以後——點評當代中文小說》（臺北：麥田，2001）之〈快樂的誤讀者——評西西《傳聲筒》〉，頁299-300。引文見頁299。

[25] Kristeva, Julia, *Desire in Language: A Semiotic Approach to Literature as Art*, Trans. Thomas Gora, ed. Leon S. Roudiez et al. (New York: Columbia University Press, 1980), p.77.

了，真是一個花俏的婦人哪」（頁108）然後大娘才連珠炮般發出自己的告白。同樣，其中也包含了此文本和《灰闌記》以及《高加索灰闌記》的互涉。

比較而言，《陳塘關總兵府家事》在敘事上走得更遠，在結構上，它讓10個人物從不同的角度發言來建構哪吒的種種「劣行」，這樣一來，由於其發言立場和位置的不同，便構成了眾聲喧嘩的效果。同時，還需要指出的是，西西的這種手法也有意在解構家國論述的味道。[26]在這10個人中，有純粹的獨白，比如哪吒、其師妹金霞，以及李靖的青驄馬等；當然，也有獨白的敘事之下其實潛在著對話者：比如木吒在談及弟弟哪吒的出世，其潛在的對話者就是其師父。家丁向木吒彙報哪吒打死巡海夜叉和龍王三太子的始末，也存在著一種對話關係，儘管後者往往是沉默的；第三種類型是對話者之間有互問互答式的關係，當然這種結構也仍然是由一個人轉述另一個人的話語完成。比如東海龍王向李靖怒斥哪吒的種種劣跡時，李靖是有不同的反應的，「**你吃驚了是不是？**」「**你說什麼？是的，多年未會，今日奇逢，真是天幸。**」「**你害怕了嗎？**」（黑體字為李靖反應，朱加注）個中對話的姿態亦很明顯。

西西這種手法的處理其實一方面是讓我們從不同的視角觀照哪吒事件的發展脈絡，從而可以得出比較整體和相對全面的「事實」，儘管他們之間由於立場、見地、身份的不同表現出對事件甚至有很大歧義的描述，另一方面，西西在描述事件以外其實更加強調的是他們眾聲喧嘩的發言權。「西西這樣改變了前現文本的焦點，轉換了敘事角度，讓證人都登場說話，是她一直以來對說話權的關注，也是她和前代作品展開的另一次對話。」[27]

有時候，哪怕在一段言辭的內部，我們都可發現其中的對話性。在《致西緒福斯》中有如下的敘述，「這麼多年，它對他已經非常熟悉。他的眼睛、耳朵、鼻子、嘴巴，沒有一件它不認識，甚至他的提問、他的呻吟，都不陌生。我聽見你體內血液流動的聲音，聽到細胞分裂的絲絲鳴叫。我感覺到新陳代謝的生命律動在你身上運行。我們是這麼不同的物體，卻又這麼稔熟。」（《母魚》[28]，頁125）我們從這段話裡可以讀出豐富的含義。比如敘述人（稱）的轉換。一開始，西西用它與他來描述他們的關係，這體現了敘述人／作者的第三人稱敘述的客觀性。然而，隨之就轉換成了「我」（巨石）和「你」（西緒福斯）之間的細微對話和私語，

---

[26] 具體可參龔玉玲〈怪胎哪吒「現身」「說法」——現代新編文本中的哪吒圖像〉，見臺灣《中外文學》第32卷第3期，2003年8月，頁125-140。

[27] 陳燕遐著《反叛與對話：論西西的小說》，頁46。

[28] 西西著《母魚》（臺北：洪範書店，1990）。

它也因此近乎完全拋棄了讀者的存在。但個中的內部對話和複調意味卻在在顯出西西敘事在不經意中的創新意識。「除了石頭的聲音外，小說中另有一把敘事的聲音與之交替出現，幾乎每一段都由兩種聲音交織而成，有時是同一件事的兩種描述，有時是一個感受的深化與發展，有時二者又相互補充，不一而足。」[29]

《圖特碑記》則體現為另外不同的場景，作者其實巧妙地抹煞了原文本和新文本之間的界限，甚至挪用了中國傳統歷史知識，[30]然後讓它們渾然一體，這本身也有幾分狂歡色彩和部分體現了狂歡精神。「小說中原封不動地吸收了這些造型，在故事整體和細部的敘述也巧妙地運用了神話，到了使讀者分不清哪些是原有的神話故事，哪些是作者的創作（的地步，疑為作者遺漏，現為句子通順起見補足，朱按）。說自己特別喜歡埃及的西西，是借用了神話的梗概，一邊豐富地吸收其中的眾神形象，一邊創造了『歷史幻想小說』。」[31]當然毋庸諱言，西西的新編古代埃及的神話由於往往缺乏內在的解說和相關背景的陳述也因此給讀者製造了許多麻煩。鄭樹森就坦陳，「對一般讀者更為困難的，是西西小說中與外國作家對話的企圖」。[32]當然，西西與外國古代神話的對話也彰顯了不淺的難度。

西西令人非常欽佩的一點還在於她對諸種文學先鋒手法的應用與嘗試。**後設**就是其中比較嫻熟的一種，這體現了其故事新編中也有比較成功和繁複的表現。在《肥土鎮灰闌記》中她讓5歲的壽郎同樣擔當了敘述人／作者的角色時，就部分包含了後設的策略，不過，這裡的後設似乎稱作「陌生化」更加合適。作者時不時點評自己的際遇和處境，不斷提醒大家這是一個小說中的虛構。結尾時她還借壽郎的口說，「各位觀眾，請你們傾聽，我有話說。六百年了，難道你們還不讓我長大嗎？」（頁120）這顯然別有深意，「〈肥土鎮灰闌記〉顯然有現實的關注，製造這樣一種疏離效果，目的在於令讀者有適當的的距離反省現實生活中的問題，並不在於小說的本質。」[33]

---

[29] 陳燕遐著《反叛與對話：論西西的小說》，頁36。

[30] 西西曾提及她在書寫《圖特碑記》處理古埃及打仗的方陣方式時，就挪用了中國古代吳越之戰的記載。這也很好地體現了她自己的觀點「歷史和小說的分別是，在歷史裡人名地名是真的，其他一切都是假的；而小說，則人名地名是假的，一切都真實。」具體可參何福仁〈臉兒怎麼說——和西西談《圖特碑記》及其他〉，見何福仁編《西西卷》（香港：三聯書店香港分店，1995），頁354-363。引文見頁357。

[31] 西野由希子〈開放的故事——西西作品評析〉，見黃維樑主編《活潑紛繁的香港文學：一九九九年香港文學國際研討會論文集》（下冊）（香港：香港中文大學新亞書院、中文大學出版社，2000），頁540-552。引文見頁546。

[32] 鄭樹森〈讀西西小說隨想〉，見何福仁編《西西卷》，頁372-374。引文見頁373。

[33] 陳燕遐著《反叛與對話：論西西的小說》，頁67。

　　比較典型的文本還有《浪子燕青》及其《補遺》。耐人尋味的是，西西居然讓燕青自己跳出來講話，不僅非常形象和感性地重述當時的社會狀況、梁山兄弟之間的真摯感情、他對關乎梁山命運的愚忠的異議以及對自我身份的確認（「從此不做奴僕，也不做強盜」，頁75），而且關鍵的是，燕青同時也對有關他自己事蹟歷史記載和描述的反駁與辯證。這一點《補遺》全文幾乎都在履行這一手法。從某種程度上說，其實這更是作者本人的視野和觀點，燕青不過是她的代言人而已。但這種逐步走向後設的傾向與努力可見一斑。

　　比較成熟的則是《陪李金吾花下飲》手法的運用。西西首先設置了一個封套式的開頭／結尾結構。她為此坦言道，「我想寫的是一個敘事的短篇，需要點步石和獨木橋。杜甫的詩是我寫這個小說的引起動機。在發展的過程中，首先得解決一些細節問題，找些資料。」（頁182）接下來，其有關小說的虛構我們毋寧視為西西巧妙安排相關資料的過程。在此過程中，她還不斷為自己的某些處理手法進行聲明和辯護，以此點綴其間，比如「寫小說允許虛構。勝地為什麼不可以是李金吾的府第呢？」（頁184）整個小說的書寫，我們感到更像是作者對考證資料的梳理，她用很通俗以及可親的筆觸書寫類似學術的考證結果。

　　更令人驚訝的不單是西西的書寫和組織手法，還有她還在小說中拋出了自己的小說理論：小說寫法以及小說的種類等等（頁203-204）。令人矚目的是，她居然宣稱自己的故事新編小說《陪李金吾花下飲》是一部未完成的小說，「杜甫和李金吾花下飲，屬於我未完成的小說，不僅沒有完成，根本沒有動筆寫。一切只是腦中的運思而已。」（頁204）當然，她也沒有忘記解釋原因，同時她也交代其中的甘苦。這種和盤托出小說做法和背景的做法顯然是典型的後設手法。

　　如前所述，西西再寫舊文本顯然擁有她獨特的用心：質疑長久以來正統、官方、主流等對邊緣、民間等的有形無形壓抑，進而彰顯邊緣的現實處境並且為香港意識和香港性諫言，這和她背後香港時空的演變不無關係。如人所論，西西之所以質詢和重寫灰闌記，「既不是為了顯示『故事新編』的才能，也並非炫耀『敘述視角』的多變，而是來自於她所處的特殊的『歷史時空』。一般認為，西西筆下的『肥土鎮』喻指著『香港』……進而暗示了『香港身份』和『香港意識』的創制與『主體』的發言位置密切相關。」[34]

---

[34] 羅崗〈「文學香港」與都市文化認同〉，見《杭州師範學院學報》2002年第1期，2002年1月，頁7-13。引文見頁9。

　　當然，問題也可以反過來進行思考，也恰恰是香港時空培養了西西書寫故事的獨特資質、進路或者說問題意識。這或許就是一個優秀作家的素質，源於生活，表現生活，超越生活。所以一方面，西西其實在真切而頗富童心地書寫著香港本土，為香港吶喊也諫言香港。「『灰闌記』和西緒弗斯的故事在歷史上流傳了這麼久，還從來沒有人做過此類精采的詢問，只有身處夾縫之中的香港人，才能對於歷史提出如此的質疑，它喻示了香港被歷史湮沒了的命運。」[35]

　　但另外一面，需要指出的是，西西同樣也體現了她獨特的超越性，無論是從文本角度還是從主體意識角度，《致西緒福斯》就傳神的體現出這一點。如人所論，「小說確立了石頭的話語地位，因而可以看成是對人類中心意識的解構；小說提出了巨石命運的主題，從以往被忽略的角度襲擊了對西緒福斯神話的通常闡釋，因而也可以看做是對西緒福斯作為意義和價值的象徵符號的解構，同時也試圖消解一般的詮釋模式。」[36]

二、也斯：魔幻香港──現實之一種

　　也斯（1948-2013），原名梁秉鈞，廣東新會人。畢業於浸會學院（今為香港浸會大學）英文系，曾任中學教師，並在香港多份報章撰寫專欄。1978年，到美國加州大學聖地牙哥分校念比較文學，1984年以《對抗的美學：中國詩人中的現代主義一代之研究》*Aesthetics of Opposition: A Study of the Modernist Generation of Chinese Poet, 1936-1949*獲博士學位。曾任香港嶺南大學中文系教授。也斯多才多藝，左手著述學術專論，右手為文──擅長詩歌、散文、小說等各種文體創作。主要小說有：《養龍人師門》（短篇集，1979）、《剪紙》（中篇，1982）、《島和大陸》（短篇，1987）、《三魚集》（1988）、《布拉格的明信片》（短篇，1990）、《記憶的城市 虛構的城市》（短篇，1993）等。

　　也斯有關故事新編的小說其實也不多，主要有《玉杯》和《養龍人師門》[37]等，都寫於70年代。艾曉明曾將也斯70年代的小說創作分成「客觀敘述和都市魔幻兩個類型」，而「都市魔幻」包括「魔幻寫實和重寫神話」。[38]

---

[35] 趙稀方〈西西小說與香港意識〉，見《華文文學》（汕頭）2003年第3期，2003年5月，頁7-10。引文見頁10。

[36] 張新穎著《火焰的心臟》（石家莊：花山文藝出版社，2001），頁128。

[37] 這兩篇小說主要收集在也斯著述的《養龍人師門》（香港：牛津大學出版社，2002）中，分見頁14-26和67-109。以下引用，只注頁碼。

[38] 艾曉明〈都市空間與也斯小說〉（上），見《香港文學》總第92期，1992年9月，頁9-13。引文見頁12。

其實，在我看來，也斯的故事新編恰恰包含和混雜了魔幻寫實和重寫神話的雙重類型，而這原本就是一而二、二而一的混合體。

在我看來，也斯作為作家和學者的雙重身份很大程度上決定了他書寫香港和文學創作的不可遏抑的自覺性：因為是學者，他能夠在佔有其他經典文本的基礎上思索創新的可能進路，因為是作家，他又可以在深味虛構甘苦的基礎上對症下藥，有針對性地進行借鑒吸收。因此，他對於歷史的構造有著他充分的自覺。

顯而易見，也斯對魯迅的《故事新編》有著獨特的認知，他在摒棄了各種意識形態的偏見以後，一針見血地指出了魯迅在文本中流露出的發自內心深處的悲情和表現手法上的「含淚的笑」，「獨自耽於古籍的魯迅先生帶著某種悲情的空氣，但確是先有那種深深的悲情，然後才有《故事新編》中的苦笑。」[39]

然而更為關鍵的是，也斯對魯迅的有意借鑒同時又延續了故事新編體小說的薪火，使得這種次文類在香港時空內也可以星光燦爛，「我寧願回到更遠去看中國神話、去翻譯拉丁美洲的魔幻小說，想去摸索一個方法寫出我生活其中的古怪世界。但到我寫出有關僵化的權力機制的〈李大嬸的袋表〉、有關在因襲的制度中成長的〈養龍人師門〉，腦中揮之不去的還是《故事新編》的影子。」[40]

當然，如果也斯只是借鑒和模仿魯迅的手法，那麼可想而知的結果更可能是狗尾續貂。另一方面，也斯對故事新編的書寫源於他成長的獨特經驗和對香港日益增長的內在體認。如人所論，「也斯的寫作方法，取決於他的本土化的立場和呈現香港的願望。」[41]

更加耐人尋味的是，在也斯看來，神話本身也是巧妙而傳神地表現現實的手法，他的故事新編從此意義上更加符合了「魔幻」的內在與外在特徵。「事實上亦還是當時對現實的反應，促使我寫下這些不現實的東西。它們化自現實的人物和背景。如果不限於臨摹，把小說的虛構推展過去，神話是否亦可以是尖銳集中地表達現實的方法？」[42]

據也斯自己所言，其兩篇故事新編小說很大程度上是參照了袁珂著述的《中國古代神話》[43]，在工作之餘閱讀此書覺得興味盎然，「彷彿書中

---

[39] 梁秉鈞（也斯）〈我看《故事新編》〉，見《香港作家》2001年第5期，2001年10月，頁9-12。引文見頁10。

[40] 梁秉鈞（也斯）〈我看《故事新編》〉，頁9。

[41] 趙稀方著《小說香港》，頁150。

[42] 也斯著《養龍人師門》之〈附錄：影印機與神話──《養龍人師門》初版後記〉（香港：牛津大學出版社，2002），頁245。

[43] 袁珂著《中國古代神話》（修訂本）（北京：中華書局，1981）。

的神話世界才是親切的，而那大家認為是現實的辦公大樓，則是陌生而不可解的世界」。[44]當然，也斯也可能參照了其他典籍，不過，此處本節暫時以袁本作為主要參照對象，對比新舊文本我們可以看出也斯在其中的主體介入。

也斯故事新編小說的原材料大致上散見於《繹史》、《史記》、《左傳》、《列仙傳》等。而袁珂其實已經很好地將上述各個出處糅合在其著述中，讓人在閱讀正文時有愛不釋手之感，卻也同樣在注釋中可以延續探尋進一步考證的興趣。

有論者曾經中肯地指出也斯故事新編的創作手法：在現實與神話之間的遊走。「作者只不過是用特殊來表現平凡，通過幻想來解釋現實。這就跟古代人們用幻想來解釋外界的現象差不多。」[45]問題在於，也斯是怎樣通過獨特的敘事策略來展現他的主體介入的？

（一）貌合神離的《玉杯》

如果考察《玉杯》和前文本的不同，我們會發現，《玉杯》彷彿是在「探討現代人精神面貌的寓言」[46]，但更進一步，我們毋寧說，也斯可能在探索現代人的無奈與無力感。

袁珂在他的書中其實更感覺是為了講故事而講故事，所以周穆王用玉杯所承接的甘露得以「延年益壽」，「穆王大約常喝這種甘露，又兼旅行使人心曠神怡，所以雖然荒唐一生，結果倒活了偌大的高壽才死，也可謂是出人意料了。」[47]但令讀者出人意料的是，也斯似乎更換了類似的主題，他似乎揭穿了玉杯中甘露沁人心脾、頤養天年的童話，《玉杯》恰恰讓玉杯所導致的穆王的長壽變成一種無聊和煩悶的罪過。

嚴格講來，也斯並沒有在很大程度上改變原文本的結構和發展，我們可以稱得上是「貌合」。也斯對原文做的改變主要包括如下幾點：

1. 剔除對穆王所交往的各色人等的詳細介紹，比如化人、造父、偃師、徐偃王等。這樣在閱讀上就感受到了敘事的連續性和通順度。
2. 刪掉了原神話中的某些迷信描寫和因素。比如徐偃王的個人經歷中就包含了許多迷信因素。比如偃王出生時是一隻偃臥的蛋，他之所

---

[44] 也斯著《養龍人師門》之〈附錄：影印機與神話——《養龍人師門》初版後記〉，頁238。

[45] 王仁芸〈魔幻寫實——也斯小說集《養龍人師門》的創作方法〉，見集思編《梁秉鈞卷》（香港：三聯書店香港分店，1989），頁373-385。引文見頁376。

[46] 王仁芸〈魔幻寫實——也斯小說集《養龍人師門》的創作方法〉，頁382。

[47] 袁珂著《中國古代神話》（修訂本），頁313。

以發動進攻想篡位是因為從泥土裡發掘出一把紅色的弓和一束紅色的箭，視為天賜祥瑞。

3. 也斯對原文本的最大改變在於在前兩個基礎上所進行的敘述結構微調。前面的操作實際上已經為也斯加強有關穆王的集中論述做好了鋪墊，更為關鍵的是，他巧妙調整了敘事的次序。

袁文中敘事的次序如下：穆王見化人，心生旅遊的刺激，遂乘由八匹駿馬拉的車子周遊天下。拜見眾神等（包括西王母），後依依話別。返途中有人獻偃師和神祕的巧奪天工的「怪人」。歸國途中，偃王造反，被平定。但穆王手下兵將率皆變化，或為動物蟲豸，或為泥沙等。穆王未變，後接受玉杯、玉刀等供品，悅渡餘生，高壽先亡。

也斯的版本則採用倒敘，縷述高齡的人喝甘露的苦痛，「現在，每天早上喝這一杯延命的甘露，對他來說，簡直成了一宗苦差。」（頁14）而後憶及平定偃王反叛中眾軍盡化和逃跑的艱辛。爾後榮歸飲甘露，想起化人，與之神遊仙界。回到現實後，對自己的宮殿等一切都看不順眼，而後駕駿馬遊歷天下，在訪完西王母後因為自己的固執而迷路。爾後回宮遍尋異人，得偃師。看奇妙的演出，卻暴怒於唱戲人覷覦、甚至調戲他的盛妃。爾後迷戀於玉杯、玉刀悲慘度日。

我們不難看出，也斯在對事情的發展經過進行了有意識的調整。經過其敘事次序的調整，我們可以發現，穆王的專斷、專制和荒唐又無力的形象躍然紙上。而在早先的文本中，我們很難讀出其如此集中和鮮明的性格。

4. 也斯同樣在《玉杯》中利用細節描寫實現了添油加醋的效果。比如他的固執導致了他們遍遊天下中途的迷路插曲（頁20-21）；而在與盛妃的雲雨中，由於年老力衰而導致的男性不舉場景也別有深意（頁23-24）。

正是在上述貌不驚人的操作下，也斯實現了新舊文本的「神離」。如人所論，「也斯把現代人在都市社會中遇到的個性與社會成規、真實與幻象的衝突化入神話故事的背景，把神話場景都市化、現代化，讓神話人物在衝突中體現出不流俗、不從眾的可貴素質。屬於這一類的還有《玉杯》，這是一個否定性的神話模仿，它以否定性的形象探討了生命的價值和意義問題。」[48]

---

[48] 艾曉明〈都市空間與也斯小說〉（下），見《香港文學》總第93期，1992年10月，

　　細讀也斯的文本，我們可以感覺到穆王的玉杯所隱喻的由以前的「延年益壽」到如今的苟活偷生的實質性轉變。總體上講，穆王是一個自私、自大又自卑的人。他的一生其實就是在和自己的劣根性搏鬥。我們可以通過兩個變化來發現：第一個是當他在討伐偃王的過程中，他的兵將盡化後他卻沒有變化，於是亡命逃竄，醒來後就成為眾人「愛戴」的君王。儘管他沒有變成蟲豸和泥沙而保留了人的形狀，實際上他的背棄手下苟且偷生的行徑卻表徵了他的「變」，他作為行屍走肉其實連蟲豸都不如。

　　第二個變化是關於品飲玉杯所承載的甘露感覺的變化。他心安理得並且牢牢抓住了偷生所獲得的美妙後果。所以劫後初飲甘露感覺沁人心脾，而隨著他欲望的無邊擴散而久久不能滿足時，他的苟延殘喘所憑藉的甘露在讓他高壽的同時，實際上也已經成為一種罪過和懲罰。

　　化人的超凡能力激起了他的窮奢極欲，所以不顧自己的職責與國是遍遊天下。平定偃王有驚無險卻早已將他嚇得深居不出，實際上他越來越色屬內荏，哪怕是人生中最基本的生理欲望也只是欲望而已，面對如花似玉的盛妃，他能做的只有撫摸。得不到化人後，他又遍尋異人。尋得了偃師，卻又遷怒於人為控制的唱戲人的色迷迷。這無疑又反映出他的虛弱不堪。最後他也只好沉浸在玉杯可以延年，玉刀可以隨心所欲斬殺與處置的權力幻想巔峰中不能自拔。他始終不過是自己的不良又無邊欲望的奴隸。

　　也斯的《玉杯》通過貌合神離手法因此所呈現的意義也就顯示出其多種可能性和詮釋維度。首先我們可以確認的是，生命的價值絕不僅僅維繫於是否長壽和滿足私欲。恰恰相反，私欲是渺無盡頭的，自私的苟延殘喘也不過是徒增人生的悲涼。

　　其次，無論是獨霸的個體也罷，專制的集體強權也罷，甚至是比較強大的普通人，在自我能力上總有自己的局限性和限度。所謂「人外有人、天外有天」也反映出類似的哲理。

　　第三，《玉杯》毋寧更加體現出也斯對香港社會等級制度和財勢專權等的深入思考，同時通過否定性的手法卻也表明他給予了更大的希望，儘管同時他也讓我們感受到了現實力量的強大無比。

　　簡言之，《玉杯》有種連綴神話和現實的獨特策略和機制：貌合神離。它不僅有效地連接了新舊文本的情節傳遞和事件發展，同時它也置換了其內在本質，使神話成為發掘與深化原型的現實寄予和載體。所以，其新編「於古典有所綴合，更多今人想像，注以現代意識……籠罩在一個神話故事之下，神話故事又彷彿提升到『原型』，而這個原型又具體地出入

頁17-24。引文見頁17。

古今，於是小說讀來遂能觸發更多的自主性的思考。」[49]

（二）似真似幻的《養龍人師門》

無論是和也斯所引的《列仙傳》[50]相比，還是和袁本[51]相對照，《養龍人師門》這篇小說都顯示出作者主體介入的強烈和精緻：新文本比舊文本顯得鮮活、細膩、繁複而且引人入勝。

在神話中，我們的男主角師門更多是被賦予了許多神性和奇妙法術：他不僅可以很好的調教龍，令它盤曲夭矯，並且他在被冤死後還興風作浪，讓昏庸殘暴的孔甲為他殉葬。

在也斯的視野中，《養龍人師門》或許應該首先被視為成長小說。這在很大程度上也隱喻了當時的也斯成長並走向成熟的迷惑和深入思考。如其所言，「青春是一種不穩定的狀態，充滿了可能性，可以發展為成熟亦可以發展為暴烈。青春既是最不執著、最能包容新事物，亦可以是最固執的。」[52]

精通馴龍技術的師門首先要面對的卻是專業以外的考驗：修補300對鞋子諸如此類的沉悶工作。面對不耐煩的師門，姊姊的冷淡解釋（「馴龍不是一種技術」，頁68）其實點出了馴龍術之外的非常複雜的人際糾葛，實際上這種對比（姊姊對世事的洞察和冷感，師門的過於執著和坦率）也為師門後來的被冤死埋下了解釋真相的伏筆。

就在師門忍受姊姊的過分沉穩到達一定限度後，她提供給他有關皇宮需要豢龍師的消息。一個考驗的故事由此拉開了序幕。首先是必須面對入門的考驗——轉了23個大圈，接受層層詢問，同時逐步得知了上任養龍人的卑鄙與噁心。也斯同時還添加了許多人作為師門成長的對照。殘疾的看門人阿吉[53]——師門的上司心理同樣也是殘缺的。他帶著師門看到了身如土灰的龍。師門打算為龍申請它專門的糧食而非狗食、貓食等，卻被告知需要皇帝簽字而且要一個月後才有。當他想向上級申請時，阿吉卻意味深長地指出，以前那個將龍養死的劉累值得欽佩，因為他說過一句經典的話，「只要功夫好，不在乎吃什麼，都可以把龍養好」（頁75）。同樣，阿和還不懷好意地向師門推銷肥田料作為龍的飼料。這種種機關和世故都

---

[49] 黃繼持語，見也斯著《養龍人師門》封底。

[50] 【漢】劉向撰《列仙傳二卷附校偽、補校》，見叢書集成新編第100冊（臺北：新文豐出版公司，1984），頁271。

[51] 袁珂著《中國古代神話》（修訂本），頁266-269。

[52] 也斯著《養龍人師門·小序》（香港：牛津大學出版社，2002），首頁。

[53] 阿吉其實凝結了袁本中所提及的孔甲所收養的那個關聯了「破斧之歌」的殘疾少年的敘述。

反映出成長的煩惱。

　　師門申請的龍的糧食到手來變成了魚網。而且還收到了上頭有關養龍的幾百條通告，其中還規定他向飼養鯨魚的阿福看齊，實際上，阿福只是一個靠改變鯨魚習性迎合觀眾從而嘩眾取寵的投機者罷了。師門漸漸教會了龍說話、跳躍和飛翔。上面的領導卻希望看看他養龍的成績，而且也希望他能夠進行吸引眼球的表演。某種意義上講，這可能也影射了香港社會流行傳播（比如八卦新聞等）的弊端，乃至卑劣。所以陳智德從中讀出了類似的寓意，「想像的一輯用魔幻寫實手法並結合閱讀袁珂《中國古代神話》及其他所得，作品充滿寓言色彩，如《養龍人師門》包括對大眾傳播流行文化的思考」。[54]

　　師門越來越感覺到人情世故等對他的壓抑和束縛，「最近接到的一連串通告、會議的決定、權力的播弄、人與人的傾軋」（頁94）等。某種程度上說，我們不難發現，師門馴龍的過程毋寧同時又是社會馴養他的過程。他尊重龍的習性，慢慢以人性的方式對待它，自己卻屢屢碰壁。孔甲來觀賞龍的飛行其實也同時判定了龍以及師門的備受羈絆：龍慘遭沉重的鐵鍊的束縛，而他必須深入反省，必須按照既定的規章辦事。師門最後作了決定，放飛龍。當然也為它擔心，「它還未學懂一條龍所應學的東西，還未完全有準確的判斷能力，卻不能不提前進入這廣闊多變的天空」（頁101）。其實，師門同樣擔心的還有他自己。他最後被關進了死犯囚牢。最後被處死，在臨終前，他才感受到了一絲真相，「在整個巨大的制度中，他不過是一顆微塵，一枚出了問題的釘子。隨便扔掉算了。」（頁105）這自然是他在成長的考驗中所獲得的寶貴經驗。

　　也斯在遵循了孔甲被殺死的原有結局後，還並非畫蛇添足地保留了些許希望。儘管師門的法術因為殺害了孔甲而消失殆盡因此只能停留人間，但是他在埋葬了罪惡、專斷等以後卻仍然活著，而且願意繼續很好的生長並成熟下去。所以也斯的結尾也因此打上了希望之光。在師門又發現了一頭小毛龍的時候，他決定帶它回家，「他想這一次自己一定要做得更好。反正他留在人間的日子還有這麼久，他決定再嘗試一次」（頁109）。

　　顯然，單純將《養龍人師門》解讀為成長或者考驗的故事有其相對單調的一面，實際上，這篇小說裡也同樣寄託了也斯對官僚的權力機制（體制）和世態炎涼（個體人所組成的社會對個體的專制）等的深入反思。當然，這同樣也表達了作者對香港時空下的現實情境進行的深沉考察，其中

---

[54] 陳智德〈《養龍人師門》書評〉，見黃淑嫻編輯《香港文學書目》（香港：青文書屋，1995），頁66。

也包含了出於愛意的深刻批判。不過，它採用了比較隱諱曲折的方式，所謂魔幻香港。表面上看，「這些故事都是不可能發生的，但其中卻寄寓了作者對於封建權力、等級制度、人性惡等的批判。在這些表面與現實無涉的故事中，我們感到了其中蘊藏著的現實諷諭性……它反映了由香港文化多元性所造成的也斯本土意識的複雜性。」[55]

也斯在《養龍人師門》關於魔幻與現實的糅合描寫還採用了細描和對照的方式。很多時候我們可以從細微處察覺他的匠心。

細描自然體現出了也斯豐富的想像力和獨到的塑造方式。在書寫師門無法忍受姊姊的冷落時就寫道，「師門生氣得盡在那裡嚼東西。他旁邊有一株桃樹，他吃完了花，就吃果子，吃完果子就吃葉，吃完葉就吃樹枝，吃完樹枝就吃樹幹。」（頁69）從也斯對桃樹結構的遞進式處理和羅列，我們感覺到了師門怒氣的遞增和發洩。而實際上，具有神性的師門往往是只吃「桃李花」的。情急之下，連枝帶幹也不放過了。這種書寫讓人在忍俊不住之餘，冷靜思考卻又覺得其內在的合理性。

比較引人注目的還有也斯對數字的使用，很大程度上這反映出官僚體制的機械和刻板。有時候也斯也會對這種令人厭煩的習氣進行誇張式的調侃和魔幻化。比如他在嘲諷上頭通告的冗長時就寫道，「紙的一端在這小廟手中，另一端則在門外伸展開去，越過田畝、草原、直至宮殿的那方，他甚至沒法看到它的盡頭」（頁82）。

值得關注的還有也斯的對照手法，這實際上也體現了魔幻和現實的糾結。其中比較有創意的是貫穿始終的師門和其姊姊的對照。我們可以發現，恰恰是姊姊見證、同時又糾偏了師門的成長偏執。從訓練其耐心和城府，到為他的冒進和過於興奮灌注冷靜，到對他的憤世嫉俗潑瓢冷水，再到對他的迷誤間接或者直接指點迷津。姊姊是也斯添置的比較成功的一個輔助形象。囚牢中的養老鼠的老白對他的成長也有提攜作用。同時，小說中的阿吉、阿福、阿和、阿木、孔甲等形象往往成為對立的底色，也往往是營構荒謬意味的體現者和執行者。這種手法同樣表現了也斯對魔幻和現實的混雜書寫，「在現實都市經驗中的種種荒謬，在文本經驗中成了具意義的『荒謬』，並且相對地創造出『荒謬』的反面，從否定中尋找肯定：對否定的肯定，也就是對否定的否定。」[56]

---

[55] 趙稀方〈尋求文化身份──也斯小說論〉，見《小說評論》2000年第1期，2000年1月，頁72-77。引文見頁75。

[56] 董啟章〈城市的現實經驗與文本經驗──閱讀《酒徒》、《我城》和《剪紙》〉，見董啟章編《說書人：閱讀與評論合集》（香港：香江出版有限公司，1996），頁202-219。引文見頁218。

　　小結：西西和也斯作為香港文壇上的兩員大將，其故事新編書寫也有著獨特的進路和特色：邊緣童話或是魔幻香港。他們在香港情境內培養出來的對香港的認同和珍愛也成為他們重寫的法寶或底色。另外，巧妙借用不同流派的長處為我所用也是豐富故事新編敘事策略的源頭和方法。當然，值得警醒的是，如果從更高的閱讀期待和經典創制層面要求，區域事件和文化認同不應該成為新編的唯一介入借重，否則，故事新編就缺乏應有的超越性和普遍意義（universality）而單純化為一種虛浮的文化符號而走向衰落。

第十章　陶然：現實主義的承繼與限制

　　陶然，本名塗乃賢，祖籍廣東蕉嶺，1943年生於印尼萬隆。畢業於北京師範大學中文系，1973年移居香港。現為香港作家聯會執行會長、《香港文學》月刊總編輯。著述甚豐，所涉文體主要有小說、散文（詩）等。其小說主要有：長篇小說《追尋》（1979）、《與你同行》（1994）、《一樣的天空》（1996）；中篇小說《心潮》（1990）；中短篇小說集《平安夜》（1985）、《旋轉舞臺》（1986）、《蜜月》（1988）、《紅顏》（1995）、《窺》（1996）、《陶然中短篇小說選》（1997）、《歲月如歌》（2002）；小小說集《表錯情》（1990）、《美人關》（2000）等。

　　整體上看來，故事新編之於陶然具有別具一格的意義，因為實際上，這是他進行小說創新，尤其是短篇小說和微型小說突破所借重的重要載體。因此，陶然類似的產量也頗高，主要收集在四個集子中：《紅顏》[1]、《窺》[2]、《美人關》[3]和《歲月如歌》[4]，凡逾50篇。其中，除了《化身》、《一筆勾銷》和《爬》算是短篇小說以外，其餘皆為小小說。

　　如果我們仔細梳理陶然的故事新編文本，從主題上進行考量，我們可以大致作如下劃分：

　　（一）香港維繫。這一類故事新編文本主要指涉了香港時空下的故事，主人公可能是古人，也可能是今人（含古人轉世體），但往往或明或顯的和香港關聯，形成了陶然想像和再現香港的獨特風景。相關文本主要有：《砍》、《化身》、《多情狐狸無情郎》、《千年流星今夜墜》、《輪候平安米》、《差撥成了工頭》、《黑旋風卷上太平山》、《無頭客追殺蒙面漢》、《摩登關二爺》、《只能做保鏢》、《賠》、《馬謖求死也不能》、《商場如戰場》、《天字第一號殺手》、《今朝又複當年勇》、《功高震主》、《無頭霸王尋虞姬》、《魂歸何處》、《無力斷案》、《養兵千日》、《孫悟空吹出的毫毛》、《射虎》、《美人關》、《再度出擊》、《一筆勾銷》、《爬》、《醉》、《冷板凳》、《對頭轉世》等。

---

[1]　陶然著《紅顏》（北京：中國文聯出版公司，1995）。
[2]　陶然著《窺》（桂林：灕江出版社，1996）。
[3]　陶然著《美人關》（香港：天地圖書，2000）。
[4]　陶然著《歲月如歌》（香港：天地圖書，2002）。

　　需要指出的是，雖然同樣是和香港有著瓜葛，但遠近親疏則各有不同。一些文本其實只是將香港當作是可有可無的符指，而另外一些卻成為創設和勾畫香港特色的必需品。毋庸諱言，陶然想像香港的方式和描述的具體內容耐人尋味，下文會詳述。

（二）古事新編。陶然故事新編的書寫還有另外的一種方式和主題，就是「古」事新編。很多時候，陶然只是重新解釋了古代典籍和傳說中的人物、事件，而並沒有插入當代事件進行明顯的干涉。這類文本主要有《渴》、《信心》、《相馬》、《火神與愛神》、《自保》、《識時務者為俊傑》、《徇私華容道》、《虎將》、《若有若無的反骨》、《輪迴歲月》、《門神》、《土遁》、《美人在抱》、《封不成五虎將》；《陰陽界》、《賭本》、《見證人》、《回頭是岸》、《體臭》、《拼死吃河豚》、《美色》等。如果細分，我們還可以發現，在這些文本中，《陰陽界》、《賭本》、《見證人》、《回頭是岸》、《體臭》、《拼死吃河豚》、《美色》等文本與前面有根有據的古事新編略有不同，《陰陽界》等文本其實更多是假借語焉不詳的古事來進行當代敘事，古代的色彩只是一種點綴。從整體上看，這些文本並不能夠算是本書所論述的典型故事新編文本，它們其實游離在文本互涉的緊張邊界。儘管陶然將它們視為故事新編創作，其實於筆者而言，它們並不具有充足的代表性。

　　如果考察陶然的故事新編，我們不難發現其主體介入的獨特性。某種程度上講，陶然的故事新編是現實主義此類書寫的集中代表之一，它凝結了現實主義的批判性和限制。同時，此種方法詮釋和勾畫香港的手法及態度也值得探究：從故事發展到目前的新編，題旨、結構等前後如此的迥異。所以本章主要從這兩個層面進行闡述。

一、再現香港：手法、內容與吊詭

　　香港能夠進入陶然的故事新編並成為重要的主體介入向度顯然從某種意義上彰顯了陶然作為「南來作家」逐步本土化（香港化）的內在演變，也同時意味著南來抑或中原心態的部分融解。從1973年赴港至今已40餘年，陶然書寫故事新編的歷程很大程度上也恰恰是他觸摸並省思香港的小說式記載。

（一）手法：遭遇香港

同樣是維繫香港，陶然也有不同的處理方式：遠近親疏一目了然。

所謂遠，這裡是指作者主要只是將香港作為故事發生的點綴，如果換成其他任何另外的城市符號，也幾乎同樣可以成立。類似的文本主要有《多情狐狸無情郎》、《輪候平安米》、《千年流星今夜墜》、《商場如戰場》等。其中《多情許立無情郎》其實連香港的背景都不那麼明顯，只是開頭一句「千年狐狸精奔奔波波，早就捨棄了荒山野嶺，竄到繁榮的香港來了」才為全文的發生時空提供了說明。而實際上，如果將香港置換成上海、廣州，似乎亦無不妥。而《輪候平安米》、《千年流星今夜墜》、《商場如戰場》處理香港的方式則有所不同。小說中的人物往往身在香港，而突然發生了神遊，聯想起古代的人物事蹟，而後又猛醒，僅此而已。

比較引人注目的是，陶然對香港的近距離處理方式——香港被視為故事的不可或缺的發生地。無論是古人也罷，還是托生轉世的古人的後裔也罷，還是今人也罷，他們必定和香港密切相關。尤其值得注意的是，陶然此處採用了互動（香港時空、人物→←古典人物）的模式。一方面，是古典人物來到香港，通過他們的奇特和尷尬遭遇來檢驗香港以及舊有的價值系統；另一方面，今人或古人轉世的後裔通過身在香港所遭受的不平待遇和貌似固執的性格來遙想遠古，找尋失敗的根源。這實際上形成了一種類似環形的互動敘事結構。

如前所述，魯迅的《故事新編》其深刻之處之一就在於：他將古人，尤其是古代聖賢的道德立場置於當時社會中進行考問，從而明辨傳統價值、理論以及今世倫理道德的是非。有論者指出，魯迅的幽默指向了「人物所懷抱的素質與周圍環境的荒謬落差。我所說魯迅的現代感來自這裡：他把既定的英雄事蹟、道德和哲學放在一個當代的環境中思考，目的不在盲目的附和與盲目的否定，而是在提出問題：這些素質和價值觀如何才可以在我們蕪亂的當世發生作用呢？」[5]

某種程度上說，我們發現陶然同樣繼承和接過了魯迅的創造手法和人文關懷，當然他未必考慮到古代價值和素質的可利用性。不同的是，他將故事的發生時空移植到了五彩繽紛的香港。而陶然比較「經典」的做法就是：將那些已經近乎家喻戶曉的人物故事和性格直接與香港遭遇，

---

[5] 梁秉鈞（也斯）〈我看《故事新編》〉，見《香港作家》2001年第5期，2001年10月，頁9-12。引文見頁11。

通過古今的差異和時空錯置來考問今世香港倫理道德的變態和狹隘。其代表作品主要有：《砍》、《化身》、《差撥成了工頭》、《黑旋風卷上太平山》、《無頭客追殺蒙面漢》、《無頭霸王尋虞姬》、《魂歸何處》、《無力斷案》、《孫悟空吹出的毫毛》、《美人關》、《再度出擊》、《一筆勾銷》、《醉》等。

　　陶然所截取的重寫人物主要來自於《三國演義》、《水滸傳》或其他歷史演義／傳說中的眾所周知的英雄。上述文本中最常見的則是關羽。《砍》、《美人關》、《一筆勾銷》、《無頭客追殺蒙面漢》等都以其作為主人公。《砍》中主要凸現的是作為忠義表徵的關公在來到香港後種種的尷尬遭遇，在他好不容易找到在香港的結拜兄弟劉備後卻成為年關經濟衰退的犧牲品，正因為兄弟之情（大義滅親）更能殺一儆百。《一筆勾銷》中陶然延續並深化了類似的主題。關公的正義和打打殺殺能力成為可資利用的資本，但由於他居功自傲，他因此也成為仇家陸遜和大哥劉備共謀的獵物。這一方面揭露了關公的頑固難以適應當代社會的發展，同時更為關鍵的是，陶然因此揭示了商場無情的真實性和商業社會的赤裸和功利。《美人關》則解構了關公的剛勇忠義神話，讓他來到香港就顯出了人性的一面，看到貌美如花的「杜氏」──香港女警以後，他同樣心癢難耐、蠢蠢欲動。《無頭客追殺蒙面漢》則通過關羽的視角在批評了香港人迷信關公的同時也書寫了關羽的殺氣。

　　《化身》中通過孫悟空的驚險遭遇嘲諷的不僅僅是香港人的好吃與唯利是圖，同樣它還批評了仙界的世俗化和爾虞我詐。《差撥成了工頭》則反映了香港工頭欺壓非法外勞的劣跡，說明瞭「官大一級壓死人」和「人在屋簷下不得不低頭」的世俗法則。《黑旋風卷上太平山》描寫李逵來到香港後同樣也想延續劫富濟貧理念的際遇。《魂歸何處》、《無力斷案》則刻畫了包拯在面對香港花花世界的慨歎和無奈。《無頭霸王尋虞姬》則書寫無頭的項羽去香港尋找真愛的荒誕，抒發了物非人與情亦非的難堪。《再度出擊》則描述了情景置換後的欺騙，當黃蓋的「苦肉計」來到香港時空後，故技重施只能收穫苦澀的一無所獲和兩頭兼失。《醉》則揭露了武松對潘金蓮的欲望在今世的香港終於得以實現，儘管他不能確定懷抱中名叫金蓮的女子是否就是當初的嫂嫂。

　　通過以上分析，我們不難發現，古典英雄在面對香港時空時的無論潰退抑或同流都在在揭示了香港的商業情境的強大力量，它甚至可以令個性鮮明的古代英雄為之丟盔卸甲、落荒而逃抑或為之異化。「顯然，在小說藝術世界內商業語境和主人公的生存景觀是相輔相成的。商業語境既是主人公商業性生存的背景和制約力量，同時也構成了對這種生存的一種闡

釋。」[6]

　　我們可以看到，一方面，陶然讓經典中的人物遭遇香港，另一方面，陶然在描繪香港的時候，還採用了讓轉世、托生後生存在香港的古人後裔或者今人追根溯源、遙想古人的手法從而達到借古諷今的目的，頗有些創制香港當代寓言的意味。其代表文本主要有：《只能做保鏢》、《賠》、《馬謖求死也不能》、《天字第一號殺手》、《今朝又複當年勇》《功高震主》、《冷板凳》、《對頭轉世》、《爬》、《摩登關二爺》、《養兵千日》等。

　　陶然此類文本的任務仍然鎖定在以英雄人物為主的目標進行新編。與之前策略不同的是，他首先預設的是這些人物的轉世或再生或後代，通過他們生存在香港命運的不如意，乃至怪誕來追根究底，在似乎找尋答案的同時，留下了更有餘地的思考。《摩登關二爺》中，作為關公投胎的關忠信儘管小心翼翼避免再犯前世的錯誤，但他仍然屢遭嘲笑和排斥，不能真正融入香港社會。《爬》其實還是通過轉世的周倉——周啟昂的視角來考察轉世後的關公仍然過份自信和剛愎自用最後得病去世的故事。令人關心的是，作者在小說中亦點出在香港不可愚忠和忍的生存秘訣。

　　值得注意的是，陶然在新編中也偶爾遵循了原文本的結局而實現了主體介入的尊重層次。《賠》中她卻將計就計，將原本她哥哥讓她利用美人計籠絡彼得劉（劉備轉世）的計畫假戲真做，愛上並嫁給了劉。而原因還是同於原文本《三國演義》中的設計。《馬謖求死也不能》中的囚犯馬謖也是三國中名將馬謖的投胎，不過不同的是，在香港社會中他是落魄的殺人犯，想自殺也不能，這反映了英雄氣短和無用武之地的心態。《只能做保鏢》中的主人公作為劉老闆的馬仔屢屢懷才不遇，只因為他的前世是趙子龍，而劉老闆是劉備。《天字第一號殺手》中的他則是呂布的轉世同樣是滿懷激烈而到了香港卻也同樣懷才不遇、不得不向現實俯首稱臣。《養兵千日》中的被人當槍頭使的他則是荊軻的轉世；《功高震主》中作為韓信轉世的韓起勁和蕭何的轉世蕭正業在香港商場上跟劉老闆（劉邦的轉世）摸爬滾打、轉戰有成後卻因擔心難免重蹈前輩的覆轍而不得不辭職了事。《今朝又複當年勇》中的林沖找尋的仍然是害了他千多載的現代陸謙，儘管看起來他勇猛如前，但也已經慢慢為香港所世俗化。《對頭轉世》中嶽飛的轉世人屢屢受挫，後來才明白原來是秦檜和他老婆的轉世導致他衰運連連。《冷板凳》中石敬天的遭遇卻又是和前世的趙匡胤與石守

---

[6] 吳義勤〈商業語境中的生存獨白——評陶然長篇小說《一樣的天空》〉，見《當代作家評論》1994年第6期，1994年11月，頁92-95。引文見頁92。

信的利用關係遙遙相關。

通過以上分析，我們發現陶然其實是有意通過轉世或托生的方式來探索古今人物性格的關聯所導致的不幸命運，哪怕是轉世後的人已經有意改正前世的錯誤，在香港的現實中他還是往往會碰得鼻青臉腫。但陶然以此來反襯和凸現香港的手法卻能夠新人耳目，「這些小說故意混淆了現代人和古代人的身份，讓古代人的命運在他們的『轉世之身』中重現，一方面以一種人生輪迴的宿命昭示了現實的荒誕性，另一方面又在對香港當代子民真實命運的揭示中完成了對於人類生存本真性的追問……陶然對於現實和歷史的魔幻化處理則更多的透發出某種喜劇性氣息。」[7]

（二）再現香港及其吊詭

當然值得關注的不應該只是陶然故事新編關聯香港的手法，問題的關鍵或者準確一點說，令人興致盎然的還應該有他想像和勾畫香港的實質內容。更進一步，我想討論的還有在這個香港鏡像再現裡所呈現出來的吊詭。

客觀而論，陶然故事新編中的香港形象並不那麼厚重和多姿多彩，甚至顯得模糊和模式化，這固然可能和香港自身相關，當然在我看來，更是因為這其實是作者的根據自我體驗的有意為之。具體說來，香港的形象大致如下：

1.燈紅酒綠、引領潮流、商業盛行和多元共存

這個形象在陶然的故事新編小說中算是一個相對貧弱的存在。儘管是作為與古人對照的現代時空其對比的差異性和重要性不言而喻，但是陶然可能由於面對的讀者多為港人而只是進行蜻蜓點水式的描寫。整體而言，香港首先是一個商業氣息濃厚的國際化大都市，幾乎在維繫香港的絕大多數新編中都或多或少湧動著商業的氣息或意識。

陶然還要凸現的是香港的現代性。比如華麗和奇異的服飾（《美人關》）、電視劇（《無力斷案》）和鱗次櫛比的酒吧等，同時他還著意描寫了呼嘯而至的現代員警和槍械等（古代英雄太多？）。香港還被描寫成是一個燈紅酒綠的享受城市，比如作者屢屢提及的就是燈火輝煌的「蘭桂坊」（《冷板凳》）、繁華的「尖東」、「尖沙嘴」、「中環」等著名的香港繁華地，「音樂聲、喝酒聲、嬉笑聲」處處可聞（《無頭霸王尋虞姬》），怪不得連直面香港的包公都慨歎「香港人大概也太愛熱鬧了」（《魂歸何

7　吳義勤〈荒誕與真實——讀陶然的「魔幻」系列微型小說〉，見曹惠民主編《閱讀陶然：陶然創作研究論集》（北京：北京師範大學出版社，2000），頁86-89。引文見頁89。

處》）。當然，在小說中這些繁華地也是考驗古人人性的地方。

香港的混雜和曖昧性在此也被加以表現。比如現代員警和拜關公和諧共存，神功戲（《輪候平安米》）和流行卡拉OK相安無事，而算命事件也頻頻在轉世的故事中閃現。同時，陶然還間接描述了香港人莫名其妙的從眾心理，所以他們可以利慾薰心的買賣大塘虱、也可以在轉眼間崇拜大鱔並放生（《孫悟空吹出的毫毛》）。

2.爾虞我詐、無情無義、任人唯親、滿身銅臭

某種程度上，陶然其實賦予了香港更多的負面形象。有論者指出，「陶然以一種近乎直覺的敏感，準確地捕捉到籠罩在香港這個商業化社會之上的巨大陰影──金錢，以及這一特殊而基本的『情結』在人們生存行為和心態情緒中的主宰作用。」[8]而陶然本人在回答他人質疑他偏重暴露陰暗面的書寫時也坦陳這是他個性和自我使然，「悲劇的藝術衝擊力量，往往比較容易討好呢！我自認缺乏喜劇的細胞，有時也試著構思歡樂的調子，但每每覺得缺乏了一點什麼」。[9]

陶然在故事新編中想像的香港形象雖然表面上看是用以反諷古人不識時務、食古不化、難以與時俱進，實則將矛頭指向了變態的香港社會。貌似講古，實則「在剖析今日之香港」。[10]

如前對許多文本的分析，我們不難發現香港在其中似乎充斥了爾虞我詐、利用和勢利的銅臭味。哪怕是兄弟之情、死對頭的仇恨等都可因此而消失殆盡，甚至可以成為加以發揮利用的工具。關公在小說中的屢屢受挫其實在在表明，儘管關公有自負和固執的一面，更關鍵的是，作為忠信和義氣象徵符號的關羽，其屢試不爽的屢戰屢敗暗涉香港已經變成了無情無義、唯利是圖的社會，所謂「商場如戰場」。這一點在《一筆勾銷》表現得尤為清晰。《再度出擊》則是非常別致的補充：愚忠其實可能是腹背受敵的藉口。

同時香港社會的人才選拔制度顯然在小說中也是備受攻擊、千瘡百孔的標的。關公，不論原身還是轉世之體，在香港無一例外地備受打擊；趙雲、荊軻、林沖等人（含投胎之身）紛紛慨歎在今世的懷才不遇。可以想見，任人唯親、人治等體制的弊端很可能已經變成了沉屙，怪不得許多吒

8　周佩紅〈商業文化背景下的心態剖析──談陶然的小說創作〉，見曹惠民主編《閱讀陶然：陶然創作研究論集》，頁142-146。引文見頁142。

9　陶然著《蜜月》（深圳：海天出版社，1988），自序第1頁（原書此處無頁碼）。

10　張頤武〈香港浮世繪──讀陶然的《窺》〉，見曹惠民主編《閱讀陶然：陶然創作研究論集》，頁84-85。引文見頁85。

吒風雲的英雄好漢來此後紛紛落馬，不得不向地頭蛇——香港社會（或其某些代言人）低頭，唯有苟且尚可偷生。

歸根結底，這種種層面的想像和批判其實指向了香港的現實社會。坦率而言，這種種怪現象恰恰反映出香港社會生態的變態和荒誕，「讀者讀這種小說，難免有一種怪誕感。這種怪誕感，正是光怪陸離的香港社會在作家筆下曲折的反映。」[11]

需要指出的是，陶然對香港的再現中其實也包含了幾分吊詭。一方面，陶然相當直接地暴露了現時香港社會的變態和荒誕，比如唯利是圖、不擇手段、勢利冷酷、勾心鬥角、紙醉金迷等等，各種外在的物質化宣揚和商業化情欲挑逗等在異化和侵蝕著原本可能溫馨和富有愛心的社會，甚至連古代英雄和神仙也難以忍受或不得不忍受。

但另一方面，我們還要看到，陶然的香港書寫和想像其實有相當片面和偏差的地方。與非常模糊的正面書寫相比，他對負面的香港的揭露可謂不遺餘力。這其中可能隱含了作家作為一個外來者融入本土的艱辛、失望等寄寓，和反過來恰恰表明了作者力圖本土化的嘗試和努力，卻同時又形象地反映出作家的中原或失意心態仍未澈底消解。[12]如果我們比較作為南來作家逐步轉化為本土作家和已經完全本土化的西西、也斯相比，陶然還是顯示出了勾畫香港的部分暴力傾向。我曾在一篇論文中指出，「將陶然的歷史重寫命名為斷裂歷史並不包含任何貶義或指他對歷史的生硬割裂，而是指陶然在新編的路上走得更自由，他往往截取歷史的斷裂點進行生髮點染，達到他創作『當代寓言』的目的。」[13]今天，我想說明和自我修正的是，斷裂歷史中其實還是部分的包含了對陶然故事新編書寫暴力的涵蓋。

二、現實主義及其限制

如果我們簡單將陶然局限在現實主義的框限內而罔顧了他的在小說書寫方面的努力，這無疑是對陶然非常不公平的。實際上，整體上看來，陶然的小說書寫也有一個循序漸進、走向成熟與個性化的過程。簡單而言，

11　古遠清〈求新求變——論陶然的小小說創作〉，見香港《大公報・大公園》1996年8月3日。

12　陶然自己也承認，「身在香港，卻不斷回望中國內地，那當然是源於求學、成長期間不可避免的北京情結，而這種回望便有了一種比較，一種落差。」具體可參陶然〈寫作中的香港身份疑惑〉，見《香港文學》第231期，2004年3月號，頁21-23。引文見頁23。

13　朱崇科〈歷史重寫中的主體介入——以魯迅、劉以鬯、陶然的「故事新編」為個案進行比較〉，見《海南師院學報》2000年第3期，2000年9月，頁93-99。引文見頁97。

其發展脈絡如下，從1970年代對某些心中潛在或流行的經典的繼承和模仿到80年代的嘗試努力突圍，再到1990年代「個人化的敘述」。[14]

如果我們回到本書所論述的次文類——故事新編小說上來，我們仍然可以發現陶然在小說敘事策略上的更新。如其所言，「小說的故事框架可以現實也可以虛幻，甚至並不重視情節不講究前因後果，能夠反映重大人生當然很好，但只求在片斷中以現代的節奏挖掘人性，或者表現一種現代的感覺，也未嘗不可成就一篇好小說。」[15]他的部分故事新編其實也做出了類似理念的嘗試：淡化情節，截取片斷進行生髮，通過想像或幻想連接敘事等。儘管他的嘗試比起現代派和後現代小說家的激進並不那麼明顯或卓有成效，但是其努力的痕跡卻隱隱可循。

問題的另一面在於，從整體上看來，陶然的故事新編創作大致仍可列入現實主義的範圍內。筆者曾經指出，與魯迅、劉以鬯相比，陶然「多一些現實主義詩人的敏銳與寫實」。[16]

（一）現實主義寓言與人性組圖

陶然再現香港的手法大致可認為是現實主義的，他在文字背後對香港「真實」面貌的既真切又有距離的批判意識都說明瞭這一點。當然我們不能將目光僅僅集中在他的香港書寫上，在其他的嘗試中我們同樣也能看出他的套路和關懷。

我們不妨以其古事新編為例進行論證和闡發。如前所述，他的古事新編也可分為兩類：一類是古事其實更多是語焉不詳的故事，雖有古代色彩，但具體史實或紀錄卻模糊難辨。這些文本雖然不是本書所側重的故事新編文本，但卻是比較典型的現實主義創作。相關文本主要有：《陰陽界》、《賭本》、《見證人》、《回頭是岸》、《體臭》、《拼死吃河豚》、《美色》等。這些小說往往並不具體指明小說中的主人公到底是誰，並沒有相關家喻戶曉的限定，但作者似乎是將意義的指向和涵蓋借此擴大。如《陰陽界》雖然表面上是寫另外一個世界裡的人物——土地神因為不懂坑蒙拐騙而導致的淒慘遭遇，實際上它將矛頭指向了當代社會，尤其是官場中骯髒的關係操縱。《賭本》寫一個賭徒縣令的嗜賭性格，點明

---

[14] 具體可參王緋〈閱讀陶然（上）——一種凸現歷史感的『作家論』嘗試〉，見《海南師院學報》季刊1998年第2期，1998年6月，頁59-67。引文見頁62。尤其是在頁60-64中，論者曾以具體個案論述了陶然小說創作個人風格的逐步凸現歷程。

[15] 陶然著《紅顏‧自序》，頁5。

[16] 朱崇科〈歷史重寫中的主體介入——以魯迅、劉以鬯、陶然的「故事新編」為個案進行比較〉，頁98。

瞭凡事有度的道理。《見證人》同樣是寫君王體制下的殘暴和毫無人性；《回頭是岸》嘲諷了道貌岸然，說明偽善遠比真小人可惡；《體臭》則書寫了當代社會生存的尷尬與荒誕，不同時間段標準的設立可能讓跟隨的人無所適從；《拼死吃河豚》則書寫大千世界的偶然性，以此嘲諷人的好吃又膽小；《美色》則表明人的本能欲望是任何清規戒律和宗教藉口所難以限囿的。

值得關注的還有陶然第二類的古事新編。它們往往都有清晰的前文本指涉。而且，關鍵的是，陶然通過對它們的新編往往訴說著與原文本迥異甚至相反的哲理。當然，很多時候，陶然採用了遊戲的方式實現了他對哲理和處世之道的訴說，「如果說，廣義上遊戲的存在加固著人類狀況的超邏輯本性，那麼，陶然的『故事新編』，則以獨特的超文字和超邏輯的文學遊戲，使自己對生命和世界的理解得以智慧的闡釋。」[17]

《渴》則點明瞭望梅止渴伎倆的限度，一而再再而三只能失去效用和軍心；《信心》中說明信任才是奇跡發生的必要條件；《相馬》通過伯樂的尷尬遭遇在在表明過分功利而缺乏對人才的適時尊重只會功敗垂成；《火神與愛神》同樣宣傳了人性的自然，柳下惠的坐懷不亂其實是強忍；《自保》則說明何九叔在古今生存的秘訣──騎牆；《識時務者為俊傑》則說明類似的道理：察言觀色並見機行事是生存之道；《徇私華容道》、《封不成五虎將》、《虎將》實際上則批評了人情世故、門閥制度對成就功業的戕害；《若有若無的反骨》則說明不信任往往導致可能原本不會出現的惡果依時出現；《輪迴歲月》則將漢獻帝被曹操的挾持視為是一種輪迴報應：韓信復仇劉邦的現世；《門神》則書寫現代商場和古代官場一樣翻雲覆雨、變幻莫測；《土遁》則同樣書寫土行孫在現世的英雄末路；《美人在抱》則表明類似「及時雨」等的功名和封號其實是人盡可為的欺騙，只要你善於偽裝。

需要指出的是，陶然此類的新編其實在意義上也間接指向了香港批判，正是在香港這個擁有近乎無限可能的時空中才可能表現出類似的荒誕、怪異、翻轉等表徵。所以，總體而言，「陶然是一個清醒的現實主義者。他對香港都市社會的描繪和對商品經濟環境中人的命運的揭示是細膩而深刻的。」[18]

除了通過寓言來展現其現實主義進路以外，陶然還非常注重對人性的

---

[17] 王緋〈閱讀陶然（下）──一種凸現歷史感的作家論嘗試〉，見《海南師院學報》季刊1998年第3期，1998年9月，頁51-55。引文見頁55。

[18] 方忠〈陶然小說論〉，見《西北師大學報》（社科版）2000年第6期，2000年11月，頁63-67。引文見頁65。

挖掘。陶然曾經如下表達他有關創作的「人」的理念,「比起小說中的『人』的真實、人物個性的真實,情節還在其次。不論是黑暗還是光明的故事,假如『人』可以立得起來,小說也就不會太失敗吧?」[19]

在陶然的故事新編小說中,作者顯然特別關注兩方面的內容,人性的挖掘和對客觀社會環境的批判。當然,二者之間存在著某種內在聯繫:人性的考驗往往和複雜的環境密切相關。值得關注的是,陶然專長的不是對某個個體人性的挖掘深度,而是在於他對人性本身的集體呈現,我稱之為**人性組圖**。在其故事新編中,或許由於文體含量的限制,或許由於作者的刻意追尋片斷式呈現,作者對個體人性的探尋往往也因此顯得支離破碎,所謂「斷裂歷史」在此處也有它的用武之地。但是,如果我們從整體上拼貼陶然的整體規劃,我們還是可以看出其人性組圖的威力和批判力。尤其是在勾畫商業環境或者勾心鬥角的情境中人性的突變或變異時,陶然非常成功地亮出了自己的招牌。從對人性的情境/時空錯置考問的處理方式和主題挖掘上,陶然顯然繼承了前輩們的精神:魯迅對人的劣根性的挖掘,施蟄存找尋人性豐富性和完整性可能的努力,劉以鬯心理橫截面等種種的創新方式都成了陶然現實主義套路的開放式借用。

(二)現實主義的限制:模式化及其他

毋庸諱言,陶然的故事新編小說創作也有他的不足,作為一個很勤奮的作家,陶然的產量非常驚人。但是,我們知道,小說創作的引人之處相當重要的一點就在於不斷開拓創新、探尋敘事的無限可能性。綜覽陶然的50篇新編作品,精品固然也新人耳目,但個中問題卻也同樣引人深思。

1.模式化

如果通覽50餘篇小說,我們難免有一種模式化的感覺,很大程度上,陶然儘管作了一些創新和突破的努力,但實際上他並沒有真正超越自我,他故事新編的書寫有些時候其實在重複自我。他書寫的模式往往是:擇取古代英雄等人物,將之置於光怪陸離的香港現實社會中,然後往往遭遇尷尬、挫敗和無奈,從此我們可以悟出各種問題抑或哲理。有論者指出,「陶然更喜歡讓極限的挑戰無限延展下去,讓人物的韌性力量體現在與苦難的持續對抗中,用以加強人性這一維度的力道,同時也以『整個人生的悲劇性』來加強作品的感染力,並使文章具有了綿延的力量。在情節安排上陶然則傾向於使主體陷於某種被動以強調其人性的韌度維度。主體

---

[19] 陶然著《蜜月》,自序第2頁(原書此處無頁碼)。

的這種被動主要來自於『惡』與『善』的一種『統一』或絕境的壓迫力
量。」[20]

　　當然，考驗人性的極限自然是故事新編的一種非常流行的敘事策略，
李碧華利用情節的迷亂等也成功地實現了對當下人性的戲弄。問題在於，
這種手法不應該成為一種模式和陳詞濫調。因為如果在讀者尚未進入小說
之前就大致可以猜到結局和套路，這當然彰顯了小說虛構的貧弱。

2.平面敘事和深度缺乏

　　很多時候，陶然選擇了淡化情節的手法，這原本無可厚非。問題在
於，他並沒有選擇其他更加深刻的意義或手法來彌補情節中空後的空隙，
所以讓整個敘述顯出平面化的傾向。儘管有時他也會加入主人公心理的流
動和獨白作為補償，但由於這些心裡話往往缺乏深度和含蓄性，因而流落
成作者抒發憤懣和倫理道德的傳聲筒，而我們知道，小說「作者從來就不
應說教。即使是在有明顯道德或哲理目的的故事中，也永遠不應露骨地說
教。」[21]所以後果可想而知，小說自身的深度缺乏，同時新鮮感也缺失。

　　如果說陶然將香港作為再現的對象豐富了故事新編內容的可能性和時
空背景的話，這原本可以提供一個更開闊的天地，而實際上，作者在探
尋個中的複雜糾葛和現象往往也無能為力，往往他將原因歸結為上輩子的
因果報應或者輪迴、托生、轉世、幻想等。而實際上，如果輔之以豐富情
節，這恰恰是李碧華得以成功的重要敘事策略之一。與此相反，陶然淡化
了情節而讓此類的書寫陷入了平面化中。同時，小說中的一些道德、倫理
和人生說教也因此顯得過於突兀和生硬。

　　美國著名已故學者安敏成在考察中國現代文學史上早期的批判現實主
義者的限制時就指出，「從一開始，現實主義者就認識到這一嶄新的主體
自我是有所限制的。限制既表現在小說與讀者──作品所面對的『你』的
關係上，也表現它對被損害的『他者』──由新小說第一次引入敘事再現
領域的『他們』的輔助力量上。對這些限制的覺悟，必然削弱了批判現實
主義對中國作家想像力的控制。」[22]

---

[20] 黃昌勇 蕭湘寧〈人性的二維度──談陶然小說人性討論的關注特點〉，見陸士清主
　　編《新視野、新開拓：第十二屆世界華文文學國際學術研討會論文集》（上海：復
　　旦大學出版社，2002），頁379-387。引文見頁380。

[21] [英]馬克·柯裡（Mark Currie）著，寧一中譯《後現代敘事理論》*Postmodern Narrative
　　Theory*（北京：北京大學出版社，2003），頁25。

[22] 安敏成（Marston Anderson 1952-1992）著，薑濤譯《現實主義的限制：革命時代的
　　中國小說》*The Limits of Realism: Chinese Fiction in the Revolutionary Period*（南京：江蘇人
　　民出版社，2001），頁206。

　　某種程度上，陶然的故事新編書寫有類似的精神困境。或許由於他面對的是太多不同流派的創新，他也可能意識到了其中的優勢與限制，在進行避免重複和自我創新時反倒因為太多束縛也限制了他本身的想像力。所以他的故事新編小說就會出現模式化和平面化等缺憾。同時，他的個體人性探究的蒼白和平面敘事也讓人覺得他有時會在進行倫理說教的同時反會模糊了人性的善惡，也因此淡化了作品對人性的進一步反思。

　　小結：作為現實主義流派書寫故事新編的重要代表，陶然的新編為故事新編小說的敘事模式和豐富性提供了別具姿彩的特質：無論是他再現香港，還是利用現實主義手法重寫經典來追問當下人性和社會的荒誕、變態和扭曲。當然，毋庸諱言，現實主義有它自身的問題，無論從敘事策略的更新上，還是意義探尋的深度上，現實主義手法都顯出相對模式化、陳舊和平面化。或許，我們可以說，陶然的缺點和限制從某種程度上反映了此類流派可能的整體性缺陷，值得後來的書寫者深入反思。

結論及餘論

如果我們說小說的源泉之一就是寓言的話，我們同樣可以反過來說「寓言的雙重性，它的兩個部分的鬥爭，不過是小說的雙重性、兩種傾向的鬥爭的一個縮影」。[1]而由於故事新編體小說往往從遠古的寓言、傳說或古代典籍入手，這更加凸現了故事新編小說與寓言的密切關聯及其比較悠久的合法性。

整體而言，故事新編小說的發展似乎也難以擺脫世事滄桑的命運或自然法則以及政治等的擺佈，但是整體上看來，它坎坷的發展歷程並不能掩蓋它的自身名稱的獨立性和正當性。

結論

能夠清晰解讀並認識到魯迅《故事新編》的涵蓋及其相關的文體意義並不是一件容易的事情。當然，從某種程度上說，任何理論都有其局限性和限度。筆者採用具有開放性、包容性和未完成性的巴赫金的狂歡化理論來解讀魯迅的故事新編和其他類似個案的文本因此也就顯得有其相當的針對性、合理性和必然性。

一、狂歡化理論和故事新編小說的命名

在我看來，通過梳理相關研究文獻，我們不難發現，有關魯迅《故事新編》的文體和意義之爭很大程度上緣於大家看待問題的不同立場和視角。盲人摸象故事中的「各自為政」、不見泰山的弊病在很大意義上傳神地體現出了閱讀故事新編策略的問題以及局限：當各持己見的人們站在自己的山頭對他人指指點點時，他其實還只是利用自己的外視性優勢，在忽略了自我的缺憾的情況下自以為掌握了意義的全部、洞悉了文體的祕密。

巴赫金的狂歡化理論對應了魯迅《故事新編》中意義的眾聲喧嘩的多重世界，而且令人驚訝的是，他的有關小說的精妙理論也指出了《故事新編》文體互參以及小說自身的開放性等特質。當然，巴赫金的理論畢竟有

---

[1] 王先霈 張方著《徘徊在詩與歷史之間──論小說的文體特徵》（武漢：長江文藝出版社，1987），頁9。

其獨特的產生語境和適用範圍，他的關於狂歡化的起源——歐洲狂歡節的特點和表達方式（比如過分誇張和強調飲食、身體等物質特徵）顯然和20世紀的中國語境有著較大的差異。

所以本書首先梳理了歷史語境中巴赫金非常繁複、駁雜精深的狂歡化理論，凸現其自身的適用範圍和內在邏輯，當然在以之分析魯迅等人的故事新編時，選擇了自己吻合的部分進行靈活運用：或者直接關聯，或者關涉其狂歡化精神。

還需要指出的是，故事新編小說文體的創新和成立同樣也需要狂歡化理論的燭照和獨特視野的認知。甚至有些時候，我們即使能夠認識到魯迅《故事新編》的狂歡色彩，卻未見得深入體察此類小說的合法性和命名的正當性。比如有論者就指出「文本異質共生決定了《故事新編》的意義多元化和開放性，也決定了《故事新編》在文類歸屬方面的不確定性」，此論頗有洞見，但他卻認為如果稱之為「故事新編體」，這種折衷論並不能令人滿意。相反他提出了補償性的建議，「《故事新編》將三種異質文本統攝、從而呈現整體文化世界的方式，是『寓言』。《故事新編》是一則關於中國傳統文化的大寓言。」[2]如果單純稱之為寓言而不將此類文體統稱為寓言，這種論斷並無異議，因為魯迅的《故事新編》的確是一個包含豐富的文化寓言。

問題在於，如果以「寓言」界定此類小說，則非常不妥。一方面，這種界定會引起不必要的混亂——固有的寓言概念很難進行得體的處理；另一方面，該論者的局限在於，他未能以發展的眼光來看待、思考這類文體。只有能夠對不同時空的眾多文本進行分析和歸納，我們才能更加清晰地看出故事新編小說發展的歷史軌跡和興衰波動，也才能理解狂歡化理論是如何對應了類似的發展：或者是從精神上，或者是從小說文體的包容性、開放性上，狂歡化理論很好地概括了故事新編小說的宏觀縱向發展和微觀的手法革新以及意義追求。

我們當然也可以兼顧更多的故事新編小說文本，如果仔細考察二十世紀80年代以來的故事新編小說，整體而言，這些小說的寫作大體上繼承了魯迅故事新編書寫的批判精神、戲擬策略以及雜糅古今的能力。故事中的人物往往可以自由出入於歷史與現實之間，嬉笑怒罵。他們或者偏重於解構主義，既消解了經典敘事，又並不企圖填充因此留下的空白；或者他們更加關注自我的感受，新編在表面上也並非張牙舞爪的徹底打破舊世界，

2　孫剛〈文化寓言：《故事新編》文類研究〉，見《文藝理論研究》2003年第5期，2003年9月，頁90-97。引文見頁93-94、95。

而是暗渡陳倉，在表面遵從的情況下進行自我的抒懷：其個體化書寫往往體現了或深沉或膚淺、或濃或淡的生存體驗和獨特心境。從此意義上講，他們繼承、分化也開拓了魯迅等前輩們的書寫策略以及意義關懷，顯示出後輩們的花樣翻新和強烈個性。[3]

但和魯迅相比，有些作品似乎也有相當的精神匱乏和退讓。糾纏於雞毛蒜皮、瑣屑無聊的生活細節或許還可視為是以毒攻毒的生存細描，但許多時候，故事新編同樣成為一種自欺欺人的無病呻吟和矯情賣弄。「在當下這個以抽空痛楚性為代價的時代，寫作演變成了一種輕鬆的事業，一個巨大的苦難消解機制，由此而形成的詞語滾動中，生活的尊嚴喪失了，現實的敵人也悄然隱匿，彷彿太平盛世已經來臨。」[4]這種過分甜膩的操作固然也可列入百花齊放的眾芳園內，但故事新編如果只是到此打住，不能不說是這一文體的精神墮落。

如果說從他們主體介入的程度上講，他們也比魯迅多了幾分汪洋恣肆——充分利用現代話語空間的開闊與現代生活話題的多層性。「這種新文體模式小說在敘述上時空跨越和視角變幻的嫻熟技巧，熱烈誇張而又不失敏感的語言風格，較之魯迅的早期實踐則是有過之而無不及。」[5]

因此由上可見，故事新編（體）小說的稱謂反倒是目前最理想的選擇：既可以區別現有的小說文類劃分，將故事新編區隔於歷史小說、新歷史小說等等，又可以保持它的獨立／獨特性。如前所述，本書以眾多的風格獨具的個案已經在在說明瞭故事新編體小說的成立已經是個不容忽略和回避的事實，而且不僅如此，它也已經有了繁榮昌盛的發展，無論從藝術手法創新的推進和開拓上，還是從意義的探尋上，都已經顯出相當可觀的成就，作為小說文體下次文類的一種，故事新編小說以其豐富多樣和穩步推進已經成為一種朝氣蓬勃、引人矚目的客觀存在。如人所論，故事新編體小說「很適應中國近、現代社會的需求。正因為如此，在中國近、現代也就出現了很多令人注目的『故事新編』體小說，成為中國近、現代小說史上一道亮麗的風景線。」[6]

---

[3]　比如，其中潘軍的《重瞳——霸王自述》就獨樹一幟，引人注目。潘軍無疑承接了魯迅所開創的20世紀文學史上的故事新編精神，同時，他也努力以當下性新編歷史，走出自己的風格。具體可參拙文〈自我敘事話語與意義再生產——以潘軍的《重瞳——霸王自述》為中心〉，《海南師範學院學報》2007年第6期。

[4]　謝有順〈有他，我們並不孤單〉，見邱華棟 洪燭主編《一代人的文學偶像》（北京：中國文聯出版社，2002），頁299-309。引文見299-300。

[5]　具體可參吳秀明 尹凡〈「故事新編」模式歷史小說在當下的復活與發展〉，見《文藝研究》2003年第6期，2003年11月，頁29-37。引文見頁33。

[6]　湯哲聲〈故事新編：中國現代小說的一種文體存在——兼論陸士諤《新水滸》《新三國》《新野叟曝言》〉，見《明清小說研究》2001年第1期，2001年3月，頁85-

二、重寫經典：張力與尺度

通過探研上述幾個故事新編小說個案中的主體介入，我們不僅發現了其狂歡的敘事策略和意義重設，同時值得關注的是，重寫經典的文本如何成為新的經典？也就是說，主體介入怎樣把握歷史與虛構之間的度？在文本間性和主體間性（尤指作者和主人公之間）的大框架下，身為書寫者，該如何操控？或者更簡單一點，重造經典的尺規是什麼？

盧卡奇指出，「作為形式，小說在變化過程和存在狀態之間建立了一種波動然而牢靠的平衡；作為有關變化過程的思想，它變成了一種狀態。於是小說通過將自己轉變為規範的變化過程的存在而克服了自我。」[7] 需要坦陳的是，力求在千變萬化的故事新編個案中找出可以一勞永逸或立竿見影的尺規或平衡力量，來判斷文本重寫的優劣是頗為荒唐和不切實際的。即使能夠找到，這條尺規也應該是流動的、發展的，而非一成不變、鐵板釘釘的。

以系譜學的方法縱覽相關的故事新編小說文本，我們可以感覺到創造的驚喜，同時也有主體介入過分隨意和恣肆的偏差所帶來的遺憾。某種程度上，不同個體的敘事倫理原則決定了他主體介入的尺度。筆者在此只是考察其中微妙的張力關係，算是對之前相關文本成敗得失的總結，也希望能從中探尋出哪怕遊移的有效尺規。

故事新編小說的文體特徵決定了它必須對前文本或者舊文本進行改編或重寫。比較而言，筆者比較傾向於選擇重寫經典——無論是家喻戶曉的人物、事件，還是虛無縹緲的神話、寓言和傳說。比較而言，選擇經典進行重寫至少可以引起更多讀者的關注，在普及和流行的基礎上成為經典的可能性也因此提升。問題在於，經典同樣也是壓力，對於書寫者來說，超越前輩的經典絕非易事——作者必須突破成見和思維定勢，並在消解舊文本文化語境的前提下重新營構合理的意義和新穎的虛構才有可能。

另一方面，如果選擇「偏門左道」和不廣為人知的舊文本，由於原文本中形象的模糊和含混因此導致作者自由發揮的空間相對加大，但問題如前所述——在引人注目的層面上自然就稍遜一籌。

但無論如何，不管選擇怎樣的對象進行重寫，必須注意處理好歷史與虛構之間的張力關係：過於尊重前文本的意義限定，那重寫就變成了類

93。引文見頁93。

[7] 盧卡奇著，楊衡達編譯、丘為君校訂《小說理論》（臺北：唐山出版社，1997），頁46。

似歷史小說的操作，對舊有的材料亦步亦趨、唯唯諾諾，作者的主體介入實際上變成了附屬式的複述，在此，我們要強調主體介入和主動性，因為「小說的外部形式基本上是傳記體的。一方面是一個永遠不能完全捕獲生活的概念系統，另一方面是一個永遠不能達到完整的生活複合體，因為完整是一種內在的空想。在這兩個方面之間的搖擺只有在傳記所追求的那種有機特性中才能客體化」[8]；而如果過於隨便和自由，新編就變成了不折不扣的重寫，而歷史的成分在實際上已經被減至最低，甚至我們在剔除相關符碼以後也發現這種舉措似乎並不會很大程度的影響新編文本的閱讀和意義探尋，甚至整個小說陷入到虛無主義的虛空中去。

上述兩種可能性實際上都已經不是典型和成功的故事新編小說實踐。書寫者應該自如地遊移於歷史與虛構之間，大致而言，「虛構杜撰者們斷然堅持一種非本質主義的語義學，在將歷史人物移入虛構世界時，甚至會改變那些人物的個體化屬性和生活細節。逼真性是某些虛構詩學所要求的標準，但不是普遍的虛構原則。」[9]

我們可以從書寫者個體內部以及他所生存的外部空間兩個互動層面進一步探討故事新編書寫的脈絡主線與操作原則。

從作者的主體角度進行觀照，需要指出的是，作者的主體經歷和所處歷史時空應該可以成為延續和開拓故事新編主題的有效途徑和資源。一方面，書寫自我的經歷往往是作家最能夠發揮的向度，「因為有深刻體驗和切膚之痛，發自內心而被觸動了靈魂，它肯定是從作者自我生髮的。當個人的精神痛苦與時代精神痛苦一致時，就會產生同時具有社會和時代意義的真正的偉大的作品」，[10]如果在歷史和經典的前文本上添加或壯烈飛揚、或淒慘沉鬱、或虛浮誇張、或平淡如水等不同姿彩的個體經歷，故事新編書寫首先就擁有了眾聲喧嘩的別致集合；另一方面，由於時代和時空往往迥異，這也能為故事新編的發揮和開拓提供了書寫場景的源泉，時空錯置、文化與道德倫理價值的衝突、時間流逝所帶來的偶然與驚訝後果等等莫不與此相關。而作者們則可以「通過感覺本身對現實的種種深藏不露的性質重新加以建構，更為有效而準確地揭示出現實世界的真實屬性」。[11]顯然，上述視角已經是有利的客觀存在。當然，需要指出的是，

---

[8] 盧卡奇著，楊衡達編譯、丘為君校訂《小說理論》，頁49。

[9] 盧波米爾・道勒齊爾〈虛構敘事與歷史敘事：迎接後現代主義的挑戰〉，見戴衛赫爾曼（David Herman）主編，馬海良譯《新敘事學》Narratologies（北京：北京大學出版社，2002），頁177-202。引文見頁188。

[10] 莫言〈作家和他的文學創作〉，見《文史哲》2003年第2期，2003年3月，頁149-152。引文見頁150。

[11] 格非著《小說敘事研究》（北京：清華大學出版社，2002），頁5。

僅僅依靠個體經歷和時空背景是遠遠不夠的，如果過分強調這一點，往往也會步入新編的模式化和平面化陷阱。

在我們強調度的同時，其實我們也非常強調作家自身豐富的想像力與高瞻遠矚的戰略眼光。「要試圖完成對史傳文學傳統的創造性的突破，就必然要求一個作家在其內心具有強大的力量、睿智的思考與充沛自由的想像力。」[12]想像力對於小說創作者可謂不可或缺，但對於故事新編小說家似乎尤為至關重要。在我看來，許多失敗或者不那麼成功的故事新編小說書寫其最大的原因在於無法以充足和富麗的想像力突破原文本的限圍和自我時代的培育／束縛。這樣的結果只會讓人覺得新編的木訥和枯燥。而魯迅《故事新編》的成功之處也與此息息相關：魯迅有非常開闊的視野、對時代精神有著敏銳的感知力、大膽的奇思遐想和非凡的創造力。無論是對於情節的重置、場景的鋪張，甚至是細節的刻畫都可以顯示出他從各個層面進行重寫的細膩和攻擊力。

尤其值得一提的是，魯迅《故事新編》的三重世界中第三重的歷史時空的超越性操作往往為後繼者難以企及。其中的關鍵在於魯迅心中蘊含了強大的目標與力量，他厚重的人文關懷、沉鬱的悲情、清理文化傳統以求達致「立人」的迫切和他苦中作樂的幽默感以及歷久猶存的童真等等都為《故事新編》能夠既立足具體的自我、社會，又能超越具體的細枝末節和深邃博雜的意義指涉緊密相連。「在小說中，超越性並未在創造客體的超越形式中被捕獲、被變得內在、被吸收，而是依然停留在它那未受稀釋的超越性中；超越的影子裝飾性地填滿了世俗生活的空隙，把生活素材——因為每一部真正藝術品的強有力的同質性——變成了一種同樣是用影子編織出來的材料。」[13]

如果從藝術的創新和形式的推進角度進行考量，我們發現，故事新編小說恰恰極具狂歡精神的相容並蓄、海納百家，無論是現實主義、超現實主義、現代主義、後現代因素等各種流派都可相安無事，甚至互相補充和提攜。從此角度來說，故事新編的書寫策略創新其實是和小說藝術的推進同步共振的，甚至故事新編的書寫應該更好地吸納和包容五光十色和五彩繽紛的虛構手法和流派特色。而同樣的，故事新編作者似乎也因此更應該吸收和學習更多的文學理論和表現手法，無論是通過閱讀經典文本進行學習，還是加強理論方面的專業訓練。

盧卡奇在論述歷史小說與其傳統的關係時曾表達了「小說復興」的願

---

[12] 鄭家建著《中國文學現代性的起源語境》（上海：上海三聯書店，2002），頁217。

[13] 盧卡奇著，楊衡達編譯、丘為君校訂《小說理論》，頁74。

望,「我們時代的歷史小說必須首先激烈地、無情地否定它的先驅,從自己的創作中大力清除它的傳統。與此同時所產生的必然的與古典歷史小說的接近,如我們在論述中所說的那樣,絕不是這種形式的簡單的復興,絕不是簡單地肯定這種古典傳統,而是——用黑格爾的術語來表達——以否定之否定的形式所進行的革新。」[14]而對於故事新編小說的書寫來講,這種精神同樣也可適用。當然,我們也更加提倡具有狂歡精神的有度創新,畢竟,這樣才能真正實現故事新編體小說的不斷超越和永無休止的塑造經典。

餘論

陳平原認為,「小說類型研究最明顯的功績,一是說明什麼是真正的藝術獨創性,一是更有效地呈現小說藝術發展的總體趨向。」[15]本書有關故事新編體小說的研究大致上算是此類研究,而毋庸諱言,文類研究的重要使命就是既要探研某類藝術的整體獨創性和美學傳統以及他類藝術的區別與矛盾關係,同時又要關注文類內部藝術、形式的更新與藝術成規之間的張力關係。

本書的研究則基本上履行了上述的使命,首先是梳理、總結並論證次文類小說形式的存在於命名的合法性。對將故事新編納入歷史小說通行做法的質疑首先源於我對魯迅《故事新編》的細讀和思考。筆者以為,歷史小說的限定在面對《故事新編》的靈活性、有意重寫甚至逐步背離「歷史的真實性」的強烈主體意識時顯得格外捉襟見肘。而實際上,也有論者英雄所見略同,「《故事新編》既不同於歷史小說,也不同於雜文體小說,是現代小說史上獨創性的新類型的小說。或許應該從新的類型觀念去解讀、闡釋它,那麼將會發現許多有益的東西。」[16]當諸多類似文本被依次發現,甚至蔚然成風時,這種文類研究顯得迫在眉睫和勢在必行。實際上,有些高舉歷史小說大旗的學者已經隱隱約約感到了故事新編體小說在其中的另類和不適,但他們往往還是將之生硬地納入其下,言不由衷抑或左右支絀地進行闡述。而實際上,歷史小說、新歷史小說、故事新編體小說等密切關聯卻又內外有別的次文類小說就被他們搗漿糊式的混淆在一起。

---

[14] 盧卡契(又譯盧卡奇)〈歷史小說中新人道主義發展的遠景〉,見盧卡契著《盧卡契文學論文集》(一)(北京:中國社會科學出版社,1980),頁149-171。引文見頁170-171。

[15] 陳平原著《陳平原小說史論集》(下)(石家莊:河北人民出版社,1997),頁1321。

[16] 鄭家建著《中國文學現代性的起源語境》,頁196。

　　本書利用巴赫金的狂歡化理論進行論證和分析則是不僅要找到庖丁解牛的遊刃有餘的獨特刀法，而且要借此為故事新編體小說正名。與此同時，本書也細緻地以不同風格的個案剖析了故事新編主體介入的獨特性以及不足，希望可以勘查出一條卓有成效的書寫脈絡和評判經典原則。

　　當然，有關主體介入的研究基本上是建立在新舊文本對比的基礎上展開，這其中自然可能有筆者本人的主體偏差。因為，「敘事並不能為自己說話，它需要閱讀為它說話，而閱讀卻永遠是一種重寫。但閱讀不能完全自由地闡釋文本，不能暢所欲言。閱讀總在客觀性與主觀性的兩極之間搖擺。閱讀創造了敘事，而閱讀同樣也被敘事所創造。」[17]正如物理學上無摩擦的假設一樣，本書的主體介入也希望是理想情境下的客觀操作，儘管實際上這並無可能。

　　同時，還需要指出的是，儘管巴赫金的狂歡化理論有其他理論難以企及的開放性和包容性，但是歸根結底它也只是一種理論，儘管它可能比其他理論更加貼近故事新編小說的狂歡精神。利用其他理論轉換視角或許可能找尋出更好的詮釋可能性與新契機。

　　即使從本書的論述對象著手，故事新編體小說的研究其實還有更多的向度切入。比如，故事新編體小說體現了怎樣的「現代性」？如果從晚清小說開始展開，那將會是怎樣一條彰顯被遮蔽的現代性從而為現代文學的起源正名的進路？當然，同樣不容忽略的是，這裡的「現代性」概念也是一個流動的概念，在很多時候，它也和當代性相重疊。

　　作為古今交錯、新舊並存的獨特文體，故事新編體小說中擁有不同層次（西方的、中國的、日本的、混雜的）和時代（前現代、現代、當代、後現代）包含的「現代性」（modernities），其姿態值得深味。比如，它到底是怎樣影響、限制和深化了小說家的書寫？反過來，小說家又是怎樣書寫它們？它們與傳統之間又是怎樣對抗和相互轉化的？

　　毋庸諱言，網路上的故事新編文本在文本的質素上同樣也吻合了狂歡的精神：良莠不分、多元共存。從某種程度上講，這些作品更多體現了個體情緒的宣洩：或者是抒發成長中的迷惑、不滿或青澀；抑或是發洩和瘋狂批判，利用網路上的文字來達到平復人生和日常中失衡心理的目的；或者是無病呻吟，僅僅是為了製造文字垃圾，滿足書寫的衝動，等等不一而足。儘管他們的書寫可能很多都拋棄了文學創作的考究的創新性和嚴肅性，甚至也放逐了自我以及「感時憂國」精神，但是他們對再現自我

---

[17] ［英］馬克・柯裡（Mark Currie）著，寧一中譯《後現代敘事理論》*Postmodern Narrative Theory*（北京：北京大學出版社，2003），頁148。

情緒、內心和生活的可能性的無意或有意挖掘卻同時也洋溢著狂歡的姿彩，也是對故事新編體小說不同形態的有效開拓和普及化。甚至它們可以改變整個文學的體裁樣式，「縱觀今日的網路文學，不僅文學體裁分類的觀念在淡化，各種文體的界限都變得模糊，而且文學與藝術的界限、乃至文學與非文學和亞文學、准文學的界限都變得模糊不清，或根本不重要了。」[18]

　　同時還值得關注的是，故事新編本身還有其他一些體裁的豐富嘗試。比較具有論述價值和意義的還有故事新編戲劇以及詩歌等。戲劇方面，無論是郭沫若早期的還是建國後的相關作品都值得探索，尤其是當我們考慮到其創作和意識形態的密切關係的話，個中的主體介入的複雜和獨特風姿顯然別有洞天；同時後起的川蜀怪傑魏明倫的故事新編戲劇創作（如《潘金蓮》等）也是獨樹一幟，期待有心人的從類似的問題意識出發進行探研。同樣，20世紀中國詩歌史上，同樣也存在著文本互涉、用典和重寫的現象，從作者的主體介入角度進行觀照和挖掘同樣也是一個極具挑戰性但又興味盎然的好題目。

　　同樣還需要指出的是，故事新編體小說中的文體互參問題也同樣值得深入關注。比如李碧華的小說、劇本以及電影之間的複雜關係和順利轉換、魏明倫戲劇和原小說文本之間的互涉等等，這都涉及了新的課題。如果能夠加以解決，相信對擅長跨文體寫作的許多類似作家研究都會是一個很好的啟迪與借鑒。

　　需要指出的是，本書主要側重於對故事新編小說的分析、論證和批評，其實如果想更好的區分它與歷史小說、新歷史小說等次文類，似乎擇其經典個案進行比較說明則更能彰顯個中異同和糾纏。這些工作都有待筆者和其他有心人的進一步更加深入和穩健的開展。但不管怎樣，故事新編書寫，實在是一個頗具魅力和魔力的次文類創設。至少，我們可以和作者一起在一定限度的時空內思載千里、縱橫馳騁同時又要收放自如──「以新的方式去看自我」[19]、人生，去看現實社會，也預測未來。

---

[18] 歐陽友權等著《網路文學論綱》（北京：人民文學出版社，2003），頁415。

[19] 佛斯特（E. M. Forster）著，李文彬譯《小說面面觀──現代小說寫作的藝術》*Aspects of the Novel*（重排修訂版）（臺北：志文出版社，2002），頁220。或可參E. M. Forster, *Aspects of the Novel, and Related Writings* (London: Edward Arnold, 1974), p.118.

附錄一　故事新編小說附錄

（一）歷史小說／歷史演義

1. 高陽（臺灣）《紅頂商人胡雪岩》系列，《董小宛》，《王昭君》，《李鴻章》，《李娃》，《荊軻》，《慈禧全傳》，《曹雪芹別傳》，《胭脂井》等
2. 蔡東藩系列
3. 阮朗（香港）《金陵春夢》系列，《蔣後主秘錄》，《北洋軍閥演義》等
4. 高旅（香港）《杜秋娘》，《金屑酒》，《玉葉冠》等
5. 南宮搏（香港）《風波亭》，《桃花扇》，《李香君》，《武則天》，《韓信》，《李後主》，《花蕊夫人》，《大漢春秋》，《十年一覺揚州夢》，《洛神》，《梁山伯與祝英台》，《孔雀東南飛》等
6. 董千里（香港）《成吉思汗》，《馬可波羅》，《董小宛》，《唐太宗與武則天》，《玉縷金帶枕》，《柔福帝姬》等
7. 石人（香港）《迷樓恨》，《第一美人》，《成吉思汗》
8. 金東方（香港）《賽金花》，《香港金瓶梅》
9. 姚雪垠《李自成》系列
10. 馬昭《醉臥長安》
11. 宋詞《書劍飄零》
12. 黎汝清《皖南事變》，《湘江之戰》，《碧血黃沙》
13. 徐興業《金甌缺》等
14. 凌力《少年天子》，《星星草》，《傾城傾國》，《暮鼓晨鐘》等
15. 二月河系列《雍正皇帝》等
16. 唐浩明《曾國藩》系列
17. 劉斯奮《白門柳》系列等

（二）武俠小說

1. 金庸（港）《鹿鼎記》，《書劍恩仇錄》，《碧血劍》等
2. 梁羽生（港）《龍虎鬥京華》，《萍蹤俠影》，《女帝奇英傳》，《白髮魔女傳》等

（三）「古」事新編

1. 魯迅《故事新編》
2. 郭沫若《函谷關》（又名《柱下史入關》），《孟夫子出妻》，《司馬遷發憤》，《孔夫子吃飯》，《秦始皇將死》，《賈長沙痛哭》，《漆園吏游梁》，《豹子頭林沖》，《石碣》，《楚霸王自殺》，《齊勇士比武》等
3. 郁達夫《採石磯》，《碧浪湖的秋夜》
4. 曹聚仁《亞父》，《孔老夫子》，《葉名琛》，《劉楨平視》，《焚草之變》
5. 茅盾《大澤鄉》，《豹子頭林沖》，《石碣》
6. 沈祖棻《辯才禪師》，《馬嵬驛》，《茂陵的雨夜》，《崖山的風浪》，《蘇丞相的悲哀》
7. 施蟄存《石秀》，《將軍的頭》，《李師師》等
8. 鄭振鐸《桂公塘》，《黃公俊之最後》，《毀滅》，《風濤》，《汨羅江》，《湯禱》，《王秀才的使命》等
9. 馮至《伍子胥》，《仲尼之將喪》，《伯牛有疾》，《白髮生黑絲》等
10. 陳翔鶴《陶淵明寫挽歌》，《廣陵散》
11. 馮乃超《為什麼褒姒哈哈地大笑》，《傀儡美人》
12. 黃秋耘《杜子美還家》
13. 沈從文《月下小景》等
14. 楊劍敏《出使》
15. 平襟亞《張巡殺妻饗將士》，《孔夫子的苦悶》，《賈寶玉出家》
16. 宋雲彬《玄武門之變》
17. 廖沫沙《鹿馬傳》，《東窗之下》，《南都之變》，《信陵君之歸》，《咸陽遊》，《厲王監謗記》，《陳勝起義》，《曹操剖柑》等
18. 談正璧《長恨歌》
19. 孟超《骷髏集》，《懷沙集》
20. 劉聖旦《發掘》
21. 許欽文《牛頭山》
22. 張天翼《夢》
23. 陳子展《齊人歸女樂》，《楚狂與孔子》，《孔子三世出妻》等
24. 嚴敦易《馬嵬》，《東郭》
25. 唐弢《曉風楊柳》

26. 聶紺弩《鬼穀子》，《韓康的藥店》等
27. 端木蕻良《步飛煙》
28. 秦牧《囚秦記》，《詩聖的晚餐》，《伯樂與馬》，《火種》等
29. 李拓之《變法》，《文身》，《惜死》，《埋香》，《焚書》，《聽水》，《陽狂》，《招魂》，《投幕》
30. 何其芳《王子猷》
31. 蔣星煜《嵇康》
32. 包文棣《跳龍門的插曲》
33. 魏金枝《蘇秦之死》
34. 張愛玲《霸王別姬》
35. 古斯范《新桃花扇》
36. 廢名《石勒的殺人》
37. 趙玫《高陽公主》
38. 王伯陽《苦海》
39. 陳國凱《摩登阿Q》
40. 劉以鬯（香港）《寺內》，《蜘蛛精》，《盤古與黑》，《除夕》，《追魚》，《蛇》，《新玉堂春》等
41. 西西（香港）《陳塘關總兵府家事》，《八月浮槎》，《浪子燕青》，《看〈洛神賦圖卷〉》，《長城營造》，《芭蕉扇》，《陪李金吾花下飲》，《肥土鎮灰闌記》等
42. 李碧華（香港）《青蛇》，《潘金蓮之前世今生》，《霸王別姬》，《糾纏》中有部分文本
43. 陶然（香港）《窺》，《美人關》，《紅顏》，《歲月如歌》等書中相關部分
44. 也斯（香港）《養龍人師門》《玉杯》
45. 董啟章（香港）《少年神農》
46. 伊凡（香港）《才子佳人的背面故事》
47. 潘軍《重瞳——霸王自述》
48. 李洱《遺忘》
49. 王小波《萬壽寺》、《紅拂夜奔》、《尋找無雙》
50. 劉震雲《故鄉相處流傳》
51. 李馮《另一種聲音》、《牛郎》、《孔子》、《我作為英雄武松的生活片斷》、《唐朝》、《梁》、《祝》、《譚嗣同》、《十六世紀的賣油郎》
52. 葉兆言《濡鱉》

53. 何大草《衣冠似雪》

54. 丁天《劍如秋蓮》

55. 商略《子胥出奔》、《子貢出馬》

56. 朱文穎《重瞳》

57. 張偉《東巡》

58. 張想《我作為丁興追隨建文帝的逃亡生涯》、《孟薑女突圍》

59. 瞎子《刺秦》

60. 盧壽榮《刻舟求劍》

61. 木木《幻想三國志之王粲筆記》

62. 談歌《楊志賣刀》

63. 朱西寧《破曉時分》

64. 吳繼文《世紀末少年愛讀本》

（四）「外」事新編

1. 郭沫若《LÖbenicht的塔》，《馬克斯進文廟》

2. 鄭振鐸《取火者的逮捕》

3. 巴金《羅伯斯庇爾的秘密》，《馬拉的死》，《丹東的悲哀》

4. 李碧華《滿洲國妖豔──川島芳子》

附錄二　參考書目

一、中文書目（以姓氏筆劃為序）

（一）專書

1. （法）瓦萊特著，陳豔譯《小說：文學分析的現代方法與技巧》（天津：天津人民出版社，2002）。
2. （法）笛卡兒撰，錢志純譯《我思故我在：笛卡兒的一生及其思想、方法導論》（臺北：志文出版社，1974）。
3. （俄）孔金 孔金娜著，張傑 萬海松譯《巴赫金傳》（上海：東方出版中心，2000）。
4. （漢）劉向撰《列仙傳二卷附校偽、補校》見叢書集成新編第100冊（臺北：新文豐出版公司，1984）。
5. 〔日〕北岡誠司著，魏炫譯《巴赫金──對話與狂歡》（石家莊：河北教育出版社，2002）。
6. 〔法〕薩莫瓦約著，邵煒譯《互文性研究》（天津：天津人民出版社，2003）。
7. 〔英〕馬克・柯裡（Mark Currie）著，寧一中譯《後現代敘事理論》 *Postmodern Narrative Theory*（北京：北京大學出版社，2003）。
8. 〔梁〕釋僧佑撰，蘇晉仁 齊練子點校《出三藏記集・卷十四》（北京：中華書局，1995）。
9. 〔梁〕釋慧皎撰，湯用彤校注、湯一玄整理《高僧傳》（北京：中華書局，1992）。
10. 〔蘇〕謝曼諾夫著，李明濱譯《魯迅和他的前驅》（長沙：湖南文藝出版社，1987）。
11. 《魯迅書信集》（北京：人民文學出版社，1976。
12. 丸尾常喜著，秦弓譯《「人」與「鬼」的糾葛：魯迅小說論析》（北京：人民文學出版社，1995）。
13. 也斯著《養龍人師門》（香港：牛津大學出版社，2002）。
14. 中國社會科學院語言研究所詞典編輯室編《現代漢語詞典》（2002增補本）（北京：商務印書館，2002）。
15. 厄爾・邁納（Miner，Earl Roy）著，王宇根等譯《比較詩學：文學理論

的跨文化研究箚記》（北京：中央編譯出版社，1998）。

16. 巴赫金著，白春仁 曉河等譯《巴赫金全集》第四卷（石家莊：河北教育出版社，1998）。

17. 巴赫金著，白春仁 曉河譯《巴赫金全集》第三卷（石家莊：河北教育出版社，1998）。

18. 巴赫金著，白春仁 顧亞鈴譯《巴赫金全集》第五卷，石家莊：河北教育出版社，1998。

19. 巴赫金著，白春仁 顧亞鈴譯《陀思妥耶夫斯基詩學問題》（北京：三聯書店，1988）。

20. 巴赫金著，李兆林 夏忠憲等譯《巴赫金全集》第六卷（石家莊：河北教育出版社，1998）。

21. 巴赫金著，李輝凡 張捷 張傑等譯《巴赫金全集》第二卷（石家莊：河北教育出版社，1998）。

22. 巴赫金著，曉河 賈澤林等譯《巴赫金全集》第一卷（石家莊：河北教育出版社，1998）。

23. 方漢文著《後現代主義文化心理：拉康研究》（上海：上海三聯書店，2000）。

24. 方錫德著《中國現代小說與文學傳統》（北京：北京大學出版社，1992）。

25. 牛仰山著《近代文學與魯迅》（桂林：灕江出版社，1991）。

26. 王一川著《中國現代性體驗的發生：清末民初文化轉型與文學》（北京：北京師範大學出版社，2001）。

27. 王士菁編《魯迅論創作》（上海：上海文藝出版社，1983）。

28. 王平著《中國古代小說敘事研究》（石家莊：河北人民出版社，2001等）。

29. 王任叔等撰《魯迅在廣東》（香港：人人書局，1965）。

30. 王先霈 張方著《徘徊在詩與歷史之間——論小說的文體特性》（武漢：長江文藝出版社，1987）。

31. 王定璋著《白話小說——從群體流傳到作家創造的社會圖卷》（桂林：廣西師範大學出版社，1999）。

32. 王建剛《狂歡詩學——巴赫金文學思想研究》（上海：學林出版社，2001）。

33. 王得後 錢理群編《魯迅作品全編·雜文卷下》（杭州：浙江文藝出版社，1998）。

34. 王傑著《魯迅詩學現代性研究》（武漢：華中師範大學博士論文，1999年5月）。

35. 王富仁著《中國反封建思想革命的一面鏡子——〈吶喊〉〈彷徨〉綜論》（北京：北京師範大學出版社，1986）。

36. 王富仁著《中國文化的守夜人——魯迅》（北京：人民文學出版社，2002）。

37. 王富仁著《魯迅前期小說與俄羅斯文學》（西安：陝西人民出版社，1983）。

38. 王靖宇著《中國早期敘事文研究》（上海：上海古籍出版社，2003）。

39. 王瑤著《中國新文學史稿》（上冊）（上海：上海文藝出版社，1982）。

40. 王瑤著《魯迅作品論集》（北京：人民文學出版社，1984）。

41. 王劍叢著《香港文學史》（南昌：百花洲文藝出版社，1995）。

42. 王德威著，宋偉傑譯《被壓抑的現代性：晚清小說新論》（臺北：麥田，2003）。

43. 王德威著《小說中國——晚清到當代的中文小說》（臺北：麥田，1993）。

44. 王潤華著《魯迅小說新論》（上海：學林出版社，1993）。

45. 王賡武著，天津編譯中心譯《中國與海外華人》（臺北：臺灣商務印書館，1994）。

46. 王曉明主編《二十世紀中國文學史論》第1卷（上海：東方出版中心，1997）。

47. 王曉明著《王曉明自選集》（桂林：廣西師範大學出版社，1997）。

48. 王曉明著《無法直面的人生：魯迅傳》（上海：上海文藝出版社，1993）。

49. 王駿驥著《魯迅 郭沫若與中國文化》（天津：百花文藝出版社，1995）。

50. 卡特琳娜·克拉克和邁克爾·霍奎斯特 著，語冰譯《米哈伊爾·巴赫金》（北京：中國人民大學出版社，2000）。

51. 茅盾著《茅盾全集》第21卷（北京：人民文學出版社，1991）。

52. 茅盾著《茅盾全集·中國文論一集》第18卷（北京：人民文學出版社，1989）。

53. 任廣田著《論魯迅藝術創造系統》（西安：陝西人民教育出版社，1996）。

54. 伊夫·瓦岱（Yve Vadé）講演，田慶生譯《文學與現代性》Littérature et Modermité（北京：北京大學出版社，2001）。

55. 安敏成（Marston Anderson 1952-1992）著，薑濤譯《現實主義的限制：革命時代的中國小說》*The Limits of Realism: Chinese Fiction in the*

Revolutionary Period（南京：江蘇人民出版社，2001）。

56. 朱立元主編《現代西方美學史》（上海：上海文藝出版社，1993）。

57. 朱剛著《二十世紀西方文藝文化批判理論》（臺北：揚智文化事業股份有限公司，2002）。

58. 朱崇科著《故事新編中的敘事範式》（廣州：中山大學碩士論文，2001）。

59. 朱崇科著《廣州魯迅》（北京：中國社會科學出版社，2014）。

60. 米列娜（Milena Dolezelova-Velingerova）編，伍曉明譯《從傳統到現代：19至20世紀轉折時期的中國小說》（北京：北京大學出版社，1991）。

61. 西西／何福仁著《時間的話題——對話集》（香港：素葉出版社，1995），頁160。

62. 西西著《母魚》（臺北：洪範書店，1990）。

63. 西西著《我城》（臺北：允晨，1989）。

64. 西西著《故事裡的故事》（臺北：洪範書店，1998）。

65. 何福仁編《西西卷》（香港：三聯書店香港分店，1995）。

66. 余鳳高著《「心理分析」與中國現代小說》（北京：中國社會科學出版社，1987）。

67. 佛斯特（E. M. Forster）著，李文彬譯《小說面面觀——現代小說寫作的藝術》*Aspects of the Novel*（重排修訂版）（臺北：志文出版社，2002）。

68. 克洛德・托馬塞著，李華譯《新小說・新電影》（天津：天津人民出版社，2003）。

69. 吳中傑 吳立昌主編《1900-1949：中國現代主義尋蹤》（上海：學林出版社，1995）。

70. 吳秀明著《真實的構造——歷史文學真實論》（瀋陽：春風文藝出版社，1995）。

71. 吳秀明著《歷史的詩學》（杭州：浙江人民出版社，1994）。

72. 吳秀明編《歷史小說評論選》（長沙：湖南人民出版社，1983）。

73. 吳俊著《魯迅個性心理研究》（上海：華東師範大學出版社，1992）。

74. 呂正惠主編《文學的後設思考：當代文學理論家》（臺北：正中書局，1991）。

75. 李山、過常寶主編《歷代高僧傳》（濟南：山東人民出版社，1994）。

76. 李今編《劉以鬯實驗小說》（北京：中國人民大學出版社，1994）。

77. 李元瑾著《東西文化的撞擊與新華知識份子的三種回應：邱菽園，林文慶，宋旺相的比較研究》（新加坡：新加坡國立大學中文系和八方文化企業，2001）。

78. 李元瑾著《林文慶的思想：中西文化的匯流與矛盾》（新加坡：新加

坡亞洲研究學會，1991）。

79. 李幼蒸著《文化符號學》（臺北：唐山出版社，1997）。

80. 李桑牧著《〈故事新編〉的論辨和研究》（上海：上海文藝出版社，1984）。

81. 李新宇著《魯迅的選擇》（鄭州：河南人民出版社，2003）。

82. 李煜昆編著《魯迅小說研究述評》（峨眉山：西南交通大學出版社，1989）。

83. 李歐梵著，尹慧珉譯《鐵屋中的吶喊：魯迅研究》（長沙：嶽麓書社，1999）。

84. 李歐梵著，毛尖譯《上海摩登——一種新都市文化在中國1930-1945》 *Shanghai Modern*（北京：北京大學出版社，2001）。

85. 李歐梵著《現代性的追求》（北京：三聯書店，2000）。

86. 杜一白著《魯迅的寫作藝術》（瀋陽：遼寧大學出版社，1985）。

87. 汪暉著《反抗絕望：魯迅及其文學世界》（石家莊：河北教育出版社，2000）。

88. 周行之著《魯迅與「左聯」》（臺北：文史哲，1991）。

89. 周英雄著《比較文學與小說詮釋》（北京：北京大學出版社，1990）。

90. 周偉民 唐玲玲著《論東方詩化意識流小說：香港作家劉以鬯研究》（北京：中國社會科學出版社，1997）。

91. 周國偉，彭曉著《尋訪魯迅在上海的足跡》（上海：上海教育出版社，1987）。

92. 周蕾（Rey Chow）著《婦女與現代性——東西方之間閱讀記》*Women and Chinese Modernity: The Politics of Reading between West and East*（臺北：麥田，1995）。

93. 周蕾著《寫在家國以外》（香港：牛津大學出版社，1995）。

94. 孟廣來 韓日新編《〈故事新編〉研究資料》（濟南：山東文藝出版社，1984）。

95. 易明善著《劉以鬯傳》（香港：明報出版社，1997）。

96. 東瑞著《魯迅《故事新編》淺析》（香港：中流出版社，1979）。

97. 林志浩著《魯迅傳》（北京：十月文藝出版社，1991）。

98. 林辰著《中國小說的發展源流》（瀋陽：遼寧教育出版社，2000第3刷）。

99. 林非著《中國現代小說史上的魯迅》（西安：陝西人民教育出版社，1996）。

100. 林非著《論〈故事新編〉的思想藝術及歷史意義》（天津：天津人民出版社，1984）。

101. 林毓生著《熱烈與冷靜》（上海：上海文藝出版社，1998）。

102. 林賢治著《人間魯迅》下（廣州：花城出版社，1998）。

103. 林賢治著《魯迅的最後10年》（北京：中國社會科學出版社，2003）。

104. 邵伯周著《中國現代文學思潮研究》（上海：學林出版社，1993）。

105. 施建偉著《中國現代文學流派論》（西安：陝西人民出版社，1986）。

106. 施耐庵著，蔣祖鋼校勘《古本水滸傳》（二）（石家莊：河北人民出版社，1985）。

107. 施蟄存著《沙上的腳跡》（瀋陽：遼寧教育出版社，1995）。

108. 柳鳳九主編《中國現代歷史小說大系》第4卷（石家莊：河北人民出版社，1999）。

109. 胡尹強著《破毀鐵屋子的希望——〈吶喊〉〈彷徨〉新論》（北京：人民文學出版社，2001）。

110. 唐弢主編《中國現代文學史》（北京：人民文學出版社，1979年初版，1996年11刷）。

111. 唐弢著《燕雛集》（北京：作家出版社，1962）。

112. 夏志清著，劉紹銘等編譯《中國現代小說史》（香港：友聯，1985年第三版）。

113. 夏志清著，劉紹銘等譯《中國現代小說史》（香港：香港中文大學出版社，2001）。

114. 夏忠憲著《巴赫金狂歡化詩學研究》（北京：北京師範大學，2000）。

115. 孫昌熙著《《故事新編》試析》（福州：福建人民出版社，1982）。

116. 晏紅著《魯迅》（成都：四川人民出版社，2000）。

117. 格非著《小說敘事研究》（北京：清華大學出版社，2002）。

118. 浦安迪講演《中國敘事學》（北京：北京大學出版社，1996）。

119. 納博科夫（Vladimir Vladimirovich Nabokov 1899-1977）著，申慧輝等譯《文學講稿》 Lectures on Literature（北京：三聯書店，1991）。

120. 茨維坦・托多羅夫（Tzvetan Todorov 1939- ）著，蔣子華 張萍譯《巴赫金對話理論及其他》（天津：百花文藝出版社，2001）。

121. 袁良駿著《當代魯迅研究史》（西安：陝西人民出版社，1992）。

122. 袁良駿著《魯迅研究史》（上卷）（西安：陝西人民出版社，1986）。

123. 袁珂著《中國古代神話》（修訂本）（北京：中華書局，1981）。

124. 馬以鑫著《中國現代文學接受史》（上海：華東師範大學出版社，1998）。

125. 馬振方著《小說藝術論》（北京：北京大學出版社，2000二刷）。

126. 張永泉著《在歷史的轉捩點上——從周樹人到魯迅》（北京：文化藝術出版社，2001）。

127. 張永勝著《雞尾酒時代的記錄者——《現代》雜誌》（上海：上海人民出版社，2003）。

128. 張芙鳴著《施蟄存論》（上海：復旦大學博士論文，2000年4月，導師吳立昌）。

129. 張首映著《西方二十世紀文論史》（北京：北京大學出版社，1999）。

130. 張傑 汪介之著《20世紀俄羅斯文學批評史》（南京：譯林出版社，2000）。

131. 張新穎著《20世紀上半期中國文學的現代意識》（北京：三聯書店，2001）。

132. 張新穎著《火焰的心臟》（石家莊：花山文藝出版社，2001）。

133. 張夢陽著《中國魯迅學通史》第一卷《宏觀反思卷——20世紀一種精神文化現象的宏觀描述與理性反思》（廣州：廣東教育出版社，2001）。

134. 張魯高著《先驅者的痛苦——魯迅精神論析》（合肥：安徽教育出版社，2003）。

135. 張學軍著《魯迅的諷刺藝術》（濟南：山東大學出版社，1994）。

136. 梅子 易明善編《劉以鬯研究專集》（成都：四川大學出版社，1987）。

137. 莫偉民著《主體的命運：福柯哲學思想研究》（上海：上海三聯書店，1996）。

138. 郭沫若著《郭沫若劇作全集》（第1卷）（北京：中國戲劇出版社，1982）。

139. 陳子善、徐如麟編《施蟄存七十年文選·我的創作生活之歷程》（上海：上海文藝出版社，1996）。

140. 陳平原，陳國球主編《文學史》（北京：北京大學出版社，1993）。

141. 陳平原著《二十世紀中國小說史·第一卷（1897-1916年）》（北京：北京大學出版社，1989）。

142. 陳平原著《中國小說敘事模式的轉變》（上海：上海人民出版社，1988）。

143. 陳平原著《陳平原小說史論集》（上）（石家莊：河北人民出版社，1997）。

144. 陳平原著《陳平原小說史論集·下》（石家莊：河北人民出版社，1997）。

145. 陳夢韶著《魯迅在福建》（香港：人人書局，1965）。

146. 陳福德《魯迅歷史小說〈故事新編〉研究》（新加坡：新加坡國立大學中文系學士論文，1981）。

147. 陳潔儀著《閱讀「肥土鎮」──論西西的小說敘事》（香港：牛津大學出版社，1998）。

148. 陳燕遐著《反叛與對話：論西西的小說》（香港：華南研究出版社，2000）。

149. 陸耀東　唐達暉著《魯迅小說獨創性初探》（長沙：湖南人民出版社，1984）。

150. 麥永雄著《文學領域的思想游牧：文學理論批評與實踐》（北京：中國社會科學出版社，2002）。

151. 彭定安著《走向魯迅世界》（瀋陽：遼寧教育出版社，1992）。

152. 曾軍著《接受的複調：中國巴赫金的接受史研究》（桂林：廣西師範大學出版社，2004）。

153. 程正民著《巴赫金的文化詩學》（北京：北京師範大學出版社，2001）。

154. 華萊士‧馬丁（Martin，Wallace）著《當代敘事學》（北京：北京大學出版社，1990）。

155. 費成康　陳福康等編《中國現代作家歷史小說選》（上海：上海社會科學院出版社，1984）。

156. 馮光廉主編《中國近百年文學體式流變史》（北京：人民文學出版社，1999）。

157. 黃子平著《革命‧歷史‧小說》（香港：牛津大學出版社，1996）。

158. 黃獻文著《論新感覺派》（武漢：武漢出版社，2000）。

159. 楊伯峻譯注《孟子譯注‧上冊》（北京：中華書局，1981）。

160. 楊義著《中國敘事學》（北京：人民出版社，1997）。

161. 楊義著《中國現代文學流派》（北京：人民出版社，1998）。

162. 楊義著《魯迅小說綜論》（西安：陝西人民出版社，1984）。

163. 溫儒敏著《新文學現實主義的流變》（北京：北京大學出版社，1988）。

164. 董大中著《魯迅與高長虹：現代文學史上的一樁公案》（石家莊：河北人民出版社，1999）。

165. 董小英著《再登巴比倫塔──巴赫金與對話理論》（北京：三聯書店，1994）。

166. 廖炳惠編著《關鍵字200──文學與批評研究的通用辭彙編》（臺

北：麥田，2003）。

167. 趙志軍著《文學文本理論》（北京：中國社會科學出版社，2001。

168. 趙稀方著《小說香港》（北京：三聯書店，2003）。

169. 趙稀方著《後殖民理論》（北京：北京大學出版社，2009）。

170. 劉以鬯著《劉以鬯小說自選集》（天津：百花文藝出版社，2001）。

171. 劉玉凱著《魯迅錢鐘書平行論》（河北保定：河北大學出版社，1998）。

172. 劉禾著，宋偉傑等譯《跨語際實踐──文學，民族文化與被譯介的現代性（中國，1900-1937）》（北京：三聯書店，2002）。

173. 劉再複 林崗著《傳統與中國人》（香港：三聯書店香港分店，1988）。

174. 劉家鳴著《魯迅小說的藝術》（西安：陝西人民出版社，1990）。

175. 劉海濤著《歷史與理論：20世紀的微型小說創作》（北京：中國社會科學出版社，2002）。

176. 劉康著《對話的喧聲──巴赫金的文化轉型理論》（北京：中國人民大學出版社，1995）。

177. 劉紹銘、梁秉鈞、許子東編《再讀張愛玲》（香港：牛津大學出版社，2002）。

178. 劉雪葦著《魯迅散論》（長沙：湖南人民出版社，1984）。

179. 歐陽友權等著《網路文學論綱》（北京：人民文學出版社，2003

180. 歐陽謙著《人的主體性和人的解放：西方馬克思主義的文化哲學初探》（濟南：山東文藝出版社，1986）。

181. 蔡輝振著《魯迅小說研究》（高雄：複文圖書出版社，2001）。

182. 鄭志文著《魯迅郁達夫比較探索》（桂林：廣西師範大學出版社，1993）。

183. 鄭家建著《中國文學現代性的起源語境》（上海：上海三聯書店，2002）。

184. 鄭家建著《被照亮的世界──〈故事新編〉詩學研究》（福州：福建教育出版社，2001）。

185. 魯迅 景宋著《兩地書全編》（杭州：浙江文藝出版社，1998）。

186. 魯迅博物館編著《魯迅文獻圖傳》（鄭州：大象出版社，1998）。

187. 魯迅博物館魯迅研究室編《魯迅年譜》（增訂版）第2卷（北京：人民文學出版社，2000）。

188. 盧卡奇（Gorge Lukács）著，楊衡達編譯、丘為君校訂《小說理論》*Die Theorie Des Romans*（臺北：唐山出版社，1997）。

189. 錢中文著《文學理論流派與民族文化精神》（長春：吉林教育出版

社，1993）。

190. 錢理群著《走進當代的魯迅》（北京：北京大學出版社，1999）。

191. 戴清著《歷史與敘事：二十世紀中國文學與文化批評》（北京：學苑出版社，2002）。

192. 薩依德Edward W. Said（1935-2003）著，蔡源林譯《文化與帝國主義》 *Culture and imperialism*（臺北：立緒，2001）。

193. 顏敏著《破碎與重構——論近十年的新歷史小說》（上海；復旦大學博士論文，1996年4月30日，導師潘旭瀾）。

194. 譚君強著《敘述的力量：魯迅小說敘事力量研究》（昆明：雲南大學出版社，2000。

195. 譚國根著《主體建構政治與現代中國文學》（香港：牛津大學出版社，2000）。

196. 譚楚良著《中國現代派文學史論》（上海：學林出版社，1996）。

197. 嚴家炎著《中國現代小說流派史》（北京：人民文學出版社，1995）。

198. 嚴家炎著《論魯迅的複調小說》（上海：上海教育出版社，2002）。

199. 蘇雪林著《我論魯迅》（臺北：愛眉文藝出版社，1971）。

200. 鐘怡雯著《莫言小說：「歷史」的重構》（臺北：文史哲出版社，1997）。

201. 饒峒 吳立昌著《施蟄存 穆時英 劉納鷗小說欣賞》（南寧：廣西教育出版社，1992）。

202. 讓-伊夫‧塔迪埃（Jean-Yves Tadié, 1936- ）著，史忠義譯《20世紀的文學批評》 *La Critique littéraire au XXèmee siècle*（天津：百花文藝出版社，1998）。

二、英文書目

1. Althusser,Louis, *Lenin and Philosophy, and Other Essays*, New York: Monthly Review Press, 1972.

2. Anderson, Linda R., *Autobiography*, New York: Routledge, 2001.

3. Bell, Michael Mayerfeld（1957- ）and Gardiner, Michael（1961- ）(eds.), *Bakhtin and the Human Sciences: No Last Words*, London: Sage Publications, 1998.

4. Bell, Michael Mayerfled and Gardiner, Michael (eds.), *Bakhtin and the Human Sciences: No Last Words*, London‧Thousand Oaks‧New Delhi: Sage Publications, 1998.

5. Bialostosky, Don H., *Wordsworth, Dialogics, and the Practice of Criticism*, Cambridge [England]; New York: Cambridge University Press, 1992.

6. Brandist, Craig and Tihanov, Galin (eds.), *Materializing Bakhtin: the Bakhtin Circle and Social Theory,* New York: St. Martin's Press, 2000

7. E. M. Forster, Aspects *of the Novel, and Related Writings,* London: Edward Arnold, 1974.

8. Bremmer, Jan and Roodenburg, Herman (eds.) *A Cultural History of Humour: from Antiquity to the Present Day,* Cambridge, Mass.: Polity Press, 1997.

9. Clark, Katerina (1941-), Michael Holquist(1935-), *Mikhail Bakhtin,* Cambridge, Mass.: Belknap Press of Harvard University Press, 1984.

10. Coates, Ruth, *Christianity in Bakhtin: God and the Exiled Author,* Cambridge(UK): Cambridge UP, 1998.

11. Danow, David Keevin(1944-),*The Spirit of Carnival : Magical Realism and the Grotesque,*Lexington, Ky. : University Press of Kentucky, 1995.

12. Davis, Todd F. (1965-) and Womack, Kenneth, *Formalist Criticism and Reader-response Theory,* New York: Palgrave, 2002.

13. Dentith, Simon, *Bakhtinian Thought: An Introductory Reader,* London; New York: Routledge, 1995.

14. Descaretes, Rene, *Discourse on Method,* trans. By David Weissman, New Haven: Yale University Press, 1996.

15. Emerson, Caryl, *The First Hundred Years of Mikhail Bakhtin,* Princeton, New Jersey: Princeton University Press, 1997.

16. Fiske, John, *Understanding Popular Culture,* Boston: Unwin Hyman, 1989.

17. Freud, Sigmund, Newly translated and edited by James Strachey, *New Introductory Lectures on Psychoanalysis,* New York: Norton, 1965.

18. Gardiner, Michael (1961-),*The Dialogics of Critique : M.M. Bakhtin and the Theory of Ideology,* London; New York: Routledge , 1992.

19. Hegel, Georg Wilhelm, trans with an Introduction and Notes by J. B. Baillie, 2nd ed., *The Phenomenology of Mind,* London: Allen & Unwin, 1949.

20. Holquist, Michael, *Dialogism: Bakhtin and His World,* London and New York: Routledge, 1991.

21. Hsia, Chih-tsing (1921-), with an introduction by David Der-wei Wang, *A History of Modern Chinese Fiction,* Bloomington: Indiana University Press, 1999, Third Edition.

22. Huss, Ann Louise, *Old tales retold: contemporary Chinese fiction and the classical tradition,* Ann Arbor, Mich.: University Microfilms International, 2000.

23. Jenkins, Keith(1943-),*On "what is history?" : From Carr and Elton to Rorty and White,* London; New York: Routledge, 1995.

24. Kant, Immanuel, trans. by Norman Kemp Smith, Critique *of Pure Reason,* New

York: St. Martin's Press, 1968.

25. Kristeva, Julia, *Desire in Language: A Semiotic Approach to Literature as Art*, Trans. Thomas Gora, ed. Roudiez, Leon S. et al., New York: Columbia University Press, 1980.

26. Mansfield, Nick, *Subjectivity: Theories of the Self from Freud to Haraway*, New York: NYU, 2001.

27. Morson, Gary Saul & Emerson, Caryl, *Mikhail Bakhtin: Creation of a Prosaics*, Stanford: Stanford UP, 1990.

28. Patterson, David, *Literature and Spirit-Essays on Bakhtin and His Contemporaries*, Lexington, Ky.: University Press of Kentucky, 1988.

29. Průšek, Jaroslav (general editor), *Dictionary of Oriental Literatures*, London: Allen and Unwin, 1974 .

30. Průšek, Jaroslav, *The Lyric and the Epic: studies of modern Chinese literature*, Bloomington: Indiana University Press, 1980.

31. Semanov, V. I.; translated and edited by Charles J. Alber, *Lu Hsun and his predecessors*, White Plains, N.Y.: M. E. Sharpe, 1980.

32. Shepherd, David (ed.), *Bakhtin: Carnival and Other Subjects: selected papers from the Fifth International Bakhtin Conference, University of Manchester, July 1991*, Amsterdam: Rodopi, 1993.

33. Shih, Shu-mei, *The Lure of the Modern: Writing Modernism in Semicolonial China, 1917-1937* , Berkeley, Los Angels, and London: University of California Press, 2001.

34. Stam, Robert, *Subversive Pleasures: Bakhtin, Cultural Criticism, and Film*, Baltimore: Johns Hopkins University Press, 1989.

35. Todorov, Tzvetan; translated by Wlad Godzich, *Mikhail Bakhtin: the Dialogical Principle*, Minneapolis: University of Minnesota Press, 1984.

36. Wang, David Der-wei,*Fin-de-siècle splendor: Repressed Modernities of late Qing Fiction, 1849-1911*, Stanford, Calif.: Stanford University Press, 1997.

37. White, Hayden, *The Content of the Form: Narrative Discourse and Historical Representation*, Maryland: The Johns Hopkins University Press, 1987.

三、日文書目

1. 竹內好著《魯迅》（東京：未來社刊，1961年1刷，1980年17刷）。

2. 竹內實著《魯迅周邊》（東京：田畑書店，1981）。

附錄三　論盧卡奇和巴赫金「小說理論」的敘述關涉

朱崇科

內容提要

　　20世紀西方小說理論史上的兩位大家盧卡奇和巴赫金在小說理論的敘述中存在著一種微妙的間性關係，本文則立足這種間性，企圖找尋他們的內在關聯和差異。為此從三個層面進行立體觀照和探究：1總體指向：哲學與文學的辯證；2文體關聯，以史詩和小說的關係為中心；3個案關涉：以陀思妥耶夫斯基為中心。

　　在20世紀西方小說理論發展史上，匈牙利著名文藝批評家盧卡奇（或譯盧卡契Gorge Lukács 1885-1971）和前蘇聯哲學家巴赫金（M. M. Bakhtin, 1895-1975）無疑是不容忽略的里程碑式的人物，儘管他們的成就，哪怕是單單立足形式美學方面，[1]也遠比「小說理論」的限定涵蓋豐富、複雜得多。

　　耐人尋味的是，這兩位大家並非是各自為政的絕緣體，恰恰相反，他們之間卻存在著或顯或隱的內在關聯，不管是論述的方法、關涉的內容，還是具體個案都有交叉之處。當然，他們之間也存在著較大差異。前人研究，對兩位大家皆可謂重墨渲染，但對二人的關聯卻往往關注不夠，甚至熟視無睹或置若罔聞，殊為可惜。而實際上，如果能夠細緻探究二者小說理論的敘述關涉，不僅可以更好的理解二者之間的表面承繼和隱秘關聯，同時也能夠更好的理解小說理論在西方文藝學，尤其是小說理論發展史上的複雜譜系位次。

　　盧卡奇的《小說理論》[2]自然是他年輕時期受黑格爾（Hegel, Georg W. 1770-1831）思想影響下的產物，甚至在1962年盧卡奇本人稱《小說理論》

---

[1]　無須贅言，盧卡奇和巴赫金都是馬克思主義文學理論大家，在很多層面都有很深的造詣，而且相關研究資料也近乎汗牛充棟：不同國家，不同角度的論述眾聲喧嘩。尤其是巴赫金，「巴赫金學」已經可以形象說明問題。而有關盧卡奇的形式美學分析可參王雄〈盧卡奇與形式美學〉，《文學評論》1996年第2期，頁41-51。

[2]　本文所用版本是盧卡奇著，楊衡達編譯、丘為君校訂《小說理論》*Die Theorie Des Romans*（臺北：唐山出版社，1997）。大陸版本由張亮、吳勇立翻譯的《盧卡奇早

為「精神科學的典型代表」。[3]本文在論述中則以《小說理論》為中心，以其他零星論述為輔。

平心而論，《小說理論》（1916）算是盧卡奇一生思想中相對純粹的一本論著，尤其是考慮到他後來意識形態偏向日益濃烈的現實情況。比如，後來的作品《歷史小說》（1937）等等都有所偏向且為人所詬病。如人所論，「《歷史小說》則基本上沒有什麼價值，即使它沒有受到有意通俗化的毀損」，又言，「如果人們想弄清盧卡奇何以變得如此為人矚目，就必須訴諸他的理論性著作。」[4]

巴赫金的小說理論，比較而言，算是相對分散和蕪雜的，本文主要是立足中文譯本的《巴赫金全集》（7卷本）（河北教育出版社，1998），同時參照其他譯本進行論述。本文論題中的論述關涉則指向了二者之間關涉／交集的異同，並非想面面俱到的論述二者有關小說的所有理論。

一、總體指向：哲學與文學的辯證

通讀盧卡奇和巴赫金有關小說理論的論述文本，我們在其整體指向上不難發現一種傾向：在哲學與文學之間的遊移抑或辯證。

盧卡奇本人也坦陳，《小說理論》更是某種折衷歷史哲學的凝聚，「左翼倫理學同右翼認識論結合在一起：這就是我在這個時期所達到的馬克思主義的特徵。《小說理論》是這種折衷的歷史哲學的表現。」[5]當然，如果從其思想意識角度來看，《小說理論》中也貫穿了一條主線：對一種偉大時代敘事的呼喚，「通過藝術形式整頓生活秩序，通過嚴肅藝術重建社會生活的整體性，通過對偉大敘事時代的召喚表達對合乎人性的理想社會的渴望」。[6]但總體而言，這也和哲學相關。

前述《小說理論》是「黑格爾轉向」的標誌性產物。張西平就從三個方面論述了這一點，即：1他以黑格爾的總體性來彌合康得的二律背反；2以黑格爾的歷史性取代康得審美的無時間性；3黑格爾的分類：史詩、悲

期文選》（南京：南京大學出版社，2004）僅供參考。故文中引文標注頁碼如無特別說明，皆為唐山版本。

[3]　分見[英]蓋歐爾格·裡希特海姆（GEORGE LICHTHEIM）著，王少軍 曉莎譯《盧卡奇》（北京：中國社會科學出版社，1992二刷），頁17，38。

[4]　[英]蓋歐爾格·裡希特海姆著，王少軍 曉莎譯《盧卡奇》，頁156和163。

[5]　杜章智編，李渚青 莫立知譯《盧卡奇自傳》（北京：社會科學文獻出版社，1986），頁29。

[6]　王雄〈召喚偉大的敘事時代──論青年盧卡奇的《小說理論》〉，《外國文學評論》1997年第1期，頁24。

劇、哲學三階段。[7]

　　對於巴赫金來說，小說理論中哲學的思辨首先體現為一種「狂歡式思維」，它包括：（1）意識的狂歡化；（2）對話特徵，不存在事物的絕對性，而是相對性。當然，在處理人與人之間對立的關係時，也可成為一種和諧而親近的狂歡關係；（3）未完成性。當然，巴赫金相關的論述異常複雜。[8]

　　必須指出，上述整體指向的共通點自然不能掩蓋盧氏和巴氏相關論述辯證中的側重與差異。

　　1盧卡奇：作為精神史的小說美學。根據盧卡奇本人的說法，黑格爾《精神現象學》影響了《小說理論》，甚至具有越來越大的意義。所以其小說美學其實深深地打上了精神史的烙印。當然，這也是其某一思想發展階段的反映，《小說理論》標誌著盧卡契的思想發展「從主觀唯心主義向客觀唯心主義轉變」，種種分析表明，他在期望一個救世主降臨的「新世界」。[9]

　　而通讀《小說理論》，我們不難讀出深刻甚至是晦澀的抽象性，這當然和其精神史模式息息相關，如人所論，「用費希特的話說，《小說理論》把整個時代描繪成絕對罪孽的時代。這本書的一個特點是它的方法論，這種方法論是建立在精神史學派的基礎之上的」。[10]

　　回到盧卡奇敘述中來，他對小說理論的探究顯然不只是類型學、文體學的追問，更重要的是，他是通過小說形式的產生、歷史社會語境和類型分析來進一步闡析自己的世界觀、人與社會和諧的整體性的可能，以及小說與這種和諧性的關係。所以，他的《小說理論》更是哲學的、精神的，他毋寧更「力爭在心理上理解變化範圍內的永久性，理解持久的本質效應範圍內的內部變化。」（頁xxvi-xxvii）

　　盧卡奇對小說的敘述也是複雜的，比如小說承繼史詩後誕生，小說的內部形式及其歷史哲學的意義制約，不同類型小說：抽象的理想主義、幻滅的浪漫主義、教育小說及其意義，其背後自然凸顯出盧卡奇一種宏闊的歷史視野，但更指向了一個對新世界的追求。

---

[7]　張西平著《歷史哲學的重建：盧卡奇與當代西方社會思潮》（北京：三聯書店，1997），頁314-319。

[8]　具體可參拙著《張力的狂歡——論魯迅及其來者之故事新編小說中的主體介入》（上海：上海三聯書店，2006），頁69-73。

[9]　具體可參[美]E.巴爾〈喬治·盧卡契的思想〉，見《關於盧卡契哲學、美學思想論文選譯》（北京：中國社會科學出版社，1985），頁59-124。

[10]　杜章智編，李渚青莫立知譯《盧卡奇自傳》，頁80-81。

　　2巴赫金：歷史詩學視野下的體裁詩學。哲學家巴赫金其實更有史學家的高瞻遠矚，他同樣強調歷史詩學的重要性，「文學狂歡化的問題，是歷史詩學，主要是體裁詩學的非常重要的課題之一」。[11]

　　在此視野觀照下，巴赫金的體裁詩學可以分為莊諧體、複調小說與怪誕現實主義等。莊諧體則包含了蘇格拉底對話、梅尼普諷刺；複調小說也有自己清晰的分層，「一、在複調型構思的條件下，主人公及其聲音的相對自由和獨立；二、思想在主人公身上的特殊處理；三、構築小說整體的新的連接原則」。[12]

　　而「怪誕現實主義」是巴赫金總結了以拉伯雷為代表等的作家的一種具有民間性和物質性的特殊審美觀念，「即這種民間詼諧文化所特有的一種特殊類型的形象概念，更廣泛些說，則是一種關於存在的特殊審美觀念的遺產。」[13]它的內涵／特徵也比較複雜，主要包括：（1）物質—肉體性；（2）怪誕的審美品格，如降格、身體地形學等等。[14]

　　不難看出，在小說理論敘述的整體指向上，盧氏和巴氏既有內在特徵的交叉，又是花開兩朵，各自表述的。

二、文體關聯：小說與史詩的辯證

　　如果從文體關聯角度（小說與史詩的辯證關係）來探究盧氏和巴氏的小說理論的話，我們可以發現，他們都存有一種強烈的興趣和獨到的追求。

　　瓦特（Ian Watt）曾經提及小說和史詩的複雜關係，他認為史詩是敘事文學形式的最初例證，當然也是嚴肅文學的例證，他也同意黑格爾的觀點，即把小說視為現代枯燥的現實觀念擠壓下產生的史詩精神的一種體現。[15]顯然，瓦特主要是從敘事文學的共同特徵——敘事性角度來探討二者關係的。

　　盧卡奇的切入角度有相似，也有不同。他認為史詩和小說都是某種人和自然、人與自身和諧整體性追求的不同階段的反映，但小說和史詩由於

---

[11] 巴赫金著，白春仁 顧亞鈴譯《陀思妥耶夫斯基詩學問題》，頁157。

[12] 巴赫金著，白春仁 顧亞鈴譯《巴赫金全集》第五卷（石家莊：河北教育出版社，1998），頁61。

[13] 巴赫金著，李兆林 夏忠憲等譯《巴赫金全集》第六卷（河北教育出版社，1998），頁22-23。

[14] 有關巴赫金體裁詩學的論述具體可參拙著《張力的狂歡——論魯迅及其來者之故事新編小說中的主體介入》，頁92-129。

[15] 伊恩·P·瓦特著，高原等譯《小說的興起》The Rise of The Novel（北京：三聯書店，1992），頁274。

產生於異質的社會語境中，自然也有更大的差異性：（1）不同的人物類型；（2）不同的結構原則等。[16]

而在巴赫金那裡，狂歡體的第一個基本例證是莊諧體，它是希臘羅馬古典文化時期形成並發展的多數體裁的名稱，和當時的史詩有著某些本質區別，比如，它的鮮明又尖銳的時代性；它有意於依靠經驗和自由的虛構；還有，這類體裁的故意為之的雜體性和多聲性等等。

同樣是論述小說與史詩的文體關聯，盧氏和巴氏卻也有著微妙和本質的差別。

1盧卡奇：向後看的烏托邦意識。儘管在盧卡奇看來，小說可以是一個時代的史詩，但也有其不和諧之處；同史詩相比，小說也算是相對成熟的基本形式，「這意味著，小說世界的完整，如果從客觀上看，是一種不完美，如果從主觀上體驗，它就相當於屈從」（頁44）；同時，他還指出小說題材的分離的無限性和史詩題材的連續的無限性的差別（頁53）。如人所論，《小說理論》中，「盧卡奇並不是探尋敘事形式的變遷，他毅然地進行純化。目的是對比處於內界和外界之間沒有差別和分裂的荷馬時代與不管願意與否必然的被意識化的時代，也就是說，把英雄敘事詩和小說之間加以對照」。[17]

儘管小說在捕捉一鱗半爪的意義和破壞的生活上是獨特的，而短篇小說也可「突出生活的不可思議和不可捉摸」（頁23），甚至盧氏也指出小說是作為變化過程中的東西出現的，是最冒險的體裁（頁45），但盧卡奇的整體思想趨向卻還是史詩時代的，有其強烈的烏托邦意味和保守情結——向後看。

2巴赫金：向前看的前瞻性理念。巴赫金表現出和盧卡奇有著本質不同的取向。儘管他們對小說的未完成性都有獨特感知。相比較而言，巴赫金對小說體裁的偏愛和倚重程度遠遠超過了盧卡奇。

在巴赫金那裡，笑和多語現象是長篇小說發展過程中起作用的最重要因素。不僅如此，他還提出了小說性（Novelness）概念，並指出長篇小說的基本特點，「（1）長篇小說修辭上的三維性質，這同小說中實現的多語意識相關聯；（2）小說中文學形象的時間座標發生了根本的變化；（3）小說中進行文學形象的塑造，獲得了新的領域，亦即最大限度與並未完結的現時（現代生活）進行交往聯繫的領域。」[18]

---

[16] 可參王雄〈召喚偉大的敘事時代——論青年盧卡奇的《小說理論》〉，頁19-20。
[17] ［日］初見基著，范景武譯《盧卡奇：物象化》（石家莊：河北教育出版社，2001），頁181。
[18] 巴赫金著，白春仁曉河譯《巴赫金全集》第三卷（河北教育出版社，1998），頁513。

換言之，巴赫金認為小說有如下特性：

（1）現實性。

（2）雜語性和眾聲喧嘩。文類方面和語言方面皆如此。

（3）未完成性。可理解為①指向未來；②不確定性等等。

　　值得一提的是，盧卡奇對歷史小說的認知顯然採用了向前看的策略，其敘述有其獨特意義，比如歷史小說與現實的密切關聯，儘管其中也不乏意識形態色彩，「在歷史小說的古典時期與我們時代的歷史小說之間也有深刻的和決定性的一致性。兩者都努力在動盪中，在客觀真實和對現實的生動的關係中來描寫歷史的人民生活。」[19]同時，他有關於如何利用古典歷史小說傳統的觀點也引人思考，「我們時代的歷史小說必須首先激烈地、無情地否定它的先驅，從自己的創作中大力清除它的傳統。」[20]

三、個案關涉：陀思妥耶夫斯基的位置

　　人常言，「英雄所見略同」。在巴赫金和盧卡奇那裡，陀思妥耶夫斯基居然可以奇跡般的成為兩位大家共同關涉的重點。不同之處在於，盧氏有些虎頭蛇尾，巴氏則是借此青雲直上，成為經典論著。

　　1盧卡奇：虎頭蛇尾。帕金森（Parkson）指出，「事實上，盧卡奇在找尋一種經由藝術的拯救理論。」[21]某種意義上說，陀氏對於盧氏也有類似的意義。

　　根據盧卡奇的回憶，他對《小說理論》的最初構想是，以《十日談》的說故事人脫離瘟疫一樣，一群年輕人也以會話的方式理解自己和相互理解，這會話將漸漸引出該書的話題——對一個陀思妥耶夫斯基世界的看法（序言，頁xxii）。當然，後來盧氏放棄了。所以，《小說世界》也恰恰是在一種對世界狀況感到永久絕望的情緒中寫成的。如人所論，「他寫成《小說理論》這部著作（1916年）。在這部著作裡，他已經從黑格爾的哲學立場出發研究了美學問題。這部著作的主旨是從由於第一次世界大戰而造成的『既成邪惡』（費希特語）的狀況中尋找出路。」[22]

---

[19]　盧卡奇〈歷史小說中新人道主義的遠景〉，見《盧卡奇文學論文集》（一）（北京：中國社會科學出版社，1980），頁149-171。引文見頁151。

[20]　盧卡奇〈歷史小說中新人道主義的遠景〉，頁170-171。

[21]　G. H. R. Parkinson, *Georg Lukács* (Routledge & Kegan Paul, 1977), p.24.

[22]　[匈]I. 海爾曼撰，燕宏遠譯〈喬治‧盧卡契〉，見《關於盧卡契哲學、美學思想論文選譯》（北京：中國社會科學出版社，1985），頁23-28。引文見頁24-25。

　　而在《小說理論》結尾，他卻仍然對陀氏給予豐富的希望並將之劃歸到新世界中去或者是提供「小歌」，「是杜思妥耶夫斯基用語言第一次將這個遠離任何反對現實存在物的鬥爭的新世界鉤畫成一個被看得見的現實……他屬於新世界。只有對他作品進行形式上的分析，才能說明他是否已經是那個世界的荷馬或但丁，或者他是否僅僅提供了一些小歌，後來的藝術家有一天會把這些小歌同其他先行者一起編織成一個巨大的統一體：他僅僅是開始，還是已經完成？」（頁121）

　　更加耐人尋味的是，在《小說理論》中，盧卡奇同樣提出了複調的概念，在他看來，「只有一切聲音的複調音才能充分攜帶隱藏在他內部的大量內容。對生活來說，這個問題便是抽象；一個人物同一個問題的關係絕不能承擔那個人物生活的全部豐富性，生活領域中的每一事件只能寓言性地同這個問題相關。」（頁26-27）這可能對後來巴氏的小說論述不無啟發。

　　而在《小說理論》以外，盧卡奇對陀氏的關注也主要是從拯救思想角度思考的，而有關第二倫理的疑問也灌注其中。

　　2巴赫金：經典王牌。陀思妥耶夫斯基之於巴赫金無疑具有不可磨滅的意義。1929年，巴氏出版《陀思妥耶夫斯基創作問題》。後世學者甚至將1929年視為「巴赫金思想」的「中心年」。而實際上，在學界中，複調和陀氏幾乎是一種如影相隨的同體物。

　　某種意義上說，陀氏到了巴赫金手中，才發揮出其應有的豐富魅力。最重要的關鍵字自然是「複調」，這也是巴赫金對陀氏小說的基本特點的嫁接式命名。而且更進一步，他也對複調小說層面進行了區分：（1）主人公、作者及其獨特關係；（2）複調思想在作品中的「藝術功能」和處理方式；（3）複調作品的體裁、語言和情節佈局等。

　　另一個關鍵字是狂歡。因為複調小說其實本身也是狂歡體裁的優秀代表之一，自然，陀氏也成為巴赫金論證狂歡化理論的經典個案。

　　結論：需要指出的是，盧卡奇的《小說理論》也是有其問題和缺陷的。比如，對小說類型的相對簡單化處理；在缺乏更多具體文本支援下，過於抽象和哲理化的對小說美學的人為昇華，如桑塔格（Sontag，S.）指出，他的長處和弱點都來自對「更高角度」的執著，沒有擺脫某些最終有利於使某種意識形態永恆化的觀念，「即便這種意識形態被看作一個倫理責任範疇時不乏吸引力，卻不能以一種教條的、反對的方式之外的方式來理解當代社會的特徵以及獨特的見解。我指的是他們局限於『人道主義』的方式」，甚至形式也被某些歷史主義的批評家看作是內容，「盧卡奇在該書中對種種不同的文學體裁——史詩、抒情詩、小說——進行分析前，

都會先對形式所體現的對社會變遷的態度進行一番闡釋。」[23]

當然，如前所述，盧卡奇在《小說理論》中表現出來的向後看的保守姿態也需要批判。毋庸諱言，對巴赫金小說理論的借鑒和使用也要注意語境化和良性改造，既不能生搬硬套，又不可斷章取義。

但本文的目的毋寧是在盧氏和巴氏的小說理論敘述中找尋一種幽微的間性，而實際上，我們通過分析，也有理由相信他們的密切關聯或者心有靈犀。本文是從思想敘述的整體指向，文體關聯和個案關涉層面進行分析和闡發的。這當然只是一個開始，或許他們之間存有更微妙的牽涉值得我們繼續探究和挖掘。

---

[23] 蘇珊·桑塔格〈喬治·盧卡奇的文學批評〉，見蘇珊·桑塔格著，程巍譯《反對闡釋》（上海：上海譯文出版社，2003），頁94-106。引文見頁103-106。

致謝

　　本書是在我2005年上半年新加坡國立大學（NUS）答辯後博士論文《論故事新編小說中的主體介入》的基礎上修改而成的，2006年1月由上海三聯書店出版，題目為《張力的狂歡──論魯迅及其來者之故事新編小說中的主體介入》，除了有關陶然那一章曾經刊發在《當代作家評論》2005年第4期上以外，其他皆未單篇發表。如今時間已是過去了12年，在此期間，有多人寫過書評，也有100多次的引用和提及。非常感謝諸位師友同行的熱心關注、支持與指正。

　　可以理解的是，如今市面上已經很難找到此書了，但往往會有人提及和索要此書，照理一本書或者該速朽，一如魯迅先生對自己作品的真誠期待，但似乎萬事皆有宿命，真正完結的時間尚未到來。在韓晗兄的大力支持下，此書終於有了它的臺灣版，感謝秀威資訊及細膩負責的責任編輯陳慈蓉女士。這是我第三次在臺灣出版拙著，前面包括《本土性的糾葛》（唐山，2004）、《身體意識形態》（秀威，2014），再加上我曾經在臺灣東華大學客座半年（2013年2-7月），如今一併想來這真是我的榮幸和緣分。

　　新版除了修訂個別觀點、文字錯誤和更新注釋之外，基本照舊，但附錄裡添加了一篇曾經刊發於2006年9月《求索》雜誌的《論盧卡奇和巴赫金「小說理論」的敘述關涉》，和巴赫金的小說理論息息相關，一併求教於方家。

　　也再次感謝母校NUS，特別是我當年的博士導師王潤華教授，謝謝他2005年為拙著賜序，也一直關注並支持我的成長，如今我已經成長為業界的成熟學者，想必他也該是欣慰的。謹以此書紀念那些在NUS攻讀的青蔥歲月。

朱崇科

2017年暖冬、2018年初於廣東中山大學中文系（珠海）

語言文學類　PC0721　秀威文哲叢書23

論故事新編小說中的主體介入

作　　者/朱崇科
叢書主編/韓　晗
責任編輯/陳慈蓉
圖文排版/楊家齊
封面設計/葉力安

發 行 人/宋政坤
法律顧問/毛國樑　律師
出版發行/秀威資訊科技股份有限公司
　　　　　114台北市內湖區瑞光路76巷65號1樓
　　　　　電話：+886-2-2796-3638　傳真：+886-2-2796-1377
　　　　　http://www.showwe.com.tw
劃撥帳號/19563868　戶名：秀威資訊科技股份有限公司
　　　　　讀者服務信箱：service@showwe.com.tw
展售門市/國家書店（松江門市）
　　　　　104台北市中山區松江路209號1樓
　　　　　電話：+886-2-2518-0207　傳真：+886-2-2518-0778
網路訂購/秀威網路書店：http://www.bodbooks.com.tw
　　　　　國家網路書店：http://www.govbooks.com.tw

2018年2月　BOD一版
定價：540元
版權所有　翻印必究
本書如有缺頁、破損或裝訂錯誤，請寄回更換

國家圖書館出版品預行編目

論故事新編小說中的主體介入 / 朱崇科著. -- 一版. --
　　臺北市：秀威資訊科技, 2018.02
　　　　面；　　公分. -- (語言文學類；PC0721)(秀威文哲
叢書 ; 23)
　　BOD版
　　ISBN 978-986-326-520-7(平裝)

　1. 小說　2. 文學評論

812.7　　　　　　　　　　　　　　　　106025129

讀 者 回 函 卡

感謝您購買本書，為提升服務品質，請填妥以下資料，將讀者回函卡直接寄回或傳真本公司，收到您的寶貴意見後，我們會收藏記錄及檢討，謝謝！
如您需要了解本公司最新出版書目、購書優惠或企劃活動，歡迎您上網查詢或下載相關資料：http:// www.showwe.com.tw

您購買的書名：_____

出生日期：_____年_____月_____日

學歷：□高中 (含) 以下　　□大專　　□研究所 (含) 以上

職業：□製造業　□金融業　□資訊業　□軍警　□傳播業　□自由業
　　　□服務業　□公務員　□教職　　□學生　□家管　　□其它_____

購書地點：□網路書店　□實體書店　□書展　□郵購　□贈閱　□其他

您從何得知本書的消息？

　□網路書店　□實體書店　□網路搜尋　□電子報　□書訊　□雜誌
　□傳播媒體　□親友推薦　□網站推薦　□部落格　□其他_____

您對本書的評價：（請填代號　1.非常滿意　2.滿意　3.尚可　4.再改進）

　封面設計____　版面編排____　內容____　文／譯筆____　價格____

讀完書後您覺得：

　□很有收穫　□有收穫　□收穫不多　□沒收穫

對我們的建議：_____

_____

_____

_____

11466
台北市內湖區瑞光路 76 巷 65 號 1 樓

秀威資訊科技股份有限公司   收

BOD 數位出版事業部

....

（請沿線對折寄回，謝謝！）

姓　　名：_____ 年齡：_____ 性別：□女　□男

郵遞區號：□□□□□

地　　址：_____

聯絡電話：(日) _____ (夜) _____

E-mail：_____